海明威全集

丧钟为谁而鸣（上）

For Whom the Bell Tolls

〔美〕海明威 著

墨 沅 译 俞凌婷 主编

中国出版集团 现代出版社

图书在版编目（CIP）数据

丧钟为谁而鸣：全2册 / （美）海明威著；墨沉译
. — 北京：现代出版社，2018.6（2023.7重印）
（海明威全集 / 俞凌娣主编）
ISBN 978-7-5143-7101-7

Ⅰ. ①丧… Ⅱ. ①海… ②墨… Ⅲ. ①长篇小说－美
国－现代 Ⅳ. ①I712.45

中国版本图书馆CIP数据核字（2018）第109912号

丧钟为谁而鸣

著　　者　（美）海明威

译　　者　墨　沉

主　　编　俞凌娣

责任编辑　杨学庆

出版发行　现代出版社

地　　址　北京市安定门外安华里504号

邮政编码　100011

电　　话　010－64267325　64245264（传真）

网　　址　www.1980xd.com

电子邮箱　xiandai@cnpitc.com.cn

印　　刷　三河市金元印装有限公司

开　　本　880mm×1230mm　1/32

印　　张　20

版　　次　2019年1月第1版　2023年7月第3次印刷

书　　号　ISBN 978-7-5143-7101-7

定　　价　85.00元（全2册）

序

众所周知，海明威是一个生活经历异常丰富的知名作家，同时也是一个在世界上享誉盛名并且写作风格鲜明的文学大师。海明威复杂的生活经历描绘了他所有作品的故事曲线，也构成了他作品中丰富多彩的主题。

首先，就个人浅见，有必要剖析一下海明威的成长经历。海明威出生于美国芝加哥以西的一个郊区城镇，人口并不密集，因此给了海明威一个平静、安逸的童年生活。幼时的海明威喜欢读图画书和动物漫画，听稀奇百怪的故事，也热衷于缝纫等各种家事。少年时期，他更喜欢打猎、钓鱼，内心充满了对大自然的好奇与敬畏，这一点在他多部作品中都有体现。在初中时，海明威为两个文学报社撰写了文章，这为他日后成为美国文学史上一颗璀璨的明星打下了基础。高中毕业以后，海明威拒绝上大学，他到了在美国媒体具有举足轻重地位的《堪城星报》当了一名记者。虽然他只在《堪城星报》工作了 6 个月，但这 6 个月的时间，使他正式开始了写作生涯，并且在文学功底上受到了良好的训练。1918 年，第一次世界大战爆发，海明威不顾家人反对，毅然辞掉了工作，去战地担任了一名救护车司机。战场上的血流成河，令海明威极为震惊。由于多次目睹了战争的残酷，给海明威的创作生涯提供了丰富的素材和灵感。在他早期的小说《永别了，武器》中，他进行了本色创作，揭示了战争的荒唐和残酷的本质，反映了战争中人与人之间的相互残杀以及战争对人的精神和情感的毁灭。1923年海明威出版了处女作《三个故事和十首诗》，使他在美国文坛崭露头角。1925年。海明威出版了《在我们的时代里》这一短篇故事系列，显现了他简洁明快的写作风格。继而海明威出版了多部长篇小说和大量的短篇小说，令他成为了美国"迷惘的一代"作家中的代表人物。《老人与海》获得了1953年美国的普利策奖和1954年的诺贝尔文学奖，将海明威推上了世界文坛的至高点，可以说，《老人与海》是他文学道路上的巅峰之作。

其次，海明威的感情生活错综复杂，给海明威的作品增添了大量的情感元素。海明威有过四次婚姻经历，这些经历赋予了海明威不同寻常的爱情观。司各特·菲茨杰拉德曾打趣道："海明威每写一部小说都要换一位太太。"连他自己都没有想到，竟然一语成谶。世人皆知，海明威有四大巅峰之作，分别是《太阳照常升起》《永别了，武器》《丧钟为谁而鸣》和《老人与海》，在时间上，他的确先后娶了四位太太。据考证，1917年海明威和一位护士相爱，但是不久后，这位护士便嫁给了一位富有的公爵后代。海明威对爱情始终抱有完美主义，所以这样的结局令海明威无法接受，甚至愤恨。因此，海明威常常将女人比作妖女，这一点在他的多部作品中有所反映。1921年，海明威与他的第一任妻子哈德莉结婚，但是婚姻观的差异最终使两人分道扬镳。不得不说，哈德莉对海明威的文学创作起到了至关重要的作用。在她的帮助下，海明威学会了法文并结识了著名女作家斯泰因。这段时期，海明威佳作不断，哈德莉却毫无成长，这促使了两人的婚姻关系更加恶劣。1926年海明威出版了《太阳照常升起》，这部小说使他声名大噪，也间接宣告了海明威与哈德莉婚姻关系的破裂。1927年，海明威与第二任妻子宝琳结婚，两人在佛罗里达州和古巴过了几年宁静而美满的婚姻生活。海明威在这几年中完成了他的不朽名作《永别了，武器》。然而，没过几年，海明威对宝琳开始厌倦，他遇见了他的第三任妻子——战地女记者玛莎。最开始，海明威以玛莎为荣，并为她创作了《丧钟为谁而鸣》，令人叹息的是，这对最为相配的夫妻也在1948年结束了婚姻关系。海明威的第四任妻子维尔许是一名战时通讯记者，研究分析政治和经济形势，为三大杂志提供背景资料。婚后，维尔许放弃了自己的工作，专心照顾家庭，但这仍未给两人的婚姻关系带来一个美满结局。1961年，海明威在家中饮弹自尽，享年62岁。

对大自然的喜爱之情和对生命的敬畏丰富了海明威小说五彩斑斓的主题，纷然杂陈的情感生活和不同寻常的生活环境造就了海明威作品中跌宕起伏的故事情节。因此，海明威的每篇长篇小说、短篇小说、新闻及书信都有着鲜明的个人风格。海明威用最简洁明了的词汇，表达着最复杂的内容；用最平实轻松的对话语言，揭示着事物的本来面貌。他的每部小说不冗不赘，造句凝练，丝毫没有矫揉造作之感。即使语言简洁，但是海明威的故事线索依然清晰流畅，人物对话依然意蕴丰富。海明威曾这样形容自己的写作风格："冰山在海里移动之所以显得庄严宏伟，是因为它只有八分之一的部分露出水面。"这无疑是个非常恰当的比喻，十分形象地概括了海明威对自己作品的美学追求。海明威最开始创作了众多短篇小说，使他在文坛新秀中占有一席之地，后来《太阳照常升起》的出版，奠定了他在"迷惘的一代"代表作家中的超然地位。"迷惘的一代"是美国两次世界大战期间涌现的一类作家的总称，他们共同表现出的是对美国社会发展的一种失望和不满。他们之所以迷惘，是因为这一代人的传统价值观念完全不再适合战后的世界，可是他们又找不到新的生活准则。海明威将"迷惘"这一形容词表现得淋漓尽致,他用深刻而典型的对话将第一次世界大战后青年的彷徨与迷惘的心声书写出来。可以说海明威的大量文字都散发着战时与战后美国青年对现实的绝望。海明威不止竭尽所能地发挥着对"迷惘"的认知,同时也表现着海明威内心的"硬汉观"。海明威一向以文坛硬汉著称,他是美利坚民族的精神丰碑,代表着美国民族坚强乐观的精神风范。在《老人与海》中海明威用风暴、鲨鱼等塑造了一个"人可以被消灭,但是不可以被打败"的硬汉形象,同时也反映了海明威英勇、坚定的生活态度。海明威的众多作品中不仅充斥了"迷惘""硬汉"等思想,不可忽视的还有他对自然与死亡的理解。作为一个对生命有着独特理解的文学大家,海明威形成了对死亡的坦荡、豁达的人生态度。《午后之死》就明确指出:"所有的故事,要深入到一定程度,都以死为结局,要是谁不把这一点向你说明,他便不是一个讲真实故事的人。"海明威想要表达"死亡是人生的终点,任何人不可逃避"这一观点。《老人与海》中也有海明威对自然生态的想法,海明威利用圣地亚哥、环境、鱼类的关系形象地阐述了:人不能过于追求物质享乐,要尊重自然、节省资源、保护生态环境,才能达到人与自然的和谐。总之,海明威光彩夺目的主题思想和艺术风格都在探究着人类文明进程中对生命的思考。

海明威的创作经历了一个复杂的发展变化过程。在海明威早期的作品中,海明威表达对西方资本主义日趋腐朽的绝望和内心痛恨战争的不满情绪,文字中蕴藏着一种悲观和颓废的色彩。海明威在创作中期才改变了这种思想,开始对西方资本主义和战争的本质有了新的认识,这是海明威心理历程上的一个重大发展。海明威的后期作品依旧延续着早、中期的写作风格和迷惘情绪,但是却比早、中期的作品反映的情绪更加明显。值得一提的是，海明威的创作中也充斥了大量的意识流和含蓄表达，从而使读者在真假变换中感受到人物或强烈、或浪漫的内心世界。

为了方便海明威文风的欣赏者了解海明威，我们特出版海明威全集系列丛书，内包含海明威的多部小说、书信、新闻稿、诗等作品。读者可从中感受到海明威享受心灵的自由却求索不得的无奈，也可感受到海明威对内心对生命最强烈的回响。海明威的作品无论在中心思想层面，还是语言风格都有其独到之处，因此他的作品读来令人回味无穷。对于欣赏者来说，要具备独特的艺术鉴赏力和审美修养才能发掘海明威"海面下的宏伟冰山"，从而产生更多对生命的思考。

目　录

上　册

下　册

第一章

　　树林里，褐色的地上覆盖着一层厚厚的松针，年轻人就匍匐在那里，下巴搁在交叉着的双臂之间，凝视着远方。在他头顶上空，风在树梢上掠过，发出"呜呜呜"的响声。他俯卧的地方是一个相对平坦的山坡，再往下却是一个陡峭的断崖。从他的角度看过去，黑黢黢的柏油路延伸着穿过那边的山口，路的旁边是哗啦啦的河水。再往前，山口远处的河边，依稀可见有一家锯木厂，拦水坝建在那里，坝子截成的水瀑在夏日的阳光下闪着耀眼的白光。

　　"那里就是锯木厂？"年轻人问。

　　"是的。"

　　"我怎么不记得那里有家锯木厂，难道我忘记了？"

　　"不是的，那家锯木厂是在你离开之后新建的。老锯木厂还在它的前面，离山口非常远的地方。"

　　年轻人把影印的军用地图在林地上摊开，蹙着眉头思索着。老头子也从他肩后弓着身子慎重地看着。老头子个子不高，身板却很结实，他上穿黑色的罩衣，下着灰色的裤子，脚蹬一双绳底鞋，典型的当地农夫打扮。老头子显然还没从刚才爬山的劲头上缓过来，此时正大口地喘着粗气，一只手无力地搭在他们带来的两只沉重的背包的其中一只上。

　　"这么说来从这里根本无法望到那座桥了？"

　　"是的，"老头子说，"山口附近一带地势大多比较平坦，水流平缓。再向前一段，公路绕进旁边的树林，更是什么都看不到了，那边的地势也很蹊跷，不但忽然低了下去，而且有一个非常深的峡谷……"

"我记得这个地方。"

"峡谷的上面就是我们说的那座桥了。"

"敌人的哨所也在那儿？"

"就在你刚才看到的锯木厂旁边。"

这时年轻人把手上的地图卷起，从自己褪了色的黄褐色法兰绒衬衫口袋里掏出一副望远镜，用手帕小心地擦了擦镜片上的灰尘，然后不断地来回调整焦距，直到锯木厂在视野中变得清晰。他看到锯木厂房斑驳的墙壁，门边搁置的一条长板子，敞棚里随意放置的圆锯，抛光木头落下的成堆的木屑，还有一段运木材的滑槽，可能把小河对岸山坡上的木材运下来的时候能用得着。他还发现，望远镜中锯木厂环境很美，小河走势平坦，显得清澈而安详，可到了拦水坝流水却急转直下，坝下激起的万朵水花在风中飞舞。

"没有看到岗哨。"

"锯木房的烟筒倒是在冒着烟，"老头子说，"晾衣绳上还挂着洗好的衣服呢。"

"这些我也看到了，但就是看不到岗哨的影子。"

"也许他躲在厂房的背面，"老头子解释说，"现在天气还是很热，他也许躲到我们看不到的背阴里乘凉去了。"

"也许吧。另一个哨所点在哪儿？"

"就在桥下方的里程碑那儿，哨所的旁边是养路工的小房子，那里离山口的最高处大约有五公里远。"

"这里有多少兵驻扎？"他用手指了指那个锯木厂。

"据我的观察，大概有四个，另外还有一个班长。"

"那么桥的下面呢？"

"那要多一些了。我可以过去仔细打听一下。"

"桥头上呢？"

"总共就两个兵，桥头桥尾各一个。"

"我们还需要加一些人手，"他说，"你能召集到多少人？"

"你想要多少我就能够召集到多少，这个不用担心。"老头子说，"这一带山里，现在聚集着不少人呢。"

"大约有多少？"

"一百多个吧，不过他们三三两两分散在各处，不是很集中。你需要多少人手？"

"等我们侦察了桥的相关情况之后，再告诉你具体人数吧。"

"现在你就想去侦察桥那边吗？"

"不。我现在最想做的是找个隐蔽的地方，先把这炸药藏起来，需要用的时候再去取。我希望把它放置在一个绝对安全的地方，如果可以，最好是离桥不超过半小时路程的地方。"

"这很容易，我知道一个地方最适合。"老头子说，"从那里到桥头全都是下坡路，一会儿就到了。不过，我们现在去那儿要费一些力气爬一段山路。你饿吗？"

"饿。"年轻人说，"不过还是能坚持的，我们一会儿再吃吧。你叫什么名字？我忘记了。"他竟记不清老头子的名字了，这不是一个好兆头。

"你叫我安塞尔莫就可以，老家在阿维拉省的巴尔科城。我帮你拿另一个背包吧。"老头子说。

年轻人站了起来，这时才看清他的样貌，他又瘦又高，一张稚嫩的脸，写满了与年龄不相称的忧愁。一头卷曲的金发，因过度暴晒而失去了光泽。他穿了一件褪了色的法兰绒质地的衬衫，一条普通的农民裤和一双绳底鞋。他看了看前方，弯下腰，把一条胳膊伸进背包其中的一条背带上，顺势把沉重的背包甩上肩膀。接着又把另一条胳膊伸进另一条背带里，顿时沉重的背包压在了他的背上。这个年轻人是多么的坚忍，刚才因为背包被汗水打湿的衬衫，现在仍然湿漉漉的，可是他没有一句怨言，又踏上了征程。

"我背上它啦，"他对老头子说，"接下来我们往哪个方向走？"

"翻山过去。"安塞尔莫答道。

路途是多么的艰难，身上的背包是多么的沉重！一路上一直是汗如雨下，但他们仍然坚持在密密匝匝的松树林中跋涉，在陡峭突兀的山坡上稳健地向上攀爬。在前进的过程上，年轻人虽然发现林中没有既定的路径，但是见到老头子坚定的步伐，也没有气馁，继续努力向上攀爬着。终于，绕到一个山的前面，这时一条小溪挡住了去路，年轻人正在犹豫之时，却见老头子踩着溪边石块稳步跃了过去，年轻人未发一语，紧随其后。走了一段之后，山路更加陡了，攀爬更是不易了，但他们还是坚持着前进。直到到了一个断崖边，但见溪水从一个光滑的花岗石悬崖边上倾泻而下，攀上去更是难上加难，于是老头子停下来，等着那个年轻人赶上自己。

"你行吗？"老头子问。

"没问题。"年轻人答。此时的他已经是大汗淋漓，腿部的肌肉由于高强度的运动，开始不由自主地抽搐起来。

"你在这里等我吧，我先去告诉他们一声，你带了这玩意儿，总不希望别人误会你的动机，向你开枪吧！"

"当然不希望，"年轻人说，"还有多远能到？"

"不远了，请问您贵姓？"

"罗伯特①。"年轻人回答道。他把身上的背包拿了下来，轻轻地放在溪边两块大鹅卵石之间。

"罗伯特，你先待在这里休息一会儿，我一会儿就回来接你。"

"好的，"罗伯特说，"你打算以后到下面桥头去，走这条路？"

"不，我们去桥头要走另外一条路。那条路会更近一些，也更容易走一些。"

"我不希望东西藏在离桥头太远的地方。"

"你自己看着办吧，如果不满意这个地方的话，我们就另外找地方。"

"那好吧。"年轻人回答。

年轻人坐在背包旁边喘着气，看着老头子独自攀登悬崖。他发现，本来以为很难的事，对老头子来说却很轻松，他不需要左右摸索就可以顺利找到攀手，由此看来，这悬崖对他来说，已经熟门熟路。然而，悬崖上却没有留下任何痕迹，可想而知，攀爬的人是多么的小心谨慎。

这位名叫罗伯特·乔丹的年轻人，现在不仅十分饥饿，而且心事重重。挨饿，是经常的事，已经不在乎；忧虑，对于他来说却是很少发生。他遇事一向豁达，什么事都能从容解决，但这次却有不好的预感，毕竟这一带地势太险恶，开展敌后活动很困难。如果有个好的向导，熟悉这一带的地形，那么自己在敌人防线中出入也好，在敌后开展布防活动也好，都不是难事。问题是一旦自己的事情败露，被敌人抓住，事情就不好办了；另外，谁

---

① 此部小说的主人公罗伯特·乔丹，名字来自西班牙语读法的音译。

值得信任也值得仔细推敲一番。要么完全信任你的向导，要么时刻警惕着他，在这两个方面自己必须有一个抉择。这些虽然难以决断，但都不是他最为担心的，因为有更大的忧虑压在心里。

这个安塞尔莫是个好向导，他走山路很在行，健步如飞，虽然罗伯特自己对走山路也算有点儿经验，不过，从天亮前跟着向导一直走到现在，他很清楚再持续走下去，这老家伙就能让自己累死在半道上。到目前为止，罗伯特·乔丹对安塞尔莫除了判断力以外，事事都信赖他。这么短时间，他还没有合适的机会来考察老头子的判断力，不过，不管如何，判断怎么也应该是自己要做的事。实际上，他并不担心安塞尔莫，况且炸桥的事比起其他的任务要相对容易得多。不管什么样的桥，只要你叫得出名儿，他都知道怎么把它炸掉，而且他也炸过各种长短不同、结构不一的桥，即使这座桥比安塞尔莫所讲的大上两倍，这两个背包里的炸药装置也足以把它完全摧毁。这座桥在他的记忆中有印象，因为1933年他徒步旅行到拉格兰哈的时候曾经走过这座桥，而且临出发的前天晚上，戈尔茨在埃斯科里亚尔城郊外一栋房子的楼上，曾经亲自给他读过有关这座桥的资料。

"其实炸掉这座桥也没有多大意义。"戈尔茨当时用铅笔在一张大地图上比画着说。灯光照在了他那光秃秃的带有伤疤的头上。"你明白了吗?"

"是的，我明白了。"

"其实根本没有什么大不了的事情。如果只是把桥炸掉，那么只能算是一种失败。"

"是，将军。"

"应该做的是根据发动进攻的时间，在要求的时间点把桥炸掉。这不仅是你的权利，也是你的任务。"

戈尔茨看看铅笔，并且用它轻轻地敲了敲自己的牙齿。

罗伯特·乔丹没有说话。

"这是你拥有的权利同时也是你的任务和应该采纳的行动，"戈尔茨一边看着罗伯特·乔丹，一边点点头继续说道。随后他用手中的铅笔轻轻地点着地图，"这就是我的责任，但是这也正是我们根本无法做到的事情。"

"您为什么这么说呢，将军同志？"

"为什么？"戈尔茨非常生气地说，"你参加过那么多次进攻，还需要问我为什么吗？如何才能确保我的命令不会被变动？如何才能确保这次行动不被推迟或者不被取消？又如何才能确保实际开始进攻的时间和计划的时间相差不超过六小时？我们有过一次完全能够按照计划实施的进攻吗？"

"如果由将军您来指挥这次进攻，那么我们就能完全按照计划实施任务。"罗伯特·乔丹说。

"我指挥能力还是不行的，"戈尔茨说，"我的强项只在迅猛发动进攻而已。炮队不属于我的管辖，我必须向上级提出申请，但是我们的需求能不能达到满足，就不得而知了。上级的作风你是知道的，在这里我就没必要多说了。他们的效率可想而知，总是出现这样那样的问题，也总是有人为这事那事来打扰，所以不能对下级的申请一一做出合理的答复，也是很正常的事。"

"既然这样，我们应该什么时候去炸桥？"罗伯特·乔丹问道。"不能提前，进攻一开始就炸。这样一来，敌人的增援部队就不能顺利地从那条公路过来。"他用铅笔在地图上标示着，"所以我必须阻断敌人的后援。"

"那么我们到底什么时候开始进攻呢？"

"我会通知你的，但是日期和时间只能作为一种初步的参考。

在那之前你必须做好充分的准备工作，进攻的炮声一响，你就迅速炸桥，明白了吗？"他说着，又用铅笔指着地图上的那座桥。"这条公路是敌人能够将增援部队开赴前线的唯一通道。这也是他们将坦克、大炮甚至卡车开赴我们所要进攻山口的唯一通道。这么重要的交通枢纽，我必须确保桥被炸掉，并且不能提前，因为一旦进攻推迟，敌人就有充分的时间把桥修好，那是绝对不行的。在进攻开始的时候，就立即炸掉，我必须有十足把握，容不得马虎。明天跟你一起去的那个人，他刚从桥那里过来，据他可靠的消息，目前只有两个兵在桥上把守，你到了那里就会知道这个情况到底是不是属实。他在山里有一批人，你实地勘察地形之后，判断这项任务大约需要多少人，就跟他要多少，我的建议是尽可能少用人，但也要保证够用，这方面的事情，我就不多说了。"

"那我靠什么来判断进攻已经开始了呢？"

"届时将由一个师的兵力发动全面进攻，轰炸机作为先头部队，你的耳朵不聋吧？"

"既然这样，我是不是可以这样认为：当上空的轰炸机开始投放炸弹的时候，这就意味着进攻就要开始了？"

"你不能一直用这样的逻辑去判断问题，"戈尔茨说的同时，还摇了摇头，"不过这一次，你可以这样认为，这是我指挥的进攻。"

"我明白了，"罗伯特·乔丹说，"说实话，我并不喜欢这个任务。"

"我也一样。如果你不愿意去完成这个任务，现在就可以提出来，要是你认为自己不能胜任，现在也可以说。"

"我去，"罗伯特·乔丹说，"我愿意去，我没有什么意见。"

"我只想了解一个情况，"戈尔茨说，"就是在进攻的时候，不能让敌军通过那座桥，这一点你要绝对保证。"

"我明白。"

"我不想求人去做这样的事，并且以这种方式去做，"戈尔茨继续说，"我也不能命令你做这种事，我明白，我提出任何的条件，你的行动都将会被左右和牵制。我能做的，只有把这项任务解释得非常详细，以便让你认识到：你可能遇到的种种困难以及这项任务的重要性。"

"如果桥被炸了，你们突破山口之后，怎么向拉格兰哈城前进？"

"等我们一旦突袭山口成功，就立马着手把桥修建起来。像以往一切军事行动一样，这次任务虽然相当复杂，但很漂亮完美。计划是马德里的威什特·罗尔霍制订的，这是那位失意的教授的又一个杰作。这次进攻还是保持了我的一贯风格，都是在兵力不足的条件下部署的。尽管如此，这仍然算得上是一次大有可为的行动。对于这一次的行动，我比以往任何时候都乐观。如果顺利地把桥毁掉，这一仗我们就有十足的把握能打赢，再进一步讲，顺势我们还能攻下塞哥维亚。看，让我给你解释一下这是怎么一回事。看到了吗？我们的目标并不是进攻山口，而是把守住那里的最高点。我们的目标远不止这些。看——在这里——像这样——"

"我宁可不知道你说的这些情况。"罗伯特·乔丹说。

"也是，"戈尔茨说，"这样你去执行这次的任务就可以少一些思想负担，不是吗？"

"我就算不去执行任务也不想知道那么多，那样的话，无论以后发生了什么事，走漏风声的人绝对不会是我。"

"确实是不知道好，"戈尔茨用铅笔敲敲自己的前额，"很多时候，我也希望自己什么也不知道，然而你必须了解有关桥的各项事宜，你确定搞清楚了吗？"

"嗯，我清楚了。"

"我相信你，"戈尔茨说，"我并不想和你说得太多，我们现在一起喝点儿酒吧，刚才话说得有点儿多，口渴了。乔丹同志，你的姓氏用西班牙语念起来很有意思呢。"

"'戈尔茨'，用西班牙语怎么念，将军同志？""'霍茨'，"戈尔茨露齿一笑，说，"这是从喉咙深处发出的声音，就好像患了重感冒在咯痰一样。""'霍茨'，"他低声嘶哑地说，"'霍茨将军同志'，如果我早知道'戈尔茨'用西班牙语是这样念，那我来这边打仗之前就会为自己取一个好听点儿的名字了。'霍茨将军'，现在要改名字也不可能了。哈哈，你喜欢敌后游击工作吗？"

"我很喜欢，"罗伯特·乔丹说，"野外工作对自身健康还是有好处的。"

"我像你这么大的时候，也十分喜欢这个工作，"戈尔茨说，"听别人说，你炸桥很在行，不过只是听说而已，我从来没亲眼见过。也许你根本不会，说实话，你炸过桥吗？"戈尔茨开玩笑地对罗伯特说。"把这酒喝了。"他把一杯西班牙白兰地递给罗伯特·乔丹。

"你真的炸过桥吗？"

"大致是这样。"

"你炸这座桥时最好不要说'大致'，算啦，我们就不要再谈这座桥了，你已经相当了解它了。我们之间也算熟了，逗个乐子吧，对了，你在后方有很多姑娘吗？"

"没有，我没时间找姑娘。"

"我不这样认为，任务越不正规，生活随之也就不正规，你的任务十分不正规。另外，你得把头发理一理。"

"我的头发理得很好啊！"罗伯特·乔丹回答道。心想：如果要他像戈尔茨那样，把头发全部剃掉那才真见鬼呢！"没有姑娘，我才有充分的时间思考一些问题。"他阴沉地说。

"还有，我应该穿什么样式的制服？"罗伯特·乔丹问。

"什么制服都用不上，"戈尔茨说，"实际上，你的头发梳理得很不错，刚才只是和你开个玩笑而已，你跟我不一样。"戈尔茨边说着边把两人的酒杯一一斟满。"你天天思考的问题，绝对不仅仅是姑娘。我却从不思考。干吗要思考呢？我是将军，从来不思考，你别诱使我去思考。"

他们喝酒聊天的时候，有个师部的人正坐在椅子上，低着头认真地研究制图板上的一张地图，这时用一种罗伯特·乔丹听不懂的语言不时地对戈尔茨发牢骚。

"住口，"戈尔茨用英语说，"现在，我想开玩笑就开玩笑。我一向很谨慎，偶尔开玩笑也无伤大雅。罗伯特赶快把酒喝了就走吧，你明白了，呃？"

"是的，"罗伯特·乔丹说，"我明白了。"

他们相互握了握手，他对着戈尔茨敬了个礼，转身走到外面，坐上军官车，出发了。车里，老头子正歪着身子依靠在座椅上打着盹儿，他们一路经过瓜达拉马镇，随后再沿着通往纳瓦塞拉达的公路行驶，最后到了一个登山俱乐部的小房子前停了下来。罗伯特·乔丹在那里睡了足足三个小时之后才再次出发。

那是他最后一次见到戈尔茨的情形。戈尔茨有着一张白得出奇的脸，仿佛永远也晒不黑，鹰眼，大鼻子，薄嘴唇，剃光的头上留着一条条皱纹和伤疤。第二天晚上，部队将在埃斯科里亚尔城外黑黢黢的公路上集合。排成两条长龙的卡车在夜色中满载着步兵，配备沉重的士兵们率先爬上卡车，接着机枪排把他们的枪支一一抬到卡车上，坦克沿着垫木开上长平板车。在这样的深夜，一师兵力被拉出去，部署在敌人的后方，随时准备进攻山口。他不愿意想这些费神的事，这不是他分内的事，而是戈尔茨的事。他只有一件事需要做，那才是现下他应该考虑的，而且必须把它布置得很周密，容不得半点儿差错。这事也不能发愁，愁和恐惧一样糟糕透顶，这只会让事情变得越发难以处理。

这时，他坐在小溪边望着山石间清澈的水流，蹙眉凝思。不经意间，他看到溪水的对岸有一簇稠密的水田芥，他蹚过小溪，拔了两撮，在溪流中把根上的泥土洗净，然后返回岸上，坐在背包旁边，吃着那清新而凉爽的绿叶和生脆而带有辣味的茎梗。吃完之后，他跪在溪边，将系在腰带上的自动手枪挪到身后，以免浸水受潮。他用两手各撑在一块大鹅卵石上，俯身去喝溪水，溪水冰凉刺骨。

待他撑起身子，转过头来，却看见那个老头子正从悬崖上攀缘下来。和他一起下来的还有一个人，这人光着脑袋，也穿着这地区几乎成为制服的农民式的黑罩衣和深灰裤子，脚上穿着一双绳底鞋，还背着一支锃亮的卡宾枪。两人一跃一跃地从悬崖上爬下来，就如山羊般灵巧。

他们快走到近前的时候，罗伯特·乔丹站了起来。

"你好，同志。"他对背卡宾枪的人说道，并且友善地笑了笑。

"你好。"对方生硬地回答说。

罗伯特·乔丹没说什么，默默地望着这人满是胡楂儿的大脸，这张脸盘圆圆的，脑袋也是圆圆的，紧紧压在肩膀上。两只眼睛小而眯着，瞳距却分开的很远，一对略显小的耳朵紧贴在脑袋两侧。他高约五英尺十英寸，身体粗壮，手大脚长的，鼻子似乎裂开过，一边嘴角疑似刀砍的疤痕，那道横贯上唇和下颌的刀疤在满脸的胡子中显露出来，很是狰狞。

老头子对这个人点了点头，又冲乔丹笑了笑。

"他是这一带组织的头儿。"老头子笑着说，然后下意识地屈起双臂，好像要让臂上肌肉鼓起来似的。之后他用一种略带讽刺的敬佩神情看着这个背卡宾枪的人，"一条好汉。"

"看得出来呢。"罗伯特·乔丹说，也笑了笑。他对这人的神情没有一点儿好感，内心也很是不快。

"你拿什么证明你的身份？"背卡宾枪的人问道。

罗伯特·乔丹解开别在衣袋上的安全别针，从法兰绒衬衫的左胸袋里摸出一张折得很好的纸，交给这个人。这人把纸摊开，狐疑地看了看，在手里不时地翻弄着。

罗伯特·乔丹注意到他可能不识字。

"看看这个公章。"罗伯特·乔丹说。

老头子也近前指了指公章，背卡宾枪的人把这纸张夹在手指间翻来覆去地认真地端详着。

"这是啥公章啊？"

"怎么，你以前没见过吗？"

"没有。"

"上面有两个公章，"罗伯特·乔丹接着说道，"一个是S. I. M.——军事情报部，另外一个是总参谋部加盖的。"

"没错，我以前见过这个公章。可是在这里不顶用，我承认了才算数，"对方阴沉着脸说，"你背包里是什么？"

"炸药，"老头子很神气地说，"昨晚我们趁着夜黑越过了敌人的防线，今天一整天都背着这炸药走山路。"

"我很需要炸药。"背卡宾枪的人说道。他把那张纸还给罗伯特·乔丹，斜着眼睛上下打量着他。"没错，炸药对我来说确实有用。你给我带来了多少？"

"这炸药并不是给你的，"罗伯特·乔丹淡淡地对他说，"炸药另有用处。你叫什么名字？"

"这和你有什么关系？"

"他叫巴勃罗。"老头子接茬儿道。背卡宾枪的人不说话了，用阴郁的眼神望着他俩。

"好啊，我听过很多称赞你的话呢！"罗伯特·乔丹说。

"你听过关于我的什么？"巴勃罗问。

"我听说你是个英勇的游击队长，你对共和国很忠诚，而且用行动证明了你的决心，你这个人既严谨又果敢。在此，我代表总参谋部向你表示问候。"

"这些话你都是从哪里听来的？"巴勃罗问。罗伯特·乔丹忽然意识到这个人丝毫不吃自己这一套。

"从布伊特拉戈到埃斯科里亚尔，都有人提到过你。"他提到了火线另一边的整个地区。

"布伊特拉戈也好，埃斯科里亚也罢，我都没有认识的人。"巴勃罗对他说。

"由于国内战争，山脉的另一边也有许多人以前都不住在那里，有很多拥护共和国政府的人，从敌占区投奔到瓜达拉马山脉东南地区去。你是哪里人？"

"阿维拉省人。你的炸药用来干什么？"

"炸桥。"

"炸哪一座桥？"

"那是我的事。"

"如果桥在我管辖的这个地区，那也是我的事。你不能在我们的居住地的旁边炸桥。你必须在远离自己老窝的地方搞游击。这儿的事我是最清楚不过了。在这里能生存下来，并活了一年的人，都知道这其中的道理。"

"这是我的事，"罗伯特·乔丹说，"对于这件事，我们大家可以一起商量着办。你能帮我们拿一下这两个背包吗？"

"不。"巴勃罗坚决地说。

这时，老头子突然转过身去，用一种罗伯特·乔丹勉强能听明白的当地方言，急速而愤怒地对巴勃罗说着什么，仿佛是在朗诵优美的克维多①的诗篇。实际上，安塞尔莫说的是占卡斯蒂尔语，大体上是说，"你是野兽吗？我认为是的。你是畜生吗？这话也没错。你有头脑吗？没有。我们这次来，要干的是一件惊天动地的大事，可你呢，只求明哲保身，自己的狐狸窝比人类的利益更重要。去你祖宗的，赶紧背包。"

巴勃罗看着地上，沉默了一会儿。

"每个人都需要根据自己的实际情况，做一些力所能及的事情，"他说，"我在这一带居住，就得到塞哥维亚以外去搞游击。你要是在这里搞出乱子，敌人就会扫荡这片土地，最终我们就会被驱逐出根据地。只要这一带安宁了，他们才不会发现我们的根据地，我们才可以生存下去，这就是狐狸的原则。"

---

① 克维多（Queveelo，1580—1645）：西班牙古典作家，以讽刺文、流浪汉小说及诗歌而声名大噪。阿维拉省及塞哥维亚省属古卡斯蒂尔地区，其方言至今带有古风。

"是呀，"安塞尔莫愤愤地说，"这是狐狸的原则，可是我们这个时代需要的是狼。"

"和你相比我更像狼。"巴勃罗说。罗伯特·乔丹知道他会替自己背包了。

"嘿，嗬……"安塞尔莫看着他说，"你更像狼？大言不惭。我六十八啦。"

他朝地上唾了一口唾沫，不屑地摇了摇头。

"你有那么大岁数了？"罗伯特·乔丹问道，看到暂时不会闹矛盾了，他就试着让气氛轻松一下。

"到7月份就满六十八岁了。"

"我们能活到7月就算万幸了，"巴勃罗说，"我来帮你背这个包，"他对罗伯特·乔丹说，"另一个就让老头子背吧。"他现在的口气不再阴郁，而是略带伤感，"这老头子可是相当有力气的呢！"

"我自己背一个就行。"罗伯特·乔丹说。

"不用了，"老头子说，"让他这个大力士背吧。"

"我来背。"巴勃罗对他说，他的阴郁的神情中带着一丝悲凉，这让罗伯特·乔丹内心也很忐忑。他理解他的这种悲凉，那是一种大难临头的忧虑感。在出使任务的第一站就遇到这样的情况，可不是好兆头啊。

"我替你背卡宾枪吧。"罗伯特·乔丹说。巴勃罗听完，摘了下来，递给了他，他随后把它扛在了肩上。

那两人一前一后在前面带路，他们艰苦地爬上花岗岩的陡崖，又翻过一个山脊，来到树林里一片绿色的空地上。

他们顺着这片小草地的边缘往前继续走着，罗伯特·乔丹迈着大步轻松地跟在身后。他卸下了沉甸甸的背包，肩上扛起坚硬的卡宾枪，身上的汗水也干透了，这实在是让人心情舒畅。他四处留神观察，注意到几处地方的草被牲口啃过，草地上还有些钉过拴马桩的痕迹。再往前，那里有一些马的新鲜粪便，还有一条牵马到小溪边饮水时踩出来的羊肠小径。他想，那一定是为了躲避敌人的视线，他们晚上把马拴在这里来吃草，白天把它们隐蔽到树林里。看这个情形，这个巴勃罗有很多匹马了？但到底有多少，一时半会儿还猜不透啊！

这时他想起了刚才无意间注意到的情景，巴勃罗裤子的膝盖和大腿根部被磨得油光锃亮。他内心暗暗地想：不知道他是穿着马靴骑马，还是穿着现在穿的这种麻鞋骑马？他肯定有一整套骑马装备。虽然觉得巴勃罗有马是件很欣慰的事情，毕竟这次任务用得着马。但是内心还是不喜欢他那骨子里忧郁的劲儿，那不是什么好的兆头。那是人们在放弃信念或者出卖别人之前所滋生出来的一种忧伤。

在他们前面的树林里，有匹马长嘶了一声，那时林子里还是很昏暗，只有些许阳光从那浓密得几乎不见天日的树梢间洒落下来。透过松林密匝的褐色树干，隐约看到用绳子绕在树干上围成的马栏。当他们走近马栏时，马的脑袋都闻声转向他们，很好奇地张望着来人。好多马鞍堆放在马栏外面的一棵树的树荫下，上面用一块油布遮盖着。

这时大家都停下了脚步，罗伯特·乔丹明白该由他来夸一夸这些马了。

"不错，"他说，"这些马膘肥体壮的，漂亮极了。"他转向巴勃罗，"看来，你还有一支装备齐全的骑兵队呢！"

栏里一共有五匹马：三匹是枣红马，一匹是栗色马，另外一匹是鹿皮色马。罗伯特·乔丹先是大致地扫了一眼马群，然后一匹一匹地上下打量，仔细甄别。巴勃罗和安塞尔莫当然知道这马有多么的棒。巴勃罗这时骄傲地站着，用温情的眼神注视着自己的马，罗伯特甚至觉得，他脸上的忧伤也舒缓了很多。而老头子的神态则更是神气，仿佛这些马都是他瞬间变戏法变出来的。

"你觉得它们看上去怎么样？"他问。

"这些马都是我的骄傲。"巴勃罗说，罗伯特·乔丹听到他那轻松的语调，顿时对他的不满也减少了几分。

"那匹马，"罗伯特·乔丹说，他指着其中的一匹枣红马，它前额上有一块白斑，左前蹄也是纯白色，"实在是棒极了。"

那马美得仿佛是从西班牙画家委拉斯开兹的画中奔驰下来的一样，极具巴洛克古风神韵，肌肉线条流畅而又不失高贵。

"其实它们每一匹都是好样的，"巴勃罗说，"你懂马吗？"

"懂。"

"那不错，"巴勃罗说，"你能看出其中哪匹马有点儿小毛病吗？"

罗伯特·乔丹清楚地知道，这个目不识丁的人正在考验自己呢！看来，他对自己并不信任。那些马依然都抬头看着巴勃罗，看来人和马之间很熟稔。罗伯特·乔丹从马栏围栏的空隙之间钻了进去，轻轻拍了拍鹿皮色马的屁股，马开始沿着围栏奔跑起来。罗伯特先是靠在围栏上眯着眼睛看着那些马，然后又挺直了身子端详了它们一会儿，待它们停下来之后，他又弯下腰从空隙里钻出来。

"那匹栗色马外侧的一条后腿有点儿瘸，"他对巴勃罗说的同时并没有看他，"那只蹄裂了，不过，日后仔细钉个合适的马掌的话，不会有什么大碍的，但是不要让它在硬地上跑太多的路，否则这匹马就废了。”

“我们找到它的时候，马蹄就是这样了。”巴勃罗不无惋惜地说。

“你那匹最棒的马，那匹白额枣红马，它的炮骨上面有一个肿块，我觉得需要细心照料一下。”

“那无关紧要，”巴勃罗说，“那是三天前不小心撞的，要是有什么问题，早就出毛病了。”

巴勃罗掀开油布，亮出马鞍。有两副普通的牧人马鞍，极似美国西部牛仔配备的那种。另一副牧人马鞍却装饰得十分精美，鞍子皮面上有手工雕琢的暗纹，上面还配着一副带脚背的马镫子，整体给人看起来，非常厚实。另外还有两副是军用的黑皮马鞍。

“这两份军用马鞍，是我们从干掉了的两个民防军那里弄来的。”他解释那军用马鞍的来历。

“那可是一次不小的收获呢！”

“当时，他们在塞哥维亚通往圣玛丽亚雷尔德亚尔的那段公路上下马检查一个赶车人的证件。我们果断地在那里解决了他，没有伤到马的丝毫。”

“你们干掉了很多民防军吗？”罗伯特·乔丹问。

“有几个，”巴勃罗说，“不过前几次都是伤到了马，这次却干得很漂亮，马完好无损。”

“阿雷瓦洛炸火车的事情，”安塞尔莫说，“那也是巴勃罗干的。”

“一个外国人和我们一起炸的，”巴勃罗说，“你认识他吗？”

“他叫什么名字？”

“我不记得了，只知道他的名字很奇怪。”

"他长得什么样，还记得吗？"

"和你一样的金发，但个子没有你高，一双大手，鼻梁似乎断了。"

"卡希金，"罗伯特·乔丹说，"你描述得很像卡希金。"

"没错，就是他，"巴勃罗接道，"大概就是这个古怪的名字，他现在干吗？"

"4月份就死了。"

"谁都难免一死啊！"巴勃罗面露沮丧地说，"我们所有人的结局都会如此。"

"人的结局历来都是如此，"安塞尔莫说，"死是不可避免的。你这是怎么啦，伙计？你肚子是不是不舒服？"

"敌人很厉害。"巴勃罗说，他自顾自地嘟囔着，眼神凄楚地望着那些马。"你们不知道他们有多强大。我在这里的几年，一步一步地看着他们壮大起来，无论在装备上还是物资上都很精良。可我们呢，却只有这些马。我们还能有什么未来？要么在追捕中死去，要么在炮火中死去，没得选择了。"

"别人追你，但你也可以反过来追别人啊！"安塞尔莫说。

"不，"巴勃罗说，"事情再也不是你想象的那样了。如果我们现在离开这片山区，又能去哪里？你能确切地告诉我吗？现在哪儿是我们的容身之处？"

"西班牙有那么多的山，离开了这里还有格雷多斯山①。"

"我不想去那里，"巴勃罗说，"我已经厌烦那种被追捕的惶恐日子了。我们在这里过得好好的，一旦你在这里炸桥，他们定

---

① 格雷多斯山脉位于瓜达拉马山脉的西南，二者差不多连成一条直线，构成斜贯西班牙的中央山脉。

会来这片山区搜捕，那样我们又没有安稳日子了。一旦发现我们的行踪，必定调动飞机前来轰炸，我们很快就玩儿完了。即使他们不派飞机前来，他们只派摩尔人来搜索①，也够我们受得了。这一切都叫我心烦意乱，你知道吗?"他转身面向罗伯特·乔丹，"你，一个外国人，有什么权力到我的地盘上撒野，命令我必须干什么?"

"我并没有命令你一定要做什么。"罗伯特·乔丹对他说。

"但是你以后会的，"巴勃罗说，"瞧着吧，那就是祸根。"

他顺手指了一下地上的那两只沉重的背包，那是他们看马时从背上卸下来的。看到了马，仿佛勾起了他满腹的忧患意识，而当看到罗伯特·乔丹识马，又似乎禁不住打开了心扉，让他健谈一些了。他们三个人沉默地站在马栏边，斑驳的阳光透过茂密的枝叶洒落在那匹栗色种马的背上。巴勃罗温柔地看着它，接着用脚踢了踢脚边沉重的背包，"这实在是祸根啊!"

"我只是来执行任务的，"罗伯特·乔丹对他说，"我是奉上级的命令来的。如果我向你请求帮忙，你有拒绝的权力，我可以另外找别人帮忙。但我现在没说请你帮忙的事，请不要太过激动。我必须按照上级命令办事，这是我的职责。我也知道这次任务的重要性，容不得我有半点迟疑或退缩。我是外国人，那也不是我的错。我现在宁可自己就是本土人，熟悉这里的地形，这样也不用麻烦你们了。"

"对我来说，现在最重要的是保证这一带的安全，"巴勃罗说，"就我而言，职责就是保证我的手下和我能生存下去。"

---

① 佛朗哥在当时属于西班牙的摩洛哥招募了大批摩尔人，运到西班牙充当叛军，他们很擅长山区搜索。

"你自己，说得好啊，"安塞尔莫说，"你很早之前就肩负着责任了，只对你自己和你的马负责任。没有得到这些马之前，你和我们是一伙的，可现在你有了马就变成地道的资本家啦。"

"你说这话可不公平，"巴勃罗说，"为了我们共同的事业，我的马牺牲了多大啊！"

"不见得，"安塞尔莫不屑地说，"我没觉得牺牲了多少。偷东西、抢吃的，自相残杀，我承认你的马发挥了大用途。可是打仗，我没觉得派上用场。"

"老头子，你这张臭嘴，日后恐怕会为此吃点儿苦头。"

"我这个老头子说话一向就这样，"安塞尔莫对他说，"另外，我这个老头子没有马，比不上你这有马的人。"

"你这个老头子看来真是活得不耐烦了。"

"我这个老头子活多久，你说了不算，"安塞尔莫说，"我会长命百岁的，而且我可不怕狐狸。"

巴勃罗显得很无奈，一句话也没回老头子，只是无声地拿起了背包。

"也不怕狼，"安塞尔莫不依不饶地说着，跟着拿起了另一只背包，"如果你承认你是狼的话。"

"闭上你的臭嘴吧，"巴勃罗对他说，"瞎啰唆什么啊！"

"啰唆归啰唆，我言出必行。"安塞尔莫说，他在背包的重压之下佝偻了身姿。"对了，那个年轻人饥渴难耐了，快点儿走吧。你这位哭丧着脸的游击队长，带我们去找点儿东西充饥吧。"

罗伯特·乔丹心想，这个任务的开始还很不顺畅啊。不过，安塞尔莫的确是条汉子。他想，他们好的时候，任谁都不能把他们拆散，而他们坏的时候，却比毒蛇还恶毒，他们之间的关系，很难猜得透啊！既然安塞尔莫把我带到这里来，一定有他的道理。我实在不喜欢这里的一切，而且很讨厌。

唯一的好迹象是巴勃罗替自己背包，并把卡宾枪交给了他。他或许一向就是这副样子，他或许天生就是那种悲观的人。

不，他对自己说，不要拿伪善的谎话骗自己了。你不清楚他以往的为人，可是你现在清楚知道他是多么的自私，而且没有丝毫的掩饰。更可怕的是，一旦他开始掩饰之时，一定是已经做出决定了，要时刻警惕啊！一旦巴勃罗摆出友好的态度，那其中一定有诈，切记这一点啊！不管怎么说，这些马真不错，他想，真是漂亮。我不了解巴勃罗对这些马的情感，老头子的话说得很有道理，几匹马让他发了财，人一旦发了财，就变得像个守财奴了。我一炸桥，他的财产就泡汤了，他能甘心吗？依我看呀，他的财富梦很快就会醒来了，因为在这个乱世，富人之间炫耀的赛马比赛是不可能举行的，可怜的巴勃罗，他没有机会当赛马骑手了。

这个想法让他的心情舒畅了很多。望着前面那两个人弯折的背影，他露齿笑了笑，疾走了几步，追上他俩的步伐，就这样三个人在树林中艰难地穿行。由于任务压在心里，他一整天没敢放松自己的警惕，现在鄙视了巴勃罗不能赛马的事，他心里异常轻松。你很快就要变得和他们这些人一样刻薄了，他自言自语地告诉自己。你也要变得沮丧起来。他面对戈尔茨的态度也是很沮丧的，这件任务使他心里没有底，略微显得措手不及。一定程度上说，自己的能力不能完全胜任这个艰巨的任务。戈尔茨是很懂享受的人，他希望罗伯特·乔丹在出发之前喝点儿酒，也能稍微放松一下心情，但是并没有成功。

你仔细想想就能了解，所有杰出的人物都是快活的。快活是比愁苦好得多，它有着很深刻的人生哲理在里面。只要你现在还活着，就把它当成永生一般看待，这个道理一时也很难说得清。不过这种快乐的人现在也不多了。是呀，快乐的人能活下去的已经不多了，少得可怜了。不过，要是你继续这样想个不停，老兄，你自己也肯定活不长远了。现在就不要再去想这些没用的了，老家伙，老同志，如今你是一个爆破手，而不是一个思想家。好家伙，我快饿死了啦！他想，我希望巴勃罗那里有合口味的食物，不要太粗糙才好啊，最好再来点儿酒就更好了。

第二章

他们一路穿过茂盛的树林，来到这个小山谷的上端，站在上面环视四周，发现整个山谷呈杯形，前面不远处的林子里，有一座隆起的石壁，那下面肯定就是营地了。

等走到跟前了，发现自己料想得不错，那儿真的是营地，地形选得非常缜密，不走近根本看不到。罗伯特·乔丹猜想，从空中也是无法发现什么痕迹的，营地隐蔽得像熊窝，可是，从防卫上来看，并不比熊高明多少，守卫很是散漫啊！

他们走进营地之前，先是慎重地观察着四周的动向，发现没有什么可疑的动静，这才放心大胆地走了下去。那突起的石壁上有一个天然的大山洞，洞口端坐着一个人，算是岗哨了。只见他背靠洞壁的岩石，两腿自然前伸，一支卡宾枪放在身旁。他正在用刀削一根木棍，当罗伯特·乔丹一行走近的时候，他漫不经心地看了一眼，然后低头继续削自己的木棍。

"喂，"坐着的人说，"另两位陌生的面孔，是什么人？"

"我常提起的老头子和一个新来的爆破手。"巴勃罗一边说，一边解下沉重的背包，并把它放在洞口稍微靠外的地方，安塞尔莫也把自己的背包紧挨着那只放了下来，罗伯特·乔丹把卡宾枪摘下来，靠在岩石上。

"别把背包搁在离洞口这么近的地方，"削木棍的人说，他有一双宝石蓝的眼睛，黝黑的如皮革般的肤色，吉卜赛人的帅气脸上略带懒惰的神情，"那儿生着火呢。"

"起来，你去把它放好，"巴勃罗说，"就放在那棵树旁吧。"

吉卜赛人并没有起来的意思，对着巴勃罗骂了一句粗话，转头说："就搁在那里，把你炸死算了，这样你的一些臭毛病也一下子好了。"

"你削木棍做什么用？"罗伯特·乔丹一屁股坐在吉卜赛人身边。吉卜赛人把手上的东西拿给他看。那是一个"4"字形的捕兽夹，他此时正在忙着削横栓。

"用来逮狐狸的，"他说，"打击的机关是靠着支在上面的一段树干。它会在瞬间砸断狐狸的背脊。"他朝罗伯特·乔丹咧嘴笑笑。"你瞧，是这样操作的。"他做了个捕兽夹闭合、树干顺势砸下去的姿势，然后摇摇头，缩回手，张开两只胳膊，做出被砸断脊骨的狐狸的模样。"百发百中。"他解释说。

"他特喜欢逮兔子，"安塞尔莫说，"他是吉卜赛人，说话喜欢虚夸。所以，逮到了兔子就说成是狐狸，捉住了狐狸可能就会说成大象。"

"那么逮到了大象呢？"吉卜赛人问，又露出一口雪白的牙齿，对罗伯特·乔丹眨了眨好看的蓝眼睛。

"你会说成是坦克，对吧？"安塞尔莫对他说。

"我会俘获一辆坦克的，"吉卜赛人对他说，"我一定会俘获一辆坦克回来，至于到时候说我逮到了什么，随便你。"

"光说不练，这是吉卜赛人的一贯作风。"安塞尔莫对他说。吉卜赛人又对罗伯特·乔丹挤了一下眼，没理会老头子的讥讽，继续削他的木棍。

他们说话这会儿，巴勃罗早进了山洞，找不见人影了。罗伯特·乔丹就权当他是去找吃的东西了，也懒得搭理他。于是，他在吉卜赛人身边的空地上坐了下来，午后的阳光从树梢间斜照进来，径直地照在他伸直的腿上，暖洋洋的。这时他闻到了山洞里散发出的饭菜的香味，那是食油、洋葱和煎肉三者混合的香气，他的胃禁不住咕咕直响。

"弄一辆坦克，"他对吉卜赛人说，"这个事情办起来并不很难。"

"用这些玩意儿吗？"吉卜赛人看了一眼旁边的两个背包。

"是的，"罗伯特·乔丹对他说，"以后有机会，我可以教你怎么爆破。你只要布防好一个陷阱，捕获坦克就比较容易了。"

"就我们两人？"

罗伯特·乔丹说，"当然，为什么不行呢？"

"喂，"吉卜赛人对安塞尔莫说，"能不能把这两个背包搬到相对安全的地方去？你不知道这些玩意儿在我们这里是多么的珍贵啊！"

安塞尔莫不满地咕噜了一声。"我去拿酒。"他对罗伯特·乔丹说。罗伯特·乔丹站起身把背包提到了那棵树的下面，分散地放在树底下。他晓得里面装的东西的威力，绝不能让背包挨在一起，那样即便出了意外，也不至于引起连环爆炸。

"顺便带一杯酒给我。"吉卜赛人对他说。

"还有酒喝？"罗伯特·乔丹问，又在吉卜赛人身边坐了下来。"酒？别小瞧了我们？足足一大皮囊呢。呃，我的意思是至少也得有半皮囊。"

"有什么吃的东西吗？"

"吃的什么也不缺，伙计，"吉卜赛人说道，"我们的伙食跟将军吃的一个档次。"

"我想知道，吉卜赛人在战争时期都干什么？"罗伯特·乔丹问他。

"当然还是吉卜赛人惯常的行业。"

"这个行当其实也不赖。"

"最好的啦，"吉卜赛人说，"你叫什么？"

"罗伯特，你呢？"

"拉斐尔。坦克的事你当真？"

"当然了，骗你干吗？"

这时，安塞尔莫从洞里走出来，手里端着一只大大的粗陶缸，里面盛了满满的红葡萄酒，另一只手钩着三只粗粝的杯子。"看，"他说，"酒具碗碟之类的，他们一应俱全。"巴勃罗随之也从洞里钻出来。

"饭菜马上就做好了，"他说，"你有烟吗？"

罗伯特·乔丹站起身，走到树下打开其中的一只背包，在帆布的夹层口袋里摸索了几下，就掏出一盒扁的俄国香烟，这是出发前从戈尔茨司令部弄到的。他用拇指指甲使劲划开烟盒的边缘，打开盒盖，然后把它递给巴勃罗。巴勃罗拿出六七支的样子，握在自己粗糙的大手里，拿出一支对着阳光仔细端详着，烟卷是那种带过滤嘴香烟，通体细长。

"烟丝太少，卷得也不紧。"他说，"我之前见过这种烟。那个名字奇怪的人也抽这种牌子的烟。"

"卡希金。"罗伯特·乔丹说着，顺手把烟盒扔给了吉卜赛人和安塞尔莫，他们每人各拿了一支。

"多拿几支抽吧。"他说，于是他们每人又各拿了一支。罗伯特看他们很拘谨，不好意思多拿，于是又给了他们俩每人四支，他们手拿烟卷，频频点头表示谢意，烟卷的上端也随之上下摆动，那样子仿佛古罗马时代持剑行礼的武士。

"对，"巴勃罗说，"那个人的名字，真是奇怪呢！"

"喝酒吧。"安塞尔莫从缸里舀了一杯，先递给罗伯特·乔丹，然后又给自己和吉卜赛人各舀了一杯。

"怎么没有我的?"巴勃罗问。他们三个坐在洞口，手里都端着酒杯，只有巴勃罗手里空着。

安塞尔莫只好把自己那杯递给他，转身又钻进洞里拿杯子去了。一会儿，他从洞里走出来，弯身从缸里舀了满满的一杯。大家都坐定之后，相互之间觥筹交错起来。

酒很够劲，里面掺杂着一股皮囊的松脂味，但并不影响口感，反而给酒增添了一股清淡的幽香。罗伯特·乔丹慢慢品着杯中酒，觉得疲惫的身体流过一阵阵暖意。

罗伯特·乔丹喜欢饮酒，也品尝过不少种类的酒。他曾经想过自己有这个嗜好的原因，他想到了自己嗜酒如命的祖父，这可能是遗传，他告诉自己，家族中很多长辈都嗜酒，尤其是他尊重的祖父。他认为，无论哪款酒，入口总会先有一种辛辣的感官刺激，撩拨着你的味蕾，但是随后就会有种微凉的感觉从喉间掠过，麻麻的，然后进入胃，他非常喜欢这种感觉。还有那半醉半醒时的蒙眬时刻。

"吃的马上就好了，"巴勃罗说，"那个名字古怪的外国人，是怎么死的?"

"自杀死的。"

"能说一下是怎么一回事吗?"

"他受了很重的伤，而且不愿意做俘虏。"

"详细的经过，能讲讲吗?"

"不清楚。"他撒了谎。那么深入骨髓的痛，怎么能够不清楚呢? 但他明白，在这个时候谈此类残酷的事，并不合适。

"他当时要我们答应他一件事，万一炸火车受伤跑不了，就用枪把他崩了，"巴勃罗说，"他说话的神态也很古怪。"

罗伯特·乔丹想，早在那个时候，他的神经可能已经过度紧张而变得神经兮兮了，可怜的卡希金啊！

"那时，我也感觉他对自杀似乎情有独钟，"巴勃罗说，"他对我说过此事。他也很恐惧被俘，他觉得那些刑罚让他受不了。"

"他也跟你说过这事？"罗伯特·乔丹问。

"是的，"吉卜赛人说，"他对我们大家都说过差不多此类的话。"

"你也参与炸火车的任务了？"

"当然，我们大家都参与了。"

"他说话时的表情非常古怪，"巴勃罗说，"不过他还算勇敢。"

可怜的卡希金啊！罗伯特·乔丹想。他敏感的神经给这里的人带来多么不良的影响啊！我要是早知道这样就好了，他们就可以把他调回去。执行任务的人绝不能说这样沮丧的话，绝对不行。说了这种话，即使任务完成了，但那些坏的言论还会继续影响这里的人。

"他是有一些古怪，"罗伯特·乔丹说，"我看他神经有点儿不大正常。"

"不过他搞爆破很有一手，"吉卜赛人说，"并且也非常勇敢。"

"但是思维上有点儿怪异了，"罗伯特·乔丹说，"干这一行，头脑必须冷静，说那样的丧气话绝对是不允许的。"

"那么你呢，"巴勃罗说，"如果你在炸桥时负伤了，你愿意被俘虏吗？"

"听好了，"罗伯特·乔丹说着身子凑向酒缸，给自己舀了满满一大杯，"听清楚我的话，如果到时候我真出现不测，需要你们帮忙，我会跟你们打招呼的。但不是现在，我不喜欢预测未发生的坏事，那样对任务没好处。"

"好样的，"吉卜赛人帮腔道，"这话说得很有男子汉气概。呵！吃的来啦。"

"你已经吃过了吧。"巴勃罗说。

"再来两人份我也吃得一点儿不剩。"吉卜赛人对他说，"也不看看是谁端来的。"

一个姑娘手里端着一只大铁盘子，弯腰从洞口走了出来，罗伯特·乔丹只看到她的侧脸，隐约间感觉到她见到陌生人很不自在。她朝他微微一笑说，"你好，同志。"罗伯特·乔丹也说，"你好。"他尽量提醒自己不要直勾勾地盯着人家姑娘看，而且表面上也没表现出很刻意的样子。

她把一个平底的铁盘摆在了罗伯特·乔丹的面前，他注意到了她有一双漂亮的古铜色的手。她此时正微笑着望着他的脸。她的牙齿很白，有着金铜色的皮肤和同色系的瞳仁。她高高的颧骨、笑眯眯的月牙眼，丰厚端正的嘴唇，感觉柔和极了。她的头发如麦田里的金褐色，但已被炽烈的日光晒得色泽暗淡了许多，不过剪得很短，只比海狸的毛稍微长一点儿。

似乎感觉到罗伯特·乔丹注视着自己的头发，她朝着罗伯特·乔丹呵呵笑着，举起古铜色的手去梳理自己乱蓬蓬的短发，手爬过之处，那刚刚被抚平的头发又调皮地翘了起来。她的脸很美，无与伦比的那种美，罗伯特·乔丹想，一头金褐色长发的她该是多么的惊世绝伦啊！

看着他还看着自己的头发，于是她笑着对罗伯特·乔丹，表情上有点儿嗔怒，说："我头发就是这样了，吃你的吧。不要老是盯着它看了，怪不好意思的。我在古城瓦利阿多里德①就把头

---

① 瓦利阿多里德（vallaclolid）为西班牙北部古城，大教堂、旧王宫是这个城市的特色。

发剃得很短了。现在还长长了好多呢。"

她在他对面坐下，静静地望着他。他也看着她，她冲他微微一笑，双手抱膝，一双长腿自然地斜搭着，裤管处不经意间露出一截光滑的小腿。他还隐约能看到她灰色衬衫内隆起的乳房，它们是多么的小巧可爱啊！每次罗伯特·乔丹不自觉地看向她的时候，都会感到自己喉头紧缩，热流上涌。

"没有额外的碟子，"安塞尔莫说，"只好用刀叉自己叉着吃了。"姑娘已经在铁盘子里放了四把刀叉，并把它们朝内摆放。大家围着大铁盘子热闹地吃开了，一时间刀叉碰触铁盘的声音响成一片，但没人说话。这一直是西班牙的传统习惯，食不言寝不语。洋葱青椒烧兔肉，青豆加红酒做的调味汤。饭菜做得很到火候，兔肉烂得都骨肉分离了，调味汤也非常的鲜美。罗伯特·乔丹一边吃，一边嘬着杯中的红酒。姑娘的视线一直追随着罗伯特·乔丹，半刻也没有离开过。其余的人自顾自地吃着，并没有注意到什么他们眉目间传递的信息。罗伯特·乔丹拿起一片面包擦净自己盘中剩下的卤汁，又把兔骨拨到一旁，擦净底下的卤汁，然后又拿面包擦净刀叉，把自己的刀子收好，接着吃面包。干完这些，他又倾身向前，满满地舀了一杯酒，这时，那姑娘还在注视着他。

罗伯特·乔丹喝了半杯之后，试着想和姑娘说话，但是只要眼睛一望着姑娘，喉头就不争气地哽咽了。

"你叫什么名字？"他问。巴勃罗听到他的语调很怪异，疑惑地瞥了他一眼，也没说什么，就站起身离开了。

"玛丽亚，你呢？"

"罗伯特。你在这里住了多久了？"

"三个月。"

"三个月？"她注意到，他此刻又注视着自己那头短毛，于是局促不安地用力捋了几把，瞬时那头发就像坡上的麦浪在风中泛起粼粼的波光。

"之前剃了个光头，"她说，"在瓦利阿多里德监狱里，剃光头是监狱的规矩，三个月了才长成这样。炸火车那会儿，我正好也在火车上，他们本来打算押送我去南方。火车被炸之后，很多犯人又被抓住了回去，我却意外地逃了出来，后来被这些人找到，带到这里来了。"

"我发现她瑟缩地躲在山石堆中，"吉卜赛人说，"当时我们刚刚准备撤退。好家伙，那时的她可真丑啊！我们一路带着她逃亡，不过很多次我们都想扔下她，不管她了。"

"我记得当时与他们一起炸火车的还有一个人？"玛丽亚问，"他也有一头金黄色的鬈发。就是那个外国人，他现在在哪儿？"

"死了，"罗伯特·乔丹说，"4月份就死了。"

"4月份？炸火车不就是在4月份吗？"

"是的，"罗伯特·乔丹回答说，"炸火车之后不久，他就死了。"

"真是可怜啊！"她说，"不过，他很勇敢。你也是做这个行当的吗？"

"是的。"

"你以前也炸过火车？"

"是的。炸过三列火车。"

"也是在这里？"

"在西班牙西部的埃斯特雷马杜拉，一个与葡萄牙接壤的小城镇。"他说，"我之前一直在埃斯特雷马杜拉那一带活动。我们在那里干了很多事，我们有很多人在那里秘密活动。"

"那你现在为什么到这里来了？"

"那个有金黄色头发的人死了，我接替他的工作。还有，革命爆发之前，我曾经来过这里，对这片山区还算很熟悉。"

"你对这里很熟悉?"

"不，实际上不能说是熟悉。不过凭着以前的记忆，我能很快掌握这里的情况罢了。我有一张绘制精密的地图，还有一位不错的向导。"

"你说的是老头子吧，"她点了点头，"他人不坏。"

"谢谢你的赞赏。"安塞尔莫对她说。

听了老头子的插话，罗伯特·乔丹这才突然意识到，这里还有外人呢，一时忘情，竟然没注意到这个情况。他还发现，他不敢直视姑娘，一直视，说话就走调。他感觉自己正在违反西班牙处事规则中的一条：请男人抽烟，让女人走开。他内心其实一点儿也不在乎这些条条框框的原则，死都置之度外了，计较这点儿小事还有什么意义呢?

"你的脸庞真迷人，"他对玛丽亚说，"如果我能在你剃掉头发之前遇到你，该是多么好的情景啊!"

"它会长的，"她说，"六个月之后，它就会长得如以前那么长了。"

"你真该看看她从火车里逃出来时的那个样子，真是丑得让人想吐。"

"你有男人吗?"罗伯特·乔丹问，这时他似乎不想在这个问题上再绕弯子，"是巴勃罗吗?"

她惊诧地笑了，顺手在他膝盖上打了一下。

"巴勃罗? 你就见过巴勃罗这一个男人?"

"噢，那么就是拉斐尔，我还见过拉斐尔。"

"不是拉斐尔了。"

"她没有男人，"吉卜赛人说，"这个女人行事很怪，她没有男人，不喜欢拖累，但她对做饭却很有一手。"

"真的没有男人吗？"罗伯特·乔丹穷追不舍地问她。

"真的没有男人。不管开玩笑还是讲正经的，我都没有男人。我不属于任何男人，当然这其中也包括你。"

"是吗？"罗伯特·乔丹尴尬地说，他能感觉到自己喉头再次哽咽起来，"也好，我现在的状况实在没时间找女人，这倒是真的。"

"连短短十五分钟也没有吗？"吉卡赛人挑逗着问，"一刻钟也挤不出来？"罗伯特·乔丹并不急于辩解，他静静地望着玛丽亚，觉得喉咙哽塞得说不出话来了。

玛丽亚望着他笑，然后突然脸红了，不过仍然看着他。

"你脸红了，"罗伯特·乔丹对她说，"你经常脸红？"

"以前可不是这样。"

"现在你脸正红着呢。"

"我想我应该进去了。"　　.

"不要走，玛丽亚。"

"不，"她说，脸上没带一丝笑容，"我必须走了。"她把吃完的铁盘和叉都收拾起来。端着向洞里走去，她走起路来的样子像受惊的小马驹，但姿态也如小马驹一样的优雅。

"你们还用杯子吗？"她似乎想到什么，又回头问道。

这时，又见罗伯特·乔丹仍然在看着她，她又羞涩得脸红了。

"你盯得我不舒服，"她说，"我不喜欢把自己弄得这样窘迫。"

"酒杯先放着吧，"吉卜赛人对她说，"我们还想再喝一杯呢。"他到酒缸里舀了满满一杯递给罗伯特·乔丹，而罗伯特此时的眼睛正追随着姑娘的身影，直到她端着铁盘弯身钻进了山洞，才收回了视线。

"谢谢。"罗伯特·乔丹举着酒杯对拉斐尔说。她一离开，他的声调就恢复正常了，"就喝这一杯吧，我们已经喝了太多酒了，怕耽误正事。"

"那把这一缸都喝完吧，都倒出来了。"吉卜赛人说，"还有大半袋酒呢，够喝的呢，你不用客气。话说这酒来得不易啊，我们用马从很远的地方把它驮回来。"

"那次是巴勃罗干的最后一票，"安塞尔莫说，"从那之后他就没再干过。"

"你们一共有多少人？"罗伯特·乔丹问。

"七个男人，两个女人。"

"两个？"

"对。另外一个是巴勃罗的老婆。"

"那她人呢？"

"在山洞里。其实刚才那姑娘做菜并不好吃。我为了哄她开心才夸她做得好吃的。她一般只是帮巴勃罗的老婆打打下手，掌勺的是巴勃罗的老婆。"

"巴勃罗的老婆，她那个人怎么样？"

"野蛮极了，"吉卜赛人露齿笑了笑说，"野蛮的劲头，我都受不了。如果你觉得巴勃罗长得丑的话，那你应当见见他老婆，这样你才知道什么是丑。不过她很勇敢，比巴勃罗要勇敢一百倍。只不过就是很野蛮。"

"当初巴勃罗也很勇敢，"安塞尔莫说，"当初巴勃罗也是威风八面的人物。"

"他杀的人比霍乱时期死的人还多，"吉卜赛人说，"革命刚开始那会儿，巴勃罗杀人无数。"

"不过最近几年，他却不行了，"安塞尔莫说，"他变得懦弱起来，还很怕死。"

"也许杀人太多怕遭报应吧，"吉卜赛人说，"鼠疫，厉害吧，那也不如巴勃罗杀死的人多呢！"

"这仅是一部分原因，他太贪财了，"安塞莫尔说，"还酗酒。这个黑暗的年代，他想像斗牛士一样洗手不干，颐养天年，简直是痴心妄想。"

"他要是跨过火线到了那边，人家一定会扣下他的马，然后让他上战场，"吉卜赛人说，"我才不想去当兵呢！"

"吉卜赛人都这样说。"安塞尔莫说。

"为什么要当兵？"吉卜赛人问，"谁愿意进部队？我们干革命难道是为了参军？我愿意打仗保卫国家，但我不想受部队的约束。"

"你说的其他几个人在哪里？"罗伯特·乔丹问。他刚喝过酒，此刻酒劲儿上来，顿感浑身通畅，昏昏欲睡。他仰天躺在林子里的草地上，透过树梢望见山区午后的小片云朵缓慢自在地游荡在西班牙高空中。

"有两个人在洞里睡觉，"吉卜赛人说，"两个人在山上我们架枪的地方站岗。另一个人在山脚下的溪水边放哨。这会儿，兴许他们早已睡着了。"

罗伯特·乔丹翻了个身侧身卧着。

"你们架的是什么枪？"

"枪名很古怪，"吉卜赛人说，"我现在记不起来了。反正知道是类似机关枪的玩意儿。"

罗伯特·乔丹想，那可能是支自动步枪。

"它有多重?"他问。

"一个人能扛得起来,不过挺沉的。那支枪有三个支架,能折起来。那是我们在上次激战中缴获的,就是意外发现酒的前一次。"

"那支枪,你们配备了多少子弹?"

"多了去了,"吉卜赛人说,"整整一大木箱子,重得要死,几个人才能抬得起来。"

罗伯特·乔丹在心里盘算着,一大箱子,最少也得有五百发。

"弹膛配的是圆盘还是长带?"

"不清楚,只知道是圆铁盒的东西,它固定在枪上面。"

罗伯特·乔丹听完,心里还是惊诧了一下,了不起啊,刘易斯式的轻机枪①也能搞到手。

"你懂机枪吗?"他扭头问老头子。

"一窍不通。"安塞尔莫回道。

"你呢?"这是在问吉卜赛人。

"我懂啊!这种枪打起来特别带劲,快如闪电。不过,枪筒热得太快,一会儿就烫手了。时间久了,你都不敢用手去碰。"吉卜赛人神采飞扬地说道。

"这谁不知道,还用你说!"安塞尔莫轻蔑地说。

"我说得不对吗?"吉卜赛人说,"他既然问我懂不懂机关枪,我就把我知道的告诉他呗。"他接着说,"另外,它和普通的步枪是不一样的,只要你始终扣住扳机不放,子弹就会持续地发射。"

"除非出现卡壳,子弹打光或者枪筒烫得发软的情况,否则

---

① 第一次世界大战中,这种轻机枪由协约国首先使用,后来才装在战斗机上。每分钟它可以发射五百五十发子弹,重约十二公斤。它以发明家美国陆军军官艾·纽·刘易斯(1858—1931)而得名。

它不会停下来。"罗伯特·乔丹用英语说着。

"你在嘟囔什么?"安塞尔莫问他。

"没什么,"罗伯特·乔丹说,"我只是在用英语说一下未来的事情。"

"你说的很有意思呢,"吉卜赛人说,"用英语预言未来的事情,你会看手相吗?"

"不会,"罗伯特·乔丹说着又给自己舀了杯酒,"不过,你要是懂得手相,我倒希望你替我看一下,看看我最近的三天里会发生什么事情。"

"巴勃罗的老婆会看手相,"吉卜赛人说,"不过,她脾气暴躁,性情也野蛮,如果她不愿意给你看,我也没办法。"罗伯特·乔丹坐了起来,喝了一口酒。

"听起来很有个性的女人,我们去找巴勃罗的老婆吧,"他说,"我们去碰碰运气,如果真的如你所说的那样,就算了。"

"我可不想去招惹她,"拉斐尔说,"这些人里,她最讨厌的是我。"

"怎么了?"

"她始终觉得我是个混混儿。"

"她对你有偏见。"安塞尔莫嘲笑说。

"她厌恶吉卜赛人。"

"大错特错。"安塞尔莫说。

"她自己就有吉卜赛血统,"拉斐尔说,"她说的话其实很有道理呢。"他露齿笑了笑,"可是她说话的方式太伤人,每一句都像条牛鞭子抽在别人的心里。她那条毒舌能把人的皮活活扒下来,撕得粉碎。她真的野蛮极了。"

"她和那位叫玛丽亚的姑娘相处得怎么样?"罗伯特·乔丹

问。"关系好着呢，她打心眼儿里疼爱那丫头。不过，要是有人胆敢不怀好意接近那丫头，那就试试看——"他摇摇头，缩缩脖子，啧啧地说道。

"她对那姑娘真是不错，"安塞尔莫说，"她无微不至地照顾着那姑娘。"

"我们炸了火车把她带回来时，她的情绪很失控，似乎受了不小的惊吓，"拉斐尔说，"她不说话而且一直哭个不停，谁一碰她，她就会抖得像只落水狗一样。但是最近这段时间她已经好了很多。今天这姑娘就很好。刚才她和你说话的时候就表现出很乐观的态度。当初我们炸完火车本打算扔下她算了，大家都觉得不值得为这个难看而又一直愁眉苦脸的人耽误时间。但是老太婆却在这姑娘身上系了一根绳子，每当她走不动的时候，老太婆就会用绳子抽她，一直逼迫她往前走。最后，这姑娘实在是走不动了，老太婆就把她扛到肩上。老太婆扛不动了，就换我来背。我们爬过那座山的时候，金雀花和石楠疯长，人走在里面都没过胸口。我实在精疲力竭了，就让巴勃罗来扛她。我们不愿意扛她，老太婆就用恶毒的语言骂我们，逼我们扛着她！"他想起了当时的情况就摇摇头，"回想起来，这丫头虽然腿长，但身子挺轻的。瘦骨嶙峋的，不占什么分量。只是在那种情况下觉得她沉得要命，因为我们不得不一边扛着她赶路，一边不时放下她与追赶的敌人枪战。可老太婆呢，只管帮巴勃罗拿着步枪，敌人追得紧时，巴勃罗就放下那姑娘，老太婆把枪塞在他手里。等放完枪，老太婆就用绳子抽他，骂咧咧地驱使他再扛起姑娘赶路。老太婆实在太厉害，她一边从子弹夹里摸出子弹替他上膛，一边狠狠地咒骂他。那时天色尚早，要是到了天黑得伸手不见五指时，事情就难办了。但情况总体来说还可以，没有碰到敌人的骑兵队，已经是万幸啊！"

"那次炸火车的任务，一定是非常艰苦，"安塞尔莫说，"我当时没有参加，"他向罗伯特·乔丹解释说，"我有事去战线的另一边去了。当时是巴勃罗和'聋子'带领手下干的，今晚我们就会见到'聋子'以及这一片的另外两伙人。"

"还有那个名字很古怪的金黄头发的人也参与了炸火车。"吉卜赛人说道。

"卡希金。"

"是的，我始终叫不上他的名字来。我记得当时还有两个人，他们也是被部队派遣过来，他们来时抬着一挺机枪。那两个人撤退时，没法带走沉重的机枪，就把它扔下了。机枪当然没有这丫头重，如果老太婆当时也管住他们的话，这挺枪也能被带走。"他想到这儿就可惜地直摇头，然后继续絮絮叨叨地说下去，"我这辈子头一次见那么强烈的爆炸。火车沿着车轨直直地向这边冲过来，我们隔得很远就看得到。我那时心里紧张极了，这种感觉现在说不上来。远远地，我们就望见火车喷出的蒸气，伴随着嘹亮的汽笛声奔过来。接着，火车咔嚓——咔嚓——咔嚓——咔嚓——咔嚓——咔嚓径直开来了，车身越来越大。紧接着，'嘣'的一声巨响，爆炸了。火车头的前轮腾空而起，一大团黑的蘑菇烟蹿到上空，我们卧着的地方整个地皮瑟瑟地翻腾起来。火车头在一片升腾的灰尘和枕木中间飞越天际，犹如梦境一般，之后又急速下落，侧身摔在地上，像是一头受伤的大野兽。炸飞的泥巴块纷纷打在我们身上，生疼。待一切似乎烟消云散之后，突然火车上的锅炉爆炸了，一片白色蒸气迸发出来。我们正在愣怔的当口，一阵激烈的机枪声响了起来，嗒——嗒——嗒——嗒——"吉卜赛人这时握紧双拳，两个大拇指翘了起来，在身前上下移动，就像自己还开着一挺机枪，沉浸在炮火中。

"嗒！嗒！嗒！嗒！嗒！嗒！"他欣喜若狂起来，"我这辈子头一次见那种震撼的场面，一片狼烟过后，从火车残骸中传出敌人的鬼哭狼嚎声，那叫一个惨绝人寰啊！不一会儿，只见敌人的残余势力狼狈地窜出火车，我们的机枪对准了他们往死里打，顿时，我们面前倒下一片。就在这个时候，我一激动，手碰到了机枪的枪筒上，顿时觉得刺疼难耐，我禁不住哀号了一声。这时老太婆回身就给了我一个耳光，说："开枪呀，你这个蠢货！开枪呀，不然我把你的脑袋拽下来，踩个稀烂！'我迅速开起枪来，不过要把枪握牢还真不容易，那些兵们往远去的山里逃去，我们打不到了，也就作罢。我们预计敌人没剩多少了，就下山，赶到火车边看看有什么可搬回去的。躲到山里的一个军官仍在抵死顽抗，他用手枪对着士兵，逼他们向我们反扑。那些士兵似乎很怕死，就是躲在暗处不动，于是他不停地挥舞手枪，气愤地朝着他们大声叫嚷着。我们几个都在向那个军官开枪，但谁也没打中他。然后有几个大兵卧倒了开始向我们射击，那军官在他们身后走来走去，我们总是瞄不准，火车挡住了机关枪的射程，因而无法向他射击。军官可能要求士兵冲近前来与我们厮杀，他们不听命令，于是这军官开枪射杀了两个卧倒的大兵，可是其他人依旧不肯站起来，他就骂他们，迫于无奈，最后他们才陆续地爬起来，向着我们和火车冲过来，随即他们再次卧倒了射击。见此情形，我们就开始撤退了，机枪在头顶嗒嗒地响着，子弹在耳边嗖嗖嗖地飞过。我就在那个危机的关头发现了那个丫头，她从火车里逃到了一堆乱石间，随后跟着我们一起逃。这伙敌人真是耐性十足，抵死追着我们，一直追击到晚上才罢休。"

"真够惊险啊！"安塞尔莫说，"现在听了我还感觉手心出汗呢！"

"我们也就干了这么一件漂亮事，"一个深沉的声音说，"你现在瞎炫耀什么，你这个没羞没臊的吉卜赛杂种、懒惰的狗崽子，孬种，你现在到底在张狂些啥？"

罗伯特·乔丹愣怔地看着面前这个女人，五十来岁，个头和巴勃罗差不多高，身材粗壮，穿着农民式样的黑衬裙和黑背心，粗壮的腿上套着一双厚实的羊毛袜，脚上也穿着普通的黑色绳底鞋，褐色的脸就像座花岗岩雕像一样的刻板。她有一双硕大而美丽的手，稠密的黑色鬈发在颈后精心绾成发髻。

"说话啊！"她对吉卜赛人严厉地说，也不管有没有别人在场。

"我这是和这位同志闲聊几句。他也是部队派来的爆破手。"

"这我都清楚，"巴勃罗的妻子说，"快点儿给我从这里滚开，去山顶上替换安德烈斯的岗。"

"好，我走，我这就走，"吉卜赛人说着就起身走了。走了几步，他回头对罗伯特·乔丹说，"等到吃饭时再见吧。"

"还吃呢，"妇人对他说，"我可给你记着了，今天你已经吃了三顿饭啦。别废话，快点给我把安德烈斯换回来。"

"你好，"她对罗伯特·乔丹说着，微笑着伸出一只手，"你好，共和国的那边一切都好吗？"

"嗯，"他说着，同样也有力地回握了她的手，"共和国和我都很好。"

"非常开心听到这个消息。"她对他说。她微笑着紧紧地盯着他的脸，微笑着，这时他注意到她有着一双迷人的灰眼睛。

"你来找我们是为了再炸一次火车？"她问道。

"不，"罗伯特·乔丹认为对她也没有什么可隐瞒的，"这次炸的是桥。"

"那没什么难的，"她说，"炸桥相对简单多了，我们现在有马啦，干什么事就方便多了，什么时候再炸一次火车？"

"以后有需要的时候吧，现在炸桥至关重要。"

"那姑娘说，那位和我们一起炸火车的同志死了。"

"是的。"

"真遗憾啊！我从没见过那样震撼的爆炸场面。他是一个了不起的人，我对他还是很有好感的。如今我们为什么不去再炸一次火车？现在山里人聚集得多了，太多了，找点儿吃的都很困难。我想，早晚也得撤出去，更何况，我们还有马。"

"我们必须把这座桥炸毁。"

"哪座桥？"

"离这儿很近。"

"那正好，"巴勃罗的妻子说，"我们把这儿的桥全部炸毁了以后再撤退吧。我讨厌这个地方，这里人太多了。人多不是好事，早晚得捅出娄子来，而且这些人也不干事了，这令我很厌烦。"

她透过树林看到了巴勃罗的人影。

"酒鬼！"她向他使劲喊着，"酒鬼！死酒鬼！"她气冲冲地转身对着罗伯特·乔丹说，"他带了一皮袋酒独自躲在林子里喝酒，"她说，"他整天没完没了地喝，这样下去会把他毁了。年轻人，你来了我很高兴。"她拍了拍他的背。

"啊，"她说，"你长得比看起来要结实得多，"她一只手抚摩着他的肩膀，感觉得到他法兰绒衬衫下的肌肉。"好，你来了我很欣慰。"

"我心里也很高兴。"

"我想，我们很快就会彼此熟悉起来的，"她说，"喝杯酒吧。"

"我们已经喝了够多了，"罗伯特·乔丹说，"你喝点儿吧？"

"我吃饭时才喝，"她说，"我一喝酒，心里就烦躁得火烧火燎的。"她转身看着巴勃罗。"酒鬼！"她大声嚷着。她对罗伯特·乔丹无奈地摇了摇头。"他这人以前还算是一条汉子，"她对他说，"可现在完了。有件事想跟你说一下，希望不会太唐突。以后不管发生何事，一定要善待那个姑娘，她受过伤害，很不容易，你懂我的意思吗？"

"我懂。但你跟我说这话是什么意思？"

"她刚才一回到山洞，我就看出她的心思。其实，她还没走出山洞前就一直盯着你看了。"

"我和她说了几句玩笑话。"

"她自从来到这里，心情就很低落，"巴勃罗的老婆说，"现在她好一些了，我觉得她应该离开这里了。"

"想离开这里，好办啊！安塞尔莫可以把她安全地护送过火线去。""我的意思是，炸完桥，你和安塞尔莫就把她带走吧。"

罗伯特·乔丹此时又感到喉头隐隐作痛，嗓音哽塞起来。"到时候看情况再定吧。"他说。

巴勃罗的妻子望着他摇了摇头。"唉，算了吧，"她说，"难道男人都是这副嘴脸？一说正事，就左右搪塞。"

"你别误会，我并没有说什么。她这么漂亮，这你也知道的，我怎么会不愿意带她走呢？"

"不。看你的意思是，她现在并不漂亮，等一段头发长了兴许会变漂亮，到那时候，再带她走，对吧？"巴勃罗的妻子说，"男人啊，我们女人生下了他们，真让我们感到可耻。不说这个了，谈点儿正经的。难道共和国里没有地方能收留她吗？"

"有，"罗伯特·乔丹说，"我知道一个好的去处。在瓦伦西亚附近的那一带东海岸就有这么一个机构。其他地方也有这样的地方，我不是很清楚。那里的人会对她很好，她可以帮着带孩子，那里很多从乡下撤退出来的孩子需要照顾。还有，那里的一些人会专门教她如何工作。"

"她能去那里，我就放心了，"巴勃罗的妻子说，"巴勃罗已经对她心怀不轨了，这件事也会毁了他。他一看见她就好像得了心病一样，她最好现在就走。"

"炸完桥，我们可以将她带走。"

"要是你值得托付的话，你从现在起就愿意照顾她吗？我能和你这样说话，在心里已经把你当成自己人了。"

"你把我当自己人看待，我很高兴。"罗伯特·乔丹说。

"坐下吧，"巴勃罗的妻子说，"我本来不应该让你对我做出承诺，因为该发生的事情总要发生，我们无力阻挡。不过，我现在想让你向我保证，必须带她走。"

"我带她走就是了，干吗还要承诺？搞得这么严肃，我一时还不适应。"

"因为我不想看到，你自己走了，留下她在这里发疯。你没有见过她发起疯来的样子，简直不可理喻啊！我实在受够了。"

"桥一炸完，我就立马带她走，"罗伯特·乔丹说，"我是说，如果我们炸桥后都还活着，我一定会把她带走。"

"我不喜欢听你说这样丧气的话，这样说话不会带来好运气的。"

"我这样说话，也是为了这个承诺。如果我死了，怎么保证我的承诺，"罗伯特·乔丹说，"还是现在说开了好，免得日后麻烦。我可不是那种爱说丧气话的人。"

"你伸手，让我瞧瞧。"妇人说。

罗伯特·乔丹伸出一只手，妇人把它伸展开来，用自己的一只大手握住，用大拇指仔细摩挲着，嘴里小声嘟囔着什么，然后松开了。她站了起来，他也跟着她站了起来。她这时敛起笑容，阴沉着脸望着他，不发一语。

"你从我的手上看出了什么？"罗伯特·乔丹问她，"我不相信手相，你吓唬不了我的。""没有什么，"她对他说，"我看不出什么。"

"不对，你一定看出什么来了。我只不过比较好奇而已，我从不相信这一套。"

"那你相信什么？"

"我相信的东西很多，但是从不信这个。"

"你倒说来听听，你相信什么？"

"我相信我肩负的重担。"

"这一点，我能看出来。"

"告诉我，你还看出了什么其他的？"

"我看不出别的，"她有些不自在，"你是不是感到炸桥很棘手？"

"不，我说过炸桥很重要。"

"不过炸桥确实是一件棘手的事啊？"

"是的，我正打算下山去实地观测一下那座桥。你这里有多少人？"

"有五个人，还算用得上。吉卜赛人虽然心肠不错，可就是个废物，在大事上没一点儿用处。巴勃罗整个人都废了，我也不再信任他了。"

"'聋子'那里有多少人是顶用的？"

"八个左右。详细的事情，今天晚上我们就会弄明白了，他要到这里来的。他做事很踏实，值得信任。他也有一些炸药，但量很少。到时候，你可以和他仔细谈谈。"

"你派人去找他了？"

"没有，他每天晚上都来这里聚聚。他不但是我们的邻居，也是同志，更是朋友。"

"照你看来他这人如何？"

"他人很实诚，也踏实。在那次炸火车的行动中，他表现得就很了不起。"

"其他那几队中的人手呢？"

"如果通知及时，大概能够召集到五十个带步枪的人手，他们比较靠得住。"

"靠得住，这话怎么理解？"

"我的意思是，他们能用的程度，还得看这次任务的难易。"

"每支步枪配有多少发子弹？"

"大概二十发吧，我不能给你一个准数。他们要是参加的话，子弹的数目还得看他们对这次任务的诚意。他们要是真诚想参加，子弹当然尽量带得多。如果只是敷衍，那带来子弹的数目就可想而知了。你要记住，这里很多人会反对炸桥的，因为炸桥这种事，既弄不到钱，也没战利品。虽然你不明说，但他们也知道其中的危险性。另外，一旦事发，我们这里就不安全了，必须撤走。"

"显而易见。"

"我认为，不到万不得已，你最好不要提炸桥的事。"

"我听你的。"

"等你仔细勘探那座桥之后，制订一些可行的应对方案，我们今晚再跟'聋子'仔细地谈一谈。"

"我现在就和安塞尔莫下山去。"

"你叫醒他吧，"她说，"需要带上一支卡宾枪吗？"

"谢谢你，"他回答说，"带一支固然很好，但我不会用，带了也是白搭。再说，我是去侦察，不是去找麻烦的。我很感激你能跟我说这么多，我喜欢你率直的性子。"

"我向来说话就这样，不喜欢藏着掖着的。"

"那么告诉我你从我的手上看出了什么。"

"不，"她说着，摇了摇头，"我什么也没有看出来。快去勘察桥吧，我会帮你照看你的炸药的。"

"一定要将背包盖起来，谁都不能动它。搁在那儿要比山洞里安全。"

"我会照你说的做的，"巴勃罗的老婆说，"快办你的事去吧。"

"安塞尔莫，"罗伯特·乔丹用手摇了摇老头子的肩膀，他正把脑袋枕着双臂上，躺着睡觉。

"我睡过头了？没耽误你的事吧……"老头子抬起头来，一脸不好意思的神情。

他说："别多说了，该走了。"

第三章

距离目的地最后二百码的地方，他们停下来，非常谨慎地在树荫下迅速移动着，从这棵树到那棵树。穿过陡峭的山坡上最后几棵老松树，距离那桥就仅有五十码了。这时，夕阳的余晖越过褐色的山肩斜照在这片土地上，那座桥俯卧在峻峭的峡谷间，犹如一头黑黝黝的猛兽。那座铁桥是一座单孔桥，两端各有一个岗亭。桥面很宽，足以供两辆汽车并排通过。铁桥线条优美敦实，横跨整个峡谷，深深的谷底里，白浪翻滚着冲过岩石，咆哮着奔向远方。

罗伯特·乔丹的眼睛此时被阳光照得几乎睁不开，因为他所站的角度正好对着夕阳。那座桥也只能看见一个大致的轮廓。随着太阳落到圆滚滚的褐色山头后边，阳光不再那么刺眼。这时，他才能透过树林清晰地遥望这座山头，视线之内不再那么白晃晃的一片模糊，他新奇地发现山坡竟然葱翠欲滴，山峰下还有一些未来得及融化的积雪。

借着夕阳的余晖，他能十分清晰地看到那座铁桥，那桥突然在他面前显得是那么真实。他仔仔细细地观察着它的结构，发现要炸掉这座桥并不是什么难事。他一面望着，一面从胸口衣袋里掏出一个记事本，迅速勾画了几张桥的草图。他在本子上画图时并没有考虑炸桥要用多少炸药，他想这个可以待以后慢慢研究，眼下最要紧的是判断安放炸药的最佳地点，以便能迅速炸断桥面的支撑，让桥的一部分塌到峡谷中去。安放五六个炸药包，一起点燃，就能万无一失地把桥炸掉；要是感觉不保险，也可以用两个大炸药包集中轰炸，这样威力更大。要是用第二种方法，那就需要特别大的那种炸药包，放在桥的两端同时引爆。他在纸上快速勾勒出详细的炸桥方案，他为终于可以着手这件事兴奋不已。他把笔记本合上，把铅笔插进本子护封里边的皮套，然后将笔记本藏进上衣的衣袋里，并且小心地扣上了口袋盖。

他画草图的时候，安塞尔莫正监视着公路、铁桥和岗亭三个地方的动静。他内心很害怕，他觉得他们实在离得太近了，敌人兴许会发现他们的行踪。直到罗伯特·乔丹画完草图，他悬着的心才放了下来。

罗伯特·乔丹扣好上衣口袋之后，顺势卧在一棵松树后面，向下面观望。这时，安塞尔莫把手搭在他胳膊肘上，伸出一个指头给他指点。

公路这一头的岗亭，正面对着他们，所以里面的情况他们可以看得一清二楚。岗亭里坐着一名哨兵，膝盖上横放着一杆带刺刀的步枪。他头戴绒线帽，身上披着件毯子式的披风，此时他正悠闲地抽着烟。相隔大概有五十码，没法看清他的五官。罗伯特·乔丹举起望远镜，虽然现在已经没有阳光，但罗伯特·乔丹仍两手捏成空拳，小心地罩着镜片，这样可以避免反光，省得被哨兵发现。在望远镜的视角下，桥的细枝末节都尽收眼底，甚至连栏杆上的斑驳也异常清晰。那哨兵的脸也仿佛近在眼前，就连他那凹陷下去的腮帮子、香烟上燃过的烟灰和刺刀上闪光的油迹都一一展现在面前。那是一张普通的农民的脸，高颧骨，胡子拉碴的，浓眉毛长的半遮着眼睛，一双大手紧紧握着枪，披风下面穿着笨重的长筒靴。岗亭正对着的一面墙上挂着一只磨得发黑的皮酒袋，一堆报纸凌乱地挂在墙角，上面也没有发现安装电话机。当然，也不能排除这种情况，在他看不到的另一面可能有架电话机，但是看不到岗亭四周有通到外面的电线。沿路倒是有一条电话线通过铁桥。岗亭外边有一只炭火盆，是用一只旧汽油桶做的，桶的顶部被截掉，桶壁上被随意凿了几个小孔，它被架在两块石头上，火盆里面却没有生火。火盆里面的灰里有几只空铁罐，已经被烧得发黑。

罗伯特·乔丹把望远镜递给平躺在他身旁的安塞尔莫。老头子笑着，摇了摇头。他用手指指了指自己的太阳穴，意思是脑子里已经有了清晰的画面了。

"我以前看见过他。"他用家乡话西班牙语说。他讲话喜欢拱着自己的嘴唇，唇部几乎不动。他这时声音甚至比耳语还要低沉。罗伯特·乔丹对他微笑，老头子呢，则一手指着哨兵，用另一手的食指在自己脖子上做了一个杀的姿势。罗伯特·乔丹点点头，但没有笑。

桥另一边的岗亭背对着他们，朝向公路的下段，因此他们看不到里面的具体情况。这条公路路面宽阔，路面浇过柏油，看起来铺得很牢固，它沿着桥一直往前延伸，在相对较远的那个桥墩子处向左拐，再绕一个大弯向右面拐出去，就看不见了。这一段公路是在旧路面的基础上，劈去峡谷那一边坚固的石壁，最后加宽才到了现在的样子。从山口和桥上望下去，公路的左边，方向上说也就是西边，靠近陡峭的峡谷的那一侧，竖着一排凿下来的石块作为防护用的垒石。这里的峡谷峭壁巉岩，桥下的溪水和山口的主流在这里汇合。

"另外那个哨所在什么位置？"罗伯特·乔丹问安塞尔莫。

"从那边那个拐弯处再过去五百米，在靠着石壁盖的养路工的小屋旁边。"

"有多少人？"罗伯特·乔丹问。

他又拿起望远镜观察着那个哨兵。只见他在木板墙上把手上的烟卷摁灭，然后从口袋里掏出一只烟荷包，剥开已经熄灭的烟头的烟纸，把剩下的烟丝倒进荷包里。哨兵站起身来，把步枪靠在岗亭的墙上，伸了一个懒腰，然后拿出步枪，斜背上肩膀，走到桥面上。安塞尔莫把身体紧贴在地上，罗伯特·乔丹把望远镜收起来，把头藏在一棵松树的后面。

"一个班，总共八个人，"安塞尔莫凑近他的耳边，"这是我从吉卜赛人那里打听来的消息。"

"等他巡逻完了，我们就撤吧，"罗伯特·乔丹说，"我们离他太近了，让他发现就不妙了。"

"你都看仔细了？"

"嗯，差不多都弄清楚了。"

不一会儿，太阳就落山了，最后一点儿余晖也在他们身后的山上逐渐消失，天气立马变得冷飕飕的，天色也暗淡下来。

"你觉得有把握吧？"安塞尔莫低声问，此时他们看着那哨兵跨过桥面走向另一个岗亭，他的刺刀在最后一抹余晖中闪闪发亮，他那件毯子式的外衣挂在身上，样子十分奇怪。

"很好，"罗伯特·乔丹说，"觉得心里很有底了。"

"你这样说，我也很有信心了呢，"安塞尔莫说，"我们撤吧，他现在不会发现我们了。"

哨兵就在桥的那头，正背对着他们站着。峡谷里传来溪水流经鹅卵石间的淙淙声。突然，流水声中却夹杂着另一种声音，那是一种持续不断的嘈杂的隆隆声，他们注意到那个哨兵也抬起头来，后脑勺儿上斜戴着绒线帽。追随着哨兵的视线，他们转过头，只见天空中有三架列成 V 字队形的单翼飞机，在还照得到阳光的上空显得十分清晰，银光闪闪。飞机快速地掠过上空，须臾便消失不见，只有隆隆的马达声还萦绕在耳边。

"那是我们的飞机吗?"安塞尔莫问。

"好像是的。"罗伯特·乔丹违心地说，他撒了谎，以这样的高度，根本无法准确判定到底是哪方的。

不过，飞机也只有两种可能，一种是我方的，另一种是敌方的夜间巡逻机。不过人们总是习惯说这是我们的驱逐机，因为在那个生死由命的年代，自己的飞机不会造成内心恐慌。如果是轰炸机就另当别论了，因为战斗起来，那些威力强劲的炮弹也会伤到自己人的。

安塞尔莫显然深有同感。"没错，是我们的飞机，"他说，"我以前见过，这些都是蝇式飞机。"

"好，"罗伯特·乔丹说，"我看也像是我们的蝇式飞机。"

"就是蝇式飞机。"安塞尔莫说。

罗伯特·乔丹本可以用望远镜仔细观察飞机，那样很快就会揭晓答案，但是为了保险起见，他没有这样做。就今天晚上而言，这些飞机是哪方飞机，对于他来说没什么区别。如果把这些飞机当成是我方的会令老头子高兴不已的话，我何苦要令他感到不快呢? 此刻，飞机正渐渐飞离视野，向塞哥维亚的方向飞去，看上去并不像是俄国人改装的那种飞机，这里的西班牙人称它为蝇式飞机，它是一种绿色机身、红色翼梢、机翼安在机身之下的波音 P32 型飞机。他虽然看不清楚飞机的颜色和机身所带的标志，不过从大致的样式上判断，他敢肯定，那是返航的法西斯巡逻机队。

那哨兵仍然背着身站在桥那头的岗亭边。

"我们撤吧。"罗伯特·乔丹说。

他匍匐着小心翼翼地往前爬着，利用地形作为掩护，尽量避开桥上岗哨的视线。安塞尔莫紧随其后，距离他也就有一百码。等罗伯特·乔丹撤到从桥上望不见他们的地方，他就停了下来，老头子很快就赶了上来，越过他到前面去带路。他们一步一步地摸黑在树林里穿梭着，越过山口，爬上陡峭的山坡。

"咱们的空军真带劲儿啊！"老头子愉快地说。

"是啊！"

"我们一定会打胜仗的。"

"我们必须打败他们。"

"对，我们胜利之后，你可一定要再来这里，我们一起打猎。"

"打什么？"

"打野猪、熊、狼、大角野山羊……"

"你喜欢打猎？"

"是的，兄弟。这比干什么事都快活，在我们村里不管男女老幼都会打猎。你不喜欢吗？"

"不喜欢，"罗伯特·乔丹说，"我不喜欢猎杀动物。"

"我喜欢，"老头子说，"但我不喜欢杀人。"

"除非脑子有病，否则谁喜欢杀人呢？"罗伯特·乔丹说，"可是在必要的时候，我也不怎么反对，尤其是为了我们的事业。"

"打猎就是完全不同的一回事了，"安塞尔莫说，"现在，我的家已经被毁了。以前我的房子里藏着我在山脚下树林里捕获来的野猪的獠牙，还有柔滑的灰狼皮。那是一个冬天在雪地里弄到的，那情景我现在还记忆犹新，11月的夜里，天寒地冻，我回家路过村口，发现一条体形巨大的狼站在月光下看着我，最后我开枪射杀了它。我家地上一共铺了四张狼皮。虽然它们早就被踩旧了，皮毛也已经脱落，但是它们确实是货真价实的狼皮。我在高山上打到的野山羊的角，挂在壁炉的上方。一只鹰摆在壁橱里，我特地请阿维拉一个专门制禽鸟标本的人给制作成标本，鹰展翅高飞，瞪着橙黄的圆眼睛，不仔细看，就跟活的一样。这只鹰姿态优美极了，一看到这类的动物，我就异乎寻常地激动。"

"嗯，是啊！"罗伯特·乔丹回道。

"我们村子里教堂的门上钉着一只巨大的熊掌，那是我在一个春天里弄到的，那时我发现它趴在山坡上的雪地里，正在用它那只熊掌扒拉一根木桩。"

"那是什么时候的事？"

"六年前的事情了。那只熊掌跟人手长得差不到哪儿去，不过它的爪子很长，早就干瘪了。把它穿过掌心钉在教堂的门上，我每次见到它，心里就很舒服。"

"因为感到很骄傲？"

"每当想起初春在那山坡上和那头熊遭遇的事情，我就感到骄傲。不过讲到杀人，杀跟我们长得一模一样的人，每每想起来就很难受。"

"你总不能把人的手掌钉在教堂门上吧！"罗伯特·乔丹说。"当然不能，这种泯灭天性的事我是连想都不敢想的。不过，话说回来，人的手掌和熊掌真的没什么大的区别。"

"人的胸部和熊的胸部也很像呢，"罗伯特·乔丹说，"剥了熊皮，你会发现它的肌肉组织其实和我们人的有很多相似之处。"

"确实，"安塞尔莫说，"吉卜赛人都认为熊是人类的兄弟。"

"美洲的印第安人也有这种观点，"罗伯特·乔丹说，"他们一旦杀了熊就会向它道歉，祈求获得它的谅解。他们把它的脑壳搁在树上，临走前向它拱手参拜，以求宽恕。"

"吉卜赛人认为熊是人类的兄弟，是因为剥了皮的熊和人无异。熊也喜欢喝啤酒，也喜欢听音乐，甚至也喜欢跳舞。"

"印第安人也有同感。"

"那么印第安人就是吉卜赛人了?"

"不。还是有不一样的，只是他们对于熊的观点是一致的而已。"

"这话倒是说得对。吉卜赛人认为它是人类的兄弟，还因为它也爱偷东西。"

"你身上有吉卜赛的血统吗?"

"没有。但是我见过太多吉卜赛人了，对他们十分了解。自从革命开始以来见得就更多了。这片山里就有不少吉卜赛人。他们并不把杀掉外族人当成一种大罪过。他们至死也不承认这一点，不过这是事实。"

"和摩尔人一样。"

"是的。吉卜赛人有很多规矩，只是为了保护自己的私利，从不为别人着想，这点，他们自己却始终不承认。只要仗一打起来，吉卜赛人又本性难移，做出一些出格的坏事来。"

"他们不明白战争的意义，他们更不知道我们为什么而战。"

"是呀，"安塞尔莫说，"他们只知道现在整天打仗，以为人类又回到远古野蛮时代，杀人不会受到惩罚。"

"你杀过人?"由于相处一天也算混熟了，又因夜色的掩饰，罗伯特·乔丹也不用顾忌太多，就径直问起来。

"杀过，不止一次呢! 不过我很不情愿这样做。照我看来，杀人是大罪过，就算是杀那些我们非杀不可的邪恶的法西斯，我也很难受。我始终认为，人和熊不一样，我才不信吉卜赛人那一套蛊惑人心的说法，说什么人跟畜生是兄弟，全是胡扯呢！不管怎样，我反对杀人。"

"可是你已经杀过人了。"

"是的，以后还得继续杀人。不过，胜利之后，我如果还活着，那我要好好活下去，再也不去伤害任何人，这样才能求得宽恕。"

"被谁宽恕？"

"谁知道呢？既然在战争时期，我们不再信天主，不再信圣子与圣灵，那由谁来宽恕我们呢？我真不知道还有谁能来救赎我们。"

"你们不再信仰天主了？"

"没错，同志。当然不信了。要是真有天主存在的话，他怎么还允许世间这么多悲惨的事情发生。这个残酷的事实，已经动摇了我们对天主的信念。"

"人们还是需要天主的庇护。"

"我在信教的环境中成长，当然多多少少还是信仰天主。但是这个残酷的年代已经由不得自己做主了。"

"那么宽恕你杀人的罪过的就是你自己喽。"

"只能这么做了，"安塞尔莫说，"既然你把话说开了，我也没什么可掩饰的了，我希望自己宽恕自己的罪过。不过，不论有没有天主存在，我始终认为杀人是罪过。我觉得害死一条性命绝对不是儿戏。只有在迫不得已的情况下，我才会杀人，但我不是巴勃罗那个垃圾。"

"想要打败敌人，就必须杀死他们，这是亘古不变的真理。"

"我很清楚这个道理，打仗就避免不了杀人的，不过我内心老是感觉很不安。"安塞尔莫说。

他们这时正肩并肩摸黑赶路，他低声说着话，往上爬的同时，还不忘转过头来："我连主教都不想杀，更不想杀死那些贵族老爷们。我想让他们后半辈子过我们一样的生活，日出就下地干活，农闲去山上砍柴，只有这样他们才会知道，人应该怎样活着。最好，还要让他们睡我们睡的窝棚，让他们吃我们吃的粗粮。当然，最重要的是让他们干重活，这样才会让他们得到教训。"

"他们一旦活下来，会再找准机会奴役你。"

"只是杀光了他们，并不能让他们得到教训啊！"安塞尔莫说，"你也无法将他们斩尽杀绝，因为血的惩罚只会种下仇恨的种子。再牢固的监牢，也无法阻挡仇恨，相反只会制造仇恨而已，应该教训我们的敌人，使他们懂得以前的所作所为是不对的。"

"但你还是杀了人。"

"对，"安塞尔莫说，"不止一次了，而且还要继续杀。但我内心实在厌恶这种行为，我认为这是一种罪过。"

"那个哨兵呢？你刚才开玩笑说要杀掉他的。"

"那是说笑的。但我们的任务要求我们必须杀死他，这是一种正确的选择，而且杀的心安理得。不过，心里终究还是不想这样做的。"

"不想杀也可以，我们就把这些哨兵留给那些喜欢杀人的人吧，"罗伯特·乔丹说，"他们一共是十三个人，让喜欢杀人的人去干掉他们吧。"

"喜欢杀人的人确实很多，"安塞尔莫在黑暗中说道，"我们这里就有不少这类人，他们的比例要比愿意上战场杀敌的人多得多。"

"你上过战场吗？"

"还没有呢，"老头子说，"革命刚开始那会儿，我们在塞哥维亚搞游击，不过，失败了。我只好跟着别人一起逃命。我们当时并不很清楚革命到底是什么，更不知道应该怎样去做，而且我只有一支配大号铅弹的猎枪，敌人的民防军却配有毛瑟枪。我在一百码外用大号铅弹根本不能伤他们分毫，何况他们在至少三百码开外。相反的，敌人打死我们，可以像射死一只兔子那样容易。他们枪法又准又快，我们根本无力招架，只有像绵羊那样等死的份儿。"

罗伯特·乔丹沉默了一会儿，继续问他道，"你认为炸桥的时候会打上一仗吗？"

"有这种可能性。"

"我打仗从不临阵脱逃，"安塞尔莫说，"但我搞不清楚打仗需要的谋略。我跟着革命这几年，一直弄不清楚这其中的玄妙。"

"你不懂没关系，我教你。"罗伯特·乔丹对他说。

"这样说来，你一定参加过很多战事？"

"打过几次。"

"炸桥这事，你怎么看？"

"炸桥，那是我的主要任务。单炸桥这项，操作起来并不难，难的是炸桥之前的一些部署工作。当然一些细节不可能看一眼就能牢记于心，必须把这一切都详细地记下来。"

"这里认识字的人，少得可怜。"安塞尔莫说。

"那没关系，你要记住的是，先把具体情况写清楚了，再依照大家的理解程度部署任务。在布置任务的时候，尽量把事情表述的简单明了，让大家都能明白自己的任务到底是什么，这样才不会出岔子。"

"你要我做什么，我就做什么，"安塞尔莫说，"不过，以前在塞哥维亚开战，我是被害惨了。如果这次要打仗，甚至可能是打打仗，你最好先跟我讲清楚，遇到复杂的情况，我可以弄清楚自己的责任，不至于逃跑。记得在塞哥维亚时，我就老想着逃跑的事。"

"我们俩会在一起的，"罗伯特·乔丹对他说，"什么时候该做什么事我会告诉你的。"

"那我就放心了，"安塞尔莫说，"要我干啥，我都能干好。"

"一旦战争打响，我们首要的任务就是炸桥，必要时进行战斗。"罗伯特·乔丹说，他觉得在黑暗中进行这样的对话，未免有些纸上谈兵的戏剧化，不过这些话用西班牙语说非常有意思。

"对啊，炸桥可是头等大事。"安塞尔莫用语气加重的口吻说。

罗伯特·乔丹听他说得很坦率，也不含糊其辞，既没有说英语民族的那种故意谦逊，也不存在说拉丁语民族的那种夸夸其谈，他突然觉得能遇见这个老头子真是自己的幸运。他看过了这座桥，设想出了一个解决问题的最佳方案。只要突袭哨所成功，炸桥就不难了。此时他对戈尔茨的命令，对这些命令的必要性产生了厌恶情绪。他反感戈尔茨把这次任务交给自己；他反感这种想法——这次任务会给这个老头子带来不好的影响。对于一个不得不履行自己职责的人来说，有了牵挂，事情就很棘手了。

你的这些反感可不对啊！他在内心里对自己说，你自己也好，别人也罢，都避免不了发生不测。你和这个老头子都不是什么了不起的大人物，你们只是完成任务的工具罢了。有些命令非得执行不可，你们也无能为力。这桥非炸不可，因为它牵扯到这次战争的命运，更甚者它兴许是人类未来命运的转折点。你能做的只有炸桥，而且这件事非做不可。真见鬼，他想。如果只有这一件事，那倒好办多了。他对自己说，别发愁啦，你这只会怨天尤人的狗杂种，还是想点儿正事吧。

　　于是他就想起了那个叫玛丽亚的姑娘，想起了她的皮肤、头发和眼睛，它们全都是金褐色的。头发的颜色要比肤色更深一些，不过由于阳光将把肤色晒得很黑，头发颜色反而显得淡了。她的皮肤从表面看起来是浅浅的金色，其实细看皮肤内部肌理透出更深的底色。它摸起来一定非常光滑，她的整个身体一定也是光滑的。不过她的举止显得很不自然，似乎想刻意地掩饰某些不为人知的东西，从而使她局促不安。她可能觉得自己的一些秘密，在自己身上表现得很明显，但实际上并非如此，这只不过是她的心理作用而已。他一看她，她就脸红。她坐着，双手抱膝，衬衫的领子在咽喉处敞着，一对耸起的乳房顶着衬衫。想到她，他又感觉呼吸困难，走路也别扭起来。他和安塞尔莫这会儿都沉默不语，直到那老头子开口说："我们只要越过前面这些岩石就能下到营地了。"

　　他们摸黑赶着山路，突然，黑暗中传出一声呐喊，"站住，来的是何人？"接着，他们听见拉枪栓、推子弹的咔嚓声。

　　"同志。"安塞尔莫说。

　　"什么同志？"

　　"巴勃罗的同志们，"老头子对他说，"你难道不认识我们吗？"

　　"认识，"那声音说，"不过这是规定，你们有没有口令？"

　　"没有，我们刚从山下来的。"

　　"我知道，"那人在黑暗中说，"你们是打桥头那儿过来的，我也知道。但是命令不是我下的，你们必须对上口令。"

"那么上半句是什么呢？"罗伯特·乔丹说。

"记不清了，"那人在黑暗中扑哧笑起来，"那就带着你他妈的炸药到炉火边去吧！"

"这就是你们游击队的纪律，"安塞尔莫说，"别推动枪上的击铁。"

"没推，"那人在黑暗中说，"我只是用拇指和食指顶着它而已。"

"你哪天要是用毛瑟枪这么做，没有卡子的枪栓会很容易走火的。"

"这支就是毛瑟枪，"那人说，"可是我的大拇指和食指很管用。我一直都是这样用它的。"

"那么你的枪口朝着哪个方向？"安塞尔莫对着黑暗问。

"当然是朝着你了，"那人说，"我自从推上了枪栓就一直都朝着你。你要是到了营地，就让他们找个人来替我的班，我实在饿得扛不住了，口令都记不清了。"

"你叫什么名字？"罗伯特·乔丹问。

"奥古斯丁，"那人说，"我的名字叫奥古斯丁，我厌烦这里的一切。"

"好的，我们一定把口信带到的，"罗伯特·乔丹回道，他同时也在心里琢磨着，西班牙语中的"厌烦"这个词，说其他语言的农民一般都不这样说。然而对这边的西班牙人来说，却是个极普通的字眼。"听我说，"奥古斯丁一边说一边走近身旁，并把一只手按在罗伯特·乔丹的肩上。接着他用打火石打起火，举起木棍，吹亮火绒，就着火光观察这个年轻人的脸。

"你跟一个人好像啊！"他说，"但也感觉有些不同，听着，"他扔掉火绒，拿枪站着。"告诉我实话，桥的事是真的吗？"

"什么桥的事？"

"炸桥啊！一旦事发，我们就不得不从山里撤走。"

"我不清楚。"

"你不清楚，"奥古斯丁说，"笑话！那么炸药是谁的？"

"我的。"

"你不会不知道炸药是用来干什么的吧？别跟我装蒜啦！"

"我当然知道它的用途，到时候你也会知道的，"罗伯特·乔丹说，"我们现在可要回营地去了。"

"到你他妈的营地去吧，"奥古斯丁说，"去你的。要不要我给你讲一件对你有用的事？"

"你愿意讲，我就不妨听听了，"罗伯特·乔丹说。"如果你不用他妈的，我会更喜欢。"他指的是在交谈中他时不时冒出的脏词。奥古斯丁这人说话很粗俗，骂人的脏词动名词混淆，胡乱使用一气。罗伯特·乔丹很不喜欢这样的人，他甚至怀疑他会不会说一句文明点儿的话。奥古斯丁听了他的话之后，非但没有生气，而且在黑暗中自顾自地笑了。"我说话就这样，是不太好听。但是谁管呢？每个人都有自己的说话习惯。再说，我不在乎炸桥，别的事我也不关心。在这个山里待久了，我也厌烦啦！实在要撤就撤吧，这山区也不是什么好地方，我们该撤走啦。可有件事我必须得提醒你一下，保管好你的炸药。"

"谢谢你，"罗伯特·乔丹，"提防谁？你吗？"

"不，"奥古斯丁说，"防备的是那些自私的杂碎。"

"噢，是吗？"罗伯特·乔丹问。

"你懂西班牙语，"奥古斯丁这个时候一本正经地说，"好好保管好你那些没用的炸药吧。"

"谢谢你。"

"别，别谢我，好好看着你的东西就好。"

"炸药出了问题吗？"

"不，要是有什么问题，我就没必要在这儿跟你浪费口舌了。"

"我还是要谢谢你，那我们走了。"

"好，"奥古斯丁说，"让他们派个知晓口令的来替我。"

"在营地，我们可以再见吗？"

"是的，同志。一会儿就能见面。"

"走吧。"罗伯特·乔丹对安塞尔莫说。

他们沿着草地的边缘往前走着，不想草地上腾起了灰色的一层薄雾，走在里面如同踩在云雾中一般。走过这片草地，就进入树林里的松针地了，他们踩在茂盛的青草上，绵绵软软的，这种感觉很奇妙。夜里露水很大，他们的绳底帆布鞋已经被浸湿了。罗伯特·乔丹透过树林隐约看到前面有一丝光亮，他明白，那里一定就是山洞的入口了。

"奥古斯丁这人还是不坏的，"安塞尔莫说，"就是说话太粗鲁，喜欢开玩笑。其实，他行事很缜密的。"

"你和他很熟？"

"是的，我们认识很久了。我非常信任他。"

"他说的话，你也信？"

"是的，同志。巴勃罗现在已经不能信任了，你看得出来的吧？"

"那该怎么办好呢？"

"我们最好时刻守好炸药，以防万一啊！"

"派谁守呢？"

"你，我，那女人还有奥古斯丁。因为他注意到了危险性。"

"你来之前，早就知道这里的情况很糟糕了？"

"没有。"安塞尔莫说，"我知道情况不是很好了，但我没想到已经坏到这个地步了。但我们必须得来这里，这里是巴勃罗和'聋子'的地盘。在他们的地盘里，我们不得不与他们通好气，否则靠我们俩，恐怕很难办成啊！"

"'聋子'那个人怎样？"

"很好，"安塞尔莫说，"好得不得了，而另一个人正相反。"

"你现在真的认为他没指望了？"

"我整整一下午都在想这件事情，据我现在掌握的情报，他实在是无可救药了。"

"如果我们现在推托说要去炸另一座桥，马上就要离开。脱离这里之后，我们再秘密地去山里其他几个帮里找人帮忙，会不会更好一些？"

"不，"安塞尔莫说，"这一片都是他的地盘，眼线也多。你的一举一动都不会逃过他的眼睛，我们现在只有靠自己多加小心了。"

第四章

　　一路艰辛，他们终于回到了巴勃罗营地的洞口处，一道光从挂在洞口的毯子边缘透出来。罗伯特·乔丹很担心那两个背包，赶紧奔到那棵树下查看，只见那俩背包还放在树底下，上面盖着帆布。罗伯特·乔丹悬着的心也放了下来，他单膝跪地，轻轻抚摩盖在背包上的帆布，感到上面又潮又硬。黑暗中，他在帆布下面一只背包的外口袋里搜索了一阵，掏出一只带皮套的扁酒瓶，随手将它插在自己的衣袋里。为了保险起见，他给这两只背包上了锁。一把长柄锁牢固地扣在背包的金属扣眼里，他小心地打开锁，松开系在背包口上的拉绳，将两手伸进去，确认一下里面的东西有没有少。他在其中一只背包的底部摸到了那一包包捆好的炸药，它们还是完好无损地裹在睡袋里。接着他系上背包口上的绳子，合上了锁，然后伸手到另一个背包里，摸到了那只很旧的引爆器的木头硬盒，那是个雪茄烟盒，里面装的是雷管，每一个圆柱形小雷管外部都用两根铜线层层绕住，这一切都是精心包装好的，就像他孩提时收集的野鸟蛋那样。

　　他继续摸索着，摸到从手提机枪身卸下的枪托，它被包在他的皮夹克里面。两盘子弹和五个子弹夹还安然地在大背包的一只内口袋里，还有少许小卷铜丝和一大卷绝缘细电线被放在另一只内口袋里。他在藏电线的口袋里摸到了一把钳子和两把木头锥子，它是在炸药包的一端钻洞用的。然后又从最后一只内口袋里取出一大盒他从戈尔茨司令部弄来的俄国烟卷，接着他把背包扎紧，插上挂锁，合上背包盖，再用帆布把这两只背包盖好。他在做这一系列动作的时候，安塞尔莫早已进山洞。

罗伯特·乔丹整理好一切，也站起身进了山洞，走了几步，似乎想起什么，又转身回来，弯身揭去盖两只背包的帆布，一手提一个，吃力地把它们拎到洞口边上。他放下一只背包，揭开门上的毛毯，然后低下头。握紧背包的皮背带，两手各提一只，进入山洞。

洞里很暖和，烟雾缭绕。只见有一张桌子靠着洞壁放着，一个插着牛脂烛的瓶子放在上面，桌边坐着巴勃罗、三个生面孔，还有那个吉卜赛人拉斐尔。烛光将他们的影子拉长映射在背后的洞壁上，气氛看上去很诡异。安塞尔莫则站在刚进洞口的地方。巴勃罗的老婆正躬身站在炉灶边忙活着什么，炉灶位于山洞的最里面，洞顶上有个出气的窟窿，看来设计的还是很合理呢。那姑娘则跪在她的身边，用一只勺在锅里不时地搅动汤汁。她从锅里拿起木汤匙的当口，看见了站在洞口的罗伯特·乔丹。罗伯特·乔丹借着炉火的光线看到那妇人在拉风箱，还看到了那姑娘柔和的脸庞以及圆润的胳膊。姑娘是如此专注地看着罗伯特·乔丹，以至于汤汁从汤匙边缘滴下来，滴到铁锅里，她也没有察觉。

"你手上提着什么东西？"巴勃罗问。

"我的东西。"罗伯特·乔丹一边说着，一边在桌子对面比较宽广的地方放下背包，并把它们分开放置。

"放在外面不行吗？"巴勃罗问。

"夜里走路不小心，很可能被它们绊倒，很不安全啊！"罗伯特·乔丹一面说着，一面走到桌边，并将那盒烟卷放在桌面上。

"我觉得把炸药放在洞里更不妥。"巴勃罗说。

"它们离炉火那么远，没什么事的，"罗伯特·乔丹说，"抽几支烟吧。"

他用大拇指的指甲划开盒盖上的封口，然后先把纸盒推向巴勃罗，话说这个烟盒真精致啊，只见那上面印有一艘彩色大兵舰图案，像真的一样。

安塞尔莫给他搬来一只蒙着生皮的凳子，他表示感谢之后就坐下了。巴勃罗看着他，欲言又止的样子。巴勃罗等他开口，他最终没说什么，只是伸手去拿烟卷。

罗伯特·乔丹等巴勃罗拿完，就把烟卷依次推向其他人，在这个过程中，他并没看他们。但他注意到有一个人拿了烟卷，另外两个人没有拿。他现在所有的注意力都集中在巴勃罗身上。

"有什么异常情况吗，吉卜赛小伙子？"他对拉斐尔说。

"有，"吉卜赛人回答。罗伯特·乔丹看得出来，他进来时他们正在谈论他，这点从吉卜赛人略显尴尬的表情中就能略知一二。"她会让你再吃一次吗？"罗伯特·乔丹故意开玩笑地问吉卜赛人。

"会的。她们还是很心疼我的呢！"吉卜赛人说。此时他俩之间的气氛与下午说笑时大不相同了，似乎有点儿尴尬了。

巴勃罗的老婆一句话也没说，只顾低头拉风箱，扇炭火。

"刚才回来的时候，一个叫奥古斯丁的人说，他在山上已经饿得快死了，谁去替他下来。"罗伯特·乔丹说。

"不会死的，"巴勃罗说，"他死了，我反而很高兴呢。"

"有酒吗？"罗伯特·乔丹双手放在桌上，将身子向前倾，很随意地问他们几个。

"没剩多少了，"巴勃罗阴沉着脸说。罗伯特·乔丹决定仔细观察一下另外三个人的表情，然后设法判断一下自己现在的处境。

"那算了，我喝点儿白开水吧。你，"他对姑娘大声说，"给我倒杯水吧。"

姑娘看了一眼那妇人的脸色，妇人并没有表示什么，佯装没听到。姑娘随即便向水锅那边走去，舀了一满杯。她把水端到桌上，放在他面前。罗伯特·乔丹朝她笑笑。罗伯特在姑娘转身回去的同时，顺势收缩腹肌，把身体稍微左倾，这样一来，腰带上的手枪便滑到更顺手的位置。他一只手往后伸向后裤袋，巴勃罗见此动作，死死地注视着他，生怕他有不好的举动。他知道其他几个人也都在注视着他的一举一动，但他只望着巴勃罗。接着他从后裤袋里抽出那只带着皮套的扁酒瓶，拧开瓶盖，举起杯子，把里面的水喝掉一半，然后把瓶里的酒缓缓地倒在杯子里，酒和水就混在了一起。

"这酒劲头太大，你肯定受不了，要不然我就让你尝尝了，"他对姑娘说，又对她笑了笑。"剩下的也不多了，要不然我会请你喝一杯的。"他对巴勃罗说。

"我不喜欢喝大茴香酒。"巴勃罗说。

刚才一股辛辣的酒香飘过桌面，他闻到了其中一种气味很熟悉。

"好吧，"罗伯特·乔丹说，"我也不勉强，反正也没多少了。"

"你这是什么酒啊？"吉卜赛人问。

"药酒，"罗伯特·乔丹说，"想尝一下吗？"

"治什么病的？"

"包治百病，"罗伯特·乔丹说，"你有什么病，它都能治愈。"

"给我倒一点儿尝尝吧。"吉卜赛人说。

罗伯特·乔丹把杯子向他推去。掺了水的酒呈现出混浊的乳黄色，他希望吉卜赛人只喝一口就好，只剩下这么一点儿了，自已还是要多加珍惜。别看这么一小杯子酒，却能使艰难的日子变得不再那么难过。它能替代读着晚报的惬意时光，可以替代在咖啡馆里的每个夜晚，可以替代每年此月份开花的栗树林，可以替代在郊外林荫路上的策马徐行，可以替代在书屋、报亭、美术展览馆、蒙特苏里公园、布法罗运动场、夏蒙高地以及巴黎旧城岛里漫步观光，可以替代住在年代久远的福约特旅馆，可以替代傍晚读书小憩，可以替代他曾经享受过的一切美好的事物，虽然现在一些美好的回忆也遗忘了大半。当他品尝这混浊、苦涩、令舌头麻木、令头脑发热、令肚子感到温暖、令思想发生变化的奇妙液体的时候，所有的这一切如幻灯片一样在他眼前一一重现。

吉卜赛人试探着抿了一小口，之后就眉头紧蹙，把杯子递还给他。"这东西闻着像大茴香，味道却像苦胆，"他说，"我宁可生病也不愿意喝这种药酒。"

"那是苦艾，"罗伯特·乔丹对他说，"这是纯正的艾酒，里面掺有一定分量的苦艾。据说它可以腐蚀你的大脑，不过我才不信这类的鬼话，它能让世界变得美妙起来，这倒是真的。传统喝法是：把水缓缓注入杯子里，每次滴几滴在水里，不过，我却把它直接倒在水里了。"

"你说这些，什么意思？"巴勃罗感到自己受到了嘲讽，怒气冲冲地问。

"你想多了吧，我只是在谈药酒啊！"罗伯特·乔丹对他说，笑了笑并没有理会他的怒气，"在马德里买的这酒，这是最后一瓶了，我已经喝了三个星期了。"他喝了一大口，酒沿着舌头往身体里面流淌，他顿感神经麻木，似乎什么烦恼都没有了，这个时刻是多么的美妙啊！他望着巴勃罗，又露齿笑了笑。

"情况到底怎么样啊？"他问。

巴勃罗默不作声，罗伯特·乔丹用眼睛的余光一一扫视着桌边的另外三个人。一个是红褐色的扁脸，红的如塞拉诺火腿一样，他鼻梁从中断开了一截，鼻子塌在脸上，嘴角斜叼着的细长的俄国烟卷，这使得那张脸看上去越发的扁了。这个人留着灰色的短发和同色系的胡楂儿，穿着普通的黑色罩衣，一排纽扣一直扣到齐脖子的地方。罗伯特·乔丹在看他的时候，他正低着头看着桌子，目光坚定，一眨不眨。另外两个人很明显是哥儿俩，他们外貌十分相似，矮胖敦实，黑头发，黑眼睛，棕褐色的皮肤，额头很平，并不突出。不过，一个前额上有一条刀疤，位于左眼上方。他看着他们的同时，他们也同样镇定地看着他。一个看来二十七八岁，另一个比那一个年长两三岁的样子。

"你看着我们做什么？"兄弟中有刀疤的那个人问。

"没什么。"罗伯特·乔丹说。

"我们有什么奇怪的地方吗？"

"没有，"罗伯特·乔丹说，"要抽烟吗？"

"来一根吧？"这位兄弟说，他刚才没拿烟卷。"那个人的烟也是这个牌子的，就是炸火车的那个人。"

"你也参与了？"

"我们都参与了，"那人平静地说，"只有老头子没赶上。"

"炸火车，才够劲儿啊！"巴勃罗说，"再炸一列火车吧！"

"可以，"罗伯特·乔丹说，"等把桥炸了再说。"

他注意到巴勃罗的老婆此时也从炉灶边转过身来，留神听他们谈话。他一提到桥这个字眼，大家便都沉默了。

"等炸桥以后，"他特意重申了一遍，呷了口苦艾酒。我还是直接挑明比较好，他想，反正都谈到这个问题上了。

"我反对炸桥，"巴勃罗说，他低头看着桌子，"我和我的手下，都不赞成。"

罗伯特·乔丹没有立即回答。他看着安塞尔莫，拿起杯子。"那我们只好自己干了，老伙计。"他边说边笑了笑。

"好的，我们不需要这个懦夫。"安塞尔莫说。

"你说什么？"巴勃罗对老头子吼道。

"我说什么，用不着你管吧。"安塞尔莫一字一句地说。

罗伯特·乔丹这时隔着桌子看看巴勃罗的老婆。今晚她始终没说一句话，只是默默地坐在炉火边，面上也没有任何表情。只见她低声对那姑娘耳语了几句，姑娘就从炉边站起，沿着洞壁轻轻地向外走去，揭开挂在洞口的毛毯，钻了出去。这种情况，没必要藏着掖着了，只好摊牌了，罗伯特·乔丹暗自思忖着。我预料到会有此类事情发生，但我不希望情况变成这样，不过只能如此了。"炸桥的事，我们自己办，不需要你们插手了。"罗伯特·乔丹对巴勃罗说。

"不行，"巴勃罗说，罗伯特·乔丹发现他的脸上正冒着汗。"你不可以在这里炸桥。"

"是吗？"

"你不可以炸桥。"巴勃罗不紧不慢地说。

"那你的意见呢？"罗伯特·乔丹问巴勃罗的老婆，她站在炉灶边显得高大而镇静。

她转身面对大家，说："我赞成。"炉火照亮了她的脸，面色绯红。这时的她显得热情而优美，流露出她坚定的本色美。

"你说什么？"巴勃罗质疑地问她，罗伯特·乔丹注意到他转过头来时，脸上显现出众叛亲离的神色，前额上不住地冒汗。

"我赞成炸桥，反对你。"巴勃罗的老婆说，"我说得很明白了，不想多说了。"

"我也同意炸桥。"扁脸的那个人说着，把烟蒂在桌上捻灭了。
"炸桥也不是什么难事，"两兄弟中的一个人说，"我也同意炸桥。"

"我也是。"另一个人说。

"我也是。"吉卜赛人说。

罗伯特·乔丹盯着巴勃罗的同时，把垂在身边的右手缓缓地伸向腰间，以防万一，他似乎很期待事情往这个方向发展。他认为那可能是最容易的解决办法，但又不想惹出不必要的麻烦。因为他明白，一家人、一族人、一帮人在遇到突发状况时，很容易迅速团结起来共同抵御外来的人；转念他又想，事情既然已经挑明，用这只手那把枪，干脆利落地扣动扳机，就像外科手术一样的干脆直接，一点儿也不留后患。他注意到巴勃罗的老婆笔挺地站在那里，在大家表态时，她脸上泛起骄傲、坚定、健康的红晕。

"我支持共和国，"巴勃罗的老婆神采飞扬地说，"这桥关系到共和国的命运。这件事是大事，其他的事我们以后有的是机会。"

"你啊！"巴勃罗面部狰狞地对她说，"你这个蠢货，没脑子的婊子。看来婊子心肠最毒，也不是瞎说的。你觉得炸了这桥还会有'以后'？你考虑到后果了吗？"

"会有什么后果，"巴勃罗的老婆说，"该来的总会来的。"

"炸桥对我们十分不利。桥一炸，我们会像困兽一样被敌人追捕，你觉得没什么大不了的，是吗？炸的时候死掉也没什么大不了的，是吗？"

"我无所谓，"巴勃罗的老婆说，"别来吓唬我，懦弱的蠢货。"

"懦夫，"巴勃罗愤恨地说，"你自己懦弱，就把别人想得和你一样。人家是靠头脑做事的，干什么事都讲求战术观念。人家在行动之前早就把可能发生的结果，都考虑明白。我们知道那些人是蠢货，但我们却不是懦夫。"

"同样的道理，我们知道那些人是懦夫，也并不见得就是蠢货。"安塞尔莫控制不住自己讲了这一句警句。

"你不想活了？"巴勃罗对他严厉地说。罗伯特·乔丹认为这话问得很不明智。

"不。"

"管住你的臭嘴，你说得太多了，不要什么也不懂，就瞎嚷嚷。你没看出这件事很严重吗？"他表情很严肃地说，"难道只有我看出这其中的严重性吗？"

我也觉得事情很严重，罗伯特·乔丹想。老巴勃罗啊，老东西，我也觉得很严重。我看得出来，你看得出来，那妇人从我手相上也看得出。只是她现在没有明白过来，一时没缓过劲儿来而已。"老子混到今天这个地位，难道是吃闲饭的？"巴勃罗问，"老子做事从来都是有根据的，你们这帮人怎么这么不理解我呢？别听这老头子在这儿瞎说。他也就只配给外国佬当狗，这外国佬到这儿来做的事只对他们有好处。为了他们的好处，我们却得白白去送命。我现在只想保护大家的安全。"

"安全？"巴勃罗的老婆说，"这里还有安全可言？现在到这儿来寻求安全的人太多了，以至于弄得人心惶惶的。目前我们大家为了各自的安全，什么都不顾了。"她笔直地站在桌边，手里握着一把大汤勺。

"这里还是安全的，"巴勃罗说，"在危险中明白如何见机行事，就是安全的。这就好比斗牛士清楚自己在什么时间应该做什么，时刻避免不必要的危险，这就会很安全。"

"那牛角把他挑伤，那算什么？还安全，"妇人愤愤地说，

"我听到过无数次这样的论调啦，斗牛士被牛挑伤之前也经常说这样的话。我多次听菲尼托说，斗牛也是一门学问，牛不会自动伤人的，都是无知的斗牛士自己撞到牛角上去的。他们挨牛角之前总会说这样狂妄的话，可是结果呢，我们一次次地到病房去看望他们。"

说完，她模仿着在医院探病时的模样，"'喂，老伙计，喂，'"她声音响亮地说。接着，她又学受了重伤的斗牛士，故意用发颤的声音说，"'你好，朋友。你来了，比拉尔？'""'怎么搞的，菲尼托，好孩子，你怎么遇到了这种倒霉事？'"她用她那洪亮的声音说。然后声音微弱而尖细地说，"'没什么，太太。比拉尔，没什么。本不会发生这种事的。我本可以一使劲儿就刺死它，你知道的，我的身手是所有斗牛士里最矫健的一个。那时候，我都干净利索地把它宰了，它呢，也是必死无疑的样子了，身子左右摇晃，支撑不住了，眼看就要栽倒在地。我从它身边走开，样子很神气，转身的瞬间你不知道有多么帅气呢。不料想，它从背后袭击我，牛角捅进我屁股，接着从肚皮上戳了出来。'"她不再学斗牛士那柔弱的女人腔调了，忍不住放声大笑起来，终于止住笑之后，她又用声音洪亮的嗓门说："安全！净扯没用的。我和这个世上最潦倒的三个斗牛士混了九年，绝对领教过什么是恐惧！什么叫安全！跟我说任何事都行，但别提安全。而你呢？我以前还指望你能干一番惊天动地的事呢，可如今沦落到如此的地步！仗打了一年，你就变成了懒鬼、酒鬼和懦夫，完全废人一个了。"

"你不能这样说我，"巴勃罗说，"在大家面前，尤其是在陌生人面前。"

"我偏要说，"巴勃罗的老婆接着说下去。"你听到了吗？你以为这里还是你做主？"

"对，"巴勃罗说，"这里是我的地盘。"

"笑话，"妇人说，"现在这里是我的地盘了！你们大家听好了？这里从现在开始我说了算。你要是愿意留下就给我老实地待着，吃你的饭，喝你的酒，但是不许拼命地死喝。你要愿意，还可以干活，但你得听我的。"

"我要毙了你和这个该死的外国佬。"巴勃罗阴沉沉地说。

"有种就试试看了，"妇人说，"看看会发生什么。"

"给我倒杯水。"罗伯特·乔丹说，眼睛始终盯着那对峙的两个人，一个脸色阴沉、脑袋低垂着，一个得意扬扬、自信十足。那妇人真是威风啊！她抓着那把大汤匙，威风凛凛地好像它是自己的指挥棒。

"玛丽亚，"巴勃罗的老婆叫着，等姑娘进了洞口后就说，"拿水给这位同志。"

罗伯特·乔丹伸手去摸他那扁酒瓶，趁着掏酒瓶的机会，他悄悄松开手枪的套子，把它从腰带上转过来顶着自己的大腿根。他把苦艾酒往杯子里倒了一点儿，拿起姑娘给他端来的那杯水，开始把水徐徐地滴入杯子里。姑娘站在他身边看着他的动作，没说什么。

"到外面待着吧。"巴勃罗的老婆对她说，同时用汤匙做了个手势。

"外面太冷了。"姑娘说，把脸颊往罗伯特·乔丹凑了过去，盯着杯里那已经起变化的酒，只见它逐渐由澄清变为混浊。她心想，这真是奇妙啊！

"确实是有点冷呢，"巴勃罗的老婆说，"不过这里可太热了。"她的声音变得柔和起来，说"要不了多久的。"姑娘摇摇头，向外面走去。

罗伯特·乔丹暗自思忖，巴勃罗快要按捺不住了。他一手握着杯子，一手毫不遮掩地搁在手枪上。他已经把保险栓打开，抚摩着原先有小方格的暗纹，现在差不多已磨得滑溜溜的枪柄，触到发凉的圆形扳机护圈，一股熟悉的感觉从内心升起，还是这家伙用的顺手啊！

巴勃罗不再看着他，只看着那妇人。她接着说："听我说，酒鬼。你要明白这里已经不是你的地盘了？"

"我不同意，这里还是我的地盘。"

"不，听好了。好好掏掏你那毛茸茸的耳朵里的耳屎。给我仔细听好了，我才是这里的主人，你已经不是了。"

巴勃罗直勾勾地望着她，面部没有一丝波澜。就这样，他望了她很久之后，然后把视线转向桌子对面的罗伯特·乔丹。他若有所思地看了他好久，然后又回头望着那妇人。

"行呀，你说了算，"他说，"你让他说了算也无所谓。你们两个去死吧。"他正眼盯着那妇人的脸，既没被她唬住，好像也没受她多大的影响。"或许我是懒了点儿，喝酒也凶了点儿。你可以把我看成懦夫，可有一点你错了，我可不是傻瓜。"他顿了顿，"你想当头儿，还喜欢自作主张。那好，你既是说了算的，又是这里的女当家，那现在给我们弄些吃的好了。"

"玛丽亚，进来给他们端上晚饭。"巴勃罗的老婆朝外喊道。

姑娘从挂在洞口的毯子外伸进头来，走到对面炉边的矮桌前，拿起几只搪瓷大碗，端到饭桌上。

"红酒还多着呢，尽管喝吧，"巴勃罗的老婆对罗伯特·乔丹说，"别太在意那个酒鬼说的话。尽情地喝吧，我们可以再弄一些。赶紧把你杯子里的稀奇玩意儿喝完，来喝杯上好的葡萄酒吧。"

罗伯特·乔丹一口喝干了杯中的苦艾酒，这样猛喝一大口，顿时觉得身子里有一股暖和的、温润的、冒出浓烈气味并产生化学反应的细细热流在他肚子里一泻而下。他把杯子凑上前，姑娘微笑着给他舀了满满一杯。

"呃，桥你看过了？"吉卜赛人问。其他人刚才摊牌表态后还没说过话的人，如今都凑向前来听。

"是的，"罗伯特·乔丹说，"这件事做起来很容易，你们想听我说说吗？"

"行，同志。你就说吧。"

罗伯特·乔丹把笔记本从衬衫口袋里掏出来，给他们看他当时描出的草图。

"看这桥画得多像啊！"那个名叫普里米蒂伏的扁脸汉子，用惊讶的口吻说，"简直跟真的一样啊！"

罗伯特·乔丹用铅笔尖指着草图，详细地讲解着要怎样炸桥，应该怎样安放炸药包等细节。

"太简单啦，"两兄弟中脸上有刀疤的那个说，他名叫安德烈斯，"可是你怎么引爆炸药呢？"

罗伯特·乔丹又耐心地给他们解释着，这时，他发觉站在他身旁的姑娘，不知什么时候把手臂放在了他的肩膀上。巴勃罗的老婆也凝神盯着自己的草图。只有巴勃罗对此不感兴趣，他此时又用杯子从大缸里舀满自己的酒杯，然后退到角落里，独自悠闲地喝着。这大缸里的酒是玛丽亚从皮酒袋里倒出来的，现在那个皮酒袋还挂在山洞进口左侧的洞壁上。

"你干过很多这种事？"姑娘小声问罗伯特·乔丹。

"对。"

"炸桥时，我能跟着去看吗？"

"当然能，到时候带着你。"

"你会看到的，"巴勃罗在桌子另一头说，"我敢保证。"

"住口，"巴勃罗的老婆对他嚷道，脑海中浮现下午从罗伯特·乔丹手相中看到的凶兆，内心立马狂躁起来，"住口，你这个懦夫。住口，你这个乌鸦嘴。住口，你这个亡命徒。"

"好吧，"巴勃罗说，"我住口。如今你是这里的头儿，好戏还在后面呢，那就走着瞧好了。可是你记住了，别把我当傻子看待。"

巴勃罗的老婆听了此话，顿时浑身无力，内心的愤怒也消失了，取而代之的是一种莫名的忧伤。她感觉未来无法把握，前途迷茫，一切都没有了动力和希望。当她是一个小姑娘的时候，就曾经体会过这种感觉，她一生中始终不明白这种感觉从何而来。现在这种感觉又出现了，她努力试着把它抛诸脑后，以免影响自己的决心，也怕坏了共和国的大事，于是她说："大家吃饭吧。把锅里的菜盛在碗里，玛丽亚。"

大家安静地吃着饭，谁也没再说话。这时巴勃罗老婆的内心波涛汹涌起来。以往的场景一股脑儿涌上脑门儿，它们是如此的清晰，就像刚才又经历了一遍一样。这些场景令她忧伤，她的内心此刻凄楚而无助。该死的巴勃罗，她在心里咒骂道，这该死的懦夫，是什么夺走了他的胆魄，让他变成现在这副懦弱的德行。这时她的眼前又浮现出那个斗牛场上飒爽英姿，那个她深深爱着的矮个子男人，那个死于牛角下的男人。现在每每想起来，还能让她痛彻心扉。

第五章

　　罗伯特·乔丹吃完晚饭，见众人无话可说，就坐在那里出神。他感到一股子烟草和炭火的气味冲鼻而来，其中还夹杂着米饭、肉、藏红花、甜椒和食油的香味。不一会儿，他又闻到一股子酒香，那挂在洞口边盛酒的大酒袋，它的四条腿都直直地伸着，三只被用皮绳扎得很紧，一只上被安了一个塞子。地上有红酒洒过的痕迹，空气中弥漫着的酒气，显然在倒酒时，酒溅出了不少呢。不对，洞里空气中还散着一串串大蒜和挂在一起叫不出名的各种草药的气味。他环顾四周，见他们也有犯困的意思，于是他把蒙在山洞口的毯子撩开，大步跨了出去，夜凉如水，他贪婪地吸了一口。迷雾已经开始消散，星星也在天空中闪烁，这样的夜色真美啊！洞外没有风，他也闻不到铜币、红葡萄酒和大蒜的气味，马汗和人衣服上已干的汗的气味了。罗伯特·乔丹离开了酒桌边那压抑的环境，深深地呼吸着夜晚山峦中带着松树和溪边草地上的露水气息的清新空气。风已停，露水正浓，可是他站在那里，凭着自己多年的经验，知道明天会下霜的。

　　正当他站着贪婪地呼吸着，享受着这一片夜阑寂静之时，远处却隐约传来了枪声，接着是一连串猫头鹰的咯咯叫声，声音似乎从马栏那边传来。洞里的吉卜赛人似乎没意识到所发生的一切，这时他哼起了欢快的歌，而且还有轻柔的吉他伴奏声。

　　我爹留给我一笔可观的遗产。

粗哑的假嗓音悠悠地唱起来，歌声在山谷里回荡着。他接着唱着：

> 那便是月亮和太阳；
> 纵使我走遍天涯海角，
> 这笔遗产永远花不光。

低沉的吉他声中不时夹杂着喝彩声。"好，"罗伯特·乔丹听到有人说。"给我们唱那支加泰隆语调的民歌吧，吉卜赛小伙子。"

"不。"

"唱吧，唱吧。唱加泰隆语调的民歌。"

"那好吧，"吉卜赛人说着，忧伤地唱了起来：

> 我的鼻子很扁，我的脸蛋很黑，可我还是人。

"好！"有人喊，"接着唱啊，吉卜赛人！"

吉卜赛人的歌声悲伤而带点儿自嘲地响起来。

> 幸好我是黑人，不是加泰罗尼亚人！

"不要唱了，实在很吵啊！"巴勃罗的声音说，"住口，吉卜赛人。"

"是呀，"他听到那妇人的声音，"太吵了。你这副嗓子会招来民防兵，再说，唱得也不好。"

"我还会唱另外一节，"吉卜赛人说着，就自顾自地弹起了吉他。

"消停会儿吧。"妇人对他说。

吉他声也戛然而止了。

"今晚我嗓子不舒服，不唱也罢。"吉卜赛人说着，掀开毯子，走到外面的黑夜中。

罗伯特·乔丹看见他走到一棵树边，转身又朝他这边走了过来。"罗伯特。"吉卜赛人小声说。

"嗯，拉斐尔。"他说。

罗伯特从吉卜赛人的语气里听出他有几分醉了。罗伯特自己其实也喝了两杯艾酒和几杯葡萄酒，不过刚才和巴勃罗一番紧张的较量，现在头脑还算清醒。

"你干吗不杀巴勃罗？"吉卜赛人对他耳语。

"为什么要杀他？"

"你迟早都得杀了他。刚才那么好的机会，你为什么不动手？"

"你说这话是认真的？"

"你认为我们大家在等着什么？你认为那女人把姑娘支出去是为了什么？刚才都把话说到那份儿上了，你以为我们以后还能待得下去吗？"

"我以为你们几个人会杀了他的。"

"你怎么想的？"吉卜赛人冷静地说，"那是你该干的事。有几次我们以为你就要动手了，可是你始终没动静。你不要担心巴勃罗，他在这里没有帮手。"

"我想过杀了他，"罗伯特·乔丹说，"可是我最终打消了这个念头。"

"当然大家也都看得出这一点，大家都注意到你准备动手。你为什么刚才不动手？"

"我以为杀了他，你们其中有的人会不愿意，毕竟那个女人是巴勃罗的老婆。""什么话，那婆娘就像婊子盼嫖客那样焦急地盼着。你看起来挺老练，实际上却很嫩啊！"

"确实有点儿啊！"

"现在去杀掉他吧。"吉卜赛人催促着说。

"现在杀了他，那只能暗杀了。"

"那样做就更好了，"吉卜赛人声音很小地说，"危险会相对小些。动手吧，现在就杀掉他。"

"我不能那么做。我讨厌那种做法，为了我们的事业，我们不应该那么做。"

"那就故意激怒他，"吉卜赛人说，"你非杀他不可，没别的选择。"

他们密谈的时候，那只猫头鹰穿过树林飞来，悄无声息地落在他们身旁的枝丫上，然后又腾空而起，快速拍打着翅膀。它虽然一路觅食，扑腾着翅膀，可是却没有发出一丝声响。"瞧啊，"吉卜赛人在黑暗中说，"人就应该像它一样行动。"

"到了白天，它在树上成了睁眼瞎，却被乌鸦包围起来了。"罗伯特·乔丹说。

"机会难得啊！"吉卜赛人说，"机不可失，杀掉他吧，"他接着说，"别等到事情棘手了再去动手，那就难办了。"

"时机已经错过啦，等待下次机会吧。"

"向他挑衅，"吉卜赛人说，"或者趁着夜色神不知鬼不觉地干掉他。"

只见蒙住山洞口的毯子被掀开了，从中露出亮光来，有人向他们站着的地方走来。

"夜色很美，对吧！"那人用深沉而重浊的声音说，"天似乎要放晴啦。"来人正是巴勃罗。他嘴里叼着一支俄国烟，烟头一明一灭的火光暴露了他的身份。星光下，他们能看清他的一双长臂和粗壮的身子，罗伯特心想，杀掉他还是得费一番周折啊！

"别理会那婆娘。"他对罗伯特·乔丹说。

在黑暗中，烟卷上的红光显得很亮，接着那光亮随着他的手垂下了。"她做事虽然固执，但没有坏心眼。她对共和国非常忠诚。"这时烟卷上的光又微微抖动起来。罗伯特·乔丹认为，他说话时一定是把烟卷叼在嘴上呢。

"你来这儿，我其实很高兴，我们不该闹别扭，大家应该齐心协力干事业。"烟卷这时发出明亮的红光。"别把争吵放在心上，"他说，"你在这儿很受欢迎。"

"不好意思，我要失陪了，"他接着说，"我去看看他们把马儿拴好没有。"

他穿过树林，走了。不一会儿，他们听到下面有马在草地上嘶叫。

"你现在明白了吧？"吉卜赛人说，"机会已经被你错过了。"

罗伯特·乔丹也没回答他。

"我到下面去了。"吉卜赛人很失望地说。

"去干什么？"

"瞧你说的，还能干什么，偷偷看看他是否想跑掉啊！"

"他能从下面骑马跑掉吗？"

"不能。"

"那么他能从哪里跑掉，你就去哪里守着吧。"

"奥古斯丁早就埋伏在哪里了。"

"那么你去跟奥古斯丁说说，告诉他刚才发生的事。"

"奥古斯丁没准儿也想杀掉他。"

"这好啊，还省得我动手了呢，"罗伯特·乔丹说，"那就去山上把发生的事情都如实告诉他吧！"

"接着呢？"

"我到下面草地上去看看。"

"好，同志，好。"吉卜赛人赞叹地又说，"现在你可要真干啦。"罗伯特·乔丹在夜色中看不到拉斐尔的脸，却可以感觉到他在微笑。

"别废话，去找奥古斯丁吧。"罗伯特·乔丹对他说。

"好，罗伯特，好。"吉卜赛人说，他显然很兴奋。

罗伯特·乔丹在松林中摸索着行走，一路上从这棵树摸到那棵树，终于来到草地边。他在黑暗中暗暗注视着这片草地，星光下，这块空旷的地方显得异常明亮，他甚至能看清那些马的黑黝黝的轮廓。他细心地数了一下分散在他和小河之间的马，一共五匹。罗伯特·乔丹于是坐在一棵松树下，眺望面前的草地。

我累啦，他想，或许我的判断力下降了。但是炸桥是我的责任，为了防止出意外，我不可以节外生枝，如果刚才起了冲突，我受伤了或死了，对这次任务都是一个很大的损失。当然，有时候纵容坏事发展，兴许会后患无穷，可是我一直喜欢顺其自然地做事，任凭事态发展。如果真到了危急关头，就像吉卜赛人说的，大家都指望我杀掉巴勃罗，那我就必须去做。可我一点儿也摸不透他们的真实想法，万一我真干了，惹怒了众人，就不好收拾了。你想啊，我一个外来人杀了这里的人，而事后还得和这里的人一起做事，这是非常不明智的事情。打仗时可以毫无顾忌地杀人，军队纪律命令也能杀人，但是我觉得在目前的情况下，这么做是不太明智。尽管杀掉他，似乎很干净利落，但是在这种地方，我不能把任何事都想得这么简单，尽管那女人让我完全信任，但我不能预料她对杀死她丈夫这种行为会有什么反应。一个人在这种情况死去是很残忍的事情，那会丢了一个人起码的尊严。你猜不透她会有任何反应。没有这个女人，这里就会很混乱，有了这个女人，事情就好办多了。如果把他杀了，或者由吉卜赛人来杀——当然他肯定不会，或者由那放哨的奥古斯丁来杀，事情就完美了。安塞尔莫，假如我要求他这样做的话，他是肯动手的，虽然他说不支持杀人。但他恨巴勃罗，我能看得出来，而且他对我已经有了信任，把我当作他所信仰的事物的象征来信任我。只有他和那个女人才真正信仰共和国，这一点是不容置疑的。但是现在还不能那么快地下结论，必须慎重。

在黑暗中待久了，眼睛渐渐习惯了星的微光，他现在可以看到巴勃罗站在一匹马旁边。那匹马停下吃草抬起头来，然后又很狂躁地把头低下去了。巴勃罗就站在这匹马的旁边，紧紧挨着它。马在缰绳长度所及的范围内直打转，他也就跟随着它一起转，并间或拍拍它的脖子。马正在吃着草，并没有心思去接受他的爱抚。罗伯特·乔丹无法细致地看清巴勃罗的动作，也听不清他嘴里嘀咕什么，但是他看得出巴勃罗没有解缰绳，也没有备马鞍。罗伯特·乔丹就安静地坐在暗处，远望着巴勃罗的一举一动，心里却想着事情。

"你啊，我的大个头小乖马，"巴勃罗在黑暗中对马说，他说的是那匹栗色大种马。"你这个娇媚的白脸大美人呀！你呀，你那修长的脖子弯得像我老家村子里的旱桥。"他顿了顿，"不，是弯得更好看，更带劲儿。"

马在吃草，为了把草咬断，头不时地歪向一边，这个人不时地在耳边啰唆不休，把马弄得异常不耐烦。"你既不是女人，也不是傻瓜，"巴勃罗对枣红马说，"你呀，你呀你，我的大个儿的好马。你不是那个铁石心肠的女人，你也不是那个剃了光头、乳臭未干的小牝马那样扭捏走路的小丫头。你不会撒泼，也不会说谎话，你是个懂事的好姑娘。你呀你，我的大个头好马啊！"

如果罗伯特·乔丹听到了巴勃罗和那枣红马的那些耳语，一定会禁不住乐呵起来的。可是他没有听到，因为他此时深信巴勃罗只是下来检查他的马，在这时杀他，他认为并不可取，于是站起身来，走回山洞。巴勃罗留在草地上和马啰唆了很久。马并不懂他说什么，仅仅根据那种温和的语调，下意识地认为那不是呵斥自己的意思，但是它在马栏里圈了一天，此时一心想填饱饥饿的肚皮，哪里有时间理会他的唠叨呢？这只马在拴马桩上的绳子长度所及的范围内啃着青草，并不看巴勃罗。巴勃罗最后将拴马桩换了个位置，这时他似乎也觉得自己的话太烦了，也不说了。这光景没了他的唠叨，马似乎心情愉悦起来，啃草的动作也轻快了许多。

第六章

山洞里很安静，罗伯特·乔丹坐在角落里一只蒙着生牛皮的凳子上，背靠炉火，与那个女人闲谈着。她正在清洗盘碟，那姑娘玛丽亚忙着把它们擦干，然后把它们摞起来，一起放进洞壁上当柜子用的洼洞里面。

"奇怪，"妇人说，"怎么'聋子'到现在还不来。他一小时前就应该到了。"

"你捎话让他过来了吗？"

"没有。他天天晚上都来啊！"

"也许他现在正有事呢，走不开呢。"

"有可能，"她说，"要是他不来，我们只能明天去找他了。"

"好吧。他住的地儿离这儿远吗？"

"不远。出去走一走也不错，我老是懒得动，这身肥肉影响了我的健康。"

"我能不能跟着去？"玛丽亚问，"我能去吗，比拉尔？"

"当然，我的小美人儿，"妇人说完，转过大脸望着罗伯特·乔丹，"她很漂亮，对吧？"她问罗伯特·乔丹，"你觉得呢？稍微瘦了点儿？"

"我觉得她现在就很好，"罗伯特·乔丹说。玛丽亚在他的杯子里斟满了酒。"把它喝了吧，"她说，"这样会使我看上去更好。在你醉意蒙眬的情况下，我才显得更美呢！"

"那我还是不喝的好，"罗伯特·乔丹说，"你已经够漂亮了，而且在我眼里，你最美。"

"这话说对啦，"妇人说，"这话还差不多。除了漂亮，她还有什么过人之处？"

"机智。"罗伯特·乔丹这话听起来有些词不达意。

玛丽亚咯咯地笑了起来，那妇人略显失望地摇了摇头。"你刚才说得多好啊，最后又冒出这一句。唉，堂①·罗伯特，真让人扫兴。"

"不要这么叫我。"

"开玩笑呢。我们这儿把堂·巴勃罗当笑话说，就跟我们叫玛丽亚小姐一样，也是玩笑话。"

"我从不开这样的玩笑，"罗伯特·乔丹说，"依我看，在这次战争中所有人应该严肃正式地称呼同志。一开始开玩笑就会出现不好的苗头。"

"你对你的政治事业跟宗教一样的虔诚，"妇人逗他，"你不开玩笑？"

"开玩笑啊！我特别喜欢开玩笑，可从不拿称呼来开玩笑，称呼就是一个人的旗帜啊，那样太不尊重别人了。"

"我可以拿旗帜来开玩笑，无论什么旗帜，"妇人笑着说，"和我相比，别人开的玩笑都算不上什么。我们把那面黄、金两色的老旗叫脓和血。再加上紫色的新共和国国旗，我们把它叫作血、脓和高锰酸钾。只是一种玩笑而已。"

"他是共产党，"玛丽亚说，"共产党都是非常严谨的人。"

"你是共产党吗？"

"不，我只是反法西斯主义者。"

"干这个已经多久了？"

---

① "堂"原文为 Don，为西班牙语中对男子的尊称。

"从我了解了法西斯主义的卑劣行径一直到现在。"

"有多长时间了？"

"大概有十年了吧。"

"才十年啊，"妇人说，"我已经做了二十年共和主义者了。"

"我父亲一生都是共和主义者，"玛丽亚说，"就因为这个，他们把他枪毙了。"

"我父亲也是共和主义者，我祖父也是。"罗伯特·乔丹说。

"在哪个国家？"

"美国。"

"他们被枪毙了？"妇人问。

"怎么会呢？"玛丽亚说，"美国是共和主义者的国家，那里的共和分子是不会被枪毙的。"

"有一个身为共和主义者的祖父总归是好事，"妇人说，"这意味着有一个良好的家庭背景。"

"我祖父曾经是共和党全国委员会委员，"罗伯特·乔丹说，这句话让玛丽亚印象深刻，从而备受感动。

"你父亲仍然在共和国工作？"比拉尔问。

"不，他去世了。"

"真遗憾，怎么死的？"

"开枪自杀的。"

"也是为了逃避敌人的折磨吗？"妇人问。

"是啊，"罗伯特·乔丹说，"为了不受到他们的摧残。"

玛丽亚深情地望着他，两眼中噙满了泪水。"我父亲，"她说，"他弄不到枪。噢，我真的很欣慰，你父亲运气这么好，能弄到枪，可以自由地选择自杀。"

"对呀，侥幸得很。"罗伯特·乔丹说，"我们谈谈别的好吗？"

"这么说，你和我，我们的家世还是有相似之处的。"玛丽亚说。她把手挽进他的臂弯里，凝视着他的脸。他盯着她那褐色的脸，望着她的眼睛，自从他见到她的眼睛至今，总认为它们比不上她脸上其他部分年轻，似乎总透着那么一股子沧桑。而顷刻之间，这双眼睛异常年轻起来，带着对未来的渴望。他知道，她动情了。

"看你们俩深情款款的样子，做兄妹可惜了，"妇人说，"我倒认为做夫妻更好呢！"

"我如今才明白，为什么我对你有着不可名状的情感，"玛丽亚说，"如今我全明白了。"

"什么意思？"罗伯特·乔丹说着，轻柔地去抚摩着她的头发。他每时每刻都有这样的冲动，现在如愿了。可不争气的是喉头又开始哽塞起来。她在他的抚摩下，头轻轻地左右摇晃，并抬眼冲他微笑，他能感觉到她那浓密而柔顺的短发在他指缝间游动着。他把手滑进她的脖子里，轻轻摩挲着，突然他意识到这样不妥，迅速把手抬了起来，接着垂了下去。

"再摸一下，好吗？"她说，"我已经幻想这样的情景好几次了。"

"以后再说吧。"罗伯特·乔丹说，嗓音有些沙哑。

"那我呢，"巴勃罗的老婆嗓音响亮地说，"难道要我在旁边看着你们调情？认为我不会动情吗？我也是女人啊！可我老了，没法再找男人了，我只能期望巴勃罗回来啦。"

玛丽亚此时既不搭理她，也不搭理桌边烛光中玩纸牌的其他人。

"想再来杯酒吗，罗伯特？"她问。

"行，"他说，"再喝一杯也无妨？"

"你像我一样，快要变成一个酒鬼了，"巴勃罗的老婆说，

"他已经喝了不少稀罕的怪味酒了，又掺杂着喝了很多葡萄酒。听我说，英国人。"

"我不是英国人，是美国人。别以为我说英语，就非得是英国人。"

"那么听我说，美国人。你今晚打算在哪里睡？"

"外面，我有睡袋。"

"行，"她说，"天气晴朗吗？"

"晴朗，而且凉快着呢！"

"那就在外面吧，"她说，"你在外面睡，你那东西可以都放在我睡的地方，我替你保管。"

"行。"罗伯特·乔丹说。

"你回避一下吧，"罗伯特·乔丹对姑娘说着，手按在她肩膀上，以示安慰。

"为什么要我回避啊？"

"我打算和比拉尔说句话，很快的。"

"非走不可吗？"

"是的。"

"什么事？"当姑娘走到了山洞口，站在大皮酒袋旁看那些人打牌时，巴勃罗的老婆问。

"吉卜赛人跟我说，我本应该……"他说的有点儿犹豫不决。

"不，"妇人顿时打断了他的话，"他想错了。"

"如果必须要我……"罗伯特·乔丹平静但略显迟疑地说。

"我相信，刚才那会儿你完全有机会下手的，"妇人说，"不过，你没那个必要非得那么做。我一直注意你的动作，你的判断是正确的。"

"但是如果有需要……"

"不，"妇人说，"没那必要，吉卜赛人的心眼太坏了。"

"可是人在软弱的时候，可能会干出很多可怕的事情。"

"不，你不明白。这个人已经完全丧失能力了，做不出危害任务的事了。"

"你这么肯定？"

"你还年轻啊，"她说，"你以后就会明白了。"她然后对姑娘说，"到这边来，玛丽亚。我们谈完了。"

姑娘走过来，罗伯特·乔丹马上伸出手，温柔地拍拍她的头。她像只小猫一样任由他拍着。罗伯特让她走开，她觉得委屈。他一度认为她快哭了，不过她的嘴角又向上牵动了一下，望着他微笑了。

"你现在去睡吧，"妇人对罗伯特·乔丹说，"你走了这么多路，也累了。"

"行，"罗伯特·乔丹说，"我把我的东西再检查一下。"

第七章

自己已经睡得够久了，他躺在睡袋里想。睡袋铺在树林的地上，位于山洞口旁边一处山石的背风处。他从睡眠中醒来，翻了一下身，不经意间压在了手枪上，这是他临睡前贴身放在身边的，手枪上的带子一端系在他一只手腕上。他觉得四肢乏力，腰酸背疼，肌肉也因为疲劳而变得僵硬。他背抵着松软的土地，伸了伸四肢，带有法兰绒衬里的睡袋更使他感到舒适，他不自觉地伸了一下懒腰。他还没有完全地清醒过来，不清楚自己正在哪个地方，稍微适应了一会儿，反应过来之后，就挪开身体底下的手枪，舒服地伸了伸胳膊和腿，一转身又沉沉地睡了过去。一手放在用衣服整齐地包住绳底鞋做成的枕头上，用一臂搂着这个枕头。

突然，他感觉到有只手按在他肩上，就立刻警惕地转过身来，右手在睡袋里紧紧抓住手枪。

"噢，原来是你啊！"他一边说着，右手松开了手枪，伸出双臂拉过她。把她抱在怀里，能感受到她在发抖。

"快点进来吧，"他小声说，"外面非常冷。"

"不。我不能。"

"进来吧，"他说，"有话我们等会儿说。"

她的身体在发抖，他此时一手抓住她的手腕，另一条胳膊轻轻地抱住她。她扭过头去。

"进来吧，小兔子。"他说，亲吻着她的后颈。

"我还是不进去了，我害怕。"

"不要怕。到里面来吧。"

"怎么进去啊?"

"钻进来就可以了，里面还有空的地方，我来帮你一把?"

"不，我自己就可以。"她说，然后就钻进了睡袋，他紧紧地贴着她，想亲吻她的嘴唇，但她却把脸紧紧贴在用衣服卷成的枕头上，不过她用两条胳膊紧搂着他的脖子。此时他拥抱着她，感觉她的胳膊放松了，又在发抖。

"不要这么紧张，"他说着笑，"不要怕，那是手枪而已。"

他把手枪，悄悄地放到自己身后。

"我有点儿不好意思呢，"她说，脸朝向别的地方。

"没这个必要。行，来吧。"

"不，我不可以。我还是觉得有点儿难为情，我害怕。"

"别害羞，我的小兔子，请不要这样见外。"

"我们不要这样，如果你不爱我怎么办?"

"我爱你。"

"我爱你，啊，我爱你。把手放在我头上。"她冲着别处说，脸依然埋在枕头上。他于是把手搭在她头上，抚摩着，这时她忽然把脸从枕头上转过来，依偎在他怀里，紧贴着他，脸贴在他脸上，嘤嘤地哭了。

他静静地、紧紧地拥抱着她，爱抚她的头，抚摩着她那年轻而富有弹力的身躯，吻她湿润而带咸味的眼睛。她始终哭着，他可以感到她那对圆润、坚实的乳房隔着她身上的衬衫在颤抖着。

"我不会接吻，"她说，"我不会。"

"不一定要接吻。"

"不，我一定要接吻。该做的我都要做。"

"不一定非得做什么，这样已经很好了。不过，你穿的衣服倒有点儿多呢！"

"我该怎么做呢？"

"我来帮你。"他说着开始动手脱她的衬衫。

"这样有没有好一些？"

"嗯，好多了。你是不是也感觉好些？"

"好多了。你能像比拉尔说的那样带我走吗？"

"可以。"

"可是我不想去收容院，我想和你在一起。"

"不行，你必须去收容院。"

"不，我不要去。我希望永远跟你一起，我想做你的女人。"他们相拥着躺在睡袋里，身上的衣服已经在激情中被脱光，现在两人赤裸裸地暴露在略微寒冷的空气中。他们死死地纠缠在一起，互相抚摩着对方光滑的肌肤，这是隔着衣服所不能感受到的温润。光滑、坚实、圆鼓鼓的肌肤紧贴在一起，外面寒冷的凉气也不能阻挡这两具火热的身躯。长久地、轻快地、紧密地拥抱，既让人心旷神怡，又有点儿落寞。那是一种空虚、胸口隐隐作痛的落寞。这一切是如此的强烈，以致罗伯特·乔丹按捺不住了，脱口而出问道，"你爱过别人吗？"

"从来没有。"

但是说完这句话，他感到怀里的她猛然僵住了，"但是被别人糟蹋过。"

"谁？"

"好几个人。"她此时躺着一动也不动，感觉自己的身体像慢慢地死去了一样，她把脸朝向别处。

"现在你不会爱我了。"

"我爱你。"他说。

他此时有了变化，她能感觉到。

"不，"她说，声音变得木讷起来。"你不会爱我了。但是你或许还是会带我去收容所。我进入收容所，就永远不会做你的女人了，我什么也不是了。"

"我爱你，玛丽亚。"

"不。我不相信你说的话，"她说。此时她好像做最后的努力一样，可怜巴巴却充满期待地望着他说："我从没亲吻过任何人。"

"你吻我吧。"

"我要吻，"她说，"但我不会。那时他们糟蹋我的时候，我使劲儿挣扎，直到我使尽了力气，什么也看不清了。我一直挣扎到——到——到有一个人坐在我的脑袋上——我就咬他——后来他们勒住我的嘴，将我两手反放在脑后——他们就糟蹋了我。"

"玛丽亚，我爱你，"他说，"没人敢把你怎么样。他们碰不了你。没有人碰过你，我的小兔子。"

"你相信是这样吗？"

"我相信。"

"那么你还会爱我吗？"这时她又非常热烈、紧紧地靠着他。

"我会更加爱你。"

"我要好好吻你。"

"那就开始吧。"

"我不知道怎么做。"

"吻我就是了。"

她亲吻了一下他的脸颊。

"不是这样。"

"鼻子怎么摆放？我一直在考虑鼻子应该放在哪边。"

"看，头歪一点儿，"他们的嘴唇紧紧地贴在一起了，她紧紧地靠在他身上，她的嘴唇渐渐地张开了一些。然后，他抱着她，突然感到了一种不曾经历过的喜悦，柔软的、愉悦的、亲切的、发自内心的喜悦。这时，似乎已经没有了忧愁、烦恼，也没有了疲惫、担忧，只感到无比喜悦。他就说道，"我的小兔子，我的好宝贝，我的小可爱，我的挺拔的小美人儿。"

"你在说什么？"她说着，那声音仿佛来自遥远的远方。

"我可爱的人儿。"他呢喃着说。

他们躺在那里，感觉到两颗心依偎在一起欢快地跳动着，他脚背轻轻地触着她的脚。

"你是赤脚来的？"他说。

"是的。"

"那你是特意来我这里的？"

"是的。"

"刚才你不害怕吗？"

"不，非常害怕。但是更怕穿了鞋还得再脱。"

"你知道现在是什么时间了吗？"

"不知道。难道你没有表吗？"

"有，不过它在你的背后。"

"那我把它拿过来吧。"

"不用。"

"那么就隔着我的肩膀看看吧。"当时已经是深夜1点。手表的表面在睡袋中的暗处显得十分明亮。

"我的肩膀被你的下巴刺痛了。"

"原谅我吧。我没有刮脸的东西。"

"我喜欢你的胡子。它是金黄色的？"

"是啊。"

"它会渐渐变长吗?"

"炸桥之前不会很长的。听着,玛丽亚,你……"

"我怎么了?"

"你想吗?"

"想,你要做什么都行,随你高兴。如果我们所有事情都一起做,也许那事就会像从来没有发生过一样。"

"你这样设想过吗?"

"没有。我有过这样的念头,不过是比拉尔跟我说的。"

"她很聪明。"

"还有另外一件事,她让我一定跟你说清楚,"玛丽亚轻轻地说,"她说我没有病,她了解这类事情,她说一定要跟你讲明白。"

"她让你告诉我的?"

"是的。我告诉她我爱你。今天一见到你,我就立刻爱上你了,好像我以前就爱着你了,但就是一直没找到你罢了。我就告诉了比拉尔,她说如果我要把全部事情都告诉你,就必须告诉你我没有什么病。刚才说的那件事是很久以前她对我说的,在炸火车之后不久。"

"她都说了什么?"

"她说,只要一个人不愿意,别人就不能把她怎么样,她还说,如果我有一天爱上了一个人,就要把过去的所有一切通通忘掉。当时我想死的心都有了,你知道。"

"她的话很有道理。"

"我现在很庆幸当时没有死,非常高兴现在认识了你。那么你爱我吗?"

"当然爱你。我现在就在爱你。"

"我可以做你的女人吗？"

"干我这一行的，不能有女人。但是也没办法，你现在就是我的女人了。"

"我一旦成为你的女人，就永远属于你了。现在我就是你的女人吗？"

"是的，玛丽亚。是的，我的小兔子。"

她紧紧搂着他，嘴唇笨拙地寻找着他的嘴唇，找着了，就狠狠地吻着他。他呢，感觉她娇嫩、清新、润滑、年轻、温暖而又凉爽，她的出现，就如同他的衣服、鞋子抑或是他的任务一样自然，真是让人难以置信。然后她慌乱地说："赶快把我们要做的事做了吧，以便把以前的事全部抹掉。"

"你想要？"

"是，"她近乎狂热地说，"是，是，是。"

第八章

这个月份山里的空气还是很冷，夜里更是冷得让人难耐，罗伯特·乔丹却睡得很香甜。睡梦中，他舒服地翻了一个身，迷迷糊糊地醒了。他立马转身看姑娘睡着的地方，发现她还在，蜷缩着睡在睡袋下方，呼吸轻而匀。他把头伸到睡袋外，呼吸外面新鲜的空气，夜空繁星点点，寒风凛冽，鼻孔吸进的空气非常凉，他在黑暗里把头又从寒气中缩到温暖的睡袋里。缩进来的时候，他碰触到姑娘的肩膀，那是多么的光滑啊！他不由自主地亲吻起来。她还没有醒来，他就侧过身背着她，把脑袋又伸到睡袋外面的寒气中，他睁着眼睛躺了一会儿，感到一股舒畅的暖意流过困倦的四肢，跟着是两人光滑的身子接触到一起时的喜悦。随后，他把两腿伸直，脚掌抵在睡袋的底部，很快又睡着了。

天刚破晓，他就醒了，发现身边早就空了，于是他伸出手去摸，觉得她睡过的地方还是暖的。他望望山洞口，看到挂毯的周边都结了一层霜花，岩石缝里冒出灰色的淡烟，看来炉灶已经生了起来，她们已经开始忙碌早餐了。

树林里传来异常的响动，那是人踩落叶的吱嘎声，只见有人从树林里走出来，披着一条毯子，看起来很像拉丁美洲的披风。罗伯特·乔丹看清了来人正是巴勃罗，他抽着烟。他想，巴勃罗起的可真早啊，他已去下面把马都关进了马栏。

巴勃罗没有朝罗伯特·乔丹这边看，他撩开毯子，径直钻进了山洞。

　　罗伯特·乔丹伸展了一下四肢，无意中触到睡袋外面竟是一手冰凉，他知道那是霜，这只绿色旧鸭绒睡袋的面子是用气球的绸布制作的，已经用了五年了，上面已经破损的斑斑点点了。随后，他把手缩回睡袋，自言自语地说："真舒服啊！"接着伸开两腿，把身子紧靠在睡袋舒适的法兰绒衬里，舒服地伸了一下懒腰。过了一会儿，他转过身来，把头避开等会儿将要升起太阳的方向。心想，这么惬意的早晨，还是再让我睡一会儿吧！

　　他很快睡过去了，直到飞机的引擎声把他吵醒。

　　他仰面躺着，看到了那些飞机，那是三架意大利产的菲亚特飞机组成的法西斯巡逻小队，三个闪光的机身，快速地掠过山巅，飞向安塞尔莫和他昨天走来的方向。三架过去后紧跟着又飞来了九架，这些飞机显然比之前的飞得高，只有一丁点儿大，组成三角形的三三编队。

　　巴勃罗和吉卜赛人站在山洞口的背阴处警惕地仰望着天空。罗伯特·乔丹安静地躺着，并没有起来的打算，这时天空中响彻着飞机引擎的轰隆声，紧接着又传来了一阵更响的马达轰鸣声，又飞来了三架，它们距离在林中空地才不到一千英尺，那么近，连机身底部的滑轮都看得一清二楚，这三架是德国产的海因克尔Ⅲ型双引擎轰炸机。

　　罗伯特·乔丹把头躲到岩石的暗处，他知道从飞机上是望不到自己的，即使看到也无关紧要了。他知道，飞机如果想在这一带山区仔细搜索的话，最先看到的有可能就是马栏里的马。即使他们只是路过，也能看得到马，不过他们会想当然地认为这是自己骑兵队的坐骑。这时候又传来了轰鸣声，声音更响了，只见又有三架海因克尔Ⅲ型轰炸机排成了整齐的队形，直愣愣地低空飞过来，声音越来越近，越来越响，震耳欲聋，大地都在颤动，当越过林地后，声音才逐渐减弱，最终消失无声了。

罗伯特·乔丹趁着这当口，迅速解开那卷当枕头用的衣服，把衬衣穿上。当他刚把衣服套在头上往下拉的时候，又听到一批飞机开过来了，他穿上裤子安静地躺在那里，等待着这三架海因克尔双引擎轰炸机飞过去。飞机在越过山脊之前，他已经把手枪配好了，卷起睡袋，搁在岩石旁，靠山崖坐下，结扎好绳底鞋的带子。这时候，渐近的轰鸣声比刚才更激烈了，又飞来了九架排成梯形的海因克尔轻型轰炸机。飞机飞过头顶时，轰鸣声响彻天地。罗伯特·乔丹悄悄沿着山崖走到洞前，只见洞口站满了人，有两兄弟中的一个、巴勃罗、吉卜赛人、安塞尔莫、奥古斯丁和那个妇人。

他问："以前有这么多的飞机过吗？"

"没有，"巴勃罗说，"赶紧进来吧，不然你会被他们发现的。"

阳光还没有照射到山洞口，这时刚刚照到小溪边的草地上，罗伯特·乔丹知道，在晨曦蒙蒙的树荫和山岩的巨大阴影中是很难被发现的，不过为了避免他们担心，他还是走进了山洞。

"还真是不少呢。"那妇人说。

"还会有很多的。"罗伯特·乔丹说。

"你怎么知道？"巴勃罗疑神疑鬼地问。

"刚才这些飞机要伴随着驱逐机的，这是作战的套路了。"

说着，他们就听到了飞得更高的飞机发出的嗡嗡声，它们飞行在大概五千英尺的高空中，罗伯特·乔丹数了数，总共有十五架菲亚特飞机，每三架排成一个 V 字形的队形，一队队像雁群一般组成梯阵，呼啸着掠过上空。

大家始终站在山洞口，表情严肃，也没离开的打算，罗伯特·乔丹说："你们没见过这么多的飞机吧？"

"从来没有。"巴勃罗说。

"塞哥维亚也没有这么多吗?"

"没有，我们一般最常见到的是三架一组的，偶尔是六架驱逐机。有时可能是三架德国产的容克式飞机吧，那种带三个引擎的大飞机，有时伴随着驱逐机。像现在这么多的飞机像今早上这么大规模的，我们还是第一次遇见。"

坏了，罗伯特·乔丹想，真是坏透了。飞机往这边集中调运，意味着事情不是很妙。我必须留心听它们投炸弹的声音。可是不对啊，他们目前还不可能调来部队准备进攻啊！后天才开始进攻，今晚或明晚之前他们肯定不会行动的，更何况眼下这个时间，更是不可能了。这时候他们绝对是不会采取任何行动的，这么早的行动未免打草惊蛇了。

远处还能隐约传来飞机消失的轰鸣声。他看了一下手表，此时应该飞到火线上空了，无论怎么说，第一批应该已经到达了。他按下表上的定时卡子，看着秒针嘀嘀嗒嗒地环绕着走动。不，或许还没有飞到。现在才到。对，现在应该飞过很远了。无论如何，那些Ⅲ型飞机的速度每小时可达两百五十英里啊！它们只要五分钟的时间就可以飞到火线上方。它们现在兴许早已越过山口了，飞到卡斯蒂尔地区了。在清早的晨曦中，俯瞰着下面黄褐色的田野，黄色中间交错着一条条白色的道路，零零星星的小村庄点缀在大地上。海因克尔飞机的影子掠过地面，就像鲨鱼的影子掠过海底的沙地一般。

没有预想的砰砰爆炸声，他的手表上的秒针继续嘀嘀嗒嗒地响着。

他想，这些飞机肯定继续前往科尔梅那尔、埃斯科里亚尔或者曼萨纳雷斯的飞机场。那里的湖边屹立着一座古老的城堡，芦苇荡里躲着受惊的野鸭，假飞机场就位于那里，为它后面的真飞机场做掩护。假飞机就停放在那里，没有什么隐蔽，飞机的螺旋桨在风中旋转着。他们一定是朝着那个地方飞去的。他们不会知道这次的进攻计划的，他对自己说。但是转念一想：为什么不会呢？之前的每次进攻，他们都是事先就得到消息了。

"你觉得他们看到马了吗？"巴勃罗问。

"他们不是来找马的。"罗伯特·乔丹说。

"可是，他们会看到吗？"

"不会的，除非他们是奉命来找马的。"

"他们可以看到吗？"

"一般不会吧，"罗伯特·乔丹说，"除非当时太阳光正照在树林子的那块空地上。"

"林子那里很早就有太阳光了。"巴勃罗难过地说。

"我想，他们有更重要的事，可能没空理会你的马吧。"罗伯特·乔丹说。

他按下这只表上的按钮后已经过去了八分钟，却依然没有轰炸的声音。

"你用表做什么？"妇人问。

"我要推测一下飞机飞到哪里去了。"

"这样啊！"她说。

过了十分钟，他不再看表了，因为他清楚，飞机此时已飞得太远，就算声音传来需要一分钟，也不会听得到。于是他对安塞尔莫说："我想和你聊聊。"

安塞尔莫从洞口里走出，两人走到离洞口没有多远的地方，在一棵松树边停了下来。

"情况怎么样？"罗伯特·乔丹问他。

"很好。"

"你吃过饭了？"

"还没有，都没吃呢。"

"那么去吃饭吧，再带些中午吃的干粮。我需要你去看守公路，所有公路上来来往往的车辆和行人都要记下来。"

"我不会写字啊！"

"不用写字，"罗伯特·乔丹从笔记本上撕下两页纸来，然后用刀子从铅笔上截下一英寸长的一段，递给他说，"带上这个纸，用这个记号来代表坦克，"说着他画了一辆斜形的坦克。"每过一辆在后面就画一道，画满四道之后，在四条线上画一道横线，就代表第五辆。"

"我们也用这个计数。"

"好。卡车用另一个做记号，用两个轮子和一个方块来表示。如果是空车就画个圈；如果是装满士兵，就画条直线。大炮也要记下来，大炮像这样记，小炮这样记。汽车这样记，救护车这样记。就像这样，两个轮子加一个方块，上面再添个十字。成队的步兵以连队计算，做这样的记号，清楚吗？一个小方块，在边上画一条线。骑兵的符号是这样，清楚吗？像匹马，一个方块加上四条腿，这记号表示的是二十名骑兵一队，清楚了吗？每一队就画上一道线。"

"懂了，这办法很简单实用啊！"

"另外，"他画了两个大轮子，然后在周围画了个圈，再画一条短线，当作炮筒。"这是反坦克炮，这是那些有胶皮轮子的。记下这个图案，这是高射炮，"他画了一个向上高高翘起的炮筒和两个轮子。"这也要记下，明白了吗？你见过这样的炮吗？"

"见过，"安塞尔莫说，"你不用担心了。"

"让吉卜赛人和你一起去，你到了看守地点，他就回来，这样我就知道你的确切地点，好派人换你的班。选一个安全而离公路远点儿的地方，但要保证能看得清楚，记得时候一定不能马虎。要一直等到把你换下来时才能下来啊！"

"我明白。"

"好。另外，回来之后要向我报告这条公路上的全部调动情况。这张纸记过去的情况，这张纸上记过来的情况。"说着，他们向山洞走去。

"让拉斐尔到我这里来。"罗伯特·乔丹说着，就在树林里等待拉斐尔的到来。他注视着安塞尔莫进入山洞，那条毛毯掉落在他身后。吉卜赛人大摇大摆地走出来，手还不停地抹着嘴巴，一看就知道，刚才他在吃饭。

"你好啊，"吉卜赛人说，"昨天夜里玩得开心吗？"

"不错。"

"不错？"吉卜赛人说着，狡黠地朝他笑了笑，"你有烟吗？"

"听着，"罗伯特·乔丹一边说着，一边在衣袋里掏烟卷。"我要你陪同安塞尔莫一起去一个适合他观察公路的地方，等他到了地方，你就回来。记住那个地方，以便过后可以领我或其他换班人去那里。然后你找个可以观察锯木厂情况的位置，注意观察那边的哨所的情况。"

"观察什么情况？"

"那里现在有多少人？"

"八个人。这是我最新了解的情报。"

"这次去仔细确认一下那里到底有多少人。看看那边桥头的哨兵每隔多久换一次岗。"

"间隔？"

"哨兵每值一班需要几小时，具体都是什么时间换岗。"

"我没有表。"

"把我的拿去。"他说着就把表解下，递给拉斐尔。

"啧啧，多棒的一块表啊！"拉斐尔一脸羡慕地说，"你看它做工多精致，这样的表一定有读写功能，看上面的字码密密麻麻的就知道了。这表真是无与伦比，其他的表都及不上呢。"

"不要光顾着玩弄手表，记住你此次的任务，"罗伯特·乔丹说，"你会看表吗？"

"怎么不会？中午12点，肚子就饿了；午夜12点，想睡觉；清晨6点，肚子又饿了；傍晚6点，可以喝得醉醺醺了。运气好的话，夜里10点……"

"闭嘴吧，"罗伯特·乔丹说，"你用不着这样油嘴滑舌的，我知道你昨晚听见了我们的事。现在，我还需要你调查一下大桥旁边的卫兵和公路下段的哨所的情况，就像察看锯木厂边的哨所和小桥边的哨兵一样的程序。"

"活儿可不少啊！"吉卜赛人笑笑说，"你确定除了我你不愿意派别人去吗？"

"是的，拉斐尔，这个任务十分重要。你要时刻注意，小心慎重，千万不要暴露了自己。"

"我肯定不会暴露的。"吉卜赛人说，"这还用你说吗？你以为我希望被人开枪打死吗？"

"一定要认真点儿，"罗伯特·乔丹说，"这可不是开玩笑的。"

"你昨晚倒爽了一把，现在却让我办事认真一些？你应该杀了那个人，但是你却去玩姑娘？你应该杀一个人，而不是造一个人啊！我们刚刚看到满天的飞机，多得可以毁了我们全部的家当，上自祖宗三代，下至还未出娘胎的子子孙孙，再加上小猫、山羊、臭虫之类。飞机那可叫遮天蔽日啊，声音大的像狮子吼叫一样，响得能令你姆妈奶子里的奶水都结成痂，你却在这里让我对待事情认真一些。我没被飞机吓到，已经很认真啦。"

"好吧，"罗伯特·乔丹说着就笑了，一只手搭在吉卜赛人的肩膀上，"那么就认真到底吧，现在吃完早饭就去吧。"

"那你呢？"吉卜赛人问，"你做什么？"

"我要去找那个'聋子'谈谈。"

"这些飞机一来，整个山区都吓得如鸟兽散，找人恐怕难了，"吉卜赛人说，"今天早上飞机飞过时，一定有很多人都吓得躲起来了。"

"那些飞机是有别的任务，并不是来搜寻你们这些游击队的。"

"是的，"吉卜赛人说，然后摇摇头，"但是等人家做完自己的事情，回来的路上就可以把我们消灭了。"

"不会的，"罗伯特·乔丹说，"那些飞机可是德国最好的轻型轰炸机。人家绝对不会派这么好的飞机来对付几个吉卜赛人的，那岂不是浪费啊！"

"我真被这些飞机吓坏了，"拉斐尔说，"可不是吗，我就怕这类的大玩意儿。"

"它们是去轰炸那边的飞机场的，"当他们走进山洞时，罗伯特·乔丹对他说，"几乎可以肯定，它们是去炸飞机场的。"

"你在讲什么？"巴勃罗的老婆问。她为他倒了一大杯咖啡，还递了一罐炼乳给他。

"还有牛奶？生活真惬意啊！"

"我们什么都不缺，"她说，"飞机实在太多了，大家都被吓破胆了。你刚刚说它们会飞往哪儿去呢？"

罗伯特·乔丹从罐头顶上凿开一道缝，从里面倒了些浓稠的炼乳到他的咖啡里，用杯口刮掉罐头边缘的溢出来的炼乳，然后将咖啡调成淡褐色。

"他们去轰炸飞机场，我也是猜的。也可能去艾斯科里亚尔和科尔梅那尔，也有可能这三个地方都去。"

"去那里有近路啊，不可能绕远到我们这里来啊！"巴勃罗说。

"他们为什么到这里来？"妇人问，"现在来干什么？我们从来没见过这样的飞机，也没见过这么多。上头打算发动进攻吗？"

"昨天晚上公路上有什么异常情况吗？"罗伯特·乔丹问。他挨着玛丽亚坐着，但并没有往她那边看。

"你，"妇人说，"费尔南多，你昨天夜里在拉格兰哈，那边有什么情况？"

"没发现什么异常啊！"回答她的是一个大概三十五岁的表情很诚恳的矮个子，一只眼睛有一点儿斜视，罗伯特·乔丹以前没见过他。"还是老样子，有几辆军用卡车经过。我在那里的时候，没有看到有部队调动。"

"你每天晚上都去拉格兰哈？"罗伯特·乔丹问他。

"不是我去，就是另外一个人去，"费尔南多说，"总会有人去。"

"他们去打探消息，买烟草，还买些日用的杂七杂八的东西。"妇人说。

"那儿有我们的人吗？"

"当然，怎么会没有？发电厂的工人里有我们的人，别处也有几个。"

"有什么消息吗？"

"我觉得没什么可靠的情报。北方的情况依然十分糟糕，这不算新闻了。因为在北方，从一开始到现在，情况一直都非常糟糕①。"

"你听说塞哥维亚那边有什么消息吗？"

"没有，同志。我没有问这个地方的情况。"

"你去过塞哥维亚吗？"

"去过几次，"费尔南多说，"但是那里比较危险，到处都是检查站，通过需要查验身份证。"

"你了解飞机场的情况吗？"

"不，同志。我知道它在哪儿，但是从来都没有靠近过那里。因为那里对身份证查得特别严格。"

"昨天晚上没有人谈到过飞机吗？"

"在拉格兰哈？没有，不过他们今晚就会谈论了。他们谈论过基卜·德利亚诺②的广播。别的就没说什么了。哦，对了，好像共和国正在酝酿发动一次进攻呢！"

"好像？什么意思？"

"共和国正在酝酿发动一次进攻。"

"在哪个地方？"

"不确定，说不定在这里呢。也说不定在瓜达拉马山区的别的什么地方。你有听到过吗？"

"在拉格兰哈是这样传的？"

"是，伙计，我差点儿把这个消息忘了。可是与进攻有关的传闻一直非常多。"

---

① 内战爆发后，西北部很快就陷入叛军之手，北部沿比斯开湾的狭长地带仍属于共和国，东起法西边界上的伊伦，西至阿斯图里亚斯的吉洪港。1937 年 4 月，叛军主将莫拉将军再次对这片土地发动进攻，从 6 月 19 日攻陷防守坚固的毕尔巴鄂港起一直到 10 月 21 日进入吉洪港为止，共和国的这一地带被占领殆尽。

② 基卜·德利亚诺（Queipo de L lano，1875—1951）：西班牙将军，在内战期间为佛朗哥的叛军主持广播宣传工作。

"这话从哪儿传来的？"

"从哪儿啊？唉，还真说不清楚，很多人都在传这个消息。军官们在塞哥维亚和阿维拉的咖啡馆都在说，招待们听在耳里，谣言就疯传开了。一直以来，他们都在谈论，说共和国要在这一地区发起一次进攻。"

"是共和国，还是法西斯发动？"

"当然是共和国。如果是法西斯发起，我们怎么会不知道。而且，我还听说，此次进攻规模很大。有人说要分两处进行，一处是这儿，另一处在埃斯科里亚尔附近的狮子山那边。这消息你听说过吗？"

"你还听到什么？"

"没有了，同志。哦，对了，有些人说，共和国计划在这里炸桥。但这里每座桥都有重兵把守，恐怕很难啊！"

"你在说笑话吧？"罗伯特·乔丹说，他内心很慌乱，但还是小口地饮着杯中的咖啡。

"我说真的，同志。"费尔南多说。

"他这人从不开玩笑，"妇人说，"就因为这样，这事看来麻烦大了。"

"那好，"罗伯特·乔丹说，"感谢你跟我们说了这么多的情况，还有别的消息吗？"

"没有了。噢，对了，那边的人还散播说，敌军要派军队来这一带山里扫荡。还有的说，军队已经在途中了，说他们已经从瓦利阿多里德出发。不过这些只是传闻，没有必要太较真了。"

"你，杂种，"巴勃罗的老婆甚至恶狠狠地对巴勃罗说，"还说什么安全。"

巴勃罗若有所思地望着她，抓抓下巴说："你啊，怎么说你好呢?"他说,"你的桥,恐怕泡汤了。"

"什么桥?"费尔南多兴致勃勃地问。

"蠢货,"妇人说,"笨死你算了。再来杯咖啡,再想想还有什么信息。"

"不要生气嘛,比拉尔,"费尔南多很平静但兴冲冲地回答。"听到了谣言也不必大惊小怪,谣言也不是真事。我记得的大致都告诉你和这位同志啦!"

"你好好想想,还有什么要紧的没说?"罗伯特·乔丹问。

"没有了,"费尔南多正式地说,"幸好,我还记得这些。不过,都只是谣言,我也没太留意。"

"看你的意思,也许还有更多了?"

"是的,或许有,但是我没有注意。我一年来听到的谣言实在太多了。"

罗伯特·乔丹听到在他背后站着的玛丽亚,控制不住突然"扑哧"笑了出来。

"再跟我们说个谣言吧,小费尔南多。"她说,接着笑得直颤。

"要是真记起来了,我也不想再跟你们说了,"费尔南多说,"听了谣言也表现得这么紧张,实在太差劲了。"

"我们不是紧张,任何对共和国不利的情况,我们都需要防范啊!"妇人说。

"不,炸桥才是对共和国最为有利的事呢。"巴勃罗对她说。

"走吧,"罗伯特·乔丹对安塞尔莫和拉斐尔说,"吃了饭的话,就赶紧走吧。"

"我们马上就走。"老头子说,于是两人就站起身来。

罗伯特·乔丹感觉有人一手搭在他肩上,轻抚着安慰他,他知道那肯定是玛丽亚。"你应该吃饭了,"她说,可手依旧搁在他的肩上，没有拿下去的意思，"多吃一点儿，以便让你的肚子能顶住更多的谣言。"

"我的肚子早被谣言填饱了。"

"这样不对啊。谣言事大，可吃饭事更大。"她把一只碗放在他面前。

"不要讥讽我，"费尔南多对她说，"我们是好朋友，玛丽亚。"

"我并没那个意思，费尔南多。我只是在跟他闹着玩，他应该吃饭，要不然饿着肚子怎么做事啊！"

"我们大家都该吃了，"费尔南多说，"比拉尔，怎么弄的，为什么没给我们端吃的？"

"急什么，有你的份儿，"巴勃罗的老婆说着，给他碗里盛满了炖肉，"吃吧。是啊，这碗是你的，赶紧吃吧。"

"很丰盛啊，比拉尔。"费尔南多依旧一本正经地板着脸说。

"谢谢，"妇人说，"谢谢，非常感谢。"

"你没生我的气吧？"费尔南多问。

"没有。吃吧，快点动手吃吧。"

"我要吃了，"费尔南多说，"多谢你了。"

罗伯特·乔丹盯着玛丽亚，她的双肩又开始发抖了，为了掩饰自己的窘态，她尴尬地把视线望向别处。费尔南多卖力地扒着碗里的饭，脸上显现出一副骄傲而正经的样子。他的汤匙很大，但也不能避免从他嘴角边淌下炖肉汁来，虽然这样一副邋遢的模样，也不能掩盖他一本正经的神情，这样的对比给人感觉很怪异。

"你觉得我炖的肉，怎么样？"巴勃罗的老婆问他。

"老样子，比拉尔，"他说，嘴塞得满满的，"跟以前没什么差别。"

罗伯特·乔丹觉察到玛丽亚悄悄把手挽在他的胳膊上，感觉到她是为了忍住笑才用手指紧抓着他。

"老样子，你又犯老毛病了？"妇人问费尔南多。"是啊，"她说，"我就知道了。炖肉，是老样子；北方的情况不乐观，是老样子；这儿准备发动进攻，是老样子；军队要来搜查我们，也是老样子。你这个人可以给'老样子'立牌坊了。"

"后两项不过是谣言，比拉尔，你没必要这么紧张。"

"西班牙啊，"巴勃罗的老婆怨愤地说，接着她面向罗伯特·乔丹，"别的国家也会有这种人吗？"

"西班牙是独一无二的。"罗伯特·乔丹恭敬地说。

"你说得非常正确，"费尔南多说，"世上没有一个国家和西班牙一样，西班牙是独一无二的。"

"你去过别的国家？"妇人问他。

"没去过，"费尔南多说，"我也不想去。"

"你现在明白了吧？"巴勃罗的老婆转身问罗伯特·乔丹。

"小费尔南多，"玛丽亚对他说，"给我们说说你在瓦伦西亚的见闻吧。"

"我并不喜欢瓦伦西亚。"

"为什么？"玛丽亚问，又紧紧拉住罗伯特·乔丹的手臂。"你为什么不喜欢瓦伦西亚？"

"我听不懂他们说的话，而且当地人也不懂礼貌。他们总是对着对方大声嚷叫，喂、喂的。"

"他们听得懂你的话吗？"玛丽亚问。

"他们故意假装听不懂。"费尔南多说。

"你当时在那里做什么？"

"我停留的很短，甚至都没有见到海就走了，"费尔南多说，

"我讨厌那里的人。"

"呸，滚到别的地方去，你这个娘儿们，"巴勃罗的老婆说，"滚出去，不要让我恶心了。我这大半辈子最好的日子，恰恰就是在瓦伦西亚过的。别说了！瓦伦西亚，别跟我讲瓦伦西亚。"

"你去过瓦伦西亚？"玛丽亚问。

巴勃罗的老婆端了一碗咖啡、一块面包和一碗炖肉，在桌边坐下。

"什么？不是我一个人，而是我们。我去那里是由于菲尼托签订了个合同，在那边过节的期间斗三场牛。我从来都没见过那么多人，也从来都没见过那么拥挤的咖啡馆。等了几个小时也难以排上个座位，电车也人满得塞不进去。瓦伦西亚一天到晚都这么热闹。"

"那里好玩吗？"玛丽亚问。

"好玩啊！什么都很新鲜，什么地方都去玩了，"妇人说，"我们去海滩，然后把身体沉浸在海水里，就那样躺着。我们看见人们用牛把一只只扬着帆的船从海水里拉上来。我们看到牛被赶下水，牛儿到了水里，没办法只能来回游水，随后把牛拴在船上，等到它们站住了脚，就摇摇晃晃、跌跌撞撞地走上沙滩。每天清晨一阵阵细浪抚摩着海滩，有大概十对同轭的公牛把一只扬帆的船拖出大海。那就是瓦伦西亚。"

"你除了看牛，还有什么玩的？"

"我们在沙滩上的凉亭里悠闲地吃着东西。有馅儿饼，馅儿是用熟鱼片、红椒、青椒以及米粒那么小的小榛子做成的。饼子酥薄甜香，一层一层的，鱼肉鲜嫩可口。海里捞起的新鲜对虾浇上酸橙汁，虾肉是粉红色的，味道真不错，虾很大，咬四口才能吃得完。虾我们可真吃了不少呢。我们还吃了什锦饭、素色海鲜、带壳的蛤蜊、清淡的菜肴、小龙虾还有一些小鳗鱼。我们还可以吃到一些小得不能再小的清炸鳗鱼，像豆芽菜那么小，弯弯曲曲地盘成一团，嫩得都不必嚼，含到嘴里就化掉。一种白葡萄酒，入口清凉，味道爽快极了，才三毛钱一瓶。那里是甜瓜的故乡，那里的甜瓜啊，甜得流蜜汁。"

"你说得不对，卡斯蒂尔的甜瓜才正宗呢。"费尔南多说。

"你知道个屁！"巴勃罗的老婆说，"卡斯蒂尔的甜瓜，又细又长，看着都不好吃。瓦伦西亚的甜瓜才是真正好吃的甜瓜呢。现在回想起来，那些瓜有人的手臂那么长，绿得像海水那样，一刀切下，嘎嘣脆，汁水又多，比夏天的早晨还要甜美。哦，对了，我又想起盆子里盘成堆的那些小到极致的鳗鱼呀，不丁点儿，人间美味啊！整个下午我们都在喝着大杯的啤酒，冰凉的啤酒斟在和水罐大小的杯子里，杯子外面凝结着细细的一层水珠，爽极了。"

"除了吃的喝的，还有什么好玩的呢？"

"我们喜欢在屋里睡觉，细木条状的帘子由阳台垂下来，随着微风摆动着，微风从弹簧门顶上的气窗里吹入，那日子惬意极了。屋子里由于帘子放下来的缘故，显得很昏暗，我们就躲在暗处想我们的心事，有时候风会送来花市上的香味和爆竹的火药味。在过节的那几天，每天中午都会燃放爆竹，它们被拴在沿街的绳子上，满城都拴着这些玩意儿。爆竹一个个用药线串联起来，沿着电线杆和电车线一个挨一个的炸响，噼里啪啦的，声音可大哪，不亲身到那里，你简直无法想象那热闹的场景啊！"

"我们睡醒后，接着喝啤酒，这啤酒凉得玻璃杯上都凝结着水珠，我从门口接过女服务员端来的啤酒，见菲尼托还躺着在那里睡觉，于是我把那凉凉的玻璃杯贴在菲尼托背上，可是他还是不管这一些，仍旧睡着，啤酒的冰凉都不能弄醒他，只呢喃着，'别，比拉尔。别这样，老婆，让我睡吧。'我就说，'好啦，你还是醒醒吧，尝尝这个，这啤酒真凉，'他没有睁开眼就拿过我手上的杯子猛灌，喝了又睡，我背靠在床脚边的枕头上，看他睡觉的样子。他皮肤赭红，头发乌黑，他是那么年轻，睡得那么安稳。我把一整杯全部喝光，一边听着路过的乐队在演奏。你啊'，"她对巴勃罗说，"这种好日子，你以前没有经历过吧？"

"我们在一起也痛快过呢。"巴勃罗说。

"没错，"妇人说，"当然啦，你比当年的菲尼托更有男人气概。但是我们从来都没有去过瓦伦西亚。我们也从来没有一起在瓦伦西亚躺在床上聆听乐队在街上巡游经过。"

"当时的情况不允许啊，革命开始了，谁还有时间享乐啊！"巴勃罗对她说，"我们没有机会去瓦伦西亚。你如果还讲道理，就能够理解我。但是炸火车，你和菲尼托肯定没一起做过吧？"

"没错，"妇人说，"炸火车，我们还干了这么一件漂亮事呢！炸火车，没错，生活总是围绕着火车。谁也没说这不是你干的一件大事。结果呢，人变得懒惰了，说话阴阳怪气的，做事畏首畏尾，我就当你这个人死了。当然了，我们公平一点儿地说，你们以前却也做过不少其他的好事。但是同样，任何人也不能说瓦伦西亚的不好之处。你听到我的话了吗？"

"我讨厌瓦伦西亚，"费尔南多冷静地说，"我就是不喜欢瓦伦西亚。"

"怪不得别人说，一根筋的驴脑子呢。说的就是你，费尔南多，"妇人说，"把桌子整理干净，玛丽亚，我们该办正事去了。"当她说这句话的时候，大家听到了一批飞机返航的声音。

第九章

　　他们站在山洞口的周围，仰望着天空中的飞机。只见那些轰炸机就像一支支迅疾而凶猛危险的箭头一样在高高的空中飞过，引擎发出的轰鸣声就像能把天空震得裂开似的。罗伯特·乔丹暗想，这些飞机的外形看起来真像墨西哥湾流里尖鼻宽鳍的大鲨鱼。这些飞机机翼宽阔，快速旋转的螺旋桨在天空中形成一圈又一圈的光晕，但是它们的行动和鲨鱼可完全不一样。它们的行动和其他任何事物都不同，它们就像机械化的死神在猎杀。

　　你应该把看到的这一切记录下来，他对自己说，或许将来有一天你会再次拿起笔来写作的。此时他感觉到他的手臂正被玛丽亚紧紧地握着。她也在望着那些飞机，于是他问她说："你看那些飞机像什么，小美人儿？"

　　"我不知道，"她说，"我看像死神吧。"

　　"依我看飞机就是飞机，"巴勃罗的老婆说，"那些小飞机去哪里了？"

　　"可能从别的地方飞走了，"罗伯特·乔丹说，"轰炸机飞得太快，来不及等到那些小飞机，就会独自返航了。我们的飞机从来都不越过火线去追击敌人，因为我们没有足够的能力去冒这种风险。"

　　就在这时，三架排成 V 字形的海因克尔战斗机飞过林中空地的上空，并迅速朝他们飞来，飞行高度很低，几乎就能擦到树梢，就像扁鼻子的玩具飞机，它们嘎嘎作响、机翼朝下俯冲过来，因为飞行速度很快，猛然间就扩大到可怕的尺寸，轰隆隆吼叫着一掠而过。飞机飞得实在是太低了，低到他们都能够从洞口看到那佩戴着头盔和护目镜的驾驶员，甚至能看到巡逻队队长脑后飘舞的围巾。

"飞机上的驾驶员能看到马吗？"巴勃罗说。

"他们连你的烟头都看得很清晰，"妇人说，"快放下毛毯。"

等所有的飞机都飞过去了，想必其余的应该是越过了远方的山脊，等到再也听不到飞机的隆隆声，他们就走出山洞，来到外面的空地上。

这时天空显得空旷而高远，蔚蓝而明净。

"看了这些飞机，简直就是一场噩梦，现在终于醒过来了。"玛丽亚对罗伯特·乔丹说。

当飞机马达声微弱到几乎听不见了，这微弱的嗡嗡声就好像手指轻轻触碰了你一下，松开后再次碰了一下。最终连那嗡嗡声也消失在了天际。

"这可不是梦，你进去收拾一下吧。"比拉尔对她说。"怎么办？"她转过身来对罗伯特·乔丹说，"我们骑马，还是走着过去？"

巴勃罗瞅着她，哼了一声。

"听你的。"罗伯特·乔丹说。

"那我们就走着过去吧，"她说，"我想走走，这样有益于我的肝脏。"

"骑马对你的肝脏也有好处呢。"

"是啊，但是屁股会受不了。我们走着过去，你……"她转身面向巴勃罗，"到下面去检查一下你的牲口，看看有没有被飞机吓跑了。"

"需要给你弄匹马骑吗？"巴勃罗问罗伯特·乔丹。

"不用了，非常感谢。那姑娘怎么办？"

"让她走路也好，"比拉尔说，"她身上很多地方接近僵硬了，快失去功能了。"

罗伯特·乔丹感到自己有些脸红。

"你昨天晚上睡得还好吗？"比拉尔问。她接着说，"真的没病。或许应该有的，我不清楚为什么会没有。也许是因为天主的保佑，虽然在这里，我们把他废了。你快点儿走吧，"她对巴勃罗说，"这事和你没有任何关系。这是他们年轻人要做的事情，人家可不是懦夫。快走吧。"然后又对罗伯特·乔丹说，"我会让奥古斯丁来看守你的东西，他来后我们就走。"

阳光柔和温暖，天空清澈明净。罗伯特·乔丹望着身边这个棕褐色大脸盘的高壮女人，她拥有一双慈祥的眼睛，虽然间距很宽，皱纹也悄悄爬上她那一张大方脸，难看却不讨厌。她的眼睛中总是充满着愉悦的光彩，但嘴唇不动的时候，脸色还是显得很阴沉的。他望着她，视线越过那体格高大而呆头呆脑的男人，他此时正穿过树林，向马栏走去。那个妇人也在注视着他的背影。

"你们睡过了吗？"比拉尔问。

"她怎么跟你说的？"

"她不愿告诉我。"

"我也不愿意。"

"这么说来你们已经睡过了，"妇人说，"你可要小心地爱护她啊！"

"如果她怀孕了怎么办？"

"不碍事的，"妇人说，"不要担心这个。"

"在这里可不好办啊！"

"她可以不再待在这里，她跟你走。"

"但我能去哪里呢？我不可能总是随身带个女人去执行任务啊！"

"谁知道呢？也许你会带着两个女人呢！"

"这话说得有点儿过分了。"

"听着，"比拉尔说，"我可不是胆小鬼，但是清晨的情况让我清楚地明白，眼前的这些人或许活不到下个星期天。"

"今天是星期几了？"

"星期天。"

"算了吧，"罗伯特·乔丹说，"下个星期天还远着呢，我们能活到星期三就不错了。不过，我还是不喜欢你说这样的话。"

"每个人都需要向别人倾诉一下心事，"妇人说，"以前我们有宗教和那一套劳什子的说教。所以现在每个人都需要找一个人能够真诚地交流一些心事，因为无论一个人多么勇敢，都难免会觉得孤单。"

"我们大伙儿一直在一起，怎么会孤单呢？"

"看到早晨那些飞机就让人胆战，"妇人说，"我们根本没有办法来应对这样的飞机。"

"终有一天，我们会打垮他们。"

"听着，"妇人说，"你别以为我没有足够的决心，我只是在向你表明我此时此刻的心情，我的决心可从来都没有因为飞机的原因动摇过。"

"悲哀的心情会随着太阳的升起慢慢消失的，忧伤就好像那迷雾一般，也会跟着消散。"

"那当然，"妇人说，"如果你把事情想得这么好的话。看来是听了有关瓦伦西亚的那番鬼话的缘故，或者是说了那个去看马的窝囊废的缘故。我谈了过去的事，这让他很伤心。你骂他甚至杀了他都行。但是绝对不能伤了他的心。"

"因为什么你会和他在一起的?"

"其他人怎么会在一起的?革命开始之前和开始时,他可是个响当当的人物,也是一条汉子。但现在他不行了,就好像你把塞子拔掉,皮带里的酒就会全部流光一样。"

"我不喜欢他。"

"他也不喜欢你,而且还分析得头头是道。昨晚我又和他睡了。"这时她笑了笑,并摇了摇头。"咱们还是不要谈这个了,"她说,"我对他说,'巴勃罗,你为什么不杀了这个外国佬?'"

"'他是个不错的小伙子,比拉尔,'他说,'这小伙子还不坏。'

"因此我说,'现在这里我说了算,你明白吗?'

"'明白了,比拉尔,我明白了。'他说。凌晨我听到他醒了就一直在哭。而且他哭得很难听,气咻咻的,就好像肚子里窝着一只咆哮的野兽。

"'你怎么了,巴勃罗?'我一边问他,一边把他拉过来抱住。

"'没什么的,比拉尔,没什么。'

"'不对,你肯定是有什么心事。'

"'这帮人,'他说,'他们这帮人抛弃了我。'

"'是的。他们抛弃了你,但是他们支持我,'我说,'可我还是你的女人。'

"'比拉尔,'他说,'想一想火车的事情吧。'他继续说,'希望天主保佑你,比拉尔。'

"'你提天主做什么?'我对他说,'你怎么能这么说话呢?'

"'是的,'他说,'天主和圣母马利亚啊!'

"'这算什么话啊,天主和圣母马利亚,'我对他说,'你怎么

可以这样说话呢？'

"'我怕死，比拉尔，'他说，'我害怕死，你明白吗？'

"'那你给我从床上滚下去吧，'我对他说，'我这张狭窄的小床容纳不了我、你还有你的恐惧。'

"他可能为自己的胆小感到害臊了，不再作声，我也就入睡了，不过，小伙子，他这人算是真的完了。"

罗伯特·乔丹沉默不语。

"我这大半辈子偶尔也会感觉到这种悲哀，"妇人说，"但是和巴勃罗的绝望的悲哀不一样。我的决心从不会为这些悲哀所动摇。"

"我相信这一点。"

"就像女人会生孩子一样，"她说，"或许算不上什么大事。"她停了一下，继续往下说，"我坚定地相信共和国能胜利，我对共和国抱有很大信心。就像那些信仰宗教的人相信神一样，我狂热地信奉着共和国。"

"我相信你的决心和热诚。"

"你也有与我一样的信仰吗？"

"你是说信仰共和国吗？"

"对。"

"是的，"他说，但愿自己说的是真心话。

"我很高兴你也有和我一样的信仰，"妇人说，"那你不怕吗？"

"对于死，我倒是不怕。"他如实地说。

"那你怕什么呢？"

"我只怕完成不了任务。"

"那你怕被俘吗？就像上次那个人一样？"

"不怕，"他如实地说，"如果害怕的心理过重，那么思想包袱就会很大，最终可能什么事也做不成。"

"你真是一个非常沉着冷静的小伙子。"

"不，"他说，"其实我自己并不这样认为。"

"本来就是，你的头脑十分冷静。"

"我只是对工作考虑得比较周全罢了。"

"难道你不喜欢享受生活？"

"喜欢，我非常喜欢。但是前提是不能耽误我的工作。"

"你很喜欢喝酒，是吗？我看到了。"

"是的，我非常喜欢。但是我不会让喝酒影响我工作的。"

"那么女人呢？"

"我很喜欢女人，但是我不怎么把她们放在心上。"

"你难道不在乎她们？"

"在乎，人们都说女人最能触动男人的侠骨柔情，但是到目前为止我还没有找到一个可以令我心动的女人。"

"我觉得你在说谎。"

"也许有那么一点儿。"

"你很在意玛丽亚。"

"是的，突然之间就喜欢上她了。"

"我也是很喜欢这个小丫头。不错，是非常喜欢她。"

"我也是的，"罗伯特·乔丹说，这时又感觉到自己的嗓音变得沙哑了。"我也是这样。"把自己的心情直接表达出来令他很畅快，他很认真地用西班牙语说，"我十分在乎她。"

"等我们见了'聋子'之后，我让你和玛丽亚单独在一起。"

罗伯特·乔丹沉默了一下，过了一会儿说："不必了。"

"不，年轻人，当然很有必要。我们的时间已经不多啦。"

"你从我手上看出来了？"他问。

"不，忘记手相那些胡扯的东西吧。"

她努力地避开所有对共和国不利的事情，这件事也不例外。

罗伯特·乔丹没有回答，因为他正注视着玛丽亚在山洞里收拾碗碟。她擦了擦手，随即转身对他莞尔一笑。她听不清楚比拉尔在说什么，不过在她向罗伯特·乔丹微笑的时候，褐色的脸涨得通红，随后尴尬地又对他笑了笑。

"还有一天的时间呢，"妇人说，"你们在一起度过了一个晚上，现在还有一整天的时间。虽然现在这种情况没有我当初在瓦伦西亚时那么自在，不过你们可以在山里采摘一些野草莓或者其他别的什么野果子。"她哈哈笑了。

"我也很喜欢你，"罗伯特·乔丹用手臂亲昵地搂着她的宽肩膀说，"我非常在乎你。"

"你可真是一个出色的猎艳高手，"妇人说，她这时已经被这种亲热弄得红了脸。"你快要喜欢所有人啦。奥古斯丁来了。"

罗伯特·乔丹走进山洞，径直向玛丽亚的身边走去。她看着他朝自己走来，脸颊和脖子瞬间变得通红，眼睛放出异样的光彩。

"嘿，小兔子。"他边说着，边亲吻着她的嘴唇。

她紧紧地搂着他的脖子，凝视着他的脸，"喂，噢，喂，喂。"

原本坐在桌边抽烟的费尔南多一边摇着头一边站了起来，拿起靠在洞壁的卡宾枪就走了出去。

"这简直太不像话，"他对比拉尔说，"我可不喜欢这样。你不觉得要管一管这丫头吗？"

"我在管她啊，"比拉尔说，"可是这位同志已经是她的未婚夫了。"

"噢，"费尔南多说，"原来是这样啊，既然订了婚，怎样也就无所谓了。"

"我很高兴。"妇人说。

"我也是,"费尔南多认真地表示赞同,"再见,比拉尔。"

"你要去哪儿?"

"去上面的岗哨把普里米蒂伏替换下来。"

"你这该死的要去哪里?"奥古斯丁这时走了过来,问这个一本正经的小个子。

"去换岗。"费尔南多严肃地说。

"你去值班,"奥古斯丁讽刺地说,"让你的班见鬼去吧。"然后他转向那妇人,"让我看守的他妈的劳什子在哪里呀?"

"在山洞里,"比拉尔说,"就是那两只背包里面的东西。我真的很不喜欢你满嘴的粗话。"

"你奶奶的我不喜欢。"奥古斯丁接道。

"那你去喜欢你自己吧。"比拉尔柔和地对他说。

"去你妈的。"奥古斯丁回答她。

"你这个没教养的东西。"比拉尔对他说。双方的骂战已经升级到西班牙语里的最高水平,其内容不便明说而是只作暗示①。

"他们到底在搞什么名堂?"奥古斯丁小心地问,这神情似乎在窥探什么机密。

"哪有什么名堂,"比拉尔回答他,"你想多了。畜生,现在毕竟是春天。"

"畜生,"奥古斯丁说,似乎享受着这个称呼,"畜生。还有你哪,你这婊子养的。我去他妈的春天。"

比拉尔狠劲儿地在他肩上拍了一下。

_____

① 这些西班牙词汇,作者用动词 besmirch(玷污)、名词 milk(奶水)、obscenity(淫秽)等来表达,可惜在译文中只能从略。

"你啊，"她声如洪钟地笑了起来，"我看你也骂不出什么新花样了，也就那么两下子罢了，不过你骂人的劲头倒挺足。你看到那些飞机没有？"

"他妈的飞机引擎。"奥古斯丁咬着下唇诅咒道。

"那才有点儿意思，"比拉尔说，"想一想确实有点意思呢。不过做起来可真是不容易。"

"飞得那么高，也够不着啊！"奥古斯丁露齿笑了笑说，"那是当然了，不过跟你逗乐总比担惊受怕的强多了。"

"是呀，"比拉尔说，"和你斗了会儿嘴，现在好多了，你这个人不错，粗话也说得很带劲儿。"

"听着，比拉尔，"奥古斯丁严肃地说，"是不是要出事了？这是真的吗？"

"你觉得情况如何？"

"今天的飞机真不少啊，太太。一大群啊，真是糟糕透顶。"

"那么你是不是也和其他所有人一样，被飞机吓破了胆？"

"这是什么话，"奥古斯丁说，"依你看他们打算干什么？"

"听着，"比拉尔说，"从这小伙子炸桥的任务看，很显然共和国正在计划发动一次进攻。而这些飞机，也非常明显是法西斯分子正在为迎战做准备。不过为什么他们把这些飞机都亮出来呢？"

"这次战争中的蠢事可真不少，"奥古斯丁说，"可以说这次战斗荒谬得没有个限度。"

"这是显而易见的，"比拉尔说，"否则我们也不会在这里啊！"

"是啊，"奥古斯丁说，"我们一无所有地在这儿混了已经一年了。但是巴勃罗算得上是一个足智多谋、很有头脑的家伙。"

"你为什么要这么说？"

"我要说。"

"但是你该明白，"比拉尔解释说，"现在挽救局势靠智谋已经太晚了，而且他已经没有头脑了。"

"我清楚，"奥古斯丁说，"我知道我们必须得撤走。我们必须打胜仗才能活下去，而打胜仗的关键就是完成炸桥的任务。不过，虽然巴勃罗已经变得很怯懦，但我觉得他还是非常机灵的。"

"我也很机灵啊！"

"不，比拉尔，"奥古斯丁说，"你不是机灵，而是勇敢、忠诚、果断、敏感。你很有决断而且心肠很好，一眼就可以望穿别人的心事。但遗憾的是你不机灵。"

"你是这么认为吗？"妇人若有所思地问。

"是的，比拉尔。"

"那个小伙子十分机灵，"妇人说，"他既机灵也冷静。判断事物也非常果断。"

"你说得对，"奥古斯丁说，"他肯定对炸桥很在行，否则别人也不会让他来做这个。但是我没看出来他有多机灵，我倒觉得巴勃罗比他强多了。"

"但是他被吓破了胆，完全成了废物，撒手不干了。"

"但依然还是很机灵啊！"

"你说什么？"

"没什么。我需要认真地思考一下，当前这种形势我们做事必须多动脑子。炸桥之后，我们必须立刻撤退，一定事先要做好准备。我们必须事前考虑好撤退的路线和藏身之所。"

"那是当然。"

"这就要依靠巴勃罗，这件事情必须做得非常隐秘。"

"我不太信任巴勃罗。"

"但是在撤退这件事情上，你必须信赖他。"

"不，你不知道他已经萎靡到什么地步了，他已经无药可救了。"

"无论怎样，他人还是很机灵啊！撤退这件事，如果我们做得不灵敏，就他妈完蛋啦。"

"让我再考虑一下吧，"比拉尔说，"还有一天时间可以安排这件事。"

"炸桥就让那小伙子做吧，"奥古斯丁说，"这方面他一定很在行。看那个被派来炸火车的小伙子，干得多漂亮啊！"

"不错，"比拉尔说，"那次任务全是他一个人策划的。"

"拿出你的魄力和果断来吧，"奥古斯丁说，"不过，这次任务必须依赖巴勃罗，让巴勃罗负责撤退事宜。现在就让他研究具体方案吧。"

"你是个有头脑的人。"

"有头脑，是的，"奥古斯丁说，"可是不够精明，巴勃罗才真正精明呢。"

"吓破了胆那也算是精明？"

"吓破了胆也不能掩盖他的精明。"

"你怎么看待炸桥这件事情？"

"这一点我很明白，桥是非炸不可的。有两件事我们脑子里必须清楚：一是必须撤走；二是必须打胜仗。而打胜仗的关键就是炸桥。"

"巴勃罗这么机灵，为什么他就不明白这一点？"

"因为他变得懦弱无能，因而只想保持现状。他宁愿选择软弱，好像待在一个漩涡里自以为很安全。但是河水在上涨，等他走投无路的时候，他不得不变得机灵起来。因为他并不傻。"

"幸亏那小伙子没有把他杀了。"

"说实话，昨晚吉卜赛人让我杀了他。吉卜赛人就是个畜生。"

"你也一样，"她说，"不过是个聪明的畜生。"

"我俩算得上是聪明的人，"奥古斯丁说，"但比不上巴勃罗！"

"你不知道，他已经萎靡到令人无法忍受的地步了。"

"这个我知道，但是这也不能否认他有能力这个事实啊！听好，比拉尔，要发动战争，只要明智就可以了。但是要取胜，却需要能耐和物资。"

"我会仔细考虑的，"她说，"我们现在必须出发了，我们已经迟了很久了。"接着她提高了声音。"英国人！"她大声叫嚷着，"英国人！快点，咱们该出发了。"

第十章

"咱们该休息会儿了，"比拉尔对罗伯特·乔丹说，"到这里坐下，玛丽亚，歇歇脚再走。"

"我们还是赶路吧，"罗伯特·乔丹说，"到了'聋子'那里再休息吧。我现在任务在身，很急切地想见到这个人。"

"你会见到的，"妇人对他说，"不差这一会儿。过来坐下，玛丽亚。"

"走吧，"罗伯特·乔丹说，"我们到了那边的山顶再休息吧。"

"我现在就想歇歇了。"妇人说着，坐在了小溪边的岩石上，没有看他。

玛丽亚顺从地坐到她旁边的石楠丛中，阳光温柔地照射在她的鬈发上。罗伯特倔强地站着，从高山草地的莽原中往远方眺望着，草地上有条小溪，哗啦啦地流贯其间，溪水中偶有鳟鱼在嬉戏。他的脚边生长着石楠，是那么郁郁葱葱，这里的植物并不全是石楠，前面比较低洼的地方就长着黄色的羊齿植物，在茂盛的羊齿丛中兀立着许多块灰黑色的大岩石，山坡下面则有一排黑黢黢的松树，矗立在那里。

"到'聋子'那里还有多远？"收回自己的视线，他问道。

"不远了，"妇人回答道，"穿过这片空地，越过前面的山谷，就到了这条小溪源头处，再向前一点儿，那片树林高地就是了。你坐下吧，放宽心，不用这么焦躁的，事情总会解决的。"

"我想尽快见到他，把这件事了结了。"

"我要洗脚了，不听你啰唆了，"妇人说着，就脱下绳底鞋，扯下脚上的长筒厚羊毛袜，把脚伸进溪流中。"噢，上帝啊，水可真凉啊！"

"我们要是骑马来就好了，也不用这么累，耽误时间了。"罗伯特·乔丹对她说。

"走路对我有好处，"妇人说，"我一直想找个机会走走呢。你这是怎么啦？"

"没什么，只是着急罢了。"

"别着急，时间还早着呢。今天天气真不错，离开那片阴沉沉的松林，心情立马开阔了许多。你无法设想松林会令人感到多么厌倦。你不厌倦松林吗，小美人儿？"

"我很喜欢松树。"姑娘回答她。

"松林有什么值得喜欢的？"

"我喜欢松林的清新香味，还有脚踩松针的那种松松软软的感觉。我更喜欢聆听风穿过树梢的呼啸声和枝丫相互摩擦而发出的咔嚓咔嚓的声音。"

"什么你都喜欢，"比拉尔说，"如果你可以把饭菜烧得稍微再好一点儿，哪个男人娶了你都是他的幸运了。我就是不喜欢松树林，住在那里久了，怎么看都厌恶。你可能没见过山毛榉、橡树或栗树的林子，那才叫树林呢。穿梭在那种林子里，你会发现，那里的树品种各异，各有各的风格，各有各的美。密密匝匝的松林，遮天蔽日，令人感到厌倦。你觉得呢，英国人？"

"我也喜欢松林。"

"算了吧，"比拉尔说，"瞧你们俩一唱一和，欺负我一个老太婆。事实上我以前也喜欢松林，但是我们在松林里待得实在太久了。此外，我也不喜欢这些山。在山里只有两个方向：下山和上山，而且下山的公路只通往被法西斯分子占领的城镇。这给我感觉不安全，没有希望。"

"你曾经去过塞哥维亚吗？"

"问这话，真令我伤心呢！我怎么去？带着这张老脸去？这张脸长得丑还不够，还要拿出去吓人？你愿意长得丑吗，小美人儿？"她对玛丽亚说。

"你并不丑啊！"

"别骗我了，我怎么会不丑，我生来就丑。我这一辈子从没好看过。你，英国人，一点儿也不了解女人。你不会了解一个丑女人的内心感觉的。你了解一辈子都丑的人，却自不量力地以为自己很美，这是什么感觉吗？多尴尬啊！"她把一只脚又伸入了溪水里，但立刻又缩了回来。"我的天哪，水真是凉到骨子里啊。瞧那边那只鹌鸽，"她说着，顺手指了指前方，一只羽毛蓬松的灰色的鸟，踏在溪水上游一块石头上蹦蹦跳跳的。"这种鸟百无一用啊，叫得难听，肉也不鲜美。它一天到晚只会在那儿耀武扬威地翘尾巴。给我一支烟，英国人。"她说着就接过烟卷叼在嘴里，然后从衬衣口袋里掏出火刀火石，点着了烟。她使劲儿地嘬着烟，眼睛则望着玛丽亚和罗伯特·乔丹。"生活真是奇怪啊，"她说，烟从鼻孔冒出来，"我要是男人准是一条好汉，可惜我是个女人，而且偏偏生成一个丑女人。不过有不少男人曾经爱过我，我也爱过不少男人，是不是很奇怪。听好，英国人，这事怪荒谬的。你看，我长得实在是丑。你近前仔细看我的脸，英国人。"

"你并不难看。"

"怎么不难看？别跟我撒谎。莫非，"她低沉地大笑一声，"你也对我动心了？不，我只是开玩笑呢，不要当真。看看我这副丑样子，谁会喜欢呢？不过，我懂男人，他们一旦爱上了你，对于美丑就不会那么在乎了。心中一旦有爱，你就会令男人迷糊，自己也跟着迷糊。后来有一天，不知怎么搞得，他突然觉得你很丑，不再迷糊啦，这时自己也觉得自己很丑，很快男人和爱都离你远去。你明白吗，小美人儿？"她拍了拍玛丽亚的肩膀。

"不明白，"玛丽亚说，"因为你并不难看。"

"要用你的头脑做事，别用你的心，有时候你的心会骗你的，"比拉尔说，"听着，我跟你们讲的这些事是很有趣的。你不认为吗，英国人？"

"有趣，但是我们必须得走了。"

"别提这个，我现在心情很好，可不想走。"

她自顾自地接着往下说，仿佛在教室里讲课，不管学生是否感兴趣。

"依我看呀，用不了多久，你就会变得和我一样丑，当你变成要多丑就有多丑的时候。到那个时候，那种感觉，那种自以为自己很美的傻瓜般的感觉，就会再次在你心中潜滋暗长。这种感觉就如大白菜一样疯长，不久就成熟了。那时，另一个男人遇见了你，认为你长得很漂亮，于是一切又重新开始了。我现在觉得自己再也不会回到从前了，不过再次春心荡漾也不一定。你很幸运，小美人儿，你并不难看。"

"可我确实不好看。"玛丽亚坚持说。

"去问问他就知道了，"比拉尔说，"不要把脚伸入溪水里，小心着凉。"

"我看我们还是听罗伯特的，赶紧出发吧。"玛丽亚说。

"瞧你说的，"比拉尔说，"这件事，我和罗伯特一样着急，但是我们在溪边稍微歇息一下，也耽误不了什么的，时间还很充足啊！我很喜欢聊天，好容易和你俩单独聊聊，我还不抓住这次机会。我们现在仅存的也就这么一点儿文明的东西了。我们还有什么别的娱乐项目呢？你就对我说的话一点儿都不感兴趣吗，英国人？"

"你说得非常好。可我不想在这儿浪费时间，我还有更重要的事等着去做呢。"

"那我们就来说一说你感兴趣的事吧。"

"革命刚开始时你在哪里？"

"在我故乡。"

"阿维拉？"

"什么阿维拉？"

"巴勃罗跟我说他是阿维拉人。

"他吹牛。他就想把自己说成是大城市的人。他的老家就是一个镇子。"她说了那个小镇的名字，罗伯特没有听说过，也就没记在心里。

"革命刚开始的时候，你们那儿也进行武装斗争了吧？"

"是啊，"妇人说，"而且还进行了多次呢，但是都是些污浊不堪的事。哪怕是那些本该光荣的事，也变了味儿。"

"跟我讲讲你知道的吧。"罗伯特·乔丹说。

"太悲惨了，"妇人说，"我不想当着姑娘的面说这类的事情。"

"说吧，"罗伯特·乔丹说，"她不能听的情节，不听就行。"

"我可以听，"玛丽亚说。她把一只手放在罗伯特·乔丹手上，"没有什么我不能听的事情，我现在坚强着呢。"

"问题不是你能不能听，"比拉尔说，"而是我对你讲了，你可能会做噩梦。"

"我不会为了一段故事就做噩梦的，"玛丽亚对她说，"我们历经那么多的事情，难道你还认为我听了故事以后就会做噩梦？"

"也许会让英国人做噩梦。"

"那就试试看吧。"

"不必了，英国人，我并不是在开玩笑。你见过革命开头时小城镇的情况吗？"

"没有见过。"罗伯特·乔丹说。

"那就是你见识短了。你看到了巴勃罗如今垮掉的模样。可是你该看看当年威风凛凛的巴勃罗。"

"哦，那你讲讲那些英雄事迹吧。"

"不了，我并不想说。"

"既然提到了，干吗不说说呢？"

"好吧，那我就照实跟你们讲了。但是，小美人儿，如果说到了令你不快的地方，跟我说。"

"如果让我受不了的话，我就不听，"玛丽亚对她说，"这不见得比我经历的那些不幸的事更惨痛吧？"

"说不准呢，"妇人说，"再给我一支烟，英国人，我就开始讲了。"

姑娘仰躺在小溪岸边的石楠丛中，罗伯特·乔丹摊开四肢平躺在草甸子上，背部着地，脑袋枕在一丛石楠上。他伸手抓过玛丽亚的手，在石楠丛中摩擦着，直到她把手掌摊开，平放在他的掌心里，两个人才保持着这样的姿势静静地听着。

"那天一大早，兵营里的民防军就缴械投降了。"比拉尔开始说了。

"你们攻击了兵营？"罗伯特·乔丹问。

"巴勃罗趁着夜色包围了兵营，割断了通信的电话线，并在一堵墙的墙角下安放了炸药包，逼着民防军投降。起初，他们抵死反抗，向我们射击。巴勃罗被惹怒了，天刚蒙蒙亮，他就引爆了炸弹，那面墙被炸开缺口，我们在这个缺口猛烈地朝里面开火。有两名民防军被打死，四名受了伤，四名投降了。

"我还记得，爆炸响起的时候，清早的太阳刚刚露出微光。我们大家就埋伏在房顶上、地上、墙脚边和房屋建筑旁。爆炸扬起的尘土在高空中飞扬，久久飘散不去，我们也看不见里面的情景，只管向着房子被炸开的豁口处开火。装子弹的间隙，我们透过烟雾，依稀能看见屋内机枪打子弹时闪出的火花，犀顶坍下了一大片，然后烟雾里有人大声叫喊，传来'别再开枪'的声音，不一会儿，出来了四名民防军，举着双手，看来他们已经投降了。

"'里面还有人吗？'巴勃罗高声喊着。

"'还有几个，他们受伤了。'

"'看牢他们，'巴勃罗对身边的四个自己人说。掉头对民防军说：'站在那里，靠着墙。'四名民防军贴着墙站着，灰头灰脸的，他们应该是被硝烟熏的，那四个看守用枪口对准了他们，巴勃罗带领人进屋杀了里面的几个伤兵。

"刚开始还听见疼痛的呻吟声、叫喊声以及枪声，巴勃罗他们进去不久，伤兵们就没了声息。过了一会儿，只见巴勃罗一人来到外面。他把猎枪背在后背上，手里头还拿着一支毛瑟手枪，'看，比拉尔，'他说，'这是在一个自杀的军官手里拿到的。我从来没有开过这种枪。你，'他对其中的一名民防军说，'开一枪给我看看，我想知道这玩意儿是怎么用的。不，不用开枪了，直接告诉我怎么用就行了。'

"兵营里枪杀伤兵时，那四名民防军倚墙而立，吓得满头大汗，大气也不敢出。他们全都是高个头，一脸凶相，脸形和我差不多。不同的是他们胡子拉碴的，在死前的最后一个早晨，他们没时间刮自己的胡子。他们就靠墙站在那里，不敢发出一丝声响。

"'你，'巴勃罗对近前的那个人说'告诉我，枪是怎么开的。'

"'看，像这样，把小栓往下扳，'那人声音沙哑地说，'然后把反弹器向后拉，使它向前反弹。'

"'什么是反弹器？'巴勃罗问，看着那四名民防军，'什么是反弹？'

"'就是扳机上方的这一段金属纽，看，就是这个。'民防兵指着枪上的一个部位给他说。

"巴勃罗试着向后一拉，但是卡住了。'现在该怎么做？'他说，'卡住了，你竟敢蒙骗我，你这杂种。'

"'拉得不到位，还得往后拉一点儿，它就会自动弹回去的。'那民防军说。我从没听过如此阴沉的语气，那语气比日出前的晨曦还要阴沉，我想，这可能是他感觉到自己的大限将至了吧。

"巴勃罗照着那人所讲的拉了一下，然后一松手，金属纽就向前弹回去，蓄势待发。那一支枪可真难看啊，枪柄小而圆，枪筒大而扁，使用起来也不灵活。在巴勃罗捣鼓枪的时候，那些民防军始终看着他，面色死灰，一声不吭。

"'你打算怎么处置我们？'有一个人问他。

"'当然是杀了你们。'巴勃罗说。'什么时候？'那人用同样阴沉的语调问他。

"'现在。'巴勃罗说。

"'在哪儿？'那人问。

"'就是这里，'巴勃罗说。'这里，现在，此时此地。你们有

遗言要说吗?'

"'我们没有什么可说的,'那个民防军说,'只想说,你枪杀俘虏,这种行为很卑鄙。'

"'你才卑鄙呢,'巴勃罗说,'你们杀害那么多无辜的老乡。你们连自己的母亲都敢杀,还说我卑鄙。'

"'我根本没有杀过人,'那个民防军说,'不要提我的妈妈,我爱她。'

"'你们去死吧,你们这些丧尽天良的家伙。'

"'你不要侮辱我们,'另一名民防军说,'要杀就随你了,别侮辱我们的尊严。'

"'脑袋抵着墙,脸朝下,'巴勃罗对他们说。这些民防军你望着我,我望着你,似乎在做眼神交流。

"'听好,跪下,'巴勃罗说,'快点,跪趴在地上。'

"'怎么办,巴柯?'一名民防军对那个长得最高,刚才给巴勃罗讲解如何使用枪的人说。他的衣袖上佩戴着班长的条纹勋章,虽然清早的风还很凉爽,但他却大汗淋漓。

"'跪下就跪下,'他回答说,'怕什么。'

"'这样就离土地更近啦,'第一个人说,他想说句笑话,不过所有人无心开玩笑,没人应和他。

"'都跪下吧。'第一个民防军说,接着四个人都跪下了,脑袋顶着墙,双手垂放在身体两侧,那模样实在有点儿别扭。巴勃罗站在他们背后,依次用枪抵着他们的后脑勺儿开了枪,枪声很响,他们一一倒了下去。直到现在我仿佛还能听到这刺耳而沉闷的枪声,只见那枪筒猛地一弹跳,那人的脑袋就向前耷拉了下去。枪抵着后脑勺儿的时候,有一个人的脑袋纹丝不动。有一个人把脑袋向前倾,前额抵在石墙上。还有一个人浑身哆嗦,脑袋一直在晃动。只有一个人用双手捂住眼睛，他是最后一个，他可能不想看同伴悲惨的死状吧。四具尸体倒在墙脚边，这时，巴勃罗转身离开他们，向我们走来，手里依然握着枪。

"'替我拿着枪，比拉尔，'他说，'小心啊，我不知道怎么放下击铁。'他就把枪递给了我，站在那里，望着倒在地上的四个民防兵的尸首。我们这一伙儿人也都站在那里，盯着尸体，谁都没有说话。

"我们攻下了那个小镇，因为是一大早，我们没吃东西，也没喝咖啡。我们相互看了看，炸兵营落下的尘土，把我们大家弄得浑身是灰，就像刚打完成垛的谷子一样。我拿着沉甸甸的枪站在那里，看着那墙脚民防军的尸体，感到阵阵恶心。死去的人和我们一样，全身沾满尘土，但不一样的是每个死人都淌着鲜红的血，血液将墙脚下的死硬地面都给浸湿了。我们站在那里，太阳在远处的山上升起，阳光照在我们脚下的泥土路上，也照在兵营的白墙上。空中的浮尘在初升的阳光的映照下变得金灿灿的。我身边那个农民望了望军营的墙，低头看了看倒在地上的死人，然后瞅了瞅我们，转头又瞧瞧太阳说，'看啊，新的一天开始了。'

"'我们去喝咖啡吧。'我说。

"'好，比拉尔，我们走吧。'他说。

"'我们浩浩荡荡地走进镇子，来到广场上。这个小广场，不久前还枪杀了一批无辜的百姓。'"

"你们还杀过其他人没有？"罗伯特·乔丹问，"镇上难道没有其他的法西斯分子？"

"这是什么话，怎么可能没有呢？还有二十多个呢！我们没有枪杀他们，而是用更残忍的方式把他们处决了。"

"那怎么处理他们的？"

"巴勃罗命令用连枷把他们活活打死，然后把他们从悬崖上扔进波浪翻滚的江里。"

"二十个人都是这样？""是啊，我跟你讲，那情形实在是太残忍啊！我这辈子都不想再见一次那样的场景了，江边峭壁的广场上，血流成河，惨叫连连。"

"那个小镇坐落在江边，江岸很高，镇内建有一个小广场，广场内有个喷水池，几条长凳，还有几棵遮阴的大树。居民的露台都对着广场围成一个圈。六条主干道直接通到广场，每座房子前都有一条和广场相通的连拱廊，太阳炙热的时候，人们可以从廊上通过，这样就可以避免被晒伤。从广场的布局来看，广场三面都是连拱廊，另一面是峭壁，峭壁边缘有一条树木遮阴的小道走道，这条小道与下面的江面，距离有三百英尺。

"巴勃罗很有能力，他一人就部署好了一切，就像他计划袭击军营一样。首先他用大车将通往各条主干道的路口堵住，把广场圈得像举行一场激烈的斗牛赛。法西斯分子全部被关在镇公所，那是广场一边最大的宅子。墙上挂着一个大钟，法西斯分子的大本营就位于那连拱廊下的房屋里。在连拱廊下，他们在大本营的门前的人行道上，放置了很多舒适的桌椅。革命之前，他们经常坐在那里喝酒消遣。那些桌椅是柳条编制，乍看上去像是一个咖啡馆，不过更雅致清幽些，他们倒是懂得享受生活啊！"

"俘获这些人的时候难道没有发生战斗吗？"

"在袭击兵营的前一天晚上，巴勃罗就设套逮住了他们。计划是这样的，我们先把兵营围住了，这些人就失去了援兵。然后我们就去他们家里，像老鹰抓小鸡似的轻而易举地把他们抓住了。计划很周密，这都是巴勃罗的功劳呢。如果不这样做的话，他在袭击民防军兵营的时候，这些人可能就会在侧翼和背后袭击他的。"巴勃罗确实聪明，不过也太残忍了。他把镇上的每件事安排得面面俱到，井然有序。话题还是转回来，毙了那四个民防兵之后，我们一行去拐角那家咖啡馆喝咖啡，咖啡馆就在早班公共汽车起点站的旁边，他们很早就开门营业了。我们喝过咖啡之后，巴勃罗就开始着手布置广场的事宜。大车被集中搭在一起，就跟准备进行民间斗牛戏的场所一模一样，只有面向江面的那一边没有堵起来。巴勃罗还命令神父给法西斯分子做临终前忏悔，还为他们做必要的法事，这点还算他的仁慈之处。"

"这件事情是在什么地方做的？"

"镇公所里，我前面不是提过了嘛。神父在里面给他们做临终忏悔，外面人潮鼎沸，对于即将到来的惨剧，似乎满不在乎，嘻嘻哈哈个没完。有的人心存愤懑，嘴里骂骂咧咧的。当然了，大多数人还是相当严肃的，毕恭毕敬。开玩笑的只有那些为庆祝攻占军营而喝得醉醺醺的人，还有一些是在任何时候都醉醺醺的游手好闲的人。

"神父在做临终忏悔的时候，巴勃罗将广场上的人群分为两列。

"他命令大家站成两列，就像让人们站好了即将进行拔河比赛一样，也像人们站在城里观看公路自行车比赛到达终点时那样，仅给人车留出一条非常狭窄的通道让其经过，或者像人们站着让路于圣像仪仗以便让他们队伍通过一样。人们由镇公所门口排起，通过整个广场，一直排到峭壁的边缘。从镇公所大门出来后向广场看去，便会看到两排挤得密密麻麻的人在翘首以待。

"这些人手中配备了打谷用的连枷，两排人之间留出两米宽的空隙，足够让他们抢起连枷，击打法西斯分子。不是所有的人都拿着连枷，因为实在弄不到这么多。他们有的手里拿着粗大的牧羊棍或赶牛棒，有的拿着用木头做的干草叉，那是打谷后把干草和麦秆扬起的木叉。甚至有人拿着镰钩和大镰刀。不过，这些农具都是从堂·吉列尔莫·马丁的铺子里弄到的，这个人是法西斯分子，经营各种农具。不过，巴勃罗让这些人中没有拿连枷的人守在悬崖峭壁的一端，防止他们从这里逃脱。

"那是一个晴天，天气晴朗的就像今天一样，天淡风轻，云卷云舒。广场上没有一丝灰尘，是由于前一天晚上露水很浓重的缘故吧。两排人静静地站在那里，树木的阴影无声地遮在他们的身上。这时你甚至能听得到泉水从狮子塑像嘴里的铜管中喷出，然后落入圆形水池中的声音。要是没有这些事情，今天妇女们会带了水罐就在这里来打水。

"全镇的人几乎都聚集到广场上来了，只有神父在镇公所替法西斯分子做临终忏悔。一些下流坏子还在那里高声骂着：那些人整天游手好闲，估计喝酒才是他们唯一的正事。他们挤在窗外，隔着窗上的铁栅栏，对里面大声叫骂，开些低级下流的玩笑。站队的两排人大部分都只是一声不响地等在那里，这时候，我听到有人对另一个人说：'里面会不会有女人呢？'

"另一个人说：'基督保佑，但愿没有女人。'

"这时又有一个人说：'巴勃罗的老婆在这里。喂，比拉尔，里面有没有女人？'

"我一看，那是一个农民，我认识。他穿着做礼拜才穿的庄重的外套，热得浑身是汗。我就说，'没有，华金，没有女人。我们是不会杀女人的。我们没有必要去杀死他们的女人？'

"他说，'感谢上帝，没有女人，那啥时候动手啊？'

"我说，'等神父做完临终祷告就开始了。'

"'那么神父怎么处置？'

"'这个我就不清楚了,'我对他说,我注意到他脸上的肌肉在抽动,汗水由前额淌了下来。'我以前从没杀过人。'他说。

"'那么你得学学啦,'他身边的一个农民戏谑地跟他说,'可是依我看来,这东西打一下是不会死人的。'他双手拿着连枷,一脸疑惑地望着它。

"'这东西的高明之处就在这里,'另一个农民说,'需要多打几下才可以呢。'

"'敌人攻下了瓦利阿多里德。他们还占了阿维拉,'有一个人说,'在我们来到镇子之前,我就听说这个消息了。'

"'他们绝对攻不下本镇,这个镇子是我们的。我们先发制人,先弄死他们,'我说,'先下手为强,巴勃罗是足智多谋的人。'

"'巴勃罗可真行啊,'另一个说,'不过这次杀掉民防军,他有点儿自私了。杀死坏人,我们也想尽一份儿力呢。你说对不对,比拉尔?'

"'对呀,'我说,'可是现在不是给你们机会过过瘾了。'

"'确实,'他说,'这次考虑的就很周全啊!不过,怎么没关于战争的消息了?'

"'袭击兵营之前,巴勃罗把电话线割断了。电话线这会儿还没接好吧。'

"'哦,'他说,'原来如此,难怪我们听不到消息了。我这个消息还是今天早晨在养路站那里听说的。'

"'干吗这样残忍地对待他们,比拉尔?'他问我。

"'为了节约子弹,'我说,'还有,每个人都应该为革命尽一份力。'

"'那就只好这么做了,该动手了。'我不明白他的意思,就一直望着他,只见他哭了。

"'你为什么哭，华金？'我问他，'这些法西斯坏蛋，不值得你可怜他们。'

"'我忍不住，比拉尔，'他说，'我以前从来没有杀过人啊！'

"小镇太小，镇上的人彼此都熟悉，每个人的底细我们也一清二楚，你如果没有见过小镇上最初闹革命的那段岁月，那就相当于没有见过世面。那天，挤满广场的那两排人里，大多数人都是急匆匆地从村子里赶到镇上来的，身上都还穿着在地里干活时穿的衣服。不过也有人不知道革命是什么，头一天该穿什么，甚至有人穿上了做礼拜或者过节时才穿的衣服，后来发现周围的人，甚至那些参加袭击兵营的人，都穿着破旧的衣服，顿觉自己的穿着不适合革命，感到很难为情。即使这样，他们也不愿意将外套脱下，生怕弄丢了或者被小混混偷去。他们就站在太阳底下出着汗，等着惩戒法西斯分子。

"起风了，吹干了广场上的露水，加之广场上的人群在干土上来回踢踏，尘土松动，风一扬，满广场上就弥漫了一层尘土的烟雾。一个身着藏青色礼拜服的男人高声说'洒水，洒水！'那个每天负责管理广场的人就走过来拧开水龙头，他每个清晨都会给广场洒水。只见他不疾不徐地从广场边缘开始洒水，然后慢慢向广场中央靠拢，尘土很快就被压了下去。到了两排人站的地方，他们自动往后退了退，以便让他把脚下的尘土浸湿：管理员大幅度地挥动着洒水的皮管，喷出的水柱在阳光的映射下闪闪发光，大家将身子拄在自己的连枷、木棍或白木草叉上，无聊地望着那晶莹的水柱。等到广场上地面被洒得很潮湿了，灰尘也不再飞扬了，两排人便又重新站好了队。这时有个农民大声说：'我们啥时候动手惩治第一个法西斯分子？第一个人什么时候能从畜栏里滚出来啊？'

"'快了，'巴勃罗在镇公所大门口对外大声说，声音有点儿沙哑。'第一个马上就出来。'袭击兵营时，巴勃罗大声对里面的民防兵吆喝，扬起的硝烟呛得他喉咙沙哑。

"'还磨蹭什么呀？'有人问。

"'他们的罪孽还没忏悔完呢。'巴勃罗提高了嗓门说。

"'是呀，他们有二十个人呢。'有人说。

"'不仅二十个。'另一个人说。

"'二十个人加在一起，可以叙说的罪孽可真少不了。'

"'是啊，依我看，他们肯定在搞鬼，借忏悔拖延时间罢了。当然，在这生死关头，也就忏悔一下自己的滔天大罪，一般罪孽也想不起来呢？'

"'那我们就耐心等待吧。因为他们有二十多人，滔天大罪多了去了，讲起来可要花不少时间工夫呢。'

"'我有耐心，'另一个人说，'但是最好快点儿。不管对他们，还是对我们，都好。现在是 7 月了，还有许多事情要做呢。我们收割了，但是还没有打谷。毕竟不是赶集过节的悠闲季节啊！'"'今天就相当于赶集过节啊，'另一个人说，'而且还是自由节，从今天开始，这些家伙一旦被打死，这个镇子和土地就是我们的啰。'

"'这些法西斯坏蛋就是我们今天要打的谷子，'有一个人说，'打掉秕糠，这个镇子就自由啦。'

"我们必须保护好这个镇子，不能辜负这来之不易的胜利，'另一个人说。'比拉尔，'他问我，'我们什么时候召开组织大会？'

"'总得把这件事情做完吧'我对他说，'就在镇公所的房子里召开。'

"一时兴起，我把一顶民防军的三角漆皮帽戴在了头上。我把枪上了保险，当然就是扣住了枪的扳机，并用大拇指向前推动击铁，保证万无一失了，我把长长的枪筒别在了腰间。当我戴上帽子的时候，觉得这个玩笑很有趣，虽然后来我想，当时顶着民防军的帽子倒不如拿枪套的好。但是两排人之间有人对我说，'比拉尔，好姑娘。你戴着这顶帽子，我心里觉得别扭。我们现在已经把民防军干掉了吗？你又戴着他们的帽子，不是一个好兆头。'

"'好吧，'我说，'我立马摘掉。'然后我就摘了帽子。

"'给我帽子，'他说，'应当毁掉它。'

"我们正站在这两排人的尽头，在峭壁边缘沿江的走道上，他随手拿着帽子从峭壁上扔了下去，仿佛牧人抬手扔石块驱赶牛群似的。帽子远远飘在空中，越来越小，清澈的空气中帽子的漆皮闪闪发亮，最后一直飘落到江里。

"不管帽子了，我转过头向广场这边望去，只见面对着广场上窗口和露台都挤满了人，那两排人横穿广场，一路排到镇公所门口，大楼的窗前也挤满了人，人潮推推搡搡的，你一言我一语七嘴八舌的，这时只听到一声叫喊，有人说：'第一个出来啦！'我定神一看是镇长堂·贝尼托托·加西亚，他从大门里缓缓地走出来，脑袋上光秃秃的，只见他穿过门廊，等他走到拿着连枷的两排人之间时，人群仍然没有动静。他在两个、四个、八个、十个人之间走过，还是没有任何动静。他就在这两排人中间走着，昂首挺胸，胖脸上面色惨白，眼睛先是镇定地望着前方，接着慌乱地左右乱瞟着，但步伐坚定。这时还是没有人动手。

"有人在露台上向广场上的人群高声叫喊：'你们怎么搞的，吓破胆了？'堂·贝尼托依然在人群中间走着，但是没有人敢打他。然后我看到离我有三人远的地方有一个男人，他面部的肌肉在抽搐，他紧紧地咬着嘴唇，握住连枷的双手也失去了血色。我看到他向堂·贝尼托的方向紧张地望去，死死盯着他一步步走过来。前边的人依然没有动静。等到堂·贝尼托走到这个人面前的时候，这个人高高抡起连枷，那劲头大得都撞倒了身边的人，连枷朝着堂·贝尼托重重地挥过去，打在他脑袋一侧，鲜血流了下来，堂·贝尼托瞅了他一眼，这个人紧接着又打了他一下子，还大喊：'给你点儿颜色瞧瞧，你这个王八蛋。'这一下正好打在堂·贝尼托的脸上，似乎很疼，堂·贝尼托举起双手把脸捂住。这时大家的情绪被调动起来，纷纷向他抡起手中的武器，很快他就被打趴在地，最先向他抡连枷的那个人一把揪住堂·贝尼托的衬衫衣领，别的人抓住他的双臂，而堂·贝尼托的脸则贴在广场的泥地上。大家就这样一路拖拽着，越过人群之间的走道，把他拖到峭壁边上，然后把他使劲儿抛了下去。

"最先动手的人还不死心，跪在峭壁的边上，注视着他往下掉，说：'这个王八蛋！这个王八蛋！哼，这个王八蛋！'这个人是堂·贝尼托的佃户。他们之间早就结下了梁子。他们曾经为江边一块地发生过争执，堂·贝尼托从他手里收回这块地并转租给了别人。这个人为此就记恨他了，他没有再返回队伍里，独自一人在峭壁上坐着，低头看着堂·贝尼托掉下去的地方。

"堂·贝尼托走出来之后，没有人愿意再出来。广场上鸦雀无声，因为大家都在焦急地等待，想要看看下一个出来的倒霉蛋会是谁。这时有个醉汉高声叫嚷：'把牛放出来！'

"有人在镇公所窗边大喊着：'他们不敢出来了！他们在祷告呢！'

"这时候另一个醉汉大声叫着：'把他们都拖出来，来呀，把

他们拖出来。祷告时间过啦。'

"可还是没有一个人出来，过了一会儿，我们终于看到一个人从大门里出来了。

"那个人是堂·费德里科·冈萨雷斯，磨坊主和饲料铺的老板，是一个非常狂热的法西斯分子。他高且瘦，为遮住秃顶把头发横梳过去，他身着长长的睡衣，睡衣的下端塞进了裤腰里面。他赤着脚，还是在家被抓时的那副模样。他双手举过头顶，惶恐地走在巴勃罗的前面，巴勃罗用猎枪口抵住他的后背，一直逼着他走到那两排人之间。到了这里，巴勃罗就不管他了，转身回到镇公所。堂·费德里科这时并没有继续往前走，而是停了下来，站在那里一动不动了。他眼睛望着天空，双手高举着，好像求苍天给自己一个活命的机会似的。

"'他吓得走不动了，'有人说。

"'怎么了，堂·费德里科？你不会走路啦？'有人对他大喊。堂·费德里科却高举两手站在那里，只有嘴唇在动。

"'快点，'巴勃罗在台阶上对他大声催促着。'走啊！'

"堂·费德里科站在那里还是一动不动。

"有个醉汉拿起连枷柄戳戳他的屁股，堂·费德里科疼得就像一匹倔强的马一样，突然蹦了一下，但是依然站在原地，高举双手，抬着头望着天空。

"这时站在我旁边的那个农民说：'丢人现眼的家伙。我和他没有什么仇恨，不过这场戏该结束了。'于是他沿着这排人走了过去，挤到堂·费德里科站的地方，说了声'对不起你啦'，然后就向他头猛打了一棍。

"堂·费德里科这次疼得够呛，他把手放下来，捂住自己的头顶，把头低了下去，指缝中露出了遮在秃顶上的稀疏的几根长发，鲜血也顺着脸颊流下来，看来这一棍打得不轻啊。他不再站着不动，而是在两排人之间疾速奔跑，可是连枷还是无情地落在他背上和肩上，直至他栽倒在地，不再动弹了。队伍的尽头处的那些人将他拖起，扔到峭壁之外。自从巴勃罗用猎枪把他逼出来之后，他没开过口。他唯一的难处就是无法向前迈步，两条腿好像已经不由他支配了。

"等到堂·费德里科被丢下峭壁之后，我看到那些心肠最狠的人都集中到队伍末尾的峭壁边来，我看不下去了，就走到镇公所的拱廊前，推开了两个醉汉，向窗里张望。镇公所大厅内，那些人围成半圆形跪着祷告，神父也跪在那里和他们一起祷告。巴勃罗、一个名叫'四指头'的皮匠和另外两个拿着猎枪的人站在那里。

"巴勃罗对神父说：'现在谁出来？'神父只是继续祷告，没有搭理他。

"'你，'巴勃罗沙哑地对神父说，'现在该谁出来了？谁准备好接受处罚了？'

"神父不理睬巴勃罗，权当没这个人在场。我看得出来，巴勃罗已经异常愤怒了。

"'我们所有人一起出去，'堂·里卡多·蒙塔尔沃把头抬了起来，停下了祷告大声地对巴勃罗说。这个人是个地主。

"'去你的，你说了不算，'巴勃罗说，'准备好了，一次去一个。'

"'那我去，'堂·里卡多说，'我准备好了，不就是死嘛，我永远不会比现在更清楚死的意义了。'

"他说话之时神父替他祈福，待他站起的时候，神父又为他祈祷。神父一直在祷告，还将手中十字架举起，让堂·里卡多亲

吻，堂·里卡多亲吻了十字架之后，转过身对巴勃罗说：'我好了，走吧。你这个丧尽天良的孬种，我们走吧。'

"堂·里卡多是个矮个子的男人，头发灰白，脖子很粗，身上穿着一件没有硬领的衬衫。他由于经常骑马，所以有点儿罗圈腿。'永别了，'他对着所有跪着的人说，'不要过于悲伤，死亡并不可怕。不幸的是让我死在这浑蛋手里，我不甘心啊！别碰我，'他对巴勃罗说，'不要用你那猎枪碰我。'

"他迈着坚毅的步伐走出镇公所，灰色头发、灰色的小眼睛，粗粗的脖子，矮小的个子，面部表情极其愤怒。他看了看站成两排的农民，然后不屑地朝地上吐了一口唾沫。他竟然真啐了口唾沫，在当时的那种情形下，你应该了解，英国人，真的是不可思议的事情。而且他接着说：'起来，西班牙！打倒假共和国！你们这些借着革命行卑劣之事的杂种们！'

"他这样一骂，不得了，民众愤怒了，很快他就被揍死了。他走到这些人中的第一个人面前，马上就遭到了重重的击打，他还努力抬起头来挺胸地向前走过去，可连枷毫不留情地落在他身上，直到他被打得栽倒在地才罢休。他们又用镰钩和大镰刀去砍他，最后几个人拖着他来到峭壁边上，将他扔了下去，此时他们的手上和衣服上都沾染上了鲜血。这个时候，他们才开始认为这些走出来的人，就是他们的真正敌人，应该毫不留情地都杀掉。

"在堂·里卡多做出一副凶相、又如此辱骂着走出来之前，队伍里本来不少人不情愿站在队伍里的。如果是队伍里有人喊一声'算了吧，我们饶了其余的人吧，他们如今已经得到教训啦'，我敢说，大部分的人应该都会表示赞成的。

"可是堂·里卡多的辱骂激起了民愤，这样一来，余下的人就没有活路了。原本这两排人是在执行公事，对这种事没什么兴致，但是现在他们恼怒了，情形就明显不一样了。

"'把神父放出来，不用忏悔了，我们尽量杀死他们完事了。'有一个人大声地叫喊着。

"'将神父放出来。'

"'我们已经解决了三个强盗，让我们把神父也杀掉得了。'

"'两个强盗，怎么可能是三个呢，'一个矮个子的农民朝那个叫喊的人说。'同我们的主一起钉上十字架的人可是两个强盗①啊。'

"'谁的主？'那个人说着，他已经气得满脸通红。

"'按惯例来说，那是我们的主。'

"'你住嘴，我没有主，'另一个人说，'如果你不打算在这两排人之间走一遭，最好管好你的嘴。'

"'我和你一样，都拥护自由，拥护共和国，'那个矮个子农民说，'我打到了堂·里卡多的嘴巴，我打到了堂·费德里科的背脊，不过我没能打到堂·贝尼托。我说我们的主，那个人的正式称呼就是这样啊，再说了，和他在一起的是两个强盗嘛。'

"'你他妈的还说拥护共和国？拥护共和国，你说话总是什么主长主短的。'

"'我们不都是这样称呼他们的吗？'

"'我可是从来没有这么称呼过，一群王八蛋，还有你所谓的主，都滚蛋——嘿！那边又出来一个啦！'

"就在那时，我们看到了非常丢人的一出戏，因为由镇公所大门走出的是堂·福斯蒂诺·里维罗，即地主堂·塞莱斯蒂诺·里维罗的长子。他高高的个头，金黄的头发，全梳得向后抿着，因为他口袋里总是装着梳子，他出来之前肯定是也梳理了头发。

---

　　① 据《圣经·马太福音》第二十七章第三十八节："当时，有两个强盗，和他同钉十字架，一个在右边，一个在左边。"

他很风流，总是喜欢同姑娘们纠缠，却是一个胆小鬼，而且一直想成为业余斗牛士。他经常和吉卜赛人、斗牛士和养公牛的人一起混，还喜欢穿西班牙南部的安达卢西亚式斗牛服，不过他也是个有心无胆的孬种，总是成为别人的笑柄。有一次在为阿维拉孤老院募捐而进行的业余斗牛表演中，盛传他要上场，依照安达卢西亚式传统，斗牛士必须骑在马背上杀死公牛，他已经练习了很长的时间。然而不知谁恶作剧，把他事先亲自挑选的那头没有腿力的小公牛换成了膘肥体壮的大公牛，当他一到场上，就发现情况不妙，立刻推说自己身体不适，恶心呕吐，并且听说为了让自己吐，还把三根手指头伸入自己的嗓子眼儿，硬是逼着自己呕吐起来。"两排人一看到他，就大声叫喊起来，'嘿，堂·福斯蒂诺，当心不要呕吐啊！'

""'听我说，堂·福斯蒂诺，悬崖下面小美人儿多着呢！'

""'堂·福斯蒂诺，等一下啊，我们会牵头公牛来，给你过过瘾。'

"另一个人叫喊道，'听我说，堂·福斯蒂诺，你知道死是怎么一回事吗？'

"堂·福斯蒂诺站在那里，后悔自己刚才的一时冲动啊。他一时兴起，硬撑好汉，就对其他人宣布他准备走出镇公所。当年宣布要去斗牛，也是凭着这样一股冲动劲，使他自信能成为一名好的业余斗牛士。堂·里卡多刚才的勇气给了自己很大的鼓舞，他站在那里表现的既帅气又勇敢，脸上还做出一副藐视众生的神态。他现在其实已经吓得说不出话来了。

""'过来，堂·福斯蒂诺，'队伍里有人高声说，'过来吧，堂·福斯蒂诺。你就权当是来斗牛了。'堂·福斯蒂诺一直朝前望，眼神中透出一股莫名的悲伤。我看得出，两排人里没有人怜悯他。他尽量让自己显得仪表堂堂、不可一世，只是时间紧促，他只有一条路可选。

"'堂·福斯蒂诺，'有人喊着，'别磨磨蹭蹭的，堂·福斯蒂诺？'

"'他正在准备呕吐呢，你们不要催的这么急嘛。'有人说，两排人都被这句逗得哈哈大笑起来。

"'堂·福斯蒂诺，'有个农民喊着，'你感觉呕吐很有面子，那你就呕吐吧。我才不在乎呢，我只想把你砍死。'

"我们等待的时候，堂·福斯蒂诺望望那焦急等待的两排人，望望广场那边的陡峭的悬崖，接着，又把眼睛瞟向悬崖外那湛蓝的天空。就在大家感到纳闷儿的时候，意想不到的事情发生了，只见他飞快地旋过身，闪身向镇公所门口退去。

"两排人顿时骚动起来，很多人大声吼了起来，有个人放开嗓门儿大叫：'你要去哪里？堂·福斯蒂诺？你走错方向了吧？'

"'他去呕吐了。'另一个人大声喊着，大家又被逗笑了。

"这时我们看到堂·福斯蒂诺再次从门里狼狈地走了出来，他的身后是巴勃罗，手拿猎枪指在他的脑袋上。他这时已经没有一点儿架子了。一看到两排人，表情变得低三下四起来，完全没有了刚才倨傲的神情。这时他慢吞吞地走出来，巴勃罗跟在他后面，仿佛巴勃罗正在大街上扫垃圾一样，而堂·福斯蒂诺就是他正在向前扫的垃圾。堂·福斯蒂诺此时走了出来，在胸口不断地画着十字，做着祷告，之后似乎认命了一般，两手把眼睛一遮，跨下台阶，向这两排人走去。

"'由他去吧。'有人喊着，'别碰他。'

"两排人都心领神会，没有人动手去打堂·福斯蒂诺，可是他双手颤抖，挡住双眼，嘴唇微微抽搐，在两排人之间缓缓向前走去。

"没有人说话，没有人碰他，他在两排人之间走到一半，竟双膝跪下了，再也无法继续往前走了。

"没有人打他。我和队伍并行着走去，打算探个究竟，只见一个农民弯下腰，一把将他拖了起来，说：'站起来，堂·福斯蒂诺，继续往前走。公牛尚未出来。'

"堂·福斯蒂诺已经没法走路了，两个身穿黑色罩衣的农民在他两侧架着他。堂·福斯蒂诺双手遮住双眼，嘴唇不停地抖动，脑袋上的黄头发油光可鉴，在阳光下闪闪发亮，他艰难被拖曳着从这两排人中间走着。他路过的时候有的农民们说：'堂·福斯蒂诺，祝你好胃口。'有的农民说：'堂·福斯蒂诺，愿听你调遣。'有一个同样为实现斗牛士梦想的人说：'堂·福斯蒂诺，斗牛士，听你调遣。'另一个人说：'堂·福斯蒂诺，天堂里小美人儿多如牛毛，你有福了。'

他只管住自己的眼睛，脚已经完全不着地，任由两个人架着他走。不过他一定是在指缝中偷偷地张望，因为他们把他弄到悬崖边上的时候，他又双膝跪下，匍匐在地，双手紧紧抓着青草不放，说：'别，别，别，行行好，千万不要。行行好，行行好，不要，千万不要。'

"当时架着他的农民和那些站在队伍末尾的心狠的人，趁他跪下不注意的时候，悄悄走到他的背后，然后猛地一推，他没挨到一拳一脚，就坠下了峭壁，广场上回荡着他掉下时的惨叫声。"这时候，我明白这两排人起了杀性，而促使他们这样做的原因，先是堂·里卡多的辱骂，后是堂·福斯蒂诺的怯懦。

"'给我们再放出一个来，'一个农民大声喊道，另一个农民在他背上拍打一下，说，'堂·福斯蒂诺！可真是个活宝啊！

堂·福斯蒂诺！'

"'他现在看到大公牛啦，'另一个人说，'得了，即使呕吐，也不管用了。'

"'我这辈子，'另一个农民说，'我这辈子还从没见过堂·福斯蒂诺这样的活宝呢。'

"'后面还有人呢，'另一个农民说，'有点儿耐心。说不定还有更有趣的家伙呢。'

"'兴许里面会出来一个大个子和一个矮子，'第一个农民说，'说不定还会有黑人和非洲来的稀有动物呢。不过照我看来，绝对不会再有堂·福斯蒂诺那样的活宝了。来啊，给我们再来一个！快点，给我们再来一个！'

"那些醉汉们把从法西斯酒吧扫荡来的一瓶大茴香酒以及科涅克白兰地向人群中传递着，他们就当葡萄酒一样地喝，而队伍中有很多人，由于干掉了堂·贝尼托、堂·费德里科、堂·里卡多，尤其是堂·福斯蒂诺，情绪变得十分激动，加之喝了几口酒，这时已经有点儿醉意了，情绪也更加亢奋了。

那些瓶装的酒实在太烈了，很多人受不了。于是有人递来了酒袋装的葡萄酒，我也喝了一大口，皮袋里凉丝丝的葡萄酒沿着喉咙淌下，正好缓解了我此时的饥渴。

"'杀人让人觉得口干舌燥。'拿酒袋的人对我说。

"'怎么，'我说，'你杀了人？'

"'我们杀了四个，'他神气十足地说，'不算那些民防军。你杀了一个民防军，是真的吗，比拉尔？'

"'我没有杀人，'我说，'墙倒时我只管向烟尘里开枪，和其他人一样。就是这么回事。'

"'你从哪里弄到的这把枪，比拉尔？'

"'巴勃罗给我的，他杀掉了那些民防军，就把缴获的枪给了我。'

"'他就是用这支枪把民防军给干掉的?'

"'是的，'我说，'杀掉他们之后，他就把枪给了我。'

"'我可以看一看吗，比拉尔? 让我摸一摸这把枪，可以吗?'

"'可以啊，老乡?'说着，我从腰间把枪拔出来递给他。当时我在纳闷儿，为什么这会儿没人出来。突然就看到堂·吉列尔莫·马丁出来了。那些连枷啦，牧人的棍棒啦，木草叉啦，都是从他的店铺里面抄过来的，用他的家伙杀死他，未免有点儿滑稽啊。堂·吉列尔莫虽然是一个法西斯分子，但他也没什么过错，他也没杀过人，人们对他也没有什么仇恨。

"不错，他付给加工连枷的工人的钱不多，但他卖出的价格也不高，再说，如果不愿意买堂·吉列尔莫的连枷，也可以只付木头和皮革的成本费定做一个。他说话很粗鲁无礼，而且是个狂热的法西斯分子，他也是法西斯酒吧的一份子。中午和傍晚，他经常坐在聚集地的藤椅上浏览《辩论报》[①]，他让别人给自己擦皮鞋，自己却喝着苦艾酒和矿泉水，吃着炒杏仁、虾干和鳗鱼。但是人们不会为这点儿小事而杀了他的，我敢说，如果不是堂·里卡多·蒙塔尔沃的辱骂和堂·福斯蒂诺那懦弱的丑态，以及酗酒对他们和其他人在情绪上造成的后果，一定会有人大声说：'让堂·吉列尔莫平平安安地走吧，我们手里的连枷还是他的铺子里的呢，让他走吧。不要打他了。'

"这镇上的人本性还是善良的，虽然心狠起来的时候也很是骇人，但他们天生具有正义感，主持公道。不过这两排人已经起了杀性，加上酒醉的原因，这两排人的心境已不是堂·贝尼托出

---

① 《辩论报》（El Debate）为天主教保守党的机关报，革命前在马德里出版。

来时那样软了。我不清楚其他的国家怎样，我喜欢喝酒时的那份无与伦比的喜悦。不过在西班牙，不是因为酒，而是其他别的什么原因造成的沉醉，那就非常可怕了，人们就会做出骇人听闻的事来的。你的国家也是这个样子吗，英国人？"

"是这样，"罗伯特·乔丹说，"我七岁的时候和母亲到俄亥俄州去参加过一场婚礼，他们让我做拿捧花的小傧相——"

"你做过那个？"玛丽亚问，"真可爱呢！"

"那个城市里有个黑人被吊在灯柱上，后来被火活活烧死了。那是盏弧光灯，夜里灯亮起来的时候，灯光可以从柱子顶部一直照到人行道上。这个黑人刚开始被人用滑车吊了上去，可是滑车断了。"

"烧死一个黑人，"玛丽亚说，"真暴力啊！"

"这些人是不是喝醉了？"比拉尔问，"他们醉得厉害，才要烧死一个黑人？"

"不清楚，"罗伯特·乔丹说，"我当时躲在屋里的窗帘后面，这些都是从帘子的缝隙中窥视到的，那幢房子就位于有弧光灯柱的拐角处。当时街上挤满了看热闹的人，当他们第二次把黑人吊上去的时候……"

"如果你当时刚七岁，又在屋里，就不可能看清楚他们到底醉不醉的。"比拉尔说。

"我刚才谈到，他们第二次将黑人吊上去的时候，我母亲把窗帘拉严实了，因此我就没法看到外面了，"罗伯特·乔丹说，"不管怎样，我有过相似的经历，证明醉意冲昏了头脑在我们国家也一样。真是残忍又野蛮的。"

"你才七岁，年龄太小，"玛丽亚说，"你年龄太小，不应该看到这些事。要是摩尔人也算黑人的话，我在马戏团里也看到过黑人。”

“有的是，有的不是，”比拉尔说，“我可以为你们讲讲关于摩尔人的事情。”

“你没我了解，”玛丽亚说，“肯定地说，你没我了解。”

“不要讲这些了，”比拉尔说，“讲这些身心难受。我们刚刚讲到哪里了？”

“讲到两排人都醉了，”罗伯特·乔丹说，“快说吧。”

“他们这种狂热的状态，仅仅说成是喝醉了，也是不公平的，”比拉尔说，“他们酒量大着呢，离醉了还远着呢。不过他们的情绪已经被调动起来了。当堂·吉列尔莫走出来的时候，腰杆儿挺得笔直。他眼睛近视，头发灰白，身材中等，衬衫上有一枚硬领扣子，但硬领被摘了下去。他站在那里，在自己胸前画了十字，眼睛看着前方，不过他没有佩戴眼镜什么也看不太清楚，却还是强装镇静地一步一步往前走，他这样子真让人心生同情。

“不过有人在队伍里大声喊着：‘过来，堂·吉列尔莫。到这里来吧，堂·吉列尔莫。向这个方向来，我们可以用你的农具杀了你。’

“他们刚才把堂·福斯蒂诺戏谑得够呛，所以还没从刚才的气氛中调整过来，但堂·吉列尔莫是一个正派的人。如果说堂·吉列尔莫罪该万死，就该马上杀了他，不要伤害他的自尊心。

“‘堂·吉列尔莫，’另一个人喊着，‘让我们派人到府上去取你的眼镜吗？’

“堂·吉列尔莫不是大户人家，家境也并不富裕，只得经营一家木制农具铺子，或多或少赚一些钱来维持家境。当上法西斯分子也无非是想谄上欺下，为自己挣点儿面子。其实，他做法西斯分子还有一个重要原因，为讨好自己的老婆，她虔诚地信奉着法西斯，就像对神一般。他住在位于三家门面边上的大楼公寓里。当堂·吉列尔莫眯起他的近视眼望着那两排人，缓缓向前迈步，这时，对面露台上一个女人高声尖叫起来，她在露台上能够看到他，那个女人就是他的妻子。

"'吉列尔莫，'她大喊，'吉列尔莫，等我一下，我要和你一起去。'

"堂·吉列尔莫向声音传来的方向转过头去，他无法看到她。他试图说话，但是却说不出一个字。接着，他向妻子呼喊的方向挥了挥手，脚步并没有停下来。

"'吉列尔莫！'她大喊，'吉列尔莫！啊，吉列尔莫！'她双手抓住露台栏杆，上蹿下跳地喊着，'吉列尔莫！'

"堂·吉列尔莫没说什么，只是又向那喊叫声的方向招了招手，昂首走进两排人的之间，你无法了解他当时的感受，只能凭借他的脸色来推测。

"这时候，队伍里有个醉汉学他老婆，尖细着嗓门儿喊了一声'吉列尔莫！'堂·吉列尔莫脸颊上两串热泪滚了下来，他不顾死活地向那人冲过去，那个人对准他面庞就是狠狠的一连枷，由于这一击下手很重，堂·吉列尔莫坐在地上，干脆嘤嘤地哭了起来，但我肯定不是因为恐惧。此时有几个醉汉一起围拢上来打他，还有一个人跳上去骑在他的肩上，用酒瓶砸他。见到这情形，不少人离开了队伍，走了。接着，原来在镇公所窗外说脏话的那帮子醉汉挤到队伍里面来了。

"当初看到巴勃罗开枪把民防军打死，我感到相当激动，那些坏蛋就该死。"比拉尔说，"杀死俘虏，虽说不怎么光彩，可如果共和国需要我们这样做，我也觉得理所当然，至少没这么残忍，只不过是杀人而已。这些年来大家都明白，杀人并不是一件光彩的事，不过为了自由，为了我们的共和国事业，我们做了也是值得的。

"刚开始，当广场上挤满了人之后，我钦佩甚至也有点儿理解巴勃罗的这种做法了，虽然我认为做法有些过激，但如果这一切非做不可，那还不如搞得隆重些，让大家都发泄一下心中的怨气。当然了，如果法西斯分子应该由人民来处决，最好人人都动手。我希望和大家一起承担良心的谴责，正如我希望，等到这个镇子归我们管辖的时候，也可以跟大家一起分享这份荣耀。堂·吉列尔莫被杀死了，顿时我觉得耻辱，觉得革命不是自己想象的那样。加之队伍里来了醉汉和二流子，还有一些人在堂·吉列尔莫被杀之后不干了，他们离开队伍以表示抗议。我当时立马希望自己与这两排人脱离关系，于是我穿过广场走开了，在树荫下的长椅上坐了下来。

"队伍里有两个农民走了过来，正在说话，其中一个人对我大声说：'比拉尔，你怎么啦？'

"'没怎么，伙计。'我对他说。

"'肯定有什么，'他说，'说呀。出什么事了？'

"'我受够了。'我对他说。

"'我们也一样，'他说着，他们两个人都在长凳上坐下。其中一个手拿一个皮酒袋，将它递给我。

"'漱漱口吧，'他说，另一个继续他们两个人刚才的话题，说，'事情做得似乎太残忍了，这会给我们带来厄运的。堂·吉列尔莫并不坏，我们却把他那样弄死，任何人也无法保证，这不会给我们带来厄运。'

"另一个人接着说：'如果非要杀死他们，虽然我并不认为有这个必要，那也得让他们体面地死去，不应该这样残忍地戏弄

他们。'

"'嘲讽堂·福斯蒂诺倒还情有可原,'另一个人说,'他本来就油腔滑调,不务正业。但是嘲讽堂·吉列尔莫这样的正经人,确实是不公道。'

"'我受够了。'我对他说,说的都是真心话,因为我真的感到五脏六腑都不舒坦,头上冒出冷汗,胃里翻江倒海,就像误食了腐烂的海货。

"'这个没关系,'这个农民说,'我们别再参与这件事了。不过我不清楚其他镇上是什么情况,难道也和我们一样的做法,革命难道就应该这样?'

"'他们还没接好电话线,'我说,'我们疏忽了,得赶紧接好啊!'

"'是啊,'他说,'我们与其在这里磨磨蹭蹭地大肆杀人,还不如花力气加强镇子的防守。'

"'让我和巴勃罗谈一谈。'我对他们说,就从长凳上起身,向通往镇公所大门的回廊走了过去,人可真多,从这里一直延伸到镇公所的门口。

"队伍已经不成样子了,人们歪歪扭扭地挤在一块儿,很多人已经喝得酩酊大醉了。有两个人仰面躺在广场的正中央,不时还把酒瓶互相传来递去。一个猛灌了酒,瘫在地上发疯似的高喊:'无政府万岁①!'他脖子上戴着红黑两色的领巾。另一个人高喊:'自由万岁!'两只脚在空中乱踢,接着又大吼一声:'自由万岁!'他同样也有红黑两色的领巾,一只手挥舞着领巾,一只手挥舞着酒瓶。

---

① 人民阵线也包括无政府－工团议者组织,这里写到的就是无政府－工团主义组织在地方上的狂热信徒。

　　"有一个农民离开了队伍，独自站在回廊阴影处，只见他非常厌烦地看着他们，说：'他们应该高喊"醉酒万岁"。除了酒，他们什么也不在乎，别拿着'自由'当幌子了，他们才是真正的坏蛋呢。'

　　"'他们什么也不懂，'另一个农民说，'这些人愚昧无知，什么也不在乎，只知道胡闹。'

　　"就在这时，有个醉汉站起身来，握紧拳头，振臂高呼：'无政府万岁，自由万岁！'

　　"另一个醉汉依然仰天躺着，他想翻身，可是自己没有力气，于是他伸手抓住那个正在高喊的醉汉的脚踝，连带着把那个高喊着的家伙也弄倒了。他们滚在一起，好不容易挣扎着坐起来，那个把人弄倒的醉汉用一只胳膊搂住另一个醉汉的脖子，猛灌酒，还不时亲吻他围在脖子上的红黑两色的领巾，那姿态，真令人恶寒啊！

　　"就在这时，队伍里起了骚动，我在回廊里往那边望去，无法看到是谁走出来，因为镇公所门口挤满了人，那人的脑袋被人群躁动的头挡住了。我只看到四指头和巴勃罗正在用猎枪把一个人给推出来，但是无法看清这人是谁，我就向挤在大门口的那两排人走去，想看看究竟是谁。

　　"当时人们推搡得十分厉害，法西斯分子咖啡馆的桌椅都被翻倒了，只有一张桌子没有翻倒，上面躺着一个醉汉，他的嘴咧开了，哈喇子流了一地。我就拽了一把椅子，把它靠在一根柱子旁边，踩在椅子上，这才能从人群的头顶上看过去。

　　"那是堂·安纳斯塔西奥·里瓦斯，他是个货真价实的法西斯分子。他是镇上最胖的人。他做收购粮食的生意，也是几家保险公司的掮客，而且还放高利贷，总之坏事做了不少呢。我站在椅子上，看见他缓步走下石阶，朝着那两排人走去，脖子上的肥肉在衬衫硬领后边鼓起，秃顶在阳光下闪闪发亮，可是他没走到两排人中间的时候，大家一起大声喊叫起来，我肯定是大家一起，因为几个人是不能喊出这样的气势的。那是一种非常刺耳的喊叫声，是那两排醉汉的齐声狂吼。大家一起冲向他，我看到堂·安纳斯塔西奥双手抱住脑袋，倒在了地上。这时，我就没办法看到他了，因为大家一个接一个地压在他的身上。等他们从堂·安纳斯塔西奥身上起来时，他已经完蛋了，脑浆迸裂，残骸倒在回廊里铺着石板的地上。队伍已经乱了套，人们也像杀红眼的暴徒。"'咱们到里面去，'他们开始大喊，'我们要进去教训他们啦。'

"'这家伙沉得拖都拖不动，'有一个人踢扑倒在那里的堂·安纳斯塔西奥的尸体说，'就让他待在那里吧。'

"'我们为什么要费力气把这头肥猪扔下去？随他待在那儿吧。'

"'我们到镇公所里面去，一起干掉他们得了，'有一个人大喊，'进去吧。'

"'我们为什么要在太阳底下干等着？'另一个人大喊，'来呀，我们走。'

"这帮暴徒互相簇拥着往回廊内挤。他们吼叫着，推推搡搡，震耳欲聋的吼声就像野兽似的疯狂，他们所有人都在大喊着，'把门打开！把门打开！把门打开！'看到暴徒们的行径，守卫们吓得赶紧把镇公所的门都关上了。

"我还是站在椅子上，隔着装上铁栅的窗子可以看见镇公所大厅里面的情形。里面的情况和刚才并没有大的改观，神父还是站在人群的圈里，余下的几个人则在他的面前围成半圆形，跪着祷告。巴勃罗坐在镇长座椅前的大桌子上，背上挎着猎枪。他正在卷烟，两腿自然地垂在桌边。'四指头'坐在镇长的座椅上，两只脚高跷着放在桌上。所有的看守们都拿着枪，坐在镇公所大厅的几把椅子上。大门钥匙就搁在巴勃罗身旁的桌上。

"暴徒们像唱歌似的一声声地大喊：'开门！开门！开门！'而巴勃罗坐在那里，就当没有听见。他对神父说了几句话，但是暴徒们的闹声太大，我一点儿也没听清他说什么。

"神父神情还是很淡然，并不理会他，只顾祷告。很多人在背后推我，我也和他们一样，推搡着前面的人，把椅子挪到墙边。我又站在椅子上，脸紧贴着窗铁栅，用手紧紧抓住了铁条。有个人也爬上了我的椅子，站在椅子边上，两条手臂沿着我的肩膀两侧伸过来，抓住最外面的两根铁条，这样我就像被他抱在了怀里，可是当时的情景，我也没法计较了。

"'这椅子要塌啦。'我对他说。

"'不要紧的。'他说，'你看他们吧，他们是在祷告吧。'

"他鼻子里呼出的气喷在我脖子上，酸臭得就像是吐在石板地上的呕吐物，我敢断定他跟那伙儿暴徒没什么两样。

"我努力忍着作呕的冲动，这时他又把脑袋往前伸越过我的肩，嘴巴对着铁栅的空当，大叫：'开门！开门！'那时候就像是那伙暴徒全都压在我背上，这就好像梦中被魔鬼压在背上一样。

"那伙儿暴徒紧紧地抵在大门上，前面的人几乎被后面的人压扁了。

"有个高个子醉汉，身上穿着黑罩衣，脖子上围着红与黑两色的领巾，从广场上奔来，一头撞向成群的暴徒，然后向前扑倒在推推搡搡的人群身上。接着站起身倒退几步，又向前猛撞，撞在那些正在推搡的人的背上，一边高声大叫：'老子万岁！无政府万岁！'

"我望着他的时候,这个人见挤不进人群,于是转身离开了,走到旁边坐下,对着瓶子喝酒。他正坐下来的时候,看到了堂·安纳斯塔西奥栽倒在石板地上的尸体,尸体已被踩得不成人形,这醉汉站起身来走到堂·安纳斯塔西奥身边,弯下腰,把瓶子里的酒浇在堂·安纳斯塔西奥的脑袋上和衣服上,然后把火柴盒从口袋里掏出来,擦了几根火柴,想一把火把堂·安纳斯塔西奥烧了。但这时风正吹得猛烈,火柴老是被吹灭。这醉大汉眼见点不着火,于是就一屁股坐在堂·安纳斯塔西奥身边,摇摇头,喝着瓶子里的酒,还时不时地转过身去,拍拍堂·安纳斯塔西奥的尸体的肩膀。

"这时候,那伙暴徒还在那里疯狂地叫嚷着。那个和我一起站在椅上的家伙用手紧紧地抓着铁栅,死命地叫嚷着,喊叫声震得我头都发昏。从他嘴里呼出的令人作呕的臭气喷在我脸上,我努力压住怒火,把脸转过来对着窗户,不去看那个一直想点火把堂·安纳斯塔西奥烧了的醉汉,继续望着镇公所大厅的里面。

"里面的情景还是没有什么变化。他们仍旧跪在地上祷告,汗流浃背,衬衫领口大开。局面似乎无法控制了,他们有的耷拉着脑袋,也有的高昂着头颅,望着神父和他手里的十字架。我的视线越过他们的头顶,就看见巴勃罗站在他们身后,这时他已经把烟卷点上了,正坐在桌上,晃荡着两腿,背上挎着猎枪,手里摆弄着那把钥匙。

"我瞧见巴勃罗从桌上俯下身,对着神父大声说着什么,可是周围人声鼎沸,我根本没有办法听到他说些什么。只见神父依旧不理睬巴勃罗,只顾着祷告。这时,跪着祷告的人中间有一个家伙站了起来,我看到他想走出去。那是堂·何塞·卡斯特罗,人们都叫他堂·佩贝。他是个马贩子,也是个顽固的法西斯分子。他五短身材，白净皮肤，胡子拉碴的，身上还穿着睡衣，下摆塞在带有灰色条纹的长裤里。他把十字架放在嘴边吻了吻，神父为他祈祷，然后他望向巴勃罗，还把脑袋朝大门方向歪了歪，示意巴勃罗开门。

"巴勃罗摇了摇头，没有起来的意思，继续抽他的烟。我能看到堂·佩贝上前对着巴勃罗说了些什么，但都听不到。巴勃罗不搭理，他又摇摇头，然后对大门那边点头示意。

"我看到堂·佩贝直盯着大门，这才想到他并不知道大门已锁上。巴勃罗让他看了看钥匙，他站着发了一会儿呆，然后走到跪着的人群中间，跪下祷告去了。我看到神父转过头看了看巴勃罗，巴勃罗向他咧嘴笑了笑，让他看了看钥匙，神父好像这才领悟到大门已经锁上，看他样子好像有话要说，但他什么也没说，只把头低下去，再次祷告起来。

"我不明白他们会这么愚蠢，竟然没注意到大门被锁上了，看来他们一心在祷告，没法顾及其他的事。现在他们当然明白是怎么回事了，外面的叫嚷他们也清楚原因，形势已经没法控制了。不过他们的神色仍然和原来一样，没有变化。

"见没人出来，人群沸腾了，叫喊声大得震耳欲聋。那个和我一起的醉汉双手摇着铁栅窗大喊：'开门！开门！'叫得嗓子都嘶哑了。

"我注意到巴勃罗又在和神父说着什么，但是神父仍旧不理会。接着我看到巴勃罗将猎枪解下，用猎枪戳戳神父的肩膀。神父还是没有理会他，我看到巴勃罗摇了摇头。然后他转过头对'四指头'说了什么，'四指头'对其他的看守说了说，于是他们都站起来，回到房间的另一头，都提着猎枪站在那里。

"我看到巴勃罗又对'四指头'交代了几句，'四指头'就将两张桌子以及几条长椅搬了过去，看守们始终手握猎枪站在桌椅后面。这一来，房间的那一角落就围成了一道屏障。巴勃罗弯下腰，再次用猎枪戳戳神父的肩膀，神父无动于衷。不过，我看到堂·佩贝注视着巴勃罗，而其他人还在专心致志地祷告。巴勃罗注意到堂·佩贝在看自己，就对堂·佩贝摇了摇头，举起手中的钥匙让他看。堂·佩贝心领神会，就低下头，又开始祷告。

"巴勃罗两腿一摆动，从桌子上跳了下来，绕过桌子，向长会议桌后面那把镇长的大座椅走去，椅子放在加高的讲台上，这样即使坐着也能看见下面的情况。他坐在椅子上，卷了支烟，眼睛一直盯着那些同神父一起祷告的法西斯分子，你根本看不出他脸上有什么表情。他面前桌上放着那把钥匙，那是一把一英尺多长的巨大的铁制钥匙。巴勃罗接着对看守们大声说了几句话，我无法听到，一个看守就向大门走去。我看得出祷告的人已经神情紧张起来，嘴嗫动得也越来越快，似乎他们已经明白接下来要发生什么了。

"巴勃罗又对神父说了一些话，但神父还是那副不理会的神情。只见巴勃罗向前弯下身子，拾起钥匙，顺手扔给门边的看守。看守接住钥匙，巴勃罗冲他笑笑。随后看守把钥匙插进门锁一转，将大门向内拉开，闪身到门后。

"我只看到那伙暴徒冲了进去，和我一起站在椅上的醉汉开始大声嚷嚷，'嘿咻嘿咻嘿咻！'而且探出了脑袋，使得我没法看清楚里面的情况，然后他大喊：'干掉他们！干掉他们！用棍子揍他们！杀了他们！'他用双臂把我推到一边，我就什么也看不到了。

"我用胳膊肘捅了一下他的肚子，说：'酒鬼，这是谁的椅子？让我看。'

"他没理会我，只顾用双手双臂使劲儿地捶打窗上的铁栅，一面大叫，'干掉他们！用棍子揍他们！用棍子揍他们！用棍子揍他们！干掉他们！把他们揍得屁滚尿流呀！这些王八蛋！王八蛋！王八蛋！'

"我只好用胳膊肘狠狠地撞他，说：'王八蛋！酒鬼！别挡着我。'

"这时他双手按在我头上，想把我推下去，这样他能够看得更加清楚些，他把全身重量全压在我头上。而且一直大喊，'用棍子揍他们！上啊，用棍子打得他们哭爹喊娘呀！'

"'揍你自己吧。'我说着，猛撞他最薄弱的部位。这一下可够他受得了，他双手顿时松开我的脑袋，捂着自己的小肚子，哀号着说：'你怎么可以这么做。'我懒得理他，转身从铁栅外望进去，只见厅内一片厮杀声，他们正抡着棍棒，挥舞着连枷，用已经折断的沾着鲜血的白木草叉刺呀、敲呀、推呀。整个大厅就是一个人间炼狱。巴勃罗呢，坐在大椅子上冷眼旁观着一切，膝上放着他那支猎枪。人们叫声震天，利器乱舞，被打的人高声尖叫着，那声音就像在烈火中的马儿般的嘶叫。我看到神父被那伙儿人用镰刀砍得不行了，掀起袍子，正奋力往长椅上爬，随后有人抓住了他的袍子，只听到接连两声惨叫，是有人趁他被拉住时，用镰刀砍他的背脊。神父见势不妙，高举起双臂，死命抱住一把椅子的靠背。我看的正起劲的时候，我所站的椅子倒塌了，那醉汉和我一同跌倒在地上，那地板上散发着酒后污秽物的臭气。那醉汉指着我说：'你不可以这么做，太太，你不可以这么做。我被你害苦啦。'人们毫不在乎地踩着我俩往前挤着，一心想走进镇公所大厅，我能看到的只是迈进大门口的一条又一条腿，那醉汉坐在我对面，双手捂着被我撞痛的地方。

"我们镇上杀掉法西斯分子的经过就这样结束了，幸亏我没有见到后面的情景，如果不是那个醉汉捣乱，我一定可以全部看到。不过他倒做了一件好事，因为镇公所里的惨状最好还是不要看见，看了会令人难受的。

"另一个醉汉更是疯狂。椅子坏了，我们刚爬起来，人们依然在不断地往镇公所里面拥，这时我看到广场上那个戴着红黑两色领巾的醉汉又在堂·安纳斯塔西奥尸体上浇着什么液体。他醉得已经左右摇晃了，想要坐直身子都难，然而他还在努力浇着什么，擦着火柴，然后接着浇，又擦了火柴，我就走到他旁边，说：'你这不要脸的东西，你这是在做什么？'

"'没什么，太太，没什么，'他说，'不要管我。'

"或许我站在那里，两腿正好给他挡住了风，火柴就点着了，一道蓝色的火焰顺着堂·安纳斯塔西奥外衣着了起来，一直烧到他的脖颈处，那醉汉抬起头来，放大了嗓门儿大喊：'有人放火烧死人啦！有人要被烧死了！'

"'谁？'有人说。

"'在哪里？'另一个人大声问。

"'在这里，'那醉汉狂叫，'就在这里！'

"随后有人向这醉汉的脑瓜一侧猛揍一连枷，他仰天跌倒在地上，抬眼看看揍他的人，接着闭上了眼睛，双手交叉搁在胸口上，与堂·安纳斯塔西奥并排躺着，像睡熟似的。那人也没再揍他，他就一直躺在那里，等到当天夜里清理镇公所之后，人们把堂·安纳斯塔西奥也一起抬走，尸体一起被装上大车，拖到峭壁边，一股脑儿扔了下去，而那醉汉仍旧躺在老地方。

"如果人们将这二三十个醉汉，尤其是那些戴着红黑两色领巾的醉汉全部扔下去，那么这小镇不就更太平了吗？如果我们再来一次革命，我认为一开始就应该把这些人都清除掉。我们当时并不清楚这一点，不过在随后的几天里，我们就得到了教训。

"那天晚上我们并没预料到会出事。镇公所大屠杀之后就没有杀人的消息了，但我们当天晚上无法开会，因为当时喝醉的太多了。无法维持会议的秩序，于是会议只好被推迟到次日。

"那天晚上，我和巴勃罗睡觉。我不应该对你说这个，小美人儿。不过，你知道也好，至少我对你讲的都是大实话。听着，英国人，这回出了大麻烦了。

"我是说，那天晚上我们吃饭，情况变得很不妙。似乎经历了一场暴风雨，一场洪灾，或者一场战斗，每个人都觉得很累，大家话都不多。我内心觉得空落落的，身体也不好受，一股负罪感几乎压得我喘不上气来。我还有一种不祥的预感，就好像今天早晨飞机飞过之后的心情一样。果然不出所料，三天之后坏事确实就降临了。

"我们吃饭的时候巴勃罗很少说话。

"'那么，你喜欢刚才的那种做法吗，比拉尔？'他终于问，嘴里填满了烤小山羊肉。我们是在公共汽车起点站旁边一家小旅店吃的饭，里面人很拥挤，大家正在唱歌，人多的连端菜端汤的空隙也没有。

"'不，'我说，'除了堂·福斯蒂诺，我对别的人都感到内疚。'

"'我可喜欢。'他说。

"'所有吗？'我问他。

"'所有，'他说着，用刀子切了一大片面包，用手拿着它抹净盘子里的肉汁。'除了那个神父，一切感觉还不错。'

"'你不喜欢对神父这么做？'因为我清楚，他恨神父比恨法西斯分子更甚。

"'他叫我失望透顶。'巴勃罗难过地说。

"唱歌的人太多了，我们不得不大声喊话，才能让对方听见。

"'为什么？'

"'他死得很窝囊，'巴勃罗说，'一点儿也不体面。'

"'他正在被那伙暴徒追杀着，你还指望他体面呢？'我说，'我原来以为他之前始终都十分体面呢。确切地说，他已经享尽了做人该拥有的体面。'

"'没错，'巴勃罗说，'然而到最后一刻他还是退缩了。'

"'谁能不退缩？'我说，'你没看见人们手里拿着的是什么东西吗？'

"'怎么会看不到？'巴勃罗说，'不过我认为他死得很窝囊。

"'在那种情况下，谁都会死得窝囊，'我对他说，'依你看，那你指望什么呀？镇公所里发生的所有事情都是野蛮的。'

"'对，'巴勃罗说，'没有一点儿组织。不过神父不一样，他应该做出榜样。'

"'我一向认为你恨神父呢。'

"'没错，'巴勃罗说，又切了一块面包。'但是西班牙神父是不一样的，西班牙神父理应死得漂亮一些。'

"'我认为他死得足够漂亮了，'我说，'那种情景没法顾及那么多了。'

"'不，'巴勃罗说，'他叫我大失所望。我一整天都在想象他死时的场景。我原本以为他是最后一个走进那两排人中间的人，我原本满怀希望地等待着。我期盼着出现一个高潮的场面，我从来没有见过神父的死状。'

"'机会有的是呢，'我嘲讽他说，'革命今天刚刚开始嘛。'

"'不，'他说，'我已经泄气了。'

"'算了，'我说，'我看倒不如说你没信心了。'

"'你不明白，比拉尔，'他说，'他是西班牙的神父，应该特别一点儿。'

"'西班牙人可不是一般的人啊！'我对他说。他们自尊心多强啊，呃，英国人？怎么样啊。"

"我们必须走了，"罗伯特·乔丹说，他望了望太阳。"快到中午了。"

"是啊，"比拉尔说，"走吧，不过我要和你讲讲巴勃罗。那天夜里他对我说：'比拉尔，今天晚上我们什么也不做了。'

"'好，'我对他说，'我也这么打算的。'

"'我认为，杀掉那么多人之后，干那个实在不太合适。'

"'这是什么话，'我对他说，'你是圣徒？不能近女色了？我和斗牛士们待了这么多年，难道还不清楚他们斗牛之后的心情？'

"'真的吗，比拉尔？'他问我。

"'我骗你干吗？'我对他说。

"'这倒是真的，比拉尔，今天晚上我脑子不清醒。你不怪罪我？'

"'不，伙计，'我对他说，'但是不要天天杀人啦，巴勃罗。'

"那天夜里，他睡得像个婴儿一样，早晨天亮的时候我才把他叫醒。不过那晚我失眠了，索性爬起来，窝在椅子上望着窗外，我看见白天那两排人站队的广场此时正浸在月光里，只见广场对面的树木在微弱的月光下闪闪发亮。树荫下的长椅以及散落在地上的酒瓶也反射着光亮，法西斯分子被抛下的峭壁黑黢黢地窝在那里。夜阑无声，只有潺潺的喷泉在发出微弱的响声，我坐在那里想着白天的事情，也许一开头就干砸了。

"窗子敞开着，隐约从广场上传来女人的哭声，听着声音好像来自喷泉那边。我赤脚走到露台上，站在铁板上，月光照在广场四周房屋的外墙上，哭泣声正由堂·吉列尔莫家露台上传来。那是吉利尔莫的妻子，她在露台上跪着，小声地哭泣着。

"我没想太多，回到屋内，内心觉得很畅快。因为我并不知道，另一天的到来是个噩梦，在此之前，我一直都是很快乐的。"

"另一天是怎么回事？"玛丽亚问。

"那是三天之后，法西斯分子攻占这镇子的时候。"

"别说下去了，"玛丽亚说，"我不想听。够啦，听了心里真是不痛快。"

"我对你讲过你不要听的，"比拉尔说，"看，我本来就不想让你听的。现在你要做噩梦啦！"

"不会的，"玛丽亚说，"只是我不想再听下去了。"

"希望你改天和我说说。"罗伯特·乔丹说。

"肯定会的，"比拉尔说，"不过玛丽亚似乎受不了了。"

"我不想听，"玛丽亚可怜巴巴地说，"求求你，比拉尔。我在场时不要讲，我不想听，可又忍不住去听。"

她的嘴唇在发抖，罗伯特·乔丹感觉她快要哭了。

"求求你，比拉尔，不要讲了。"

"不要担心，小东西，"比拉尔说，"不要担心。我改天再单独说给英国人听。"

"不过他到哪里我就跟到哪里，"玛丽亚说，"啊，比拉尔，千万不要再说了。"

"我可以在你忙的时候讲。"

"不要，不要，拜托你。千万不要说啊！"玛丽亚说。

"既然我说了我们做下的事，听听他的事情也是应该的，"比拉尔说，"肯定不会让你听到。"

"难道没有高兴的事情可以说说吗？"玛丽亚说，"我们一定要讲吓人的事情，不讲不行吗？"

"今天下午，"比拉尔说，"你和这个英国人，你们可以畅所欲言。"

"那么就让下午到来吧，"玛丽亚说，"下午快点到来吧！"

"它会到来的，"比拉尔对她说，"它会急匆匆地来，同样也会急匆匆地过去。明天也会急匆匆地流逝。"

"今天下午啊，"玛丽亚说，"真好，今天下午快点到来吧！"

第十一章

他们开始前进了，从高山草地上走下斜坡，走进郁郁葱葱的山谷，又爬上小溪边的山路，随即进入了浓密的松树林里，最后攀上了陡峭的圆头山顶。突然树后闪出了一个男人，手里拿着枪，站在那里戒备地看着他们。

"站住，"他问，然后看清来人之后接着说，"是你啊，比拉尔。你身边这位是谁?"

"一位新来的同志，一个英国人。"拉比尔说，"他有一个天主教教名——罗伯特。这里的山路真是崎岖，来这里一趟可真不容易啊!"

"嘿，同志，你好?"哨兵对罗伯特·乔丹说，伸出手来。

"嗯，你好吗?"

"也好。"那哨兵说。他看起来很年轻，瘦弱的小身板，鹰钩鼻，高颧骨，灰色的眼睛。他没戴帽子，头发乌黑浓密，握手有力而友好，他的眼神也很和善，总之还是不错的一位年轻人呢，罗比特心想。

他对那姑娘说："一定累坏了吧，玛丽亚?"

"还好，华金!"姑娘说，"我们坐着聊天的时间比走路的时间长。"

"你就是那个爆破手吗?"华金问，"我们早就听说你要来我们这里了。"

罗伯特·乔丹说："对，我就是，我在巴勃罗那儿过的夜。"

华金说："欢迎你的到来，下一步准备炸火车吗？"

罗伯特·乔丹微笑着问："上次炸时你也在场？"

"是的，"华金说，"我们还在那里找到玛丽亚了呢。"他对玛丽亚露齿笑笑，"你变得漂亮多了。"他对玛丽亚说，"有没有人夸过你，说你很漂亮？"

"少来，华金，谢谢你，"玛丽亚说，"你短发也很漂亮。"

"知道吗？"华金对姑娘说，"当时我还背过你呢，我把你扛在肩上。"

"大家轮流背的她，"比拉尔用低沉的声音说，"谁没背过她。老头子呢？"

"他在营地。"

"昨晚他干什么去了？"

"去了塞哥维亚。"

"他带回什么消息吗？"

"带了，"华金说："有重大的消息呢！"

"好消息还是坏消息？"

"我觉得是坏消息。"

"看到飞机了吗？"

"唉，别提啦，"华金说，"你知道那都是些什么类型的飞机吗？"

"海因克尔Ⅲ型轰炸机、海因克尔和菲亚特驱逐机。"罗伯特·乔对他说。

"那些体型大的飞机，低机翼的，是什么型号的飞机？"

"海因克尔Ⅲ型。"

"名字太复杂，管它叫什么呢，事情感觉不妙啊，"华金说，"不聊了，我耽搁你们了，我们先去见见司令吧。"

"司令？是谁？"比拉尔问。

华金很严肃地解释说："当然也可以叫'头目'，不过我更喜欢叫'司令'。"他说，"因为叫司令这个称呼更显得有军队派头。"

"你这么喜欢军队，不久就会成为一个军人了。"比拉尔开玩笑地说。

"不，"华金说，"我只是喜欢军事术语罢了，相对而言它传达命令更明确，纪律也更严明。"

"这个小伙子跟你有得拼啊，英国人，"比拉尔说，"很严谨的小伙子。"

"我背你吧！"华金问姑娘，并且把手搭在她肩上，冲着她微笑。

"不用了，谢谢，上次已够麻烦您的了。"玛丽亚说。

"这么说，你还记得当时的情景？"华金问她。

"记不清楚了，我只记得有人背着我，"玛丽亚说，"但记不清是谁了，只记得吉卜赛人，因为他把我扔下好几次，真的感谢你，如果有机会我愿意来背你。"

"我至今还记得当时的情景，"华金说，"我记得，我用力抓住了你的两条腿，把你扛在肩上，你的肚子贴在我肩上，头和胳膊就垂在我背后，你很乖，也不怎么乱动。"

"你的记性可真好，"玛丽亚笑着对他说，"但是我一点儿也记不得了。什么胳膊啦，肩膀啦，背啦，我一点儿也不记得了。"

"有件事，不知道你想不想知道？"华金问她。

"直接说吧，我乐意听。"

"知道吗，其实当时子弹是从我们背后飞过来的，而你正好可以把我的后背挡住。"

"你这该死的，"玛丽亚说，"怪不得那个吉卜赛人也背了我这么久？原来把我当盾牌呢。"

"也是出于这个考虑了。嘿嘿，还有我可以抱你的大腿呢，那么修长的大腿。"

"该死！这就是我的英雄们，"玛丽亚有点儿愠怒地说，"这就是我的救命恩人！'"

"小美人儿，不要生气嘛！在那种时刻，谁也不会对你的大腿有非分之想的，因为耳畔全是嗖嗖的子弹响，再说，如果扔下你，他早就逃出子弹的射程了。"

"我谢过他了，"玛丽亚说，"改天我一定背他。说句玩笑话，我总不能因为他背过我就得感动地哭吧？"

"我本来也想把你扔下的，"华金继续逗她玩，"可是我担心比拉尔会枪毙我。"

"我从不会杀人的。"比拉尔说。

"你不需要动手，"华金对她说，"你用你的嘴巴就可以把人弄死。"

"贫嘴，"比拉尔对他说，"以前你可是一个非常有礼貌的正经的小青年。闹革命之前你做什么的，小青年？"

"无所事事，"华金说，"我当时仅仅十六岁。"

"但是总该做过什么吧？"

"有时也摆弄几双鞋。"

"做鞋？"

"不是，我只会擦鞋而已。"

"这是什么话，"比拉尔说，"不只是擦皮鞋这么简单吧！"她看着他棕色的脸、矫健的身材、乱蓬蓬的头发和走路时敏捷的步伐。"那么，为什么后来不做那一行了？"

"不做哪一行？"

"哪一行？自己以前干什么的还不知道啊！你现在还留着斗牛士的小辫子呢。"

"我当时可能有点儿害怕吧。"小伙子说。

"你的身材保持的还是很好呢，"比拉尔对他说，"虽然相貌并不怎么样。当时害怕还是可以理解的，任何人面对公牛都害怕的。不过，炸火车的时候你干得可不赖啊！"

"我现在已经不害怕公牛了，"小伙子说，"什么牛都不惧了。比公牛更加凶险的事物，我们都见识过了，还怕什么啊！你看啊，什么牛都没有机枪厉害。但如果现在要我去斗牛场上，我不知道我的腿还会不会发抖。"

"他以前想做斗牛士，"比拉尔对罗伯特·乔丹解释说，"但是他当时胆小，没有做成。"

"你喜欢斗牛吗，爆破手同志？"华金露出两排洁白的牙齿，笑着说。

"相当喜欢，"罗伯特·乔丹说，"已经达到很痴迷的地步了。"

"你在瓦利阿多里德观看过斗牛吗？"华金问。

"看过，在九月节的时候。"

"那是我的老家，"华金说，"我的老家是多么漂亮啊，不过，那里'善良的乡亲'在这次战争中受了不少苦。"他的脸色凝重起来，"敌人杀了我爹、我妈、我姐夫，后来又把我姐姐给杀害了。"

"这群杀人不眨眼的畜生。"罗伯特·乔丹说。

在这几年，他不知听过多少此类的伤心事了？他多少次看到人们悲哀地倾诉这种话？又多少次看到人们眼含泪水哽咽着说"我爹，我兄弟，我母亲，或者我姐妹"？他已经记不清有多少次听人们这样提到被害的亲人。人们讲得差不多总是同现在这小伙子讲的一样，一提起老家，话匣子就被打开了，而自己呢，总是这么一句话，"这群杀人不眨眼的畜生。"

你只不过是听了别人的悲惨遭遇罢了。你没有亲眼见到他们的父亲倒下的身影，不像比拉尔在小溪边讲述法西斯分子死去的情形那样鲜活生动。你想象着那父亲死在某座庭院内，某堵墙的墙根下，某片农田或果园里，或者晚上死在某一条马路旁边的卡车灯光下。你可以从山里望见那卡车微弱的灯光，接着听见了刺耳的枪声，后来你来到公路上，发现了一具尸体。你并没有亲眼看见那母亲、姐妹或兄弟被枪杀。你只是听到过枪声，并且你看见了尸体，别的你一概不知。

比拉尔令他仿佛目睹那镇上的情形。

这女人会写作那该有多好啊。他要把这些事全部都记录下来，如果运气好，脑袋瓜灵光，也许他能根据她讲的一丝不差地写出来。老天，她真是讲故事的高手啊！简直比大诗人克维多还要高超几分，他想。克维多从未像她那样生动地描述过那个堂·福斯蒂诺之死。希望我能原原本本地写出来，还原那个事件，他想，就只写那些事件吧，不要去管事件到底对不对。他以为自己这几年已经掌握了够多的素材了，但是现在看来还是很不够啊。你必须先了解这些人，而且要知道他们战前的生活背景。

由于我们这类工作性质，致使四处飘荡，我们事后也不必担心留下来遭受报复，我们也就从来不知道事后究竟又发生了些什么，他想。比如你去拜访一个农民与他的家人。你夜里来，跟他们一起吃晚饭。白天，你躲起来，第二天夜里你就走了。你的任务完成之后就一走了之，从不考虑这会给他们带来什么。下一次你又带着任务来了，但听说这些人已被枪杀。事情就如此简单。他们被杀的时候，你已经走了。游击队搞了破坏，搞完就撤退了。留下来的农民可就遭殃了。我总是只知道一方面，他想，只知道任务怎么完成，从不想后果。对于自己的这种工作方式，我很憎恨。听到人们厚颜无耻地提到这种工作时，总是夸夸其谈、自我吹嘘、辩护、解释、否认。而这该死的女人让我身临其境似的看到了这一幕。

唉，他想，就把这个事件当成一种经历看待吧。经历了战争，是一个人一辈子的财富啊！只要你留心，在这场战争中你可以学到很多东西，一些你在和平年代不可能学到的东西。他很庆幸在战前的十年中断断续续地在西班牙住过不少时间。他们之所以信任你主要是你会讲西班牙语，你能很地道地讲这种语言，又了解不同地方的情况，他们就觉得你还是可靠的。说到底，西班牙人只真正忠于自己的家乡。当然，首先是西班牙，接着是自己的宗族，再然后是他的省份，再然后是他的村镇，他的家庭，最后是他的事业。假如你会西班牙话，他就偏爱你，如果你了解他的省份，那就更好了，不过如果你了解他的村子和事业，你这个外国佬就能够很容易地和他们打成一片了。他在西班牙一点儿也不觉得自己像外国人，事实上，他们也并不把他当外国人看待。但有时候也有例外，他们把你当成自己的威胁时，那么就会对你刻薄起来。

当然，他们对你刻薄，并且跟你对着干。其实这也不是针对你一个，他们对谁都这样，他们跟自己人也很刻薄，也对着干。假设有三个人在一起，就会有两个人联合起来反对第三个人，等把第三个人扳倒了，剩下的这两人又会开始相互拆台。不过并不总是这样，但这种情况的确经常发生，你很容易举出很多的例子，由此得出这个结论，也不难理解。

真不该这样想啊，可是他这样想到底对不对？谁能给一个明确的引导呢？谁也不行，只有靠自己。他不愿想呀想的，他不能老往坏处想。最先要做的事情是打赢这场战争。如果我们不能打赢这场战争，一切都完了。而他此时必须保持头脑的清醒，不能分神，一不留神，可能就会出岔子。战争中他正在服役，在服役期间，他绝对忠诚，而且尽可能完美地完成任务。他的心灵依然是自由的，他可以观察和听周围的事物。将来可能还要发挥自己的判断力，做出判断可不是一件容易的事啊，脑袋中的知识容量一定不少，可往往也不是好事，因为一旦积累的多了，事情就过犹不及了。

瞧比拉尔这女人，他想，无论以后发生什么，我一定得空让她讲完那个故事。她跟那两个小年轻人在前面并肩走着，他们是多么的完美啊！你无法再找到跟他们三个人一样好看的土生土长的西班牙儿女了。她像一座大山，这青年和姑娘则像两棵幼树。老树被砍倒了，幼树也会茁壮成长。虽然这对年轻人遭受过厄运，但他们还是朝气蓬勃地挺过来了，似乎没有发生过灾难这回事。不过听比拉尔的口气，玛丽亚刚刚才康复。这样看来当时她的情况一定很糟糕吧。

他想起十一旅有个比利时的小伙子，和同村另外五个小伙子结伴入了伍。他们的村子很小，大约有两百人，那小伙子之前从未离开过家乡。当罗伯特·乔丹在汉斯旅①部第一次看到这小伙子的时候，同村的那五个小伙子都已经死了，而那小伙子很悲伤，他们让他在旅里当勤务兵，在旅部伺候饭食。他拥有一张白里透红的比利时佛兰芒人的大脸和一双农民的粗大的手，他端着盘碟的步伐，就像拖车的马，劲头大而笨拙。

---

① 国际纵队由五十多个国家的志愿人士组成，当时共分五十个旅，第十一旅（实际上是第一旅）主要为德国的流亡者又名汉斯旅，因旅长汉斯而得名，第十五旅主要为美国和加拿大人，其中的林肯营和华盛顿营作战英勇，最负盛名。

他显然还未从同伴的死亡中，恢复过来。初来的那会儿，他总是在哭。大家吃饭时，他在一边无声地流泪。大家吃饭间不经意抬头，发现他还在哭。你要酒，他哭；你递去盘子要炖肉，他哭。有时他好不容易停止了哭泣，只要你抬头望他一眼，他的眼泪就又奔涌而出。上一道菜的间歇，他在厨房里哭。大家都很体谅他。可这不管用。他一定要想清楚自己的未来，一定要从悲伤中恢复过来，投入新的战斗中去，要不这一辈他就垮了。

玛丽亚现在恢复得很好了，不管怎么说，表面上是这样。可是他不是精神病的专家，比拉尔才是呢。昨晚一块儿过夜可能对他俩都有好处。是啊，除非这件事作罢，否则日后有了牵挂，对自己的任务可是相当不利啊！他今天感觉心情舒畅，身体健康、无虑无忧、心情畅快，这可能跟昨晚两人的那场欢爱有关。尽管这次任务进行得不那么顺利，但他也算幸运的了。他以前也遇到过更糟糕的事情，也不是好好地挺过来了。有些事，只是看起来很糟糕罢了，其实没那么坏的。这用的是西班牙式思考的说法。玛丽亚太可爱了。看她，他告诉自己，瞧瞧她。

他看着她在阳光下愉快地走着，穿着敞着领子的卡其衬衫。她走起路来就像匹小马驹，蹦蹦跳跳的，他想。一见钟情，这种事情很难遇到，发生的概率也很小，也许从来没有发生过。或许你是在经历一场梦，或者是你在异想天开，压根儿没有发生过。也许就像你过去的那些梦一样，你看到有一位影星夜里来到你的床上，那么亲切可爱。他在床上熟睡的时候，也感觉她们跟自己睡过觉。是啊，他还记得嘉宝，还有哈罗。哈罗都跟自己睡过好几次了。这一次也许就像那些梦一样吧。

而且他还能记得进攻波索布兰科的前夜，嘉宝和他上床的情形。他伸开双臂搂住她，她穿着一件柔软而又光滑的羊毛衫，当她倾身向前的时候，她的头发就会披散下来，轻抚在他脸上，她说她一直都深爱着他，问他为什么从不向她求爱？她并不是遥不可及，她那么真实地躺在他的床上。她可爱的样子，使人禁不住想把她搂紧，就像当年她和约翰·吉尔伯特一起时的样子①。这情景逼真得让你以为确有其事。他爱她远远超过爱哈罗，虽然嘉宝只来过他的梦境那么一次，而哈罗——现在可能就像那些梦一样吧。

也许这次也是梦罢了，他对自己说。

我现在伸出手去大概就能碰到玛丽亚，他对自己说。

但就不知道自己是否有这勇气，他对自己说。

这事可能是梦吧，是自己臆造出来的，正如出现在梦中的那些电影明星，正如你以前的那些女朋友，晚上睡在那条睡袋里，在光滑地板上，在干草仓的草堆、马栏、马厩、树林、农庄、卡车、车库和西班牙的那些群山间，这些也都是梦。在他熟睡的时候，她们都到他的睡袋里来，她们比平常可漂亮多了。也许这次也是一场梦啊！如果你有勇气，就碰她一下吧，来验证一下是不是真的。也许你不敢，但这情形很可能是你瞎想出来的，或者是睡梦中的情景吧，拿出勇气来吧。

他紧走几步，跨过山路，撵上姑娘，接着将手放在姑娘的胳膊上。他的手指触摸到她那件已经很旧的卡其衬衫里面的光滑皮肤。她不明白他为什么这么做，但还是冲他笑了。

"嘿，玛丽亚。"他说。

"嘿，英国人。"她回答，他看着她棕褐色的脸、神采奕奕的大眼睛、笑意十足的饱满的嘴唇和金褐色的短发。她微笑着看着

---

① 嘉宝和男明星约翰·吉尔伯特主演过《肉体与恶魔》（1927）和《琼官恨史》（1933）等爱情片，是当年著名的银幕情侣。

他。这都是真的，一点儿也不假。

　　此时，他们能看到松林尽头了，"聋子"的营地就隐藏在里面，那里是一个洼形的冲沟底，形状像个朝天的盆子。他想，这些石灰岩的盆形高地一定布满了很多岩洞。前面就有两个岩洞，长在岩石上的矮松树丛把它们隐蔽了起来。这地方和巴勃罗那里不差多少，甚至更好呢。

　　"你全家人被枪杀是怎么回事？"比拉尔问华金。

　　"太太，别问了，"华金说，"我家里人都是左派，其实在瓦利阿多里德这很普通，周围的邻居都是左派。当时法西斯分子扫荡我的家乡，先杀害了我爹，因为他投过社会党的票。接着又杀了我妈，她也同样投过社会党的票。她这辈子还是第一次投票，就惹来了祸端。后来，他们杀了我的一个姐夫，他属于电车司机工会辛迪加，很显然，不参加工会他就不能开电车。他并不关心政治，我很清楚这一点，他甚至有点儿不体面，我看他都算不上同志。那时，另一个姐夫也在电车上干活，但他逃脱出来了，这会儿他也像我一样躲到山里去了。他们觉得我姐姐肯定知道他的动向，但其实她并不知道。于是他们就杀了她，因为她不肯告诉他们我姐夫的藏身地点。"

　　"杀人不眨眼的畜生，"比拉尔说，"'聋子'在哪里？我怎么没看见他。"

　　"他可能在山洞里。"华金回答。他此时停了脚步，把步枪托撑在地上，严肃地说："比拉尔，听我讲。还有你，玛丽亚。宽恕我吧，如果我讲了家事可能给你造成了困扰。我知道你们也都有伤心事，但是最好还是不要提了。"

　　"你应该讲出来，"比拉尔说，"这样可以缓解你内心的压力。人就应该互相倾诉，如果连这点也做不到的话，我们活着还有什么意义呢？况且也只是听听并没帮上什么忙。"

"我引起玛丽亚的伤心事，她自己的不幸已经够她受得了。"

"哪里的话，"玛丽亚说，"我的不幸像只大水桶，你的苦水是灌不满它的。我很难受，华金，希望你的另一位姐姐平安。"

"到目前为止她还很健朗，"华金说，"他们将她打入大牢，看起来并没有怎么虐待她。"

"你家里还有什么人？"罗伯特·乔丹问。

"没有了，"那小伙子说，"就剩下我一个人了。如果逃到山里的那个姐夫还活着，兴许我还有点儿依靠。但我也不抱什么希望，我看他搞不好已经死了。"

"不要想得那么悲观，"玛丽亚说，"说不定他和另一帮游击队在其他山区活动呢！"

"我看他死了，"华金说，"他的身体一直很弱，不太适宜走南闯北，他是电车售票员，去山里打游击根本吃不消的。我说不准他能不能活够一年，他的心肺也有些衰弱。"

"不过，说不准他活得很好呢，不要灰心嘛！"玛丽亚把一只胳膊放在他肩上。

"当然，我的好姑娘，说不准他像你说的活得好好的呢。"华金说。

小伙子站在那里，玛丽亚呢，踮起了脚尖，双臂搂住他的脖子，吻了他一下。华金把头转向一边，他不想让别人看到他在哭泣。

"我把你当作哥哥，"玛丽亚对他说，"我亲吻你，只是当你是哥哥。"

那个小伙子摇了摇头，无声地哭着。

"我是你的妹妹，"玛丽亚说，"我爱你，你有家啦。我们都是你的家人。"

"还有这个英国人，"比拉尔声音洪亮地说，"不是吗，英国人？"

"对，"罗伯特·乔丹对小伙子说，"我们都是你的亲人，华金。"

"他是你兄弟，"比拉尔说，"对吧，英国人？"

罗伯特·乔丹安慰地搂着小伙子的肩膀。

"我们都是兄弟。"他说。

小伙子摆摆头，"我的确不该说出来，"他说，"说起这样的事，叫大家更痛苦，我真不应该讲啊！"

"去你妈的，别这么婆婆妈妈的了，"比拉尔用她那沉闷而快乐的声音说，"玛丽亚这丫头都吻你了，我也要吻你。多少年没有吻过斗牛士啦，就算像你这样不中用的也凑合了。我倒要吻一个当不成斗牛士的共产党，试试是什么滋味。快点抓住他，英国人，我要好好吻他一下。"

"放手，"小伙子说着，转身就躲开。"别管我，我没事，我错了。"他在那里站着，竭力控制自己失控的情绪。玛丽亚把手放在罗伯特·乔丹的手心中。比拉尔则双手叉腰，眼睛促狭地望着那小伙子。

"我要吻你，"她对他说，"可不会如你的姐妹那般，像姐妹那样吻兄弟的把戏我可不会。"

"别开玩笑了，"小伙子说，"我早就跟你说过了，我没事，对不起，我说了刚才的话。"

"好啦，我们去看老头子吧，"比拉尔说，"我讨厌动感情，那样会让人受不了的。"

小伙子定定地看着她，从他的眼睛就能看出他此时极度的悲伤。

"别担心，不是说你，"比拉尔对他说，"是说我自己呢。你这人太敏感了，这样可当不了斗牛士。"

"我本来就不是斗牛士，"华金说，"你何必老拿这个说事。"

"但是你又在留斗牛士的小发辫了，说明你还有那想法。"

"对呀，那又有何不可？从经济上来说，斗牛最有利可图。它使许多人有事做，也为国家减轻了就业压力。现在我不怎么害怕了，干吗不去当斗牛士？"

"不害怕？那未必，"比拉尔说，"不见得。"

"你说话为啥这么刻薄，比拉尔？"玛丽亚对她说，"我很爱你，不过你太不近人情了。"

"我可能是不近人情吧，"比拉尔说，"听好了，英国人。你知道你想跟'聋子'说点儿什么吗？"

"知道。"

"他话很少，不像你我，不是那种爱动感情的人。"

"你为什么这样说？"玛丽亚又生气地问。

"没什么，"比拉尔边大步走着边说，"你干吗这样问？"

"没什么。"

"有时候，很多事情使我厌烦，"比拉尔有些生气地说，"你知道吗？其中一个原因是因为年龄到了四十八岁。我的话你听到吗？一张丑陋的脸加上四十八岁的年龄。还有一个原因是，我开玩笑说要吻这个没当成斗牛士的小共产党的时候，他那惊慌失措的样子，令我受伤，我真的有那么吓人吗？"

"你错了，比拉尔，"小伙子说道，"我没觉得你吓人啊！"

"什么话，你编瞎话哄我呢。你们全都是王八蛋。噢，他来了。喂，圣地亚哥，你近来还好吗？"

罗伯特这时也看着来人，比拉尔打招呼的这个汉子，矮矮的很结实，棕脸盘，宽颧骨，灰头发，黄褐色的双眼，眼距离很宽，一个像印第安人那样的狭鼻梁的鹰钩鼻，再加上一张阔嘴，上唇又长又薄，整个人看上去很干练。他的胡须打理得也很干净，因为穿着牧牛人的马裤和马靴，因而走起路来有些罗圈腿的样子。他就这样从山洞口一路朝着他们走来。天气暖和，可他却穿了件羊毛衬里的皮制短外套，而且扣子直系到脖颈上。

他朝比拉尔伸出一只褐色的大手。"太太，你好。"他说。

"你好。"他对罗伯特·乔丹问好的同时，友好地伸出大手，然后就定睛望着他的脸。罗伯特·乔丹看到他有一双猫一样的黄眼睛，但眼神呆滞，并没有多少神采，直望进去，简直如看着爬虫的眼睛无异。

"小美人儿。"他对玛丽亚说着，轻轻拍打了一下她的肩膀，算是跟她打招呼了。

"吃了？"他问比拉尔。

她摇了摇头。

"那么一起吃吧，"他说着，望望罗伯特·乔丹。"喝酒吗？"他一边问，一边伸出大拇指，比画了个朝下斟酒的手势。

"好的，谢谢了。"

"不要客气了，""聋子"又问，"威士忌，可以不？"

"威士忌？这酒你也有啊！"

"聋子"点了点头。

"你是英国人？"他问，"不是俄国人？"

"我是美国人。"

"这里美洲人非常少。"他说。

"如今已经开始多起来了。"

"对你们美洲人不怎么了解。北美还是南美？"

"北美。"

"那跟英国人没什么区别了①。打算什么时候炸桥？"

"你也知道炸桥的事？"

"聋子"点了点头。

"后天一早。"

"好。""聋子"说。

"巴勃罗呢？"他问比拉尔。

她摇了摇头，没说什么。

"聋子"咧嘴笑了笑，算是理解。

"你回避一会儿，"他对玛丽亚说着，再次咧嘴笑了。他从上衣内袋里取出一块系在皮带上的大表看了看，"三十分钟后回来吧。"

他做了个手势，示意他们坐下，他们在一段削平了作为长凳的原木上坐下，然后看了看华金，用大拇指快速地指了指他们来时走的那一段山路。

"我和华金一起下山散散步就回来。"玛丽亚说。

"聋子"进了洞，拿了一瓶苏格兰威士忌和三只杯子走了出来。他一侧的腋窝下挟着酒瓶，酒瓶上的三个大凹痕很显眼。接着他就用那只手的三只手指钩住三只杯子，另一只手紧握一把陶水壶的壶颈。他将杯子和酒瓶放在那段原木上面，将水壶放在地上。

"没有冰，将就一下吧。"他对罗伯特·乔丹说着，把酒瓶递给他。

"我一点儿也不喝。"比拉尔边说着，边用手把杯口盖住。

"昨天晚上地上有冰，""聋子"说着，咧着嘴笑了笑。"可惜这会儿都化了。上面有冰，""聋子"说着，指了指远处光秃秃

---

① 英美同文同种，西班牙老百姓都拿他当作英国人看待。

的山顶上露出积雪，"可惜，那里太远了，弄了，回来的路上也化了。"

罗伯特·乔丹开始为"聋子"斟酒，但是这个耳朵不便的汉子摇了摇头，比画了个手势，让他往自己的杯子里斟。

罗伯特·乔丹给自己倒了些许威士忌，"聋子"一直看着他，等他倒好了，就将水壶递给他。

罗伯特·乔丹将陶壶一侧，从壶嘴就流出一股冷水，他灌满了杯子。

"聋子"自己只倒半杯威士忌酒，又用水加满了杯子。

"要不要喝点儿葡萄酒？"他问比拉尔。

"不，喝点儿水就行。"

"快喝吧。"他说，"不要客气，"他对罗伯特·乔丹说着，咧着嘴笑了笑，"我见过很多英国人，他们总是大口地喝威士忌。"

"在哪里？"

"牧场那边，""聋子"说，"场主的几个朋友都是英国人。"

"你是从哪里弄到这些威士忌的？"

"什么？"他听不清楚。

"你得拉开嗓门儿嚷，"比拉尔说，"对着那只能用的耳朵。"

"聋子"指了指那只比较管用的耳朵，咧着嘴笑了笑。

"你从哪里弄到威士忌的？"罗伯特·乔丹大声说。"酿的。""聋子"说着，他还注意到罗伯特·乔丹刚要喝杯子里的酒，听了他的话，却停住了。

"不，""聋子"说着，拍拍他的肩膀，"开个玩笑，从拉格兰哈弄来的。昨天晚上听说来了个英国爆破手，我非常高兴。特地弄来威士忌请你的，你喜欢喝吗？"

"很喜欢，"罗伯特·乔丹说，"这威士忌很醇正啊！"

"那就好啊，""聋子"咧着嘴笑了，"今晚有情况。"

"有什么情况？"

"部队大调动。"

"在哪里？"

"塞哥维亚。飞机，你可能看见了。"

"是的。"

"情况不妙，嗯？"

"是啊。部队已经在调动了？"

"在维利亚卡斯丁和塞哥维亚之间已经布防了很多人，在瓦利阿多里德公路上也有。在维利亚卡斯丁和圣拉斐尔也有过去很多。总之很多，很多。"

"你怎么看？"

"我们准备采取行动？"

"有可能。"

"他们清楚我们的计划，也做了相应的准备。"

"有这个可能。"

"为什么不今晚炸桥？"

"这是命令。"

"谁的命令？"

"总参谋部的。"

"原来如此。"

"炸桥的时间很关键吗？"比拉尔问。

"至关重要啊！"

"但是，如果他们现在就把部队调度过来呢？"

"我要安塞尔莫将调动和集结的全部情报记录下来，他正在看守公路呢。"

"公路上有你安排的人?""聋子"问。

罗伯特·乔丹不清楚他听到了多少,对于一个"聋子"自己也没多少把握。

"是的。"他说。

"我也派了人,现在炸怎样?"

"我得听从命令。"

"命令啊,""聋子"说,"有时候也耽误事,我真是不喜欢。"

"我也不喜欢。"罗伯特·乔丹说。

"聋子"摇了摇头,抿了一口威士忌。"你想要我做什么?"

"你手头有多少人?"

"八个人。"

"先把电话线割断,然后突袭那个养路工小屋边的哨所,攻下后向桥头靠拢。"

"这简单。"

"你一定要记仔细了。"

"你不用操心了。巴勃罗呢?"

"他负责掩护我们撤退?"比拉尔问,"我们有七个男的,两个女的,五匹马。你们的情况呢?"她冲着"聋子"的耳朵大声喊。

"八个男的,四匹马,马不够用的。"他说。

"十七人,九匹马,"比拉尔说,"驮东西的牲口还没算上呢。"

"聋子"没有说什么。

"无法弄到马吗?"罗伯特·乔丹冲着那只能听到的耳朵说。

"打了一年的仗,""聋子"说,"才弄到四匹马。"他伸出四只手指。"现在一时半会儿地要搞到八匹马,谈何容易啊!"

"是的,"罗伯特·乔丹说。"反正快要撤走了。不需要像先前那样在这一片区域小心翼翼的了，也不必提心吊胆了。你能不能安排一下，去搞到八匹马呢？"

"试试吧，""聋子"说，"不敢保证，也许一匹也弄不到，也许可以搞到更多些。"

"你有自动步枪吧？"罗伯特·乔丹问他。"聋子"点了点头。

"没在这里吗？"

"在山上。"

"什么型号？"

"我不清楚型号，只知道是带子弹盘的。"

"有多少子弹？"

"五盘。"

"谁会用这杆枪？"

"我，只会开枪，但不常用。我不想在这里弄出声响来，再说也不想浪费弹药。"

"我等会儿去看看这杆枪，"罗伯特·乔丹说，"你有手榴弹吗？"

"有很多。"

"每支步枪配备多少子弹？"

"挺多的。"

"具体有多少？"

"一百五十发，也许不止这些。"

"其他小组的情况你知道吗？"

"什么？"

"我炸桥的时候，希望有足够的兵力来攻占哨所，还要全力掩护那座桥。我们的兵力至少应该比现有的多一倍才行啊！"

"不要担心哨所的事。白天什么时间进攻？"

"拂晓。"

"不用担心。"

"我想最好再要二十人，这样可以确保做到万无一失，"罗伯特·乔丹说。

"没有你那么多，靠得住的没几个，其他几个都是混日子的，你要这样的有什么用处？"

"混日子的就算了，可靠的有多少？"

"大概四个。"

"怎么这么少？"

"这年头不怕死，又忠诚的，没有几个了。"

"你指的是要给他们配骑的吗？"

"一旦配了马，就必须相当可靠才行。"

"我想再要十个可靠的人，如果可以办到的话。"

"只有四个人。"

"安塞尔莫对我说，这一带山里有一百多人呢，怎么会只有四个呢？"

"一百多人是没错，但是里面没有靠得住的。"

"你说过有三十个人，"罗伯特·乔丹对比拉尔说，"三十个算得上比较可靠的。"

"埃利亚斯手下的人如何？"比拉尔对"聋子"大声说。

他摇了摇头，"也不行啊！"

"十个人都不找不到吗？"罗伯特·乔丹问。"聋子"用他那呆滞的黄色眼睛望着他，摇了摇头。"就四个，多了没有。"他说着，伸出四个手指。

"你手下的人怎样？"罗伯特·乔丹问，他刚一出口就后悔了。

"聋子"点了点头。"要看情形危险不危险，"他用西班牙语说，咧着嘴笑了笑。"这次行动很危险，呃?"

"或许吧。"

"我无所谓，""聋子"坦白地说，一点儿没有吹嘘的成分。"确切地说是宁缺毋滥。宁可要四个可靠的，不要十个没用的。战争久了，人心就变了，很多人逐渐变坏了，可靠的人一天比一天少了。巴勃罗呢?"他看着比拉尔。

"你知道他的状况，"比拉尔说，"越来越坏了。"

"聋子"耸了耸肩，算是回答了。

"喝酒，""聋子"对罗伯特·乔丹说，"我把我的人和其他四个带上，一共十二个。今天晚上我就和大家说说这件事，看看还有什么良策。我有六十包炸药，你需要吗?"

"什么成分的?"

"不清楚，就是那种普通炸药，到时我带上吧!"

"那太好了，我们用它来炸毁上游的那座小桥，"罗伯特·乔丹说，"你今晚下山吗? 顺便把炸药带过去，好吗? 我虽然没得到命令炸小桥，我感觉也该把它炸掉，它的位置也很关键啊!"

"今晚我去，然后想办法搞些马。"

"几成把握?"

"不好说啊，吃饭吧。"

他说话一向如此简洁吗? 罗伯特·乔丹暗自思忖。还是为了让外国人听明白才刻意这样说的?

"炸完桥，我们去哪儿?"比拉尔对着"聋子"的耳朵大声说。他耸了耸肩。

"还是早作打算的好。"妇人说。

"那是当然，""聋子"说，"为什么不呢?"

"事情很麻烦啊，"比拉尔说，"需要很好地计划一下。"

"是的，太太，""聋子"说，"你在担心什么？"

"什么都担心。"比拉尔大声说。

"聋子"向她咧着嘴笑了笑。

"你一直在跟随巴勃罗干吗？"他说。

罗伯特·乔丹想，原来他是因为跟外国人说话，西班牙语才说的那么蹩脚。好，我现在听他直截了当地说话感到舒畅极了。

"你认为我们该去哪儿？"比拉尔问。

"哪儿？"

"是的，哪儿。"

"地方还是很多呢！""聋子"说，"去处还真不少。你对格雷多斯山脉很熟悉？"

"那里有很多像我们这样的人呢，而且都不是善茬儿。他们一旦有时间腾得出手来，就会来这里把我们扫荡干净。"

"是啊。不过那地方太大了，也很荒僻。"

"去那里可不是件容易的事啊！"比拉尔说。

"现在干什么事都不容易，""聋子"说，"我们去哪里都行，格雷多斯也行，昼伏夜出。现在这里十分危险，我们能在这里待这么久，真是一个奇迹。相对来说格雷多斯要比这里安全多了。"

"你知道我想去哪里吗？"比拉尔问他。

"哪里？帕拉梅拉？那里可不怎么样。"

"不是，"比拉尔说，"不是帕拉梅拉山区，我想到共和国去，我不愿意继续待在敌后山区打游击战了。"

"这好办啊！"

"你手下有人也愿意去吗？"

"愿意，只要我发话，没人敢说个不。"

"我手下的那几个人，我可说不好，"比拉尔说，"巴勃罗不会愿意去的，其实他到了那里兴许倒会觉得安全些。他年纪大，不用去当兵，除非他们把征兵的年限再上调，一般不会再去战场的。吉卜赛人是肯定不愿意去的。其他人如何这个我也不清楚了。"

"因为长久以来这里没有出过事，他们就意识不到危险了。""聋子"说。

"今天有飞机飞过，他们会看清楚一些了，"罗伯特·乔丹说，"不过我觉得你在格雷多斯山区也肯定能做得很出色。"

"什么？""聋子"说着，用他那相当呆滞的眼睛望着他。他说的这句话的声调有点儿不太友好。

"我的意思是，你到了那里，可以更好地发挥你的特长。"罗伯特·乔丹说。

"原来这样，""聋子"长舒了一口气说，"你对格雷多斯很熟悉？"

"是的。你能在那里直接对铁路主干线采取行动，而且你还可以经常切断铁路，就像我们在去往南的埃斯特雷马杜拉地区正在做的那样。在那里打游击要比回共和国好，"罗伯特·乔丹说，"你在那边可以发挥更大的作用。"

他刚说完这一番话，就见对方两个人的脸色都阴沉了下来。

"聋子"看看比拉尔，比拉尔也看看"聋子"，但两人都没说什么。

"你对格雷多斯有多熟悉？""聋子"问，"真的了解吗？"

"那是当然。"罗伯特·乔丹说。

"炸完桥，你有什么打算？"

"我想到阿维拉省巴尔克城的北边去，那里比这里要好一些。

在那里可以袭击公路主干线，还可以偷袭贝哈尔和普拉森西亚之间的铁路线。”

“这可不容易啊！”“聋子”说。

“我们在埃斯特雷马杜拉地区更加危险的地方切断过一条铁路，这条铁路通往我刚才说的地方。”罗伯特·乔丹说。

“我们指的是谁？”

“埃斯特雷马杜拉地区的游击队。”

“你们人多吧？”

“大约有四十个人。”

“那个神经兮兮的名字奇怪的人就是从那里来的？”比拉尔问。

“是的。”

“他现在在哪里？”

“死了，我早就和你说过啦！”

“你也是从那里来的？”

“对啊！”

“你了解我的意图了吧？”比拉尔问他。

我犯了个错误，罗伯特·乔丹心想，我竟然对西班牙人说，我们做某些事情比他们能干。这里的规矩是绝对不要说你自己多优秀，你一定要说他们的好话才对，我却告诉他们我认为他们应当做什么，这样就把他们惹恼了。噢，他们可能不会在意这些的，当然也不排除有这个可能。他们在格雷多斯山区的作用肯定要比在这里大得多。证据是，自从卡希金组织炸火车活动以来，他们在这里没有取得一点儿成绩。炸火车也没什么大不了，这一炸令法西斯分子失去了一列火车，死了几个士兵，没什么大不了的，对于法西斯全局并没有影响。但是他们全部都把它说得好像多神圣似的，似乎在说一个大战役的高潮部分，没有这次炸火车，好像共和国就完了似的。或许他们会感觉撤退到格雷多斯，是一件羞耻的事。是的，我实在说错话了，我可能会被从这儿撵走。算了，不管怎样，就是情况不太妙。

"你听着，英国人，"比拉尔对他说，"你的神经如何？"

"没什么异常，"罗伯特·乔丹说，"我很正常。"

"因为上一次上面派来和我们一起做事的爆破手，虽然是个很不错的专家，却神经兮兮的，所以我们想要提前问一下，省得日后麻烦。"

"他确实是有点儿神经质了。"罗伯特·乔丹说。

"我在这里并不是说他不好，他还是很出色的，"比拉尔接着说，"不过他说话阴阳怪气的，总是喋喋不休地说些丧气的话。"她把嗓门儿提高。"上次的那个爆破手，炸火车的那个人，非常奇怪，圣地亚哥，你说对不对？"

"是的，是有一些不正常，"这"聋子"点点头，把目光在罗伯特·乔丹脸上一扫，那样子有点儿滑稽，就像真空吸尘器上连接除尘头的硬管末梢的圆嘴。"确实是啊，但他是个好人。"

"他死了。"罗伯特挨着"聋子"的耳朵说。

"怎么死的？"这个"聋子"惊诧地问，目光从罗伯特·乔丹的眼睛向下挪到他的嘴唇上。

"我开枪打死他的，"罗伯特·乔丹说，"他伤势重得无法赶路，于是我只好开枪打死了他。"

"他总是有自杀的念头，"比拉尔说，"他老是摆脱不了这个念头，最终也如愿了。"

"是啊，"罗伯特·乔丹附和着说，"他总是说起自杀，做事老爱钻牛角尖啊！"

"什么时候的事?""聋子"问,"炸火车的时候不是还好好的?"

"炸了火车后,我们一起撤退的时候,"罗伯特·乔丹说,"炸了火车,任务完成了。我们趁着夜色撤退,碰到了法西斯巡逻队,我们没命地逃,在逃跑时他背脊上挨了一枪,实际只打中了肩胛骨,别的地方没什么事的。他仍然坚持着跑了一段路,可最后实在跑不动了。他不想留在后面被敌人俘虏,于是我只好开枪把他打死了。"

"如此也好。""聋子"说。

"你真的确定你的神经没有问题?"比拉尔对罗伯特·乔丹说。"确定,"他对她说,"我确保神经没问题,并且我想,等我们炸完桥之后,你们最好还是到格雷多斯。"

他一说这句话,那妇人就连续不断地骂起粗话来,就如同温泉忽然进发,一股白花花的热水没头没脑地径直朝他全身喷来。

"聋子"对罗伯特·乔丹摇摇头,开心地咧嘴笑了,似乎在说,我就知道你会惹到她。他笑得只顾摇着脑袋,此时比拉尔持续辱骂着,罗伯特·乔丹听着她的骂声,反而觉得事情没什么大碍了。她可算停止了咒骂,伸手去取水壶,呷了一口,安静地说:"对于我们今后该干什么,你闭嘴行了,好吧,英国人?你回共和国去,你带着你那宝贝丫头片子,让我们这些人自生自灭吧,死在哪个山头上也不用你操心。"

"不,我们必须活着,""聋子"说,"镇定一点儿吧,比拉尔,不要说这些丧气话。"

"活着又怎样?死了又怎样?"比拉尔说,"最后还不是一样是个死。我可看得一清二楚。我很喜欢你,英国人,但是你最好别说等你的事做完之后我们应该干些什么这种话。"

"那是你的事,"罗伯特·乔丹说,"我不想干涉。"

"你已经插手了，"比拉尔说，"带着你那短头发小婊子回共和国去吧，但别把我们当作外人，我们不是外国人，你还是一个乳臭未干的毛孩子的时候，我们就爱共和国了，你竟然想把我们关在共和国的门外，告诉你，门儿都没有。"

她骂得正起劲儿的时候，玛丽亚从山路上回来了，正好赶上听见比拉尔又加大了嗓门儿骂的上面的这句话。玛丽亚对罗伯特·乔丹用力地摇头，并且摇着一个指头，表示对他的警告。比拉尔看见罗伯特·乔丹与姑娘对视的神情，于是就转过身来说，"是吧。我说婊子就是婊子。我想你们会一起去瓦伦西亚吃大餐，但我只能去格雷多斯吃羊粪。"

"只要你乐意，说我什么都行，比拉尔，"玛丽亚说，"我看啊，只要你编排我什么，我一百张嘴也解释不清，干脆什么也不说了，由着你说去吧。可是你镇静些，你到底怎么啦？"

"没怎么，"比拉尔说着，又坐回长凳上，这时她的声音已经回归平静了，说话声中那股铿锵有声的怒气早就消失。"我不是故意说你是婊子的，只是我真想去共和国。"

"我们可以一起去啊！"玛丽亚说。

"可以啊？"罗伯特·乔丹说，"既然你那么讨厌格雷多斯，一起去就是了，何必发那么大的脾气。"

"聋子"朝他咧嘴笑了。

"咱们走着瞧吧，谁去共和国还不一定呢，"比拉尔说，此时怒气早已全部消失了，"给我来一杯那种怪酒，我被气得喉咙都干了。咱们走着瞧吧，我们瞧以后的情况发展吧。"

"你清楚，同志，""聋子"解释说，"早上可不是合适的时机啊。"他此时说的不再是那种蹩脚的西班牙语。他坦诚相见地看着罗伯特·乔丹的眼睛，不是试探或者怀疑的，也不是刚才那种倚老卖老、倨傲自大的眼神了，"我知道你想干什么，拔掉哨所，掩护桥头，是必须配合好的，这些我都知道。在天亮前，或者天亮时，这些都不难办到。"

"嗯，"罗伯特·乔丹说，"你回避一下，行吗？"他对玛丽亚说，眼睛甚至没有看她。

姑娘走到听不到他们谈话的角落里，用双手抱着脚踝坐在地上，眼睛望着前方。

"你可能也考虑到了，""聋子"说，"这方面没有问题。可事成之后，大白天撤走，却是个大麻烦。"

"我明白这一点，"罗伯特·乔丹说，"我考虑过这个问题。对我而言也是一样，必须大白天撤走。"

"可你只是一个人，目标小啊！""聋子"说，"我们有很多人呢，太显眼了。"

"也许可以先回营地后等黑了再撤走。"比拉尔说，把杯子举到唇边喝了一口水，然后又放下来插话道。

"这样做也非常危险，""聋子"解释说，"我的意思是说，至少没想象的那么容易。"

"我晓得。"罗伯特·乔丹说。

"夜间炸桥就简单多了，""聋子"说，"但你坚持在大白天干，这就带来了许多不堪设想的结局。"

"我明白你的意思。"

"你不可以晚上做？"

"晚上做了，违抗了命令，我可能因此被处死。"罗伯特·乔丹笑笑说。

"假如你白天做，很可能我们大家都会因此而送命。"

"对于我本人来讲，一旦桥被炸掉了，送命不送命关系不大，"罗伯特·乔丹说，"可我明白你的顾虑。你难道就制订不出一个白天撤退的计划吗？"

"当然可以，""聋子"说，"我们是要制订这样一个计划。但是我要向你解释，为何我心事重重，而她却大发雷霆。你讲到去格雷多斯，听起来好像去做一次军事演习似的。可能活着到格雷多斯，这才是个真正的奇迹。"

罗伯特·乔丹什么都没说。

"听我讲，""聋子"说，"我只不过想把事情都讲清楚了。这样我们沟通起来，就没什么障碍了。我们能在这一带活得这么久，本来就是奇迹啊。这多亏了法西斯分子的懒惰，当然，我们也很小心谨慎，没在这一带山里招惹麻烦。可你一炸桥，他们很快就会知道我们隐藏在近处山里的。"

"我清楚。"

"如今要炸桥，我们就不得不撤走了。我们不得不多想撤走的方法。"

"是啊！"

"那么，""聋子"说，"大家赶紧吃吧，我的话说得有点儿多了。"

"我从来没听你说过这么多话，"比拉尔说，"是这个原因吗？"她举起杯子问。

"不，""聋子"摇摇头，"不是威士忌的原因。其实原来也从没遇到这么大的事。"

"我谢谢的诚意，"罗伯特·乔丹说，"我也能理解炸桥时间所带来的困难。"

"不要谈这个了，""聋子"说，"我们都尽自己所能吧。可是说实话，这件事不容易。"

"没办法啊，这是命令，他们向来喜欢纸上谈兵，"罗伯特·乔丹露齿笑笑，"纸上的方案是大部队一进攻就炸桥，这样可以阻止敌人的增援部队从公路上通过，说得看起来的确很容易啊。"

"那他们就在纸上作战好了，""聋子"说，"纸上作战我们还安全些。"

"纸张是割不出血来的。"罗伯特·乔丹引用了一句谚语。

"我想说，你们不能说纸上制订的计划都是愚蠢的，"比拉尔说，"我希望能完成纸上的任务。"

"但愿如此啊，"罗伯特·乔丹说，"但是，纸上的计划往往不是很适合实际情况的，要是严格按照它制订的去做，是绝对不可能打胜仗的。"

"没错，"这大个子女人说，"我也这么觉得。但是你清楚我希望干什么吗？"

"希望去共和国。""聋子"说。她说话时，他将那只不太聋的耳朵凑近她。"你快点过去吧，太太。但愿我们打胜这一仗，一切就都是共和国的天下了。"

"行啊，"比拉尔说，"现在，看在天主面上，不说别的了，先吃饭吧。"

第十二章

吃完饭后，他们沿着小路下山，离开了"聋子"的营地。"聋子"一直把他们送到半山腰的岗哨那里。

"祝你们平安，""聋子"说，"晚上见。"

"祝你平安，同志。"罗伯特·乔丹也对他说。"聋子"站在原地目送着他们三个人沿着小路继续向下走去。玛丽亚转过身来向他挥挥手，"聋子"却用西班牙的挥别方式，用前臂突然向上挥动，根本不像是在行礼，倒仿佛在抛掷什么东西，动作很不正式。在吃饭的时候，他始终没有解开身上羊皮外套的纽扣，他十分注意礼貌，别人跟他说话时，他会立刻转过身去倾听，回答问题时也尽量使用那种蹩脚的西班牙语，并且彬彬有礼地向罗伯特·乔丹询问有关共和国的情况。不过罗伯特看得出，其实他很想尽快摆脱他们。

他们即将分离的时候，比拉尔对他说："你觉得怎么样，圣地亚哥？"

"噢，没有什么，太太，"这耳朵不灵敏的汉子说，"没什么问题。但是我正在考虑。"

"我也是。"比拉尔说。

他们正轻松而愉快地沿着小路向下走去。来的时候他们可是沿着那陡峭的小路费力爬上来的。比拉尔始终没有说话。罗伯特·乔丹和玛丽亚也没有作声。三个人一路上走得很快，一直走出林木丛生的山谷，这时山路又变得异常陡峭起来，向上穿进一片林子，然后三个人就进入高坡草地了。

5月下旬的下午，天气已经十分炎热，在最后一段陡坡走了大约一半路程的时候，那女人中途停下来了。罗伯特·乔丹停下来看着她，只见她额前渗着一层密密的汗珠，她那棕褐色的脸上毫无血色，皮肤黯黄，眼圈发黯。

"我们还是休息一下吧，"他说，"我们走得实在太快了。"

"不用了，"她说，"我们还需要继续往前赶路呢。"

"还是休息一下吧，比拉尔，"玛丽亚说，"你的脸色看起来很不好。"

"不要说了，"妇人说，"没有人愿意听你的话。"

她抬脚沿着山路继续向上爬，等到了山顶的时候，她大口喘着气，满脸是汗，面露倦容。

"坐下吧，比拉尔，"玛丽亚说，"我求求你了，还是休息一下吧。"

"那好吧。"比拉尔说。

于是他们三个人坐在一棵松树下，远处是绵延起伏的高地山峰，那里与这片草地正对着，下午的阳光照耀在峰顶上，使峰顶上的积雪看起来闪闪发亮。

"雪这东西，虽然它看起来那么美丽但确实是很讨人厌的，"比拉尔说，"这雪啊，真令人捉摸不透。"她转过身面对玛丽亚。"对不起，刚才对你很粗鲁，小美人儿。不知道今天发什么神经，我脾气很暴躁。"

"我从来都没把你生气时说的话记在心上，"玛丽亚对她说，"再说了，你又不是经常生气。"

"不。现在比生气更加糟糕。"比拉尔说着，眼睛眺望着远处的群峰。

"你身体是不是不舒服？"玛丽亚说。

"也不是，"妇人说，"到这里来，小美人儿，将脑袋枕在我腿上来。"

玛丽亚靠近她，双臂交叠在一起，然后枕着双臂躺在了草地上，那姿势就如同不需要枕头的睡美人。她把脸转了过来，仰头微笑着看着比拉尔，但是这高个儿女人仍然凝望着草地对面的群山。她爱抚着姑娘的头，一只粗糙的指头由姑娘前额的一边滑到另一边，依然没有低头看她一眼，接着将手移到其中一只耳朵上仔细摩挲着，最终一直摸到她的头发根。

"过不了多久，她就是你的了，英国人。"她说。

罗伯特·乔丹就在她背后坐着。

"不要这么说。"玛丽亚说。

"不，他有资格占有你，"比拉尔说，丝毫没有理会他俩，"我从来没有想过占有你，我只是有点儿嫉妒。"

"比拉尔，"玛丽亚说，"不要这么说。"

"他可以拥有你，"比拉尔说着，一只手指沿着姑娘的耳垂摸着，"不过我非常妒忌。"

"可是比拉尔，"玛丽亚说，"你曾经说过的，我们之间是不会发生那种感情的。"

"这可说不好，"妇人说，"世事难料啊！不过我没有这种心情，真的没有。我只想要你幸福，仅此而已。"

玛丽亚没有说什么，她只是静静地躺在那里，尽量让自己的头轻轻地放在她腿上。

"听着，小美人儿，"比拉尔说，此时她心不在焉却如搜索似的用一只手指沿着她脸颊抚摸着。"听好，小美人儿，我爱你，但是只有他才能给你幸福，我不是同性恋，我还是喜欢男人。事实就是这样。我现在大白天里把这种话说出来，说我喜欢你，令我十分开心。"

"我也爱你。"

"这是什么话，你别乱说。你根本不明白我在说什么。"

"我明白。"

"什么话，你明白。我一看就知道你是配英国人的。也应该这样，我就希望是这样。不这样我就会不快乐，但是我不搞变态性行为。我只是和你说一句实话而已。其实没有多少人会和你说实话，女人更不会。我被嫉妒冲昏了头脑，于是把实话说了，事情原本就是这样。我把话说了。"

"你不要再说了，"玛丽亚说，"不要说这种话，比拉尔。"

"为什么不说，"妇人说，依然没有看他们两个一眼。"我要说，一直说到不愿意再说为止。另外，"这时她低头看着姑娘，"好时光已经到啦！我不再多说了，你明白吗？"

"比拉尔，"玛丽亚说，"不要这么说。"

"你是十分讨人喜欢的小兔子，"比拉尔说，"现在你把头抬起来，因为我的蠢话已经全部说完啦！"

"话一点儿都不蠢，"玛丽亚说，"我不想抬起来，我喜欢把头放在这儿。"

"不，把头抬起来，"比拉尔对她说着，将一双大手枕在姑娘脑后，把她的头抬起来。"你怎么不说话，英国人？"她说，双眼眺望着对面的群山，依然托着姑娘的头。"难道你的舌头被猫叼走啦？"

"不是猫干的。"罗伯特·乔丹说。

"那么是什么野兽叼走的？"她把姑娘的头放在地上。

"不是野兽。"罗伯特·乔丹对她说。

"那你自己吃了？"

"我想是的。"罗伯特·乔丹说。

"那你觉得自己的舌头味道怎样？"比拉尔这时转过身子，对他露齿笑了笑。

"滋味不太好。"

"我也觉得是这样，"比拉尔说，"就算不好，但是我还是把你的小兔子还给你吧。我从来都没有想过要你的小兔子。这个名字起得真好，今天早上我听到你就是这样叫她的。"

罗伯特·乔丹感觉自己的脸红了。

"你真是一个尖酸刻薄的女人。"他对她说。

"不，你错了，英国人，"比拉尔说，"其实我也有单纯的一面，为此我也很矛盾。你这个人内心复杂吗？"

"不复杂。当然，也不单纯。"

"你这个人让我感觉很舒服，英国人，"比拉尔说。她身体向前倾，随即笑了笑，接着又高兴地直摇自己的头，"如果我现在就把你的小兔子从你那里抢走，或者把你从小兔子手里抢走，你打算怎么办？"

"你办不到。"

"我就知道你会这样回答，"比拉尔说着就笑了起来，"我也没想过要这么做。不过，在我年轻的时候我肯定办得到。"

"我相信这句话。"

"你相信这句话？"

"是的，"罗伯特·乔丹说，"不过，这句话说了也没有什么意义。"

"这一点儿也不像你说的话。"玛丽亚说。

"今天我这个人是有点儿不正常呢，"比拉尔说，"已经不像原来的我了。都是因为你的桥令我头疼，英国人。"

"那我们以后就称呼它为头疼桥好了，"罗伯特·乔丹说，"不过我想要让它像一只破鸟笼一样掉进那峡谷里。"

"是的，"比拉尔说，"应该一直这样说话才对。"

"我要像掰香蕉一样把它掰成两段。"

"现在很想吃根香蕉，"比拉尔说，"继续说下去，英国人。继续口若悬河地说下去吧。"

"我想还是不要再说了，"罗伯特·乔丹说，"我们还是继续前往营地吧。"

"你的任务，"比拉尔说，"你很快就要去做了。我答应过你们，我要让你们两个人单独待一会儿的。"

"不行。我回去还有事呢。"

"这也是事啊，况且又花费不了太多时间。"

"住口，比拉尔，"玛丽亚说，"你太强人所难了。"

"是有那么一点儿，"比拉尔说，"但你没觉得我很体贴人吗？我让你们两个人在一起。妒忌的话就是那么随意说的，其实都是胡扯的。我在生华金的气，因为从他的神情看出我有多么丑陋。我只是嫉妒你十九岁，但是你不会永远都十九岁的，所以这种嫉妒不会很久的。现在我走啦。"

她站起来，一手叉着腰，看着罗伯特·乔丹，他也站在那里。玛丽亚坐在树下，脑袋向前耷拉着，眼睛死死地注视着胸前。

"我们一起回去吧，"罗伯特·乔丹说，"这样会好一些，有不少事情要做呢。"

比拉尔向玛丽亚的方向点了点头，玛丽亚坐在那里没有说什么，把头转向别处。

　　比拉尔笑了笑，几乎令人察觉不到地轻轻耸了耸肩，说道："你们还能记得路？"

　　"我记得路。"玛丽亚低着头说。

　　"那我先走了，"比拉尔说，"我会为你多准备些吃的，英国人。"

　　她抬脚离开，越过草地上的石楠丛，朝营地的那条小河走去。

　　"等一等，"罗伯特·乔丹朝她喊道，"还是大家一起回去吧。"

　　玛丽亚坐在那里始终默不作声。

　　比拉尔一直往前走，并没有转身。

　　"不许一起走，"她说，"我们还是在营地见吧。"

　　罗伯特·乔丹在那里站着。

　　"她没有事吗？"他问玛丽亚，"看样子她好像身体不舒服呢。"

　　"让她先走吧。"玛丽亚说着，依旧低着头。

　　"我觉得我们应该和她一起走比较好。"

　　"就让她一个人先走吧，"玛丽亚说，"也许她需要清静一下！"

第十三章

　　他们并肩走在山坡草地上的石楠丛中，罗伯特·乔丹不时地感觉到石楠的枝叶勾住他的双腿，感觉到枪套里沉甸甸的手枪紧紧地贴着自己的大腿，感觉到从山峰积雪那边吹来的风，冷飕飕地打在后背上，感觉到阳光洒满头顶，感觉到姑娘紧握自己的手是那么的坚实有力。她的掌心紧紧地贴在他的掌心上，手指相对扣在一起，她的手腕和他的手腕自然地挽在一起，有一种神奇的感觉从她的手、手指和手腕传递到他的手、手指和手腕，这种感觉就像海上飘来的一阵微风似的，那么的清新，平静的海面也不禁轻微起了一点儿波澜，又像是无风时飘下的一片落叶，又或者是一根羽毛掠过你的唇角，那么轻柔。这种感觉是这么微妙，只能通过他俩手指的传递才能够感觉得到，但是这种感觉又是那么强烈，他们如此紧张，如此痛苦，如此急迫又如此有力，仿佛一股电流贯穿了他那条胳膊，令他浑身充满了饥渴的欲望。

　　阳光照在她如麦浪般黄褐色的短发上，照着她那娇嫩光洁的金褐色的脸庞，照耀着她那线条优美的脖子。他一时兴起，顺势向前，把她的头向后仰，将她搂在怀里亲吻她。他深吻着她，将她全身紧贴在自己身上，一只手臂揽住她的背，感觉到她的身体在不由自主地颤抖着，她仰头站在那里，浑身哆嗦。一时有点儿支撑不住，她顺势把下巴轻靠在他的头上，他感觉到她的乳房隔着卡其衬衫顶着他的胸脯，他随即感觉到她双手按住他的头，贴在胸口来回摇动着。他伸手解开她衬衫上的纽扣，低头亲吻她，感觉这样不够似的，他把腰直起来，胳膊紧紧地搂着她，以致她离开了地面，全身都紧贴在他的身上，他感觉到她在颤抖，然后她的双唇贴在他脖子上。随后他把她放下，说："玛丽亚，啊！我的玛丽亚。"

然后他说："我们该去哪里好？"

她什么也没有说，只是将手伸入他的衬衫，他感觉到她在把他的衬衫纽扣解开，她说："我也要亲你。我必须要亲你。"

"不可以，小兔子。"

"不，不，我不能输给你。"

"不行，那怎么行啊！"

"嗯，那么……那么，噢，那么……噢。"

她被压在茂密的石楠丛中，感觉一阵天旋地陷，这时身下的石楠发出一股清新的味道，脑袋下面也感觉到被压弯的茎枝的粗糙感，阳光明媚地照在她紧闭的双眼上，他永远都忘不掉她那脖子的优美线条，她的头深陷在石楠丛里，双唇不由自主地微微颤动着，她无心看周遭的事物，于是紧闭着双眼，睫毛迎着阳光熠熠扑闪着。阳光照耀在她紧闭的眼睛上，她觉得一切都是红红的，橙红的，金红的，所有的一切都是这种颜色，充塞、占有、委身，通通都变成了这种色彩，眼花缭乱地在眼前混成一色。

这种炙热的感官享受，对于他来说，感觉那是一条不知通向何处的黑暗通道，一次又一次，不知身在何处，也不知前路通往何方，可黑暗似乎永无尽头，自己却怎么也走不到尽头，一直努力坚持着往前行进，一次又一次，此刻似乎再也无法忍受这种折磨了，无法忍受地这种一直、一直、一直走不到尽头的折磨，突然地，炽热地，紧绷地，通体舒畅，黑暗似乎找到了尽头，这不知何处的折磨也消失了，时间戛然而止，他们两个人躺着一动不动了，时间好像在这里停止了，他感觉到地面在移动，在他们两人的身体下面慢慢移动开去。

不知过了多久之后，他侧过身躺着，把脑袋深深地埋在石楠丛中，闻着石楠清新的香气，闻着石楠根、泥土还有阳光发出的味道。石楠不时刮挠着他赤裸的臂膀和后腰，痒痒的，姑娘依旧闭着双眼，躺在他对面，忽然，她睁开了眼睛，冲他咧着嘴笑。他此时疲倦得有点儿恍惚，他用暗哑的嗓门儿说："哎，小兔子。"那声音仿佛是从远方传来一般。她微笑着，没有任何隔阂地说："嘿，我的英国人。"

"我不是英国人。"他十分慵懒地说。

"噢，你是的，"她说，"你就是我的英国人。"她把手伸出来，她伸手抓住了他的两只耳朵，亲吻他的前额。

"看，"她说，"怎么样？我的吻技是不是提高了很多？"

他俩起身，一起沿着小溪走着，他说："玛丽亚，我爱你，你真可爱，真奇妙，真美，和你在一起让我感觉太美妙啦，在刚才爱你的那会儿，我感觉就像要死过去一样。"

"嗯，"她说，"我每一次都死过去。难道你没死过去吗？"

"没有，不过感觉差不多了。你有没有感觉到当时地面在移动？"

"是啊，在我死过去的那一刹那。你要紧紧地搂着我。"

"不，我当时握着你的手了。握紧你的手就已经足够啦。"他看了看她，又看了看草地上空那只盘旋觅食的鹰，午后大片的云朵正压在群山上空。

"你跟别的女人也是这样的感觉吗？"玛丽亚问他，此时的他们手拉手地走着。

"并不是这样的，真的。"

"你曾经爱过不少女人吧？"

"有几个。但是她们都和你不一样。"

"不像我们这样吗？是真的？"

"也快活，但是不像我们这样炙热。"

"刚才地面移动了。以前没有移动过？"

"没有，真的从来都没有移动过。"

"哎，"她说，"这样，我们有过一天啦！"

他没有说什么。

"至少我们现在已经有过啦，"玛丽亚说，"你同样也喜欢我吗？我真的讨你喜欢吗？我以后会变得更漂亮一些的。"

"你现在就非常漂亮。"

"不，"她说，"你用手抚摩一下我的头发吧。"

他抚摩着她的头，感觉她那头短发软绵绵的，好容易被压平的鬈发，随即又从他指缝中翘起，他将双手放在她头上，使她仰起脸来对视着自己，然后亲吻她。

"我喜欢亲吻的感觉，"她说，"只是我吻得不够好。"

"你根本就不用做得那么好的。"

"不，我要。我要成为你的女人，所以我就要学会一些技巧，才能讨好你。"

"你已经让我很兴奋了，兴奋得过头了。如果再兴奋下去，我就被搞蒙了。"

"可你瞧好吧，"她十分高兴地说，"我的头发现在虽然看起来搞笑。不过它正在一天一天地变长呢。等长成了长发，到那时候我就不会这么丑啦，说不定你会爱死我的。"

"你的身体妖娆极了，"他说，"没人能比得上你。"

"只不过是年轻窈窕而已吧。"

"不是，妖娆的身体具有一种魔力。有的人天生就有，而有的人却没有。我不知道这是为什么，不过，你有。"

"那是专门为你而生的。"她说。

"不。"

"就是。是你的，永远是你的，并且只属于你一个人。不过这不会为你带来什么。我要学会体贴地照顾你，你要和我实话实说噢。你以前真的从来没有地面移动的感觉吗？"

"从来都没有。"他很忠实地回答。

"我现在很高兴，"她说，"我现在真的高兴极了。"

"现在你在思考别的事情了吧？"她问他。

"嗯，我在思考我的工作。"

"如果我们有马就太棒了，"玛丽亚说，"我开心的时候就特别想骑上一匹快马飞奔，现在有你了，真希望我们可以一起骑马飞奔，快马加鞭，飞一般奔驰，这样幸福就永远伴随着我。"

"我们能把你的高兴劲儿带上飞机。"他漫不经心地说。

"就好比那些小小的驱逐机飞来飞去在阳光中闪着光吗？"她说，"让飞机俯冲呀，翻跟头呀，那真是太棒了！"她大笑了，"我已经兴奋的过头了。"

"你的开心劲儿都无法控制了。"他说，完全没有听清楚她说的话。

因为他走神了。人虽走在她身边，可是心里却想着桥的事。事情似乎看起来很清晰，一目了然，轮廓分明，就好像照相机的镜头调准了焦距。他看见眼前不远就是两个哨所，安塞尔莫和吉卜赛人正在那儿守望。他看到那空旷的大马路，公路上的部队正在忙碌地调动。他看到那两挺自动步枪正被布置在能发挥最大火力的位置。可是谁能够来控制这两挺步枪呢？他想，我来断后，那么谁有能力做先锋呢？他想象到自己安放好炸药，卡住它们，扎紧，布好雷管，接好电线，连好线头，再返回他放那只旧引爆箱的地方，接着开始考虑可能出现的各种状况，以及那些还有可能会出差错的地方。还是不要想这些事情了，他自言自语说。你刚刚和这姑娘睡过觉，目前头脑清醒，异常清醒，怎么这么快就开始发起愁来了。考虑必须要做的事是一回事，然而发愁却又是另一回事。不要发愁，你不可以发愁啊！你明白哪些是你必须做的，也了解可能会发生什么情况，这些情况也仅仅是可能发生而已，但也不能大意。

你清楚自己正在全力以赴地为自己的目标而奋斗。你反对的正好就是你现在要干的，并且为了取得战争的胜利而不得不干。因此，就好像你要成大器就必须像毫无感情的军人一样做事，你必须利用那些对你好的人。巴勃罗显然是这里最精明的。他一听见炸桥，就立马反应过来事情很糟糕。那女人对这事倒是支持，目前仍然是全力支持的；可是对于这件事所包含的本质的了解已经逐渐让她受不了，已经对她起了很大的影响了。"聋子"立刻就明白了这件事的难处所在，但也愿意干，可是并不是很乐意去做这样危险的事。

原来你考虑的并不是你自己，而是那个女人、姑娘还有其他人可能的遭遇。那么好吧。假如你没有来，他们的未来会是什么样子的呢？在你来到这里之前，他们又遇到过些什么事情呢，他们的情况又是什么样的呢？你绝对不能这样考虑事情。除了是在战斗中，你对他们并没有任何责任。而且，发号命令的人不是你，是戈尔茨。但是戈尔茨算什么东西呢？他确实是位好将军，是你从服役至今见过的最出色的顶头上司。但是，一个人明知任务完不成，明知那些命令会带来严重的后果，他还要执行吗？即使这个命令来自那个既是军队又是党的领导人的戈尔茨？答案是肯定的。他必须执行这些命令，因为只有在执行之后，才能知道它到底行不行的通。如果不去尝试，怎么能知道行不通呢？如果接到每个命令都说不好办，那么你这人会落到什么样的境地？如果命令来到的时候你仅仅说"行不通"，那么我们所有这些人会落到什么样的境地？

他曾经遇到过很多这样的将领，对他们来说，所有的命令都行不通。埃斯特雷马杜拉的那个猪猡戈麦斯就是这样一个人。他见过很多次类似的战斗，两翼都按兵不动，肯定是行不通。不，他必须执行这些命令，不幸的是却要和这些自己喜欢的人一起去冒风险。

他们是游击队，每次执行任务只会给掩护他们和与他们一起做事的人带来危险和霉运。可这么做是为了什么呢？是为了最后的自由，为的是让这个国家能够成为一个安居乐业的好地方。虽然这种话听起来是陈词滥调，但是，这却是事实。

可是，如果共和国最终不能成功的话，那些信仰共和国的人就不能再在西班牙生活下去了。不过，会失败吗？有这种可能，依据法西斯与共和国所占据的地盘来看，至少目前他认为胜利很难。

巴勃罗真不是好人，可是其他人都是好样的，那么让他们去炸桥不就是把他们全出卖了吗？或许是吧。但是，如果他们不这样做的话，过不了一星期就会有两中队骑兵，把他们从这个山区驱赶出去。

不能这样，撇下他们不会得到任何好处。除非你的原则是把所有的人都扔在一边，也不去关心别人的任何事情。他以前就是这样想的，他确实是这样想的。至于所谓的建立一个有秩序的、公平的社会之类的事情，那是别人要去做的事，与自己没有任何关系。这次战争结束以后，他还有另外的计划。他现在之所以投入这场战争是因为这场战争发生在他所热爱的国度，他信仰共和国，而且一旦共和国最终被打垮了，那些信仰共和国的人就很难在这片土地上活下去了。

整个战争中，他都必须服从共产党的纪律。在西班牙，共产党人提出了最出色、最健全、最英明的作战纪律。在整个战争期间他完全接受他们的纪律，因为在作战的时候，只有这个党的纲领和纪律才是他所尊重的。

那么自己的政治观点又是什么呢？其实到目前为止都没有什么政见，他自言自语道。但是一定不能告诉任何人啊！他想，永远不要告诉别人这个事。那么你未来想做些什么呢？我要回去，和原来一样靠教西班牙语谋生，而且要写一本真正的书。"我敢保证，"他想，"而且我敢说这不是什么难事。"

他或许应该跟巴勃罗聊聊政治，了解一下他政治上的见解肯定是很有意思的事。也许是典型的由左向右的蜕变，就像老勒洛①。巴勃罗跟勒洛性情很像。普列托②也非常糟糕。巴勃罗和普

---

① 勒洛（Alejandro Lerrlx，1864—1949）：西班牙激进党领袖，1933 年 12 月起曾几度出任共和国总理，1936 年 2 月大选中被人民阵线所击败，他在政治上从共和派逐渐堕落为右派。

② 普列托（Indalecioprieto）：西班牙社会党领袖，生于 1883 年，1931 年起先后任财政部长等职，政治上逐渐堕落为社会党右翼分子。

列托对最终成功的信心大概差不了多少。他们都抱着偷马贼的政
见。他认可共和国这种政府形式，可是必须铲除这帮偷马贼共和
国才能稳定局势。你看，叛乱开始的时候，共和国因为他们这堆
人沦落到了什么地步。那些领导人民的人恰恰就是人民的敌人，
世界上哪个国家发生过这样的事情？

　　人民的敌人，他觉得还是不要讲这类词为好。他不愿意使用
这种口号式的词。这是和玛丽亚睡觉而产生的一个思想变化。在
政见方面，他早就像一个僵化的浸礼会信徒一样变得固执而死
板，因而像"人民的敌人"这类的词没有多加评论就出现在脑海
中。任何革命又爱国的刻板的人也都这样。他的头脑不经思考就
冒出这类词。当然，它们本身没有什么问题，只是很容易把它们
草率地运用。可是，自从昨晚和今天下午发生肉体接触以来，他
的头脑对于这种事情却变得越发清明起来，而且也单纯了许多。
固执是件可怕的事情，思想偏执的人一味认为自己是正确的，而
自我克制，保持正统的思想观念，最可以助长这种偏执的观点。
自我克制是那些异端邪说的最大敌人。

　　假如他静下心来仔细思考一下，这个前提是根本不可能成立
的。或许就是因为这个原因，共产党人总是对那些放荡不羁的行
为采取严厉的措施。当你酗酒或者乱搞男女关系的时候，你就会
感觉到，用党的路线来衡量自己，你是多么容易犯错误。拒绝放
荡不羁的行为作风，那是马雅可夫斯基所犯的罪行。但是因为马
雅可夫斯基已经死了，盖棺论定了，活着的人也没必要跟一个死
人计较了，所以他又被尊称为圣徒了。你自己也会盖棺论定的，
他自言自语地说。现在就别考虑这些事情了，还是多想一想玛丽
亚吧。玛丽亚令他对自己的偏执非常难堪。到目前为止，虽然她

还没有影响他的决心，但是他实在不想死啊！他愿意放弃那些所谓的英雄、烈士之类的荣耀，也不愿意打一场德摩比利式的保卫战①，也不愿意做桥头阻敌的罗马壮士霍拉修斯②，更不愿意当那个用手指堵塞堤坝窟窿的荷兰小孩儿。不，他想和玛丽亚一块儿生活。说得简单些，就是如此。他希望和她一起度过余下的漫长人生。

也许自己以后不会再有漫长的人生了。可是，假如自己能活下去，他非常希望能和她一起度过。他们住进宾馆时，能用利文斯通博士③夫妇这名字来登记入住，他想。为什么不和她结婚？当然，他想。我要娶她。如此我们就成为爱达荷州太阳谷城的罗伯特·乔丹夫妇，或者是得克萨斯州科珀斯克里斯蒂城，或者蒙大拿州比尤特城的罗伯特·乔丹夫妇了。

西班牙姑娘会成为称职的好妻子的。我虽没结过婚，但是很相信这一点。等到我回大学复了职，她就可以成为体面的讲师太太，等到西班牙语系四年级学生黄昏来我家抽板烟，兴致勃勃地漫谈克维多、维加、加尔多斯以及其他一直受人尊重的已故之人的时候，玛丽亚就能够和他们讲讲那些为真正的信仰而斗争的蓝衫十字军如何骑在她头上，而另一些人抓住她的胳膊，撩上去她的裙子并把她的嘴堵住的那些情形。

----

① 公元前480年，斯巴达国王列奥尼达摩率三百名战士坚守德摩比利隘口，以抵抗波斯侵略军，最后被困在里面，全军覆灭。

② 霍拉修斯为罗马神话中的英雄，在公元前508年左右，他和其他两名壮士坚守罗马的一个木桥，阻挡入侵的伊特拉斯坎人的大军，待罗马人毁桥后才跳入台伯河中，据说被淹死。

③ 苏格兰医学博士利文斯通（David livingstone，1813—1873）于1840年离英到非洲南部任传教士，一边行医，一边旅游探险，1866年第二次到非洲探险一度失去音信，1871年，美国《纽约先驱报》瓜英籍记者亨利·斯坦利率探队到非洲找寻他的踪迹，于11月10日与他会面，斯坦利第一句话就是："我看这位是利文斯通博士吧。"罗伯特·乔丹在此处用开玩笑的心情引用了这句话。

如果我能够返回米苏拉并且找到适合的工作的话，我不清楚在蒙大拿州米苏拉城，大家会不会喜欢玛丽亚？或许我在那里肯定会永远被戴上赤色分子的帽子，名字被列在黑名单上，虽然你不敢肯定，但你也不敢保证这种事不会发生。他们没有证据确切地知道你以前做过什么，其实就算你告诉了他们，他们也不可能相信你说的话，但在他们颁布限制条例之前，我到西班牙的护照还是可以使用的。

我是在 1936 年夏天离开学校，虽然当时只请了一年假，可是没必要立刻就回去，或许等到第二年秋季开学时再回去也可以。所以我能够待到 1937 年秋天再回去。从现在到秋季开学还有很长一段时间。你也能这样说，从现在到后天这段时间也挺长。不，我想自己没有必要为回学校的事情而烦恼。只要你秋天回到那里就可以。只要能想办法回到学校就可以了。

可是现在，很长时间以来，我的生活脱离了正轨。不怪才有问题呢。现在西班牙便是你的任务、你的工作，因此留在西班牙是合情合理的。记得有几个夏天，你做过工程项目，在林业部门参与修路，还在公园里干过活，在那里学会了如何使用炸药，所以，干爆破工作对你也是合情合理的。虽然总是做得不是很专业，不过至今也没出过什么错。

你一旦把爆破这事看成一个问题来对待，那它就仅仅只是个问题而已了。可是随后的很多问题却不好处理，或许你不把它太看作一回事。人们总是讲一套冠冕堂皇的话，来说明爆破是一项有效的杀人手段。难道讲一套冠冕堂皇的话，就让人觉得杀人是万不得已的事？就可以让杀人听起来更觉得有趣吗？照我看，你对待这问题有点儿太轻率了，他告诉自己。以后你不再为共和国工作，你会怎样过以后的生活？究竟能够做些什么，这些事情，对我来说，可都是真正的大问题。但是我是这样考虑的，只要你把自己内心的真实想法写出来，就可以把这些包袱放下，他想。你只要写出来，所有的一切就将成为过去。而且如果你可以写出来的话，那肯定将是本好书。甚至也比之前写的那一本书好得多。

他想，鉴于现阶段的状况，眼下的生活，或者未来的生活，也就是今天、今晚、明天，今天、今晚、明天，我真希望能一遍遍地循环重复下去，我不想死。他想，活还是死也不是由自己决定的，你最好还是赶紧抓住眼前的时光，好好享受生活。目前的形势看来不是太乐观啊！如果炸桥不顺利呢？

然而，玛丽亚是美好的，难道不是吗？他想。我现在可以从生活中所得到的安慰，就是玛丽亚了。也许我的命运注定不是七十年的美好光阴，而仅仅是活四十八小时，也许说准确些，是七十或七十二小时。一天二十四小时，整三天就是七十二小时。

在我看来，只要你思想阅历已经达到了一定的水平，七十小时和七十年是一样的，也能当作充实的一辈子来享受；就算只有七十小时的短暂人生，也依然可以活得很丰富多彩。

真是瞎想，他想。你自己在胡乱想些什么，净想这些没意义的。唉，或许这一切很快就要发生了，不是我多想呢。行了，我们等等看吧。

我上一次和女人睡觉好像是在马德里，不，不对，应该是在埃斯科里亚尔，记得我当时睡醒后有点儿迷糊，认为是另一个人躺在身旁，顿时内心激动万分，可仔细一看，并不是自己想象的女人，觉得有点儿失望。但是，除了这一点之外，整个事情还是挺愉快的。那次之前是在马德里，在跟女人上床时，假装和自己喜欢的女人在一起，我说了几句赞美她的违心话，其他情况也都相似，或者更差劲一些。因此我认为自己并不是太过美化西班牙女人的浪漫主义者，也不认为那逢场作戏的女人要比别国的女人更带劲。可是我和玛丽亚在一起的时候，我对她深深的爱让我感觉自己好像真的要死过去一样，可是我过去从来不相信会如此，也觉得这种事情是绝对不会发生的。

因此，我觉得自己也很幸福，假如是用一生七十年来与这短短七十小时做交换，我目前觉得这个交易也是非常值得的。假如根本没有人的后半生，没有那种所谓的漫长岁月，也没有未来，而只有现在，嗯，那么这个"现在"就值得赞美，而且我很满意现在的状况。"现在"，西班牙语为 ahora，法语为 maintenant，德语为 heute."现在"这词听起来有些可笑，可等于全世界，或你的一辈子。"今晚"，西班牙语为 estanoche，法语为 cesoir，德语为 heuteabend."生命和妻子，"法语为 vi 和 mari. 不，这含义没表现出来。法国人把这个"mari"称作"丈夫"。还有"现在"和 flrau，德 frau 为"妻子"的意思；可这也代表不了什么。拿"死亡"来说，法语为 mort，西班牙语为 muerto，德语为 todttodt，德语的死亡听起来很吓人。"战争"，法语为 guerre，西班牙语为 guerra，而德语为 krieg. krieg 听起来最有火药味，可不是？要就是只由于他德语最不好才这样想？"宝贝儿"法语为 cherie，西班牙语为 prenda，而德语为 schatz. 他乐意把这三个词都换成玛丽亚的名字，这名字才漂亮呢！

行了，不要再想了，他们就要出发了，时间已经来不及了。看来状况确实不是很有利啊，根本没法在早晨完成这次任务。在没办法的情况下，你只能撑到晚上才可以脱身。你必须想方设法一直拖延到晚上才撤退。如果可以拖到晚上，也许你就能活下来了。如此来说，如果在大白天不想被发现，做起来不是很容易吧？可以吗？那可恶的"聋子"居然不用他那种标准一点儿的西班牙语来给他说得清楚一点儿。其实，自从戈尔茨跟自己提出这项任务以来，每次罗伯特·乔丹一想到不好的方面，自己就断然地打消这个念头，从没有慎重的考虑过到底能坏到什么程度。自从大前天晚上以来，这个坏念头就一直萦绕在心里，始终挥之不去。

这件事可真是够棘手啊！你活了半辈子，感觉生活好像也多姿多彩的，可事实上却了无生趣。现在这种情况，以前你从来没有遇到过。你本以为这种麻烦的情况绝对不会让你遇到的，可事情往往就是那么不遂所愿。而且，这次任务又非常的戏剧化啊，我想尽办法才得到两支胆小如鼠的游击队的配合，在无把握的情况下帮你炸桥，就是为了阻止一场或许早已开始了的反攻，胜利简直比登天还难啊，可偏偏在这个时间你与玛丽亚这样的姑娘相遇。当然，你一直期待能遇到这样一位惺惺相惜的姑娘，这回你如愿了。但可惜啊，在不合适的时间遇到了合适的人，只能说是相见恨晚吧。

原来，事实上是比拉尔这样一个女人将这姑娘推进了你的睡袋，那结果如何呢？是啊，结果怎么样呢？结果怎么样呢？请你和我讲讲结果是怎么样吧。是啊，结果就是如此。结果恰恰就是这样的。

不要欺骗自己了，说什么比拉尔将她推进了你的睡袋，不要把自己撇得那么干净，似乎这事跟自己一点儿关系也没有。你初次遇见她时就已经灵魂出窍了。她初次开口和你说话时，你就爱上她了，这一点你最明白。以前你还认为自己这辈子不会有爱情了，但是事实上现在你的爱情来了，那么又何必作践这份来之不易的爱情呢？因为你当时就已经预料到下面可能要发生的事了，你初次见到她端着铁盘子，弯腰走出山洞，你就知道自己已经爱上她了，可你也没阻止自己的心，不是吗？

你非常清楚自己当时就坠入了情网，那么为什么要骗人呢？每当你望着她，每次她看着你，你心里就喜欢的死去活来了，你为什么不敢承认这点呢？好吧，我承认这一点。至于比拉尔要把这姑娘强塞给你，她所做的一切正表明她是一个很聪明的人。她一直对这姑娘十分关心，姑娘端着菜盘返回山洞，她一眼就看出苗头来了。

所以，正是因为她的撮合，你和玛丽亚才能这么快地走在了一起。她巧妙地做了安排，所以才有了昨天夜里和今天下午的美事。她比你有见识得多了，她更明白当爱情到来时，一寸光阴一寸金啊！没错，他对自己说，看来我们必须承认，她知道时间很宝贵。她宁可忍受内心的不快，因为她不想别人也错过她曾经错过的青春，承认自己错失了青春确实太难以承受了。由此刚刚在后面的山上她真的很难受，我觉得我们都没有让她觉得好受一些。

算了，现在的情形就是这样，过去的情形也这样，既然没法逃避，倒不如承认。你以后肯定不会有和她待在一起两整夜的机会了，当然也没机会白头偕老，没机会在一起生活，不会享受到别人都能享受到的幸福，根本没这个可能了。昨夜的美好已经过去，下午又有过一次，或许还有一夜，或许吧。不，老兄。

　　没有时间，也没有幸福，没有乐趣，也没有儿女，没有房子，也没有浴室，没有日报，没有干净的睡衣，我们俩也不会一起醒来，不会醒来时看她伴在左右，你还是孑然一身。不，不会有那等事。可是，哎，既然你打定主意想要向生活索取这一点儿幸福，既然你已经找到了，为什么不再贪婪地奢望一下呢？想象两人在铺有印花床单的床上做着想做的事，这样的幸福哪怕只一晚也好啊！

　　你在痴心妄想了，你在向往根本没有希望发生的事。所以假如真像你所说的那样如此的深爱这个姑娘，那么不如你用心地爱她再多一点儿，用强烈的爱来弥补爱情不能持之以恒的遗憾。你听到这句话了吗？以前羡慕人们都将自己的一生奉献给爱情。你已经找到了爱情，但是如今，你想拥有两夜的幸福，都不能满足。两个夜晚，只要两夜的彼此相爱、相敬、相怜，有福同享，有难同当，不管是生病还是死亡。不对，不是这样说的，不管是生病还是健康，至死才会分开①。只有两夜，可能性相当大。可能性相当大，但是现在最好还是不要抱着幻想吧。你现在不要幻想啦，这对你一点儿好处都没有。不要做对你没有好处的事，这话确实是很有道理的。

　　这正是戈尔茨说起过的。你同他相处得越久，你就会越能发现他的精明。这么来说，这就是那时他问到的，那就是非正规战争生活里的调味剂。戈尔茨有过这种情况吗？是不是因为特殊情况，缺少时间和合适的环境才失去了爱情？如果是在差不多的情况下，这是每个人都会遇到的事吗？难道说，单单是由于他遇到了这种事才觉得这是特殊情况？戈尔茨在领导红军的非正规骑兵

---

　　①　罗伯特·乔丹这时在回忆基督教徒在礼拜堂内结婚时，牧师要求新人跟着他念的誓词。

队时，同样也急急忙忙地同女人睡觉吗？是不是因为情况错综复杂，阳错阴差的，才让那些姑娘也有同玛丽亚一样的处境？

戈尔茨大概也理解这一切，因此你要相信，应该把你拥有的那两个晚上当成你的一生去享受。既然因为情况特殊，我们没有其他的选择，那么就应该把你拥有的全部集中在你仅有的可以享受人生的短暂的时光中。

这些想法有助于树立信心，可是他不相信玛丽亚的行为仅仅是环境所造成的。当然，除非她也像他一样，是因为受到了自己处境的影响。如今她的处境并不太好，他想，是啊，可以说是非常不好。

如果事实就是这样，那么我也无能为力了，可是并没有哪条法律明文规定他非接受这份感情不可。我过去从没想到自己能拥有这样的感情，他想。也没想过我会有这样的经历。真希望能一辈子拥有这份甜蜜的感受，你可以的，他心中的另一个声音说，你可以的。如今你已经拥有了这样的感受，然而你终其一生的幸福就是现在。除了现在，你没有未来。既没有昨天，也没有明天。你要到什么时候才能明白这一点？只有现在，然而如果"现在"只剩下两天的话，那么两天就是你的一辈子，这两天就是你这一辈子的缩影。你就应该在这两夜中度过你的一生。如果你不再要求你永远都不会得到的东西，不再怨天尤人地抱怨个不停，那么，你就可以拥有美好的人生。美好的人生并不是用《圣经》上规定的七十年的年限来计算的。

所以，完全没有必要担心，做好你的工作，珍惜你现在所拥有的，那样你就可以享有漫长的一生，非常开心的一生。最近这些日子不是非常开心吗？还有什么可抱怨的呢？你的工作性质就是这样的，他对自己说，而且非常高兴有这样的想法，你了解的事情没有你遇见的人那么重要。

想到这里，他顿时有种茅塞顿开的感觉，他的思绪再次回到了玛丽亚的身上。

"我爱你，我的小兔子，"他对姑娘说，"你刚刚在说什么？"

"我说的是，"她对他说，"你千万不要因为我而顾虑你的任务，因为我不会劳烦你，也不会耽误你的，你尽管放心去做就可以了。有什么事我可以效力的，尽管对我说好了。"

"没有什么，"他说，"事实上事情非常简单。"

"我要向比拉尔学习，应该做些什么才可以把一个男人照顾好，这些事我一定去做，"玛丽亚说，"这样，我一边学习，一边也会发现一些我不懂的事情，那些我实在不知道的事情呢，你知道也可以和我说。"

"其实没有什么事情需要你做的。"

"才不是呢，你啊，没有什么事情！你的睡袋今天清晨就应该抖抖，放在有太阳光的地方晾晒，而且最好在凝结成露水前收起来。"

"继续说下去，小兔子。"

"你的袜子也需要洗了，然后挂着晒干。我希望给你弄两双袜子，这样你就可以替换着穿。"

"还有呢？"

"只要你愿意教我，我就为你擦手枪，上油。"

"过来吻我吧。"罗伯特·乔丹说。

"不，现在说正经话。你愿意教我怎样保养枪吗？比拉尔有擦布和油，山洞里还有一根用于擦枪的通条，肯定可以搭配得上。"

"当然，我一定教你。"

"更何况，"玛丽亚说，"如果你教会了我开枪，那么万一我或者你受了伤，必须避免被俘虏，你就可以开枪打死我，同样，我也可以开枪打死你，或者用来自杀。"

"真有意思，"罗伯特·乔丹说，"你有许多这类的想法吗?"

"并不多，"玛丽亚说，"不过这是一个好主意。比拉尔将这个给了我，还教我该如何用它。"她解开衬衫的前胸口袋，取出一只装随身携带梳子的那种短皮小套子，解下系住两端的宽橡皮筋，从里面抽出一张用于刮胡子的吉姆牌单面刀片。

"我一直随身带着这个，"她解释说，"比拉尔说，你应该对准耳朵下面的这位置割一刀，向这里一划。"她伸出一只手指比画着给他看，"她说这个地方有一根大动脉，用刀片往这里一划，就保证不会出岔子。她还说这样不会有痛苦，只是必须按紧耳朵下面，用刀片向下划。她说这不算什么，只要划成功，他们就拿你没办法了。"

"这话说得很好，"罗伯特·乔丹说，"那是颈部大动脉。"

他想，原来她无论去哪里都一直带着这东西，认为这么做是万无一失的办法。

"然而我宁可你开枪打死我，"玛丽亚说，"答应我，必要的时候你一定要这么做。"

"好吧，"罗伯特·乔丹说，"我答应你。"

"非常感谢，"玛丽亚对他说，"我知道，这么做并不容易。"

"没有问题的，不要担心了。"罗伯特·乔丹说。

这一切你全部忘记啦，他想。你只顾思考自己的任务，却忘了内战的种种妙处啦。你竟然把这件事情给忘了。算了，你本来就应该忘记。卡希金就是因为不能忘记这件事，结果妨碍了他的工作。也许你认为这位老兄之前就有了预感？真是怪事，因为他对于枪杀卡希金这件事做的居然无动于衷。他还认为总有一天他心里会不好受。但是直到现在为止，他依然无动于衷。

"不过，我还能够为你做很多事。"玛丽亚对他说，这时她紧紧靠在他的身旁走着，态度非常虔诚，显露出一副小女人的妩媚。

"除了开枪打死我之外，还有别的事？"

"没错。等到你把那些带嘴的烟卷吸完，我可以为你卷烟。比拉尔教过我怎么样卷烟卷，我能卷得既紧又齐，而且不会让烟丝漏出。"

"非常棒，"罗伯特·乔丹说，"那么是你亲自舔的烟卷，使它黏合的？"

"是啊，"姑娘说，"并且等到你受了伤，我也会悉心地照顾你，为你包扎伤口，为你擦身子，喂你吃——"

"要是我不受伤呢？"罗伯特·乔丹说。

"那么就等到你生病的时候，我来照顾你，为你熬汤，替你擦身，伺候你睡觉。我还要读书给你听呢。"

"要是我也不生病呢？"

"那么就等你清晨醒来，我可以为你端杯咖啡来……"

"要是我不喜欢喝咖啡呢？"罗伯特·乔丹对她说。

"不，你爱喝咖啡，"姑娘开心地说，"今天清晨你就喝了两大杯。"

"如果我不再喝咖啡了，没有必要让人开枪把我打死，我既不会受伤，也不会生病，把烟戒掉，只有一双袜子，自己晾睡袋。如果这样，那你怎么办呢，小兔子？"他拍了拍她的背，"那你想怎么办呢？"

"那么，"玛丽亚说，"我要找比拉尔借一把剪刀，为你理发。"

"我也不喜欢理发。"

"我也不喜欢，"玛丽亚说，"我喜欢你现在的发型。就是这样。如果实在没有什么事情可以为你做，我就在你身边坐下，看着你，晚上，我们睡在一起。"

"不错，"罗伯特·乔丹说。"最后这个提议真好。"

"我也这样想，"玛丽亚微笑了，"噢，英国人！"她说。

"我的名字是罗伯特。"

"不嘛。我要像比拉尔一样，称呼你英国人。"

"但是我的名字仍然是叫罗伯特。"

"就是不，"她对他说，"哎，称呼了你一天英国人啦。英国人，我可以帮你做点儿什么事吗？"

"不。我现在需要做的事情需要单独完成，而且头脑要保持冷静。"

"好啊，"她说，"那你什么时候可以完成任务呢？"

"今天晚上，如果运气好的话。"

"那好吧。"她说。

他们走着的山坡下面，是通向营地的最后一片树林。

"那是谁？"罗伯特·乔丹问着，用手指了指。

"比拉尔，"姑娘顺着他手臂指着的方向望去，说，"我敢肯定是比拉尔。"

前面的草坡下有片树林，那个女人坐在那里，头埋在两条胳膊之间。由他们所站的地方看过去，她像一团深色的物体，在那棕褐色的树干的对比下，显得黑乎乎的。

"走吧。"罗伯特·乔丹说着，就抬脚在齐膝高的石楠丛中大步跑了起来。因为石楠丛生长茂密，他在里面跑的并不快，仅仅跑了一小段路，就把脚步放慢了。

他走到她面前，大声叫道："比拉尔！"

妇人抬起头来，疲倦地看了看他。

"噢，"她说，"你们已经办完事了？"

"你身体不舒服吗？"他凑身向前，关切地问道。

"没有啊！"她说，"我只是睡着了。"

"比拉尔，"玛丽亚走了过来，在她身旁跪下焦急地问，"你身体还好吗？哪里不舒服吗？"

"我身体很好，"比拉尔虽然这样说，但是没有站起来，她看着他们俩。"好啊，英国人，"她说，"你是不是又在耍男人的那套花招了？"

"你到底有没有不舒服？"罗伯特·乔丹问，不搭理她的话。

"为什么不好呢？我刚刚睡着了。你呢？"

"我没有。"

"嗯，"比拉尔对姑娘说，"看来很合你的心意吧。"

玛丽亚脸红了，不过没有说什么。

"不要再招惹她啦。"罗伯特·乔丹说。

"没有人和你说话，"比拉尔对他说，"玛丽亚。"她说，声音有点儿生硬。

姑娘红着脸，头也埋得更低了。

"玛丽亚，"妇人再次说，"我在问，看来很符合你的心意吧？"

"噢，不要招惹她啦。"罗伯特·乔丹又说。

"你不要再多话了，你，"比拉尔说着，都不看他一眼。"听着，玛丽亚，和我说说。"

"不。"玛丽亚说着，摇了摇头。

"玛丽亚，"比拉尔说，此时她的语调和她的脸色一样僵硬，脸色也一点儿都不和善。"你必须心甘情愿地告诉我。"

姑娘摇了摇头还是什么也不说。

罗伯特·乔丹在想，如果不是因为需要得到这个女人周围的一些人，我一定要狠狠掴她的嘴巴，揍得她一句话也说不出来。

"讲呀，和我讲。"比拉尔对姑娘说。

"不，"玛丽亚说，"不。"

"不要招惹她啦！"罗伯特·乔丹说，听起来声音似乎不是他自己的。他想，我无论如何都要揍她。

谁料比拉尔居然没搭理他。这并不像蛇把鸟吓呆的，也不像猫把鸟吓飞的情形。没有丝毫的弱肉强食的意思，也没有丝毫不正常的倾向。然而他感觉到一种压抑在他内心越来越强烈，这种感觉就好像眼镜蛇脖子上的皱皮在膨胀。他可以感觉到这点。他感觉到这种威胁已经占据了他现在的全部身心，然而它并不含有什么邪恶的性质，倒是含有试探的性质。希望我没有看到这场面，罗伯特·乔丹想，不过这并不是掴嘴巴可以解决的问题。

"玛丽亚，"比拉尔说，"我不会碰你的，快点儿告诉我吧。"

"告诉我吧。"这句话是用西班牙语说的。

玛丽亚还是摇了摇头。

"玛丽亚，"比拉尔说，"快点，赶紧告诉我实话。你没有听到我说的话了吗？你只要说一句就好了。"

"不，"姑娘小声说，"就不。"

"现在告诉我吧，"比拉尔对她说，"只要你说一句。你知道的。只要一句就好。"

"当时地面移动了，"玛丽亚说，眼睛始终没看那妇人，"真的，这种事情原本是不应该告诉你的。"

"原来如此。"比拉尔说，语调热情而友好，里面并没有含有强迫的意味。然而罗伯特·乔丹注意到，她的前额和嘴唇上都渗出了一些微小的汗珠。"原来如此，原来是这样。"

"是真的。"玛丽亚说，咬了咬自己的嘴唇。

"当然是真的，"比拉尔和蔼地说，"千万不要把这件事情告诉你的同族人，因为他们绝对不会相信你。你没有吉卜赛血统吧，英国人？"罗伯特·乔丹搀扶着她，她站起身来。

"没有，"他说，"据我所知，没有。"

"玛丽亚也没有，"比拉尔说，"不过这就着实奇怪了。"

"不过确实动了，比拉尔。"玛丽亚说。

"我没怀疑这个，姑娘。"比拉尔说，"我年轻的时候地面移动过，你好像觉得什么都在动，并且担心身体下面的地面会裂开。这种情况每天晚上都会出现。"

"你骗人。"玛丽亚说。

"是的，"比拉尔说，"我是在骗人，一生之中大地移动没有超过三次。那么刚刚地真的移动了？"

"没错，"姑娘说，"真的移动了。"

"那你呢，英国人？"比拉尔望着罗伯特·乔丹，"不要骗人。"

"是的，"他说，"真的移动了。"

"好，"比拉尔说，"好，这才像样。"

“你说的三次，是什么意思？”玛丽亚问，“你为什么说这个？”

“三次，”比拉尔说，“你们刚刚经历了一次。”

“只有三次？”

“很多人一次也没有呢，”比拉尔对她说，“你确定地移动了？”

“似乎人会坠入下面一样。”玛丽亚说。

“那么我相信是移动过了，”比拉尔说，“我们走吧，现在就去营地吧。”

“三次？你胡扯这个什么意思？”他们一同走着穿过松林，罗伯特·乔丹对这高个儿女人说。

“胡扯？”她挖苦地望着他，“不要跟我用这个字眼说话，英国人。”

“是巫术吗，就跟手相一样？”

“不，这是每个吉卜赛人都必须知道的常识。”

“可是我们并不是吉卜赛人啊！”

“对啊，不过你们有一些小运气。虽然不是吉卜赛人，却享受到了。”

“你真相信什么三次不三次这种事情吗？”

她再次奇怪地看着他。

“不要问我了，英国人，”她说，“少来烦我啦。你还很年轻，我无法和你解释清楚。”

“可是，比拉尔。”玛丽亚说。

“住口，”比拉尔对她说，“你已经经历了一次，这辈子还会有两次。”

“那你呢？”罗伯特·乔丹问她。

“两次，”比拉尔说着，伸出两只手指。“两次，而且再也不会有第三次。"

"为什么不会？"玛丽亚问。

"哼，不要提了，"比拉尔说，"不要提了。你年轻又无知，真让我心烦。"

"为什么没有第三次？"罗伯特·乔丹问。

"哼，你住口好吗？"比拉尔说，"住口！"

可以啊，罗伯特·乔丹对自己说。问题是我再也不会再有第二次了。我认识许多吉卜赛人，这些人确实够奇怪的，不过我们又何尝不是。不同的是我们必须一本正经地赚钱养家。任何人都不清楚我们的祖先是什么种族，也不知道我们祖先生活在丛林中时有什么奇怪的事情发生，更不知道我们这个种族的传统又是什么。我们只知道自己有时很无知。我们一点儿也不清楚我们在黑夜里遇到的情况。但是白天发生的情况，就是另外一回事了。

无论发生了什么，事实已经不可改变了，但是现在这个女人不但非要强迫这位姑娘说她不愿意说的事情，并且偏偏还要把它据为己有，将其当作自己的经验，而且她还偏偏要把它说成是吉卜赛人的东西。我原本以为她在山上的时候是精神上受到刺激，但是如今回到这里，她又开始神气活现了。她的这种行为一旦出于恶意，就应该一枪把她毙了，但是她并没有恶意，这样做只不过想通过玛丽亚来让自己可以活下去罢了。

等到你打完这一仗之后，就应该去研究一下女人了，他对自己说。依我看来，你首先可以研究一下比拉尔，她这一天过得非常不简单。过去她从来没有提起过吉卜赛人的这种鬼把戏，除了手相之外，他想。对，就是手相，没错。我想手相这东西不一定是她编造的。她当然不会告诉我她看出了什么东西，当然，无论她看到了什么，她对此可是深信不疑。不过这种鬼把戏是不可能应验的。

"听好了，比拉尔！"他对妇人说。

比拉尔微笑地看着他。

"什么事？"她问。

"不要再像这样故弄玄虚了，"罗伯特·乔丹说，"这一套令我十分厌烦。"

"是这样吗？"比拉尔说。

"我不相信妖魔鬼怪、算命的、占卜的，还有那些杂七杂八的吉卜赛巫术。"

"噢。"比拉尔说。

"没错，而且你也不要再去招惹玛丽亚啦。"

"我可不愿招惹这个姑娘。"

"也不要故弄玄虚了，"罗伯特·乔丹说，"我们要做的工作和事情已经够多了，即使没有这一套事情，也够复杂。少弄些虚的，还是多做些事情吧。"

"我了解。"比拉尔说着，点了点头，表示赞同。

"不过，英国人，"她微笑地对他说着，"当时大地真的移动过吗？"

"移动过，你这该死的女人，确实动过。"

比拉尔站在那儿看罗伯特·乔丹不停地大笑。

"噢，英国人，英国人呀！"她笑着说，"你这个人真有意思。你要装得一本正经可就很困难了。"

你去见鬼去吧，罗伯特·乔丹想，但是他没有说出声。

他们刚刚讲话的时候，乌云遮住了太阳，他转过头望着远处的山头，只见此时的天空阴云密布。

"没错啊，"比拉尔看着天空对他说，"看来要下雪了。"

"现在吗？已经快近6月了？"

"怎么不会下雪？这山区里不分月份的。现在其实才阴历五月。"

"不要下雪，"他说，"千万不要下雪。"

"不管你怎样祈祷，英国人，"她对他说，"肯定会下的。"

罗伯特·乔丹仰望那布满阴霾的天空，太阳已然变得昏黄，这时他看着太阳已完全消失，天际一片灰暗，显得模糊、阴沉，乌云很快把山峰都遮住了。

"看来是这样的，"他说，"看来你说对了。"

第十四章

　　经过一路的艰难跋涉，他们终于到达了营地，这时天已经开始飘雪了，雪花从松林的缝隙中跌跌撞撞地落下来，它们最先是穿过稀疏的松树枝，然后打着转儿飘落到地上，接着山上刮来一阵寒风，雪片就密集起来，一大朵一大朵的雪花密密麻麻地急转着落下，顿时地面上被覆盖上了一层白色。这时罗伯特·乔丹愤怒地站在山洞口，望着漫天的风雪，心想，这可真是雪上加霜啊！本来任务就艰难，这次一下雪，撤退的时候循着足迹，很容易就能找我们的藏身之处。

　　"看来是难得一遇的大雪啊！"巴勃罗说，他嗓音沙哑，眼睛充血，声音里似乎有点儿幸灾乐祸的意味。

　　"吉卜赛人回来了吗？"罗伯特·乔丹问他。

　　"没有呢，"巴勃罗说，"他还没回来，老头子也没回来。"

　　"你陪我去公路上面的哨所好吗？我怕在雪天迷了路。"

　　"不，"巴勃罗说，"这件事我不插手，你找别人吧。"

　　"那我自己去找好了。"

　　"你一个人可不行，这样的大风雪你会迷路的，"巴勃罗说，"如果是我，我就待在这儿。"

　　"只要沿着下坡走到公路边，再顺路摸过去就是了。"

　　"你肯定能找到地方？别到时候，我们还得找你，不是添麻烦吗？一看下了雪，你那两个放哨的又不是傻子，肯定现在正在回来的路上了，你这回去，有可能和他们错过呢。"

"老头子不会擅自回来，他此刻正等着我呢。"

"不，现在下了雪，他肯定回来了。"

巴勃罗望着漫天飘洒的飞雪，说："你恨死这场雪了吧，英国人？"

罗伯特·乔丹在心里骂了一声，巴勃罗用他那混沌的眼睛望着他，还笑出声来。

"一旦下雪，你的进攻就告吹啦，英国人，"他说，"到洞里来吧，你的人就要回来了。"

山洞里，温暖又干爽。玛丽亚正在火炉前忙碌着，比拉尔在饭桌边张罗饭菜。炉火快灭了，此刻正在冒着青烟，姑娘很娴熟的往炉膛里塞进一根木柴，然后用一张折好的纸扇着，"噗"的一声，火苗一亮，柴火就烧起来了，山洞顶上那个出气的小口子猛灌进风来，火借着风，更加熊熊地燃烧起来。

"这场雪，"罗伯特·乔丹说，"你看会下大吗？"

"大，"巴勃罗肯定地说，然后他对比拉尔大声说，"你也很讨厌这场雪吧，太太？现在你当家了，我敢肯定，你已经诅咒这场雪几百遍了。"

"这和我有什么关系？"比拉尔转过头来说，"老天要下就下吧，这是天意啊！"

"喝点儿酒吧，英国人，"巴勃罗说，"我一整天喝着酒，等的就是这场雪。"

"给我来一杯。"罗伯特·乔丹说。

"为这场雪干杯。"巴勃罗说着，故意把杯子碰得很响。罗伯特·乔丹盯着他的眼睛，也当没事似的，叮的一声碰了杯。你这个该死的老杂种，他想。我恨不得用这杯子磕烂你的牙。别发火，他对自己说，千万要忍住。

"这场雪多么美啊，"巴勃罗说，"天在下雪，外面很冷啊，你不想睡在外面了吧。"

原来你也在想这个问题？罗伯特·乔丹想，你也有不少操心事，是吧，巴勃罗？

"睡外面，怎么了？"他客气地问。

"不能睡在外面了。太冷了，"巴勃罗说，"而且地上也太潮湿了。"

罗伯特·乔丹想，你这老杂种，是绝对不知道这只旧鸭绒睡袋的好处的。我为了买它花了六十五美元哪！我很多次下雪天都在那只旧睡袋里过夜，要是有路人把我当成乞丐，每人都给我一美元，那就太美了。

"这么说，我可以睡在这个山洞里了？"他客气地问。

"我没意见。"

"非常感谢！"罗伯特·乔丹说，"我还是打算在外面睡。"

"在雪地里睡吗？"

"对。"你这挨千刀的血红色眼的老母猪，你那张长满猪鬃的猪屁股似的脸，都见鬼去吧，罗伯特·乔丹想。

"就在雪地里睡。"他说。我就睡在这场可恶至极、出乎意料、不怀好意、蓄谋已久、婊子养的雪里，乔丹恨恨地想。

他悄悄走到玛丽亚身边，看见她刚刚又向炉灶里放了一根松枝，于是就挨近她身边站着。

"真是太美了，这场雪。"他对姑娘说。

"对这次任务很不利，不是吗？"她问他，"你一点儿也不担心？"

"这是什么话？"他说，"担心也没用。什么时候能吃晚饭？"

"我早就知道今晚你一定胃口大开，"比拉尔说，"现在要不要来一片干酪呢？"

"谢谢。"他说着。

然后她伸手把挂在洞顶网袋内的一大块干酪取下，然后用刀在切过的那一边切了厚厚的一大片递给他。他站着就狼吞虎咽地吃了起来，膻味重了一些，不然会十分美味。

"玛丽亚。"巴勃罗坐在桌边朝她说。

"什么事？"姑娘问。

"过来，把桌子擦干净。"巴勃罗说着，对罗伯特·乔丹露齿笑了笑。

"你自己擦吧，你这猪猡！"比拉尔对他说，"你看你恶心的下巴，肮脏的衬衫，再看看桌上你洒的酒渍，赶紧给我收拾干净了。"

"玛丽亚。"巴勃罗高声说。

"别理他，他喝醉了。"比拉尔说。

"玛丽亚，"巴勃罗高声说，"雪还在下，这场雪非常漂亮。"

他不清楚那只睡袋的价值，罗伯特·乔丹想。这个臭猪猡不明白这只睡袋的妙处，要不我为什么花六十五美元从伍兹家兄弟把它买过来。但是，我确实希望吉卜赛人马上回来，只要他一回来我就可以去找老头子。我应该马上就起程，然而在路上我极有可能同他们错过。我不清楚他在什么地点放哨。

"你想做雪球吗？"他对巴勃罗说，"你想玩雪战吗？"

"什么？"巴勃罗问，"你要做什么？"

"没有什么，"罗伯特·乔丹说，"你都盖好马鞍了？"

"是啊！"

随后罗伯特·乔丹用英语说，"你不打算去喂马吗？还是想让它们自己先把厚厚的雪啃完，再去吃青草？"

"什么？"

"没什么。我是说你该担心一下你的马了，老兄。我要到外面出去散一会儿步啦。"

"你为什么用英国话跟我说话？"巴勃罗问。

"不知道，"罗伯特·乔丹说，"在我十分疲惫的时候就会说英语，或者在十分气愤的时候。还有，比如说，在为难的时候。我在走投无路的时候就讲讲英语，只为听听它的声音，这是一种令人感到宽慰的声音。以后你也不妨试一试。"

"你说什么，英国人？"比拉尔说，"这种话听起来很有趣，可我听不懂。"

"没说什么，"罗伯特·乔丹说，"我说的是英语'没说什么'。"

"那好吧，讲西班牙语吧，"比拉尔说，"西班牙语讲起来短一些，也容易些。"

"当然。"罗伯特·乔丹说。

但是，唉，老兄，他想，唉，巴勃罗，唉，比拉尔，唉，玛丽亚，唉，坐在角落里的两兄弟，我本来应该记住你们的名字但却很遗憾地忘记了，然而我有些时候对这些事感到厌倦啊！厌倦这些事，厌倦这些人，厌倦我自己，厌倦战争，但是为什么，到底为什么现在要下雪呢？这可真让人受不了，太糟糕啦！

不，不要这样想，哪有什么大不了的事啊！你必须试着接受这个现实，然后从中杀出一条路来，不要怨天尤人了，要像刚才那样学会接受下雪这个事实，而接下来要做的事情就是马上联系吉卜赛人，找到老头子。但是下雪，这个月份竟然下雪。不要理它啦，他对自己说，不要理它，要接受它。这可能是上帝给我的一杯苦酒啊，你以前不是在《圣经》上也见过这个典故。苦酒的典故是什么来着？他得好好回想一下，不然就永远不要去想这类的引语了。① 因为当你忘记一件事情的时候，就会像忘记了某个人的名字似的，总是在心里牵肠挂肚的。苦酒是什么典故呢？一时想不起来，也没必要再想了，还是想想眼前的事情要紧啊。

"再给我倒一杯酒，"他用西班牙语说，然后他对巴勃罗说，"雪还挺大，嗯？"

这个醉眼蒙眬的汉子抬眼看着他，点了点头，又似乎不怀好意地笑了。

"进攻成了泡影了，战斗机也成了泡影了，炸桥也成了泡影了。天地间只剩下雪了。"巴勃罗说。

"你预想它会下很久吗？"罗伯特·乔丹坐在他旁边，"你觉得我们整个夏天都会被这大雪困住吗，巴勃罗老兄？"

"整个夏天倒是不会，"巴勃罗说，"今天晚上和明天一天，这是肯定的。"

"你为什么这么认为呢？"

"大风雪分为两种，"巴勃罗不疾不徐地说，"一种是从西班牙东北部的比利牛斯山吹过来的。这种雪一旦被吹过来，天气就会变得特别冷。但这个月份不可能吹这种雪，那么肯定是另外一种了。"

"好，"罗伯特·乔丹说，"分析得头头是道呢，好像行家。"

---

① 耶稣知道自己快要死了，于是带着十二个门徒去耶路撒冷，对他们说，祭司长和文士很快就来抓他，还被定死罪，钉在十字架上。后来在客西马尼花园里，他向上帝祷告：是否可以让他不要喝这杯苦酒。最后那些人来捉拿他时，门徒彼得拔刀砍伤了其中一人，但耶稣对彼得说："收刀入鞘吧，我父所给我的那杯，我岂可不喝呢？"（《圣经·约翰福音》第十八章第十一节）

"这场风雪是从横贯西班牙北部一大山脉——坎塔布里科吹过来的，"巴勃罗说，"坎塔布里科滨大西洋的比斯河湾，风向这方向吹，就将会有大风雪。"

"你是教授了，这些情况你都是从哪里了解到的?"罗伯特·乔丹问。

巴勃罗此刻怒气全无，这场雪使他很激动。暴风雪、飓风、热带风暴或者夏日山区的雷阵雨，这些都会令他感到激动，这是别的事物无法替代的一种满足。激烈的战斗也能产生激情，但这种激情太过单薄了。虽然战斗中也会刮起风来，但他讨厌那种干热的感觉。风一旦灌入你的嘴里，就凶猛起来，不消片刻，你的嘴里就充满了干涩的沙粒，这种风还会根据战况而起伏变化，他对这种风很了解。

暴风雪就完全是另外一种景致了。在暴风雪中，人和动物之间都显得亲近多了，即使你走它们跟前，它们也不害怕你。在暴风雪中，它们在旷野里撒欢儿乱撞，一切在大雪中都迷失了方向。如果你够幸运的话，你会发现一只小鹿窝到小屋里抵御暴风雪。在暴风雪中骑马前行时，遇到一只麋鹿，那才是快活的事呢! 麋鹿会误认为你的马是它的同伴，一路小跑向你奔过来。在暴风雪中似乎总是这样不分敌我的。暴风雪中还有一股子特有的美，它强劲的风力会吹得地上一片洁白，漫天白雪飞舞，一切都失去了原来的模样，当风停息下来的时候，四周静寂无声。现在是一场大风雪，这场风雪把一切都打乱了，你无力扭转，倒还不如享受它呢!

"我赶过多年牲口，"巴勃罗说，"在载货卡车普及之前，我们用大车千里迢迢运货，干我们这一行的必须懂得看天象识天时。"

"那你怎么会参加革命？"

"我一直信奉左派，"巴勃罗说，"我们与阿斯图里亚斯人接触得很多，他们在政治上很激进，所以我多多少少受了影响，我至今都相信共和国。"

"革命前你是做什么的？"

"我在萨拉戈萨替一个马贩子做事。他给部队补给马，也向斗牛场提供马。我就是在那里碰到比拉尔的，不过那时她正跟瓦伦西亚的斗牛士菲尼托好呢！"

他说这话竟然显得得意扬扬呢，看来那个女人对他来说还是很重要的。

"他这个斗牛士并不是很出彩。"桌边两兄弟中的一个说，他说完拿眼瞟着比拉尔的背影。

"你不要诋毁死去的人，"比拉尔转过来对着那人说，"这个斗牛士还是很威风的呢！"

她满脸欣慰地站在山洞里的炉灶前，那眼神仿佛看到了他仍旧站在斗牛场上，他古铜色的皮肤，五短身材，神态镇定，双颊凹陷，黑鬈发湿漉漉地贴在前额上，因为斗牛帽紧箍前额上，所以额前勒出了一条不深不浅的红色的印痕。此时她仿佛看见他面对着那头五岁的公牛站着，面对着那两只曾经挑死了好几匹马的牛角。骑在马上的斗牛士用锋利的长矛刺进牛脖子，那牛也不甘示弱，一下子就把斗牛士胯下的马顶了起来，而且越顶越高，直到"啪嗒"一声马摔倒，骑手落在木栅栏上。这时公牛还不罢休，后腿死劲在地上踢腾着地面，然后奋力冲向前，粗脖子往上一扬，牛角扎进那奄奄一息的马的腹部，马立时没了声息。

她看到了菲尼托，这个技术不怎么娴熟的斗牛士站在公牛面前，侧身对着它。这时她清楚地看到他把那块带杆子的结实的法兰绒卷起来。公牛腾空跳了起来，那几根扎进肩头的短镖枪相互叮叮当当地碰击着，随即那块法兰绒掠过牛头、牛肩以及鲜血淋漓的牛肩隆上，一直掠过牛背，沾满了鲜血，沉甸甸地垂着。她看到菲尼托侧身站在跟牛头五步的地方，公牛沉重而愚蠢地站不动，他就慢慢地举剑到齐肩的位置，目光顺着下斜的剑锋打算瞄准牛的要害部位，但是牛头位置相对较高，把他的视线挡住了。他要用这条左臂挥一挥那块又湿又重的绒布，引诱着公牛低头；但这时他站稳了脚跟，身体微微后仰，侧身站在那只碎裂的牛角边，用剑锋瞄准着；公牛的胸脯一下一下起伏着，两眼死死盯着那块绒布。

这时她紧张地盯着斗牛士的身姿，听到他那粗重的喘息，只见他转头向着斗牛场红色栏杆上方的第一排观众看去，并且对他们说："让我们看看，瞅准机会结果了这头蛮牛！"

只见他说完，接着膝头一弯，一路向牛角走去，这时牛愤怒极了，可奇怪的是它竟然把牛角低下来了，在他那细瘦的棕色手腕操控之下，绒布对准牛角猛地向下一掠而过，同时利剑扎进沾满尘土的牛肩隆。

她看到那柄锃亮的剑，缓慢而平稳地刺进牛的身体里，就好像是公牛的冲击力把斗牛士手中的剑顶进了自己的身体一样，她还看到剑一直插进去，直到握剑柄的棕褐色的手指关节抵住了紧绷的牛皮，他才罢休。这个古铜色皮肤的矮个子男人，目光如炬地盯着剑没进去的地方。接着他屏息收腹，躲过牛角，一转身就很麻利地摆脱了那头畜生。做完这一系列动作之后，他没动，站在那里，左手握着那面带杆的绒布，举起右手，静静地看着那头公牛死去。

那头公牛试图站稳身子，但力不从心了，它像棵即将倒下的树一样，但它还拼命想在地上站稳，而这个矮小的斗牛士举起一手，打着表示胜利的例行的手势。她看到他满头大汗，如释重负地舒出了一口气，为这场斗牛结束而感到解脱的宽慰。眼看那头公牛即将死去，为自己的身体没有受伤而宽慰，接着他看到那公牛再也站不稳了，啪嗒一声倒在地上，四脚朝天，没气了。这个矮小的男子面无表情，默默地走向场边的栅栏。

她知道，他是那么严谨，即使心里乐得开了花，也不会失了礼数。只见他慢慢走过斗牛场，慢吞吞地走到栅栏边，用毛巾擦嘴，抬头望望她，以示安慰，然后他用毛巾抹抹脸，接着开始绕场走一圈的胜利巡行。她看见他缓慢地拖着脚步沿斗牛场走着，微笑，鞠躬，微笑，助手们围拢在他的身后，俯身拾起观众扔下来的雪茄之类的东西，偶尔遇到兴奋地扔下的帽子，他们也会一顶顶扔回去；他眼神忧郁、面带微笑，绕场一周，在她的面前结束巡礼。她从上面看去，发现他好像哪里不舒服，用毛巾紧紧捂着嘴。

比拉尔站在炉灶边，欣慰地回想着这一切，她说："难道他不是一流斗牛手？如今跟我一起混的才是些人渣呢！"

"他的确是个好的斗牛士，"巴勃罗说，"他吃亏在身材太矮了。"

"他肺病也很严重。"普里米蒂伏说。

"肺病？"比拉尔说，"像他这样受苦受难的人，怎么可能没有肺病？在这个国家，男人要想活得潇洒，如果不做胡安·马契那样的罪犯，要不然就当斗牛士，要不然就当歌剧院的男高音，穷人能靠什么赚钱养活自己啊？他怎么可能没有肺病？在这个国家，资产阶级吃得撑死，一旦不吃小苏打就活不下去，而穷人从一生下来到进棺材没一天吃饱过，他怎么会不得肺病？为了活命，从小去学斗牛的本领，躲在三等车厢的座位下，是因为逃票，去各地的市集看斗牛比赛，也是为了学习斗牛技术，混口饭吃。长期待在座位下跟垃圾、尘土、刚吐的干了的痰待在一起，加之胸部曾经被牛角顶过，不得肺病才怪呢？"

"你不要这么激动，"普里米蒂伏说，"我只是随便说说，他有肺病而已。"

"当然有。"比拉尔站在那里说，手里仍然握着一把用来搅拌的大木汤匙。"他个子很小，嗓音尖厉，非常害怕公牛。我一直没见过在斗牛前比他更恐惧的，也从没见过在斗牛场里比他更勇敢的人。你，"她对巴勃罗说，"你现在怕死啦。你把死看得太重了。菲尼托一直胆小，可在斗牛场却像头勇敢的狮子。"

"他确实非常勇敢，在那一带都是出了名的。"两兄弟中的另一个说。

"我也从没见过比他更胆小的了，"比拉尔说，"他甚至不敢在家里放牛头。记得有次过节，他在瓦利阿多里德宰了巴勃罗·罗梅罗的一头公牛，干得很棒……"

"我记得，"那第一个兄弟说，"当时我看了那场比赛，真是太精彩了。那公牛是黑色的，前额有卷毛，有一对很长的牛角。它有七百六十多磅重。这是他在瓦利阿多里德宰的最后一头牛吧。"

"一点儿也没错，"比拉尔说，"后来，那帮斗牛的狂热分子在哥伦布咖啡馆里聚会，用菲尼托的名字为他们的俱乐部命名，还把那只牛头做成标本，在哥伦布咖啡馆的一次小型聚会上送给他。吃饭的时候，他们把牛头挂在了墙上，但是开头用布给蒙了起来。我当时也被邀请了去，还邀请了比我上不得台面的帕斯托拉、见纳家的两个女儿、一堆吉卜赛姑娘，还有几个高级妓女。这次宴会人虽然不太多，可是非常热闹，帕斯托拉跟一个当红的妓女因为礼节问题发生争论，差点闹翻了屋顶。我也觉得特别开心，坐在菲尼托身边，我注意到他好像对牛头很惧怕，牛头还裹在一块紫色的绒布里，那种绒布一看就是上好的料子，就像以前信奉的主耶稣受难周教堂里的圣像上的那种布一样。

"饭间，菲尼托几乎没吃什么东西，因为那年在萨拉戈萨的斗牛中，他其实被公牛角扫中了胸部，弄得他昏迷了好些天呢。虽然过去很久了，但他的伤口还是隐隐作痛，他吃不下什么东西，而且总是不时用手帕捂住嘴，往里面吐血。我刚才想跟你们说什么来着？"

"牛头，"普里米蒂伏说，"那只牛头标本。"

"是的，"比拉尔说，"对了。有些细节我还得再仔细说一下，好叫你们晓得是怎么回事。菲尼托从不开玩笑，这是你们都知道的。他天生就一本正经，我和他单独在一起时，从来没有见过他开怀大笑过。没有，哪怕遇到很好笑的事，他也无动于衷，性情跟费尔南多倒是有的一拼。但是那次宴会是专门为菲尼托办的，所以他不得不表现出兴高采烈、和蔼可亲、喜气洋洋的。宴会时他一直笑呵呵的，勉强说了些很搞笑的话，别人都没注意到他的异常，只有我注意到他拿手帕擦了好几次血。他随身带了三条手帕，但全被吐满了鲜血，随后他对我低声说：'比拉尔，我实在

坚持不住啦，我想我必须走了。'

"'那我们就走吧。'我说。我发现他真的很难受，额头上冷汗直冒。我们刚想站起来，发现宴会已经到了高潮了，吵闹声大得要死。

"'不，我不能走，'菲尼托对我说，'不管怎么说，这个俱乐部是用的我的名字命名的，开一次宴会，我不能扫了大家的兴啊！'

"'你这么难受，别管那么多了，走吧。'我说。

"'不行，'他说，'我现在不能走，我要再坚持一会儿，给我倒点儿雪利酒。'

"我当时并不愿意他喝酒，因为他没吃东西，而且胃的状况又是这么糟，喝了酒情况可能会加重的；但要是他再不多少吃点儿、喝点儿什么东西，显然是没有力气应付下面的场合了。就那样，我看他飞快地喝下差不多一瓶葡萄酒。在几块手帕上都吐满鲜血之后，他就用餐巾纸来代替手帕用了。

"宴会发展到了高潮，有几个举止轻佻的妓女骑跨在几个俱乐部成员的肩膀上，绕着桌子无所顾忌地耍宝。帕斯托拉也唱起小曲儿来，小里卡多用吉他替她伴奏，场面非常热闹，大家也很开心。我从未见过哪个宴会能如此热情，就如安达卢西亚式的热情似火。不过还没到我们揭幕牛头的时候，其实，说到底，这次宴会庆祝的就是这个啊！

"我实在太高兴了，在听着里卡多的琴声，附和着贝纳家的女儿们的歌声，时不时地我还轻快地打着拍子。这股子兴奋劲儿，使我居然没注意到菲尼托糟糕的状况，只见那块餐巾上也已经被鲜血浸满了，而且把我的那块餐巾纸也拿走了。他当时喝了太多的酒，人也似乎精神了，眼睛里也闪着异样的光，开开心心地在对每个人频频点头示意。他不能多讲话，因为一旦开口，血可能就会从嘴里溢出来；他虽然痛苦，但努力克制自己，表面上还显得非常开心，这次要他来出席毕竟是为了让他高兴高兴啊！

　　"宴会还在热热闹闹地继续着，'公鸡'拉斐尔之前聘用的经理就坐在我身边，他现在正拉家常一样地跟我聊着天。这时'拉斐尔'走了过来，说：'我一直把你当作我最高贵的朋友，这个世界上无人能及你啊。我把你当成我的亲人，我要送你一件礼物。'接着他就送了我一枚非常漂亮的钻石领针，还吻了我的双颊，我很感动，在这个世界上还有人把我当知己。'公鸡'拉斐尔待了一会儿，就转身走出了俱乐部。'公鸡'的前经理就向正坐在桌旁的雷塔娜说：'这个下流的吉卜赛人刚刚和另一个经理签订了合同，正高兴着呢。'

　　"'你这句话是什么意思？'雷塔娜问。

　　"'我为他当了十年的经理，他可从来都没有送过我礼物'，'公鸡'的前经理说，'你以为他那么大方送礼物啊，菲尼托的这次宴会促成了他的一笔大买卖，他酬谢罢了。'

　　"我也没说什么，帕斯托拉从中插进来骂前任经理，也许不是为了替拉斐尔辩护。因为她比谁都愤恨拉斐尔，而是因为这位经理提到'下流的吉卜赛人'这句话，这诋毁了吉卜赛人。她骂得义正词严，所用词语很低俗，令这位经理哑口无言。我觉得这么热闹的气氛，不要闹事的好，于是就插嘴打断帕斯托拉，不要让她骂下去。可是另外一个吉卜赛女人却嫌我管闲事，我一听就恼了，我也回骂开了。一时间，吵得天翻地覆，由于我们谁也不让谁，你一言我一语地互骂着，在场的人都听不清我们说了什么。只有'婊子'这个词，响得盖过了所有的说话声。最后大厅内安静了下来，我们三个吵架的人都回去坐下了，我低头看着自己手里的酒杯。此时，我注意到菲尼托脸上表现出非常惊骇的神色，一动不动地盯着那只依旧蒙在紫布里的牛头。

"原来揭开牛头布的时刻到了，俱乐部主席开始发表仪式演讲。我知道，他一讲完，蒙着的布就会被揭掉了。主席演讲得声情并茂的，下面的众人也起哄地大声叫好，使劲儿拍桌子的喝彩声也响成一片。

"我呢，一直担心着菲尼托，他正拿着我的餐巾在吐血，身体在椅子里越来越向往后瘫下去，还不忘惊骇地瞪着他对面的牛头。

"演说接近尾声时，菲尼托开始不安起来，身体更往下滑。

"'你还好吗，我的小男人?'我对他说话，他只是呆滞地望着我，好像不认识我似的，只顾摇头，说:'不要，不要，不要。'

"这时，俱乐部主席的演讲到此结束，然后他在大家的一片叫喊声中，爬到椅子上，抬起手解开包住牛头的紫布上的带子，慢慢地布被完全掀开，布被一只牛角钩住了，于是他就将布整块提起，从那两只又光滑又尖锐的牛角上拉了下来，显露出那只黄色的大牛头和那对挑向两旁、角尖向前的黑色牛角，那白色的牛角尖非常锋利，就像那豪猪身上的硬刺一样，而牛头栩栩如生。牛的前额和活着的时候一样，长着卷毛，鼻孔张开，眼珠乌亮，正在那里直勾勾地盯着菲尼托。

"所有人都在喝彩，拍手，菲尼托却几乎滑下了椅子，大家立刻安静下来，怔怔地看着他。但是他边说着'不要，不要'，边看着那头公牛，身子继续向后瘫，然后大喊一声'不要'，吐出一大口黏稠的鲜血，这时他已顾不上拿餐巾纸，鲜血就顺着他的下巴淌了下来，他依然望着那公牛，说：'整个斗牛季节，好；赚钱，好；吃，好。但是我不可以吃啦。听到了吗？我的胃已经坏掉了。不过现在斗牛季节都过去啦！不要！不要！不要！'他转头看了看桌子周围的人，然后又看了看那只牛头，再次说了一声'不要'，接着就低下头，拿起餐巾捂在嘴上，他就那样坐在那里，再也不说一句话了。那次宴会的开始很好，即将在寻欢作乐和交流情谊方面取得到跨时代的成功的时候，结果却失败了。"

"在那之后什么时候他才死去的？"普里米蒂伏问。

"就在那个冬天，"比拉尔说，"在萨拉戈萨他被牛角横扫之后就没有恢复过来。横扫比被牛角挑伤还厉害，因为这是内伤，是没法完全治愈的。他每次最后刺牛时几乎都要挨这么一下，所以他才不是最出名的，就是这个原因。他个子太矮小，想要让上半身完全避开牛角可不容易。以前几次只是轻轻剐蹭了那么几下，可是这次就不那么幸运了，直接要了他的命。"

"他那么矮，就不应该去当斗牛士。"普里米蒂伏说。

比拉尔看了看罗伯特·乔丹，对他摇了摇头，似乎不想说什么了。然后，她曲身看着那只大铁锅，仍然摇着头。

她想，这是什么样的人民啊，西班牙人到底是什么样的民族啊，看来国家现在陷入这样的地步，也是自身的原因啊。说什么"他那么矮，就不应该去当斗牛士"这类话。我听见了，也懒得跟这种无知的人计较了。我现在已不恼怒这种话了，刚才和他们解释了这么多，他们还是不理解，我还能解释什么呢？不设身处地地站在别人的立场上考虑问题，往往说出的话就是那么肤浅。如果对别人不知根知底，就会这样大放厥词说："他这个斗牛士没有什么大不了的。"如果对别人不知根知底，就会说："他得了肺病。"等我这个知情人把情况都说明之后，还有人说："他那么矮，就不应该去当斗牛士。"唉，西班牙就是败坏在这些人的手里啊！

她低身注视着炉火，眼前再次浮现菲尼托临死前的情景，床上那赤裸裸的古铜色的粗壮身体，坑坑洼洼的满是疤痕的大腿，一道深深的伤疤斜穿过右胸肋骨，还有一道白色疤痕向上延伸到腋窝那里。她看到那双紧紧闭着的双眼、严肃的脸庞，黑色的鬈发，心里难受极了。她那会儿正陪在他身边，轻揉着他的两条腿，试图缓解他小腿肚紧绷的肌肉。她揉着肌肉，让肌肉舒松，接着握紧双手轻轻拍打，来舒松抽筋的肌肉。

"怎么样？"她对他说，"双腿感觉怎么样了，小男人？"

"非常好，比拉尔。"他说着，眼睛始终是闭着。

"那么我揉一揉胸腔好不好？"

"不用了，比拉尔。别碰我的胸腔了。"

"那揉大腿呢？"

"不用了，腿上也疼得实在厉害了。"

"让我揉一揉，再涂点儿药膏。那样肌肉发热，兴许舒服些。"

"不用了，比拉尔，谢谢你。但是，我不想你碰我的腿了。"

"让我用酒精给你搓一搓。"

"好吧，可是你动作一定要轻点儿。"

"你最后一次斗牛可真了不起啊！"她会对他说，而他说，"对，我那最后的一击还是很漂亮吧。"

她给他擦洗好，盖上被子，就侧身躺在他旁边，他就会把一只棕褐色的手掌伸出来抚摩她，说："你是一个难得的好女人，比拉尔。"这句话，是他说过的最不正经的话了，但是我信了。当时，他通常在斗牛之后就熟睡了，她就躺在那里，把他的一只手紧紧握在自己的双手中，静静聆听他的呼吸声。

他经常在睡梦中受到惊吓，她就会感觉他的手紧紧抓住了她的手，而且还见到他前额上冒汗，如果他醒过来，她就说："没事的。"于是他就再次睡过去。

她和他在一起生活了五年，从来都没有做过对不起他的事。但是葬礼之后，她就和巴勃罗好上了，那时他在斗牛场为那些斗牛士牵马。他像菲尼托耗费一生所宰的那许多头公牛一样身体健壮，她当时被死亡吓怕了，就看重了巴勃罗这一点。不过她现在知道自己错了，公牛的劲头与勇气都是不能持久的，那么什么可以持久呢？我真不知道，只知道菲尼托死了，我坚持活下来了，可是，我活下来是为了什么？

"玛丽亚，"她说，"你在想什么呢，专心点儿。这炉火是用来煮食物的，可不是让你烧了这个山洞的。"

就在此时，吉卜赛人走进来。他全身挂满了雪，手拿着卡宾枪站在那里，跺着脚来把雪抖掉。

罗伯特·乔丹起身向门边走去。

"情况如何？"他问吉卜赛人道。

"大桥上每岗两个人，六小时换一次班，"吉卜赛人说，"养路工屋子那边一共有八个人外加一个班长。这是你的手表。"

"锯木厂边上的哨所的情况呢？"

"老头子在那里。哨所和公路他都可以监视得到。"

"那么，说说公路上情况怎样？"罗伯特·乔丹问。

　　"那里的情况没什么变化，"吉卜赛人说，"没有发现异常的情况，只有几辆汽车通过。"

　　吉卜赛人看上去非常冷，脸冻得黑红黑红的，双手也像个紫萝卜。他站在洞口，脱下外套，使劲儿地抖着上面的积雪。

　　"我这会儿才回来，也是等着看他们几点换岗，"他说，"他们一天换两次岗，换岗时间是正午12点和下午6点，中间间隔的时间可真长啊！幸好我不在他们队伍里当兵。"

　　"我们必须去找老头子。"罗伯特·乔丹穿上皮外衣，一边往外走，一边对吉卜赛人说。

　　"我可不去，"吉卜赛人说，"我现在要去烤火，喝碗热汤，我都快冻僵了。我把他驻守的地方告诉别人，他会给你带路的。嘿，小混混们，"他对坐在桌边的几个人大声说，"谁愿意带英国人去老头子驻守公路的地方去？"

　　"我去，"费尔南多站起身来，"把地点告诉我吧。"

　　"听好，"吉卜赛人说，"在这里……"他仔细地把老头子站岗的地方告诉了费尔南多。

第十五章

　　安塞尔莫被风吹得蜷缩在一棵大树树干的背风处，风雪呼啸着从两侧吹过。他紧靠树干蹲着，两手合抱缩在袖筒里，脑袋一个劲儿地往外套里面缩。他想，再待下去，我恐怕会冻僵了，那我这一天的活儿不是白干了。这英国人叫我一直等到换我班的时候，不过他并不晓得会有这场暴风雪。再说，公路上也没有什么特殊的动静，我已经摸清了公路对面锯木厂旁边那哨所人员的部署和活动规律。我现在是时候返回营地了。我想他会理解我私自回营地的这一决定的。我还是再稍微等一下吧，他想，过会儿去营地。那该死的命令，就是不通人情，一旦下达了就没有变通的余地。他把两只脚来回在雪地上踢踏着，然后从衣袖里抽出手来，俯下身体揉一揉两腿，接着再一起拍打双脚这样可以通络活血。他躲在树后面风虽然吹不到，但冷也要人命啊！不过他还是赶快撤的好。

　　他弯腰揉脚的时候，听到公路上驶来一辆汽车。他立马凝神盯着那辆车，只见车轮上都拴着防滑铁链，车轮转起来，铁链嗒哒嗒哒作响。这辆汽车在覆盖着雪的公路上小心地驶来，车身不知什么原因，被乱漆一气，绿一块，褐一块的，车窗上涂了蓝色，以致他看不到驾驶室内的情况。但他肯定里面的人是可以看见外面的情况的，因为车窗上面留有一个半圆，上面没有涂漆，车上的人可以从这个半圆往外面窥探。

　　那是一辆罗尔斯·罗伊斯轿车，看样子有点儿久了，他估摸着至少也用了两年了。车身上刷了伪装漆，但明眼人一眼就可以看出来，这部车是总参谋部的，但是安塞尔莫不清楚这情况，他没见过。他只看见车了，但无法看到车内坐着三名裹着披风的军官。两名坐在后座，一名坐在对面的折椅上。当车子驶过的时候，坐在折椅上的那位军官正通过蓝车窗上的缺口向外张望，不过安塞尔莫不清楚这情况，他始终隐蔽在树的后面，最终，他们都没有发现对方。

雪地里，那辆车子缓缓驶过。安塞尔莫却看见了司机，那司机脸色绯红，头戴钢盔，再往下露出套在身上的毯子式披风，他还看到坐在司机身边的勤务兵，他端着自动式的步枪坐在副驾驶座上，可惜别的都被挡住了，只有撅出的上半截枪头能看见。这时车子向公路上段开走了，安塞尔莫把手伸进夹克衫内，从衬衫袋取出在罗伯特·乔丹给他做记号用的两页纸，按规格画了一辆汽车的记号。这是当天开上山的第十辆车子。其中六辆已经下山，还有四辆依旧在山上。

公路上驶过的车子也没有几辆，但安塞尔莫分不清楚军队里的那些规矩，哪些是控制着各个山口的，哪些是军师参谋部的，他一概区分不开。师参谋部有福特、菲亚特、奥贝尔、雷诺和雪铁龙等此类牌子的汽车，而总参谋部的车是罗尔斯·罗伊斯、兰西亚斯、默塞德斯和伊索塔等牌子。这种差异，换了罗伯特·乔丹，就很容易分清楚了。如果在那里的是他而不是老头子，他就可以领悟这些车子上山的含义了。然而他不在那里，老头子呢，也仅仅是在那张笔记本纸上为每一辆上山的汽车记上一笔而已。

安塞尔莫冷得实在受不了了，他决定撤了，兴许在天黑以前能赶回营地。天黑了，他也不担心的。他对这一带的山里这么熟悉，不担心迷路，只是觉得再在这儿停留下去也于事无补啊。而风越吹越冷，雪也不见小的趋势。他站起身来，跺了跺脚，目光透过大风雪望了望公路，但他没有立即动身攀登山坡，而是背靠在那棵挡风的松树背后，思索着什么。

英国人让我不要离开，他想。也许这时候他就在路上，马上到这里了，如果我离开这地方，他在雪地里找我，很可能就会迷路。我们前几次打仗就是因为缺乏纪律、不听命令而吃苦头，我要再等一等英国人。可是，如果他不尽快赶来，我也顾不得命令了，必须离开。因为我已经把敌人的进出汽车都记详细了，可以回去交差了。而且我这几天要干的事可不少，在这里冻僵未免有点得不偿失了。话说回来，在这里待着，也于事无补啊！

安塞尔莫正在挨饿受冻的时候，公路对面锯木厂的烟囱正在冒烟，安塞尔莫闻得出这股烟正在飞雪之中向他这边飘来。这些法西斯分子可暖和着呢，他想，他们舒服地享受今天晚上吧，明天晚上我们就要让他们上西天啦！

到底我的心还是不忍啊，我不要再想这件事了。我注意观察了他们一整天，也和他们混熟了，可他们跟我们一样是人，我为什么要杀了他们。我相信我可以走到锯木厂去敲敲门，而且我应该会受到欢迎，他们无非是奉命盘问所有过路人，要检查别人的身份证而已。我们之间只隔着一道命令，他们不是法西斯分子。我是如此称呼他们的，然而事实上他们不是。他们和我们一样都是穷人，我们之间不应该发生厮杀，我可不想杀人。

这个哨所里的全都是加利西亚人。我今天下午从他们的口音就能够听出来。他们对自己的差事，丝毫不敢松懈，因为一旦他们出了差错，全家老小都要被杀掉。加利西亚人有两个特性，要不就聪明绝顶，要不就蠢笨野蛮。这两种人我都遇见过。利斯特就是加利西亚人，他和佛朗哥是从一个地方来的。每年的这个时候都下雪，真不明白这些加利西亚人为什么能忍受这个天气。他们那里没有这样的高山，他们家乡总是阴雨绵绵，四季常青，其实，他们来这里讨差事，也无非是为了养家糊口，什么共和国，什么法西斯分子，他们不懂政治。

锯木厂的窗户里露出了灯光，安塞尔莫浑身冷得打着哆嗦，他想，这个英国人真是该死！这些加利西亚人待在温暖的屋子里，我却在树背后冻得发抖，我们就好比山里的猛兽，现在只能困在山石间的洞穴里。但是明天，他想，猛兽们就要出山啦，而现在这些贪图安逸的家伙就要裹着温暖的地毯死去了。就像我们袭击奥特罗时干的那样利索，让他们在夜里上西天，他想。

他可不愿意回想奥特罗的事情。

可是脑海中老是浮现出当时的情景，就是在奥特罗，他第一次杀了人，他希望这次铲除哨所时他用不着杀人。在奥特罗的那间房子里，巴勃罗吩咐安塞尔莫用毯子裹住那哨兵的头部，打算用刀子捅死他。但这个人虽然被闷在毯子里喘不过气来，但还是不安分，他伸出一只手，牢牢抓住了安塞尔莫的一只脚，在毯子里直叫唤，安塞尔莫没办法，只好把刀伸进毯子里捅了他一刀，他这才松开了手，不动弹了。

当他正忙着捅死这个哨兵的时候，而巴勃罗呢，正把手榴弹从窗口扔进了所有哨兵在里面睡觉的屋子里。火光一亮，仿佛全世界都在你眼前被炸成了一片红黄色。当时巴勃罗发现还有没死的哨兵，那些在床上没被炸死的那些家伙刚想爬起来拉开保险，巴勃罗打开手雷的保险，迅速地把手雷扔进窗子，第二颗就爆炸了，这时房间内一点儿动静也没有了。想当年，巴勃罗大出风头，他像瘟神一样把那一片都搞得人仰马翻，这些法西斯分子的哨所在晚上没有一个是太平的。

安塞尔莫想，如今呢，巴勃罗废了，不中用了，就像阄过的公猪一样，手术刀一切下去，伴随一声尖叫，那两颗卵蛋就被割下来了，那头公猪就完了，只会用口鼻拱来拱去，把卵蛋吃掉。不，不能这样完全贬低他，他还没有那么糟糕嘛，安塞尔莫咧嘴笑了笑，事实上别人可能把巴勃罗想得很坏，他的确也是变得很坏了。然而他始终觉得巴勃罗会变好的。

天实在太冷啦，他想，老天保佑，英国人快来吧。我在这里也祈求上天保佑我，不要在这次袭击哨所的时候杀人。这些加利西亚人就留给那些喜爱杀人的人去杀吧。这个英国人也说过，杀人是必须完成的任务，我必须遵守命令。我其实不用担心了，英国人说过要我和他一起在桥头做，哨所的事情应该交给其他人完成。

炸桥，双方交起火来是不可避免的，这一仗如果我能撑住，那么对于共和国，我一个老头子就算尽了全责啦。

不过现在，我顾不得这些了，英国人快来吧，我老头子快撑不住了，那锯木厂的灯光，那温暖的炭火，更是使人恼火啊！但愿我可以回到自己的家乡，但愿这场战争马上结束，那就太好了。但是你现在已经没家，他想，你如果想要能回你的家乡，我们就必须首先打赢这场战争。

锯木厂内，有个士兵正坐在床铺上擦拭靴子。另一个士兵躺在铺上睡觉。还有一个士兵在煮东西，那个班长正在看报纸。他们的头盔挂在钉入墙内的钉子上，步枪放在板壁上。

"这是什么鬼地方，马上就到6月了，竟然还下雪？"坐在铺上的那个士兵说。

"真是很奇怪。"班长说。

"现在还是阴历5月呢，"正在煮东西的那个士兵说，"阴历5

月才刚开始呢。"

"这是什么鬼地方啊，5 月天居然还下雪?"坐在铺上的那个士兵抱怨地说。

"这一片山里 5 月天下雪是再正常不过的事,"班长说,"我在马德里的时候, 5 月份是一年中最冷的月份。"

"也更热。"在煮东西的那个说。

"5 月的温差特别大,"班长说,"在这卡斯蒂尔地区, 5 月天气非常热, 有时又会突然变得非常冷。"

"要不就下雨,"坐在铺上的那个士兵说,"这刚刚过去的五月, 差不多每天都在下雨。"

"没有的事,"煮东西的那个士兵说,"这刚刚过去的 5 月, 正是阴历的 4 月份呢。"

"别扯什么阴历, 真叫人头痛,"班长说,"不要提什么阴历啦。"

"住在海边的也好, 住在乡下的也罢, 都知道阴历, 而不是阳历,"正在煮东西的那个人说,"举个例子来说吧, 现在阴历 5 月份刚刚开头, 可是阳历很快就要到 6 月份了。"

"那季节为什么老是推后呢?"班长说,"我被弄糊涂了。"

"你是城里人,"在煮东西的那个人说,"你是卢戈①人。你清楚什么是大海, 什么是乡下吗?"

"我们城里人确实比海边或乡下人见多识广。"

"第一批沙丁鱼在阴历的这个月份就要来了,"正在煮东西的那个人说,"沙丁鱼船在这个月份里也要整装待发了, 鲭鱼可是已经去北方了。"

"既然你是诺亚②人, 为什么不参加海军?"班长问。

---

① 卢戈 (Lugo) 为加利西亚地区卢戈省省会, 为一内陆城市。

② 诺亚 (Noya) 为大西洋的一个渔港, 居民惯于海上生活。

"因为我登记表上填的不是诺亚，而填的是我的出生地内格雷拉。内格雷拉位于坦布雷河的上游，那里的人口全部都被编进了陆军。"

"运气更坏。"班长说。

"不要认为当海军就没有风险，"坐在铺上的那个士兵说，"就算不打仗，那一片海岸在冬天也很有危险的。"

"再没有比当陆军更惨的了。"班长说。

"你还是班长呢，"正在煮东西的那个人说，"怎么可以这样说话？"

"不是，"班长说，"我是就危险性来说的。我是说要经常挨炮轰，还要去战场冲锋陷阵，必要时还要躲在掩体内过活。"

"我们这个哨所感觉还好。"坐在铺上的那个士兵说。

"托天主的福，"班长说，"但是谁知道什么时候灾难就降临了呢？我们当然不可能永远过现在这种舒服日子的！"

"依你看我们还要执行这个任务多长时间？"

"不清楚，"班长说，"但是我希望战争期间我们可以永远在执行这个任务。"

"六小时值一岗，时间有些太长了，很难熬啊！"正在煮东西的那个士兵说。

"这场风雪不停止，我们就三小时值一班岗，"班长说，"原先就是这样安排的不是吗？"

"参谋部那些进出的汽车是怎么回事？"坐在铺上的那个人问，"这么多参谋部的汽车开来开去，我可不喜欢。"

"我也不喜欢，"班长说，"而且这些都不是什么好兆头。"

"还有飞机，"煮东西的那个人说，"飞机也是个坏的迹象。"

"不过，我们的飞机非常厉害，"班长说，"共产党可没有我们这样的飞机。今天清晨的飞机可真让人兴奋啊！"

"我看见过共产党的飞机，那也不是用来闹着玩的家伙，"坐在铺上的那个人说，"我见过那些双引擎的轰炸机，炸弹落在地上，炮火所到之处，无一生还啊！"

"没错，但是跟我们的飞机比起来，还是很差啊，"班长说，"谁也敌不过我们的飞机。"

这段在锯木厂的谈话，安塞尔莫并不知道，他仍然在风雪中等待，凝望着公路和锯木厂窗户内的灯光。

安塞尔莫脑海中关于杀人的念头，还是萦绕不去，但愿我可以不做杀人的勾当。我觉得，战后我们必须为杀人的行径想一些可行的赎罪办法。如果战后我们不再信仰宗教，那么我认为就必须安排一种以示悔改的群众形式，来消除杀人的罪孽，不然我们就没有做人准则了。虽然杀人是迫不得已的，我清楚，但是就人而言，做这种事情依然是非常缺德的。等到战事完全结束，我们打赢了之后，肯定会有一种赎罪的办法，以洗涤我们大家的罪过。

安塞尔莫是一个很善良的人，每当他独自一个人待时间长了，就经常会胡思乱想，而他常常是独自一个人行动的，这个关于杀人的念头就会在他的心头萦绕。

我弄不明白这个英国人的心思，他想，但他和我说过，他不在乎杀人。但是他这个人似乎敏感而善良。或许这对年青的一代人说来是无所谓的，或许对外国人来说，或者对不信仰我们的宗教的人来说，想法会不同。然而我认为杀人者迟早会变得丧失人性，我还认为，就算杀人是逼不得已的，它依然是罪大恶极的，事后我们需要花费很大的努力才能赎清这个罪。

这时，夜幕降临，他看着公路对面的灯光，下意识地用双手击打胸脯来取暖。

现在，他想，他必须返回营地了，然而有一种情感驱使他仍然停留在原地。

这时候雪下得越来越大了，安塞尔莫就想：如果今天晚上能炸桥就好了。像这样的夜晚，攻下哨所，再炸桥，就简单多了，不用费劲就全部收拾干净了。像这样的夜晚，干什么事都不用顾虑太多。

然后，他背靠着树干继续站在那里，轻轻地跺着脚，不再思考桥的问题了。夜幕降临总是令他感到孤单寂寞，今夜他感到异常孤单，心里有种空荡荡的感觉，就像饥饿的空虚感一样。往日他孤单的时候，可以借助祷告来抑制孤单，他在打猎回家的路上，时常重复地念同一段祷文很多遍，这样就会令他感觉好受很多。然而自从革命开始以来，他一次也没有祷告过。他感到不做祷告虽然洗清不了罪孽，但他觉得杀人了再祷告是很件虚伪的事，他不愿意祈求任何恩宠，或者要求任何与众不同的待遇。

是啊，他想，我感觉孤单，是因为我没有亲人在身边。然而那些军人、军人的妻子、那些失去家人或者父母的人，都不见得比我好多少啊。我没老婆，幸好在革命前她就死了。她是不会理解的死了反而好呢，这样我可以了无牵挂。我没有孩子，以后也不会有孩子了。白天空闲，我孤单，但是黑幕降临，就更加孤单了。然而，我有一件东西无论是谁，哪怕是万能的天主都没法夺走的，那就是我对共和国的忠诚。我一直在为了争取今后我们大家能够共同分享的胜利而努力。革命一开始，我就全力以赴，我做的事情全部都问心无愧。

唯一让我感到不舒服的是杀人这件事情。但是以后肯定会有机会赎罪的，毕竟不是我一个人犯下这个罪，很多人都背负杀人的罪孽，以后当然会想出一个补救办法来的。我要和这个英国人讲一讲杀人的事情，不过他还年轻，有可能无法理解。他说起过杀人这件事情，或者是我说起的？他肯定已经杀过很多人，不过看不出他有负罪感。那些喜欢杀人的人本质上就是堕落的。

杀人必然是罪大恶极的事，他想。因为这是一件我们都没有权力去做的事，即使我明明知道战争期间非杀不可。然而在西班牙，杀人过于随意了，而且经常是没有真正的必要，草菅人命的事发生得多了，事后是无法进行补救的。我还是不要在这个问题上多费心思吧，他想。希望有一个赎罪的好办法，以便让人现在就开始做，因为我这辈子做过的事情中，只有这件事让我时常感到难受，其他一切都可以得到宽恕的，或者，总有机会做一些好事或者用什么合适的方法来进行弥补。

可是我想，杀人这种事情一定是滔天大罪，我希望能把这个问题解决了。或许有那么一天，一个人可以为国家效力或做些力所能及的事来减轻这些罪孽。大概就像过去去教堂做礼拜时捐献一些东西那样，他想，还笑了笑。教会为赎罪真是一个好主意啊。这想法令他感到愉悦，他在黑暗中微笑着。

这个时候罗伯特·乔丹向他走了过来，悄悄走着，一直走到老头子面前他才看到。

"老头子还撑得住吗？"罗伯特·乔丹低声说，拍了拍他的背。"太冷了。"安塞尔莫说。

费尔南多站得稍微远点儿，背后对着大风雪。

"走吧，"罗伯特·乔丹低声说，"上山到营地取暖去。将你个人撇在这里这么长时间，实在是罪过。"

"那就是他们的灯火。"安塞尔莫用手指指着说。

"哨兵在哪里？"

"站在这儿看不见，他在拐角的另一边，被挡住了。"

"让他们都见鬼去吧，"罗伯特·乔丹说，"你到营地和我说吧。走，我们走。"

"让我指给你看。"安塞尔莫说。

"我计划明天清晨来看，"罗伯特·乔丹说，"给，喝一口这个。"

他递给老头子一只扁酒瓶。安塞尔莫赶紧侧着瓶子喝了一口。

"哎哟。"他说，擦了擦嘴，"像着火一样，现在暖和了。"

"走吧，"罗伯特·乔丹在黑暗中说，"我们走吧。"

这时天色已黑，人只能看到身边吹过的雪花和岿然不动的黑乎乎的松树树干。费尔南多就站在山坡不远的位置，谨慎地往公路上窥视着。他们之间仅几步之遥，罗伯特·乔丹觉得他真像雪茄烟店门口的木雕印第安人，罗伯特·乔丹想，看来我有必要请他喝一口了。

"嘿，费尔南多，"他一面向他走去一面说，"来喝一口吧？"

"不了，"费尔南多说，"谢谢你。"

这种彩色木制雕像通常和真人几乎一样大小在雪中安然不动。

罗伯特·乔丹想，你不喝，我得谢谢你呢，幸好雪茄店门口的印第安人都不饮酒。酒没剩多少啦。好样的，我十分高兴看到这老头子，罗伯特·乔丹想。他们起程上山时，他看了看安塞尔莫，然后又拍了拍他的背。

"看到你真高兴，老头子，"他对安塞尔莫说，"每次我情绪低落的时候，见到你就会很兴奋。走吧，我们上山去。"然后他们冒雪登山。

"返回巴勃罗的宫殿去。"罗伯特·乔丹对安塞尔莫说。这句话用西班牙语说，听起来十分美妙。

"一个怕死鬼的宫殿。"安塞尔莫说。

"没蛋的岩洞。"罗伯特·乔丹乐滋滋地比另一个说得更加俏皮。

"什么蛋呀？"费尔南多问。

"我开玩笑，"罗伯特·乔丹说，"一句玩笑话而已。不是表面意思的蛋，你了解，而是另一种男人的玩意儿①。"

"但是为什么失去了？"费尔南多问。

"不清楚，"罗伯特·乔丹说，"说起来话长着呢，你问比拉尔吧。"这时他伸出一只手臂挽住安塞尔莫的肩膀，紧紧地搂着他一起走，还摇了摇他。

"听着，"他说，"见到你我真高兴，听到了吗？在这个国家你把他留在一个地方，后来居然还能够在原地找到他，你不了解这意义有多么重大呢！"

他竟能对这个国家说如此不尊重的言语，这表明他对它怀有非常大的信任啊！

"很高兴看到你，"安塞尔莫说，"可是，刚刚我也正打算走了。"

"真见鬼，你也会走，"罗伯特乔丹高兴地说，"你会心甘情愿冻僵的。"

"山上的情况如何？"安塞尔莫问。

"不错，"罗伯特·乔丹说，"所有的一切都不错。"

他感觉到一种革命领导人才会有的愉悦心情，那是一种突如其来，让你瞬间安定的感觉。这是一种发现自己两翼中，居然有一翼仍然坚守着阵地时的欢乐心情。要是两翼都能坚守下去，我感觉就有无穷力量了，他想。我看敌人也未必能做到这一点吧。

---

① 指睾九，代表男子汉的勇气，这里指巴勃罗已丧失了斗志。

他们的团体作战能力也是很松散的，如果把自己的一翼拉开，另外一翼就瘫痪了，最后每一个人都成了孤军奋战的状态。是啊，孤军奋战，是多么可怕啊。他需要的并非这样的不言自明的道理。不过这是一个可信任的人啊。我这次炸桥的任务，可以把安塞尔莫当作自己的左翼。我最好现在先不告诉他，这虽然是一次小规模的战斗，也是一次相当精彩的战斗。噢，我一直都想单独指挥一场战斗，指挥一场无所比拟的战斗。对于从阿让库尔战役①以来其他人指挥的战斗，我始终觉得不是那么漂亮。我肯定要打好这一仗，虽然这一仗规模不大，但是肯定会出类拔萃的。如果事情按照我既定的计划去进行的话，那么就肯定会很精彩的。

"听着，"他对安塞尔莫说，"我真的很开心能在此见到你。"

"我也是。"老头子说。

他们在黑暗中攀山越岭，风从他们背后吹来，呼啸着穿过身边的松林，安塞尔莫此时并不觉得孤单。这个英国人刚刚在他背上拍了拍之后，他就不再孤单了。显然英国人心情不错啊，他们一路上有说有笑。英国人刚刚说一切都很顺利，所以老头子就不担心了。喝下的那口烈酒，令他身子很温暖，现在爬着山，双脚也暖和了起来。

"公路那边没什么大的情况。"他对英国人说。

"好，"英国人对他说，"现在先别说了，等我们到了营地你再给我详细地说吧。"

安塞尔莫内心十分欢快，他非常满意自己坚持了下来的行为。

---

① 阿让库尔（Agincourt）是法国西北部英吉利海峡的布洛涅港东南约三十英里处的一个小村子，因 1415 年 10 月 25 日英法两军在此战斗而著名，英王亨利五世利用强势的弓箭手以寡敌众，大破穿戴笨重盔甲的法国骑士，这次战役成为世界军事史上著名战役之一。

罗伯特·乔丹想，他即使违背命令自己返回营地，也不能责怪他。在大雪封山的夜晚，早点儿返回营地是很明智的选择呢，命令是死的，人是活的。但是他遵照命令留了下来，就是好样的。这在西班牙这个国家，他能做到这一点是非常难得的，在暴风雪中能坚持下来，在某种程度上讲，已经说明了很多问题。德国人将进攻称为暴风雨①，并非没有道理的。我当然愿意多用几个能够坚守原则的人，那是毋庸置疑的。我不清楚费尔南多遇到这样的情况会不会留下，但我知道他有可能也会这样做的。毕竟刚才是他自告奋勇要带我来的。你认为他会选择留下？难道这不是好事？他称得上顽强的人。我必须试探试探，不清楚这个雪茄店门口的印第安人雕塑现在在想些什么。

"你在想什么呢，费尔南多？"罗伯特·乔丹问。

"你问这个干什么？"

"因为好奇，"罗伯特·乔丹说，"我是一个十分好奇的人。"

"我在想晚饭吃什么。"费尔南多说。

"你很讲究吃喝？"

"没错，人这一辈子是离不开这个的。"

"你觉得比拉尔饭菜做得怎么样？"

"一般。"费尔南多回答他。

他也是一个讲究吃喝的人，罗伯特·乔丹想。他们交谈了这么几句，他就认定了，费尔南多是个可以信任的人，他遇到这样的大雪天，也会如安塞尔莫那样，坚守下来的。

他们三个人在雪中费力地弯腰登山，彼此没再说什么，但是内心都是温暖的。

---

① 英语中的 storm（暴风雨，此处指暴风雨）来自德语中的 sturm，两者都可作"进攻，袭击"解。

第十六章

他们从寒冷的大风雪中归来，浑身都挂满了冰雪，乍进入山洞烟氲萦绕的热气腾腾的山洞中，一时还没缓过劲儿来。那妇人可没给他喘气的机会，向他点点头，示意罗伯特·乔丹到她身边去。"'聋子'刚才来过了，你还没回来，交代几句就走了，"比拉尔对罗伯特·乔丹说，"他去找马了。"

"这可难为他了，他有口信带给我吗？"

"他只说他去找马了。"

"那我们需要帮他吗？"

"我现在也摸不到头绪啊！"她说，"你看，那个家伙就很让人头疼了。"

罗伯特·乔丹看了看坐在桌边的巴勃罗，他看见罗伯特看他，于是露齿笑了笑，还挥了挥手。

"英国人，"巴勃罗大声说，"你瞧啊，还在下雪呢，英国人。"

罗伯特·乔丹向他点了点头，没说什么。

"我把你的鞋拿去烤干吧，"玛丽亚说，"挂在炉灶的烟火边，一会儿就干了。"

"好的，留神火，不要把鞋烧着了，"罗伯特·乔丹对她说，"我不想在这里赤着脚走路。怎么了？"他转身面对比拉尔。"这是在开会？你有没有安排人去放哨？"

"在这大风雪里安排人放哨？看你说的这话。"

桌边坐着六个人，都背靠着洞壁。安塞尔莫和费尔南多依然在洞口抖落着夹克衫上的雪，拍打着裤腿，朝墙上跺脚。

"把你的夹克衫给我吧，"玛丽亚说，"不要让雪融化浸湿了衣服。"

罗伯特·乔丹匆忙脱下夹克衫，拍掉裤腿上的雪，把鞋带也解开。

"你要把这里全部弄湿了。"比拉尔说。

"这是你让我过来的。"

"你可以在洞口掸净身上的雪，再过来啊！"

"不好意思，"罗伯特·乔丹说着，赤脚踏在泥地上。"给我找双袜子换上吧，玛丽亚。"

"你的丈夫开始向你发号施令了。"比拉尔说着，向火里加了一块木柴。

"你快点，我的脚有点儿冷。"罗伯特·乔丹对她说。

"背包被锁上了。"玛丽亚说。

"给你钥匙。"他把钥匙抛了过去。

"不是这把钥匙，打不开。"

"那把钥匙是开另一只背包的，袜子就在那个包里。"

姑娘很快找到了袜子，拉上背包，扣上了锁，把袜子和钥匙一起拿了过来。

"坐下把袜子穿上吧，再好好揉一揉脚，这一天你走了太多的路。"她说。

罗伯特·乔丹向她温柔地笑着。

"我的脚还没干呢，你不能用你的头发替我擦干吗?"他这句话是说给比拉尔听的。

"真不是人，"她说，"开始还像个正派的君子呢，现在变成我们的前任天主啦。玛丽亚，拿块柴棍打他。"

"不要，"罗伯特·乔丹对她说，"我开个玩笑，你不知道我心里有多爱你呢。"

"看来你心情不错了？"

"没错，"他说，"因为明天任务，我心里有了一个大概的规划。"

"罗伯特，"玛丽亚说，"坐下，把脚擦干，我去拿些喝的让你暖和一下。"

"看她紧张的那样，他是一个男人啊，以前也不是没弄湿过脚，"比拉尔说，"哎，她以为天从没下过雪啊！"

玛丽亚取来一张羊皮，在山洞的泥地上铺下。

"好了，"她说，"把脚踩在羊皮上，等着鞋晾干吧。"

羊皮是新晾干的，还没来得及鞣过，罗伯特·乔丹将穿着袜子的两只脚踩在上面来回踢踏着，听到羊皮窸窣作响，就像踩在羊皮纸上一样。

炉火正在冒烟，比拉尔对玛丽亚大声说："快扇扇炉火，没用的丫头。这里可不是烟熏作坊。"

"你自己扇吧，"玛丽亚说，"我正在寻找'聋子'留下的酒瓶呢。"

"在他那两只背包后面，"比拉尔对她说，"你非把他当吃奶的娃娃来照顾不可吗？"

"不，"玛丽亚说，"一个暴风雪中归来的男人，一个浑身湿透的男人，我难道不能细心照料吗？在这里呢。"她把瓶子拿到罗伯特·乔丹的跟前。"这瓶酒就是今天中午你喝过的，可以用这个瓶子做一盏好看的灯。在没有电的黑暗里，亮起一盏这样漂亮的灯，是多么的温暖啊！"她欣赏地看着这只酒瓶，看见瓶身上有三大凹痕的酒瓶。"你觉得这酒瓶咋样，罗伯特？"

"你怎么不叫我英国人了?"罗伯特·乔丹对她说。

"在其他人的面前,我还是叫你罗伯特的好,"她低声说着,脸颊绯红。"你喜欢喝这款酒吗,罗伯特?"

"罗伯特,"巴勃罗声音沙哑地说着,向罗伯特·乔丹点了点头。"你喜欢喝这款酒吗,罗伯特?"

"你也要来一些吗?"罗伯特·乔丹问他。

巴勃罗摇了摇头。

"我正在享用葡萄酒呢,这酒就能让我醉死了。"他得意地说。"与巴克斯①一起醉死吧。"罗伯特·乔丹用西班牙语说。

"谁是巴克斯?"巴勃罗问。

"你志同道合的战友。"罗伯特·乔丹说。

"我从来没有听说过他,你别糊弄我,"巴勃罗气呼呼地说,"我在这个山区混了几年了,也从没听说过这么一个人。"

"你替安塞尔莫弄一杯,"罗伯特·乔丹对玛丽亚说,"他被冻着了。"

他正在穿那双烘干的袜子,兑了水的威士忌爽口而又使人微醉。这酒虽然不像艾酒那样烧灼全身,但他认为什么酒也比不上艾酒啊,那种通体舒畅的感觉怎么也忘不了。

谁曾料想这山里会有威士忌呢,他想。不过认真想想,在西班牙最有可能弄到威士忌的地方非拉格兰哈莫属。设想一下"聋子"拿一瓶昂贵的威士忌宴请一个爆破手,然后故意把它带来并留在这里,这不单单是出于他们本身的礼貌吧。他们的礼貌历来就是拿出一瓶酒,然后依照风俗请人干一杯,法国人就不会这样做的。虽然当时的酒都是葡萄酒,但他们还是会把剩下的酒留到

---

① 巴克斯(Bacchus)为希腊神话中酒神狄俄尼索斯的别名,当时的酒都是葡萄酒。

下一次再喝。

是啊，在这个生死存亡的战争年代，一个人能保证自己活着，就实属不易。但他却能体贴地想到客人会愿意喝威士忌，而且之后再把它带过来让他喝个痛快——这就是西班牙人的风范，一种西班牙人的本色吧，他想。你喜欢这些人的原因之一就是他们这样礼貌的态度，还是别把他们想得太好了。有三教九流的美国人，就有三教九流的西班牙人。不过话要说回来，带威士忌来这一点还是很有绅士风度的。

"你认为这酒如何？"他问安塞尔莫。老头子此时坐在炉边，脸上堆着笑容，两只手捧着个大杯子。他似乎不赞同，摇了摇头。

"不好喝？"罗伯特·乔丹问他。

"小姑娘在酒里兑了水。"安塞尔莫说。

"看见罗伯特就是这么喝的啊，"玛丽亚说，"莫非你是什么特殊人物？"

"我只是一个小人物，"安塞尔莫对她说，"我没有觉得自己了不得。我喜欢喝下去的火辣辣的感觉，这个不够劲儿。"

"杯子递给我，"罗伯特·乔丹对姑娘说，"为他斟些火辣辣的东西。"

他将杯里的酒倒进自己杯里，然后把空杯递给玛丽亚，她接过之后，小心翼翼地将瓶里的酒倒入杯里，生怕洒出来一点儿。

"啊，"安塞尔莫拿了酒杯，一仰脖灌进喉咙。他看见玛丽亚拿着酒瓶站着，朝她眨了眨眼睛，眼里流出了两行泪水。"对头，"他说，"这东西。"然后他舔了舔嘴唇，"这东西才可以杀死我们肚里作祟的蛆虫。"

"罗伯特，"玛丽亚说着，走到他身旁，依旧拿着酒瓶。"你饿了吗?"

"准备好饭菜了?"

"早就准备好了,就等着你们回来开饭呢。"

"其他人都吃过了?"

"除了你、安塞尔莫以及费尔南多,大家都吃过了。"

"那我们吃吧,"他对她说,"但是你呢?"

"过会儿和比拉尔一起吃。"

"现在就和我们一起吃吧。"

"不了,我得遵守这里的传统。"

"来吧,一起吃。在我的国家,男人和女人是平等的,吃饭都是一起吃的。"

"那是你的国家,在这里女人必须先伺候男人吃完,才能吃呢。"

"和他一起吃吧,"巴勃罗在桌边抬眼看着她说,"陪他吃,陪他喝,陪他睡,陪他死,按照他的国家的规矩来办吧。"

"你喝醉了吗?"罗伯特·乔丹站在巴勃罗的面前说。看着这肮兮兮的、满脸胡楂儿的男人兴奋地看着他,他不耐烦地问了一句。

"是啊,"巴勃罗说,"女人和男人一起吃饭的国家,英国人,在哪里呀?"

"在美利坚合众国的蒙大拿州①。"

"男人和女人同样都穿裙子的地方,是那里吗?"

"不是,那是苏格兰。"

----

① 蒙大拿州的州名(Montana)和西班牙语中的 montana 一词都源出拉丁语,意为"山岳,山区"。

"哈哈，"巴勃罗说，"当你穿裙子的时候，英国人啊……"

"我从不穿裙子。"罗伯特·乔丹说。

"当你穿裙子时，"巴勃罗仍然说，"你的裙子里面穿什么？"

"我不了解苏格兰人的穿着打扮，"罗伯特·乔丹说，"对于裙子里面穿什么，我也想知道呢。"

"别管苏格兰人，"巴勃罗说，"谁问苏格兰人了？谁会理会名称这么奇怪的外国人？我才不会呢。我才不管那么多呢。你，啊，英国人。你，在你们国家，你们的裙子里穿什么？"

"我和你讲过两次了，我们是不穿裙子的，"罗伯特·乔丹说，"我说的是实话，不想跟你开玩笑。"

"可是我还是想知道，你裙子里面穿什么，"巴勃罗还继续问着说，"因为我们知道，你们就是穿裙子的，连当大兵的也穿。我见过那样的照片，并且在普赖斯马戏场也看见过。你在裙子里面穿什么啊，英国人？"

"两枚鸡蛋。"罗伯特·乔丹说。

安塞尔莫哈哈大笑，其余听着的人也在笑，只有费尔南多除外。他认为在女人面前说如此的粗话不成体统。

"噢，这个是男人都有，"巴勃罗说，"但是我觉得，如果你真有蛋，就不会穿裙子了。"

"不要听他胡扯了，英国人，"那个扁脸、断鼻梁的名叫普里米蒂伏的汉子说。"他喝醉了，我们聊聊吧。你们国家都种什么粮食，养什么牲畜？"

"牛和羊，"罗伯特·乔丹说，"种许多粮食和豆子，还有很多制糖的甜菜。"

他们三个人此时坐在桌边，其他的人在旁边坐着，听着他们的谈话。只有巴勃罗单独坐着，面前放了一碗酒。

今晚的晚饭还是炖肉，但罗伯特·乔丹还是狼吞虎咽地吃着，因为他实在是太饿了。

"你们那边山多吗？既然叫蒙大拿，当然有山。"普里米蒂伏客客气气地问，试图打开话匣子。巴勃罗喝醉的那些荤话，使他都感觉替他臊得慌。

"有非常多的山，而且特别高大。"

"也有牧场，对吧？一定很美。"

"是啊，棒极了。政府管辖的森林高原牧场最富庶了。到了秋天，他们就把牛羊赶到低的山坡上去放牧。"

"那里的土地归农民自己吗？"

"大多数土地是归种地人所有的。土地本来是国有的，要是有人愿意在那里生活并开垦的话，每个人可以拥有一百五十公顷土地的所有权。"

"哦，这么好啊！你倒是详细给我们讲讲啊，这是怎么一回事，"奥古斯丁很兴奋地问，"这是一种很有意思的土地改革制度啊！"

罗伯特·乔丹为他讲解了分给定居移民宅地①的过程，他从来没想过这算是一种土地改革。

"这非常好啊，"普里米蒂伏说，"如此说来，你们国家实行的是共产主义？"

"不是，那是在共和国的领导下进行的。"

"照我看来，"奥古斯丁说，"共和国就很好，在那里农民能过上好日子。依我看不需要其他形式的政府了。"

---

① 在美国南北战争期间，林肯总统颁布了"宅地法案"（Homesteael Act），规定任何一家之主，或满二十一岁的本国公民可向政府多领取一百六十公项土地，在此定居开垦三年后，成为该地的所有者，该法案促进了西部大开发。

"那么你们没有大业主吗?"安德烈斯问。

"也有啊!"

"那么说来,弊端也是有的了。"

"当然,肯定有许多弊病。"

"你们怎么不想办法根除这些弊病?"

"我们已经做过了,不过仍然有许多弊病。"

"不过,有没有必须加以限制的特别大产业呢?"

"有。但是有的人认为,单靠抽税就可以让它们解散。"

"如何做呢?"

罗伯特·乔丹一边解释所得税和遗产税的种种功用,一边用面包抹着装过炖肉的碗。"不过大产业依然存在,此外,别的小土地也要征税。"他说。

"但是,大业主和有钱人一定会反抗这些税收的,我看这些税倒像是革命的来头。他们看到自己受到威胁,肯定会反抗政府,就像法西斯分子在这里所做的一样。"普里米蒂伏说。

"可能吧。"

"那么你们的国家也不安定了,也必须得斗争喽。"

"是啊,斗争才能自由啊!"

"你们那里法西斯分子不是很多吧?"

"非常多,不过他们不清楚自己就是法西斯分子,可是最后他们是会明白过来的。"

"不过,你们不可以在他们造反之前就抢先把他们消灭吗?"

"不可以,"罗伯特·乔丹说,"不可以消灭他们。但是我们可以告诫人民警惕法西斯,等到它一抬头就有所认识,同它坚决做斗争。"

"你知道没有法西斯分子的地方吗?"安德烈斯问。

"什么地方？"

"巴勃罗老家的那个镇上，"安德烈斯说着，露齿笑了笑。"你清楚那个镇上都发生了什么情况吗？"普里米蒂伏问罗伯特·乔丹。

"知道，我听说了事情的经过。"

"听比拉尔说的？"

"是的。"

"从这女人嘴中你听不到完整的经过，"巴勃罗气呼呼地说，"她没有看到事情的最终结果，因为在窗外她从椅子上摔倒了。"

"那么你就把发生的情形和他说说吧，"比拉尔说，"既然我不知道，你就说一说嘛。"

"不，"巴勃罗说，"我从来没对别人讲过这些。"

"没错，"比拉尔说，"你以后也不会讲啦。如今你希望当时没有发生那回事吧？"

"不，"巴勃罗说。"你这话说得不对。如果大家同我一样，当时把法西斯分子全部消灭，就不会存在这场战争啦，可是，如果当时不那么做，那该多好。"

"你为什么说这话？"普里米蒂伏问他，"你在改变你的政治见解吗？"

"不，不过当时做得实在太残忍了，"巴勃罗说，"那时的我太狠心了。"

"你现在已经醉了。"比拉尔说。

"是啊，"巴勃罗说，"我醉了，你们就原谅我说的疯话吧。"

"我倒是喜欢你心狠手辣的时候，那还算是条汉子，"妇人说，"男人中酒鬼是最讨人厌的。盗贼不偷窃时还挺像人的，流氓也不会在自己的家里进行敲诈勒索，杀人凶手不会杀自己的亲人。但是酒鬼们就不一样了，他们在自己床上呕吐，甘愿酒精腐蚀掉他的五脏六腑，这样的人，活着已经没有意义了。"

"你是女人，你不理解男人，"巴勃罗平心静气地说，"我虽然喝醉了，但我以前做的那些事依然让我痛苦。我现在真是后悔啊，如果不是把那些人杀掉了，我现在就会觉得好受一些。"他摇了摇头，似乎伤心到了极致。

"给他一些'聋子'带过来的酒，"比拉尔说，"给他一些酒，好让他有点儿活力，他伤心得快要承受不住了。"

"如果能够让他们复活，我做什么也甘愿啊！"巴勃罗说。

"去你的，"奥古斯丁对他说，"这里是什么地方？"

"我要让他们都活过来，"巴勃罗悲伤地说，"每个人。"

"去你妈的，"奥古斯丁朝他大声叫嚷，"闭嘴，不要说这些没骨气的话。要不就滚出去，你杀掉的都是法西斯分子啊！"

"你听到我说的话了，"巴勃罗说，"我要让他们全部活过来。"

"那你就可以行走在海面上啦①，"比拉尔说，"我活半辈子了也没见过你这么窝囊的男人。截止到昨天，你还残留有那么一丁点儿男子汉气概。今天可不行了，你还不如一只病猫。你喝得神志不清，还自认为很爷们儿呢。"

"革命初期，我们就错了。我们要不就把法西斯分子全部杀掉，要不就一个都不杀。"巴勃罗点了点头，"全部杀掉，要不就一个也不杀。"

"英国人，听着，"奥古斯丁说，"你怎么会偏偏来了西班牙呢？不要理会巴勃罗，他醉得实在不轻啊！"

———————

① 喻指耶稣基督，据《圣经·约翰福音》第十一章，耶稣曾使死去四天的拉撒路复活，他从墓穴里走出来。另据《圣经·马太福音》第十四章第二十二节到三十三节，耶稣曾在四更天行走在海面上，使门徒们相信他是上帝的儿子。

"我第一次来是十二年前，我来研究这个国家，还研究西班牙语，"罗伯特·乔丹说，"我在一所大学教授西班牙语。"

"你看上去一点儿也不像大学教授。"普里米蒂伏说。

"他没有胡子，"巴勃罗说，"看他，他没有胡子。"

"你真的是教授?"

"是讲师。"

"总之你是教课的吧?"

"没错。"

"但是为什么教授西班牙语，"安德烈斯问，"你是英国人，教授英语不是更好吗?"

"他的西班牙语和我们说得一样好，"安塞尔莫说，"为什么他不能教西班牙语?"

"是啊。不过外国人教授西班牙语，多少总有那么一点儿自以为是的感觉呢，"费尔南多说，"我说的是实话，可没有反对你的意思，堂·罗伯特。"

"他肯定是一个冒牌的教授，"巴勃罗得意扬扬地说，"因为他没有长胡子。"

"你的英语一定讲得棒极了，"费尔南多说，"教授英语不是更好吗? 自己的母语，不是更顺手啊!"

"他并不教授西班牙人……"比拉尔开始插嘴。

"希望如此。"费尔南多说。

"请让我把话讲完，你这头蠢驴，"比拉尔对他说，"他是给美洲人教授西班牙语的，北美人。"

"他们不会讲西班牙语吗?"费尔南多问，"南美人会说。"

"蠢驴，"比拉尔说，"他教讲英语的北美人说西班牙语。"

"无论如何，我只觉得，他既然讲英国话，那么教英国话就会容易一些。"费尔南多说。

"难道你没有听到他讲的西班牙语？"比拉尔无奈地对罗伯特·乔丹摇了摇头。

"是啊，但是带着口音的，很生硬啊！"

"哪里的口音？"罗伯特·乔丹问。

"埃斯特雷马杜拉的。"费尔南多正经八百地说。

"哎呀妈呀，"比拉尔说，"这种人啊！竟然硬说人家的西班牙语不好，他哪里有口音了，我可没听出来。"

"有这种可能，"罗伯特·乔丹说，"我是从那里来的。"

"他自己很了解，"比拉尔说，"你这个老姑娘，"她把头转向费尔南多。"你吃饱了吗？"

"如果东西做得够多的话，我还想吃，"费尔南多对她说，"不要认为我的话是故意反对你的，堂·罗伯特——"

"奶奶的，"奥古斯丁干脆利落地说，"你妈的。我们革命的目的是为了对同志们称呼堂·罗伯特吗？"

"在我看来，革命的目的就是为了让大家都可以互相称呼'堂'，"费尔南多说，"在共和国的领导下，就应该这样。"

"奶奶的。"奥古斯丁说，"该死的奶奶的。"

"我仍然认为堂·罗伯特教授英语要容易一些。"

"堂·罗伯特没有胡子，"巴勃罗说，"他是一个冒牌的教授。"

"我没有胡子，你这么说是什么意思？"罗伯特·乔丹说，"那这是什么？"

他摸了摸下巴和脸颊，三天没刮胡子了，他的下巴和脸颊长出了一片黄色的短胡须。

"你没有胡子，不算是教授。"巴勃罗对他摇了摇头。

"那并不算真正意义上的胡子，"此时的他简直得意扬扬，

"他是一个冒牌的教授。"

"你们祖宗的，"奥古斯丁说，"这里简直就是疯人院。"

"你喝你的酒吧，"巴勃罗对他说，"照我看来，一切正常。就是堂·罗伯特没有长胡子。"玛丽亚伸出手来摸了摸罗伯特·乔丹的脸庞。

"他有胡子。"她对巴勃罗说。

"你当然知道他有胡子。"巴勃罗说，听见他这么说，罗伯特·乔丹看了他一眼。

我猜想他并没有醉得很厉害，罗伯特·乔丹想，不，不见得真醉成说胡话。我认为最好还是多加小心。

"你，"他对巴勃罗说，"你觉得这场雪会一直下吗？"

"你认为呢？"

"我在问你呀。"

"还是问其他人吧，"巴勃罗对他说，"我又不是你的情报部。你有情报部的证明文件嘛。问问那个女人，她是当家的。"

"我是在问你。"

"去你妈的，"巴勃罗对他说，"你、这女人，还有这姑娘，全都见鬼去吧。"

"他喝醉了，"普里米蒂伏说，"不要理会他，英国人。"

"我想他并不是真醉。"罗伯特·乔丹说。

玛丽亚就站在他身后，罗伯特·乔丹注意到巴勃罗正在扭头注视着她。这一脸胡楂儿的圆脑袋上长着的猪眼一样的小眼睛，正不怀好意地上下打量着她。

罗伯特·乔丹心想，我在这次战争中见过不少杀人的人，他们虽然各方面体貌特征都不一样，当然也没有所谓的天生的凶犯相，可是巴勃罗毫无疑问长得的确不像一个好人。

"我觉得你并没喝醉，"他对巴勃罗说，"这会儿的醉态只是装出来的。"

"喝醉了，"巴勃罗庄严地说，"喝酒没有什么，喝醉了才有意思。我醉得非常厉害。"

"我不相信，"罗伯特·乔丹对他说，"没醉装醉，胆小怯懦，这倒是真的。"

山洞里一下子安静下来，他可以听到比拉尔做饭的炉灶里柴火发出的噼噼声。他听到自己两只脚支撑着身体重重地踩在羊皮上的窸窣声。他感觉洞外的下雪声都能听到。事实上这是听不到的，可是他可以察觉到雪花落地时无声的寂静。

罗伯特·乔丹想，直接把他干掉，让事情结束吧。罗伯特不清楚他心里在打什么算盘，不过可以肯定不会是好事。后天清晨就要炸桥，可是这家伙真差劲，对整个任务来说，他实在是一个威胁。来吧，让我们把事情结束吧。

巴勃罗对他露齿笑了笑，竖起一只手指在脖子上比画了一下。然后又摇摇头，但是脑袋只是在那又粗又短的脖子上稍稍左右晃动了一下。罗伯特知道，他这是在挑衅，意思是说自己不敢杀他。

"不，英国人，"他说，"别惹我发火。"他看着比拉尔，并且对她说，"你想这样干掉我可不行。"

"不要脸的家伙，"罗伯特·乔丹对他说，此时他已经动了杀心，"胆小鬼。"

"随便你说什么吧，"巴勃罗说，"但是我不会恼火的。弄一些喝的吧，英国人，向那个女人做个手势，示意这样做不行。"

"住口，"罗伯特·乔丹说，"不关她的事，是我向你挑衅。"

"白费心机，"巴勃罗对他说，"我不招惹别人。"

"你真是一个废物，"罗伯特·乔丹故意惹他说，不愿意就此罢休，不愿意再一次错过机会。他说话时明明知道这种场面之前已经演过一遍，他感到他正根据记忆，按照曾经在书上读到过或曾经梦到过的，在饰演一个狠角色，感到这场面似曾相识。

"废物，没错，"巴勃罗说，"而且还是醉鬼。但愿你能长寿，英国人。"他在酒缸里舀了一杯，举了起来。"祝你健康，你有种。"

罗伯特·乔丹想，他思想虽然怪异，但毫无疑问，他很聪明，我不能小觑了他啊！他只听得到自己的呼吸声，反而炉灶的声响再也听不到了。

"为你干杯，"罗伯特·乔丹说着，同样舀了杯酒。你喜欢伪装，那么我就奉陪到底吧，他想，干杯吧。

"干杯。"他说，你干杯吧，他想，干杯，你就干杯吧。

"堂·罗伯特。"巴勃罗气呼呼地说。

"堂·巴勃罗。"罗伯特·乔丹说。

"你算不上是教授，"巴勃罗说，"因为你没有长胡子。何况，要想把我干掉，只能暗地做，然而要这样正大光明地做，你可没这胆量。"

他看着罗伯特·乔丹，嘴巴紧闭，这样双唇抿成一条紧绷的直线，就像死鱼的嘴，罗伯特·乔丹想。这样的脑袋，就像一条被案板上的针纯鱼吸进空气，然后把身子胀大了一般。

"巴勃罗，干杯，"罗伯特·乔丹说着，举起杯来喝掉杯中的酒，"我从你这儿学到不少东西呢。"

"我现在是教授啦，"巴勃罗点了点头，"算了，堂·罗伯特，我们交个朋友吧。"

"我们现在是朋友了。"罗伯特·乔丹说。

"现在我们就可以做好朋友了？"

"我们已经是了。"

"我要走了，"奥古斯丁说，"一点儿也没错，别人说我们这辈子需要听大概一吨的废话，但是刚才这一会儿我每只耳朵就灌进了二十五磅的废话。"

"你怎么啦，黑鬼？"巴勃罗对他说，"你不喜欢看到堂·罗伯特和我交朋友？"

"黑鬼？把你的嘴巴放干净点儿。"奥古斯丁走到他的面前站住，攥紧双手，不自然地垂在身体两侧，显然他已经愤怒到了极点。

"他们就是这样称呼你的嘛。"巴勃罗说。

"你这样叫我就不行。"

"噢，那就叫白人……"

"也不许这么称呼。"

"那么我应该怎么称呼你，'赤色分子'？"

"对，赤色分子。佩戴着部队的红星，拥戴共和国，并且我的名字是奥古斯丁。"

"好一个爱国者，"巴勃罗说，"看，英国人，好一个爱国典范。"

奥古斯丁实在忍无可忍他的这种语气，举起左手，反手一挥，狠狠地给了他一个耳光。

巴勃罗并没反抗，仍旧在坐在那里，嘴角上沾着酒，无动于衷。但是罗伯特·乔丹注意到他的眼睛眯了一下，但很快就恢复了正常。那种感觉就好像猫的眼睛在强光下收缩成一条垂直的窄缝一样危险。

"你们这样做，别欺人太甚啊，"巴勃罗说，"别异想天开了，太太。"他转过头来面向比拉尔。"我不会恼火的，你们没有机会。"

奥古斯丁又揍了他一下，这次他是握紧拳头打在他嘴上的。

罗伯特·乔丹见事情不妙，于是在桌下的一只手握住了手枪，他扳开保险，并用左手把玛丽亚推开。她挪了挪身子，他就又用左手用力地推了一下她的胸部，真的让她走开，她这才离开。罗伯特·乔丹从眼梢看见她顺着洞壁向炉灶悄然退走过去，随后他观察着巴勃罗的脸色。

这个圆头圆脑的汉子坐着，目光呆滞地盯着奥古斯丁。此时他的瞳孔变得更小了，面色也更加狰狞起来。他舔了舔嘴唇，然后抬起一只手臂，用手背擦了擦嘴，低头一看，看到了手上的鲜血。他也没有动怒，仅仅是唾了一口血水。

"别欺人太甚啊，"他说，"别把我当傻子，我可不想招惹别人。"

"王八蛋。"奥古斯丁说。

"你傻啊，"巴勃罗说，"你了解这个女人吗？"

奥古斯丁再次狠狠地捆了一下他的嘴巴，巴勃罗却还是笑，嘴已经被鲜血染红了，嘴里黄黄的坏牙也露出来。

"得了吧，"巴勃罗说着，伸手拿杯子去缸里去舀了一些酒。"这里没有人有种来杀我，只会这样挥挥拳头，我不怕的。"

"胆小鬼。"奥古斯丁说。

"我不在乎，尽管骂吧，"巴勃罗说着，拿起酒杯喝了一口，漱了漱口，发出咕噜噜的声响。然后吐在地上，"我根本不在意别人说什么。"

奥古斯丁站在那里，低头看着他，使劲儿骂他。那种缓慢纠缠不休的谩骂，好像在用粪耙从大车里一次次地挑起肥料，往庄稼地里施肥一样。

"别费劲了，"巴勃罗说，"停下吧，奥古斯丁。你揍我啦，不过，你会把自己的双手弄伤的。"

奥古斯丁骂够了，也觉得无趣，转身向洞口走去。

"还是别出去了，"巴勃罗说，"外面正在下雪，在里面暖和着吧。"

"你！你！"奥古斯丁由洞口转过身来对他说，将他满腔的蔑视全部放在一个"你"字上。

"没错，我，"巴勃罗说，"等你死去的时候，我一定还活着呢。"

他再次舀了杯酒，面向罗伯特·乔丹举起了杯子。

"为教授干一杯。"他说着。

接着转身面向比拉尔，"为太太当上这里的老大，干一杯。"然后替大家祝酒，"为天下所有痴心妄想的家伙而干杯。"

奥古斯丁径直地走到他面前，用手倏地砍掉了他手中的杯子，杯子应声碎了一地。

"好好的酒，就这么糟蹋了，"巴勃罗说，"多么浪费啊。"

奥古斯丁骂了他一句粗话，啐了一口在地上。

"你还是省省你的唾沫吧，"巴勃罗说着，又舀了一杯，"我喝醉了，看到了吗？我是真的醉了，我不醉的时候都不怎么说话。你从来没有听我说过如此多话吧。不过我和你们这群傻子在一起，有时就得喝醉，才能聊到一块儿去。"

"滚，你奶奶的胆小鬼，"比拉尔对他说，"我今天晚上算是认清了你的嘴脸了，就是一个不中用的懦夫。"

"你这女人说话，一点儿也不给我留情面，"巴勃罗说，"我要去外面看看马了。"

"操它们去吧，"奥古斯丁说，"你不是一向喜欢糟蹋畜生吗？"

"不要说得太过分啊，你说什么可以，不要诋毁我的马。"巴勃罗说着摇了摇头站了起来，他从洞壁上拿下自己毯子式的大披风，临出洞口的时候，又回身望了一眼奥古斯丁。

"你啊，"他说，"说话实在太粗暴了。"

"你这么晚了，还去看马？"奥古斯丁说。

"去看看罢了。"巴勃罗说。

"操它们，"奥古斯丁说，"你这个嫖马客。"

"我非常喜欢它们，"巴勃罗说，"它们怎么看都美丽，即使从马屁股后面看过去，它们也比你们任何人都漂亮、乖巧。你们自己玩去吧，老子要去看我的马了，"他说着露齿笑了笑。"英国人，你不要花心思在我身上了，你还是对他们交代一下袭击时的具体安排，告诉他们怎样撤退吧。英国人，炸桥之后你要把他们带到哪里去？你把你这群爱国者带到哪里去？我今天一整天饮着酒，就是在思考这件事。"

"你思考出什么结果来了？"奥古斯丁问。

"问我吗？"巴勃罗说，舌头在嘴里到处舔着，若有所求。"我思考出什么，不关你的事吧。"

"说出来吧，我们大家也听听你这聪明人的高见。"奥古斯丁对他说。

"计划我倒是想了几个。"巴勃罗说。他将毯子式披风从头上套下，圆滚滚的脑袋从披风的圆孔中探出来，那黄色的披风油腻腻的，看着都让人不舒服。"我想了好多事情。"

"什么事情呢？"奥古斯丁问，"你想到了，就跟大家说说嘛。"

"我在想你们是一帮痴心妄想的家伙，"巴勃罗说，"领头的是一个头脑长在两腿中间的女人，还有一个过来送你们去法场的外国佬。"

"滚！"比拉尔对他高喊道，"滚，到雪地里去操你自己吧！

你给我滚开，你这个被马淘空了身子的嫖客。"

"骂得可真带劲儿啊！"奥古斯丁敬佩地说，不过神情似乎充满了凄凉，显然巴勃罗的话刺激到了他。

"我走，"巴勃罗说，"不过我很快就要回来。"他掀起洞口的毯子，走出去，不过他在洞口还嘟囔着，"外面还下雪呢，英国人。"

第十七章

山洞里悄无声息，洞顶的那个窟窿不时地飘进雪花来，它们伴着风的呼啸，打着转儿落在炉灶里，不时地发出咝咝声。

"比拉尔，"费尔南多说。"还有炖肉吗？"

"呸，住口，也不怕吃多了，撑死。"妇人说。

玛丽亚没说什么，乖巧地接过费尔南多的碗，拿到炉灶边的大铁锅边，给盛了一碗炖肉，那个铁锅刚从炉灶上端下来，里面的炖肉还热气腾腾的。她把碗端到费尔南多的身前，然后拍了拍他的肩膀，示意他好好吃。她在他身边站着并没走开，一手安抚地搭在他的肩上。可是费尔南多并没有抬头，低着头一个劲儿地吃着碗里的炖肉。

奥古斯丁依旧站在炉灶边，其他人都坐在各自的角落里，默不作声。比拉尔也离开炉火，坐到罗伯特·乔丹的对面。

"是吧，英国人，"她说，"你看到巴勃罗的样子了。"

"他要干什么？"罗伯特·乔丹问。

"什么事他都能干得出来，"妇人低头看着桌子，"你要谨慎啊，不管什么事，他这人是什么都干得出来的。"

"那支自动步枪在哪里？"罗伯特·乔丹问。

"在洞角，被毯子裹着，"普里米蒂伏说，"你现在要吗？"

"等会儿要用它，"罗伯特·乔丹说，"我现在只想知道它放在哪儿而已。"

"哦，好的，"普里米蒂伏说，"我把它拿了进来，并且用我的毯子将它全都包裹起来了，以免枪的部件受潮。几盘子弹也放在那只背包里。”

“他不会打它主意的，”比拉尔说，“他不会拿这支机关枪干什么名堂。”

“你刚才还说，他什么事都能干得出来。”

“我是这么说了，”她说，“但是他没有使用过机枪。他会直接扔一个手雷进来，这才比较符合他的风格。”

“没有把他干掉，真是愚蠢至极啊，”吉卜赛人说。他一个晚上都没有开口说过话，“昨天晚上罗伯特就应该将他干掉。”

“干掉他，”比拉尔说，她那张大脸上显露出了阴沉却又疲惫的神情，“我现在赞成这个办法了。”

“我原来是不赞成的，”奥古斯丁说。他站在炉灶前面，两只胳膊垂在身体两侧，颧骨下长满胡楂儿的两颊，在炉火火光的映照下显得凹了进去。“现在我不反对了，”他说，“他这个人非常恶毒，恨不得看着我们大家全部完蛋。”

“大家谈谈吧，”比拉尔说，但是她的声音有气无力。“你的意见呢，安德烈斯？”

“干掉他。”两兄弟中黑头发贴在前额上的那个人说。

“埃拉迪奥？”

“我也同意，”另一个兄弟说，“照我看来，他已经变得很危险了，一无是处了。”

“普里米蒂伏？”

“我也觉得必须杀了他。”

“费尔南多？”

“我们不杀他，把他关起来怎样？”费尔南多问。

"谁来看管他?"普里米蒂伏说，"要把他拘押起来，必须派两个人看着他，再说了，最后我们怎么处置他呢?"

"我们可以用他和法西斯分子做交易。"吉卜赛人说。

"绝对不可以这么做，"奥古斯丁说，"这种卑鄙的勾当干不得。"

"只是提个建议嘛，"吉卜赛人拉斐尔说，"依我看来，叛乱分子把他弄到手会高兴的。"

"得了吧，"奥古斯丁说，"真卑鄙。"

"没有比巴勃罗更加卑劣的吧。"吉卜赛人为自己辩护着。

"人家卑鄙，并不能让你拿着这当借口，"奥古斯丁说，"好，所有人都说了。只剩下老头子和这个英国人还没有表态了。"

"他们是局外人，"比拉尔说，"他没有当过他们的头儿。"

"等一下，"费尔南多说，"我还没有说完呢。"

"说吧，"比拉尔说，"一直喋喋不休地说下去。直到他回来，掀开洞口的毯子，然后滚个手雷进来，将我们以及炸药之类的全部毁掉。"

"我认为你言过其实了，比拉尔，"费尔南多说，"我看他不至于有这种心思吧。"

"依我看他也不会，"奥古斯丁说，"因为这样一来把酒也炸掉了，那他喝什么啊?"

"为什么不把他交给'聋子'，让'聋子'用他和法西斯分子做交易?"拉斐尔提议道，"可以把他弄瞎，这样对付他就简单多啦。"

"住口，"比拉尔说，"你说这样残忍的话，我都感觉也应该把你一块儿杀掉。"

"这样做，法西斯分子也不会给我们一点儿好处，"普里米蒂伏说，"这种事情，以前别人干过，法西斯们不但不给好处，反倒会把你也一起毙掉。"

"我认为弄瞎他，再把他交给法西斯分子，我们一定能拿到赏金。"拉斐尔说。

"闭嘴，"比拉尔说，"如果再说弄瞎这事，就连你一块儿弄瞎。"

"但是巴勃罗，曾经就把受伤的民防军弄瞎过，"吉卜赛人坚持说，"那一次你忘了吗？"

"闭上你的嘴。"比拉尔对他说。在罗伯特·乔丹的面前这样说起弄瞎眼的事情，让她感到窘迫。

"你还没让我把话讲完呢。"费尔南多插嘴道。

"快讲，"比拉尔对他说，"你这个啰唆的杂种。"

"既然关起来不行，"费尔南多开始说，"而且……"

"把话讲完吧，"比拉尔说，"看在天主的面子上，快点儿，说啊！"

"我认为，拿他做交易也不人道，"费尔南多继续平静地说，"为了确保计划的顺利进行，我也觉得干掉他可能是最好的。"

比拉尔看着这个矮个汉子，摇了摇头，咬了咬嘴唇，沉默不语。

"这就是我的建议，"费尔南多说，"我坚信，我们一致认为他对共和国已经构成威胁了……"

"圣母马利亚啊，"比拉尔说，"都到了这份儿上了，有人还在装正经。这啰唆的大道理到底什么时候是个头啊！"

"他自己的言谈和他最近的行为，这两方面都可以断定，他变坏了，"费尔南多继续说，"虽然他在革命的最初，甚至是不久之前所做的事情还是值得我们赞叹的……"

比拉尔刚走到炉边，似乎想到了什么，她又来到了桌旁。

"费尔南多，"比拉尔平静地说，递给他一碗食物。"请安安稳稳地吃这碗炖肉，堵上你的嘴，不要再发表长篇高论了，我们都知道你的建议了。"

"但是，那么如何……"普里米蒂伏问到这里，却没说下去。

"我准备做了，"罗伯特·乔丹说，"既然你们都觉得应该这么做，那么我就伺机动手了。"

我的话一出口，我就觉得自己语调也不对了。我怎么了？他想，听到费尔南多说话，我说话的语调也变味啦。这种语调肯定有传染性。法语，外交辞令。西班牙语，官僚语言。

"不要，"玛丽亚说，"不要这样做。"

"这事情和你无关，"比拉尔对姑娘说，"把嘴闭上。"

"今晚我就行动。"罗伯特·乔丹说。

他注意到比拉尔一直在看着他，手指放在嘴唇上，她正向洞口张望。

一个黑影接近洞口，毯子给掀了起来，巴勃罗把头探进来。他对大家露齿笑了笑，径直走了进来，接着回身弄好挂毯。他转过身站在那里，然后把套头的毯子式披风脱掉，把上面的雪抖掉。

"你们在说我？"他对大家说，"我是不是打断了你们的谈话了？"

没人搭理他，他就将披风挂在洞壁的木钉上，转身向桌子走了过去。

"怎么回事？"他问，拿起他放在桌子上的空酒杯，就伸进酒缸里舀酒，结果却扑了空。"没有酒了，"他对玛丽亚说，"去，从酒袋里倒一些来。"

玛丽亚把酒缸端起，朝挂着酒袋的方向走过去，酒袋上面布满了灰尘，酒装的太满以致胀得溜圆，上面漆了黑色的柏油，倒挂在洞壁上，她把酒袋一条腿上的旋塞稍微拧开了一点儿，这样就可以让酒从旋塞周围喷射进酒缸里。

巴勃罗看见她跪着，把酒徐徐注入酒缸，他看到那淡红色的酒流出来，速度非常快，酒在酒缸内打着旋，缸内越来越满。

"小心点儿，不要洒了。"他对她说，"袋里的酒就剩下这么点儿了，感觉连一半儿都不到了。"

洞里还是寂静无声。

"今天我可喝得不少，从酒袋的肚脐处喝到了胸口①，"巴勃罗说，"每天就喝那么多。你们大家怎么啦？猫把你们的舌头叼走了？"大家还是没人回应他。

"把塞子旋紧，玛丽亚，"巴勃罗说，"千万别把酒洒了。"

"还有很多呢，"奥古斯丁说，"够你喝的了。"

"有一个人找到舌头了，"巴勃罗说着，对奥古斯丁点了点头。"祝贺祝贺。我又开始以为你被吓得不会说话了呢。"

"为什么呢？"奥古斯丁问。

"因为我进来了啊！"

"你以为你进来有什么了不起的？"

罗伯特·乔丹想，奥古斯丁看来已经打定主意要杀掉他了，很快他就要动手了。他肯定很痛恨巴勃罗，我可不恨他，他想。

---

① 这种皮酒袋用整张牛皮制成，四条腿封住，在一条腿上安上个龙头，倒挂在墙上，要酒时旋开龙头即可。

没错，我不恨他。我只是讨厌他，但是我不恨他。虽然弄瞎眼这主意非常卑劣，但是这是他们之间的战争。今后两天有他在身边也没什么大碍，所以我不打算介入这件事情啦，他想。今天晚上我曾经一度成为傻瓜，竟然真希望把他干掉，不过没被逼到份儿上我不会乱来的。何况炸药就在旁边，也不应该在这山洞里玩开枪杀人的把戏。巴勃罗当然也考虑了这一点。

你刚才的时候想到这一点了吗？他问自己。没有，你根本没有想到，奥古斯丁同样没有想到。如果有什么差池，你也是活该啊！他想。

"奥古斯丁。"他说。

"怎么？"奥古斯丁冷冷地抬起眼睛，把头扭过去并不看巴勃罗。

"我想和你说一句话。"罗伯特·乔丹说。

"以后再说吧。"

"很棘手，"罗伯特·乔丹说，"拜托啦，马上跟我出来。"

罗伯特·乔丹缓步走到门口，巴勃罗的目光跟随着他。奥古斯丁身材威武，脸颊凹陷，站了起来向他走去。他十分不屑地挪动着脚步。

"你忘了背包里藏的东西了吗？"罗伯特·乔丹对他说话的声音压得极低。

"他奶奶的！"奥古斯丁说，"我大意了。"

"我刚才也忘了。"

"他奶奶的！"奥古斯丁说，"我们真是傻瓜！让巴勃罗给耍了。"他转过身子，大大咧咧地返回桌边坐下。

"来一杯吧，巴勃罗老兄，"他说，"马可好？"

"很好呢，"巴勃罗说，"雪越下越小了。"

"依你看会停止吗？"

"会，"巴勃罗说，"现在越下越稀疏了，还下起了小小的冰晶。马上就要起风了，雪很快就会停下来，风向一变，雪也就停了。"

"你觉得明天会是大晴天吗？"罗伯特·乔丹问他。

"会的，"巴勃罗说，"明天看来天要转冷放晴了。这风向正在改变。"

看他，罗伯特·乔丹想，他刚才那副讨厌劲儿，现在却变得和蔼可亲了，就像风向那样瞬息万变。他身材跟猪一样肥胖，但他杀人出手很快，人也灵敏，就如一只很好的气压计。

是啊，罗伯特想，猪也是一种很聪明的牲畜嘛。巴勃罗一定对我们心存忌恨，要不然也是恨我们炸桥的方案。他用恶毒的语言攻击你，来发泄他的不满，惹得你想干掉他，但是等他觉得触到了你的极限，却又突然改变态度，重新再来一套新的花样。

"我们趁着天好就行动吧，英国人。"巴勃罗对罗伯特·乔丹说。

"我们，"比拉尔说，"你刚才说我们？"

"是的，是我们啊，"巴勃罗向她露齿笑了笑，喝了一些酒。"我为什么不参加呢？我刚刚在外面把这个问题仔细考虑过了。为什么我们不能联合起来呢？"

"什么？"妇人问，"你说什么？"

"我们需要团结，"巴勃罗对她说，"这次炸桥行动，我打算参加了。"

"你和我们一起做？"奥古斯丁对他说，"你前面可不是这样说的啊!"

"是的,我现在想做了,"巴勃罗对他说,"等天一放晴,我们就干。"

奥古斯丁不解地摇着头,对巴勃罗这种变幻莫测的想法,很是头疼。

"天气,"他说,又摇了摇头,"你的脸是不是又想挨几拳?"

"没错,"巴勃罗向他露齿笑了笑,用手指碰了碰嘴唇。"就算你打死我,我这回也不改变主意了,我打算跟你们一起做。"

罗伯特·乔丹一直看着比拉尔。她却注视着巴勃罗,仿佛在看一只怪物似的,是啊,巴勃罗的心思真是猜不透啊!她脸上依旧是嗔怒的表情,那是刚刚说到弄瞎眼睛时所表现出的。她摇了摇头,似乎想把这副表情扔掉,接着脑袋向后一仰。"听好,"她对巴勃罗说。

"是的,太太。"

"你又要什么花招?"

"没有啊,"巴勃罗说,"我只是临时改变了主意,就是这样。"

"你一定听到了我们刚才的谈话。"她对他说。

"我是打算偷听的,"他说,"不过我没有听到。"

"你害怕我们杀了你。"

"不,"他对她说,目光很坚定地透过酒杯看过去。"我从来就不怕死,这个你明白的啊!"

"那么你现在想做什么?"奥古斯丁说,"你一会儿酩酊大醉,对我们大家冷嘲热讽,却不愿意加入我们;一会又用恶毒的话诅咒我们,侮辱妇女,反对这次任务……"

"我当时喝醉了。"巴勃罗对他说。

“可是如今……”

“酒醒了，”巴勃罗说，“我改变了主意。”

“拿你的鬼话骗别人去吧，我可不相信。”奥古斯丁说。

“相信我也好，不相信我也罢，”巴勃罗说，“你们想去格雷多斯山区，不可能找出比我更好的向导了。”

“格雷多斯？”

“是的，这是炸桥之后我们唯一的选择。”

罗伯特·乔丹看着比拉尔，举起背对巴勃罗的那只手，碰了碰自己的右耳，给比拉尔暗示。

妇人明白了，朝他点点头。只见她对玛丽亚低声说了几句，姑娘立马奔到罗伯特·乔丹的身边。

“她说，‘他一定听到了。’”玛丽亚靠近罗伯特·乔丹的耳朵，低声地说。

“那么巴勃罗啊，”费尔南多谨慎地说，“你赞成炸桥了？”

“是的，老弟。”巴勃罗说，他转头看着费尔南多，然后点了点头。

“真的？”普里米蒂伏问。

“真的，我骗你们干吗！”巴勃罗回答。

“那你觉得炸桥把握多大？”费尔南多问，“你现在有信心了？”

“当然啊，”巴勃罗说，“莫非你没有信心？”

“有，”费尔南多说，“我一直都是信心十足的。”

“我走了。”奥古斯丁说。

“外面冷着呢。”巴勃罗和善地说。

“管不了那么多了，”奥古斯丁说，“我实在受不了你们这群疯子了，这个山洞也像个疯人院。”

"不要说得这么过分。"费尔南多说。

"收管杀人狂的疯人院,"奥古斯丁说,"我得走了,再待下去我也要疯了。"

罗伯特·乔丹想,这里确实是个疯人院,战争会将人逼疯的,对死亡的恐惧也能磨灭一个人的意志。惧怕死亡是人的本性,你不是也很害怕死亡吗,不要不敢承认,人人都怕死。一旦人们被一种精神的力量驱使着的时候,他也许就会不那么惧怕死亡了,这种精神力量会引导着他前行,让他从容地面对死亡,笑对生死是一种理想的人生态度,他想。可是,当惧怕死亡的人遇到不怕死的人,二者就会产生强大的逆反火花,时间久了,就会产生信念动摇,不疯也难啊!

海明威全集

丧钟为谁而鸣（下）

For Whom the Bell Tolls

〔美〕海明威 著

墨 沅 译 俞凌婌 主编

中国出版集团 现代出版社

第十八章

游乐场里的旋转木马被装饰得五光十色的，小孩子都很喜欢玩儿。那种木马上面装有风琴和汽笛，两边都被涂上金色的牛。这种木马旋转得很快，那上面的图案在夜色中好看极了。罗伯特·乔丹想，木马转动起来的时候，周围还有好多投套环游戏，曼恩大街上蓝色的煤气灯到了傍晚的时候就点亮，旁边还有卖炸鱼的小摊，像风车似的摇彩轮①转动起来，皮制阻力片啪嗒啪嗒地打着写有编号的小木格子，一包包奖品，就像块糖一样被码成金字塔的模样。罗伯特·乔丹认为自己现在的状况就像旋转木马一样，但不是普通的旋转木马，跟上面想象的完全不一样。你看，现在还有人在等着坐上我坐的这个旋转木马，比如那些戴着便帽的高雅绅士、那些没戴帽子的粗鄙女人，他们正站在那旋转着的摇彩轮子前面，翘首期待着。对啊，人还是老样子，喜欢坐旋转木马。但他们不知道游戏规则却变了。因为轮子转的模式不一样了。这是一种不时绕着圈儿朝上转的轮子。

如今这个轮子已转了两圈。这是个有些倾斜的大轮子，每转一圈，就会又回到原来的起点。一边比另一边高一些，它的回旋把你带到高处，然后又向下送回到原来的起点。不过这里并没有什么奖品，他想，所以谁也不愿跨上这轮子。每次你都是不由自主地被带动着旋转的。沿着一条巨大的椭圆形轨道，从低到高、

---

① 摇彩轮（wheel of fortune）为游乐场中的一种直立的大轮子，四周有许多编号的盒子，玩者对号获得奖品。

从高到低地旋转上一圈，你就回到原来的起点。现在，我们就是又回来啦，他想，转了两次没一点儿收获。

山洞里很暖和，洞外的风已然停息。这时他坐在桌边，在他面前搁着笔记本，他正考虑着炸桥的一些技术方面的问题。他画了三张草图，描绘出他的行动方案，用其中两张图来标注爆破的具体方法，他描绘得如此清晰，以至于别人会误认为是幼儿园小朋友的课外作业本。这样一来，万一在爆破过程中他遇到意外，好让安塞尔莫接替他来完成。他画好了这些草图，认真地端详着，生怕里面出了什么纰漏。

玛丽亚悄无声息地坐在他旁边，凝眉注视他忙碌。他意识到巴勃罗还坐在桌子对面，其余的人聊天的聊天，玩牌的玩牌。他闻到山洞里的气味，已不再是饭菜和烹饪的香气，而是烟火、汗臭、烟草、红葡萄酒混在一起的污浊气味。玛丽亚看他快画好一张图了，就把一只手搁在桌上，他用左手拿起她的手放在自己的脸颊摩擦着，她的手很柔软，上面还散发着她洗碗碟时的劣质肥皂味，虽然很淡，但他还是能辨别出在水里清洗过的皮肤的清香味。他把她的手搁下，继续画图了，他没看她的脸，他不知道她因为他方才的动作而涨红了的脸。她的手自始至终就没拿开过，就放在他的手边，但他没再碰它，毕竟明天的任务还是很艰巨啊！

他忙活了半天，终于把炸桥方案规划清楚。只见他把笔记本翻到另一页，开始写行动指令。对于这些，他的思路清晰而又周密，写东西的时候缜密思维使他感到愉悦。他在笔记本里写了满满两页，又仔仔细细检查了一遍。

我看大概就是这些了，他对自己说。写得明明白白的，看来没任何疏漏。按照戈尔茨的命令，他制订了行动计划，必须先把那两个哨所拔掉，这样才能腾出足够的时间，在桥上安放炸药。把炸药弄好后，等待时机，把桥炸毁，这就是我的全部任务。一切有关巴勃罗的事完全跟我不相关，不过这件事好歹暂时解决了。巴勃罗参加也好，不参加也好。随便怎么着，都与我无关。不过我不打算再登上那个轮子了。我已经登上过轮子两次了，两次都转了个圈，回到原来的起点，所以我再也不想跨上去了。

他把笔记本合上，抬眼看着玛丽亚。

"嘿，小美人儿，"他对她说，"你看出什么头绪来了吗？"

"没有，罗伯特，"姑娘说，她将手放在他那依然握着铅笔的手上。"你都弄妥当了？"

"是的。现在所有都已经写好，全都安排妥当了。"

"你在做什么，英国人？"巴勃罗隔着桌子问他，这会儿，他喝了很多酒，眼神再次变得有些迷离了。

罗伯特·乔丹目不转睛地注视着他，内心戒备极了。离开这轮子吧，他对自己说。不要登上这轮子啦，我觉得它又要开始转动了。

"研究桥的问题。"他还是彬彬有礼地回答了巴勃罗的话。

"情况如何？"巴勃罗问。

"还不错，"罗伯特·乔丹说，"一切都按照预料的那样发展。"

"我始终在研究撤退的问题。"巴勃罗说，罗伯特·乔丹看看他那双醉醺醺的猪眼一样的小眼睛，再望望那只酒缸。酒缸几乎空了，显然他又喝了不少呢，但是可能还没到醉的地步。

要谨慎啊，他对自己说，他又在饮酒了。没错，可你现在别登上那轮子啦，那对你没什么好处，有的只是伤神罢了。

格兰特①在内战期间，听说经常喝得酩酊大醉？他确实如此。

---

① 格兰特（Ulysses Grant，1822—1885）：美国第十八任总统（1869—1877），南北战争（1860—1865）期间任北军将领，后来被任命为北军总司令。

我打赌，如果格兰特可以遇见巴勃罗，他一定会恼怒巴勃罗的，喝酒误事的道理他还是懂得的。格兰特爱抽雪茄，算了，他也给巴勃罗弄支雪茄。这副相貌确实需要再添上一支雪茄才完美。一支抽了一半的雪茄，但他到哪里去给巴勃罗弄支雪茄呢？

"研究出什么没有？"罗伯特·乔丹客气地问。

"差不多。"巴勃罗说，他还煞有介事地点点头。

"你有想法了？"和别人一起打牌的奥古斯丁在那里问。

"是的，"巴勃罗说，"很多想法呢。"

"想法来自哪儿？酒缸里？"奥古斯丁揶揄道。

"或许吧，"巴勃罗说，"谁知道呢？玛丽亚，请把酒缸加满酒好吗？"

"那酒袋里应该有一些好主意吧，"奥古斯丁开始打牌了，"你怎么不自己钻到里面去找找呢？"

"不，"巴勃罗平静地说，"我喜欢在酒缸里面找主意。"

罗伯特·乔丹想，你们互相嘲讽吧，我是不想再踏上你们的轮子啦。看来，它只能独自运转了。你一定要谨慎啊，不要陷入轮子的陷阱里，可能那个轮子能置人于死地呢？我庆幸的是，我们已经下来了。但也有两次把我搞得晕头转向的，差点失了自己的意志。不过在这轮子上，那些酒鬼、卑鄙的家伙没有意识到危险性，还沾沾自喜地待在上面，除非死，他们是不会下来了。它先向上面旋转，然后向下转。每次旋转的方法都会有一些不一样，但是大致的轨迹还是一样的。就让它转吧，他想，我是不会再登上去了。可不是吗，格兰特将军，我已经离开这轮子啦！

比拉尔正在炉火旁坐着，她把椅子调了个位置，以便能清楚地看见背对着她打牌的那两个人的牌，她也没出声，只是看着两个人打牌。

剑拔弩张的气氛在这里一下变成了普通的家庭生活场景，真是再也没有比这更奇怪的了，罗伯特·乔丹想。原来是这该死的轮子在向下旋转的时候才让你难受的。不过我已经离开这轮子了，他想。任何人也别想让我再登上它。

两天以前，我根本不知道这个世界上还有比拉尔、巴勃罗和其他那些人存在，他想，世界上也压根儿没有玛丽亚这样的姑娘。当时的世界确实是简单得多，做什么事也了无牵挂。

我从戈尔茨得到命令，来这里执行炸桥任务，虽然这也会有困难和严重后果，但我一个人生死已经置之度外了。我炸桥以后，回不回前线都行，如果回去的话，我计划着请几天假去一趟马德里。在这次战争中所有人都没有假期的，但是我可以抽空儿在马德里停留两三天。

到了马德里，我一定去当地的书店买几本好书，然后去佛罗里达旅馆去开一个房间，舒舒服服地洗一个热水澡，他想。噢，对了，我还要让茶房路德斯去买一瓶苦艾酒，他对干这事很在行，一定可以在莱昂内萨乳品店或者大马路周围的铺子里找到一瓶的。等我洗完了澡，我就躺在床上悠闲地翻翻书，喝两杯苦艾酒。等消遣够了，就打电话到乐爵饭店，询问一下那里有没有空桌子。

他不喜欢到大马路饭店去吃饭，因为那里的饭菜实在是难吃，而且还需要早点儿过去，不然晚了就什么都吃不到了。何况，那里有很多记者他都认识，吃饭的时候可不能说多了。他可不想闷不吭声地吃东西，他要喝着苦艾酒，愉快地跟邻座的绅士聊天，跟金发的女招待调情，嬉闹够了就到乐爵饭店去同卡可夫①进餐。那里有上好的佳肴和纯正的啤酒，他要打听一下最新

---

① 这是苏联驻马德里的代表，是作者以苏联《消息报》记者科尔佐夫为原型写成的。

的战况。

他初次去马德里的时候，其实不喜欢乐爵饭店，这家饭店本来很适合消遣，但之后由俄国人接手经营了，于是它变得豪华起来，菜肴也过于讲究，人们的谈吐也有些过于放荡不羁，这一切对于一个被围困的城市来说，是没有良心的。你啊，管什么良心不良心的，他想。既然你已经完成了任务，又有一个地方可以吃到美味佳肴，那为什么要拒绝这样的机会呢？他当时认为是玩世不恭的言谈，现在想来都是实话。等到这次任务完成之后，在乐爵饭店，这可是一个热门话题呢，他想，我何不去凑个热闹呢？听听他们怎样谈论自己的事迹，也是一件享受的事呢！

你带玛丽亚一起去乐爵饭店？不，你不可以，毕竟她的头发太惹人眼了。你可以让她待在旅馆内，她可以洗个热水澡，干任何她想干的事情，在那里等待着你从乐爵饭店回来。对，你也可以这样办呢，你先向卡可夫说明她的情况，然后带她去，因为他们会对她心生好奇，很想见见她这个人。

你或许根本就不会去乐爵饭店，你可以在大马路饭店吃过早饭，然后急忙赶回佛罗里达旅馆。但是你明明知道自己想去乐爵饭店，因为想再看一看那里的一切，因为在战争期间的断壁残垣，已经伤到你脆弱的心了，你想在炸桥之后再尝尝那里的美味佳肴，看看那里的舒适和豪华的环境。吃完之后，你可以返回佛罗里达旅馆，而玛丽亚会在那里等着你。当然啦，炸了桥之后，她会在那里的。炸了桥之后，什么事情都可以实现了。如果事情完成得很出色，去乐爵饭店吃一顿饭，你有这个资格。

在乐爵饭店这种地方真是什么事情也可以发生，你一次见到了西班牙著名的工农出身的指挥官，这场战争一开始，这些毫无作战经验的农民就拿起了武器，而且你还会发现他们当中不少人会说俄语。几个月前，你已经对他们的指挥能力大失所望，你也因此消极起来。不过，等你弄清楚了事情的真相，也就马上涣然冰释了。毕竟他们是工人和农民嘛。他们积极参与了 1934 年的革命①，在那次革命失败以后，他们被迫流亡海外，辗转到俄国，他们被送到了共产国际主办的列宁学院，在那里接受指挥作战的必要军事训练，准备投入下一次的战斗。

共产国际给了他们第二次生命。在革命中，你不可以让局外人了解你们的背后是谁支持着，也不可以让他们知道自己其实是一知半解的。他了解这一点，如果一件事情大政方针上不出错，那么说谎也就显得不那么重要了。他刚开始时也不喜欢谎言，他讨厌谎话。不过后来形势所逼，他变得爱说谎了，因为这是战争不可避免的，不过这是非常腐败的勾当。

你就是在乐爵饭店，听说了那个被称为"农民"的伐伦廷·冈萨雷斯的。不过他从来没有当过农民，而是西班牙外籍军团中的中士，后来开了小差，和阿布德·艾尔·克里姆一起战斗②。即使在自己出身上撒了谎，这也没有什么大不了，他为什么不能这样干呢？这种战争需要这种农民领袖，这是不可否认的事实啊。如果你觉得这种假的农民领袖不可靠，那么真正农民出身的领袖，可能就像巴勃罗这种人，反倒令人不敢领教。你不能等待真正的农民领袖出现，但是当他出现时，他的农民习气可能太多，因而不得不伪造一个出来服众。

说到这一点，他初见"农民"冈萨雷斯时，只见他留着黑胡子，长着那种黑人的厚嘴唇，双眼瞪圆，目光如炬，他觉得这个人挺像真正的农民领袖的，做起事来也不比那些真正的农民领袖

---

① 1933 年秋，西班牙右翼政党在选举中获胜，激进党担任共和国总理，他们一上台就大肆镇压人民。1934 年 10 月 4 日深夜，工人总罢工开始了，阿斯里亚斯地区的主城市奥维多也被矿工占领，他们成立工人革命委员会和赤卫队，执政仅仅十五天，最后被政府所镇压。

② 阿布德·艾尔·克里姆从 1920 年起领导摩洛哥人发动起义，曾屡次挫败西班牙殖民军队。

差。他上次看见冈萨雷斯的时候，发现他可能相信了自己的宣传，认为自己真是一个农民了。他是一个勇敢而顽强的人，谁也比不上他勇敢。但是上帝啊，他的话确实是太多啦。他激动的时候什么话都说得出口，也不管自己草率的言行会造成怎么样的后果，显然他已经制造了好多政治错误了。即使战争毫无指望，他依然认为自己是一个好的指挥官，战争失利错在别人。他认为，没有什么情况是毫无指望的，就是遇到，他也要抗争到底。

你在乐爵饭店还看见过那个平凡的石匠，加利西亚人恩里克·利斯特，他现在已经是师长了，他也会说俄语。你还看见过那个细木工，安达卢西亚人胡安·莫德斯托①，他最近刚接手一个军团。他在圣玛丽亚港从来都没有学过俄语。可是，如果他们为细木工开设一所贝里兹②语言学校，他同样也很容易学会。他是一个党员，是地地道道的共产国际，因为他最令俄国人信赖。他比利斯特或者"农民"都要聪明得多。

当然，乐爵饭店是一个政治大舞台，你在那里会受到全面的教育。就是在那里，你能够了解全部实情，而不是仅靠想象就能知道的情形。他才刚刚开始接受教育呢，他想，他不清楚自己是不是要继续长期地接受这种教育。乐爵饭店就是他学习的好去处。而且他在乐爵饭店的见闻加强了他对正确事物的判断力。他想知道真实的情况，而不是假象中的。

历来的战争都存在谎言。但是关于利斯特、莫德斯托和"农民"的真相确实要比谎言和传奇更加可靠得多。算了，总有一天他们会向大家说明真相的，而眼前，令他感到高兴的是能通过这一乐爵饭店亲自了解真相。

---

① 莫德斯托和利斯特一样，也是共产党培养出来的优秀政府军指挥员。
② 贝里兹，美国教育家，生于1913年，于20世纪30年代创办贝里兹语言学校，遍设纽约、巴尔的摩、波士顿、芝加哥等地。

没错，他躺在澡盆里洗着热水澡，喝着艾酒，看了一会儿书之后，计划去的地方就是这家乐爵饭店。那是玛丽亚进入他生活之前他通常的计划和想象。

好吧，既然有了玛丽亚，我没必要老是去旅馆居住了，我们可以租下两间房间，她可以趁他去乐爵饭店的时候，在家里收拾家务，而他呢，出去应酬一会儿，就立刻返回她身边。她以前在山区里生活了那么长时间，如今在佛罗里达旅馆再待一会儿也不妨，她已经学会耐得住寂寞了。他们可以在马德里逗留三天，三天的时光，对他们来说，就是一段漫长的浪漫时光了。他要领她去欣赏马克斯三兄弟演的《歌剧院一夜》①。这部影片到现在为止已经上映了三个月了，它是多么的吸引人啊，我看，再演几个月也是可能的。玛丽亚一定会喜欢这部《歌剧院一夜》的，他想，她一定会非常喜欢。

我们要去乐爵饭店，恐怕不是很容易啊，从乐爵饭店到这个山洞的路程可不短。其实，这单程的路程其实还不算太长，长的是来回的距离。第一次去这个剧院是卡希金带他去的，但他并不喜欢那里。卡希金当时介绍了卡可夫给他认识，因为卡可夫对美国人充满着热情，因为他最喜爱的是洛佩·德维加，并且认为美国的《羊泉村》是世界上最伟大的剧作。罗伯特并不怎么赞成卡可夫的观点，但是每个人都有自己的偏好，谁知道呢？

他跟卡可夫聊得很投机，他也喜欢卡可夫这个人，但是不喜欢那个地方。他所见到过的人之中，卡可夫的头脑是最睿智的了。罗伯特·乔丹记得初次见到他时，他穿得很滑稽，灰色紧身短上衣、灰色马裤、黑色马靴，一派绅士的派头，但他小手小脚，脸颊看上去略显浮肿，说起话来，口水四溅。虽然这样，在

---

① 马克斯三兄弟为当时美国的著名喜剧演员，《歌剧院一夜》（1935）为他们主演的名片。

他认识的所有人里，卡可夫比任何人都更有想法，外表显得傲慢，但内心比谁都自尊，说起话来也很幽默。

乐爵饭店实在是一个奢华浮靡的地方。可凭什么这些俄国佬们就不能享受一下，他们现在可是统治着六分之一世界的大国？是的，他们应该享受，但罗伯特·乔丹开始对这一切都感到厌恶，后来才接纳了，并且十分欣赏。刚开始，他们刚开始时的谈话并不愉快，卡希金觉得罗伯特·乔丹是个了不起的家伙，一个劲儿地在那儿喋喋不休地讲他所谓的英雄事迹，而卡可夫却坐在一边，拿自己那一套官僚政治敷衍着。可是罗伯特·乔丹呢，并不觉得自己以前的所作所为，有什么了不起，他在餐桌上讲了一则十分有趣但有损自己声名的色情逸事，卡可夫这才放松了自己，不再那么客气，而是显得有点儿粗放，最后显得有点儿傲慢，但罗伯特喜欢他这样，最后他们成了朋友。

在那里，人们都知道卡希金是一个罪人，他到西班牙来是为了将功补过的，但那里的人们对卡希金的态度还是很友善。他以前只知道卡希金是犯过错，但不知道具体是犯了什么错，因为他们不肯告诉我。可是现在，卡希金已经去世了，说不定那些人就会告诉他了。总之，那次见面，他和卡可夫成了朋友，而且还跟卡可夫的儿子也成了无话不谈的朋友，那时他在坦克兵团当翻译员，是一个很能干的小伙子。那个小伙子长得实在不像样，他瘦骨嶙峋，看样子似乎随时都能倒下。不但这样，他的性情还很古怪，神经兮兮的让人受不了。

卡可夫还介绍了他的情妇给他认识，那个女人很热情，她有着猫一样的眼睛，一头金红色的头发在美发师的打理下，时而深红，时而浅红，很是风情。一具身体，柔弱无骨，天生的小鸟依人状，一张嘴厚实而性感，但那颗心却世故圆滑极了。这位情妇很喜欢逢场作戏，在男女关系上拿捏得很到位，时而撩拨，时而梳理，调弄得卡可夫沉醉不已。

卡可夫是一个花心的人，据说除了那个在坦克兵团的妻子以外，卡可夫在别处还有一个小老婆，可能还有很多，但有多少谁能说得准呢？罗伯特·乔丹很喜欢卡可夫的妻子以及情妇，她们都很健谈，并不悲观，这一点他很喜欢。如果卡可夫把那些小老婆介绍给自己认识的话，我想，自己也会喜欢的，卡可夫对女人的欣赏力很不错，很对自己的胃口。

在乐爵饭店楼下的门廊外，哨兵背着带有刺刀的步枪在那里巡逻，马德里这时已经被包围了，也许这里才是唯一舒适的地方。他巴不得今晚自己不在这儿，而在乐爵饭店。尽管他们已经停下了轮子，这里已经没问题了，并且雪也快停了。

他也想让卡可夫见见自己的玛丽亚，但要先问一下他们允许自己这样做不，他要知道这次任务完成后，怎样庆功。到时戈尔茨可能也会到那里去，如果他这次任务干得出色，大家都会知晓自己指挥的这次战役。戈尔茨也会用玛丽亚来开他的玩笑，因为他曾经发誓说他没时间泡妞。

他从酒缸里给自己舀了一杯酒，抬头问巴勃罗，"行吗？"他说。

巴勃罗点了点头，没有理会他。他可能正在忙着思考军事谋略吧，罗伯特·乔丹想。他似乎运筹帷幄，但也没有去战场上一展雄风，而在酒缸边苦苦寻找自己的答案。不过你明白，这狗杂种还是很有能力的，他要是发起狠来，一定能像以前那样干出一番事业来的。他看着巴勃罗想，要是他去参加美国内战，肯定能做一个好的游击队长的，这种人很多，据说也很有能力，但对他们，我们不太了解。巴勃罗毕竟不是匡特里尔，也不是莫斯比①

----

① 匡特里尔（William Quantrill，1837—1865）是美国内战期间南军方面的游击队长。莫斯比（John Mosby，1833—1916）也是南军方面的游击队领导人，率领骑兵，袭击北军，破坏交通，为南军立下了不少功劳。

这类人，只是在战争中打游击，对整个战争并未起到多大的作用，不像他的祖父那样，为战争立下了汗马功劳。关于喝酒，你们不要以为格兰特真是个酒鬼？我祖父虽然老是说他是酒鬼，毕竟他一到下午 4 点就总有些醉醺醺的，甚至在围攻维克斯堡期间他也照样喝得醉醺醺的。① 但他祖父也曾说过，不管格兰特喝多少，他都能保持清醒的头脑作战，而且毫不含糊。当然他喝醉了酒，就想睡觉。然而，你一旦把他叫醒，他就能神采奕奕地投入战斗。在这次战争中，打了这么久了，交战双方中都没能出现像格兰特、谢尔曼、"石墙"杰克逊这样杰出的军事人才。更没有杰布·斯图尔特和谢里登那样的人。我在这里想详细地介绍一下这些英雄。谢尔曼（Williem Sherman，1820—1891）是北军将领，在南北战争中最大的功勋是佐治亚州的首府亚特兰大。杰克逊（Thomas Jaukson，1824—1863）却是南军将领，以精通战略战术著称，1861 年 7 月，布尔伦河战役中，他坚守左翼岿然不动赢得"石墙"的称号。斯图尔特（J. E. B. Stuart，1833—1864）为南军骑兵将领，为南方立下不少战功。谢里登（Philip Setidan，1831—1888）为北军骑兵将领，1864 年 10 月 19 日拂晓，他的部队在弗吉尼亚州西北部谢南多亚河谷雪松溪边受到南军突袭，他在二十英里外闻讯飞骑赶到，收拾残部，重整阵容，当天下午打了一场大胜仗，这是南北战争中著名的一战。出现最多的是麦克莱伦这样的人。麦克莱伦（George Mcclellan，1826—1885）为北方将领，1861 年 11 月当上主帅，但由于在作战时过于审慎，贻误战机，第二年就被林肯总统两度撤下作战指挥岗位。那样的人，法西斯那一方也有很多，我们至少也有三个这样的人。

---

① 维克斯位于美国南方密西西比州，濒临密西西比河，这个地方是南北战争中的战略重地。1862 年 11 月，北军将领格兰特试图攻下此城，但以失败告终。第二年，通过一系列的部署，终于拿下了该城，从而切断了南军的军事给养，为北方胜利打下了坚实的基础。

这次战役，最令他失望的原因，就是没有出过一个天才的军事将领，从头想来，真是一个都没有啊，甚至连接近天才的人也没有。卢卡契、克莱伯、汉斯都是好样的，在国际纵队保卫马德里的战斗里都做出过卓越贡献。后来，那个老秃子，鼻梁上架着眼镜，自认为能力非凡而骄傲自大，实际上却蠢得像驴。他言语刻板无趣，靠炒作起家的马德里保卫者米亚哈①极其嫉妒克莱伯所获得的名望，竟然进谗言，怂恿俄国人解除了克莱伯的指挥权，把他调到瓦伦西亚去了。克莱伯是个难得的将才啊，不过他也有自身的不足。他在工作中，废话太多，就是一个很大的缺点。戈尔茨也是位优秀的将军，但是他屈居别人之下，所以没有机会充分展示自己的才能。这次攻势将是由他指挥的最大的一次军事行动，但罗伯特·乔丹不太喜欢听到的这次攻势的大概情形。还有那个匈牙利人高尔，假如你在乐爵饭店听到的关于他的传闻有一半是真的，他就应该被拉出去枪毙。还不如说，如果那些消息有百分之十属实的话，就应该处死他。罗伯特·乔丹想。

如果他亲眼看到瓜达拉哈拉东面高原上的那次胜仗，该是多么鼓舞人心啊！那些该死的意大利人一定会被打得灰头土脸，仓皇四窜吧。可惜当时他在南边的埃斯特雷马杜拉。他知道这次胜仗的情形，也是在两星期前的一个晚上，汉斯在乐爵饭店跟他讲过。有一个阶段，看来情势也很危险啊，因为意大利人把特里胡克附近的防线攻破了，如果他们再切断了托里哈到勃里胡加的公路的话，第十二旅将被孤立。

"这次战役，最大的关键之处在于，我们熟悉意大利人的弱点，"汉斯说，"我们发动了一次突袭，结果成功了。如果当时换

① 米亚哈（Jose miaja）生于1878年，在内战爆发时为陆军将领，效忠于共和国政府，在马德里保卫战期间任城防司令。

作别的部队，我们可能就失败了。"

汉斯总是把地图等一些作战的文件随身带着，所以在饭店里，汉斯指着作战地图给我详细地讲解作战的经过，那次奇迹般的胜利显然给了他很大的愉悦，毕竟在瞬间扭转了颓势，这对于谁来说，都是莫大的欣慰啊！汉斯是我的好兄弟，我知道在战争中他是好样的。

汉斯以前曾对他说过，在那次战役中，莫德斯托、利斯特和"农民"的西班牙部队都干得非常漂亮，这主要归功于他们英明的领导和良好的纪律性。可是在那次行动中，俄国军事顾问发挥了很大的作用，很多次进攻都是他们指挥的。那场战役就如同一次复式操纵的实习飞行员的第一次试飞，一旦他们出现技术上的错误，那些俄罗斯飞行教练来接替驾驶。这一次战斗也是检验这些实习的军官学会了什么，掌握得怎样。也许，再过一段时间就可以不用复式操纵了，那时我们就能看到这些实习军官真正的军事才干了。

正因为他们是纪律严明的共产党人，他们才造就了优异的作战部队。

利斯特在军事上是个纯粹的狂热分子，他办事也一向残酷果断。他一向视生命如草芥，他会因为一些小的错误就草草处死部下，自从蒙古的鞑靼人第一次入侵西方以来，这种野蛮的军事作风已经鲜少见了。不过他虽然残忍，但是擅长用兵，他知道如何使部队更加强悍起来。坚守阵地是一回事，进攻就是另一回事了，二者不能混为一谈。在战场上指挥一支部队更是完全不同的一回事，罗伯特·乔丹在桌边想着。据我所看到的利斯特的状况，他擅长复式操纵装置，如果没了这些装置，不知道他将怎么行动。但是，可能也有其他的招数吧，罗伯特想。我不是很了解他，有可能没了自己拿手的本事，相反的他会更加凶狠起来。我不了解俄国人在整个事上是什么立场，我唯一知道的那点儿事，还是从乐爵饭店听来的。如今我需要了解更多的情况，只有到了乐爵饭店才可以了解到。

他一直认为乐爵饭店是一个好的去处，自己在那里可以学到很多东西。马德里委拉斯开兹路 63 号虽然是共产国际一个教育人的好地方，但是他始终认为不是那么回事。委拉斯开兹路 63 号原本是一座王宫，现在成了国际纵队的首都司令部的所在地。在委拉斯开兹路 63 号，你感觉自己成了一个死板的修道士——要说在乐爵饭店的感觉，那就大不一样，你在自由闲适的状态下就能得到教育，而在这里就跟你在分成新军各旅队之前的第五团团部的感觉一样，压抑得令人崩溃。

你在这两个地方，都会有自己是参加了十字军的感觉。是啊，虽然它已变成陈腔滥调，对现代无神论者也没有多大意义了，但是只有"十字军"才能恰如其分地描述出自己内心的这种感受。这里充斥着各种形式的工作无能、官僚主义和党内斗争，这种感情如你第一次领圣餐时的情形一样，是一种既期望而又失望的感觉。

这种感觉，带着一种全世界受压迫人们鞠躬尽瘁死而后已的神圣感，那种感情就像宗教顿悟一样令人寝食难安，难以言表。他知道这样形容它，就像你聆听巴赫的音乐，或者站在莱昂大教堂或夏尔特尔大教堂中，无意中感受到大窗户外射进光芒时所产生的情绪；或者就像你在普拉多国立博物馆看到格列柯、曼坦那还有勃吕格尔的油画①时的那种无与伦比的感觉。它让你感觉到你参与了一项神圣的事业，并和其他参与的人产生了兄弟般的友

---

① 马德里的普拉多国立博物馆是世界上最著名的美术博物馆之一；曼坦那（Anelrea Mantegna，1431—1506）为意大利历史、宗教画画家；格列柯（E Qreco，1548—1614）为西班牙宗教、肖像画画家；勃吕格尔（Pieter Brueghel，1525？—1569）为荷兰著名风俗画家。

谊。这种感情是你以前从没有过的真实体现，你现在似乎感觉它已经超越了生死，时间已经没有什么可以阻挠你的步伐，除非你死掉，这种感觉才会消失。但是最棒的一点是，你可以为这种感情而奋斗，你可以为之战斗，你好像被灌注了强大的魔力，促使着你不断前进。

在这种强大的意志驱使下，你参加了战争。但在战斗不久，甚至刚过了半年，你就发现你的这种感情已经在慢慢地退化了，你对自己的战友也没有多少好感，甚至也变得怕死起来。

保卫阵地或者保卫城市的口号还萦绕在耳边，那是这次战争中的一部分，你仔细回想，还能从这里面体会到最初的这种纯真的感情。山区的那次战斗使你心灰意懒了，虽然你和你的同伴们带着十足的热情去参加这次战斗。但现实的残酷由不得你高兴，在那里毫无纪律可言，一些胆小鬼临阵退缩，试图逃跑，但最终被抓回来枪毙了，尸体被随便扔在路边发胀变腐烂。人们疯抢着拿走他们的靴子、弹药和皮外套，觉得这是很正常的。人们拿了死者的东西，并不以为这样做可耻，相反的他们认为自己做了正确的事，他们不拿走，不是白白便宜了那些无政府分子。

当时的情况下，枪毙逃兵是理所当然的事，他们枪毙他们，是惩罚他们自私的表现，这也是为了革命需要。

我们几经周折，把法西斯分子挡在瓜达拉马山区灰岩石山坡上的矮松林和荆棘丛中。敌人也不甘示弱，他们用敌机轰炸我们的根据地，然后又派了大炮来炸我们，一心想着置我们于死地啊！但我们坚守着那条公路一直到傍晚，这时我们的队伍也没剩几个了，但还是顽强地击退了敌人的又一次进攻。后来，当他们企图穿过岩石和树林后，妄图向左迂回包抄我们。我们猜出了他们的心思，转而坚守那所疗养院，从窗子里和屋顶上还击，虽然他们已经包围了两侧，我们尝到了被包围的滋味。但最终又把他们赶回了公路的那边。

你是很勇敢的，做事也果断。炮弹炸响，白的光在你面前展现，灰尘纷纷坠下，一堵墙壁轰然倒塌，在突如其来的惊慌之中，你立刻清醒过来，把墙角下的碎石扒开，并把脸朝下死去的几名机枪手拖到一边，拿起他们的机枪，把头遮在遮护板后面。仔细地检查枪支的受损情况，排除故障，拖过砸碎的弹药箱，把子弹装满，然后你俯卧在遮护板后，将枪口对准了马路对面的敌人。在这整个战斗过程中，努力克制了自己的恐惧，保持了一颗清醒的头脑，你知道自己是对的。在这个过程中，你体验到了战争中特有的恐惧、克制、狂喜的多种感受。

在整个夏天和秋天，你为了全世界的穷人，为了反对暴政，为了你的信仰，为了你被教育的新世界，你始终在战斗着。那年秋天你学会了很多，你学会了怎么长时间在潮湿、阴冷的环境中生存；你也学会了在挖壕沟、筑工事的大体力劳动中坚持。疲劳、紧张、瞌睡和困苦使你完全感觉不到季节的变换，但你已经学会了把对夏天和秋天的感情深深埋葬。但是，那种情绪仍然存在，而你也饱尝了那份坚韧的苦楚。他想，就是在那些日子里，你心中充满了自豪、坚韧的感情——这些感情让你学会了适应乐爵饭店的一切，你也变成一个该死的无聊的人，他突然想到，很不喜欢这一切。

是啊，你当时虽然常出入于乐爵饭店，但不见得那里面的常客会喜欢你，他想。你那时过于天真，对一些事似乎总存在幻想。但是转念一想，那时的乐爵饭店风气可能跟现在不一样，兴许就喜欢天真派的傻气呢。可能真是如自己想的这般呢，他自言自语，风气根本不一样。其实，我在自欺欺人啊，当时根本还没有什么乐爵饭店呢。

卡可夫跟他讲起以前没有乐爵饭店的情形，那些俄国政客们都住在皇宫旅馆，卡可夫跟他说了一大串的名字，但罗伯特·乔丹一个也不认识。那是在第一批游击队成立之前的事了，也是在那会儿他遇到了卡希金，还有几个俄国人。卡希金那时在北方的圣塞瓦斯蒂安和伊伦，参加了那次向维多利亚进攻的战役，但是战斗惨败了。他第二年的 1 月份才辗转到了马德里，而罗伯特·乔丹在乌塞拉和卡拉万切尔战斗，那三天里，他们阻挡了进犯马德里的法西斯右翼，把外籍兵团和摩尔人都统统打回去了，扫荡了那阳光强烈的灰色高原边上被打得已经稀巴烂的郊区，沿着高地边缘构建起了一道能够保卫这个城的防线。这里提起的是在首都西南郊区击退叛军的一页，等安然度过了这艰苦奋斗的冬天，政府军组成了第一批游击队，乔丹才开始到瓜达拉马山区及西南部埃斯特雷马杜拉地区去搞敌后爆破活动。那时卡可夫已到马德里了。

卡可夫说起那个惨痛的年月，也没有显得冷嘲热讽。其实，他们知道，当时的一切都没有希望了，他们同舟共济，必须学会在绝望的战事下调整自己的心态，投入下一场战斗，他们可能不记得自己做过什么，但这些勋章和表扬还记得更清楚。当时政府放弃了这城市，撤退时带走了国防部所有的可用的汽车，所以老米亚哈只能骑着自行车去检阅他的防御阵地。罗伯特·乔丹不信事情会这么残酷，他虽然对共和国充满了热情，也不能相信共和国竟然呕心沥血至此，竟然骑着自行车去巡视战场，但卡可夫认为那是真的。不过话要说回来，他当时在俄国报纸上报道了这件事，他当然希望事情是真的。

但是共和国的另一件事，卡可夫并没有报道出来。在皇宫饭店有三个俄国伤员，两个坦克驾驶员，一个飞行员，他们伤势很重，没办法运走了，领导让他照料他们，这可是一个相当困难的事啊！因为当时俄国人并没公开表示参与战争，所以不能让法西斯分子找到公开俄国人干涉的证据，所以假如放弃这个城市，卡可夫就必须保证这三个伤员不被发现，这是他的责任。

如果必须要放弃这座城市，卡可夫必须在撤走之前，销毁各种能证明他们身份的证据。这三个伤员被处死了，这也是上级的命令。尸体就躺在那里，谁也不可能从这三具尸体上辨认出他们是俄国人。他们的死状很惨，有一个下巴被枪弹打掉了，声带都露出来了。一个腹部被打了三枪，还有一个股骨被子弹打碎了，脸部和双手严重烧伤。另一个脸变成了大水泡，完全辨认不出睫毛、汗毛和眉毛来了。仅仅凭这三个尸体，谁也不能证实他们是俄国人。人死以后，国籍和政治态度都显示不出来。

罗伯特·乔丹曾经问卡可夫，为什么必须杀掉他们，卡可夫说他当时也很为难，不想这么做的。"那你当时怎么想的？"罗伯特·乔丹问他，还说，"要知道，杀人总归不是一件容易的事啊，何况是帮助过自己的俄罗斯兄弟。"卡可夫说："不，如果你总是带毒药在身边给自己备用，那就非常容易了。"接着他打开烟盒，给罗伯特·乔丹看藏在里头的一些东西。

"可是，你一旦被俘虏，他们就会搜你的身，会拿走你的烟盒，"罗伯特·乔丹提出意见，"他们会命令你举起双手。"

"可在这儿我还有一点儿，"卡可夫张嘴笑笑，掀起他上衣的翻领给他看，"你只要这样做，把翻领往嘴里一咬，吞下就可以了。"

"这样做倒是干脆得多呢，"罗伯特·乔丹说，"跟我说说吧，你的这种做法很像侦探小说中描述的一样，是不是有苦杏仁的气味？"

"不知道，"卡可夫欢快地说，"我从来没敢闻过呢。我们打开一小支闻闻好不好？"

"还是别了，留着吧。"

"好的，"卡可夫说，收起烟盒，放进了自己的口袋，"我不是个悲观主义者，你跟我聊了这么久，大概也了解这一点。但是人一旦到了生死存亡的危急时刻，死得其所才是最重要的，何况，这东西也不是随时就能弄到手的，带一些在身边，以防万一啊！你看过从科尔多瓦前线来的战报吗？它那边的战事很令人欣慰。在这么多的战报中，这是我最喜欢的一份了。"

"战报上说什么？"那时罗伯特·乔丹是从科尔多瓦前线来马德里的，他知道事情有多么的糟糕，所以他一下子愣住了，战事虽然很失败，但毕竟同志们都拼死抵抗了，他们自己可以嘲笑自己无能，但别人不能，他们没有资格。"跟我说说好吗？"

"我们的大军所向披靡，收复了大片的河山。"卡可夫用他那奇怪的西班牙语说。

"你骗我吧，事实不是如此吧。"罗伯特·乔丹对此话表示怀疑。

"我们的大军所向披靡，收复了大片的河山，"卡可夫用英语又讲了一遍，"公报上说了这些的，我可以拿给你看。"

他的脑海中还闪现着那些死去的伙伴的容颜，而现在在乐爵饭店，他们的死，却成了人们茶余饭后的笑柄。

大概现在乐爵饭店还是没有什么改观吧，一直是那些幸灾乐祸的闲人们的聚集地。然而我也不能一概这样认为，毕竟乐爵饭店是革命初的那些幸存者的财产，不管怎样，要是现在的情况和以前一样，他倒很乐意再去看看，去了解一下。

你的心情已经大变了，显然与当初在瓜达拉马山区，还有在乌塞拉和卡拉万切尔时，大不相同了，他想，你是一个善变的人啊！很显然你很容易受到诱惑而变得颓废，我可以认为你这是退去了以前的天真，而现出本真的自己吗？你不能否认，你在其他方面也是这样！其实，细细回想一下，有谁还一直保持着青年时期对于自己所从事的事业的那种绝对忠贞的态度呢？不管你从事什么职业，比如医生、军人和牧师都不能把那份热情持续下去，除非，你转行了，又燃起了新的热情。看来纳粹分子一直保持着，他想，还有极度自我克制的共产党人也保持着。

可是你想到卡可夫的情形内心就涌起一股子热情。上次你跟他在乐爵饭店吃饭，卡可夫格尼说他推崇一个英国经济学家，他在西班牙住了很长时间了。多年来罗伯特·乔丹经常读他的著作，一直都很尊重他，可他并不了解他。他喜欢他其他类的著作，相对地不喜欢他关于西班牙的书。他觉得他没有亲身经历西班牙的风土人情，东西写得太浅薄，简直有些一目了然，并且他知道著作中好多事情都是作者为了剧情而凭空捏造的。但是他想，如果一个人对一个国家真正了解了，就不会拘泥于报纸中的报道了。显然报纸上的事情也不能全信的，相反地，自己亲身经历的事情才是最可信的。不过他还是相信作者的本意是好的，值得我们尊重。

后来，他们进攻卡拉万切尔，他终于见到了这个人。

那是一个下午，他们坐在斗牛场的背风处，惴惴不安地守在底下这条街，准备攻击。他们的信号就是一辆坦克过来开路，但是等了半天。也没见坦克的影子，于是蒙特莱用手托着下巴，生气地唠叨着："坦克还没来，坦克还没有来。"

那天天气异常的寒冷，街上飞扬着黄色的尘土，蒙特莱的左臂因中弹而发僵了。

"我们需要坦克开道啊，"他说，"我们必须等坦克，没有坦克，我们就得等死啊，可是时间来不及了。"他的伤口疼得使他心情很暴躁。

蒙特莱说，坦克有可能停在公寓楼后头电车路的拐角处，不敢过来呢。罗伯特·乔丹自告奋勇去那边找找看。果然在那儿有车，可是并不是什么坦克。只是一辆陈旧的装甲车，西班牙人就是这样，喜欢把什么车都叫作坦克。司机不愿意离开那个拐角，更不愿意把车子开进斗牛场。只见他站在车后，双臂交叉倚在车身的铁皮上，戴着帽盔的头颅深深地埋在臂弯里。罗伯特·乔丹上前和他交谈，试着让他把车开进斗牛场。但他摇着头，始终不愿意动弹。

"你不能开进去，我没接到命令。"他低沉地说。

罗伯特·乔丹气急了，从枪套里拔出枪，用枪口抵在装甲车司机的皮外套上。

"我现在命令你。"他对他说。

那人还是摇了摇头，头上的防护帽随着他的头来回地晃动，他说："机关枪里没弹药，你不要吓唬我啊！"

"斗牛场有弹药，你想死？"罗伯特·乔丹告诉他说，"来，我们走，我去那里装好子弹，直接崩了你。"

"这里没人会使用机枪的。"司机说。

"其他人呢？怎么就你一个人？"

"在车里，"司机说，"已经死了。"

"你把他拖出来，"罗伯特·乔丹说，"赶紧拖出来。"

"我拖不出来啊！"司机说，"他卡在方向盘和机枪间，我没法儿把他弄出来。"

"来吧，"罗伯特·乔丹说，"我们一起拖他出来。"

他爬进装甲车时不小心，碰到了自己的头。这一下撞得不轻啊，眉毛上头撞出了一道小口子，血顺着那里一直流到脸上。

尸体卡得很结实，四肢也僵硬了，罗伯特无法把他从里面拉出，也只能用力敲他的头，以便把嵌在方向盘和座位之间的脑袋拉出来。最后终于借助膝盖的力量，在下面死死顶住了尸体的脑袋，将它顶了出来，然后等脑袋一松开，就拦腰抱住尸体往外拉，一个人奋力把尸体拖向车门。

"过来帮我一把。"他对司机说。

"不，我不想碰他，我害怕极了。"司机哭着说。他此时已经泪流满面了，眼泪、鼻涕顺着满是灰尘的脸颊流了下来。

罗伯特没说什么，一个人奋力把尸体拉出车门外。这尸体直挺挺地摔在电车路旁的人行道上，仍旧保持着死去时那个姿势，弯腰弓背的，很是凄惨。他就那样躺着，死灰的脸紧贴着人行道，两只手曲在身体下面，姿势跟在车里一样的。

"该死的，上车，"这时罗伯特·乔丹用手枪指着司机说，"赶紧上车。"

刚说完，就看到公寓楼的背风处走出一个人来，他不紧不慢地往罗伯特这边走来。只见他身穿长大衣，颧骨宽阔，头发花白，两只深眼窝。他走到近前来，从一包切斯特菲尔德牌香烟里抽出一支，递给罗伯特·乔丹。

"同志，稍等一下，"他对罗伯特·乔丹说西班牙语，"我想了解一下现在的战况？"

罗伯特·乔丹放下那支对着司机的手枪，接过香烟，并没抽，而是放在他那蓝色工装的胸袋里。他知道来人是谁，因为他过去看到过那人的照片，他就是那位英国的经济学家。

"滚开，我没有这个闲工夫。"他用英语说，然后用西班牙语对装甲车司机说，"一直开到斗牛场那里去，听明白了吗？"

他没理会这个经济学家，爬上车"砰"的一声拉上沉重的车门，并且锁上。司机发动了汽车，顺着那长长的斜坡驱车直驶，随即敌人的枪弹打在车的铁皮上，声音非常响，就好像小石头打在铁锅上一样。兴许敌人看见普通的枪弹不能把他们怎样，于是拿着机枪向他们猛烈地射击，那声音就像刺耳的锤打声。他们终于把车停在斗牛场的后面，那边售票窗口边的同志们端着步枪在背风处等待，他们的身后还贴着去年 10 月份时的海报，这时弹药箱已经被敲开，他们口袋里和腰上都挂满了手榴弹。

蒙特莱说："太好了，该死的坦克终于来了，现在我们可以发动进攻了。"

当晚，他们攻下了那个山头，在最后的几幢房子也到手了之后，他把身边的一面墙上敲掉了几块砖，弄了一个洞出来，好当枪眼。做好这一切之后，他躺在了那里，眺望着远处那片田野，那里是撤退的法西斯分子隐藏的地点。再往前，那片相对低洼的山谷，就是他们双方交火的地点。他现在身心都感到很愉悦，因为那边小山顶上有座被损毁的别墅，那也是自己的兄弟在把守。他此时穿着一身浸满臭汗的衣服，很是不舒服，于是他把毯子裹在身上，躺在一堆稻草里等待衣服晾干。他躺在那里，一想到那个经济学家就觉得非常滑稽，接着又为自己的粗鲁感到有些羞愧。但那个经济学家的姿态很让人不喜欢，他递给自己香烟，貌似就是为了换取一点儿小道消息。此时他记起了乐爵饭店，和卡可夫谈起过的就是这个人，那时卡可夫还一脸崇拜地提起这个经济学家。"你曾经在那里遇到过他啊！"卡可夫说，"那天我到托莱多大桥①那一片，就没再向前去。他一个人却走了很远的路呢，已经很接近前线了。我相信，那是他人生中最风光的一天了，隔天他就离开了马德里。他在托莱多出够了风头，英勇无比啊！他为我们攻下城堡，出谋划策。如果当时你也在，能看到他在托莱多的出色表现就好了。我相信我们能攻下托莱多，大部分要依赖他的功劳呢。那是战争中我们做得最耻辱的事，我们一群军事专家在那儿指挥作战，到头来还不如一个作家。事情简直愚蠢到了极点，不过在你们美国，人们怎么看待他呢？"

---

① 马德里旧城区位于曼萨纳雷斯河的东岸，托莱多大桥在城西南，为横跨河面的主要桥梁之一。

罗伯特·乔丹说："在美国，人们觉得他长得很有亲莫斯科的派头。"

"他才不呢！"卡可夫说，"不过，他的相貌的确很奇特，举止也很文雅，整个一个绅士的派头，很讨人喜欢。嘿，我的相貌一看就没有福气，干不成大事。我取得的这点儿微不足道的成绩，可一点儿也没沾到容貌的光呢。我的这副容貌，既不能打动人，也不能叫人喜欢并且信任我。但是米切尔有一张富态的脸，同时也是一张阴谋家的脸，任何人看了，都会不由自主地信任他。并且他还具有地道的阴谋家风度。所有人只要见到他走进屋来，都会马上明白面前这个人的身份，他是一个十足的阴谋家。那些出资资助共产国际的富翁们，还有那些希望共产党一朝得势的投机倒把分子，一眼就会看出来，这个人是地地道道的共产国际的代理人。"

"难道在莫斯科他没有人际关系吗？"

"没有。乔丹同志，听着，我们周围有两种傻瓜，你知道吗？"

"愚蠢的和该死的这两种吗？"

"不，在我们俄国，有两种傻瓜，"卡可夫张嘴笑笑，又讲开了，"第一种是所谓的冬天里的傻瓜。冬天里的傻瓜到了你家的门前，大声地叫门。你走到门口，你能看见他在那儿，你以前可从没见过他。他的形象让人一见难忘。他人高马大，穿着长筒靴，身着毛大衣，头戴毛皮帽，这时他身上已落满了雪。他很可能会在门前跺着脚，靴子上的雪就簌簌地掉下来。然后他会抖抖毛皮大衣的雪。接着他摘下毛皮帽，在门上使劲儿磕几下，最终雪都被掸干净了，他走进来。这时你会发现，他就是个冬天的大傻瓜。

"然而，在一个夏天，你又看见一个傻瓜走在大街上，他向你挥动双臂，左右摇摆脑袋，这样，尽管你在两百米之内，也能判断这是一个夏天的傻瓜。这个经济学家是冬天里的傻瓜。"

罗伯特·乔丹问："既然他是个傻瓜，可为什么这儿的人们都信任他呢？"

"他的相貌，"卡可夫说，"他有一副谦和的阴谋家的相貌。而且他还懂得使用计谋，他每次外出，都假装风尘仆仆，似乎刚从外地来一样，是当地相当受人信任的名人。当然啦，"他微笑了，"要让这个花招奏效，他就必须到处奔走，这样别人才能相信他。你明白，西班牙人性情很古怪的，"卡可夫接着说，"这个政府其实很富有，黄金满地。他们希望全世界的正义人士都来帮助他们，但是他们不愿意给朋友一分钱。你是朋友，这样就能更好了，朋友之间还提什么钱啊，这样一来他们就省下了很多报酬。但对于一个并不友好的重要公司或国家代表——对这种人，他们却慷慨得很，因为这会给他们的国家带来好的形象。要是你仔细观察的话，这种官僚的嘴脸是很有意思的。"

"我讨厌政府的这副市侩相。再说，这些钱并不是政府的，那是西班牙人民辛苦劳动赚来的。"

"没人逼你喜欢，只要让你大致了解就行。"卡可夫对他说，"我每次见你，总要给你讲一些大道理，总有一天你会明白全部，不需要我的指导了。让一位教授接受再教育是多有趣的事呢！"

"教授？不知道胜利之后，我还能不能再回去当教授了。说不定他们把我当成赤色分子，把我抓起来呢。"

"噢，不要担心这个，也许你能到苏联接受深造，这么做可能有更好的出路呢！"

"我没什么特长，就西班牙语还在行一点儿。"

"你要知道，其他的国家也有说西班牙语，"卡可夫说，"它们不会都像西班牙这样唯利是图的。你也要想到，你已经接近九个月不做教授了。你在战争中已经学会一门新的行当了，不知道，辩证法你学会多少？"

"我看过埃米尔·伯恩斯编写的那本《马克思主义手册》，仅此而已，并没有深入探讨。"

"你能读完了全书，就已经很不错了。那本书总共有一千五百页，每一页读起来都很费劲。不过你不能仅仅满足于这一本，你应该再阅读一些别的书。"

"现在这个战争年代，我没有什么心思读书了。"

"我明白，"卡可夫说，"我是说到最终你也不能放松读书啊。你要读的书还多着呢，你要知道，读书读得多了，就会增长你的见识和智慧。目前的情况就可以成为一本重要著作的素材，它给我们上了人生最重要的一课，我们可以从中学会很多难得的宝贵经验。我希望，我在战后能够把它写成一本精彩绝伦的书。"

"我觉得你能写好，而且没人能比你写得更好了。"

"不要恭维我啦，"卡可夫说，"我是个记者，记者能做的，也就是创作文学作品了。我手头上正忙着研究卡尔伏·索特罗，他是一个地道的西班牙法西斯分子，他甚至连佛朗哥和别的那些都算不上，但他很值得研究。我一直在研究他的讲话和著作，我发现他特别聪明，没有什么好的办法可以除掉他，只有杀掉他才能结束他的罪恶。①"

"我本以为，你不喜欢政治暗杀，这类的不光彩手段呢。"

"在战争年月，用这种方法对付敌人，"卡可夫说，"不失为一种好的计谋。"

"但是……"

---

①　卡尔伏·索特罗（Calvo Sotel, 1892—1936）：西班牙政客，1933 年起，作为保皇派的头子，反对人民联盟。

"我们认为私下里的恐怖行动是毫无意义的,"卡可夫笑了笑,"我当然也不赞同我们的敌人,如那些违法的恐怖分子和反革命团体暗地里做这些。但是我们十分痛恨布哈林那帮家伙,他们两面三刀,做尽坏事,像残酷的豺狼,我们也非常痛恨加米涅夫、季诺维也夫、李可夫和他们的帮凶那样的人渣。我们憎恨、痛恨这些不折不扣的杀人狂,"他又笑了笑,"但我依然认为,政治暗杀是非常普遍的。"

"那么你是说……"

"没有什么,这种不折不扣的魔鬼和人渣,我们是一个也不能放过的。即使他是一个冠冕堂皇的将军,我们也不能放过。我们的法规上不是有这么一条嘛,禁止海军上将违反自己职责的现象出现。这些可恶的人被消灭了,世界也就太平了,我们还在乎使用什么手段吗?既然暗杀是一种简单的手段,我们为什么不利用呢。你知道这其中的差别吗?"

罗伯特·乔丹说:"明白。"

"你知道,我喜欢讲笑话,但是并不代表我是一个和蔼可亲的人。好,不要因为我讲笑话,不要以为西班牙人是这么的好脾气,你不能保证他们不会为没处死这败类的将军而后悔。我不爱枪毙人这活,这你了解,但你也不能就认为我能容忍他们。"

"枪毙人,我不在乎,"罗伯特·乔丹说,"我不愿意枪毙人,可我也不反对。"

"这个我晓得,"卡可夫说,"我已经听说了你以前做过的事了。"

"这事要紧吗?"罗伯特·乔丹说,"关于这事,我只是想说实话而已。"

"说话直来直去,往往因为太直白而让人不喜欢,"卡可夫说,"但是我喜欢你这一点,因而也信任你。而平常呢,跟虚伪的人谈话要到达这地步须得花不少的时间呢。"

"在你心里，我算是一个值得信任的人吗？"

"在工作态度上，你很让人信任，但我不知道你的内心是怎样的人。改日我要和你谈谈，了解一下你内心真实的想法。遗憾的是我们认识的时间很短，一直没有认真谈过。"

"我现在也不能确定我内心的真实想法，等我们打赢了这场战争，我可能才真正明白自己想要什么。"罗伯特·乔丹说。

"到那个时候，你就可以放松一下你的神经了。不过你应该好好锻炼一下你的思维，我觉得还是有点儿欠缺啊！"

"我读《世界工人报》，觉得对我大有益处呢。"罗伯特·乔丹告诉他。

卡可夫就说，"这个报纸不错呢，你可以多看看。我喜欢开玩笑，说的话，你也不能太较真。我认为《世界工人报》上有不少很有见解的文章。例如，关于这次战争就是一篇难得的好文章呢。"

"是，"罗伯特·乔丹说，"我同意你的说法。我认为要了解事情的真实经过只看党的机关刊物是不行的。"

"是的，"卡可夫说，"这种机关刊物，你即使读了二十份，你也不可能全面了解的。再说，即便你真的了解了全部，也没有能力改变什么，我想还是不知道的好呢。我一般了解这些情况，立马就后悔，恨不得立马把这些事情抛在脑后。"

"你觉得情况就那么坏吗？"

"现在的情势比以前好多了。我们正在清除共和国内一些危害特别大的人渣。但是情况还是不如想象的那么乐观。我们现在也正秘密组织一支数量庞大的军队，我们找的都是那些牢靠的军士，比如'农民'、莫德斯托、杜兰和利斯特他们的部下。这些人不仅办事牢靠，甚至可以说是非常了不起的，你将来会看到这一点的。再说，即使情况再糟糕，我们还有国际纵队呢，虽然它们的作用也随着局势有所改变了。但我不在乎这些，我只知道一点，一支装备精良的军队是不允许士兵良莠不齐的，这样我们也不会打胜仗。我们必须竭力整修军队，军人必须具有相当的政治觉悟，他们都得明白战争的重要性，以及他们要懂得为什么而战斗。军人必须对战争抱有必胜的决心，都必须严格地遵从纪律。我们已经组织了一支强大的军队，却没时间树立自己的组织纪律。我们的军队虽然英勇，但相对松散，只能称作人民军，可是它却不具备真正的人民军的品质，也没有军队所必需的钢铁纪律。你兴许会明白，这做法相当危险。"

"你今天心情似乎很低落。"

"是的，"卡可夫说，"我刚从瓦伦西亚回来，在那里见了很多人很多事。从那里回来的人，大多都不是愉快的，毕竟那里到处是惨败的景象。在马德里，你就会感觉不一样了，那里到处洋溢着胜利的信念，你会感到愉快、轻松，信心十足。然而瓦伦西亚就是另一回事，从马德里逃跑的懦夫们仍统治着那儿。他们满足地习惯了松散慵懒的官僚统治，他们对马德里的人全都是轻视，现在让他们困惑的是国防人民委员会的软弱。还有巴塞罗那，你应该去看一看巴塞罗那。"

"巴塞罗那怎么啦？"

"那里的一切就像一场闹剧。那儿最开始是幻想家和浪漫主义的乐土，现在却变成了投机倒把分子的天堂，他们喜欢用军装打扮自己，红黑领巾时刻戴在胸前，他们看起来是那么热爱共和国。但事实上呢，他们只是一些虚伪的伪君子，他们对战争似乎有着神一般的狂热，但他们不喜欢上战场。假使瓦伦西亚使你作呕的话，巴塞罗那就让你发笑。"

"那么波姆叛乱①呢?"

"波姆更是滑稽的可笑呢。那些都是幻想家和过激分子的歪理邪说走到了极致，就生出'波姆'这个产物，实在是幼稚的可笑啊，他们总妄想理论就可以代替战争，救万民于水火。人一旦陷入幻想的世界，就很容易误入歧途。他们之中还是有很多智慧人物的，但因为政治方向不正确，最终也葬送了自己。可怜的波姆，那些家伙简直太愚蠢了。"

"可是，叛乱中很多人被杀死了吗?"

"叛乱时，死的并不是很多，但叛乱被镇压之后，那些被俘虏的人被枪杀的不计其数啊。波姆，正如它的名称一样，并不是很严谨啊，应该把它叫麻疹好呢，还是疟腮好? 不过也不太贴切，麻疹要比它更危险一些，麻疹会损伤听觉和视力。他们搞了个阴谋来对付我们几个人——我、莫德斯托、华尔特，还有普列托，他们想杀了我们，革命就到了他们手里。你知道吗? 他们是多么的愚蠢啊。我们这几个人之间毫无相似之处，他们竟然混淆了。可怜啊，波姆。他们那些软弱的人，其实并不懂得杀人为何物，他们一味沉醉在自己的幻想中，在前线或别的地方肯定没杀过，在巴塞罗那倒是杀过几个，这个没错。"

"你当时也在那里吗?"

"是啊。我当时眼见了这些无耻之徒的行径，就在那里发了份电报，揭露了他们的罪行。他们的法西斯的阴谋诡计，真是可恶至极啊! 但是，我的内心始终觉得波姆没什么了不起。尼恩是他们中唯一的有头脑的人，但一己之力成不了什么气候啊，我们曾经逮住了他，可是又让他狡猾地逃了。"

---

① 波姆（P. O. U. M.）是马克思主义统一工人党的首字母缩略词的音译，是无政府－工团主义者的组织，于1937年5月3—10日在巴塞罗那发动叛乱。

"他现在在哪里呢？"

"巴黎，我们判断他逃到了巴黎。他那人还是很不错的，但是很遗憾啊，在政治上走了歪路。"

"他们虽然败了，但还是跟法西斯分子有联系，不是吗？"

"谁没有联系呢？那是很正常的。"

"我们就不会与那些法西斯们联系。"

"谁知道呢？希望我们的人不要做那样的事。你经常到他们的阵线后方去，有些情况还是不了解啊！"他张嘴笑，样子很无奈，"共和国驻巴黎大使馆的一位秘书的弟弟，上周就曾偷偷到圣让德吕兹去，与布尔戈斯方面来的人会晤①。"

"我不喜欢听这些卑鄙的事情，我更希望了解前线的状况，"罗伯特·乔丹说，"越是到了前线，越让我心智清醒。"

"你显然喜欢法西斯阵线的后方吗？"

"是啊，那里的人都很忠诚，知道自己为什么而战。"

"嗯，可是你要知道，在我们阵线的后方，法西斯派了同样可靠的人。我们恨死了这些内奸，一抓住他们就枪毙，但是同样，他们抓住了我们的人也是枪毙。你在他们的地区里，就必须想到，他们也派人到我们的后方来这一点。"

"我也考虑过这些情况，但没有深究过，毕竟这也不是我所考虑的问题。"

"好的，"卡可夫说，"今天跟你谈了够多的事情了，你的脑子里恐怕现在很乱吧，喝了罐里余下的啤酒就走吧，我还有事去见一些政客。下次早点儿来这里找我，我们可以好好谈谈呢。"好的，我也想早点来找你呢，跟你谈话我受益匪浅呢，罗伯特·乔丹想，你在乐爵饭店里学到了很多东西呢。

---

① 布尔戈斯在内战爆发后就成为佛朗哥判军"政府"所在地。

　　卡可夫读过他出版的唯一一本书，那本书卖得并不好，书的内容也很少，仅仅有两百页。读过这本书的人也很少，也不到两千人。他在西班牙地区浪迹多年，坐过火车的三等包厢，骑过骡子，挤过公共汽车，搭过卡车，游历了十年，耳濡目染的事情太多了，感触也多，于是他把这些都写了下来，出版了这本书。巴斯克地区、阿拉贡、纳瓦拉、两个卡斯蒂尔、加利西亚跟埃斯特雷马杜拉，这些地方他都去过，对这个地方的风土人情也很熟悉。在这一类作品中，福特①、博罗和其他一些作家已经写得非常出色了，他的作品已经没有新颖之处了，写的也不过是一些普通的事情罢了。可卡可夫认为这是本好书。

　　"我为你的前途忧心忡忡啊！"卡可夫说，"不过，我觉得你写书的态度是好的，本着真实去写，这是非常难得的。我打算把我知道的真实情况告诉你，希望以后对你的写作有所帮助。"

　　好啊，罗伯特·乔丹想，等这次任务完成后，我一定认认真真地写本书。不过我只想写那些我明白的事情，但我得还得努力啊，现在的写作水平很难驾驭这样的一个大题材啊，他想，在这次战争中虽然残酷，但却从中学到了不少难为人知的大道理。

---

　　① 理查德·福特（Ruhard Ford, 1796—1858）：英国旅行家兼作家，1845 年发表的《西班牙旅游者手册》为一部非常详细的佳作。

第十九章

山洞里烟雾缭绕，其中还夹杂着酒的松脂般的香气。

罗伯特·乔丹此时还沉浸在他的想象之中，马德里、乐爵饭店、卡可夫，这一切都像是梦幻，你真的到过那里吗？你认识卡可夫吗？可转念一想，自己是多么的可笑啊！难道自己的心智都不清醒了？怎么会开始怀疑一切东西呢？也许你现在所处的境地，使你心生困扰，以至于产生了虚幻感吧！他想。

玛丽亚问他："你呆呆地在那儿想什么呢？"她站在他的身旁，也不知道多久了，他回过神来，为自己的出神而歉意地向她笑了笑。

"没什么，"他说，"我思考一些问题。"

"想什么呢？炸桥的事？"

"不，桥的事已经安排妥当了。我在想你和我的将来，也想之前在马德里的一家饭店里所发生的事，在那儿我认识了几个俄国的朋友，还想我以后要创作的一本关于西班牙的书。"

"马德里有许多俄国人吗？"

"不多，就那么几个而已。"

"可我之前从法西斯分子的报刊上看到，说马德里城里有好几十万俄国人呢。"

"那是他们胡编乱造的，企图在蒙蔽我们，其实没有多少的。"

"你对俄国人印象怎样？上次这里也来过一个俄国人。"

"你觉得他怎么样呢?"

"还不错呢。那时我生病了，没怎么跟他交谈，但我认为他长得很英俊，思想也很开放呢。"

"漂亮，瞎扯，"比拉尔说，"他的鼻子啊，平得像我的手一样，颧骨宽得像丑陋的羊屁股。"

"他是我的朋友兼战友，"罗伯特·乔丹告诉玛丽亚，"我很欣赏他的为人。"

"你欣赏他?"比拉尔说，"可是，是你杀了他啊!"

她一说完这话，牌桌上的人都抬起了头，巴勃罗也死死地盯着罗伯特·乔丹。山洞里悄然无声，谁也没有开口说话，后来吉卜赛人拉斐尔第一个开口了，"真的吗，罗伯特?"

"真的，"罗伯特·乔丹说。他想，自己之前不应该把这件事说出来，要是他在"聋子"那里不说这件事就好了，要是比拉尔不把这件事说出来就好了。"因为他受了重伤，很怕被俘虏，就要求我把他杀死。"

"他也是个奇怪的人啊，"吉卜赛人说，"他和我们在一起的时候，也总是说起被俘虏的种种。我应诺他要这么办不知有多少次了。他可真是一个奇怪的人啊!"他又讲了一遍，还是摇摇头。

"他是非常奇怪的人，"普里米蒂伏说，"而且性情也跟平常人不一样。"

"同志，我有件事很疑惑，"两兄弟中，安德烈斯说，"你是教授，一定知道的多。你相信人可以预知自己未来的事情吗?"

"我想不可以的。"罗伯特·乔丹说。

巴勃罗这时还是一脸算计地看着他，而比拉尔则面无表情地注视着他，丝毫没有为刚才说的话而不自在。

"这位俄国同志，他在前线待的时间太长了，见过不少残酷的事，以至于变得十分敏感。他在伊伦战场的时候，见过很多糟糕的事，那时他的神经可能就受到刺激了。后来他一直在北方作战，从没停歇过。自从第一批敌后工作小组成立以来，他到过很多地方，安达卢西亚和埃斯特雷马杜拉也都去过。我认为，残酷的战争已经刺激了他的神经，以至于他变得神经分兮，想事情一味地往不好的地方考虑，喜欢钻牛角尖。"

"他一定见过很多恐怖的事情，可怜啊！"费尔南多说。

"我们大家还不是也经历过惨痛的事，"安德烈斯说，"可是，英国人，听我说，你觉得人类可以预知自己的未来，这可能吗?"

"不，"罗伯特·乔丹说，"人类不可能预知自己的未来，别听信那些迷信。"

"迷信? 你这样说，我倒想听听了，"比拉尔说，"让我们来听听我们这位教授的高见。"她说话的口气充满了不屑，似乎罗伯特此时只是一个早熟的小孩子。

"我觉得恐惧会磨灭一个人的意志，使他产生不好的幻想，"罗伯特·乔丹说，"看到不好的预兆……"

"照你这么说，今天的飞机也是幻想出来的了。"普里米蒂伏说。

"我也想知道，你的到来，也是我的幻想了。"巴勃罗低声说，罗伯特·乔丹隔着桌子望了巴勃罗一眼，他没有怪巴勃罗的意思，他知道巴勃罗说这话并非故意挑事，而是真实想法显露而已，就继续说，"如果一个人抱着恐惧的念头，看到了一些不好的事情就会幻想自己的末日到了，我想预感就是这么一回事。"

最后罗伯特·乔丹说："我看不外乎就是这样的情况。我可不相信鬼神、命数、神迹。"

"可是这个名字古怪的俄国人，却非常清楚地看到了自己的命运，"吉卜赛人说，"结果也正是这样应验啦！"

"他没预知到命运，"罗伯特·乔丹说，"他只是害怕会发生这种事，而这种害怕变成了他心头的一个疙瘩。谁也无法让我相信他预见了什么。"

"我说的，你也不相信？"比拉尔问，从炉灶里拈起一撮灰放在手心里，接着把它吹走。"我也无法把你说服吗？"

"是的。你尽管使出你的浑身解数吧，不管巫术，或者吉卜赛人的那一大套劳什子，我都不会动摇我的信念。"

"你不相信，是因为你的耳朵聋了，"比拉尔说，她的脸在烛光下更显得严肃。"我不觉得你蠢，你只是耳聋罢了。耳聋的人不能听音乐，也不能听收音机。所以他变得懵懂无知，始终认为世界上不存在这些东西。不瞒你们说，我一开始就看出了那个名字古怪人的面色死灰，像用烙铁印在脸上似的。"

"不可能的事，"罗伯特·乔丹坚持说，"你看到的只是他恐惧和忧愁的表情而已。那些恐惧是由于他的经历形成的，忧虑是因为他幻想可能有不测。"

"你不用蒙骗我了，"比拉尔说，"我看得清清楚楚，死神就始终跟在他的身边。不仅如此，他身上还发出了死亡的气息。"

"他身上发出死亡的气息？"罗伯特·乔丹嘲笑说，"应该是恐惧的气味吧，人一旦恐惧兴许还能发出点儿不好的味道来。"

"我确信那是死亡的气息，"比拉尔说，"你听我说，布兰克特是有史以来最伟大的斗牛士助手，他那时替马诺洛·格兰纳罗当助手，马诺洛·格兰纳罗死去的那天，他们在去斗牛场的路上，曾经去小教堂里做暂时的休整，马诺洛·格兰纳罗当时的身上就散发出一股死亡的气息，那味道让布兰克特差点呕吐。布兰克特还给我讲了详细的经过，他说，去斗牛场之前，在旅馆里，马诺洛·格兰纳罗洗了澡，并换了衣服，他那时都跟马诺洛·格兰纳罗在一起，但没有闻到味道。之后，他们坐上汽车开往斗牛场，但此时还没有这种气味。当时在小教堂里，谁也没闻到什么气味，只有胡安·路德斯·德拉罗萨感觉到了。马西亚尔、奇昆洛也伴随了全程，但始终没闻到这种死亡的气味。

"布兰克特显然闻到了，他告诉我，胡安·路德斯脸色苍白，于是就问他：'你也闻到了?'

"'浓得让我透不过气来，'胡安·路德斯对他说，'那位斗牛士身上发出来的?'

"'是啊，我也闻到了，'布兰克特说，'希望我们弄错了。'胡安·路德斯问布兰克特：'别人身上有吗?'

"'没有，'布兰克特说，'我没闻到呢。可是他的味道比何塞死的时候浓得多了。'就在那天下午，马诺洛·格兰纳罗死在了斗牛场的看台围栏上，是维拉瓜牧场养的公牛波卡贝纳把他顶死的。我当时和菲尼托都在那里，我亲眼见了全过程。牛角把他的整个头颅都撕扯得粉碎。他死得真惨啊，公牛把马诺洛·格兰纳罗摔在围栏下，脑袋不巧夹在板壁底下，就这样任由公牛撕扯。"

"你可闻到什么气味了吗?"费尔南多问。

"没有，"比拉尔说，"我们当时坐在三号看台第七排的位置上，离那里太远了。看台是有坡度的斜下去的，所以我看到了全部的情景。但是就在那个晚上，在福尔诺斯酒店布兰克特对菲尼托提到这件事，他之前是为何塞做助手的，菲尼托不是很相信这事，于是就问胡安·路易斯·德拉罗萨，但他什么也不肯说，在菲尼托再三询问之下，他才勉强点点头，表示这是真的。这事发生的时候我就在现场。英国人，看来你对有些事就是不肯听一听，多思考一下后果。我想，当时马西亚尔·拉兰达、奇昆洛以及马诺洛·格兰纳罗和胡安·路德斯手下的所有人员，那天都静下心来听听这事，好好思虑一下的话，惨剧兴许可以避免呢。不过胡安·路易斯跟布兰克特就很谨慎，但他两人之力也不能改变什么。我对这类事也是相信的。”

“我们说的味道的事，你干吗扯到耳聋的事情上呢？”费尔南多问。

“他娘的！你闭嘴。”比拉尔说，“你可以替代英国人当教授啦。但是，我可以再给你讲几个真实的事情，英国人，所以你不要因为自己的孤陋寡闻，就否认一些事情的真实性。举个简单的例子，狗的鼻子和耳朵比我们灵敏多了，它们可以听见和闻到我们无法听见和看见的东西。人世间有很多我们所不能知道的东西，为此你不能认为不知道就否认它们。”

玛丽亚把一只手架在罗伯特·乔丹肩上，就没再挪开，不知是害怕，还是怎么的。

他不禁突然想，我不想知道什么先知、死亡的气息，这些无用的东西。我这儿想打住这个话题，好好珍惜现在的时间吧。不过现在还早，我们不得不靠谈话消磨这段时光。所以他对巴勃罗说：“你也信巫术之类的东西？”

“我一时说不清楚，”巴勃罗说，“我比较赞同你的看法，我至今还从没碰到过超自然的事，不过我对这些超自然的事情也心存恐惧。可我相信比拉尔能用手相算命的能力。如果她不是撒谎，也许她真的嗅到了死亡的味道。”

“说什么呢，我干吗骗人啊！”比拉尔说，“我没必要在这种事情上扯谎。布兰克特这个人很正经，对命运一说也非常虔诚。他是瓦伦西亚的资产阶级，不是吉卜赛人。你以前从来没见过他吗？”

"见过，"罗伯特·乔丹说，"我见过他好几次了。他个子不高，脸色灰白，对吧。他是一个很奇特的小伙子，他喜欢挥动他的披风，那样子帅气极了。他的脚步也很灵活，就像一只敏捷的兔子。"

"你说得没错，就是他，"比拉尔说，"他脸色灰白，是有心脏病的缘故，可吉卜赛人都说，死神其实早就附在了他的身上，但是他很有本事，可以用红披风把死神从身上甩掉，就像掸掉桌上的灰尘一样。他不是吉卜赛人，可他却能闻到死亡的味道，从何塞身上他就闻到了，不久何塞就死了。虽然当时葡萄酒的气味冲天，我不知道他怎么还能闻到这气味。布兰克特后来十分慎重地谈到这件事，可是那些听的人都不信，以为他是信口胡扯，甚至有人戏谑他说那气味不过是何塞腋窝中的气味罢了。可是后来，发生了马诺洛·格兰纳罗的事，胡安·路易斯·德拉罗萨也闻到了。胡安·路易斯·德拉罗萨名声显然很不好，很多人也不以为意。不过他做事利落，床上功夫也了得。但布兰克特老实忠厚，做事谨慎，根本不会说假话的。告诉你吧，我真的闻到了那股子死亡的气息，就在你那个死去的同志身上。"

"我还是不信，"罗伯特·乔丹说，"你刚才还说，早在斗牛之前，布兰克特就闻到了死亡的味道。你和卡希金在这里炸火车，做得很成功啊！炸火车时他并没有死，当时你怎么闻到的呢？"

"这两者没法比较，"比拉尔解释说，"伊格纳西奥·桑切斯·梅希亚斯在最后一次斗牛之前，死亡的气息很浓烈，他当时去咖啡馆喝咖啡，很多人都不愿意和他坐一起。吉卜赛人都清楚这件事。"

"人死了，别人就虚构一些恐怖的现象出来，似乎只有这样死的才合情合理，"罗伯特·乔丹争辩说，"人人都知道，桑切斯·梅希亚斯很久不练习斗牛技巧了，他在斗牛时，因为技术不娴熟，力气也不够用，反应也比不上以前快，所以被牛角弄死了。"

"当然，"比拉尔对他说，"你说的这一切都是事实。可是所有的吉卜赛人也都能闻到他身上的死亡气息，你没看到，当年他一走进玫瑰酒店，费利佩·冈萨雷斯、里卡多这些人就立马从酒店的后门溜走了。"

"也许他们是欠了债吧。"罗伯特·乔丹说。

"欠债？这也是有可能的呢，"比拉尔说，"可是他们的确闻到了那种味道，人们都知道这回事。"

"英国人，她没骗你呢，"吉卜赛人拉斐尔说，"这件事在我们吉卜赛人当中是流传已久的。"

"我完全不相信你们这一套。"罗伯特·乔丹说。

"英国人，你听我说，"安塞尔莫开口说，"这些巫术我也不信。可是比拉尔在巫术方面很有一套，这是大家都公认的。"

"那么你觉得这种味道像什么呢？"费尔南多问，"这是什么味道呢？要是有味道的话，你给我们描述一下。"

"小费尔南多，你想了解吗？"比拉尔对他笑笑，"你以为你能够闻得到吗？"

"不是说是气味吗？我干吗不可以跟别人一样能闻到呢？"

"干吗不？"比拉尔讥笑地望着他，两只大手环着放在双膝上，"你乘过船吗，费尔南多？"

"没有，也不想乘船。"

"那么恐怕你分辨不出这种气味来。你只有坐在船里，眼看着暴风雨快要来了，于是把舱窗关上，把你的鼻子贴在扣紧舱窗的铜把手上，身下的船体在暴风雨中颠簸得很厉害，让你头昏眼花，胃里翻江倒海，这时你就能闻到一点儿这种味道了。"

"我可能不能闻到这种味道了，因为我根本不想坐船。"费尔南多说。

"我乘过几次船，"比拉尔说，"去委内瑞拉和墨西哥，我们都是坐船去的。"

"除了你上面描述的这种味道，还有什么味道？"罗伯特·乔丹问。

比拉尔此时眯起了眼睛，显然为自己曾经坐船的那段航程自豪呢！她用嘲讽的口吻对罗伯特·乔丹说。

"好吧，英国人，这就对了，你好好听着，也长长见识。你在船上闻到这气味之后，如果还想知道死亡的气味还像什么，那么你就起个大早，从马德里一带的山上下来，去托莱多大桥边的屠宰场。你不要进去，就在路边等待着，这时曼萨纳雷斯河上弥漫着一层晨雾，你就一个人站在那湿漉漉的石板地上，继续等待着。你很快就会发现，一个老太婆从晨雾中走来，她是去屠宰场喝畜生新鲜的血的，这老太婆脖子上围着披肩，眼睛深陷，面色蜡黄，死气沉沉。近前了，你会发现她脸上生出了灰白色的老年须，这种须就像豆子上长出的芽须，并不硬。等她从屠宰场出来，你伸出双臂去紧紧搂住她吧，英国人，亲吻她的嘴，你就知道这味道还像什么别的了。"

"你说的真让人倒胃口呢，"吉卜赛人说，"这种芽须的气味，闻了都叫人恶心，何况还吻她。"

"你还想再听点儿吗？"比拉尔戏谑地问罗伯特·乔丹。

"是的，"他说，"你觉得我们有必要长长见识，那就继续说吧。"

"我不喜欢老太婆的芽须，它们让我恶心。"吉卜赛人说，"为什么老太婆的脸上会长出这种东西，比拉尔？我们脸上就没有啊！"

"是啊，"比拉尔取笑他，"我们的老太婆呢，年轻时也苗条过，也是个美人。当然，我们吉卜赛女人始终大着肚子，这也是她们的男人给予的恩赐，所以每个吉卜赛女人一生之中身前老是挺着个……"

"别这样说，"拉斐尔说，"说得我心里不好受。"

"你心里不好受？"比拉尔说，"吉卜赛女人，一辈子都在生孩子，如果不是大着肚子，那么就是刚生完小孩，你见过谁不是这样的？"

"你。"

"住口，"比拉尔说，"每个人都有伤心的时候。你要知道，人一旦老了，身体自然就变得丑陋不堪了，谁都没法摆脱的事实。我不想再啰唆了，但要是英国人一定要知道那是一种什么气味，就必须一大早亲自去屠宰场。"

"我一定去，"罗伯特·乔丹说，"但我认为没必要非得跟她们接吻，近前闻闻她们的味道就可以了。我也跟拉斐尔一样，也厌恶芽须。"

"你必须吻一下，才知道那种味道呢，"比拉尔说，"英国人，只要吻了老太婆，然后鼻孔里就会残存着这种气味。你回到城里，路过垃圾桶，看到里面有凋零的花朵，你也不能错过。你把鼻孔凑到花朵的上面，深深地吸一口，这时鼻孔中残存的老太婆的气味和垃圾桶中的气味混合在一起了。"

"好，我觉得我已经明白了，"罗伯特·乔丹说，"你说的花，是什么花？"

"菊花。"

"继续说吧，"罗伯特·乔丹说，"我似乎闻到菊花的味道了。"

"接着，"比拉尔跟着说，"天似乎下起雨来，没有雨，至少也得有雾。换句话说，你在一个初冬的多雾天里走着，沿着康乐大街一直往前，一路上，你能闻到妓院里清理出的垃圾的味道，阴沟污水的味道，这些味道夹杂着一夜风流的气味，还有肥皂水、香烟蒂的气味。你不要停留，继续往前去植物园，在那里，一些姑娘没法在妓院生存，于是晚上会背靠在公园的铁栅栏和铁门上，就在人行道上接客。就是在那儿，她们在树荫下做起了让男人过瘾的事，当然了价格不同，得到的服务也不相同。一毛钱买到最基本的服务，花一块钱就能爽一把，妓女与嫖客就在那些没扫除死花的花坛上干的，那里新栽上了绿色的植物，这样一来泥土被弄得很松软，比人行道要好得多。如果你幸运的话，你还会看到一只被丢弃的黄麻袋，上面还沾着泥土、枯萎的花朵和那晚上干了好事所留下的味道。这麻袋滋润了世间的一切的精华，既有泥土、枯萎的花茎和腐烂的花朵的味道，也有人的出生和死亡的味道。你把这麻袋套在自己头上，尽情在里面呼吸。"

"不要。"

"你必须这样做，"比拉尔说，"你一定要把这麻袋套到头上，呼吸里面的气息，然后，你这时鼻息已经混合早前的那些气味，三者混合就是人即将死亡的气味了。"

"好吧，暂且相信你说的气味是真的。"罗伯特·乔丹说，"你是说卡希金在此之前，身上有这种味道？"

"是啊！"

"算了，"罗伯特·乔丹半开玩笑地说，"如果真有这种事，我把他杀了倒是他罪有应得。"

"你说得对呀。"吉卜赛人说，其他人全都笑了。

"你回答得很巧妙啊，"普里米蒂伏表示赞同，"这下比拉尔该没话说了吧？"

"可是，比拉尔，"费尔南多说，"你当然不希望罗伯特·乔丹这样正直的人，会干出杀人的勾当来。"

"对，我内心一点儿也不希望这样啊！"比拉尔同意道。

"这一切让人恶心至极。"

"是的。"比拉尔赞成。

"你不会希望他真的干出这样丧尽天良的事情来吧？"

"是的，"比拉尔说，"你去睡觉吧，可以吗？"

"但是，比拉尔……"费尔南多还想继续说。

"闭嘴吧，"比拉尔突然凶狠地对他说，"你别自作聪明了，你就是个傻瓜。我真是蠢得可怕啊！我说了半天的话，居然没人理解我。"

"我承认，我不明白你的意思。"费尔南多又开口说。

"别承认，也别试着搞明白了，"比拉尔说，"外头还下雪吗？"

罗伯特·乔丹走到洞口，掀起毯子，往洞外张望。

雪不知什么时候已经停了，天空也显得异常晴朗，但空气还是很冷。他透过密密匝匝的树干，往远处看去，地上白茫茫的一片。林间悄然无声，夜空清净无云。他呼吸着林间的空气，顿时觉得寒冷透骨。

"今晚'聋子'去偷马，如果得了手，雪上会留下很多脚印的。"他想。

他放下毯子，走回了山洞里。"天放晴了，暴风雪已经停歇了。"

第二十章

　　黑夜里，他躺在雪地的睡袋里，等待着自己美丽的姑娘。这时风已停息，松树像个黑黢黢的人影，站在那里岿然不动，树干兀立在覆满白雪的地上。他在睡袋里铺了一层软绵绵的被褥，躺在上面舒服极了。他这会儿感觉生活很惬意，他满足地在睡袋里把腿伸直，脸上露在睡袋外面却冷彻心扉。他侧身躺着，头下的枕头，仍是用他的裤子和外衣卷在鞋子外面做成的，腰侧贴着他冷冰冰的大自动手枪，手枪用带子绑在右手腕上，以防万一。他感觉手枪太冷了，于是用手推开手枪，身体也往睡袋里缩了一点儿。他望着雪地对面的远山，那里是山岩的黑色缺口，与黑黑的山洞洞口遥遥相望。天空晴朗极了，尤其在雪地的反光下，山洞两边的树干和大块山石都能看得很清楚。

　　临近黄昏，他一时兴起，拿着一把斧头，走出山洞，踩过新雪，来到松林边，顺手砍了一棵小云杉。这时天暗下来了，他用手握着云杉的根端，把它用力拖到山崖的背风处。他到了山崖边，把那个小云杉用一只手握紧，另一手拿着斧头，把云杉上的枝丫都砍掉，把它们堆成一堆。然后，他把云杉树干立在雪地上，然后走进山洞去拿出一块厚木板，那是他早先见到靠在洞壁上的，想着兴许有用呢。他用这块木板作为工具，把山崖边上的积雪全部铲掉，露出一片空地来，然后他捡起刚才砍下的树枝，抖掉上面的积雪，一枝枝的把它们像鸟的羽毛一样排列在地上，一张松软的床铺就做好了。他把那根树干压在这些树枝的一头，这样这些树枝就被牢牢固定在地上了，接着他从那块木板边上劈下两个尖楔，把树干牢牢卡在地上。

做完这一切之后，他撩起门毯走回到山洞里，把木板和斧头放回去靠在洞壁上。

比拉尔问："你到外面干吗去了?"

"给自己搭了个窝。"

"你不会用了我新劈的木板吧。"

"对不起，我刚才用了一下你的那块木板。"

"没关系，"她说，"锯木厂里木板多的是。你的窝用什么做的?"

"方法是我家乡的老传统了。"

"那祝你睡个好觉了。"她说。罗伯特·乔丹打开一只背包，从里面拿出自己的睡袋，然后把包小心地放回去，然后拿着自己的睡袋，走出了山洞。他把自己的睡袋拿到山崖边，把睡袋平整地铺在自己搭建好的那个松树床上。睡袋口的一端有陡峭的石壁遮挡，这样夜晚的风就不会吹到自己。等他铺好了自己的睡袋，然后他再到山洞里去拿他的背包，但是比拉尔说："背包就搁在这儿吧，我还像昨晚一样给你看得牢牢的。"

"你派人放哨了没有?"他问，"现在天晴了，风雪又停了。"

"我打算好了，让费尔南多去守着。"比拉尔说。

玛丽亚这会儿跑到山洞里面去了，罗伯特·乔丹也没法看到她。

"晚安吧，"他说，"我去睡啦。"

大家正忙碌着把桌子和凳子搬到靠洞壁的角落里，这样好腾出睡觉的地方，普里米蒂伏和安德烈斯把自己的铺盖卷摊在炉火前面的地上，抬起头来跟大家说："晚安。"

安塞尔莫已经在角落里睡下了，身体蜷缩着，裹在他的毯子和披风里，头也包了个严实，而巴勃罗则在椅子里睡沉了。

"你铺上要张羊皮吗？"比拉尔轻声问罗伯特·乔丹。

"不，"他说，"谢谢，我不需要。"

"好好睡一觉吧，"她说，"你的东西，我替你保管。"

费尔南多和他一起从洞里走出来，走到罗伯特·乔丹的睡袋边，他站了一阵子。

"你的行为很奇特啊，堂·罗伯特，雪地里露天睡觉耶。"他站在黑暗中说，罗比特看不见他的表情，但他身上披着的毯子式披风，肩上背着的卡宾枪看得还是清清楚楚的。

"我习惯了，晚安。"

"你习惯就好，毕竟今天很冷啊。"

"你小心点儿，什么时候替你的班？"

"4点。"

"从现在到4点这一段时间十分冷，你多穿点儿吧。"

"我习惯了。"费尔南多说。

"你习惯了那就行……"罗伯特·乔丹也客气地回道。

"不多说了，"费尔南多点了点头说，"我要上山去放哨了。堂·罗伯特，晚安。"

"费尔南多，你也晚安。"

费尔南多走了，罗伯特脱下身上的衣服，给自己做了一个枕头。他接着钻进睡袋里，平躺着等自己的姑娘前来，睡袋下的树枝，果然很有弹性，再加上暖和的法兰绒衬里的羽绒睡袋，他躺在上面感觉舒服极了。他凝视着雪地对面的山洞口，等待着，觉得心脏在跳动。

雪停了，夜色晴朗。他的心也觉得畅快起来，毕竟任务会顺利进行下去了。夜凉如水，他的头脑也分外清醒。他嗅到一股子松香味弥漫开来，他知道那是身体下面松枝的味道、碾压的松针的味道和树枝断口处散发出的浓烈的树脂香味。这气味使他联想到了比拉尔说的死亡的气味。我不喜欢其他的味道，我就爱闻这种植物的新鲜的气味。这种味道就如新割的苜蓿、骑马赶牛时踏碎的鼠尾草、秋天燃烧耙成堆的树叶的气味一样，它可以勾起你浓浓的乡愁，在我的故乡米苏拉，一到秋天街上堆成堆的树叶就会被燃烧，燃烧时的烟草味就是这股子气味。哪一种气味，是你喜欢的呢？印第安人编篮子时，那种香草的气味？大雪天熏皮子的气味？雨后春泥的气味？在加利西亚地岬上，那成片的金雀花丛中飘来的海洋味儿？还是夜晚驱车赶往古巴，适逢的陆风的气味？那仙人掌花、含羞草、马尾藻丛的气味，你觉得如何呢？要不，你最陶醉饥饿时飘来的一股煎熏咸肉的香味？还是晨风中的咖啡香？或是咬一口红苹果，所散发出来的果香味？你要是不喜欢，酒作坊压碎苹果时的香味，或者刚出炉的面包香味呢？你一定是饿了，他想。他侧躺着，思绪万千。

有人从毯子山洞里出来了，这会儿不睡觉，是谁呢？夜色太黑，他看不清是谁，只见那人模糊的身影站在山岩的缺口前。不一会儿，他听见他脚踩雪地吱吱嘎嘎地回去了，这个人撩起毯子，钻进了黑暗的山洞。

有人还没睡呢，怪不得玛丽亚还没来，她害怕别人知道，一定是等着别人都睡了，才敢来呢，他想。真是浪费时间啊，夜晚过去一半了。啊，玛丽亚，快来吧，我们剩下的时间不多了。这时树枝上的一块儿积雪簌簌地落在雪地上，伴随着一阵微风吹在脸上。忽然，他开始心里急躁起来，说不准她不会来了。已经起风了，看来黎明快要到来了。微风又吹动树梢，树枝上雪又纷纷落了下来。

玛丽亚，快来吧。不要让我等得如此心焦，快来到我身边，他想。不要等了，他们睡不睡觉，跟我们一点儿关系也没有，随他们去吧。

他正在心焦的当口，他看到自己的姑娘，从毯子底下钻了出来。她没有立马过来，而是站在洞口不知道做什么，他晓得正是她，但没法看清她在做什么。他轻声吹了一声口哨，示意她赶紧过来，但她还在洞口的阴影处做着什么。不一会儿，她双手捧着什么东西奔过来了，他看到她两条长腿在雪地里大步地奔跑。然后她跪在睡袋边，拍掉脚上的雪，低头亲了他一下，递给他一包东西。

"把鞋子和你的枕头放在一起，"她说，"我在洞口把鞋子脱掉，这样就可以节约时间。"

"你赤脚从雪地里来的？"

"对啊，"她说，"只穿一件结婚衬衫，是不是很浪漫。"

他紧紧地把她抱在怀里，心疼极了。

"别碰我的脚，"她说，"脚很凉，罗伯特。"

"没事，我不怕，把脚伸进来，我给你暖暖。"

"不，"她说，"它很快就暖和起来了。可现在，我想知道你到底爱不爱我。"

"我爱你。"

"嗯，听见你这样说，我真高兴啊！"

"我爱你，我的小可爱。"

"你觉得我的结婚衬衫怎样？"

"我也会爱这件衬衫一辈子的。"

"好啊，这件衬衫我们昨天晚上洞房的时候也穿着呢。"

“快把脚放进来，别冻着了。”

“不，你不要太在意我的脚，脚自己会暖和的。虽然它们踩在雪地里，但我一点儿也不觉得冷，只是你觉得冷罢了。再说一次‘我爱你’。”

“我爱你，我的小兔子。”

“我也爱你，我是你的妻子。”

“他们都睡了吗？”

“还没有，”她说，“可是我实在忍不住了啊！他们知道又有什么关系呢？”

“我也这样认为，这是我们自己的事，”他说着，感到她柔软娇嫩的身体贴着自己，“不要管其他人想什么。”

“你抱住我的头，”她说，“我想试着吻你。”

“这样好吗？”她问。

“好呀，”他说，“那先把结婚衬衣脱了吧。”

“你说我要脱吗？”

“还是脱了的好啊，如果你不冷，就脱了吧。”

“怎么，冷？现在我身上像着了火一样，怎么还会冷呢？”

“我也是，可我怕待会儿你就觉得冷了？”

“不会的。我们洞房之后，我希望我们像森林里的野兽一样，紧紧地依偎在一起，彼此不分离。纵使你想分辨出你我，也不可能了。你不认为我的心已经完全属于你了吗？”

“我觉得，我们已经融为一体了。”

“快来摸摸。你中有我，我中有你，我们已经融为一体了。我爱你，我是多么爱你啊！我们其实是一个整体了？你不觉得已经这样吗？”

“是啊，”他说，“你说得没错。”

"快来摸摸，我的心已经跑到你那儿去了，我已经没有心了。"

"看啊，我的身体也渐渐消融了。"

"可我们的身体构造不一样，"她说，"我们要是完全一样多好呀！"

"你不是这样想的吧？"

"是的，我就是这样想的，我一定要这样对你说。"

"你不是的。"

"或许吧，"她温柔地亲吻着他的肩头，"我只是说了一句实话。尽管我们不一样，我为你是罗伯特，我是玛丽亚而感到高兴。但如果你想做出改变，我也愿意跟你改变。我很想变成你的模样，因为我太爱你了。"

"我可不愿改变什么。你是原来的你，我是原来的我，我俩互补，这样就很好。"

"我们现在就融为一体吧，从此不再分你我了。"她接下来说，"这样的话，即使你不在我的身边，我也感觉你陪伴着我了，因为我也是你啊。我真的太爱你了，我一定要好好宠着你，直到地老天荒。"

"玛丽亚。"

"嗯。"

"玛丽亚。"

"嗯。"

"玛丽亚。"

"嗯，我在这里呢，来吧。"

"你不感觉冷吗？"

"哦，一点儿也不。把睡袋口拉上来，遮住你的肩膀，这样会更暖和些。"

"玛丽亚。"

"我讲不出话来了。"

"啊，玛丽亚，玛丽亚，玛丽亚！"

他们情不自禁地抱在一起了，外面寒夜漫漫，睡袋里却是情意暖暖。他们脸颊挨着脸颊，安静而舒畅地一起躺着，然后温柔地说："你呢，感觉好吗？"

"我和你一样。"他说。

"好啊，"她说，"但不如下午强烈呢。"

"是的。"

"我更喜欢这样的感觉，爱也不一定非要死过去吧。"

"希望你说得对啊，"他说，"我可不想死。"

"我不是这个意思。"

"我知道，我明白你的意思，我们内心想的是一样的。"

"那你为什么说这样的话啊，明知道我不是这意思？"

"对男人来说是不一样的呢。"

"是嘛，我不太了解男人，但我为我们不一样的感觉而高兴。"

"我也是，"他说，"我明白那种死过去的感觉。我这样说，只不过因为我是男人，习惯了这种事情了。我跟你的感觉其实是一样的。"

"无论你说什么，我始终认为你和我的心意一样。"

"我爱你，玛丽亚，你的名字真可爱。"

"只是一个普通的名字而已。"

"不普通啊，"他说，"这个名字很别致呢！"

"我困了，咱们睡吧？"她说，"我一向很嗜睡。"

"好吧，睡吧。"他说。他能感觉到她那修长而盈润的身体紧紧地贴着他，他感到舒适，并不孤单。他感觉就这么挨着，就驱散了他对于死亡的恐惧，他满怀激动地说："好好睡吧，我的长脚小兔子。"

她说："哦，已经睡熟了，哈哈。"

"我也睡了，"他说，"好好睡吧，亲爱的。"然后他入睡了，梦里很香甜。

夜里他从梦境中醒来，紧紧把她抱在怀里，视若珍宝。他就那么长时间地紧紧抱着她，仿佛他一松手，她就会被抢走似的。他抱着她，就像拥有了全世界。而她呢，正安详地熟睡着，并没有被罗伯特的举动而打扰。他放开她，翻了个身，拉起睡袋蒙住她的头，这样外面的冷气就不会吹到她。他在睡袋里抱住她的脖子，温柔地亲了一下，然后系牢手枪上的绳子。他转身又躺下了，身边搁着他的手枪，他就那样静静地躺在黑夜里思考。

这个美人啊，被他唤作小兔子的西班牙女子，此刻在他怀中酣睡着，这不是梦境，他能真切地感觉到她的呼吸，甚至她的心跳。他们离得是那么近，以至于她睡梦中的睫毛在跳动，他也看得真切，这个小美人儿啊，他想，她在做梦吗，她梦到了什么，是之前遭受的苦楚？还是这几日的欢乐？爱情这东西，真是让人捉摸不透呢，他想。她的出现，夺走了你的人，你的眼神，你的听觉，甚至你的声音。是的，声音，第一次见到她时，他的声音就变得哽咽起来，真是奇怪啊，爱情啊！

得了吧，现在是想这些的时候吗，还有很多重要的事，等着自己理一下头绪呢。他深深地出一口气，把这股子躁动压下去，大脑也顿时变得清晰起来，好好想想明天的事吧，他对自己说，不要被爱情冲昏了头脑。

第二十一章

黎明到来了，和煦的风也徐徐地吹来，树上的积雪在这暖风中，渐渐地融化了，积雪从树枝上沉甸甸地落了下来，这个雪后暮春的早晨是多么的惬意啊！他深深地吸了一口气，依凭自己的经验，他知道，这场暴风雪只是这一带山区的倒春寒罢了，兴许不到中午，雪就会全部融化了。正在思考的时候，他听到马蹄声渐渐近了，马蹄沾着地上的湿雪，在骑手的号令下，奔跑起来，那蹄声夹杂着浊重的"嘚嘚"声。他知道那是一个骑兵，因为他听见了卡宾枪套摇晃时所发出的摩擦声，甚至那皮靴擦马鞍的声音他也听了真切。

"玛丽亚，"他着急地摇摇姑娘的肩膀，让她醒来，"躲进睡袋里。"然后他迅速穿上自己的衣服，一手扣着衬衫的口袋，一手拿起自动手枪，用大拇指打开保险。他看到短头发的姑娘灵敏地把头钻进睡袋，紧接着就看到那骑手从松林间钻出来了。他匍匐在睡袋里，两手死死握住手枪，瞄准那个骑手。骑手是个生面孔，他这几天在哨所那儿并没有见过他。

这时候骑手几乎就在他面前了。头戴卡其贝雷帽，身下跨着灰色大阉马，披着披风，是南美人穿的那种毯子式，脚蹬黑色的皮靴。马鞍右面的枪套里插着一支短自动步枪枪托和子弹夹，枪托和狭长子弹夹上端都露在外面。骑手长着一张年轻而冷峻的脸，此时正与罗伯特·乔丹对视。

只见他把手迅速伸向枪套去抽自己的步枪，当他弯下腰的瞬间，罗伯特·乔丹看到他披风的左胸前大红色的标记①闪了一下。

罗伯特·乔丹趁机瞄准这个闪光点的下方，当胸就给了一枪。

枪声在积雪的树林中显得格外响亮。

那马受到枪声的惊吓，好像被马刺扎了一下，猛地向前冲去，那还在马背上拉着枪套的年轻人，就一下子仰身翻下马来，可右脚被马镫钩住了。马儿撒腿碰碰撞撞地朝林中奔驰而去，那骑手脸朝下被拖曳着，罗伯特·乔丹一手握枪，站起身来。

大灰马仍旧在松林中狂奔着。骑手的身体在雪地上拖出了一条长长的血痕，血渗进雪里，分外鲜红。大家闻声，都从山洞往外跑。罗伯特·乔丹也顾不上许多，迅速把自己的裤子穿上。

"玛丽亚，赶紧穿上衣服。"他说，声音里有一丝慌乱。

他听到一架飞机在高空中轰鸣。他回头望了一眼松林，那匹灰马已经停下了，那骑手还是那个姿势，被倒挂在马镫上。

"快点把那匹马拉回来，"他向正朝他拔腿走来的普里米蒂伏大声喊道。接着他问，"谁在山顶上放哨的？"

"拉斐尔。"比拉尔站在洞口说。她毛躁着两条发辫站在洞口，显然刚才的情况容不得她梳头。

"骑兵来了。"罗伯特·乔丹说，"你不是有一架机枪吗？赶紧架到山上吧。"

比拉尔朝山洞里喊奥古斯丁，让他找个人一起去架枪。接着她走进了山洞。一会儿山洞里跑出来两个男人，一个带上了自动步枪，三脚架扛在肩上，一个拿着一袋子弹盘。

"你也跟着去，"罗伯特·乔丹对安塞尔莫说，"你负责稳住枪架，不要让它来回晃动。"他们三人顺着山路，很快钻进树林去了。

---

① 指天主教会内崇拜耶稣基督圣心的信徒们所佩的标记。

太阳还没升到山顶上，林子里的光线还是很矇眬，罗伯特·乔丹爬出睡袋，穿好自己的裤子，把腰带束紧。那把大手枪还用带子系着，挂在手腕上。他把手枪插到腰带上的枪套里，把刚才系手枪的带子圈套在自己脖子上。

你不用套在自己的脖子上，小心有一天别用这根带子勒死你，他想，好吧，不管怎样，这次把手枪系在手上的做法，可是起了大作用了。他拔出手枪，抽出弹夹，拿出一颗子弹，塞进弹夹里，然后又把弹夹卡进枪托里。

他想着普里米蒂伏还没回来，于是向树林中那里看去，只见他把马缰抓住，正试着把那骑手的脚从马镫里弄出来。尸体脸朝下僵直地卧在雪地上，普里米蒂伏正仔细搜他的衣袋呢。"过来，"他大声说，"快点把马牵来。"

罗伯特·乔丹跪着穿绳底鞋的时候，感觉到玛丽亚挨着他膝头窸窸窣窣地穿衣服呢。此时对他来说，什么都不重要了，玛丽亚也是如此。

这骑兵太大意了，才遭此横祸啊，他想。他没有沿着"聋子"昨晚留下的马蹄印走，竟理所当然地认为没有危险了。准是散开在这些山里的巡逻队其中之一。我们也要做好准备啊，一旦巡逻队发现他失踪，就会沿着他的马蹄印找到这儿来。除非巡逻队发现"聋子"的所在，或者雪完全化了，他想。

他对巴勃罗说："你最好到下头去。"

大家都整装待发站在山洞外面，拿着卡宾枪，腰别手榴弹。比拉尔把一皮袋手榴弹递给罗伯特·乔丹，他拿了三个，插在衣袋里。他钻进山洞，从自己的一只背包里，取出一支自动步枪的枪管枪托，他熟练地把枪组合好，在枪里推进一个子弹夹，又在衣袋里藏了三个。他合上背包，然后走向山洞口。我的两只口袋里都塞满了弹药，他想，这些弹药分量可不轻啊，希望口袋的线能够牢固。他对巴勃罗说："我要上山去，奥古斯丁会开那架机枪吗？"

"会。"巴勃罗回答着，但眼睛正看着普里米蒂伏牵马过来。

"瞧，这匹马儿真不错呢。"他说。

那匹大灰马还没从刚才的枪声中缓过劲儿来，现在微微战栗，浑身渗着汗，罗伯特·乔丹安抚地拍拍马肩。

"我把它放到我的马栏里吧，和我的马放在一起。"巴勃罗说。

"万万不可啊，"罗伯特·乔丹说，"它来这边时留下了一串马蹄印，我现在正在头疼这事呢，你就不要再弄一条出来了，生怕他们找不到你的马啊！"

"对啊，"巴勃罗同意，"我把它骑在外面去，藏起来，等雪化了再带回来，这样就保险了。今天你做得很漂亮啊，英国人。"

"派个人到山下去守着，"罗伯特·乔丹说，"我们要上山了。"

"没这必要，"巴勃罗说，"那条路骑兵不可能上来。我们可以靠那条路和另外两条路撤退。要是有飞机来，还是不要留下脚印的好。把皮酒袋给我，比拉尔。"

"这个时候了，还跑出去喝酒，"比拉尔说，"还是拿着这玩意儿去吧。"他拿了两枚手榴弹放进衣袋里。

"喝醉？说什么呢！"巴勃罗说，"情势严重啊，我没心思喝酒了。不过我还是带着酒袋吧，我做事的时候还是喜欢喝酒，喝水真不带劲儿呢。"

他双臂抓住缰绳，一翻身上了马鞍。他温柔地对着马笑着，安抚胯下焦虑不安的马。他亲切地用一条腿磨蹭着马侧腹，显然他爱极了这匹马。

"这真是一匹上好的良马啊！"他说着，又拍拍那大灰马。"这匹马美极了。走吧，这家伙还是早点儿藏起来好呢。"

他从枪套里拔出那把轻自动步枪，放在手上仔细端详着，枪筒上有散热孔。它是一支改装的手提机枪，可以用九毫米手枪子弹。"看他们的装备多棒，"他说，"敌人的骑兵是多么现代化啊！"

"再现代化，还不是躺在那儿了，"罗伯特·乔丹说，"我们走。"

"安德烈斯，你给马都预备好鞍，做好随时撤离的准备。只要枪声一响，你就把它们带到山后的树林里，让妇女们在那儿看管马，你带着武器来接应。费尔南多，你负责把我的背包带上。还有，你挪动它的时候，要特别小心，而且不要丢了，"他叮嘱比拉尔说，"你要保证它们跟马一起走，我们走。"他说。

"你走吧，我和玛丽亚会做好撤离事宜的，"比拉尔说，接着她对罗伯特·乔丹说，"看那个人，"巴勃罗此时也看过来，朝着众人点点头。此时巴勃罗就像一个意气风发的牧人，整个人稳稳地骑在马背上，悠闲地给自动步枪上子弹。"看，一匹马使他多精神啊！"

"我也希望拥有自己的两匹马。"罗伯特·乔丹干劲十足地说。

"你骑马可不稳当。"

"骑马不行，给我头骡子也行啊。"罗伯特·乔丹张口笑笑。

"你去把那家伙身上的衣服扒下来，我们待会儿可能用得上呢，"他对比拉尔说，并朝雪地上骑兵的尸体使了一个眼色。"他身上所有的东西都给我留下，比如信件呀、证件呀之类都搁我背包的外口袋中。什么都别落下，明白吗？"

"好的。"

"我们走。"他说。

巴勃罗一马当先，在前面领路。后面两人排成一行紧跟其后，生怕在雪上留下太多痕迹。罗伯特·乔丹拎着手提机枪的把手，枪口向下。希望骑兵那把枪的子弹和自己这把枪的是一样的，他想，也许不一样。这是一把德国制的枪，是卡希金留下的。

这时候，太阳已经升起老高了，和煦的微风吹拂着大地，雪也在融化。如果没有战争，真是一个可爱的暮春早晨呢。

罗伯特·乔丹回头望着来处，玛丽亚正与比拉尔并肩站在一起。接着她往这边狂奔过来。他于是放慢了脚步，有意落在普里米蒂伏的后边，等她赶上来。

"亲爱的，"她说，"我可以和你一块儿去吗？"

"不能。你的任务就是和比拉尔一起准备撤退的事情。"

她没说什么，一只手搭在他肩上一起往前走着。

"我想和你一起去。"

"你知道这是不可以的。"

她没说什么，还是往前走着。

"我可以帮你扶着枪架，就像安塞尔莫做的那样。"

"这事不需要你做的，其他的事也不需要，回去吧。"

她走到他身边，把手伸进他的口袋里。

"不要任性，"他说，"我需要你保护好你的结婚衬衫。"

"你既然执意一个人去，"她说，"那就送我一个离别的吻吧。"

"你真不害臊。"他说。

"是，"她说，"一点儿也不害臊。"

"你快回去，有许多事要做。一旦他们看到这些马蹄印，我们可能会在这儿开战。"

她问："他们会看到吗？"

"很有可能啊！这么明显，怎么可能看不到？"

"我看到那是颗圣心啊！"

"对啊，每个纳瓦拉人都佩戴着圣心。"

"可你还瞄准圣心开枪？"

"不，我瞄准的是它的下面。快回去吧。"

她说："我看到了那个过程。"

"你不要想得太多呢，你什么也没看到，也没看到那个骑手。快回去吧。"

"说你爱我吧。"

"不，现在不是很方便呢。"

"现在不爱我了吗？"

"我们什么别说了，你回去吧。我不能一心二用的，战斗的同时还在恋爱，这是不可以的。"

"我想去帮你扶着枪架，在枪声轰鸣的战斗中演绎我们的爱情。"

"你快回去吧。你有些疯言疯语了。"

"我没疯啊，"她说，"我爱你。"

"你要是爱我，就赶紧回去吧。"

"好，我走。你若是不爱我了，我对你的爱，就足够了。"

他望着她，感到这个姑娘真是可爱极了。

"只要你听见枪声，"他说，"就和那些马一起撤退到林子里。帮比拉尔看好我的背包。不过我宁愿这次能平安无事地度过。"

"好，"她说，"看，巴勃罗的马多棒。"

在山路上大灰马神采奕奕地一直跑在前面。

"是，你快点回去吧。"

"好，那我回去了。"

她的手紧握成拳，在口袋上狠狠地捶他的大腿。他看看她，任由她耍着小性子。她的眼睛里含着泪水，一时难以自持了，张开双臂抱住他的脖子亲吻他。

"我这就走，"她说，"我走还不行吗。"

她说完就停住了脚步，他继续往前走了一段，最后不忍，还是转过头来。他看着她倔强地站在那儿，早晨初升的太阳光照满她的全身，她那小麦色的脸和那一头金光闪闪的清爽的褐发都在阳光中熠熠发光。她向他举举拳头，低着头转身沿着小路向回走了。

普里米蒂伏这时回转身来，望向她倔强的小背影。

"可惜啊，她的头发那么短，要是她的头发长长了，一定是个小美人儿。"他说。

"是啊。"罗伯特·乔丹说。他心不在焉地回答道，心里此时正想着别的事呢。

"她的床上功夫如何？"普里米蒂伏嬉皮笑脸地问。

"啊？什么？"

"床上的技巧。"

"管住你的臭嘴。"

"你不该为听了这话生气，因为……"

"别谈这个了，我想现在的境地不是谈这个的时候啊！"罗伯特·乔丹说着，眼睛警惕地观察着四周的地势。

第二十二章

"你快点去给我折点儿松枝过来，"罗伯特·乔丹叮嘱普里米蒂伏说，"速度快点啊！"

"你把枪架在这里不合适啊！"他对奥古斯丁说。

"咋了？"

"最好把它移到这里来，"罗伯特·乔丹指点着一个地方说，"具体什么原因，我待会儿告诉你。"

"这里，我来帮你搬过来，就架在这里吧。"他说着蹲下来。

他眯着眼睛，目测着对面一片狭长地带，在心里估量着两边岩石的高度。

"再放远点儿，"他说，"再远点儿。好，就在那儿吧。先放下吧，待会儿再好好调整角度。放远些，枪口转动就有足够的空间了，这石头还需要向这边挪一点儿。安塞尔莫，你赶紧回到山洞里，帮我拿把斧头来，要快啊，事情很紧急。"

"难道你们以前也是这么做的，从没有为这把枪找一个合适的位置？"他问奥古斯丁。

"我们一直都是架在刚才那个位置的。"

"卡希金也没有说那个位置不合适？"

"没有。这挺枪是他离开后才送来的呢。"

"送枪来的人，就没有给你们说一下使用这把枪的技巧？"

"没有啊！枪是几个搬运工带来的。"

"实在是办事不力啊，"罗伯特·乔丹说，"什么说明都没有

— 371 —

就将枪给你们了?"

"是啊,那些人带了两挺机枪来,就像送礼一样。一挺给了我们,一挺给了'聋子'。安塞尔莫替他们带的路,四个搬运工抬来的。"

"那四个人能带着枪穿过火线,真是怪事啊!"

"那时我也想到了这一点,"奥古斯丁说,"我想打发他们来的人自己也不看好,觉得肯定就会半途弄丢了,可安塞尔莫好好地把他们带来了。"

"你会使这枪?"

"我以前试过,我会。巴勃罗、普里米蒂伏和费尔南多都会。我们在山洞中研究过,还把它拆掉又装上过。有一次拆开后,装了两天才又装好。从此我们就没再拆过。"

"枪现在能开火吗?"

"可以啊,鉴于那次教训,我们不让吉卜赛人或其他什么人碰它。"

"枪架在刚才的地方一点儿用处也没有,你懂吗?"他说,"看,你把枪架在那里,那些岩石为敌人做了掩护,你根本打不到他们。这挺枪的优势就是需要找块开阔的平地来发挥火力,你现在架枪的位置,那些岩石给你掩护了两边的火力。你开火的时候,就这样斜着打,懂吗?现在前方都在你火力控制之下啦。"

"这下,我明白了,"奥古斯丁说,"你也不能怨我们不懂这些,我们以前从没有打过保卫战。镇子被占领那次,也没怎么开火。炸火车的时候使过机枪。"

"我们一起学吧,"罗伯特·乔丹说,"使用枪的一些细节,我们还是要留意的。吉卜赛人哪儿去了?怎么还没来啊!"

"不知道。"

"你觉得，他可能去哪儿了？"

"不晓得。"

巴勃罗已经把马骑出了这个山坡，拐了一个弯消失在山后。不一会儿，他又出现在山顶上，就在那个平地转了个圈子，那是自动步枪的火力范围。罗伯特·乔丹看着那匹马踩出的蹄印已经很混乱。巴勃罗于是驰下山坡，向左一拐，钻进林子里去了。

希望他不要骑得太远啊，正面碰上骑兵，事情就不好收拾了。罗伯特·乔丹想，遇上骑兵，我们自己人就会开火，就怕他会被自己人干掉，因为子弹不长眼啊！

普里米蒂伏拿来了很多松枝，罗伯特·乔丹把它们弯曲成弓形插在枪的上面，这样枪就会被严严实实地遮盖住了。

"再多弄些来，"他说，"我们必须掩护那两个打枪的人。这些远远不够啊，但是在斧头拿来之前可以凑合。听着，"他说，"要是你们听见飞机声，就到岩石的阴影里就地卧倒。我在这儿守着枪。"

这时太阳已经高挂在半空中了，风也暖洋洋地拂在身上，待在有阳光的地方很舒服啊！四匹马，罗伯特·乔丹想，两个女人、我、普里米蒂伏、安塞尔莫、奥古斯丁、费尔南多、吉卜赛人、巴勃罗、安德烈斯、埃拉迪奥，总共十一个。这样算下来，两个人还不到一匹马儿。三个男的可以守在这里，四个可以离开。加上巴勃罗是五个，余下两个。加上埃拉迪奥就是三个。见鬼，他又跑哪儿去啦？

这些骑兵显然是因为"聋子"偷马的事情而来的，要是他们循着"聋子"的马蹄印找来，鬼知道"聋子"会有什么遭遇。真糟糕，雪停的真不是时候啊！要是今天雪化了，情况可能还不是很糟糕呢。但对"聋子"来说今天就是末日了。

如果我们这些人，能撑过今天去，事情可能还有转机呢。明天我们还能靠我们现存的力量去炸桥，兴许能扭转整个局面。我知道我们一定能行的，尽管我们不出色，不够理想，不能够保证万无一失，也不能完全称心如意地进行任务，但我们每个人能尽心尽力的话，情况会好转的。真希望今天能躲避过那些骑兵的搜捕。要是到了非交火不可的地步，就只能祈祷上帝保佑我们了。

我不知道这个山区的情况，我也不知道哪里躲避才是更安全的，但我知道现在这个地方就很安全。现在我们去哪儿，只会留下脚印，这里可算是最好的选择了，如果情况有变，我们可以有三条路逃跑。这样来回一拖延，天就黑下来了。借着夜色的掩护，不论我们在这一带山区的哪个地方，他们都不可能找到我们了，我都一定会在黎明赶到桥头将它炸掉。我不知道之前我为什么老是为炸桥而焦躁不安。现在看来这件事没想象的那么难啊！希望这一次我们的飞机能准时起飞，那样明天公路上就会喧闹起来，我们也可以借机逃走。

对啊，今天可能会是一场紧张刺激的战斗，也可能一直无所事事地等待。感谢上帝，巴勃罗把骑兵的那匹马从这边远远地引开了。我想即便那些骑兵追踪到了这里，也不见得他们会傻瓜似的循着那些马蹄印走的。他们会看到这个骑兵竟然在这个平地上绕了一个圈子，一定有什么蹊跷，于是他们就会沿着巴勃罗的马蹄印走。不知道这会儿，那个老杂种到什么地方去了，他这会儿或许会像头老公鹿那样，惊慌失措地四处乱撞，一路朝高处攀登，四处留下蹄印，等雪融化了，再抄山下的路兜圈子回来。那匹马看来让他意气风发了。当然，他可能因为这匹马而得意忘形，把事情搞砸了呢。噢，他应该不会有事，他一直以来都这样放浪形骸。但我不信任他，就像我根本不相信你可以推倒珠穆朗玛峰一般。

我倒觉得，眼下最明智的选择，就是利用这些岩石给这挺枪弄一个好的屏障，而不是费劲地去挖一个掩体。如果来了飞机或者敌人，而你正忙着挖土堆，那可真是必死无疑了。只要在这儿坚守就可以了，只有这一个选择了。比拉尔就很有坚韧的耐性，她是可以坚守下去的，而我反而无法留下作战。我得带着炸药跟着安塞尔莫一起离开这里。如果我们不得不在这里作战，那么我们撤退的时候，谁留下做掩护呢？

他此时也很无奈，为这次炸桥，也为自己将来的命运。他极目远眺远处的群山，这时看到吉卜赛人从左边的山岩过来了。他撅着自己的屁股，吊儿郎当大摇大摆地走来，毫不在意自己酒醉了似的丑态。卡宾枪在背上松垮地晃动着，褐色的脸上笑容满面。微笑，是啊，他为什么不微笑呢？他的双手各提着一只肥胖的大兔子。他拎着兔脚，示威似的向罗伯特摇晃着那两颗兔子头。

"嘿，罗伯特，你看。"他兴奋地大声说。

罗伯特·乔丹用手捂住自己的嘴向他示意，吉卜赛人显得怔了一怔。他一溜烟儿地躲到山岩后面，翻滚到罗伯特的身边，这里树枝掩蔽的自动步枪就在边上。他依靠在罗伯特身边，把兔子放在雪地上，罗伯特·乔丹抬头看着他。

"你这狗娘养的！"他低声说，"你他妈的去哪里了？"

"逮兔子去了，"吉卜赛人说，"我把两只都逮着了，当时它们正在雪地中交配呢。"

"你不是在放哨吗？"

"逮兔子也不会耽误事，"吉卜赛人嘟嘴说，"发生了什么事？有什么异常吗？"

"骑兵来了。"

"上帝啊!"吉卜赛人说,"你看到他们了?"

"我们营地里已经躺着一个了,"罗伯特·乔丹说,"他这会儿已经吃早餐去了,对我们构不成威胁了。"

"我刚才隐隐约约听到一声枪响呢,"吉卜赛人说,"他奶奶的!他是从这里过来的?"

"是的,是从你的眼皮子底下溜过来的。"

"我的妈呀!"吉卜赛人说,"我搞砸了一切。"

"我现在真想毙了你,可惜我不喜欢杀吉卜赛人。"

"不要,罗伯特,别杀我。对不起,都是兔子惹的祸啊!天要亮的时候我听到雪地里有公兔发出求偶的声音,我就很好奇,循着方向走去,发现两只兔子在放荡地交配着呢。这时我的声音惊动了它们,它们撒腿跑啦。我不甘心啊,沿着兔子的脚印追踪过去,发现两只都躲在山上的岩石缝隙间,于是就把它们都抓了。你摸摸,这季节的兔子多肥啊!比拉尔会把它们做得多么的美味啊,想想我就高兴。不过,我的失职,我很难过,罗伯特。那个骑兵被打死了?"

"是的。"

"你打死的?"

"是啊。"

"太棒了!"吉卜赛人小心地拍着马屁说,"你真是个了不起的人。"

"你去死吧!"罗伯特·乔丹说,他对吉卜赛人就是恨不起来,于是说:"把兔子给比拉尔送去吧,让她们给我们早点儿做好吃的。"

吉卜赛人临走的时候,罗伯特伸手摸了摸死去的兔子,它们的身躯软绵绵的，皮毛很厚，耳朵和腿都很长，睁着很深的圆眼睛。

"确实很肥啊！"他说。

"是啊！"吉卜赛人这时又得意起来，道，"两只兔子的肋骨上的肥油，可以刮下一盆子来呢。这辈子我做梦都想吃到这样肥的兔子呢。"

"好了，走吧，不要在这儿闲扯了。"罗伯特·乔丹说，"快去营地，好早点儿送早点过来，来的时候记得把拉比尔手上的保皇派①骑兵的证明文件也带来。"

"你不再生我的气了，罗伯特？"

"不生气了。只是你擅自离开岗位，很不负责任啊，要是来了一队骑兵，我们都得因此丧命啊！"

"我的天啊，想起来真后怕，"吉卜赛人说，"你原谅我了，你这人真通情理。"

"你听着，以后再也不能擅自离开岗位了，这是纪律。要是再有下次，我的枪就不客气了。"

"我知道。有句老话说得好啊，好的机会不会再来一次。两只肥美的兔子被我遇到，这样的机会我一辈子只能遇到一次。"

"快走吧！"罗伯特·乔丹说，"早点儿回来啊。"

吉卜赛人提着那两只兔子，灵活地从岩石之间走了。罗伯特·乔丹眺望着前方那片空地，那里没有任何的异常动静，他又往远处看去，那是一段下坡路，青草在坡上随风婆娑着。两只乌鸦在他的头顶上欢快地盘旋，一只飞累了就栖落前面的一棵松树

---

① 19世纪中叶，西班牙王位在继承上出现分歧，一批拥护堂·卡洛斯及其后裔即位的王室正统论者，发动叛乱，形成一股政治势力。1931年君主制被推翻后，这股势力变得猖獗起来，站在教会、大地主以及大资产阶级的一边，形成了自己的武装组织。本书中这支骑兵部队就是这种保皇派的武装力量，思想极端保守，胸前都佩有圣心标记。

上。另一只盘旋了一会儿，也停在那棵松树上，两只乌鸦就那么安静地站在树枝上。罗伯特·乔丹看着它们在树枝间跳来跳去的嬉闹，心想：它们俨然就是我的哨兵啊！它们现在并没表现出什么异常，就说明树林中没有人来。

这个吉卜赛人，真是个废物！。我不能依赖他，因为他既没有政治觉悟，也不遵守纪律。可是明天的任务，我还必须需要他，毕竟可用的人太少了。我也不能对他太苛刻了，吉卜赛人很少参加战争。他们是废物这个事实应该得到宽恕，总会有信仰、体力或智力上的原因，使有些人并不喜欢服兵役。可是在这场战争中，我们不能宽恕任何一个不服兵役的人，因为这次战争是为了每个人的自由，谁也不能逃避为自由而战的责任。算了，炸桥的任务如今降临到这帮不想服兵役的人的头上了，他们现在倒霉啦。

罗伯特正想着的时候，普里米蒂伏与奥古斯丁带着砍下的松树枝来了，罗伯特·乔丹用这些松树枝为自动步枪造了个很好的屏障，这个屏障是如此的完美，飞机从上空也没法发现它，即使从树林那里望来也不觉得这个地方有什么异常。他详细地指点他们，你去右边岩顶上那儿守着，监视着整个山谷以及右侧有什么动静。你守住左侧山崖唯一可以通过的要道。

"记住，发现有人过来，千万不要开枪，"罗伯特·乔丹说，"扔块小石头下来示警，然后用步枪给我们发信号，就像这样。"他提起步枪举过头，放在与自己脸平行的平面上，那样子就像保护自己的脸一样。"发现几个人，就这样举起几次，"他就来回举枪，示范着给他们看，"若是敌人下了马，就把枪口指向地面。还有，你们只有听到了自动步枪开火了，你才能开枪，懂吗？你从高处射击，角度会有偏差，就必须瞄准敌人的膝盖。如果听见我吹两遍哨子，你就立马下山。下来的时候，要注意隐蔽，不要被敌人发现。要活着到这边的岩石前面来。"

普里米蒂伏举起步枪，显然很得意。

"我明白了，"他说，"这没什么难的。"

"先扔小石子报警，然后举枪告知人数，最后安全撤离。"

"是，"普里米蒂伏说，"我能扔手榴弹吗？"

"这个也必须在自动步枪响了之后才可以。我们不能盲目，我会第一个射击给你们信号的，或许骑兵队只是来着搜寻自己的同伴，并不打算找我们的麻烦。他们可能会沿着巴勃罗留下的蹄印走，如果可以避免交火的话就尽量避免。为了明天的任务，我们现在最重要的是避免交火，保存实力。现在上山去吧。"

"我出发啦。"普里米蒂伏说完就背着卡宾枪向山上攀缘了。

"奥古斯丁，"罗伯特·乔丹说，"你会使用这挺枪吗？"

奥古斯丁蹲在那儿，他是个黑壮的大块头，满脸的胡子，双眼凹陷，嘴唇很薄，大手强劲有力。

"会啊，不就是装子弹、瞄准、射击嘛，没什么难的。"

"你的射程，只有五十米以内的范围，你要注意把握好距离。你还要注意看清他们要通过哪条路，这时才能开枪。"罗伯特·乔丹说。

"好的。五十米有多远呢？"

"大约就是那块岩石到这里的距离。如果是一队人，要先杀死那个军官，然后再扫射其他的人。这枪你使用的时候要注意，转动一定要很慢，幅度不能太大。他细心地教费尔南多怎样射击，并告诉他要紧紧握住枪别让枪身跳动，每次射击尽可能不超过六发。因为连发的话射击目标就不是很准确了。每次只能瞄准一个，打死之后再转头打别人。骑在马上的人就打他的腹部。"

"我知道了。"

"你射击的时候，需要有别人帮你扶着三脚架，免得枪身弹跳，射不准。他也能给你上子弹。"

"那么你去哪里？"

"我不走，我待在你的右边。那地方居高临下，我就能把握好各方面的情况，而且我还可以用这把小手提机枪掩护你的右边。要是他们来的话，很可能是一场大的厮杀。但是一定不能慌张啊，要等到他们非常靠近的时候再开枪。"

"我希望我们能痛痛快快地干一场呢。"

"可是，我不希望他们来。"

"若不是为了你的炸桥任务，我们就可以在这里大干一场，弄死他们，然后再撤走的。"

"这样做对全局一点儿作用也没有，无非是弄死几个骑兵，只能算是一次偶然的事件。我们不能这么盲目地干，炸桥是赢得这次战争胜利的关键一步，我们成功了，战争也就势在必得了，我们这次不要冒险啊！"

"什么话啊，我不懂你说的大道理。我知道，法西斯分子打死一个算一个。"

"你说得对，但是几个法西斯分子算什么，死了他们可以再招募。但是炸了这座桥，我们就能攻下塞哥维亚那座省会城市，那可是一个大胜利啊，要考虑到这个全局。攻下了塞尔维亚，我们兴许可以以此作为据点，攻下更多的城市呢。"

"你真的这么有信心？我们真的能攻下塞哥维亚？"

"是的。只要炸桥任务完成了，攻下塞尔维亚指日可待。"

"我宁愿在这里大干一场，然后再把桥炸掉。"

"你的胃口真不小呢。"罗伯特·乔丹玩笑着对他说。

他们正在说话的时候，罗伯特也一直盯着乌鸦的动静。突然，他看到其中有一只神情慌张、左顾右盼，然后"呀"一声飞走了，可是另一只仍停在树上。罗伯特·乔丹警惕地抬头看了看石壁高处的普里米蒂伏，只见普里米蒂伏正注视着山下，但没有发信号。罗伯特·乔丹知道，可能有情况啊，于是他俯身拉开自动步枪的扳机，看见弹膛里有满满一盒子弹，就把枪机合上。此时那只乌鸦还是站在树杈上，并没有离开的意思。另一只在雪地上空盘旋了很久，又落在了原先的那个树杈上。阳光暖洋洋地照射在松树上，松枝上挂着的积雪也松动了，纷纷落下来，那情形给人感觉又是一场春雪似的。

"明早我让你杀个痛快，"罗伯特·乔丹说，"你明天毁掉锯木厂边的哨所，这个任务一定要完成啊！"

"我随时待命，听从你的吩咐。"奥古斯丁说。

"桥下养路工小屋那儿的哨所，也需要一并毁掉，那也是一个大祸害。"

"你安排就是了，"奥古斯丁说，"即使让我毁掉两个，我也不在乎。"

"好的，我想说的是不要一个一个地毁掉，而是同时出击，一举毁掉他们。"罗伯特·乔丹说。

"那你安排我干哪个都可以，"奥古斯丁说，"自从革命以来，我一直想大干一场。巴勃罗胆小怕事，我们都被拖累了，整天窝在山里无所事事。"

安塞尔莫跑来了，手上拿着斧头。

"你还要树枝吗？"他问，"我看这地下的已经够多了呢。"

"不要树枝了，"罗伯特·乔丹说，"我想砍两棵小松树，在这儿插一棵，在那儿也插一棵，这样这个枪的掩护看起来很自然了。这些树枝还不能尽善尽美呢，除非再加上两棵树。"

"我去砍。"

"要齐根砍，这样敌人就不会发现树桩了。"

老头子钻进了树林，不一会儿，罗伯特·乔丹就听见身后的树林里响起了斧头声。他怕斧头声会惊动骑兵，就抬头紧张地望了望山岩上的普里米蒂伏，他没什么反应。他又低头望望对面的松林。那两只乌鸦还在那里，没什么动静，显然那里是它们的老巢。就在这时，高空中有飞机轻微的轰鸣声。他抬头一看，一架飞机飞在几千米的高空中，银光闪闪。因为飞得太高了，肉眼只能看见小小的一个点，在高空中几乎不移动。

"赶紧卧倒，虽然他们看不到我们，"他对奥古斯丁说道，"但我们还是谨慎点儿好。这已经是今天的第二架了，我敢肯定是敌人的侦察机。"

"昨天的飞机怎么回事？"奥古斯丁转着身子问他。

"那简直就是一场噩梦啊，亏得目标不是我们，否则我们现在已经尸骨无存了。"罗伯特·乔丹说。

"他们肯定是塞哥维亚的驻军，可能不久噩梦要成真了。"

他们说话那会儿，这架飞机翻山越岭，消失在天际，但马达声依旧在空中回响。

罗伯特·乔丹不再顾虑飞机的事，他此时耳边响起拍打翅膀的声音，他警惕地看向对面的两只乌鸦，发现一只乌鸦振翅飞了起来，它穿越松林，径直消失在了松林深处，连叫都没有叫一声。

第二十三章

　　罗伯特·乔丹知道大事不妙了，并迅速做出反应。"卧倒，"罗伯特·乔丹急促地对奥古斯丁低声说，与此同时，他看见安塞尔莫扛着一棵松树，像扛着一棵圣诞树似的往这边来了。他急速地摆手，示意老头子卧倒。老头子反应迅速，只见他把松树随手撂在一块岩石后面，接着缩进岩石缝隙中，消失不见了，罗伯特·乔丹眼睛一眨不眨地盯着空地对面的松树林。他虽然没有看见或听见什么异常定位动静，但他感觉到自己的心在怦怦地跳，他知道骑兵很快就要出现了。不一会儿工夫，一块小石头从山上滚下来，不时地发出嗒嗒声。他扭头看向岩石顶端，只见普里米蒂伏把步枪上上下下举了四次。他心里明白了，但他眼前的则是一片白茫茫的雪原，上面散落着几只马蹄印，马蹄印延伸进松林，至于骑兵，他目前为止还没看见。

　　"小心啊，骑兵来了。"他对奥古斯丁低声说。

　　奥古斯丁望着罗伯特，没说什么，只是龇牙笑着。那张脸黑黝黝、凹陷的双颊因为一笑显得更阔了。罗伯特·乔丹发觉他很紧张，此时额头上都是汗，把自己的胳膊放在他的肩头上，示意他放松。罗伯特的手刚拍到他的肩膀上，还没来得及抽回，就看到松林里跑出四个骑兵，他感到奥古斯丁的肌肉在他的手下急速地抽动着。

　　领先的那个骑兵显然是军官，他正循着马蹄印走，只见他一边骑马，一边低头察看，后面还跟着三个，排成扇形走出松林。

他们也都在观察着地上的马蹄印。罗伯特·乔丹一动不动地俯卧在那里，心脏抵着雪在怦怦地跳动，危急时刻就要到来了，怎能不紧张啊！他把两肘宽宽地撑开，把步枪牢牢地固在雪地上，他此时正通过自动步枪的瞄准器注视着四个骑兵，他们只要越过了自己的防线，那么就只好毙了他们。

领头的骑兵沿着蹄印到了巴勃罗绕圈子的地方，停下了，似乎感觉事情有点儿不对了。另外三个见此情景，也向他这边靠拢过来，也停住了。

罗伯特·乔丹紧张极了，他顺着自动步枪发蓝的钢枪筒看着他们。这么近的距离，他能清晰地看见他们。他们满腹狐疑的脸、明晃晃的马刀、汗津津的马腹、圆锥形的卡其披风以及歪戴着的卡其贝雷帽，都清晰地展现他面前。领先的那个拨转马头，正对着岩石之间的缺口，罗伯特·乔丹就俯卧在那里，他这会儿都清清楚楚看清了他的面容，那是一张年轻而饱经风霜的脸、眼睛之间的瞳距很宽、鹰钩鼻以及拉长的楔形下巴。

那军官骑在马上，马头正对着罗伯特·乔丹的方向，那匹马很雄壮，马鞍右侧的枪套里插着支轻自动步枪，枪托就露在外面。他显然看出了情况，对其他三个人指了指那架枪的缺口。

罗伯特·乔丹把胳膊肘死死地贴在雪地上，仍旧从枪筒里望着那四个骑兵。他只见三个已拨出了自动步枪，警惕地望着这边。他们显然只是怀疑，并没有瞄准这边，其中有两个把枪横在马鞍的鞍头上。另一个步枪斜着搁在右侧，枪托贴着屁股。他们都没有下马。

他想，这么近距离地观察敌人还是第一次呢。通常观察敌人总是把后表尺抬高，敌人就成了迷你的小人，你知道，这样的距离是很难用子弹打中的。要么，他们向你径直地跑来，卧倒，隐蔽，再跑，而你呢，只能拿着机枪扫射，或者封锁某一条街道，又抑或对着窗户猛烈地射击；要么，只能在远处眼睁睁地看着他们走过你的视线，只有在炸火车那次看到过这么近的敌人。只有炸火车那次才像现在一样如此真切，而现在他们一起出现了四个，你能把他们很容易就弄死。距离这么近，我又用枪的表尺和准星来看，这些人都比平常大了一倍。

他仍旧从后表尺豁口里的楔形准星里注视着对面的四个人，他并把准星的中央对准了军官的胸膛，那个位置是胸前佩戴的大红标记稍微偏右的位置，大红标记在那卡其披风上迎着晨晖格外鲜明，他此时在想，你啊，手指一定要灵活啊，必须死死扣住扳机护圈，以免这自动步枪失去控制，猛地一下子一梭子子弹打出去。你啊，他又想，你这年轻的军官，年纪轻轻却要一命归西啦，还有你，你，你。你们四个性命不保了，可是但愿不要让我杀人。不要让这事发生啊！

他此时听见一声憋闷的声音，他发觉是身边的奥古斯丁突然要咳嗽，被他憋住了，一时透不出气来，只能拼命咽下一口口水。他手指仍旧死死抵住扳机护圈，顺着上过油的蓝色枪管，透过树枝的间隙，往那四个骑兵所在的地方看去，只见那领头的军官掉转马身，循着巴勃罗在树林里走过的蹄印策马奔腾而去，其他三个随即跟着去了。奥古斯丁小声说："去他的！"

罗伯特·乔丹回头望了望安塞尔莫所在的位置，松树还在。

吉卜赛人拉斐尔似乎没发现那几个骑兵，此时正从岩石之间爬过来，手里提着一副马褡裢，背着步枪。罗伯特·乔丹挥手示意他卧倒，吉卜赛人就地俯下身子，藏了起来。

"这群怕死鬼，我本想弄死他们的。"奥古斯丁轻声地说，他这会儿还是大汗淋漓的。

"是的，弄死他们，倒是没什么。"罗伯特·乔丹悄声说，"但是一旦开了枪，谁知道会有什么后果？"

话音刚落，他听到上面又一块石头滚落下来的声音，他立刻警觉起来，拿着枪冲前方扫了一圈。安塞尔莫和吉卜赛人仍旧不见踪影。他抬手看看手表，然后抬头望向普里米蒂伏俯卧的地方，只见他把步枪急促地上下举动了无数次。巴勃罗已离开了四十五分钟之久了，罗伯特·乔丹想，这时他听到一队骑兵策马往这边奔来的声音，马蹄声嘈杂，显然人数不少呢。

"不要担心，"他对奥古斯丁轻声说，"他们可能仅仅是路过的，可能一会儿就走了。"

二十个骑兵已近在眼前，两骑一排，一路小跑往这边来了，装束和装备和之前那四个骑兵一样，军装整齐，马刀晃动，卡宾枪插在马套里，他们在那里略微停留了一会儿之后，就笔直朝树林中奔去了。

"看到了没？走了。"罗伯特·乔丹冲奥古斯丁低声地说。

"人数还不少呢。"奥古斯丁说。

"幸亏我们没干掉前面那四个，否则这会儿我们麻烦大了，这么多人我们一时很难应付啊！"罗伯特·乔丹把声音放得很低地说。这时他心情虽然平静了下来，但内心还是感觉七上八下的，他不知道待会儿还会出现什么不期料的情况。衬衣前胸被融雪浸得湿漉漉的，他也毫无知觉。

阳光明媚极了，雪融化得很快。他能看见树干上的积雪已经变得稀疏起来，有些向阳的枝丫上，雪已经化掉了。他架枪的地方，太阳的热浪已经把雪的表面融化掉了，积雪融化的湿气在阳光下袅袅向上蒸腾。积雪的表面已经变得很稀松，像一碰即碎的花边一样。

　　罗伯特·乔丹又向普里米蒂伏的岗哨那边张望，只见他双手交叉在一起，手掌伏在地上，表示"危险过去，情况正常"。

　　待了好久，安塞尔莫从一块岩石后面小心翼翼地探出头来，罗伯特·乔丹向他挥手，示意危险已经过去，他可以过来了。老头子还是谨慎地从一块岩石躲到另一块后面，一点一点，挪到罗伯特的身边来了。

　　"来了不少人呀，"他说，"实在不少呀！"

　　"树不用砍了，"罗伯特·乔丹对他说，"看来目前为止我的树枝伪装得就很好呢。"

　　奥古斯丁跟安塞尔莫都欣慰地朝着罗伯特笑了。

　　"这堆松枝伪装显然没有引起他们的怀疑，现在再插树是危险的，因为这些人可能会回来，会感觉出这里的异常的，他们并不蠢，我们不要大意了。"

　　他觉得有必要给他们解释一些事情，对他来说，刚才的情况是多么的危险啊！他向来判断情况多坏的程度，是根据事后解释危险的欲望的大小来决定的。

　　"这个松枝的掩体不赖吧，嗯？"他说。

　　"不赖，"奥古斯丁说，"真的不赖。我刚才一直盘算着干掉那四个骑兵。你知道吗？"他对安塞尔莫说。

　　"我明白。"

　　罗伯特·乔丹对安塞尔莫说："你现在去昨天那个岗位上守着吧，继续在原先那个地方也行，或者自己再找个地方也行，还是像昨天那样去观察公路上的情况，然后回来向我汇报。我们在这里已经浪费了太多时间了，况且这里也不需要这么多人。你去守着公路吧，一直到天黑才回来。"

　　"可我从这儿去那里会留下脚印的？"

"你等一会儿，只要雪一融掉就去吧，我想公路上因为车来车往会是一片泥泞的。你到了那里，先留心烂泥路上有没有很多汽车或坦克开过的痕迹。现在我想到的也只有这些了，具体情况还要靠你到了那边细心地留意了。"

"我有个疑问？"老头子问。

"你说。"

"如果你同意，我想到拉格兰哈去打探一下，兴许昨天晚上那里会有什么消息传出呢，我可以找个人替我去守着公路，我会把你教我的方法告诉他。这样的话，我可以让那个人把情报给你送来，或者我回来给你报告了，夜里再去拉格兰哈偷情报，这样我们的消息就比较灵通了，不至于像现在这样被动。"

"你不怕遇到骑兵？"

"如果雪化了，我就不怕。"

"拉格兰哈那里的人，能做这事吗？"

"有，叫个女的就行。拉格兰哈很多妇女都是比较可靠的人。"

"我同意你的说法，"奥古斯丁说，"我还听说，她们也很忙，一个人身兼很多行当。我去，不行吗？"

"还是老头子去吧，他对那些比较在行。你留在这里吧，你会使这把枪，今天这里还不知道会发生什么事情呢！"

"雪化掉，我就动身，"安塞尔莫说，"看来雪很快就化掉了。"

"巴勃罗，你觉得他会被抓住吗？"罗伯特·乔丹问奥古斯丁。"巴勃罗那家伙，机灵着呢，"奥古斯丁说，"敌人没有好的猎狗，怎么能逮到这头灵敏的公鹿呢？"

"这个可不能保证啊，那些骑兵也不傻啊！"罗伯特·乔丹说。"巴勃罗不会被抓住的，"奥古斯丁说，"虽然他现在很颓废，但他还是有自己的一套的。敌人在墙角下枪毙了那么多人，但是他悠闲地住在这附近，喝喝小酒，这可不是一个废物能做得到的。"

"他有大家说的那么机灵吗？"

"我认为比我们想象的还要机灵得多。"

"我来的这几天，他表现得可不怎么样。"

"怎么不行了？如果他是废物，昨天晚上就送命了。照我看，你还太嫩啊，不懂得游击战术，英国人，甚至连政治也不懂呢。在游击战和政治中，活着，才是最重要的。他昨晚就本着活着的原则，不管我们两个怎么侮辱，他都雷打不动，这也是策略啊！"

现在，巴勃罗已经加入了这次炸桥的任务，罗伯特·乔丹不能再说他无用这类的话了。他刚才说巴勃罗是废物这样的话，就立即觉得后悔了。他内心其实很清楚，巴勃罗是一个机灵的人。只有他，一眼就能看出炸桥的任务，很不可行。他刚才说那句"我来的这几天，他表现的可不怎么样"只是出于个人对他的厌恶情绪，但一出口就知道自己不该这么说的。这多少是由于刚才的紧张，造成的大脑不清醒所致。于是他赶快变换另一个话题，对安塞尔莫说："到拉格兰哈，大白天能行吗？"

"白天怎么不行啊？"老头子说，"我也不是带着军乐队一块儿去，怕什么啊！"

"脖子上只要挂铃铛，"奥古斯丁说，"还不用扛大旗，没问题的。"

"你怎么去呢？"

"我们走山里，只要翻过几座山，走过几个林子就到了。"

"可是，如果你被他们抓住了呢？"

"我有证件啊！"

"我们大家都有证件，遇到紧急情况，你就把暴露自己身份的证件吞了。"

安塞尔莫摇摇头，拍了拍罩衣前胸的口袋，我准备着呢。

"这件事我也考虑过多次了，"他说，"但我不喜欢吞纸片。"

"我想，我们应在所有证件上都撒上芥末，"罗伯特·乔丹说，"我把我的共和国证件放在左胸口袋，法西斯证件放在右胸口袋。这样，碰到紧急情况时就不会弄错了。"

第一支骑兵巡逻队的军官指着缺口，那时他们的心已经紧张地提到嗓子眼儿了。那会儿他们之间都毫不遮掩地说话，就证明了这一点。你当时的话太多了，这显得你很不明智呢，罗伯特·乔丹想。

"罗伯特，"奥古斯丁说，"据说政府可是越来越右倾了。在共和国，人们之间不能随便称呼同志，而要称呼先生、太太。我觉得你那两个证件，可以变换一下位置吗？"

"等到右倾泛滥了，我就把证件藏在裤子的后兜里，"罗伯特·乔丹说，"而且还要把它们缝在裤兜里。"

"希望你一直用不到它们，"奥古斯丁说，"我们可不希望战争胜利了，革命却失败了。"

"不，"罗伯特·乔丹说，"只有这次战争胜利了，我们才可能有保障。假如战争失败了，也就不会有革命，也不会有共和国，更不会有你我。"

"我也这么想的，"安塞尔莫说，"希望这次战争能够胜利。"

"胜利之后，我们要进行一次大屠杀。只留下那些拥护共和国的好人，其他的什么共产党员、无政府主义者以及那些流氓都拉出去枪毙了。"奥古斯丁说。

"但愿我们赢得这场战争，但我可不希望杀人，"安塞尔莫说，"我们希望公平地治理国家，按劳分配，大家有福共享。那些坏人，我们让他们得到教育就好，这样他们就会认识到自己的错误。"

"我们可想枪毙了那些坏分子，"奥古斯丁说，"一个也不留，全部杀光。"

他握紧右拳，击了一下左手的手掌，显得很气愤。

"希望我们不要杀人的好，那些坏分子的头儿也要宽恕。只是让他们在劳动中得到改造就行了。"

"对于让他们干些什么活儿，我很在行。"奥古斯丁说着，从地上抓了把雪，放在嘴里咀嚼，显然他渴了。

"什么，你打算让他们做什么活计？"罗伯特·乔丹问。

"有两个行业，还是很出色的。"

"是什么？"

奥古斯丁又在嘴里放了一团雪，眼睛始终盯着对面骑兵队刚刚经过的林间空地。过了一会儿，他吐出一口雪水，生气地说，"看这片雪，多么棒的早餐啊！"他说，"那个吉卜赛人到底死哪儿去了？"

"还没说是什么行业呢？"罗伯特·乔丹问他，"说完啊，你这个多嘴多舌的家伙。"

"嘿嘿，我们可以把他们带上飞机，不给他们降落伞，把他们推下去，"奥古斯丁说着，眼睛都焕发出异样的光彩。"我们把最狂热的分子，这样处决了。至于剩下的人，我们把他们钉在栅栏柱子的顶上，再把柱子一一推倒。"

"你说的这话也太凶残了，"安塞尔莫说，"这样一来，我们的共和国，也不像共和国了。"

"我恨不得在那些杂种激情熬成的浓汤里畅游几十里，"奥古斯丁说，"我看到那四个骑兵，就想把他们都干掉。那期待的心情就如马栏里等着种马的雌马。"

"不过，你知道我们不杀死他们的原因吗？"罗伯特·乔丹冷静地说。

"知道，"奥古斯丁说，"但我还是不舒服，就像一匹发情的雌马，没得到交配似的。那种火烧火燎的感觉，你没经历过，你是不会明白的。"

"我发觉那会儿你一直在流汗，"罗伯特·乔丹说，"我还以为你是在害怕呢。"

"害怕，没错，我是很害怕，"奥古斯丁说，"但又不是真正的害怕。我这一辈子从没像现在这么信心十足过。"

是啊，罗伯特·乔丹想。我是杀过人，但我却从来没有这种兴奋的感觉，从来没有。他们对于杀人是多么的狂热啊！可能心中有一种神圣的东西促使他们这样罢了。

西班牙是一个古老的民族，他们也早就有了古老的习性，他们始终在内心秉承了这一血腥的传统，从没有抛弃过。在宗教裁判和战争中，这一点也显露得尤其明显，他们是曾经执行过宗教裁判和火刑的民族。[①] 在战争中，杀人是不可避免的，但是我们的做法和他们显然不一样，我们温和多了。而你呢，他想，你杀过人，却从未被残酷的杀人方式而腐化，你始终保持着善良的本性？你在瓜达拉马山区时，就从没有杀过人？那么在乌塞拉、埃斯特霄马杜拉，难道整个时期你都没有杀过人？你说自己善良，从来都没杀过人，这简直是瞎扯，他告诉自己。你每次炸火车，死过多少人，你不清楚吗？

你应该承认自己曾经爱过杀戮，你当年首次作为一个志愿兵

---

① 16世纪起，在中欧和西欧兴起了宗教改革运动，西班牙的宗教法庭尤其残酷。

参加战斗的时候，你是多么热爱杀人啊！你和别人没什么区别，你不要用假话来替自己掩护。也不要再推三阻四地用柏柏尔人①跟古伊比利亚人做文章啦，安塞尔莫也痛恨杀人，因为他只是个猎人，而不是军人。但是你也不能就此替他杀人做掩饰。猎人杀野兽，军人杀人，这不是天经地义的事，杀生就是残酷的。不要拿自己那一套，欺骗自己啦，他想。杀人就是杀人，也不要为杀人弄出一套冠冕堂皇的辩词啦。你被杀人的情绪感染，已经很久了。你既然承认了自己杀人的罪过，也别认为安塞尔莫就是坏人了，他是基督徒，在天主教国家是很难得的。

我开始以为，奥古斯丁说这些残忍的话，是因为自己内心很惧怕，他想，在大战之前，谁都会有这样的恐惧情绪。当然啊，他可能因为一时的兴奋，在吹牛，其实他的内心害怕得很。他的恐惧当时都传到我的掌心上来了，我明显地感觉到他的肌肉在抽动。噢，该停止这个话题了。

"你去看看，吉卜赛人怎么还没来啊？快要饿死了，"他对安塞尔莫说，"别让他再爬上来了，他这个蠢货还是待在下面的好。你亲自去拿点儿吃的来吧。不管下面还有什么，只管拿点儿来就好了。我实在是饿了。"

---

① 柏柏尔人是北非地区古老的民族，8世纪初从摩洛哥进入西班牙，他们的后裔称为摩尔人，如今散居在西班牙各地，他们有的至今还保持着自己的语言和传统，称柏柏尔人。

第二十四章

现在已经是 5 月下旬一个天气清爽的早上，风吹在罗伯特·乔丹的背上，暖融融的，雪马上就要融化了。他们正在吃早餐，每人吃两大块夹肉三明治，里面还有羊奶干酪。罗伯特·乔丹又用折刀切了几片厚厚的洋葱，放在两片厚面包中的有干酪肉的一边。

"你嘴里的洋葱味几乎能穿过整片树林一路飘到法西斯分子那儿去了。"奥古斯丁说，嘴里鼓鼓的。

"我想要漱漱口，把酒袋给我。"罗伯特·乔丹说，他满嘴都是干酪、洋葱、肉和嚼碎的面包。

他从没这么饿过，喝了口略带酒袋上的柏油味的酒，一口把嘴里的东西吞下。接着他再次拿起酒袋，又喝了一大口，让喷出的酒直接灌进嗓子眼儿，他抬起手时，甚至把酒袋撞上了掩护自动步枪的松枝的针叶，他抬起头，让酒直接流进咽喉，把脑袋仰靠在松枝上。

"你还要三明治吗?"奥古斯丁问他，将它从枪身上递给他。

"不用了，谢谢。还是你吃吧。"

"我撑到了。我不习惯早上吃东西。"

"你真的不要了吗?"

"真的不要，你吃吧。"

罗伯特·乔丹接过三明治，放在腿上，从藏手榴弹的外套口袋里掏出一个洋葱来，打开折刀切起洋葱片来。他将洋葱上被口袋弄脏的那一侧削去一点儿，然后把它切成厚厚的几片。外层有一圈掉了下来，他捡起一折，放进三明治。

"你总是喜欢早饭吃洋葱吗？"奥古斯丁问。

"如果有的话就吃。"

"你们英国人都喜欢在早饭的时候吃洋葱吗？"

"不，"罗伯特·乔丹说，"其实在我们那边这东西是不受欢迎的。"

"这挺好啊，"奥古斯丁说，"我一直都以为英国是个文明国家啊！"

"你为什么不喜欢吃洋葱？"

"倒没其他的原因，主要是因为它太臭了。要不，洋葱就是玫瑰了。"

罗伯特·乔丹的嘴里塞满了吃的，对他张嘴笑了。

"看，特别像玫瑰吧。"他说，"一朵玫瑰就是一个洋葱。"

"洋葱让你的大脑变得糊涂了，"奥古斯丁说，"当心啊！"

"一只洋葱就是一只洋葱，就是一只洋葱。"罗伯特·乔丹兴致盎然地说，他还在想，一块石头就是一块 stein①，是一块石头就是一块圆石就是一粒卵石。

"来漱漱口吧，"奥古斯丁说，"你可真够奇怪的，英国人。你和上次跟我们一起工作的爆破手很不一样。"

"确实有很多方面很不太一样。"

"和我说说。"

"我还活着，但是他已经死了，"罗伯特·乔丹说。然后他

---

① 美国女作家格特鲁德·斯坦（Gertrude Stein, 1874—1946）从 1903 年起长期定居巴黎，20 世纪 20 年代中期，主持一个文艺沙龙，美国作家舍伍德·安德森、司科特·菲茨杰拉德及海明威本人都是其成员，在文风上都受到她的影响。她在写作中做了一系列的试验摆脱传统的造句法，强调语句的音调及节奏，海明威在此处拿她的名句"一朵玫瑰就是一朵玫瑰就是一朵玫瑰就是一朵玫瑰"开玩笑，并引申到石头，用了一连串同义词，其中这个 stein 和她的姓同出德语，意为"石头"。

想：怎么能这么说话呢？你这人怎么了啊？你吃得失去理智了吗？被洋葱弄得头晕了吗？你怎么啦？难道现在你活着就是为了这一点？

生活从来就没有太多的意义，他对自己说。即使你想让它变得有点儿意义，却从来也不会做到。剩下的已经不多的时间里，没必要撒谎啦。

"不，"此时他认真地说，"那是个受过艰苦的人。"

"你呢？难道你没有受过苦吗？"

"没有，"罗伯特·乔丹说，"有一些人没受过苦，我算其中的一个。"

"我也没有，"奥古斯丁对他说，"有些人受过苦，有些人没有。我就是没有受过苦的那些人。"

"这也挺好，"罗伯特·乔丹又拿起了酒袋，"有了这个，就更好了。"

"我替别人伤心。"

"好心人都会这样的。"

"倒很少替我难过。"

"那你有妻子吗？"

"没有。"

"我也是。"

"但是你现在已经有玛丽亚了啊。"

"是啊！"

"这件事非常奇怪，"奥古斯丁说，"自从上次炸火车以来，她就来到我们这里，比拉尔就凶狠地不许大家接触她，就像她是在加尔默罗会白衣修士的修道院里似的。你根本想不出她多么凶狠地保护玛丽亚。你来了，她却将她像礼物那样送了你。对这件事你是怎么想的？"

"其实情况并不是你想象的那样。"

"那是什么样呢？"

"她仅仅是让我来照顾玛丽亚。"

"而你所谓的照顾是整夜同她睡觉？"

"我只是运气好罢了。"

"那是多好的照顾人家的方法呀！"

"你难道不知道用这种方式也可以把人照顾好吗？"

"是啊，但是这样的照顾每个人都可以做到啊！"

"我们还是不要说这个了，"罗伯特·乔丹说，"我是真心爱她的。"

"真心？"

"在这世上再没有比我更真心爱她的了。"

"那以后你有什么打算，炸完桥以后？"

"我会带她走。"

"如果是这样，"奥古斯丁说，"谁也不会说什么了，并且还要祝你们俩一切顺利。"

他举起酒袋，灌了一大口，然后递给罗伯特·乔丹。

"还有一件事，英国人。"他说。

"说吧。"

"以前我也非常喜欢她。"

罗伯特·乔丹抬起一只手，搭了搭他的肩。

"非常，"奥古斯丁说，"爱她爱到让人难以理解的程度。"

"我可以理解。"

"我至今无法忘怀她给我的深刻印象。"

"是的。"

"听着，我十分认真地对你说这个事情。"

"说吧。"

"我从来没有碰过她，也没有和她有任何关系，仅仅是非常爱她。英国人，别随随便便对待她。别因为她跟你睡觉就认为她不是个好姑娘。"

"我是真心爱她的。"

"我相信你。但是还有一点你要搞清楚，如果没有运动，像她这样的姑娘会怎样呢。你的责任会很重，这个姑娘和我们不一样，她的的确确是受了大苦的。"

"我会和她结婚。"

"不，我不是这意思。在革命中结婚也许是不太现实的事情。但是……"他点点头，"也许那样会更好些。"

"我会和她结婚，"罗伯特·乔丹说，他边说边觉得喉咙慢慢哽塞起来，"我非常爱她。"

"这个还是以后再说吧，"奥古斯丁说，"等到合适的时候。现在有这个打算就很好。"

"我有。"

"听着，"奥古斯丁说，"我扯了很多和我没有任何关系的事情，可是你跟这个国家的很多女人有过交往吗？"

"几个吧。"

"妓女吗？"

"有些不是。"

"多少个？"

"几个。"

"你睡过她们？"

"没有。"

"你想清楚了吗？"

"清楚了。"

"我是说，玛丽亚并不是会轻易这样做的姑娘。"

"我也不是。"

"如果我把你当那种人，就会在昨晚你和她睡觉时把你给毙了。我们这里常常会因为这种事而出人命的。"

"老兄，听着，"罗伯特·乔丹说，"因为我们的时间太短暂了，就不要拘于形式了，我们没那么多时间。明天我们就要打仗了。对我个人来说，这不算什么。可是对玛丽亚和我两个人来说，就必须把短暂的相聚，当成我们的一辈子。"

"只有一个白天和一个晚上，时间确实很短啊，"奥古斯丁说。

"是的。不过已经有了美好的前天一夜，昨天一白天和昨天一夜了。"

"听着，"奥古斯丁说，"需要我帮忙吗？"

"不用，我俩很好。"

"我能替你或者为这短发姑娘做点儿什么的话……"

"不用。"

"说真的，一个人能为另一个人帮忙的地方并不多。"

"不，其实有很多机会。"

"例如呢？"

"比如战斗，无论今明两天发生什么情况，你都得信赖我，即使命令不对，也要服从。"

"自从上次骑兵队和马被引走的事发生以来，我就服你了。"

"那不算什么。你知道，我们都在为同一个目标而奋斗，必须打赢这场战争。如果我们失败，一切就都没有希望了。明天的事特别重要，真的特别重要。我们以后还会有很多战斗，战斗中无组织无纪律可不行。因为很多事情不像表面看起来那么简单。必须有信任和信心，才能保持良好的纪律。"

奥古斯丁往地上吐了一口唾沫。

"希望玛丽亚不要牵扯进来，"他说，"希望你和玛丽亚像一对夫妻那样好好享受现有的时光。只要是需要我做的，你下命令就好了。至于明天的事，无论什么情况我都会绝对地服从命令。如果一定要牺牲生命才能完成明天的任务，那我也会从容地赴死。"

"我觉得就应该这样，"罗伯特·乔丹说，"你能这么想，真叫人高兴。"

"还有，"奥古斯丁说，"上面那个人，"他向普里米蒂伏的方向指指，"是个非常值得信任的人。比拉尔的可靠性远远超过你的想象。安塞尔莫这老头子和安德烈斯也一样。埃拉迪奥也是，虽然不爱说话，但是个可靠的人。还有费尔南多，我不知道你怎么看他，的确，他行事作风比水银还沉，他比公路上拖车的小公牛还没意思。但是你让他打，他就打，让他干，他就干。他是条汉子！你看着吧。"

"我们运气不错啊！"

"可惜。我们也有不太中用的家伙——巴勃罗和吉卜赛人。'聋子'那边比我们好多了，跟他们一比，我们就只比羊粪强一点儿。"

"听起来问题不大啊！"

"是啊，"奥古斯丁说，"不过，今天开打就好啦。"

"我也想早点儿干掉他们得了，但是不行啊！"

"你认为情况会很糟吗？"

"有可能。"

"但是看起来你现在的情绪很不错，英国人。"

"是啊！"

"我也是，虽然有玛丽亚这事以及别的一些烦琐的事。"

"你知道我为什么心情舒畅吗？"

"不知道啊！"

"我也不知道。也许是因为天气的原因，今天的天气可真好。"

"谁会知道呢？也许是因为我们要战斗了吧。"

"也许会有这方面的原因，"罗伯特·乔丹说，"不过今天一定不能动手。不论发生什么情况，我们绝对不能违背这个原则。"

他正说话的时候从远处传来了一些嘈杂的声音，这声音盖过了风吹过树林的嘎吱声。他无法听清楚，于是就把嘴张开了仔细听着，同时抬头冲普里米蒂伏那儿瞥了一眼。他以为能把这声音的来源听真切，可接着它就消失了。松林里，风在吹，此时罗伯特·乔丹聚精会神地听着。他又听见了随风飘来的轻微的声音。

"没什么可难过的，"他听到奥古斯丁说，"我永远也不可能得到玛丽亚，这没什么。其实这样也好，我还能无所顾忌地和以前一样去找妓女。"

"先不要说话，"他说，并没听奥古斯丁说话，他身子紧靠着奥古斯丁，可是头却朝着别的地方。奥古斯丁疑惑地看着他。

"怎么了？"奥古斯丁问。

罗伯特·乔丹把一只手捂在嘴上，继续细听。这时候那声音突然又响起来，它单调又遥远，模糊而微弱。这次一定没有听错。这正是自动步枪射击时一连串的清脆嗒嗒声。那枪声听起来就像在远得几乎听不见的地方放成串成串的小型爆竹的声音。

罗伯特·乔丹抬头望望普里米蒂伏，发现他这时也把头抬了起来，脸对着枪声的方向，一手握成杯状拢着耳朵。罗伯特·乔丹望向他的时候，普里米蒂伏伸手朝那边最高的山峦指了指。

"敌人与'聋子'他们干上了。"罗伯特·乔丹说。

"我们需要去增援他们吗？"奥古斯丁说，"大家集合出发。"

"不，"罗伯特·乔丹说，"我们就待在这里。"

第二十五章

罗伯特·乔丹望着普里米蒂伏正握着步枪站在监视岗上指指点点。他向他点点头示意，但是普里米蒂伏依旧用手不停地比画着，把一手置在耳朵后，接着又一通乱指，仿佛人家无法明白他的意思似的。

"你护住这挺枪，如果不能确定敌人是否会过来，一定不要开枪。即便开枪，也要等他们走到那树丛的时候，"罗伯特·乔丹用手指了指，"明白吗？"

"是的。可是……"

"没有可是，我待会儿再来跟你讲。现在我要去普里米蒂伏那里。"

安塞尔莫伏在他身边，他就跟这老头子说："老头子，你和奥古斯丁一块儿在这儿守住枪，"他慢吞吞地说，"除非骑兵真的进攻了，否则绝对不准开枪。如果他们只是露面，千万不要理会他们，就像我们之前那样。如果必须要开枪的话，你帮他按住三脚架，弹药盘打完了，你就再给他递一盘。"

"行，"老头子说，"那拉格兰哈呢？"

"等一下再说。"

罗伯特·乔丹绕过那些庞大的灰色鹅卵石，向山上爬去，向上爬是一个非常艰难的过程。因为每块鹅卵石都湿漉漉的，双手摸上去很滑，阳光正在将上面的积雪迅速融化。有的鹅卵石的顶上已经被晒干了，他一边爬一边小心地望着对面的田野，他视线所及的范围内，能看到松林、那片开阔的空地和远方高山前的斜坡。然后，他爬到了两块岩石后面的空地里，站在普里米蒂伏身边，这个褐色脸膛的矮个儿跟他说："他们正在和'聋子'开火。我们怎么办？"

"没有任何办法。"罗伯特·乔丹说。

一阵清晰的枪声传来，他朝对面的山野望去，只看见遥远的山谷那边地势陡起之处，有一队骑兵策马冲出树林，在积雪的山坡上朝着枪响处奔去。他见到两队人马像个长方形，歪斜着强行向山上前进，在雪地的映照下看起来阴森森的。他远远地望着这两队人马已经爬上山脊，飞驰奔进密林的更深处。

"我们应该支援他们啊！"普里米蒂伏说。他的音调平板而干涩。

"这不行，"罗伯特·乔丹对他说，"今天早晨我一直在担心会发生这事。"

"你什么意思？"

"他们昨天晚上去偷马了。雪一停，敌人就循着足迹追到那儿了。"

"可是我们不能眼看着他们被打死却不去支援啊！"普里米蒂伏说，"我们不可以让他们孤军作战。这些人都是我们的同志啊！"

罗伯特·乔丹将一只手伸出按着对方的肩。

"我们也束手无策，"他说，"如果有办法的话，我一定会行动的。"

"上面有条山路能到那儿。我们可以骑上马走那条路去，再带上两架机枪。就是下面那挺以及你拿着的那挺。这样我们可以支援他们。"

"快听……"罗伯特·乔丹说。

"我在听呢。"普里米蒂伏说。

枪声一阵又一阵地传过来。然后，在自动步枪清脆的连发声中传出了手榴弹沉闷的爆炸声。

"他们完了，"罗伯特·乔丹说，"雪一停，他们就完蛋了。即使我们去了也是白白送死。我们不可以分散掉现有的力量了。"

普里米蒂伏的下巴、嘴唇四周和脖子上全是花白的胡楂，脸庞的没长胡须的地方，呈现暗褐色。他长着裂口的塌鼻子和深深凹进去的灰眼睛，罗伯特·乔丹看着他，注意到他嘴角和脖子上的胡楂在微微颤动。

"快听这枪声，"他说，"他们在屠杀了。"

"如果那洼地被他们包围了，就会进行屠杀，"罗伯特·乔丹说，"也许会有人能逃出来。"

"我们可以从背后袭击他们，"普里米蒂伏说，"我们四个骑马去。"

"去了又能有什么作用呢？你们即使背后袭击了他们，又能怎样呢？"

"我们跟'聋子'一起作战。"

"到那儿去等于自杀？你看太阳的方位，白天还很长呢。"

天高气爽，万里无云，热辣辣的阳光照在他们背上。他们面前那片开阔空地南坡上已经露出来了大块大块的泥土，松树上的积雪也都开始慢慢地融化了。他们脚下被融雪打湿的大鹅卵石，在炎热的日光下微微冒着蒸气。

"你一定要沉得住气，"罗伯特·乔丹说，"战争中有很多事情不是我们能左右的。"

"难道我们一点儿也帮不上忙吗？真的一点点办法也没了吗？"普里米蒂伏看着他，但罗伯特·乔丹知道他信任自己。"你不能派我和别人带着这架小机枪去？"

"这不会起任何作用。"罗伯特·乔丹说。

他以为自己看到了一直等待的共和国的飞机，但那不过是只老鹰，它逆风而下，接着又升起飞到最远的那排松树上空去了。

"即使我们全都去，可能也不会起到什么作用。"他说。

这时枪声更加激烈了，枪声中间夹杂着手榴弹低沉的爆炸声。

"哼，他奶奶的，"普里米蒂伏着急地咒骂。他的眼圈都红了，两眼含着眼泪，脸颊抽搐着。"噢，圣母和天主啊！他奶奶的。"

"你不要激动，"罗伯特·乔丹说，"用不了多久，你就送他们去西天。比拉尔来了。"

比拉尔拖着沉重的身体，正从大鹅卵石间朝他们爬过来。

"他奶奶的。圣母和天主啊，他奶奶的。"每次枪声随着风传来，普里米蒂伏就不断地咒骂着。罗伯特·乔丹爬下去把比拉尔拉上来。

"怎么啦，比拉尔？"他说，在她吃力地爬上最后一块大鹅卵石的时候，他抓住了她的两只手，把她拉上来。

"给你望远镜，"她说着，把望远镜的带子从脖子上摘下来，"原来'聋子'开打啦？"

"是啊。"

"太可怜了，"她同情地说，"'聋子'实在可怜了。"

她一路爬得气喘吁吁的，一边紧紧地抓着罗伯特·乔丹的手，一边眺望着田野的对面。

"估计情况怎样？"

"很糟糕，不是很乐观啊！"

"他死了吗？"

"我看是的。"

"真是太可怜了，"她说，"一定是因为偷马的原因吧。"

"估计很有可能是这个原因啊！"

"倒霉啊，"比拉尔说，接着她又说："拉斐尔把骑兵招来了，快把详细的情况和我说一说。来的是些什么人？"

"一支巡逻队和一部分骑兵中队。"

"他们到了哪里？"

罗伯特·乔丹指着巡逻队到过的地方，还指给她看隐蔽枪的地方。从他们站着的地方看去，只能看到奥古斯丁的一只靴子露在伪装的掩护后面。

"吉卜赛人说这队骑兵的马差点蹭到了机枪口，"比拉尔说，"这种人哪！你把望远镜落在山洞里了。"

"东西都整理好了吗？"

"能带走的都打包好了。有巴勃罗的信息吗？"

"他比骑兵队早四十分钟离开了。我派人跟踪他留下的脚印了。"

比拉尔向他咧嘴笑了，她这时才放开一直握着的手。"他们绝对找不到他，"她说，"现在说说'聋子'吧。我们有什么法子吗？"

"没法子。"

"真可怜啊，"她说，"我很喜欢'聋子'。你确定他完了吗？"

"我想是的，我看到很多骑兵。"

"比到这儿的还多？"

"还有另外一整队在往山上爬呢。"

"听那枪声，"比拉尔说，"真可怜啊，可怜的'聋子'。"

他们听着枪声。

"刚才普里米蒂伏想去帮他们。"罗伯特·乔丹说。

"你疯了吗？"比拉尔对这个扁脸汉子说，"我们这里竟有你这种疯子啊！"

"我想去支援一下他们。"

"别胡扯了，"比拉尔说，"不切实际。难道你不觉得，即使你不去'聋子'那儿送死，我们也快完了?"

罗伯特·乔丹看着她，她有着忠厚的褐色脸盘、印第安人的高颧骨、离得很开的黑眼睛、嘲讽的嘴和带着愁意的厚上唇。

"你做事要像个男子汉，"她对普里米蒂伏说，"要像个成熟的男子汉。看你，你都灰胡子一大把的年纪了。"

"不要取笑我，"普里米蒂伏阴沉沉地说，"人只要还有一点儿良知，任何人……"

"要学会克制自己，"比拉尔说，"你很快就会和我们一起死掉了，没必要跟外人一起去送死。讲到你的头脑嘛，吉卜赛人可是最有头脑的。他跟我说的事真像篇小说。"

"如果你亲眼看到了刚才的情况，就不会把它当成小说了，"普里米蒂伏说，"刚才的情况的确特别严重。"

"什么话，"比拉尔说，"不过是几个骑兵来了，又走了。而你们全部自以为都无比英勇。正因为你们闲得太久了，才搞得现在前怕狼，后怕虎的。"

"难道'聋子'目前的情况还不严重吗?"普里米蒂伏这时轻蔑地说。

每次风里传来枪声，都可以看出他很不舒服，他渴望马上投入战斗，否则就叫比拉尔走，不要招惹他。

"就算是全冲上去又怎样?"比拉尔说，"事情都已经发生了。人家遇到了不幸的事，你可不能急坏了。"

"你自己去乐呵去吧，"普里米蒂伏说，"女人又蠢又狠，真让人受不了。"

"我们女人，也是为了援助那些生殖部位有缺陷的男人嘛，"比拉尔说，"如果没什么可看的，我要走了。"

就在这时，罗伯特·乔丹听见了高空中传来的飞机轰鸣声。他抬眼一看，发现空中那架飞机和他早晨看见的那架侦察机很像。它正从前线飞回来，向着"聋子"坚守的高地那边飞去。

"不祥的鸟又来了，"比拉尔说，"它能看见那边发生的情况吗？"

"当然啊！"罗伯特·乔丹说，"如果他们的眼睛不瞎的话。"

他们注视着在阳光中飞得很高的飞机，它闪着银光，在天际稳稳地飞着。它正从左面飞来，两个螺旋桨迎着太阳，像两面光亮的圆盘。

"卧倒。"罗伯特·乔丹说。

刚说完，飞机就已经飞到了头顶，影子滑过林间开阔的空地，轰鸣声响得让人心惊肉跳。然后飞机一掠而过，向山谷的最高端飞去。他们看着它很平稳地一路飞去，并没有飞远，而是在低空绕了一个大圈又飞了回来，在高地上头转了两圈，最后才朝塞哥维亚那边飞去，慢慢地消失了。

罗伯特·乔丹看着比拉尔。她前额上直冒汗，摇摇头，牙齿一直咬着下唇。

"每个人都有天敌，"她说，"我就不喜欢那些飞机。"

"不会是我的恐惧传染给你了吧？"普里米蒂伏讥讽地说。

"没有，"她把手按在他肩上，"我不怕传染。原谅我刚才和你开的玩笑太过头了。我们都是难兄难弟。"接着她对罗伯特·乔丹说，"我马上就把吃的和酒送上来。你们还想要些别的什么吗？"

"现在不要。其他人在哪儿？"

"你的后备军原封不动地等在下面，与马待在一起，"她露齿笑笑，"所有的东西都藏了起来。所有要带走的都已经整理好了。玛丽亚带着你的器械。"

"万一飞机再来的话，叫她待在山洞里。"

"我明白了，我的英国老爷，"比拉尔说，"我已经派吉卜赛人去采蘑菇了，来煮兔肉。现在这个时节蘑菇到处都是，我看还是把兔子吃了好，虽然说留着明后天吃会更好。"

"我觉得还是先吃了吧，"罗伯特·乔丹说，比拉尔把她的大手放在他挂着手提机枪皮带的肩膀上，接着抬起手，用手指把他的头发弄得蓬乱。"好你个英国人，"比拉尔说，"等煮好了，我让玛丽亚给你端来。"

远处高地上的枪声差不多消失了，只偶尔还传过来一两声。

"你看，战斗结束了吧?"比拉尔问。

"还没有，"罗伯特·乔丹说，"敌人的进攻失败了。根据我们听到的枪声来判断，现在敌人很可能把他们包围了。敌人藏起来，在等飞机。"

比拉尔对普里米蒂伏说："你知道我不是故意奚落你了吧?"

"我早就知道了，"普里米蒂伏说，"你说过的更难听的话我都忍下来了。你说话太讨人厌。以后要多注意点儿，比拉尔。'聋子'是我的好同志。"

"你以为他就不是我的好同志了吗?"比拉尔反问他，"扁脸，听好了，打仗的时候，光说好听的是没有用的。且不说'聋子'的事情，我们自己的问题就够烦的了。"普里米蒂伏仍然闷闷不乐。"你该吃药治一治了，"比拉尔对他说，"我现在去准备吃的。"

"你有没有带那个保皇派骑兵的证明文件来?"罗伯特·乔丹问她。

"我真是笨啊!"她说，"我忘了这个了，我让玛丽亚送来。"

第二十六章

到了中午雪就全化掉了，岩石被阳光晒得热热的。晴空无云，等到下午 3 点，飞机才飞来。罗伯特·乔丹脱掉了衬衫坐在岩石堆间，让阳光洒满整个背脊，仔细地看着那个死去的骑兵衣袋里的信件。他不时把信放下，望望宽阔的斜坡对面那排树林子，再望望上面的高地，接着继续看信。再也没有出现骑兵，有时"聋子"营地方向偶尔传来零零碎碎的几声枪响。

他认真地看了死者部队里的证件，知道这青年是纳瓦拉省塔法利亚人，二十一岁，未婚，是铁匠的儿子。他属于第 N 骑兵团，罗伯特·乔丹对此很诧异，因为他原以为这支部队在北方。这个人是个保皇派，一心拥护西班牙王室，战争初期曾在夺取伊伦的战斗中负过伤。

或许在潘普洛纳过节的时候，我见过他在街上奋力驱赶着公牛①呢，罗伯特·乔丹想。在战争中，你杀的任何一个人都不是你想杀的人。唉，一个都不想杀，他改正了自己的想法，继续看信。

他看的前几封信特别地合乎规范，写得非常详细，几乎全是当地的新闻。这些信都是他姐姐写来的，从信中罗伯特·乔丹了解到塔法利亚一切正常，父亲健康，母亲还是老样子，只是有些腰酸背痛，她祝他平安，希望他的处境不要太危险，对于他正在

---

① 潘普洛纳是西班牙的古城，当时是纳瓦拉省省会，在这骑兵家乡塔法利亚以北的地方，每年 7 月圣费尔明节期间，举行盛大的斗牛赛，人们事先把公牛从大街上一直赶到斗牛场去，一路上喝醉了酒的居民们随意地逗弄公牛，有的甚至被牛角弄伤，人们不以为意。

消灭赤色分子她感到很欣慰，使西班牙从"马克思主义匪帮"的统治下解救出来。另外是一张是塔法利亚青年参军的名单，截至上次写信时间，这些人有的受了重伤，有的阵亡了。信中提到了十个死者的名字。对塔法利亚这样的小城市来说，十个人真不算少呢，罗伯特·乔丹想。

这封信宗教味道很重啊，她祈求圣安东尼，祈求比拉尔的圣母，还祈求其他圣母①保佑他，她要他永远别忘记，那个始终佩戴在他胸前的耶稣基督圣心会保佑着他，这个圣心无数次被证实，它可以阻挡枪弹，罗伯特能看见"无数次"下面被画了着重线。她永远是爱着他的孔查姐姐。

这封信的信纸四周已经污浊了，罗伯特·乔丹小心地把它和那些军人证件重新收了起来，拆开一封字迹没那么端正的信。这是这青年的未婚妻写来的，信中充满了对他安全的担忧，从信中可以看出，她的未婚妻时而紧张，时而严肃，时而又神经兮兮的，感觉很是焦虑。罗伯特·乔丹把它看了一遍，就把所有的信件和证件一起放进他的后裤袋。他已经不想再看其他的信了。

"看来我今天干了一件好事"，他喃喃地说着，"看来你确实干了一件好事。"他又说了一遍。

"你刚才看的都是些什么东西？"普里米蒂伏问他。

"今天早上我们杀掉的那个保皇派的证件和信。你想要看一下吗？"

"我不认字的，"普里米蒂伏说，"从中可以得到什么关键的情报吗？"

"没有，"罗伯特·乔丹跟他说，"是些私人信件。"

"信中有提到他家乡的情况吗？怎么样？"

---

① 天主教大教堂、圣地及神龛往往有圣母马利亚像，各有各的名称，此处的比拉尔为地名。

"看来他家乡的情况还不错，"罗伯特·乔丹说，"他家乡的人伤亡挺多的。"他低头看看掩护自动步枪的地方，虽然雪化后有点儿变样，但变得更自然了，看起来没有什么破绽。他转过头去眺望对面的田野。

普里米蒂伏问："他老家是哪里？"

"塔法利亚。"罗伯特·乔丹告诉他。

好吧，我感到遗憾，他对自己说，要是这样说对自己有好处的话。

什么好处也没有啊，他对自己说。

他对自己说，那么好吧，就别想它了。

好啦，以后都不要再想了。

但是怎么可能不去想呢？他问自己杀了多少人，他没有仔细统计过。你觉得自己有权力杀任何一个人吗？不。但是我也是不得已啊！你杀死的人中有几个本质上就是法西斯分子吗？很少。可他们都是敌人，我们使用武力来反抗他们的武力。但是你对纳瓦拉人有超乎寻常的好感，那是西班牙其他任何地方所不能比的。对啊，可是你杀了他们。如果你不相信这是真的，下山回营地去看看吧。难道你不明白杀人是不道德的吗？知道。可是你还是杀了人？对。而你依然相信你的事业是正义的？对。

他充满自豪地对自己说，是正义的。我相信人民有权按照自己的意愿活着。不过你不要以为杀人是正义的，他告诉自己。你只能在迫不得已的时候才这么做，但千万不要迷信杀人。如果你要是这样以为，那就大错特错了。

你统计过自己杀了多少人吗？没有，你没有统计，不仅仅是因为你不想，你也不敢吧。但你知道自己确实杀人了，而且不少。有多少呢？具体数目就记不得了。炸火车时你杀了很多人。

可是你说不上来有多少。那你说得上来的有几个呢？二十个以上。到底有几个算是真正的法西斯分子呢？我能肯定的只有两个。我们在乌塞拉逮住他们的，当时的情况，我不得不杀了他们。这你不在意吗？对。但是你也并不想这么干？对。我决定不想这么做了，真不想这么做了，我不想杀那些毫无反抗能力的人。

他告诉自己，你现在最好还是不要想这些问题了。这对你和你的工作没有任何好处。他接着在心里对自己说，你现在要做的事情对于战局的发展起着至关重要的作用，知道吗？所以我不能有一点点懈怠。你必须时刻保持清醒的头脑。因为，一旦你的头脑哪怕有一点儿的不清醒，你就没办法做手头这件事了，因为这所有一切都是罪孽，除非是为了防止别人遭遇更大的不幸，否则谁也无权夺取他人的生命。因此头脑要清醒，不要用谎话骗你自己啦。

但是我就是不想记录我到底杀了多少人，我对收集战利品或者在枪托上计数刻痕这种事感到异常的厌恶。他对自己说。我有权不记录数量，我也有权忘记他们，任何人都没权利干涉。

不，他的自我说，你无权把这些都忘掉，战争期间发生的任何事，你都没权逃避，也没权抛诸脑后，也不该轻描淡写或者随意更改事实。

不要再想了，他对自己说，你变得不切实际起来了。

他的自我接着说，关于这件事，你再也不要骗自己啦。

好吧，他对自己说，谢谢这些忠告。那么我可以爱玛丽亚吗？

可以，他的自我说。

根据纯粹的唯物主义的观点来说，爱情这种东西并不存在，那么即使这样也行吗？

你是什么时候开始有这种想法的？他的自我问。从来没有，你从来就不会有。其实你很明白自己不是真正的马克思主义者。你信仰"自由、平等、博爱"，你信仰"生命、自由和对幸福的追求"①。假如这场战争失败的话，一切都玩完了。不要用辩证法来捉弄自己了。那可不是给你的，是给别的人用的。你必须明白那些说法，不要成为容易上当的傻子。你为了打赢这场战斗，把很多事情放在一边了。

如果革命胜利了，你就可以扔掉你不相信的一切。尽管你不相信的事情还有很多，但你真心相信的事情也不少。

还有一点，爱情绝对不是儿戏。问题只是在于大多数人命运不好，得不到爱情。你现在可是得到了以往从没奢求过的爱情。玛丽亚给了你爱情，不管它能持续多久，今天一整天、明天短暂的一段时间或长久的一辈子，不要计较这些，毕竟这不是任何人都能拥有的。有些人因为无法得到它，所以就会说爱情并不存在。但是我可以肯定地告诉你，爱情是真实的，而且要是你得到了它，哪怕明天就死去也是一件幸运无比的事情。

不要去想关于死的事情了，他对自己说，这种话可不应由我们来说。那是无政府主义者的噱头。事情一旦和预想的计划不一样，他们就会去什么地方纵火自焚，他们的想法真是太偏激了。今天就要过去了，伙计。现在接近3点了，吃的东西很快就送来了。"聋子"那边的战斗还没有停止，虽然敌人把他包围了，但没有大肆进攻，只是在等待增援，尽管他们明白必须在天完全黑之前结束这场战斗。

----

① 前者是法国大革命时提出的口号，后者引自美国革命时的《独立宣言》，作为公民的基本权利，两者都属于资产阶级民主革命思想的范畴。

　　不知道现在"聋子"那边的战况如何。也许我们早晚都会遇到这种事。大概"聋子"一帮的内心窝着火呢。我叫他们去搞马，结果引来了祸端，使他陷入了困境。"困境"这词用西班牙语怎么说？Uncallejon sin salida. 一条死胡同。看来我能挺过这次战斗吧。这事只要干上一次，就结束了。但是，要是有一天在战斗中你被包围了却可以投降的话，那打仗不就成了一种乐趣了吗？战争中如果出现"我们被包围了，快来人啊"这样的声音，这是令人十分惊慌的呼叫声啊！其次就是被枪击中了，在死之前就没有别的痛苦已经算是很走运的事情了。"聋子"可没这么走运，轮到我们的时候，估计也不会走运了。

　　3点钟了。这时候他听到来自远方的隆隆声，抬头看到了飞机。

第二十七章

"聋子"正在山顶上顽强地与敌人作战。他讨厌这座小山头，因为他自打一开始见到它就觉得它形状很像脓疮。但除了这座山之外也没有其他好的藏身之处。他远远望去，看到了这座山，就选中了它，背着沉重的自动步枪，朝它拍马飞奔而去，马吃力地爬着坡，一袋手榴弹在他身体的一侧晃荡着，他身体的另一侧一袋自动步枪的弹药盘碰撞着，他能感到胯下颠簸得厉害。华金和伊格纳西奥停一会儿，打几枪，再停一会儿，又打几枪，以便争取一些时间让他可以找个有利的地形架枪。

让他们倒霉的雪那时候还没完全融化掉。而"聋子"的马却被击中了，鲜血不断地从伤口喷涌出来，溅在雪地上，呼哧呼哧地喘着气，正缓慢、抽搐而蹒跚地爬着通往山顶的最后一段路，"聋子"就扯着马笼头，把马缰绳搭在肩上，使劲儿地拽着马爬山。

枪弹噼里啪啦地打在草丛间的岩石上，他顾不上这些，只能扛着两袋沉重的弹药，狠命往上爬。他趁着枪声暂停的时机，抓着马鬃，干练、心痛地对准马开了一枪，于是，马脑袋一歪，倒了下去，堵在了两块岩石之间的缺口上。于是他把枪架在马背上疯狂地打出了两盘子弹，枪声嗒嗒作响，空弹壳砸进雪地，架在马背上的灼热的枪筒烫焦了马皮，马鬃散发出了焦煳味。冲上山来的敌人被他一阵乱射，不得不各自分散开去找掩护。因为不知道背后会不会有敌人包抄过来，他总觉得背上发毛。等他们五个人全部到达山顶之后，他才放下心来，他留着剩下的那几盘子弹，以备不时之需。

山坡上已有两匹死马，这里的山顶上还有三匹。他昨晚偷马，也只得到三匹，而当他们刚刚跟敌人开始激战，在营地的马栏里来不及备马鞍就跳上马的时候，有一匹竟然脱缰逃跑了。

到达山顶的五人中有三个受了伤。"聋子"左臂上伤了两处，腿肚上也受了伤。他感觉非常渴而且伤口已经麻木发硬，左臂上的一个伤口非常痛。他头痛欲裂地躺着等待飞机飞来，突然想起了一句西班牙俗语，"应当像吃阿司匹林片那样地接受死亡"。不过他没有把这句俗语说出声来。每当他移动那条胳膊，回头看周围那帮剩下的兄弟时，总是会感到头痛恶心。他在头痛和恶心中苦笑着。

五个人像五角星的五只角尖似的分散开，他们手脚并用拼命地挖掘着身下的泥土，并用泥土和石块在头和肩膀前筑起了土堆。他们利用这些土堆当掩护，并用石块和泥土把各个土堆连起来。十八岁的华金正用一顶钢盔挖掘并传送泥土。

这个头盔是他在炸火车时搞到的。头盔上有个对穿的子弹洞，大家老是因为这个头盔取笑他。但他拍平了窟窿的毛边，并且在窟窿中插了个木塞，接着把里面的木塞头刮掉，磨得跟头盔的钢皮一样平。

他在第一声枪响的时候，哐啷一声把钢盔套在了头上，劲儿大得好像头被敲了一记。因为马被打死了，他只能自己拼命地爬坡。他虽然肺部剧痛，口干舌燥，两脚僵硬，但仍然坚持着。他完全不理会子弹一直噼里啪啦地在身边响着，拼命往上爬。最后一段路时，这头盔变得重极了，像一道铁箍一样勒住了他那要裂开的前额。但他没有扔掉它，他此刻就用它像台机器似的不停地掘地。幸运的是，他还没中弹。

"它总算还有点儿用处。""聋子"用低沉的嗓音对他说。

"坚持就是胜利。"华金说，他恐惧极了，以致口唇异常的干燥，喉咙也像着火了，现在说话也不听使唤了。

那是共产党的一句口号，"聋子"喜欢华金，不过此时没心情欣赏这口号了。他转过头去，却看见山坡下有个骑兵正躲在一块大鹅卵石后打冷枪。

"你说什么？"他们中正在筑工事的一个人转头问。他紧贴地面趴着，下巴贴在地面上，小心翼翼地放好一块岩石。

华金用那干渴而年轻的嗓音把口号又讲了一遍，手上也没停止。

下巴抵住地面的人问："最后一个词是什么？"

"胜利。"小伙子说。

"放屁。"下巴抵住地面的人骂道。

"这里还有一句也能用得上。"华金说，好像这句话的每一个词都是一个护身符似的，"伊芭露丽说：'宁可站着死，不能跪着生。'"

"还是放屁。"那人说。另一个转过头来说："我们正趴着呢，不是跪着。"

"你啊，共产党员。你知道吗？你那个伊芭露丽有个和你年龄相仿的儿子，可是自从革命开始就去了俄国。"

"胡扯。"华金说。

"什么胡扯，"对方说，"那个名字古怪的爆破手以前跟我说的，他是你的同伙。他为什么胡扯？"

"就是胡扯，"华金说，"她不会做把儿子藏在俄国、躲避战争这种事的。"

"我要是在俄国就好了，""聋子"一帮人里又一个人说，"你的伊芭露丽不会现在出现把我弄到俄国去吧，共产党员？"

"既然你这样信任你的伊芭露丽，那么让她把我们从这个山头弄出去吧。"大腿上绑着绷带的那个说。

下巴抵在泥土里的那个说："法西斯分子会帮你忙的。"

"别这样说。"华金对他说。

"擦擦你嘴巴上的奶渍吧，再给我一头盔泥吧，"下巴抵住地面的那个说，"今天我们都看不到夕阳啰。"

"聋子"想：这座山的形状真像脓疮啊，也像姑娘没有乳头的乳房。要不，就像圆锥形的火山。他想，你从来没见过火山，以后永远也看不到了。还是别想火山了，现在还想看火山有什么用呢？命都快保不住了。

他从马尸体的肩隆边小心谨慎地朝外望着，山坡下较远处一块大鹅卵石后面立刻砰砰地射来一梭子弹，他听见子弹射进马肉里的噗噗声。他从马尸后头匍匐向前爬去，从马臀与岩石之间的缺口向外张望。他看到，下面的山坡上有三具法西斯分子的尸体，那是他们在自动步枪和手提机枪的火力掩护下冲向山顶时倒下的，而当时他们几个不断扔出手榴弹，手榴弹从山坡上滚下去，把他们几个送上了西天。应该还有其他的尸体，他现在无法看到。敌人没有找到合适的进攻路线，因为他们的射击范围覆盖了整个山头，所以"聋子"知道，只要是他有足够的弹药和手榴弹，他们就不会死，敌人就无法将他从这里赶走，除非拉来迫击炮。不知道他们是不是已经派人到拉格兰哈去要迫击炮了。可能没有，侦察机从他们上空飞过已有四个小时了，很快就会返航了。

"聋子"想，这座山真像脓疮啊，我们就是上面的脓。但我们已经杀了好多不自量力莽撞进攻的家伙。他们以为我们这么容易对付吗？他们以为手拿新式武器，就忘乎所以了？真是昏了头脑了。他们猫着腰向山上冲的时候，他扔的手榴弹蹦跳着滚下山坡把带头强攻的青年军官给炸翻了。在一片黄色的闪光、轰隆的声响和灰色的烟雾中，他看到这军官身体朝前一冲，栽倒在地，像一块破布，在地上标出他们进攻的最远距离。"聋子"看了看这具尸体，然后又望了望山坡下方的其他尸体。

他想，真是个有勇无谋的家伙。但现在他们学聪明了，不会在飞机到来之前再盲目进攻了。当然啦，万一他们拉来一架迫击炮，也够我们受得了。其实，就目前的局势来看，迫击炮是最有利的武器。他知道，迫击炮一来他们就完蛋了，但他一想到飞机快要来了，就觉得自己无所遁形，就像赤身裸体，甚至连皮都被扒掉了一样。他觉得没有比这更糟糕的事情了。相比之下，一只剥了皮的兔子都想把自己掩饰成熊的模样。可他们为何要派飞机来？他们用一架迫击炮就完全可以消灭我们了。他们是不是觉得飞机气派，所以才会派飞机来。他们就知道做这样的傻事，自动武器了不起，还不是被我们打败了。不用说，他们肯定去调迫击炮了。

他们中有人发了一枪，然后猛地一拉枪栓又是一枪。

"节约子弹。""聋子"说。

"有个老婊子养的想冲到那块岩石后面。"那人指着。

"聋子"艰难地转过头来问："你打中他了吗？"

"没打中，"那人说，"那杂种把他的乌龟头缩回去了。"

"比拉尔这个老婊子，"将下巴抵在泥土里的说，"这婊子肯定知道我们要完蛋了，却没有任何来帮我们的意思。"

"她也没法帮忙，""聋子"说。刚才那人是在他那只正常的耳朵边说的，"聋子"用不着回头就听到了。"她能有什么方法？"

"从背后袭击这些婊子养的。"

"什么话，""聋子"说，"他们占了整个山坡。你说她怎么搞背后袭击？估计他们总共有一百五十人。现在说不准更多了。"

"但如果我们能坚持到天黑的话……"华金说。

"假如圣诞节就是复活节的话……"下巴抵在泥土里的那个说。

"假如你大婶有那东西的话，她就能当你大伯了。"另一个对他说，"让你的伊芭露丽来吧。只有她能佑护我们了。"

"我相信关于她儿子的说法，"华金说，"如果他真的在俄国，一定在接受训练，将来可以当飞行员什么的。"

"他躲在那儿安全。"那人对他说。

"他是在学辩证法。你的伊芭露丽到那边去过，莫德斯托和利斯特那些人都去过。那个有古怪名字的家伙和我说过的。"

华金说："他们是到那边去学习，学成了就回来帮我们。"

"他们现在就应该马上回来帮助我们，"另一个说，"那伙讨厌的俄国骗子现在就该来帮我们。"他射了一枪，说："他妈的，又没打中。"

"节约点儿子弹，别说太多话，不然会很口渴的，""聋子"说，"这山上可没有水喝。"

"来喝口这个吧，"那人说着，侧过身子从头上摘下挎在肩上的皮酒袋，递给"聋子"，"漱漱口，老伙计。你受了伤，一定很口渴。"

"大伙儿一起喝。""聋子"说。

"那我先喝点儿。"有酒袋的那个说，挤了一大口酒在嘴里，这才递给大家。

"'聋子'，你觉得飞机什么时候会来？"下巴抵在泥里的那个问。

"随时都有可能，""聋子"说，"按说，他们应该早来了。"

"你看这些婊子养的还会再进攻吗？"

"如果飞机不来，他们才会进攻。"

他认为没必要说迫击炮的事情。一提迫击炮，他们立刻会明白的。

"就说昨天吧，天哪，他们的飞机真够多，也很气派啊！"

"是很多呢。""聋子"说。

他的头很痛，一条胳膊也越来越僵硬，一动就钻心的疼。他用那条没有受伤的手举起皮酒袋的时候，抬头看着那明亮、高阔、蔚蓝的初夏天空。他已经五十二岁了，相信这是他最后一次看到这样的天空了。

他一点儿也不怕死，只是气愤自己在这样一座小山头上死去很不值得。如果我们这次能脱身就好了，他想。如果我们能迫使敌人从狭长的山谷中过来，或者我们能突围出去，穿过那公路，那就好了。我们必须好好利用这座山的有利地形。到现在为止，我们利用得还不错。可是这是座脓疮似的山啊！

他知道历史上有不少人，死在了茫茫大山之上，但他的情绪还是调动不起来。此一时彼一时啊，遭遇厄运的人不会羡慕另一个相同命运的人的。正像一个新寡的妇人不会因为得知别人心爱的丈夫死了而得到慰藉一样。即使一个人再不怕死，但是死亡到来的时候，还是很难从容面对。虽然"聋子"接受了，尽管他年龄已经五十二岁了，身上有三处伤，被困在山上，但对于死还是有点儿心有不甘啊！

他在心里拿死开玩笑，却不想死。他望望天空和远处的山岭，喝了口酒。如果人非死不可，那么我可以去死，毕竟人都会死的。只是死真的是令人讨厌至极啊！

死没什么了不起的，他心中没有死的形象，也不惧怕死。但是山坡上在风中起伏的麦浪，在天空中滑翔的苍鹰，在谷屑飞扬的打谷场中痛饮的一陶罐水，你胯下的马，一条腿下夹着的卡宾枪、山冈、河谷，两岸长着树木的小溪，河谷的另一边以及很远处的山峦，所有的这一切都充满了生机。

"聋子"把皮酒袋递回去，点点头表示感谢。他弓身往前拍拍被枪筒烫焦的死马肩头，感慨万千啊。他现在还能闻到马鬃的焦味。回想起当时耳边像帷幕一样密集呼啸而过的子弹。他硬是把打着哆嗦的马拉上山来，庄重地对准马的太阳穴打了一枪。然后，在马倒下的时候顺势伏在那温暖而潮湿的马背后面，架好枪向冲上山来的敌人射击。

他说："你这匹马真好。"

这时"聋子"没受伤的半个身子贴在地上，抬头望着天空。他此时正躺在一堆空弹壳上，岩石遮掩着他的脸，马尸替他挡着对面射来的子弹。他的伤口疼得厉害，感觉越来越僵硬，浑身疲乏得无法动弹。

"老伙计，你怎么啦？"他身旁的那个问。

"没有什么大不了的，休息一下就好了。"

"睡吧，"对方说，"等他们来了我再叫你。"

正在这时，山坡下有人在嚷嚷。

"听着，土匪！"声音从岩石后面传来，那里架着一杆自动步枪，离他们很近。"赶快投降吧，否则飞机来了把你们炸得尸骨无存。"

"他在说什么？""聋子"问。

华金告诉了他。

"聋子"侧身一滚，支起上半身，又蹲伏在枪后面了。

"估计飞机不会马上来，"他说，"不要理会他们，也不要开枪。我们想办法引诱他们上来，打死他们。"

"骂他们几句怎样？"跟华金说伊芭露丽的儿子躲在俄国的那个问。

"不行，""聋子"说，"谁有大手枪？拿过来我用一下。"

"我。"

"把枪递给我。"他双膝跪着，接过一支口径九毫米的星牌大手枪，迅速地向死马旁边的地面打了一枪，过了几秒钟的时间，又陆续地补了四枪。然后，等到他数到六十的时候，对准马尸打了最后的一枪。他露齿笑笑，把手枪还给那个人。

"装上子弹，"他低声说，"大家都不要说话，谁也不许开枪。"

"土匪！"岩石后大声叫着。

山上悄无声息。

"还是投降吧，土匪！别等着把你们炸得尸骨无存喽。"

"他们就要上当了。""聋子"开心地低声说。

此时，有人从岩石顶上冒出头来，见山顶上一弹不发，那个脑袋就缩回去了。"聋子"等着，张望着，可再没出现什么响动。他转过头，看到其他人都在谨慎地盯着各自下面的山坡。他对着他们摇了摇头。接着低着声音说："都不要乱动。"

"老婊子养的。"岩石后头又传来了骂声。

"聋子"张嘴笑了。他侧过那只正常的耳朵，想要听清楚他们骂的什么。他想，这可比阿司匹林片好玩啊，他们会上钩吗？我们能打死几个呢？

骂声停了，大约有三分钟再也没听到什么声音，没见到什么动静。接着，在山坡下一百码远的那块大鹅卵石后面的伏击者伸出头来，发了一枪。子弹击中了岩石，发出一声尖啸，飞弹出去。然后，"聋子"看到有人弓着腰从掩护自动步枪的岩石后面跑出来，穿过空地，向躲在那块大鹅卵石后的伏击者纵身扑去。

"聋子"向四周打量了一下。他们对他打手势，报告其他各山坡上没有响动。"聋子"高兴地张嘴笑笑，摇摇头。他想，这可比阿司匹林片好十倍，他高兴得像等待猎物上钩的猎人。

山坡下从岩石堆后奔到大岩石后去的那个人正在对那伏击者说着话。

"你看对劲吗？"

伏击者说："不好说啊。"

"这种情况也是有可能发生的，"这个担任指挥官的人说，"他们被包围了。没了指望，只有死路一条。"

伏击者没有吱声。

"你看怎样？"指挥官问。

"看不出什么名堂。"伏击者说。

"刚才那几声枪响以后，你察觉到什么动静没？"

"一点儿动静也没有。"

指挥官看了看手表，时间刚好是 2 点 50 分。

"飞机在一个小时之前就该来了。"他说。就在这时，另一个军官忽然冲到这大鹅卵石后头。伏击者移动一下身体，给他腾出点儿地方。

"你，帕科，"第一个军官说，"你觉得是怎么回事？"

第二个军官刚从山坡上的自动步枪的掩体那儿奔过来，气喘吁吁。

他说："我觉得这里面肯定有诈。"

"要是没有呢？我们在这儿包围着一些死人，傻等着，不是一出闹剧吗？"

"我们干的事岂止可笑？"第二个军官说，"看这山坡。"

他抬头看看山坡，满山遍野都是尸体。从他那里看去，看得到山顶上横七竖八的山石、"聋子"的死马的肚子、伸出的马腿、打上蹄铁的马蹄，还有因为挖掘而翻起的泥土。

"迫击炮什么时候能到？"第二个军官问。

"如果不迟到的话，应该过一小时就来。"

"还是等迫击炮吧，我们已经干了不少傻事啦！"

"土匪！"第一个军官突然直起身来大叫，脑袋从大岩石上露出来，他这样站直了身子，山顶就显得近了。"你们这些卑劣的赤色分子！胆小鬼！"

第二个军官看着伏击者，摇摇头。伏击者抿紧了嘴唇转过头去。

第一个军官站在那儿，一手按在手枪柄上，脑袋彻底暴露在岩石上方。他对着山顶怒骂、诅咒。上面还是一点儿响动也没有。接着他直接从大鹅卵石后面走出来，站在那儿仰望山顶。

"胆小鬼，快点儿开枪吧，"他喊着，"开枪打我吧！你们这群老婊子养的，老子才不怕你呢！"

最后这句话特别的长，这个军官喊完，脸被憋得通红。

第二个军官又摇摇头，他长得又瘦又黑，眼神温和，嘴宽唇薄，凹陷的面颊上长满了胡楂儿。刚才第一次进攻就是这个大喊大叫的军官下的命令。他的名字是帕科·贝伦多，死在山坡上的青年中尉是他最要好的朋友。此时帕科一声不响地听着狂热状态的上尉在喊叫。

"就是这帮浑蛋杀死了我姐姐和母亲。"上尉说。他生着一张红脸，留着两撇英国式的金黄色的小胡子，眼睛有点儿残疾。这双眼睛是浅蓝色的，睫毛也是浅色的，你要是仔细看他的眼睛，会发现那目光很难聚焦。他接着喊："胆小鬼！"他又骂开了。

他这时已经完全暴露在外，接着用手枪仔细瞄准，对准山顶上出现的唯一目标，曾属于"聋子"的那匹死马，发射了一枪。枪打在死马下方十五码的地方溅起了一股泥土。上尉又开了一枪，枪弹射在山石上，当的一声弹开去。

上尉站在那儿注视着山顶。贝伦多中尉望着山峰下方，那里是另一个中尉的尸体。伏击者望着眼前的地面。接着他抬头瞅瞅上尉。

"看来他们都死光了，"上尉说，"你，"他命令伏击者说，"上去看看。"

伏击者低下了头，一声不吭。

"你听到我说的话了吗？"上尉对他大吼一声。

"听到了，我的上尉。"伏击者说，并没有抬头看他。

"那还不快去。"上尉依然握着手枪，"你没听到我的话？"

"我听见了，我的上尉。"

"那干吗还不走？"

"我的上尉，我不想去。"

"不想去？"上尉用手枪抵在他的腰上，"你难道想违抗命令？"

"我的上尉，我怕极了。"士兵理直气壮地说。

贝伦多中尉望着上尉的脸和他那只斜眼，他认为上尉要毙了这个士兵了。

"莫拉上尉。"他说。

"贝伦多中尉？"

"这位兄弟说的没错。"

"他害怕，这没错？他不想服从命令，这也没错？"

"不是的，他说上面有诈，没错。"

"他们全部死了，"上尉说，"他们全都死了，你没听到我说吗？"

"如果你说的是躺在山坡上的兄弟，"贝伦多说，"那真是全死了。"

"帕科，"上尉说，"别傻了。你以为只有你一个人是胡利安中尉的好朋友吗？我能够肯定地说，这帮赤色分子都死了。看！"

他站起身来，然后双手按在大鹅卵石顶上，支撑着身体爬上大鹅卵石，笨拙地跪在上面，最后在顶上站直了身体。

"开枪吧，"站在这灰色花岗岩大鹅卵石上，他挥舞着双手大喊着。"开枪打我吧！有种的杀了我啊！"

山顶上，"聋子"卧在死马后面，无声地笑了。

这种人啊，他想。他一笑就扯得胳膊疼，于是他竭力忍住了。

喊声再次从下面传来："流氓。开枪打我吧！杀了我吧！"

"聋子"笑得胸口直抖，只稍微挪动了一下，从马屁股旁往外偷看了一眼，看到那上尉站在大岩石上挥舞着两臂，另一个军官站在大鹅卵石边，伏击者站在另一面。"聋子"专注地盯着这目标，高兴地动着头。

"开枪打我吧，""聋子"低声自言自语，"杀了我吧！"他忍不住笑了起来，笑扯得胳膊和脑袋都疼。但是他忍不住，笑得像发急惊风似的全身抖动。

莫拉上尉从大鹅卵石上下来了。

"现在信我了吧，帕科？"他质问贝伦多中尉。

"不。"贝伦多中尉说。

"混账！"上尉说，"你们都是些白痴和胆小鬼。"

伏击者又小心翼翼地躲到大岩石后面，贝伦多中尉蹲在他边上。

上尉站在大鹅卵石边毫无遮掩，开始向山顶大讲脏话。西班牙语在所有的语言中脏话最多。英语里也有一些那样的脏话，另外还有一些词语和说法却只在同时渎神和敬神并驾齐驱的国家①里才能用。贝伦多中尉是个很虔诚的天主教徒，伏击者也是。他们是纳瓦拉的保皇派，他们诅咒谩骂之后，总是深感罪孽，每次都到神父那儿做一番忏悔。

他们俩躲在大鹅卵石后看着上尉的一举一动，听着他大声叫喊，他们认为这诅咒与自己无关。他们在这生死难料的时候，不愿说这种话来让良心不安。这种谩骂不会带来好运，伏击者想。这样讲到圣母，不是好兆头。这家伙比赤色分子骂得还恶毒。

贝伦多中尉想，胡利安在这样一个日子里，死在山坡上了。而这个乌鸦嘴站在那里咒骂，会带来更坏的运气。

这时上尉不再大声叫喊了，转身盯着贝伦多中尉，他的眼神很怪异。

"帕科，"他高兴地说，"你跟我一起上山吧。"

"我不去。"

"什么？"上尉又拔出手枪。

我讨厌有事没事胡乱拔枪的家伙，贝伦多想，他们不用手枪就没法下命令吗？这样看来，他们拉屎也得拔出手枪才能拉出来。

"你如果拿枪逼我的话，我会去的，但我抗议。"贝伦多中尉对上尉说。

"那我就自己去，"上尉说，"这里全是胆小鬼的浓臭味。"

① 指信奉天主教的国家。

他右手握着枪，大摇大摆地大步走上山坡，贝伦多和伏击者紧张地看着他。上尉不找任何掩护，径直地朝着那些岩石、马尸和山顶上新的泥土走去。

"聋子"趴在马尸后头，从岩石的一角注视着上尉大步登上山坡。

只有一个，我们只捞到一个。他想，但听他刚才张狂的口气，他是个大猎物。看他走路的德行，瞧，真像头牲口。瞧他大步向前走来。这家伙是我的了。我要把他送上死路了。我带这家伙上路啦，同路人同志，来吧。大步向前吧，笔直过来吧，来领教领教吧。一直走啊，别放慢步子。笔直过来吧，就这样走过来吧。别停下来看那些死人啦，这就对了。不用低头，眼睛朝前继续走。看，他留着小胡子。你觉得这小胡子怎样？这位同路人同志喜欢留小胡子。瞧他的袖章，他是个上尉。我说过，他是个大猎物嘛！他的脸像英国人。红脸，黄头发，蓝眼睛，小胡子黄黄的，没戴军帽。嗬！长着淡蓝眼睛，有点儿斜视的淡蓝色的眼睛。蓝眼睛离我够近了，太近了。好，吃个子儿吧，同路人同志。

他轻轻一压自动步枪的扳机，因为这种装有三脚架的自动武器有后坐力，使三脚枪架朝后滑动，枪托重重地在他肩头撞了三下。

随后上尉扑倒在山坡上。他的左臂被压在身下。握手枪的右手伸在脑袋前方。山坡下又响起一阵枪声。

贝伦多中尉蹲在大鹅卵石后面，觉得现在一定要冒着挨枪的危险冲过这没遮拦的地带了，这时山顶传来"聋子"沉重而沙哑的声音。

"强盗！"声音传来，"强盗！开枪杀死我吧！杀了我吧！"

　　山顶上，"聋子"趴在自动步枪后头，笑得胸部发痛、笑得他感觉天灵盖都要裂开了。

　　"强盗，"他又高昂地喊着，"杀了我吧，强盗！"然后他愉快地摇摇头。我们同路的伙伴可不少呢，他想。

　　他计划在另一个军官失去大鹅卵石的掩护的时候，用自动步枪杀死他。"聋子"知道他躲在那里无法指挥，迟早要离开那里。如果时机把握得好，就能把他干掉。

　　就在这时候，山顶其他人听见飞机飞来的声音。

　　"聋子"正在用自动步枪瞄准大鹅卵石，没听到飞机声。他在想，他一准快速地跑出来，要是不留神，就打不中他。我可以在他跑这段路时向他射击。我应该用这架枪向他扫射，瞄准他前面的位置。他拔腿一跑，我就向他射击，要从那块岩石边开始打他。突然他觉得自己肩上给拍了一下，就转过头来，看见了华金那灰白而惊慌的脸。他顺着小伙子所指的方向一看，只见三架飞机正朝这边飞来。

　　就在这时，贝伦多中尉突然从大鹅卵石后面冲出来，低着头，撒开两腿，斜冲下山坡，跑到作为掩护的岩石后架着自动步枪的地方。

　　"聋子"正在盯着飞机，也没发现他溜了。

　　"帮我把这家伙抽出来。"他对华金说，架在马尸和岩石间的自动步枪就被一下子拖了出来。

　　飞机连续地飞来，它们排成梯队飞，声音和形体渐渐地变得越来越大。

　　"朝天卧倒，打飞机，""聋子"说，"等它们飞近了，朝它们猛打。"

　　他始终在盯着飞机，连珠炮地骂着："王八蛋！婊子养的！"

"伊格纳西奥!"他说,"把枪架在小伙子肩上。""你!"他告诉华金,"坐在那里别动。蹲下,低些。不行,再低点儿。"

他仰躺着,用自动步枪瞄准笔直飞来的飞机。

"你,伊格纳西奥,给我按住枪的支架。"枪底托在华金背上挂着,华金身体一颤抖,枪筒也随着跳动。而他蹲着,低着头,听着飞机隆隆轰响着越来越近。

伊格纳西奥匍匐在地,仰头望着天空,注视着飞机飞来,用双手一起把枪架的三只脚握住,稳住枪身。

"别抬头,小伙子"他对华金说,"头向前别动。"

"伊芭露丽说:'宁可站着死……'"在越来越近的隆隆声中,华金告诉自己。然后,他突然改口念:"受圣宠的马利亚啊,天主与你同在;你是有福的女人,你儿子耶稣也是有福的。天主圣母马利亚,在我们临死的时刻,为我等罪人祷告吧。阿门。"①"天主圣母马利亚,"他开头这样祈祷,一听到响得使人难以忍受的飞机声,就忽然想起来了,赶忙在飞机声中做起忏悔来。"我的天主啊,我衷心忏悔,得罪了值得我全心敬爱的您……

这时他耳边响起了砰砰的枪声,灼热的枪筒架在他肩上。这时锤击似的枪声又响了,枪口火势的气浪把他的耳朵都快震聋了。伊格纳西奥死命把三脚枪架向下拉,枪身烧灼着他的背,他强忍着。飞机的隆隆声中混合着锤击似的枪声,他都想不起忏悔该怎么做了。

他只能想得起,阿门。在我们临死的时候,阿门。在我们临死的时候,在这时候,阿门。其他人都在射击。如今,在我们临死的时候,阿门。

这时,在锤击似的枪声中,一声尖啸划破天空,然后一声轰

---

① 以上是《圣母经》的全文,译文参照天主教会常用的文本。

隆巨响，他眼前出现一片又红又黑的情景，膝下的土地翻起来，然后泥土迸飞起来，敲在他的脸上，泥土和碎石劈头盖脸地落下来，伊格纳西奥的身体和枪一起压在他身上。但是他没死，因为他再次听见呼啸声，然后随着一声巨响，他身下的土地又翻动起来。再是一声轰响，他肚子下方的土地忽然倾斜，山顶的一面腾空而起，接着泥土砂石纷纷落下来，几乎掩埋了他们。

飞机来回轰炸了山顶三次，但是山顶上已经没人知晓了。然后，飞机又用机枪扫射山顶一遍后就走了。当这些飞机最后一次向山顶俯冲、用机枪嗒嗒扫射时，第一架飞机抬起机头，一个翻身，每架飞机同样行事，队形由梯形变成Ｖ形，在空中向塞哥维亚方向飞走了。

贝伦多中尉命令集中火力压住山头，自己带着一队侦察兵向上爬到一个可以向山顶扔手榴弹的炸弹坑。他只怕还有人活着，正守在七零八落的山顶上等他们，于是向那堆马尸、炸裂的岩石、被火药熏得又黄又臭的翻起的泥土投了四颗手榴弹，这才爬出弹坑，走上山顶去搜索。

除了华金以外，其他人都没了声息。他被压在伊格纳西奥尸体下面，失去了知觉。华金的鼻孔和耳朵都在流血，他什么也不知道，也感觉不到，因为一颗炸弹在离他很近的地方爆炸，他突然被震得透不上气来。而贝伦多中尉呢，在胸口画了个十字，然后对准他后脑勺儿就是一枪，动作利索而又斯文——如果这种残酷的行动谈得上斯文的话——就像"聋子"开枪杀死那匹受伤的马。

贝伦多中尉站在山顶上，低头看着山坡上自己兄弟的尸体，然后向对面的山野眺望，看到了"聋子"在这里做拼死一搏之前他们纵马追逐的地方。他看到自己的部队在这里造成的一片狼藉，然后命令手下牵来死去的同伴们的马，把尸体横捆在马鞍上，以便运到拉格兰哈去。

"把那一个也带走，"他说，"就是抱着自动步枪的那个，他年纪最大，掌枪的就是他。"他想了一会儿，"不，把他脑袋砍下，包在披风里。还有山坡下方的那几个尸体也带走。收起步枪和手枪吧，把那架自动步枪绑马背上。"

然后他下坡走到被打死的中尉面前，低头看着，不过没有碰他。

他对自己说："战争真是残酷啊！"

他在胸口画了个十字，然后一路走下山坡，为了让死去的伙伴的灵魂得到安息，他念了五遍《天主经》和五遍《圣母经》①。他不想待下去看手下如何执行他的命令了。

还有什么事比战争更糟糕的呢？没有，他想，战争就意味着屠杀和死亡，而他讨厌这些东西。他现在已经受够了流血和死亡，看着身边的战友一个个一点儿预兆也没有地死去，没有了呼吸，没有了思想。当然也就没有了痛苦，他逼迫自己这么想，借此使自己得到些许安慰。他相信圣母会让他们的灵魂得以安息的。也就在很快的某一天，我的灵魂也将见到圣母，那我将跪在她的面前，祈求她的宽恕，宽恕我杀过人。杀人是多大的罪孽啊！他想，然后深深地叹了一口气。

---

① 两者都是天主教徒常用的祷文。

第二十八章

敌人的敌机终于飞走了，但是枪声又想了起来，罗伯特·乔丹和普里米蒂伏都听见了，他的心仿佛也跟着枪响而猛烈跳动。他望到远处的山脊边有一片烟雾飘过，那是飞机轰炸留下的痕迹。飞机已经远去了，在空中渐渐变成三个模糊的小黑点，最终连小黑点也不见了。

"你说，他们会不会是笨得炸死自己的骑兵了，'聋子'一伙兴许还没事呢？"罗伯特·乔丹对自己说，"这些骇人的飞机只是在声势上吓吓我们，却没有炸死人。"

"还在打呢，还有活的。"普里米蒂听着猛烈的枪声说。刚才每次炸弹砰的一声炸响都使他战栗，他舔舔干燥的唇，心想，他再也不想经历刚才那样的事了。

"为什么不打？"罗伯特·乔丹说，"这些飞机也只是吓唬人的玩意儿，根本炸不死人。"

射击停止了，过了好久，他再也听不到一丝枪响了。他们知道，这回这次战斗算是真的结束了。贝伦多中尉刚才打手枪了，可打手枪的声音传不到那么远，他们根本听不到呢。

枪声停了，他们刚开始似乎舒缓了一口气，并没有觉出事态的严重性。然而寂静的时间一长，他觉得心里没底了。接着，他听到那些手榴弹爆炸，心情一下子激动起来。接着又是一片寂静，并且再没声音了，他晓得，"聋子"一伙算是真完了。

玛丽亚从营地过来，带来一桶蘑菇炖兔肉、一皮袋酒、一袋面包、四只铁皮盘子、两只杯子和四把汤匙。她在前面的岗哨停下，她先舀了两盘兔肉，斟了两杯酒和几片面包，然后把它们递给奥古斯丁和埃拉迪奥。埃拉迪奥这回过来，是接替安塞尔莫在看守机枪事宜。

罗伯特·乔丹望着她轻捷地往自己这边爬上来，肩上虽然背着面包袋，手里面提着桶，但这些丝毫没有阻碍她的步伐。她是多么的可爱啊！一头短发在阳光下闪光。他也朝下爬去，接过铁桶，让她躲在一块大鹅卵石后面。

"飞机来干什么啊？"她眼神恐慌地问。

"轰炸'聋子'一伙。"

他揭开桶盖，自己把炖肉盛到一只盘里。

"还在打吗？"

"打完了，结束了。"

"啊。"她说，只见她望着对面的田野，使劲咬着自己的嘴唇。

"我没胃口啊，现在不想吃呢。"普里米蒂伏说。

"不管怎样，我们活着的也得吃呀，明天还有任务呢！"罗伯特·乔丹对他说。

"我一点儿也咽不下。"

"喝点儿酒吧，伙计。"罗伯特·乔丹说着，递给他酒袋。"喝了酒再吃，兴许好点儿。"

"'聋子'的事，使我感到不舒服，我没有食欲了，"普里米蒂伏说，"我不想吃。你吃吧。"

玛丽亚走到他身旁，用双臂搂住他的脖子，亲着他的脸颊。

"吃吧，老伙计，"她说，"身体要紧啊！"

普里米蒂伏显然很难受，他扭过身去避开她的安抚。拿起酒袋，仰起头来，挤出一股酒灌进嘴里，并咕咚一声咽下去。喝完了酒，他从桶里舀了一满盘肉，就吃起来。

罗伯特·乔丹看着玛丽亚，摇摇头。她坐在他身边，一条胳膊搂着他的肩膀。她静静地看着罗伯特·乔丹吃着炖菜，蘑菇是那么的鲜美，酒也十分醉人，可大家没心思享用这些，他们心里都为"聋子"感到难过。

"小美人儿，如果愿意的话，你就待在这儿吧。"他吃完了东西说。

"不，"她说，"我还要去比拉尔那儿呢。"

"在这儿吧。我觉得现在不会有事了，你在这儿很安全呢。"

"不，我要去比拉尔那儿，她刚才说要教我一些事情。"

"她教你什么？"

"就是上课了，"她对他微笑，接着亲了他一下，"难道你都没听过宗教课吗？"她害羞了。"差不多的内容。"她又脸红了，"真是不一样。"

"去上你的课吧。"他轻轻拍拍她的头说。她歉意地对他笑笑，然后对普里米蒂伏说："你缺什么吗，我待会儿过来的时候给你捎过来？"

"没有，谢谢你姑娘。"他说。

罗伯特·乔丹和玛丽亚都看出他的心里很难受，不想说话。

"伙计，保重。"她对他说。

"给你说啊，"普里米蒂伏说，"我不怕死，可是我们现在不管他们死活的行为……"他哽咽了，无法再说下去了。

"我们也是没办法啊！"罗伯特·乔丹对他说。

"我知道。可就是一时让人接受不了啊！"

"你要理解啊，"罗伯特·乔丹又说了一遍，"现在还是别想他了，想多了也是无益呢。"

"是的。我们抛弃了他们，他们在那儿独自……"

"最好别提他了，"罗伯特·乔丹说，"小美人儿，上课去吧。"

他看着她从岩山之间灵活地爬下去。翻过山路，消失不见了。而罗伯特坐在那里，怔怔地看着那片高地，思量了很久。

普里米蒂伏还是跟自己喋喋不休地说着什么，但他这会儿什么也听不到了。太阳热辣辣地直晒在自己身上，但他丝毫没觉得热，只管坐在那里，眺望着山坡和那一长片延伸到高处的松林。时间就这样一秒一秒地过去了，太阳远远落到山坡后，这时他隐约看到有队人马从坡上下来，于是就拿起望远镜。

走在前面的两个人，骑在马上。他们已经攀爬到那高山的一片长长的绿坡上了，因为距离很远，所以马显得很小。他们身后又有四个分散的骑兵从宽阔的山坡上跑下来，他们就在望远镜中清楚地出现了。他就这样看着他们，觉得腋窝又汗津津的了。他正在紧张的同时，更多骑兵和一些没骑马的士兵出现了，马鞍上横捆着什么东西。接着又是两个骑兵，他们的后面是骑在马上的伤兵，接着又是步行的士兵。不料想，在这队人马的末尾又是一些骑兵。这伙人马三三两两地由领队带领着缓缓前进，显然他们都很疲惫。

罗伯特·乔丹就能眼睁睁地看着他们奔下山坡，消失在了密林深处。距离太远了，他没有看见有个马鞍上搁着个用披风卷成的包裹，它两头被扎住了，中间捆了几道，每道捆扎绳之间都鼓了起来，鼓鼓的就像内含豆子的豆荚。这包裹横捆在马鞍上，两头扎在马镫的皮带上。"聋子"用的自动步枪和这包裹并列捆在马鞍顶端，显得很是威风。

贝伦多中尉走在这队人马前面，两翼各有护卫，前方有尖兵队，但他并没觉得自己的这次胜利，多么了不起。他感到战斗之后的无限空虚，以及内心对于战争的疑惑。他在想，取敌首级是野蛮的行为，可是验明正身是必须的手续，我也是身不由己啊。战争就得死人，不是你死，就是我死，谁还能管这么多？这次把首级带回去，他们一定会很高兴。他们之间有些人就是喜欢这套野蛮的行径，似乎不这样就不算战争似的，说不定会把这些首级全送到布尔戈斯去。不过，这仍然是野蛮行为，我一点儿也不赞同这样。这次战斗，我们赢得也不光彩啊，以多欺少不说，还动用飞机，实在太过分了。我们本可以用一门斯多克斯迫击炮①就能结束这次战斗的，而且不会伤亡惨重。一头骡子驮两门迫击炮，两边各一门，另两头骡子驮炮弹，那就是一支像样的军队啦！加上这些自动武器的火力，我们很有把握打赢这次战斗。心中有了这么多想法，他感觉不舒服，于是他告诉自己不要想下去了。动用飞机，这样可就不像一支骑兵队啦，别想下去啦。你在为自己编制军队吗？下一步就想要一门过山炮了，事情不会如你预想的那么发展的。

他想到胡利安，自己亲密的战友，就那么死在了山坡上。他如今被横掷在了第一队人马的马背上，永远地离开了这个世界。接着他走出阳光明媚的山坡，进入了昏暗的松林，他在静悄悄的暮色中骑着马，又替胡利安祈祷起来。

"赐福，慈悲的圣母，"他开始了祷告，"我们的生命、快乐、期望，都掌握在你的手中。在这悲伤之谷，我们向你悲叹，我们向你哀伤，我们向你哭泣……"

他虔诚地祷告，马蹄轻轻踏在落地的松针上，发出嘎吱嘎吱

---

① 斯多克斯迫击炮最早是由英国制造，口径三英寸，炮弹十磅重，为轻型迫击炮，使用方便。

的响声。树之间的缝隙中投下阳光的斑斑光影，就像从大教堂的庭柱之间洒下一样。他一面祷告，一面谨慎地望着前面，自己的部下在树林中穿行，没有一丝生气。

他似乎受够了松林中的压抑，猛拍马屁股，率先奔出树林，来到通向拉格兰哈的黄土公路上，他此时才稍微觉得安心。他们沿着公路一路前行，他们顿时弥漫在马蹄扬起的尘土中。尘土落在横捆在马鞍上的面孔朝下的死者和那些伤兵身上，也飞舞在那些在旁边步行的伙伴身边。

安塞尔莫躲在他们旁边的树林里，看到他们风尘满面地骑马经过。

他仔细地数了数死者和伤员的数目，在一匹马背上，他认出了"聋子"的自动步枪。他不知道那个用披风裹成的包裹是什么东西，它跟着马镫皮带的晃动而摆动着，不时还碰撞着马的侧腹，当时他也没多想。可等他在回营的路上，悄悄走上"聋子"的山头，就立即明白了这包裹里面的是什么。在黑暗中他分辨不出这残缺不全的尸体，到底哪个是哪个的，只数了数倒在那里的人，就翻山回巴勃罗的营地去了。

他独自走在夜色中，心里觉得凄凉极了。那些弹坑、尸体，都让他触目惊心啊，他的心仿佛凝结了起来。至于明天的任务，他也无心应付了。他只管加快脚步回去报告。他边走边为"聋子"一伙做祈祷。自从革命开始以来，他还是第一次做祷告，他觉得有必要为他们祷告，因为他们死得太惨了。

"最善良、亲切、仁慈的圣母啊，求您发发慈悲吧！"他祷告。

他看到"聋子"一伙的惨状，内心难免联想到自己明天的命运。他想，不管事情怎样艰难，我必须严格按照英国人的指示去做。但是主啊，我必须跟在他身边，得到他的明示，因为在飞机的轰炸下，我觉得自己很难控制自己的情绪。主啊，保佑我，让我明天像个男子汉吧，在生命的尽头也保持一点儿尊严吧。主啊，保佑我，让我头脑清醒，时刻知道自己该做什么。主啊，保佑我，也让我管住自己的双腿，不要临危逃跑。主啊，保佑我，让我明天打仗的时候像个男子汉吧。我祈求您赐恩，请您赐予我吧，您知道，不到万不得已我是不会向您祈求的，我也不会再有其他的请求，奢望其他什么了。

他独自行走在夜色中，内心的悲凉感似乎减轻了许多。他觉得祷告之后舒服多了，他自信自己明天一定表现得很出色。他从高地走下来，又给"聋子"他们做了一次祷告，没一会儿，他到了位于营地上面的哨岗，费尔南多在那里问他口令。

"是我，"他回答，"安塞尔莫。"

"好。"费尔南多说。

"老弟，你知道'聋子'的情况吗？"安塞尔莫问费尔南多，在夜色中他们俩显得尤为凝重，他们就站在大岩石之间的缺口上，一动不动。

"怎么不知道？"费尔南多说，"巴勃罗告诉我们了。"

"他去过山上了？"

"去了，"费尔南多镇定自如地说，"骑兵一走，他就去山上看了。"

"那么说，他已经把情况告诉你们了。"

"他一五一十地说了，"费尔南多说，"这帮法西斯分子真是禽兽啊！我们一定要把他们都杀掉，西班牙不允许有这样的杂种存在。"他停了一下，然后沉重地说，"在他们心里，人的尊严是什么，他们一点儿也不懂。"

安塞尔莫在夜色中张嘴笑了，自己也没有想到自己会笑出来。一小时之前，他的心情糟糕到了极点，笑是连想都不敢想的事。这个费尔南多，真是个人物，就是有本事引人发笑，他想。

"对，"他对费尔南多说，"你说得很好。他们的飞机、自动武器、坦克、大炮，到时候全到了我们手里，那会儿我们让他们明白怎样尊重人。"

"一点儿不错，"费尔南多说，"我也会有点儿高兴了，以后他们必定死得很惨。"

安塞尔莫跟费尔南多告别之后，就走下山坡朝山洞走去，撇下他独自一个人站在那儿，他心里还是感到不舒服，义愤难消啊！

第二十九章

安塞尔莫走进了山洞，发现里面的气氛很诡异。他发现罗伯特·乔丹和巴勃罗在山洞的桌子边，面对面坐着。一缸酒，放在他们中间。他们每人拿着一个杯子自顾自地饮着。罗伯特·乔丹一只手里握着一支铅笔，笔记本摊在面前，好像在规划着什么。比拉尔和玛丽亚不知在哪里，很可能坐在山洞后面的角落里，安塞尔莫从这里看不见她们。他可能不知道，那女人为了不让玛丽亚听到谈话，故意让她待在了最里面。但比拉尔为什么不坐在桌边商量事情，他觉得很奇怪，毕竟发生了这么大的事情呢！

其实，安塞尔莫从挂在洞口的毯子下钻进来的时候，罗伯特·乔丹就抬头看了一眼，也没招呼他。巴勃罗虽然知道有人进来，可是没有往洞口看，也不想来人是谁了。他仍然直盯着桌子，他的目光集中在酒缸上，但是目光呆滞。

"我刚从山上来，也看到了那些惨状。"安塞尔莫近前对罗伯特·乔丹说。

"巴勃罗告诉我们了。"罗伯特·乔丹说。

"敌人把山上六个死人的脑袋都砍掉了，"安塞尔莫说，"我摸黑赶到了那里，眼前的惨状，真是让人心惊肉跳啊！"

罗伯特·乔丹理解地点了点头。巴勃罗坐在那儿望着酒缸，一句话都没说。他脸上没有表情，猪一般的小眼睛死盯着酒缸，好像他第一次见到面前那玩意儿一样。

"坐下吧。"罗伯特·乔丹跟安塞尔莫说。

老头子于是一屁股坐在了一只蒙了生皮的小凳子上，罗伯特·乔丹从桌子底下抽出一瓶酒来，那是"聋子"送的那瓶有凹痕的威士忌。瓶里大约还剩半瓶，罗伯特·乔丹拿了只杯子，给安塞尔莫倒了些威士忌，递给了他。

"喝这个吧，老头子，你一定受了不少惊吓。"他说。

安塞尔莫没说什么，接过酒杯，就猛灌了起来。巴勃罗的眼光从酒缸上移到他脸上，又移回酒缸，还是没说一句话。

安塞尔莫一口喝下威士忌，感到鼻子、嘴里和眼睛里都火辣辣的，胃里也舒畅了，他满意地用手背擦擦嘴。

他喝完之后，还是盯着那只酒杯，对罗伯特·乔丹说："再来一杯，可以吗？"

"可以。"罗伯特·乔丹说着，又从瓶里斟了一杯，递了过去。

有了先前的热辣辣的劲头，这次喝下去没有多大的感觉了，但身体却暖和起来。他的精神也大振，就像给一个大出血的人注射了一次盐水。

老头子又望了望酒瓶，似乎还是意犹未尽呢。

"剩下的，留着给你明天喝，"罗伯特·乔丹看出他的意思，就说，"公路上是什么样的状况，老头子？"

"情况可真不少呢，"安塞尔莫说，"按你的吩咐，全都记下了。我现在找了个人在帮我放哨呢，我教了他怎么记录。待会儿我去他那儿取情报。"

"反坦克炮你见到了吗？有橡皮轮胎和长炮筒的家伙？"

"看到了，"安塞尔莫说，"公路上开过四辆军用卡车，每辆都有一架这种炮，上面的炮筒用松枝铺着，每门炮配有六个人。"

"有四门炮？这么多啊！"罗伯特·乔丹问他。

"四门。"安塞尔莫说，并没有看记录，他心里已经记得很清楚了。

"还有其他情况吗？赶紧说说。"

安塞尔莫向罗伯特·乔丹娓娓叙述着他所看到一切，罗伯特·乔丹边听边记笔记。他不识字，但记忆力惊人，事情讲得有条不紊。在这个过程中，巴勃罗那个没心没肺的废人，两次从缸里伸手加酒。

"还有一队要去拉格兰哈的骑兵，他们是从'聋子'作战的高地下来的那一伙。"安塞尔莫接着说。接着他还讲了他见到的伤兵和横架在马鞍上的死者的人数。

"有一捆东西，当时我摸不着头脑，它横架在一具马鞍上，"他说，"不过现在我知道了，是首级。"他不停地说下去，"那是一个只剩一个军官的骑兵中队。但不是今天早上我们守在机枪边时来过的那个，那个肯定死掉了。从袖章上看，死者里有两个是军官。他们被绑在马鞍上，脸朝下，双臂奋拉着。另外，敌人把'聋子'的自动步枪和首级一起系在马鞍上。那杆自动步枪多好啊，可惜枪筒已经弯了，我知道的就这些了。"他最后说。

"你做得很好，已经说得够清楚了，"罗伯特·乔丹说，用杯子从酒缸里取了酒。"除了你之外，还有谁越过战线到共和国那儿去过？"

"埃拉迪奥和安德烈斯都去过。"

"这两人哪个比较可靠？"

"安德烈斯。"

"从这里到纳瓦塞拉达去，大概需要多少时间？"

"谨慎小心，不带装备，运气够好，也要三个小时。因为是要传递重要情报，必须挑一条相对远却安全的路线走。"

"他肯定能到达目的地?"

"这个说不清楚啊,没有那么确定的事。"

"你也不确定?"

"是啊!"

罗伯特·乔丹心想,就这样决定吧。如果他说这人一定能到达目的地,我绝对会派他去的。

"安德烈斯和你比起来,谁更机灵呢?"

"差不多,但他可能更有把握。他毕竟比我年轻啊!"

"可是这情报很紧急,必须保证送到呀。"

"要是不出事故,他能到达那儿。不过出了事故,谁也没办法。"

"我来写份急件让他送去,"罗伯特·乔丹说,"让我来跟他说一说,到什么地方可以找到将军,他通常在师参谋部。"

"他不会了解你说的这个什么师部啊之类的事情的,"安塞尔莫说,"这种事情我也是老弄不清楚。要告诉他将军叫什么名字,能在什么地方找到他。"

"但是那个地方就是叫师参谋部啊!"

"师参谋部是个地方吗?"

"老头子,当然是个地方,"罗伯特·乔丹细心地解释,"将军所在的地方,自然就成了他的司令部了。"

"那这个地方到底在哪儿呢?"安塞尔莫感到脑子混乱,可能是疲倦让他所致。就是清醒的时候,像旅呀、军团呀、师呀这些名称也让他摸不着头脑。开头只有小队,后来有团,后来有旅,现在有旅又有师。他搞不懂,地方就是地方嘛!

"老头子,别着急,"罗伯特·乔丹说,他知道要是没法让安塞尔莫明白,也就压根儿没法向安德烈斯讲清楚,于是,他就耐心地给他讲解。"师参谋部是将军挑选出来作为指挥部的地方。因为他指挥一个师，一个师等于两个旅。因为选择地点的时候我不在场，我不知道那儿在什么地方。有可能是个山洞，或者在地下的一个隐蔽的地方吧，有电话线通到那里。安德烈斯得去打听将军和师参谋部在什么地方。他要把这份情报交给将军或者师参谋长，或者交给另一个人，我会把他的名字写在上面的。即使他们出外视察战斗的准备工作了，肯定有一个人会在那儿留守。你现在知道了吗？"

"明白了。"

"那么叫安德烈斯过来吧，我现在就写，用这个公章封印。"他把随身带在口袋里的一个圆形的木底小橡皮图章给他看，上头有 S. I. M. 三个字母，还有一个跟五角硬币差不多大小的铁壳圆形小印台。"他们一定会重视这个公章。现在去把安德烈斯叫来，我来跟他讲明白。他得马上就走，但出发之前必须要他明白。"

"我懂他就会懂。可你必须得解释得详细，师啦，参谋部啦，这些东西搞得我晕头转向。我去过的地方都是像房子那样有准确的地址。纳瓦塞拉达的指挥处在一家老客店，瓜达拉马的指挥处在一所花园洋房里。"

"这位将军的指挥所，"罗伯特·乔丹说，"这个将军的指挥所该在靠火线很近的某地。为了躲开飞机，会设在地下。安德烈斯明白了要打听什么，一问就能找到。他只要拿出我写的东西就行。现在去把他叫来吧，因为这事很紧急。"

安塞尔莫一俯头，就钻出山洞去了。罗伯特·乔丹又开始在他的笔记本上写着什么。

"听着，英国人。"巴勃罗说，但他没看罗伯特，依然瞪着眼前那只酒缸。

"我忙着呢,有什么一会儿再说。"罗伯特·乔丹头也不抬地说。

"听着,英国人,"巴勃罗还是自顾自地直对着酒缸说,"这件事你不用灰心丧气。没有了'聋子',我们几个不是还活着,另外我还能帮你搞几个人来。这些人就够了,拿下哨所、炸掉桥,是没问题的。"

"好。"罗伯特·乔丹说,依然不停地写。

"不要这么冷淡嘛!"巴勃罗说,"今天我很钦佩你的判断力,英国人。"巴勃罗对着酒缸说,"我觉得你比我厉害,你很有两下子,我信任你。"

罗伯特·乔丹正集中注意力给戈尔茨写报告,试图用最简洁的字句,但仍要写得令人信服,使对方把这次进攻彻底取消。但他主张取消这次进攻,必须拿出足够的证据使他们了解这里的情况,并要他们相信并不是自己害怕的缘故,所以他几乎一句也没听清巴勃罗的话。

"英国人。"巴勃罗说。

"我在写报告呢,有事能不能待会儿再说啊!"罗伯特·乔丹对他讲,头也没抬。

他想,这次的情报至关重要,我应该分别送去两份,这样才保险啊。但是派了两个人去,虽然能保证情报被传达到,但是如果炸桥行动不取消,我们的人手就白白浪费了一个人,本来人手就不够。关于发动这次进攻的原因,我并不知道太多,也许这只是一次牵制性攻击,也许他们是故意吸引其他的军队的注意力,也许他们这么做是为了吸引北方的飞机,也许就是这个吧,也许他们并不期望这次进攻能够成功。关于这次进攻,我又晓得些什么呢？这只是我给戈尔茨的报告，取不取消，我真的没什么把握啊！我要等到进攻后才炸桥。如果炸桥之前，我接到清楚的命令，取消这次进攻，我就什么也不炸。可是我必须在这里保持足够的人手，以防万一，炸桥毕竟是大事啊！

想了一大堆的事情之后，他突然想起巴勃罗刚才问过自己，于是他问巴勃罗："你说了什么？"

"我这会儿信心十足了，英国人。"巴勃罗仍旧对着酒缸说。

好伙计，你这狡猾的老杂种。但愿我也有足够的信心，罗伯特·乔丹想。他继续写着，没再搭理他。

第三十章

那天晚上，他把所有该落实的任务都下达清楚了。每个人都清楚自己明天早晨该干什么。安德烈斯已经走了三个小时了，如果情报及时送达的话。天亮时很可能就不会发动进攻了，可事情也不一定。罗伯特·乔丹到上面的岗哨跟普里米蒂伏交代任务，在回来的路上自己一个人想着，嘴里自言自语，我相信会发动的，一定会的。

他清楚一点，尽管戈尔茨部署了这次进攻，但是他无权撤销。因为要撤销必须得到马德里上级的批准。他这次送去的情报，很可能没机会送到马德里去，即使送去了那里，上级知晓了情况，但他们也昏昏沉沉的，不能够认真思考。我应该早点儿把这里的情况告诉戈尔茨啊，但敌人刚刚开始部署，我怎么能提前预知到这些呢？敌人真是狡猾啊，他们天黑才调动那些武器。显然，他们不希望我们的飞机发现他们的情况。但是他们在天空中飞行的那些飞机呢？法西斯分子的飞机又怎么说呢？难道他们也不能发现出什么异常？

当然了，我们的人可能因为这些飞机，而变得警觉起来。但是，法西斯分子或许想迷惑我们的视线呢，或许想利用这些飞机来造成瓜达拉哈拉发动另一次进攻的假象。据说意大利军队已集结在索里亚，仅留下一小部分在北方活动，其他都在西昆萨集结①。然而他们也是虚张声势呢，他们现在根本没有充足的人力

---

① 这一年3月，叛军从西昆萨朝西南进攻瓜达拉哈拉，目的在攻占该城，进而从东北部威胁马德里，结果在瓜达拉哈拉东北的布里乌埃加遭到了惨败。

和物资同时发动两次大进攻，我们的胜算还是很大的。

上两个月在加的斯①登陆的意大利军队有多少，我们可是看得清清楚楚的。他们人数那么多，再次进攻瓜达拉哈拉的可能性很大啊！而且这次一定吸取了上次的教训，一定会用三个主力军向南直插，以期望扩大突破点，从而沿铁路线向高原西部开进。汉斯跟他说过，他们这次可是有备而来的。第一次进攻，整个计划就很瑕疵，他们犯了很多致命的错误。他们进攻阿甘达时，企图切断马德里和瓦伦西亚之间的公路②时，老觉得现有兵力足够精良，没有动用他们进攻瓜达拉哈拉时用的一兵一卒。他们当时想什么呢，为什么不双管齐下？为什么？到底为什么？我们何时才能知道原因？

我们的部队抵死顽抗，一支部队就搞定了他们的进攻。他们真傻啊，要是当时他们双管齐下，我们肯定招架不住。他告诉自己不要为这次任务感到忧虑，想想看以前出现过的那些奇迹。你要不就在早上炸桥，要不就不炸。但别再欺骗自己，以为可以不用炸桥。炸桥是你的任务，你不炸这一座，也是炸另一座。换句话说，这是你的使命，你就是为炸桥生的。由不得你决定要干些什么。你服从命令，按命令办事，别费神去想了。

炸桥的命令很明确，太明确了。但是你不用愁，也不能怕。害怕固然正常，可是如果你一味地害怕，那么这种坏心情就会感染那些跟你一起做的人。

砍头还是很令人惊惧的，他对自己说。老头子是一个人在山顶上发现了那些尸体的，他还是很坚强的。要是你一个人，在黑夜中发现了他们，会是什么感觉？你虽然没亲眼看到这一切，但

---

① 加的斯为西班牙南端濒大西洋的海港，内战一开始就陷入叛军之手，成为从西属摩洛哥及德意法西斯运送武装人员及军用物资的补给港。

② 阿甘达在马德里东南，在通往瓦伦西亚的公路干线上。

这件事震动了你，不是吗？是啊，这震动了你，罗件特·乔丹。今天遇到的很多事都令你震动，可不止砍头这一件。但是到目前为止你的表现还可以，你的表现还不错，你要坚持下去，直到把任务完成。

他自嘲，你一介书生，一个蒙大拿大学的西班牙语讲师，你干得蛮不错啊！但是你可别沾沾自喜，觉得自己是个人物了。在眼下，你还没有做出多大的成绩。想想杜兰吧，他从未受过军事训练，革命前是个音乐家、游手好闲的浪荡儿，现在却成了一个了不起的军官，指挥一个旅。对杜兰来说，学习和理解这一切是那样简单、容易，就像一个象棋神童在学下象棋一样。你从小就阅读并研究了战略战术有关的书籍，你祖父开发了你对美国南北战争的兴趣。但是祖父总把南北战争说成是叛乱战争，那也是不对的。但是你和杜兰相比，就像一个沉稳的象棋高手和一个神童对局。老杜兰啊，再看看杜兰该是多好啊！等这次行动结束之后，他想去乐爵饭店，他想再次见见杜兰。对，在这次行动结束之后，我一定去那里。但是，这要取决于自己在这次任务中的表现了，是吧？要是命都不保了，还怎么见啊！

但是，不管怎样，等这次行动之后，我一定去乐爵饭店，与杜兰见面。别把事情想的这么肯定，他说到目前为止，你干得非常漂亮。一定要时刻保持头脑冷静，别拿一些谎话，哄骗自己。你再也见不到杜兰了，但那也无所谓。别想了，他告诉自己说，别想这种不切实际的事情啦。

过了一会儿，他又转念一想，不要过分苛责自己的言行，你是个平凡的人，不是英雄。在这一带地区，我们活着就够辛苦了，没必要过分苛责自己。你祖父在祖国内战中打了四年仗，而你在这次战争中才刚打满了一年。你今后还有很长的一段路要走，而你是特别适合做这项工作的。再说了。你现在还有了玛丽亚。噢，你什么都不缺啦，你不该发愁。刚才不过是一支游击队和一个骑兵中队之间一场小小的遭遇战，又算得上什么呢？这算不了什么。他们被砍了头又怎样呢？那有什么关系啊！没有必要大惊小怪，战争怎么可能不死人呢？

内战后，祖父到了卡尼堡，那里的印第安人经常剥人的头皮，那是他们的传统，杀死敌人之后，总是剥取他们的头皮作为战利品。你父亲办公室里有一只柜子，里面摊满了箭头，墙上的军帽上斜插着苍鹰羽毛，还有皮绑腿，衬衣上有一种熏制的鹿皮的味道，缀有珠子的鹿皮鞋摸上去软和极了，你还记得这些吗？那支野牛骨大弓靠在柜子一角，箭筒中装满了打仗用的箭，你用手紧紧地抓住那一把箭杆的感觉，你还记得这些吗？

要想想这类的事情，要想想切合实际的东西，不要再想那些虚幻的东西蒙蔽自己了。你祖父的那柄擦了油、明晃晃的马刀，它被插在刻有齿纹的刀鞘里。祖父还常展示这把刀给他看，这把刀，刀刃很锋利，它经过了多次打磨，才变成现在这样的。祖父的史密斯·韦森型手枪，那是把军官用的三十二毫米口径单发式手枪，上面没有扳机护圈。枪上的扳机是你触摸过的最轻巧、最顺手的，手枪总是擦了油，枪膛非常干净，枪身上的雕饰花纹被磨损了，褐色的金属枪筒和旋转弹膛被皮枪套打磨得滑溜溜的。这支枪插在盖口上写有"U. S."字样的枪套里，它放在柜子的抽屉里，抽屉里还存放着子弹和擦枪用的工具，装子弹用的纸板盒用蜡线捆扎得整整齐齐。

你经常把那把枪拿出来玩，祖父也不反对，反而很鼓励你这样做。"随意摸，"可是你知道，你玩的时候必须小心谨慎，因为这是支"不是闹着玩的武器"。

有一次你问祖父，他是否曾用这支枪杀过人，他说："杀过。"于是你问："什么时候啊，爷爷？"

他就说："叛乱战争爆发的时候，杀过好多呢，在战后，也杀过几个。"

你说："你跟我说一下好吗，爷爷？"

但是他说："我不想讲，罗伯特。杀人毕竟不是很光彩的事。"

这把枪就这样伴着你成长，可悲剧就这样发生了，你父亲却用这支枪自杀了。你从学校告假回家，他们举办了葬礼，法医验尸后把这把手枪交给了你，说，"鲍勃①，本来是不能归还的，我觉得你应该保存这支手枪。我知道你爸爸很爱这支枪，因为你祖父第一次随骑兵出征就用它，并且整个内战期间也一直随身带着，如今这支枪仍然保养得很好。我今天下午把它拿来试了试。它打得不快，但打得很准。"

你接过枪，没说什么，照旧把它放回原来的柜子抽屉里，然而第二天你又把它拿出来，跟查布一起，骑马一路赶到红棚屋城北面的高地上，人们现在在那里筑了一条穿过山口、横亘熊齿高原、通向库克城的公路②。高地上没有风，那里也鲜少有风，整个夏天山上都积着白雪，你们就停在了深绿色的湖边。据说这湖深极了，足够八百英尺呢。查布牵着那两匹马等在岸边，你呢，则爬上一块岩石，探出身子，望着平静如镜的湖面。湖面上你看见了自己的脸，也看见了那把枪，然后你径直把枪扔进了湖水里，看它在清澈的水里冒着细小的气泡。它一直往下沉，直到变成表链上的小饰物那么大小，然后不见了。你沉思了一会儿，接着从岩石上爬了下来，翻身跃上了马鞍，用马刺用力刺了一下老贝斯，它就像只破旧的弹簧木马般弹跳起来。他沿着湖岸纵马狂奔一路奔驰到了自己的家门前，才停了下来。

---

① 鲍勃为罗伯特的爱称。

② 红棚屋城在蒙大拿州南部，此公路一直朝西南，通过州界上的熊齿山口，往西通到美国风果区黄石公园东北角的库克城。

"我明白你这样做的用意，鲍勃。"查布说。

"你明白就好啊，从此以后不要再谈它啦。"他说。

以后，再没谁谈过这支枪，那就是祖父那把枪最后的结局。他将马刀和其他物品一起仍然放在米苏拉的箱子里，再也没有打开过。

眼下的这种情况，很是棘手啊，如果祖父还在的话，他会怎么处理呢？他想。祖父是个公认的出色的军人，他们总是这样说，如果那天他跟卡斯特待在一起，就绝不会让卡斯特陷入困境，是啊，祖父就是这样一个足智多谋的人。他怎么可能如此轻敌呢？他们就在小巨角河边洼地上，印第安人棚屋的炊烟和尘土还在袅袅升起呢？除非那天早晨有浓雾，可是实际上并没有雾呀，他们怎么会这么大意呢？①

这里的情况也很棘手啊，我多么希望在这里的是我祖父，而不是我。噢，不用担心，明天晚上你一命归西了，就能和祖父团聚了。如果真有所谓来世之类的鬼玩意儿，但我确信是没有的，他想，我当然想跟他聊聊了。因为有很多事情我还不明白呢。我之前不敢问他，现在我有资格问他了，因为我也做着和他一样的事业了。我想他现在不会计较我的提问了，我过去就是一个毛孩子，即使他告诉我自己的事情，我怎么能够理解其中的含义呢？他以前不肯跟我谈谈他的事，也是对的。现在我寻思，我们能谈到一块儿去了，没错。我希望现在可以跟他聊聊，听听他的意见。见鬼，哪怕没有给我一个合理的建议，我也恨不得跟他谈谈。真可惜啊，现在我们已经阴阳两隔了。

他此时并没有为能够跟祖父谈话而高兴，如果真能见面，他

---

① 乔治·卡斯特（Gaorge Custer，1839—1876）在内战中为北军立下了汗马功劳。1876年6月25日，他在蒙大拿州南部边界小巨角河边发现了印第安营地，不想对方人数众多，他贸然分兵三路出去，结果全军覆灭。

和他祖父之间的谈话，也会因为他父亲在场而感到非常难堪。我们为了事业而不惜牺牲自己的性命，而父亲却懦弱地自杀。其实，每个人都有权自杀，他想，万不得已不要这样做。他理解这种行为，但是并不认同，这就叫窝囊。

自杀，一个人为什么自杀，你以为你现在看得很透彻吗？当然，我理解死的含义，但是，是啊，但是，一个人只有钻白了牛角尖才会干出那种窝囊的事来。

唉，真是棘手啊，如果祖父在这里，该多好，他想。哪怕只出现在这里几小时也行啊！我仅有的一些英勇的气质，可能就继承自祖父，那个一辈子佩带手枪的人。也许那是我们祖孙三人间唯一的共同之点，我不能因为父亲的自杀，而抹杀了他的英武之处。真该死，我要是跟祖父你是同龄人就好了，可惜我们之间年龄差距太远了，他早在我成熟之前，就去世了。要不是他去世得早，兴许我就可以从他那里学到很多父亲决不会教给我的东西了。四年的南北战争以及对印第安人的战斗给父亲带来了很大的创伤，让他成了懦夫，正如斗牛士的儿子几乎都是懦夫一样呢？假定真的是这样呢？也许那些优良的基因，我只有当了父亲之后才能传给我的儿子吧。

我永远无法忘记，当我第一次知道，父亲是个懦夫时，我心里的那股子难受劲儿。其实，他就是一个懦夫，我不用掩饰的。以前在父亲的问题上，我不敢碰触这个字眼，现在把它直白地说了出来就宽心些了。我现在用西班牙语说他是懦夫，就像用外国话来骂一个人婊子养的似的，心里很痛快。当然他也不是什么婊子养的。他不过是个懦夫，这一点是男人的最大不幸。因为假若他不是懦夫，他就不会任由那个女人胡作非为，也从不让她欺蔑他。我不知道要是他娶了别人的女人做妻子，这一辈子会是什么样的情景？我也不知道，我又会成了怎样的人？那是你永远无法知道的，他想，并咧嘴笑笑。也许她身上的那种蛮横劲儿有助于弥补父亲所欠缺的东西，也许父亲命中注定要娶这样的女人做妻子。只是你呀，别太激动吧。等你把明天的事做完，再提什么优良传统那一套吧！别过早地自恃过高啊！再说了，根本不能有这样的想法啊。你既然觉得自己家族基因英武，那就看你明天的表现了。

他不知不觉地又开始回忆起祖父来了。

"乔治·卡斯特真是个优秀的骑兵领袖，罗伯特，"他祖父曾对他说，"他虽然不聪明，但他还是一个公认的优秀领袖。"

乔治·卡斯特，的确是一个了不起的人，在人们的心里也是这样。在他家墙上有那张旧的石版画，那由安休塞一比施酿酒公司印制并刊发的，画上的卡斯特，穿着鹿皮衫，黄黄的鬈发在风中飘拂，手持军用左轮枪站在山上，而此时苏族印第安人正在向他围拢而来。当时看着这幅画，心里感叹着，他是多么的神勇啊！但祖父说他不够聪明，我感到有点儿恼怒，居然有人说这样的一位英雄坏话。

"他有摆脱困境的本领，"祖父接着说，"但在小巨角河的时候他陷入了困境，却没能脱身。"

"菲尔·谢里登是个很聪明的人，杰布·斯图尔特毫不逊色，约翰·莫斯比才是有史以来最出色的骑兵领袖，他既勇敢又有谋略。"

他以前喜欢翻米苏拉的箱子，他曾经在里面翻出了一封菲尔·谢里登将军亲手写给老"骑死马"基尔帕特里克①的信，信上说他祖父是个非正规骑兵队的领袖，说他祖父甚至比约翰·莫斯比更出色。

---

① 基尔帕特里克（Hugh Kilpatrick，1836—1881）：北军将领，在1864年谢尔曼将军从亚特兰大向萨凡纳港的进军中，担任骑兵司令。

祖父真是了不起啊！戈尔茨以前老是觉得我经验不足，我应该和戈尔茨讲讲我的祖父的事迹，他想。让戈尔茨见识见识我家族的光荣历史，但是他可能从没听说过有祖父这个人吧，或许他连约翰·莫斯比也从没听说过。英国人对他们都很陌生，因为美国人眼里的南北战争，是欧洲大陆的人不能理解的。卡可夫曾说过，当这次行动结束以后，如果我愿意，完全可以进莫斯科的列宁学院学习。他说，要是我愿意的话，还能进红军学院学习。我不晓得祖父关于这句话会有什么想法，祖父嘛，一辈子不喜欢和民主党人共事。

得了吧，不要想得太多，要知道，我不要当军人，他想。我一直都不想，所以我不担心祖父不让我进列宁学院的事情。我只希望我方打赢这场战争。依我看，真正的好的军人，不仅擅长作战，还需要了无牵挂，他想。这看法自然是不对的，你看拿破仑和威灵顿，并不是毫无牵挂啊，那还不是干了一番惊天动地的大事？今天晚上你想得太多了。他想。

他的思想一直以来就是自己排解孤寂的伴侣，今夜关于他祖父的回忆就是如此。但是他对父亲的回忆使他感到困窘。他明白父亲，并且原谅他的一切，怜悯他，但为他感到羞耻。

你不要想得太多了，他对自己说。你不会孤独的，你现在有了玛丽亚，你马上就要和玛丽亚在一起了。如今事情全部安排妥当了，最好的办法就是抓紧现有的时间好好享受生活。你知道你的毛病，只要集中思考一件事，就无法停下来，脑子像失去了重力的飞轮开始越转越快。你最好别想了吧，抓住眼前的吧。

还有一件事，我还得自己盘算一下，他想。假设飞机投下炸弹，只能炸毁了反坦克炮。我们的老坦克，不管山路怎样崎岖，照样能稳稳地爬上去。而老戈尔茨也很有本事，肯定能把组成第十四旅的那批酒鬼、流浪汉、乞丐、狂热分子和蛮汉赶到前面冲锋陷阵，我也知道戈尔茨另一个旅里还是有很多好样的士兵的，那些人曾经是杜兰的手下。事情顺利的话，明天晚上就能进入塞哥维亚了。

对，这样想象一下，也很愉快呢，他自言自语。任务完成之后，我能到拉格兰哈也就满足了，他跟自己说。他心里此刻明朗起来，桥是必须要炸的啊，这计划肯定不会取消。那些发号施令的人，兴许只是拿这次炸桥做幌子呢，无论情况怎么变动，你必须把这座桥炸了，他明白了。无论安德烈斯遇到什么情况，都不可能改变这一点了。

他此刻的头脑比任何时候都清醒，既然事情不可能出现变故，那么反而对自己的行动有力了，他可以毫无顾虑地去干了。一个人怀着愉快的心情摸黑从小路上下来，因为此后四小时里该做的事都已经安排好了，并且因为回想到具体的细节，使他倍增信心，所以此刻想起他非炸桥不可，他感到十分舒坦。

他做事向来不喜欢优柔寡断，那种徘徊不定的心态会把人折磨死。正如一个人由于弄错了可能的时间，不知道客人是否会来参加晚会一样。其实，这种情绪从他让安德烈斯给戈尔茨送情报开始，就一直萦绕不去，然而现在完全消失了。他现在确信戈尔茨不会取消，事情明朗化了，就好好办事，不要顾虑什么了，他想。不过，能从戈尔茨那里得到确切的消息，那就更好了。

第三十一章

夜深了，他们两个一起钻进睡袋里面，这是他们在一起的最后一夜了，一定要珍惜。

玛丽亚心情很复杂，她紧紧靠在罗伯特的身边，她修长而光滑的大腿紧紧贴在他的大腿上。他感觉体内激情澎湃，他凝视她美丽的胴体，那乳房是多么美啊，就像两座小山屹立在有一个泉眼的辽阔的平原上，小山的远处是她那如同幽谷般的咽喉。他情不自禁地低头狠狠地吻着她的双唇。之后，他安静地躺着，什么也不想，此时感觉周围的一切都静止了。她依偎在他的怀里，一只手抚摩着他的头。

"罗伯特，"玛丽亚非常温柔地吻着他说，"真惭愧。我不想让你失望，但是我那里一碰就痛，痛得火烧火燎的。我真对不起你，我真没用啊，看来我对你没什么用处了。"

"不要这么说，痛是很正常的，"他说，"千万不要自责，小兔子。我们现在能躺在一起就很好，不用非得做那些会引起疼痛的事。"

"我不是这个意思。我很想让你快活，可是我办不到，真是惭愧啊！"

"没关系，很快就会好的。我们现在躺在一起，就已经结合在一起了。"

"虽然这样说，但是我还是惭愧。我想这大概是因为以前我被人家糟蹋过，才这样的。跟你我没有关系。"

"别说以前的事了。"

"我也不想说。我只是无法释怀啊，我没法忍受今夜不能满足你，因此想替自己找借口罢了。"

"听我说，小兔子，"他说，"很快就好了，不会痛很久的，我们之间还会像以前一样快活的。"同时他想了想，最后一夜自己的运气真是不怎么样。

想到这里，他感觉自己真是有点儿自私呢，他很为自己的想法羞愧，就说："你紧挨着我睡吧，小兔子。我喜欢这种互相依偎的感觉，在黑夜里，就像做爱一样。"

"是我不好啊，今晚我们本该好好相爱一番的，就像从'聋子'那儿下山路上做的那样。"

"什么话啊！"他对她说，"每天都那样怎么受得了啊！只要待在一起，不做什么，我也高兴啊！"他抛开失望的情绪，对她撒了个谎。"我们可以一起静静地躺着，一起静静地入睡。我们一起聊聊吧，我来了这几天，一直为了任务的事，从没好好和你聊聊呢，对你的事，我知道的也极少呢。"

"我们说说明天的任务，好吗？我希望对你的工作有所了解。"

"还是不说的好，"他说着，在睡袋里放松了一下自己的筋骨，两脚伸到睡袋的底端，感觉舒服极了。他就这样静静地躺着，将脸颊贴在她肩上。她的头枕在自己的左臂上，两人就这样依偎着，聊着。"最明智的办法是不要谈明天的事，也不要说今天所发生的事。在这儿，我们不谈死亡和恐惧。明天该做什么，就好好地干好了，不要顾虑太多了。你不害怕吗？"

"哪儿的话，"她说，"我害怕呢。不过现在心里替你担心，所以考虑不到其他的了。"

"你不要顾虑这么多，小兔子。我在这方面的经验很多。以前遇到比这次更糟的情况，不是也挺过来了。"他又撒了个谎。

他突然情不自禁，任凭自己幻想的牵引，说："我们说说马德里，谈谈我们将来在马德里的状况吧。"

"好啊，"她说。可是她马上又说，"噢，罗伯特，我使你感到失望，真对不起。有没有什么别的事我可以为你做的吗？"

他轻轻地抚摩着她的头，吻了吻她。两个人就紧挨着躺着，在夜色里憧憬他们的未来。

"你可以和我说说马德里，"他说，他在心里安慰自己，不做也好。这样我可以保存体力，明天我需要精神百倍的迎战。现在松针地上不会像我明天那样地需要精力。对了，《圣经》里说，是谁把男人的精力遗失在地上了？对，是俄南。俄南后来怎么样了呢？他想，我想不起来什么了。①他在黑暗中微笑着自己这一想法。

他思绪万千，放逐自己的思想随波逐流，感觉到沉溺在幻想中很快乐，就如同深夜里迷迷糊糊地接受性爱一样，只感到有一种接受的快感。

"我亲爱的小兔子，"他边说边吻她，"那天晚上我想了很多，我想我到了马德里，将你留在旅馆里面，我赶到俄国人住的饭店去看望朋友。不过我把你单独留在旅馆里，内心感到很对不起你。"

"为什么？"

"因为我爱你。我永远也不想离开你，我要天天和你在一起。我要带你去民政局登记结婚，办好手续之后，我陪你去逛街，然

---

① 俄南的兄弟死了，他父亲犹大对俄南说："你当与你兄弟的妻子同房，尽你为弟的本分，为你兄弟生子立后。"俄南知道生子也不是自己的，所以同房的时候，便泄在了地上，免得给他兄弟留后。（《圣经·创世纪》第三十八章第八到第十节）

后买很多漂亮的衣服。"

"不要什么衣服，我自己以后慢慢买就好了。"

"不，需要很多衣服，我们要一起去，买些好衣服，你穿上那些衣服一定很漂亮。"

"我宁愿我们一起待在旅馆的床上，让别人替我们去买。旅馆在哪儿呀？"

"在卡廖广场上。我们会在旅馆里待一段时间。房间里，床又宽又大，床单很干净，澡盆里有热水，还有两个壁柜，那是给我们两个用的，一个放你的衣服，另一个放我的衣服。窗子敞开着，正对着广场，你站在窗前，可以看到街上的喷泉。我知道那里有几家挺不错的饭店，它们虽然没有营业执照，但饭菜做得很好吃呢。我还知道几家商店东西很全，葡萄酒和威士忌都能买得到呢。我打算在我们的房间里放些吃的，饿了就吃，还有威士忌，我想喝的时候就喝，我还要买些白葡萄酒给你。"

"我想试试威士忌。"

"但是威士忌不大容易搞到，如果你愿意，你还是喝白葡萄酒吧。"

"你自己留着威士忌喝吧，罗伯特，"她说，"我的天，我真爱你。爱你，也爱我无法喝到的威士忌。你真小气。"

"好，就给你尝一点儿。可是女人不合适喝这种烈酒。"

"我一直只用女人适用的东西，"玛丽亚说，"那么到时我仍旧在床上穿结婚衬衫吗？"

"不。如果你喜欢，我还要给你买各式各样的睡衣。"

"我想要七件结婚衬衫，"她说，"一天换一件。我还想要给你买一件干净的结婚衬衫。你自己洗过衬衫吗？"

"洗过几次。"

"我要把什么都收拾得干净利索了，我要像在'聋子'那儿那样，给你倒威士忌，偷偷在里面兑水。我要给你弄些橄榄、咸鳕鱼和榛子来给你做下酒菜。我们在房间里住一个月，形影不离，如果我能好好满足你，那该多好啊！"她说到这儿，突然开始不高兴起来，她想起了自己不能满足他的这件事。

"这没关系，"罗伯特·乔丹告诉她说，"真的没关系。我知道是怎么回事了。你那个地方曾经受过伤，结了血痂，现在又弄伤了。这样的情况是很有可能的，它会自己慢慢好的。再说，即便是真有问题，马德里有的是好医生，你不要担心了。"

"可是前几次不是蛮好的吗，为什么这次会痛呢？"她像在恳求似的说。

"是啊，前几次很好，说明你还能康复的，只是时间问题罢了。"

"那我们再说说马德里吧。"她把两腿放在他的腿中间，身子趴在他的身上，"可是我的头发太短了，丑得要命，会不会给你丢人？"

"不会，你非常可爱。你长着一张可爱的脸，修长的身子漂亮而又轻盈，光滑的金红色的皮肤，人人都想从我身边把你夺走。"

"什么啊，把我从你身边夺走！"她说，"除非我死了，要不别的男人休想碰我，把我从你身边夺走！做梦！"

"不过，很多人都觊觎着你呢，你这么美，你将来会知道的。"

"他们要是敢来，我就告诉他们我是多么爱你，那样的话他们就会知道，他们是没希望了。如果他们敢来硬的，我就给他们好看，知道把手伸进一锅熔化的铅里的滋味吧，我就打算那样教训他们。可你呢？如果你见了跟你一样有文化的漂亮女人呢？你难道不会为我感到害臊吗？"

"决不会。我想跟你过一辈子呢！"

"我听你的，"她说，"不过我们已经没有教堂了，去哪里结婚啊？再说了，我们相爱，结不结婚也没多大关系。"

"我们还是结婚吧。"

"我听你的。你听着，要是别的国家还有教堂，也许我们可以在那儿的教堂里结婚。"

"我的国家还有教堂呢，"他告诉她，"如果你觉得我们还是结婚的好，我们就到你的国家去，我们去那里的教堂结婚。我从没结过婚，没有问题的。"

"真的没结过婚，太好了，"她说，"不过我很欣赏你的阅历，你还坦白告诉我，你跟其他女人的关系。比拉尔曾对我说过，只有这样的男人才有资格做丈夫。你现在不会跟别的女人再来往了吧？因为这准会让我受不了的。"

"我以前跟别的女人不过是逢场作戏罢了，"他真心实意地说，"在遇到你之前，我觉得自己是不会深爱一个女人的。"

她轻轻抚摩他的脸颊，接着双手搂住他的头。"你一定和很多女人搞过。"

"可我没有爱过她们。"

"听着。那个比拉尔曾跟我说过一件事……"

"说吧。"

"不，我还是不说的好。我们再说说马德里吧。"

"你说吧，没关系的。"

"我不想说了。"

"那说不定是要紧事，还是说出来的好。"

"你真的认为要紧吗？"

"对。"

"你还不清楚是什么事，怎么知道要不要紧？"

"从你的态度看得出来。"

"那我就不瞒着你了。比拉尔对我说，我们明天都会死的，还说你跟她同样清楚这个问题，然而你并不把死当回事。她说这话不是批评，而是实实在在地钦佩你。"

"她是这样说的吗？"他说。这婊子真是疯了，他想。然后又说："准又是她那套吉卜赛的鬼名堂。那是市场摆摊的老婆子以及泡咖啡馆的胆小鬼说的胡话，不能当真的。"他忽然觉得腋窝下在出汗，汗水顺着胳膊和腰间淌下来。他心里嘀咕着，难道你害怕了，呃？然后对她说，"她这个迷信的婊子，就喜欢编写谎话来迷惑众人。我们再谈谈马德里吧。"

"这么说，你不清楚自己会死？"

"当然不知道，我知道会死，干吗还要去炸桥。你别听信他人的谗言，就来给我灌输这些死亡的预言。"他说，他显然有点儿气恼了，口不择言了。

在接下来的谈话中，他虽然谈起马德里，但没有再陷入幻想境界了。他现在只是在对他的女人和自己撒谎，来消磨这临战前夜的时光，这他自己也明白。他喜欢幻想在自己的世界中，这样只是一种打发时间的借口罢了，并没有因此得到任何的乐趣。他没想太多，就又讲开了。

"你不要担心你的头发，"他说，"我现在很喜欢它们的样子呢。你瞧，现在它们密密地长了满头了，就像动物的皮毛一样长，摸起来很舒服，我真喜欢这头发。你瞧它多漂亮，轻轻用手一捋，头发在平伏之后又竖起，就如同在风中的麦浪一样。"

"用手摸摸吧。"

他捋了一下，把手留在头发上，继续贴着她的脖子说话。他觉得喉咙又开始哽塞起来了。"我想过，在马德里我们可以一起去理发店，让理发师把两边和后面的头发剃掉，就像我这样修得整整齐齐，这样，头发再慢慢长起来，在城里大家看起来就比较像样了。"

"那样的话我的模样就像你啦，"她说着，紧紧抱着他，"那我不会再改变发型了。"

"不，头发会慢慢长长的，而那种发型只是为了在头发长长的开始让头发显得整齐些。头发长长要很多时间呢！"

"很长很长吗？"

"不。我是说，长到齐肩就可以。我觉得那样的发型很适合你呢。"

"就像电影里的嘉宝那样？"

"是啊！"他的嗓音哽塞着说。

这时候，那种幻想境界又一下子涌上了心头，他想要尽情地享受这美好的幻梦。思绪又攫住了他的理智，他任思绪飘散开去，继续娓娓道来。"头发长到及肩的位置，那样的你漂亮极了。头发柔顺地垂下来，披在肩上，及肩的头发卷曲得像海浪一样。头发的颜色也像麦浪似的那样柔和，你的脸是金红色的，等有了你金色的头发和金色的皮肤，你的眼睛也可能是金色的，里面有黑色的瞳仁。我要让你仰起头来，凝视着你的眼睛，紧紧地把你抱住……"

"在哪儿？"

"不管是在哪儿，我随时随地都想吻你。你的头发长长要多少时间呢？"

"我不知道，因为以前从没剪过头发。不过，我想大约六个月就能长到耳朵下面，长成你喜欢的那样大概要一年。可你知不知道我们要先做些什么？"

"你跟我讲讲。"

"我们要先在那家豪华的旅馆里，一起坐在你说的那干干净净的大床上面做一些想做的事，墙上是一张大镜子，我们的身影就印在那个大镜子里。镜子里我们都在里面，我们合二为一了。然后我要搂着你，紧紧地搂着你，亲吻你的脸颊。"

他们在夜色里紧紧相拥，静静地火热地依偎在一起，紧紧地搂着。罗伯特·乔丹虽然抱着她，听她憧憬着他们的未来，但他心里知道，这一切绝对不可能发生的，这不过是自己的幻梦罢了。但他表面还是显得若无其事地说："小兔子，我们不要总是待在那家旅馆了。"

"为什么不？"

"我们其实可以在马德里租一套像样的公寓，就在静安公园面向街道的那一带。那里我认识一个美国女房东，我想我可以按照以前的租金标准租到公寓。那边的房间面朝公园，从窗口能望到公园的全景，铁栅栏、美丽的园地、沙砾小路、路边的绿草地、郁郁葱葱的树木以及很多喷水池，这一切是多么的美啊！我想这个季节，栗树一定开花了。马德里真是人间天堂啊，我们晚饭之后，可以一起去公园里散步。如果现在湖里又蓄满了水，我们还可以在湖上划船。"

"湖里为什么会没有水啊？"

"他们去年11月的时候把水抽掉了，以免飞机来轰炸时暴露目标。不过，我想现在可能又蓄满水了。不过也不能确定，我也很久没去马德里了。不要担心啊，即便湖里没有水，公园里还是有很多值得游玩的地方的。公园有个地方林木聚集得像森林，世界各地的树木应有尽有，树上都标着标签，上面注明树木的名称以及它们产地。"

"我不喜欢那些地方，我宁可去电影院，"玛丽亚说，"不过似乎这些树听起来很吸引人，如果能记住的话，我要跟你一起把所有的树名全记下来。"

"那儿可不是博物馆，"罗伯特·乔丹说，"公园里的小山，树木全部是自然成长的，时间久了，它们已经长成了一片原始森林。公园南面有一个书市，在那儿的人行道旁有成百上千个卖旧书的书摊，革命开始以来，马德里遭到轰炸，这些书都是从那些被轰炸的人家掠夺，或是从法西斯的家里偷出来的，由那些偷书人拿到书市上来卖。我在马德里只要一有时间，就整天都泡在这些书摊上，就像革命前，我就经常这样做。"

"你去逛书市的时候，我也可以在公寓里忙我自己的事，"玛丽亚说，"我们雇得起用人吗？"

"当然，要是你喜欢的话，我可以问问旅馆里的佩特拉。她做的菜色很好吃，人也收拾得很干净。她帮几个新闻记者做饭，他们房间里都有做饭的东西，我曾在他们那里吃过。"

"她就行，"玛丽亚说，"或者，我可以另外找一个。但你不是要常常出去工作的吗？人家大概不会让我陪你一同去做这种工作的。"

"说不定我能在马德里找到工作。这样的工作我已做了很久，打从革命一开始我就加入了战斗。现在有可能他们会让我在马德里工作了。我一直在前线，或者干这类危险的工作，我从没提过要求。"

"你知道吗？在遇见你之前，我从来不需要什么，也没有提过什么要求，除了革命和胜利以外，也没想过别的。说真的，我的志向是非常纯正的，就是为了自由而已，从没为自己谋取什么。我做了很多工作了，都没想到自己的将来要做什么，现在爱上了你，"他这时说的话把所有不会发生的事都包括在内了，"我爱你，正如我爱我们正在为之奋斗的一切。我爱你，就像爱自由、尊严，以及人人都有工作而不挨饿的权利。我爱你，就像爱我们所保卫的马德里，就像爱所有那些牺牲的同志。很多同志牺牲了，多得不计其数，你没法想象有多少。但是我爱你，正像爱世界上一切我爱的东西，而我爱你超过了一切。我是多么爱你啊，小兔子。我无法用言语来表达。但我现在说的话，仅仅告诉了你一点儿。我从没结过婚，你现在就是我的妻子，我感到很幸福。"

"我会尽力做一个好妻子的，"玛丽亚说，"显然我没受过良好的教育，可我一定会努力弥补这个缺点。如果我们住在马德里的话，那就很好了。但是，就算住在别的什么地方，也很好。即使我们没有家的话，只要我能和你在一起就好。要是我们到你的祖国去，我会学着讲英语，讲得和那儿的人一样好。我会认真地学他们的举止，他们做什么，我也做什么。""你会变得很可笑。"

"当然啦。我会有差错，可你可以给我指出来，我就不会犯第二次，也不许再犯第二次。到了你的祖国后，如果你想吃我做的饭菜，我可以做给你吃。如果有那种教人怎么当一个好妻子的学校，我一定去学并且要学好。"

"有这种学校，不过你不用去学。"

"比拉尔说，她在杂志上看到过这样的学校，说就在你的祖国。她还告诉我一定要学会说英语，而且必须说得地道，千万不能丢你的脸。"

"她什么时候跟你说的？"

"今天我们打包东西的时候。她一直在给我说这个那个，反正都是关于怎样做好一个妻子的话。"

看来，她想去马德里的心，很强烈啊，罗伯特·乔丹想了想，就问："她还讲了些什么？"

"她说，我应该像一个斗牛士那样，注意保养自己的身体，不要使身材变形。她说，保持好自己的身材，对于一个女人来说很重要。"

"说的有道理，"罗伯特·乔丹说，"不过，我看最近几年不还不用担心身材问题，你还年轻呢。"

"不。"她说，"我们这个民族的人必须时刻注意，因为会突然发胖。她对我说，她以前和我一样苗条，但那时候妇女并不知道锻炼身体，为了保持身材的用处。她告诉我该怎么锻炼，不能吃得太多。她告诉我什么东西不能吃。可我忘了，要再问问她才好。"

"马铃薯。"他说。

"对了，"她接着说，"是说的马铃薯，还有油炸之类的食物。我还跟她说了我那里痛的事情，她说，一定不能告诉你，痛也只能自己忍住痛，千万不能让你知道。可是我永远不会对你撒谎。我对你说了，我也很害怕，怕你抛弃我，怕你以为在高地上发生的事都是幻觉。"

"告诉我，就对了。"

"是吗？因为我感到惭愧，而且只要你喜欢，我什么都愿意做。比拉尔跟我说了该为自己丈夫奉献一切。"

"你不用刻意做什么。我们的爱情是要我俩共同维护的，让我们一起来爱护它，不用担心了。我爱这样躺在你身边，抚摩着你。你现在在我身边，我就很满足了。等你恢复了，我们再做爱做的事。"

"可是我还可以用别的方法满足你？她和我说过这种事儿的。"

"我不要你这样，我认为我们同时达到高潮，才是最快乐的事。你不能够满足，我也就不能满足。"

"你能这样说，我感觉好多了。但是我还是要告诉你，我愿意为你做任何事情。你如果需要我做一些满足你的事，就告诉我。我懂得少，有时她说的话我反应不过来，她对我说的话有很多我都搞不明白的。因为我不好意思问她，她呢，知道得又多，面又广。"

"小兔子，"他说，"你真逗。"

"什么话呀，"她说，"一日之内要学会怎样做一个妻子，多不容易啊！而且我们正在拔营，打包行李，准备战斗，而山上正在进行另一场战斗。所以要是我出了大错误，你一定要告诉我，因为我爱你。我很可能会记错一些事情，她讲给我听的很多事情都很复杂。"

"她还跟你聊了些什么呢？"

"说的事情很多，我都记不得了。她说，如果我又困扰我受到糟蹋的事，我就全都告诉你。毕竟你是个好人，已经知道了全部真相，兴许可以解开我心里的疙瘩。不过最好还是永远别提这件事，除非它又跟以前那样像魔鬼似的缠着我，那么跟你讲讲这件事也许能使我摆脱它。"

"你现在还难受吗？"

"不。自从我们之间有了第一次，我就没难受过了。可我父母的死，给我造成的创伤，永远无法抹掉。我既然要成为你的妻子，就应该尊重你，让你了解你应该知道的事。我也从未屈从过任何人，你不用担心这一点。我总是在挣扎，他们总是要两个或更多的人才能糟蹋我。当时有一个骑在我头上，抓住了我，我没办法。我说这些没有别的意思，我是为了尊重你才把这些告诉你。"

"我尊重你，什么都别说了。"

"不，我说的尊重你，就必须让你知道我的一切，这是你的权利。我爸爸那时是当地的村长，一直备受人敬仰。我妈妈是个虔诚的天主教徒，人很和善，别人也很尊敬她。他们就因为我爸爸支持共和国的政治观点，就把妈妈和爸爸一起枪杀了。我亲眼看着他们被打死了，爸爸靠在村里的屠宰场的墙边，在临刑前喊：'共和国万岁。'

"我妈妈也靠着那面墙站着，叫着：'我丈夫，我们的村长万岁。'我当时真想跟他们一起死去，可以说'共和国万岁，爸妈万岁。'可是他们却没有这么做，只是糟蹋了我。

"听着。我必须告诉你我被糟蹋的过程，因为它跟我们的未来有关系。在屠宰场枪杀后，他们把我们这些被枪杀的人的亲属从屠宰场带到一座峻峭的小山上，那里是一个广场。一路上我们都在哭泣着，其中也有些人被屠杀的场景吓呆了，眼眶里已经没了眼泪。那时我也哭不出来了。我没注意到其他的情况，因为脑海中老浮现着临刑前的那一刻，妈妈在叫：'我丈夫，我们的村长万岁。'这句话在我脑袋里像梦魇一样纠缠着我。我妈妈不是共和党，所以不说'共和国万岁'，她的心里只有自己的丈夫。他那时栽倒在她脚边，脸朝下趴着，已经死去了，但她依然为他感到骄傲。

"她狂喊着，声音凄厉，他们就开枪了，她倒下了。我想冲出队伍扑到她身边，但是我们都被绑住了。我知道是民防军开的枪，他们列成一排，等着枪毙其他人呢。这时，长枪党党员们来了，他们把我们像牲口似的赶上山去。民防军却留在那里，支着步枪，看守着墙脚下死去的尸体。我们这些女孩和妇女的手腕被绑着，系成一长串，以免中途有人逃跑。他们把我们赶到广场上，他们在镇公所对面的理发店门口停了下来。

"我正在愣怔的时候，发现两个男人猥亵地看着我，一个说：'她是村长的女儿。'另一个说：'拿她先下手。'

"他们割断了绑在我两只手腕上的绳子，拉我往理发店内走，走的时候，还转身告诉后面的人说：'看好其他人，不要让她们跑了'，我随后被拉进理发店，然后被按在椅子上，警告我不要乱动。

"我从理发店的镜子里见到了自己的脸，看到了抓住我的那些人的脸，还看到了那三个俯在我身上的人的脸，这些脸，我一个也不认得，但是从镜子里我见到了自己和他们的脸，而他们只看见了我的脸。那情况就像牙科诊所的椅子上坐了个人，有很多发了疯的牙科医生。我几乎没法认出我自己的脸了，因为我痛苦得脸都扭曲了，但是我望着它，知道是自己的脸。但是我伤心得完全不觉得害怕了，也没什么感觉了，就是伤心。

"那时候我梳两条辫子。我盯着镜子，见到有个人抓起一根猛拉，这样让我在伤心之外突然觉得痛，接着辫子被他用剃刀在齐头发根的地方割了下来。我看到自己头上只剩一条辫子和另一条辫子的残根。他没再接着拉，就割了另一条辫子，我的耳朵被剃刀划破了一条小口子，我看见那口子在流血。你用指头能摸到伤疤吗？"

"能啊。不过还是别讲这个了，好吗？"

"这没什么的。我不说那难堪的事。就这样他用剃刀把我的两条辫子都齐发根割了，其他人都哄堂大笑，而我甚至没感觉到耳朵上有伤，然后他站在我身前，用辫子抽我的脸，而另外那两人用力按住我的身子，他说：'这就是我们造就赤色修女的方法。也让你见识见识，怎样和你的无产阶级兄弟们打成一片。'

"他用辫子一遍又一遍地抽打我的脸，然后用这两条辫子勒住我的嘴，紧扎住我的脖子，在脑后打了个结来堵住我的嘴，那两个按住我的人哈哈大笑。

"看见这情景的人都哈哈大笑。我从镜子里看到他们笑的张狂的样子，就开始哭，因为之前我还没从父母被枪杀的震惊中恢复过来。

"接着，那个堵我嘴的人用理发推子剃光了我的头发，从前额开始，一直推到后脑脖子根，然后横着在头顶上推过去，满头都被推干净了，连紧贴耳朵后的地方也不放过，他们抓住我不让动，我在理发店的镜子里看到我被剃头发的全部经过。我看到了自己光头的丑态，真不敢相信这一切都是真的，我一直哭，但是我又无法不看自己这副窘态，张着嘴，勒着辫子，推子经过的地方，头发已经全没了。

"那个人剃光了我的头，从架子上拿了瓶碘酒，然后用碘酒瓶里的玻璃棒擦我耳朵上的伤口，伤心、害怕又加上碘酒烧伤口的疼痛，使我感觉自己快要发疯了。我知道，理发师也被他们枪毙了，因为他是工会会员，他就躺在店门口，他们把我拖进来的时候，还把我从他身上提了过去。

"接着，他站在我身前，用碘酒在我前额上刷上 U. H. P. ①

---

① 这是当时各工人组织的联盟常用的口号 "Unios, hermanos proletarios（无产阶级兄弟们，联合起来）" 的首字母缩写。

三个字母，慢条斯理地的劲头像个懂艺术的画家在作画。而我从镜子里看着他的一举一动。没有哭，因为我爸爸妈妈的遭遇让我的心都麻木了，我自己的遭遇就无足轻重了。这个我心里很清楚。

"那个长枪党写完字母后，后退一步，看着我，欣赏自己的杰作。可能嬉闹够了，他放下碘酒瓶，拿起推子大声说：'下一个。'于是他们紧紧拉住了我，把我拖出理发店。那理发师的尸体还是在门口仰天躺着，脸色死白，我被他的尸体绊了一跤。当时有两个家伙正把孔塞西昂·格拉西亚拖进来，她是我最要好的朋友，她进来的时候，我和她撞了个满怀。她看见了我，可是却没认出来，后来她认出了是我，于是就放声尖叫起来。我被他们推揉着带进广场对面村公所，一直上拖到楼上我爸爸的办公室，接着把我按在长沙发上。这一路上我一直听到她的尖叫声。他们就是一群畜生。"

"我的小兔子，"罗伯特·乔丹说着，尽量地温柔地搂着她。但内心却仇恨满腔，怒不可遏。"不要再说了，我现在恨得牙根都疼了啦，别再跟我说了。"

她在他怀里变得僵硬了，她说："好，我再也不谈这事了。可是他们是坏人，我恨不得全部杀死他们，这样才能解恨呢。但是我告诉你这事的目的，只是为了尊重你，因为我要做你的妻子。我说的这些话，你会理解的吧？"

"我理解，"他说，"要是明天走运的话，我们可以杀死这些坏蛋。"

"我们要杀长枪党吗？这事是他们做的啊！"

"他们不打仗，"他沉郁地说，"他们躲在后方杀人，明天跟我们开火的不是他们。"

"难道我们没有杀他们的办法吗？我恨不得亲手杀几个。"

"我杀过几个，"他说，"炸火车的时候我们杀过一批。今后我们还要继续杀。"

"我想和你一起去炸火车，"玛丽亚说，"那次炸了火车后，比拉尔把我带走时，我竟然觉得有点儿亢奋。她跟你讲过我那时的情况吗？"

"讲过，不要说这事了。"

"当时我头脑晕晕沉沉的，只会哭。但是我还有件事不能不告诉你。说了也许你就不会娶我了。但是，罗伯特，如果你不愿意娶我，我们就不能永远在一起了？"

"我要娶你的。"

"不，虽然这件事我忘了，但不代表没有发生过。也许你不该娶我，说不定我不能生孩子呢！因为比拉尔说，要是我能生，他们糟蹋我之后我就会怀孕生孩子的。这件事我得告诉你，哦，真不晓得我怎么能把这件事给忘了。"

"你不要担心了，我不在乎这些，小兔子，"他说，"首先，到底能不能生孩子还不能确定，这要由医生说了算。其次，我也不希望把儿女带到现在这样的世上来，这样的世道会让他们受罪的，况且我要把我全部的爱都给你，不想让别的事情分了神。"

"我希望能够为你生儿育女，"她对他说，"如果没有我们的儿女继续和法西斯战斗下去，这世界怎么能变好呢？"

"你啊，"他说，"我爱你。你听到了吗？我们现在必须睡了，小兔子。因为我必须在天亮前起身，这个季节，天亮得早。"

"那么我再讲一件可以吧？我们还是可以结婚？"

"我们已经是夫妻啦。我现在娶你，你是我的妻子了。睡吧，我的小兔子，因为时间真是太紧迫了。"

"你果真想跟我结婚吗？不是随便说说的?"

"真的。"

"那么我睡了，醒来了以后我再想这件事吧。"

"好的。"

"晚安，我的丈夫。"

"晚安，"他说，"我的妻子。"

他听到身边她平稳的呼吸声，他知道她睡着了。但此时没了睡意，一动也不动，怕翻身惊动她。他想着她的遭遇，满心仇恨，而亢奋的是明早就要杀敌了。但是我不想杀人啊，他想。

但是我怎能不杀人呢？我知道，我们对他们虽然也做过可怕的事。可是那是因为我们没受过良好的教育，不知道什么办法更合适。可是他们呢，每次都是有预谋的干残忍的事。那些无法无天的人，是他们教育出来的社会精英。那些人是西班牙骑士精神的典范。西班牙曾是多么伟大的民族啊，从科尔特斯、皮萨罗、梅嫩德斯·德阿维拉①到恩里克·利斯特，到巴勃罗，这批狗娘养的东西呀。多么了不起的民族啊，世界上再没有比他们更伟大、更恶毒的人了。他们的这些做法，怎么能让人理解呢？我不理解，我也不想理解。因为如果我理解他们，就会宽容他们所做的一切了。理解就是宽容，这话不对。宽恕的品格被过分地夸大了。宽恕是基督教中的观念，但是西班牙一直都不是基督教国家。他们的教会里遵奉着另外的神，那就是圣女。看正是由于这个原因，他们才要糟蹋敌人的处女。当然，西班牙宗教狂热分子做下的伤天害理的事，其实跟广大的民众还是没有多大关系的。教会逐渐被人们抛弃，因为政教合一，政府也一直打着宗教的幌

①　科尔特斯和皮萨罗是西班牙殖民者，于16世纪分别以残酷的方式征服印第安人的帝国和印加帝国；梅嫩德斯·德阿维拉也是西班牙殖民者，于1565年被任命为古巴和佛罗里达总督，率舰队赴新大陆，在今美国东南部开辟了殖民地。

子干些腐败的事。西班牙也是唯一一个的宗教改革运动未被波及的国家。然而现在他们正在接受宗教的审判，正处在战争的水深火热之中。

这真是值得深思的问题。你现在想这些，并不合适，这对明天的任务没有一点儿用处。天哪，今晚他装聋作哑也够累啦。而比拉尔一直都在装聋作哑，她真是一个伪装的好手啊！没错，要是他们明天被打死又怎么样呢？只要他们炸了桥，就算是死了又有什么关系？那才是他们明天要做的事。

死没有关系，要是炸桥的事，再这样无休止地拖下去，那会把人逼疯的。不过你也不可能永远不死。也许，你明天就要死了，在这三天里你已经享受了你一生该享受的事情，他想。要是真是这样，我希望我们的最后一夜不是这样就好了。但是，最后的一夜从来都不是完美的，它会以出颓废之态显现在世人面前。对啦，有时最后的话是温馨的，"我丈夫，我们的村长万岁"就是伟大的一句话，也是最完美的。

玛丽亚的故事，深深地触动了他。是的，她当时讲这件事的时候，他体内涌起了一股暖流。他抬起身子，吻吻玛丽亚，她正在熟睡着，并没有发现他的激动。他用英语跟她说："我要和你结婚，我的小兔子，我为你的家庭感到非常骄傲。"

第三十二章

在罗伯特夜不能寐的这个晚上，在炸桥的前一夜，乐爵饭店里仍然人声鼎沸。一辆汽车开到饭店的停车处，这辆汽车很奇怪，它的前灯上涂着蓝色墙粉。待汽车停稳之后，车里走出一个穿着黑马靴、灰马裤和灰色上衣的小个子男人。他的样子很古怪，胸前的纽扣一直扣到领口处，他开门时给两个哨兵还了礼，向坐在门警桌边的一个秘密警察点点头，接着走进电梯。在大理石门厅两边各放着一把椅子，两个哨兵坐在上面。小个子在电梯门口经过他们身边时，他们只抬眼望了他一眼。他们的任务是对陌生人进行检查，摸摸身体两侧、后裤袋，看有没有带武器之类的东西进来。如果有武器就寄存给门警，出来的时候再带走。他们对这个穿马靴的小个子显然很熟悉，所以他经过时他们只是例行公事似的看了他一眼。

小个子住在乐爵饭店，当他走进自己的房间时，里头挤满了人。大家坐的坐、站的站、交谈的交谈，就像在参加宴会一样，男男女女都喝着伏特加、威士忌苏打和纯正的啤酒。这一群熙熙攘攘的人之中，有四个男人穿着制服，其他人或穿风衣，或穿皮外套，四个女的打扮得倒还普通，只有一个很惹眼，她又瘦又黑，脚上穿高筒靴，身上穿着款式简单的女兵制服和裙子。

小个子卡可夫一进房间，眼睛在房间里搜寻了一周，接着朝这个穿制服的女人走去。他朝她鞠躬，并握了手。这个女人是他的妻子，他用俄语对她讲了几句话，可谁也听不懂，他进来时与生俱来的那种傲慢，也暂时消失了。然而他一转眼，又看到了自己的情妇，那个身材匀称、满头赤褐色头发的情妇，正表情慵懒地与别人调着情。此时，他那种傲慢的眼神又出来了。他迈着短促、刚硬的步子走到她面前，鞠躬，握手，谁都知道那模样是在模仿跟他自己妻子打招呼的方式。他走过的时候，那情妇并没有拿正眼看他，她此时正忙着跟一个高个子、英俊的西班牙军官打得火热，此时正用俄语交谈着。

"你那英俊的情人，也显得发福了，"卡可夫对那情妇说，"战争都打了两年了，我们的英雄们不但没累得面黄肌瘦，而且一个个都发福了。"他说话的时候，并没望着站在一边的那个男人。"你自卑吧，你自己丑得连癞蛤蟆都要忌妒，"情妇特别兴奋地对他说，她讲的是德语。"明天我可以跟你一起去参加这次的进攻吗？"

"不可以。再说了，也没有进攻这回事啊！"

"我们都知道这事啊，"情妇说，"你还搞得这么神秘干吗。多洛雷斯①也准备去。我要和她，或者卡门一起去，很多人都要参加这次进攻呢。"

"谁想带你去，就跟谁去吧，"卡可夫说，"不过我不能带你去。"

他转身走了，但是很快他转过身来正对着自己的情妇，严肃地问："到底是谁告诉你进攻的事的？把话讲清楚。"

"理查德。"她毫不掩饰地说。

卡可夫耸耸肩便走开了，没说什么，任由她一个人站在那儿。

"卡可夫，"一个身材中等的男人走了过来，用一种极不礼貌的声音跟他打招呼，此人一张灰脸肥胖松弛，眼袋浮肿，下唇耷

---

① 西班牙共产党领导人伊芭露丽·多洛雷斯。

拉着，"你听到好消息了吗？"

卡可夫停下了，那人就说："十分钟之前，我才听到这样的消息，振奋人心啊！法西斯分子最近在塞哥维亚附近自相残杀。他们不得不用自动步枪和机关枪来镇压叛乱。下午他们甚至用飞机轰炸了自己的部队，才把叛乱镇压下去呢。"

"真的吗？"卡可夫问。

"是啊，"眼睑浮肿的人说，"多洛雷斯亲自带来的这个消息，那神采飞扬的高兴劲头，我可从来没见过，事情肯定没错了。消息的真实性能从她脸上看出来。那个伟大的声音……"他笑呵呵地说。

"那个伟大的声音……"卡可夫说，他的声音里不无讽刺。

"如果你当时在，亲耳听到她的话就好了，"眼袋浮肿的人说，"她在说这消息时，那神情真可谓世间少有。她的呻吟是那么的激扬，你从她的声音就能判断她说的是事实。我就是根据这个在给《消息报》写文稿呢。当我听到她用怜悯、正义的声音给我讲述这个消息的时候，我甚至感觉这是这次战争中最伟大的时刻之一。她可真像个人民的圣徒，身上闪耀着真与善的光芒。人们不是无缘无故叫她'热情之花'的。"

"说得好啊，"卡可夫声音模糊地说，"你最好现在就写给《消息报》，免得忘了你刚才说那些美妙的言辞。"

"你不要用这种言辞来取笑她，哪怕像你这样的玩世不恭之徒也不可以，她是神圣的，不允许别人亵渎。"眼袋浮肿的人说，"要是你在这里看到她的表情，听到她的声音就好了。"

"那个伟大的声音，"卡可夫说，"那个伟大的声音。别在这里跟我浪费时间了，赶紧去写你的文章吧，"他说，"在这里跟我闲扯没用，那会浪费你的满腹经纶的。马上就去写吧。"

"现在不行。"

"我看你还是去写吧，"卡可夫望着他说，然后看着别处，似乎不想搭理他了。那个眼袋浮肿的人拿着一杯伏特加喝了几口，似乎心里在想什么，尽管眼睑像往常一样浮肿，但此时他整个人显得神采奕奕的，隔了两三分钟，他离开房间去写文章了。

卡可夫走到另一个大概四十八岁的男人身边，此人面露喜色，身材矮胖，长着稀疏的金发、淡蓝色的眼睛，黄色八字须下是一张笑嘻嘻的嘴。他穿着制服，上面的肩徽显示他是个师长，可卡夫很早就认识他了，他是匈牙利人。

"多洛雷斯来这儿的时候，你在场吗？"卡可夫问。

"我在啊！"

"都说了些什么？"

"法西斯分子自相残杀的消息，要是真的该多好啊！"

"关于明天的传言也特别多，你知道吧。"

"真是一群畜生啊。那些新闻记者和这房里绝大部分人都应该拉出去枪毙，尤其是那个诡计多端的德国佬——理查德。这个流氓竟然能当上旅长，那么提拔他的人，不管是谁，都该枪毙。说不定你我也该枪毙呢，我们脱离不了干系。"这位将军大笑着说，"可是别提醒别人啊，我可不想死呢。"

"我从来不是那种无聊的人，我不想谈那种事情，"卡可夫说，"那个时不时上这儿来的美国人在攻击的前线。你认识那个人的，乔丹嘛，他正和游击队在一起。那现在就在我们传说中的进攻前线。"

"噢，那么今晚他要送一份有关的报告来啦，"将军说，"他们不希望我到那儿去，要不然，我可以去帮你打听打听。他是和戈尔茨一起做这件事的，不是吗？你明天就会见到戈尔茨。"

"明天一早。"

"别去打扰他，现在事情显然进行得很顺利呢，"将军说，"他跟我一样也讨厌你们这些浑蛋记者。虽然他的脾气很好，也说不定会发脾气呢。"

"但关于这次……"

"法西斯分子很可能已经在调动了吧，"将军露齿微笑，"好吧，让我们看看戈尔茨能不能耍他们一下。让戈尔茨露一手吧，我们在瓜达拉哈拉也这么搞过他们一回。"

"听说你也另有任务。"卡可夫微笑着说，露出了烂牙齿，将军一听这话，突然恼怒起来。

"我是要出去有任务，但碍着别人什么事了？这帮卑劣的长舌妇，老是喜欢到处散播消息，现在竟然扯到我的头上来了。只要有信心，一个守口如瓶的人，就能救得了国。"

"你的朋友普列托能守口如瓶。"

"但是他不相信胜利①。如果不相信人民，你怎能胜利？"

"这事，还是你自己考虑去吧，"卡可夫说，"我要去睡一会儿。"

他离开了烟雾缭绕的房间，走进自己的卧室，他坐在床边，脱掉靴子。他讨厌这些说三道四的人，这时他仍能听到他们在谈话，于是就打开窗子，关上门。他懒得脱衣服了，因为两点钟就要动身坐车取道科尔梅那尔、塞尔赛达和纳瓦塞拉达到前线去，明早戈尔茨将在那儿发动攻势。

---

① 社会党领袖普列托，在政府中任国防部长，1939 年失败后成为西班牙统治政府的一员，1947 年成为西班牙社会党右翼领袖。本书故事发生时他已对共和国的命运失去信心。

第三十三章

早晨两点钟，罗伯特还在睡梦中，他感觉有只手轻轻地碰触他，他起先还以为是玛丽亚，于是就侧过身来对她说："小兔子。"可是玛丽亚并没回应，这时那只大手摇晃着他的肩膀，他才猛地清醒过来，一手握住枪柄，迅速扳下保险栓，他全身戒备，仿佛随时会发动攻击。

黑暗中，他还是认出来人是比拉尔，于是他放下手枪，看看腕上的手表，表面上两根闪光的时针夹成很小的锐角指向上方，一看才两点，就说："你怎么啦，比拉尔？这么早叫我是什么事啊？"

"巴勃罗走啦。"这大个子女人对他说，声音里显然有点儿慌乱。

罗伯特·乔丹知道事情不妙了，于是赶紧穿上了裤子和鞋子，此时玛丽亚还没醒过来。

"什么时候走的？"他问。

"准有一小时了。"

"还有什么情况？"

"他拿了你的一些东西。"妇人苦恼地说。

"原来是这样，怪不得你这么着急呢，什么东西？"

"我不知道你包里有什么，不清楚呢，"她对他说，"你去看看吧。"

他们两个人，一前一后在黑暗中走到洞口，弯身从毯子下面进了山洞。山洞里空气污浊，满是熄灭了的炉灰、恶浊的空气和睡着的人们的鼻息的气味，罗伯特·乔丹跟着她走，亮起手电，免得踩着睡在地上的人。安塞尔莫醒过来，说："到时间了？"

"不，"罗伯特·乔丹低声说，"睡吧，老头子，我有点儿别的事要处理。"

比拉尔的床头放着两个背包，床前挂着一条毯子，这样在山洞的一角造了一个小的屏障。罗伯特·乔丹跪在床上，闻到了印第安人床上昨晚留下的让人反胃的气味。他把手电光射在两只背包上，只见每只背包上从上到下都被割了一条长长的裂缝。罗伯特·乔丹左手拿着手电，右手在第一只背包里摸索。这只背包是他装睡袋的，本来就不很满，现在仍旧瘪瘪的。还好里面的一些钢丝还在，但是装引爆器的方木盒、那个装雷管的雪茄烟盒以及放导火线和火帽的有螺旋盖的铁罐都不见了，这下可有得玩了。

罗伯特·乔丹此时心惊肉跳的，但还是在另一只背包里摸索，里面仍装满了炸药，他现在无法估计少了多少，也许少了一包，也说不定呢。

他站起来，转向那妇人，眼神中充满了无奈。一个人在早晨醒得太早，是不会有好事等着的，肯定有什么厄运，他现在的厄运感似乎要大一千倍。

"你就是这样替人家看东西的吗？"他说。

"我睡的时候头抵着包，一条手臂放在上面，以为这样就万无一失了。"比拉尔对他说。

"看来，你睡得很死啊，连包被割开也不知道。"

"我一时大意了，"那妇人说，"他夜里起床，我问：'巴勃罗，你去哪儿？'他对我说：'去撒尿，太太。'我就又熟睡了，等我再醒来，不知道过了多久了。一开始我看见他人不在，一定是像往常一样去下面看马了，后来，"她懊恼地最后说，"还是不见他回来，我就担心起来了，一担心就摸摸背包里是不是出事了，于是发现上面割开了口子，于是就来找你了。"

"跟我来吧。"罗伯特·乔丹说。

他俩走到了洞外，午夜此时刚过去，黎明还远着呢。

"你对这一带熟悉，你认为，除了有人放哨的那条路外，他还有可能从哪几条路逃走？"

"两条。"

"谁在山顶上？"

"埃拉迪奥。"

罗伯特·乔丹没再说什么，他们走到牧马的草地上，有三匹马在吃草。而栗色大马和灰马都不在了，显然巴勃罗是蓄谋已久啊！

"你觉得他离开有多久了？"

"准有一小时了。"

"那就这样吧，"罗伯特·乔丹说，"我取了背包里剩下的东西，再回去睡觉。"

"我来看背包。"

"什么话，你来保管？你已经保管过一次啦。"

"英国人，"妇人说，"你不用损我。我跟你一样对于这件事感到难受。只要能把你的东西找回来，我什么都愿意干。我们俩都被巴勃罗骗了。"

拉比尔这么一说，罗伯特·乔丹意识到不能放纵自己的愤怒，不能和这女人争吵。今天，他下面的工作，只能依靠这个女人了，而这一天已经过了两个多小时，他没得选择了。

他把手放在她肩上，安慰地说："没什么，比拉尔。丢掉的东西关系不大。我们临时拼凑一些材料就可以了。"

"可是他拿了什么?"

"没什么,只是一些私人用的东西罢了,不要担心了。"

"你爆破要用的装备,他带走了吗?"

"有,不过也有别的办法引爆。告诉我,巴勃罗这里有雷管和导火线吗?以前他应该配备过这些东西的。"

"他全都拿走了,"她懊恼地说,"刚才我去找过,也全不见了。"

他们从树林里出来,来到山洞口。

"再回去睡一会儿吧,"他说,"巴勃罗走了,这对我们来说更有利。"

"我去看看埃拉迪奥。"

"他肯定从别的路跑了。"

"我要去,我不够机灵,辜负了你的重托。"

"不,"他说,"去睡一会儿吧,拉比尔。4点钟我们就得出发,还是养足了精神才好战斗啊!"

他跟她走进山洞,把两个背包一起抱在怀里出去,这样里头的东西就不会从裂缝中掉出来。

"我把它们缝一缝吧。"

"我们出发前缝吧,"他温和地说,"我把背包拿走不是不信任你,是因为这样我才能安心地睡着。"

"你得早点儿拿过来才来得及缝。"

"我会早点儿拿给你的,"他对她说,"去睡一会儿吧,拉比尔。"

"不,"她说,"我叫你失望了,我对不起共和国。"

"去睡一会儿吧,拉比尔,"他温和地说,"去睡一会儿吧。"

第三十四章

安德烈斯带着罗伯特·乔丹的信一路前行着，他必须找到戈尔茨。他在黑暗中转了个大圈子，绕过这个哨所。他知道在这些被法西斯分子占领着的山中还有一处山谷是不受双方管辖的，那里只有一家带外屋和牲口棚的农房，法西斯分子筑了工事，把它当成哨所。他就这样小心地前行着，他知道怎么绕过预先安好的枪的绊索，这路他走过很多次，他在黑夜中一下子就能辨认出来，他大步跨过障碍，顺着小溪往前走去。岸边栽着高大的白杨，树叶随风婆娑着，夜色是那么美啊，要不是战争，他会停下来好好欣赏的。在已经当作哨所的农舍里，有一只公鸡打着鸣，他沿溪流走着，回头看了一下，看见农舍有扇窗子从白杨树干间露出了灯光。夜来静寂，星空无云，安德烈斯离开小溪边，穿过草地走去。

草地上有四个尖顶草垛，自去年7月打仗以来，它们就堆在那里。没人搬走草料，经过一年的风吹雨打，垛尖都塌下去了，草料也成了废料。

安德烈斯跨过拉在两堆草垛间的绊索，心想，这真是浪费啊！共和分子需要草料时，还得费力把草料背到陡峭的瓜达拉马山坡上，而法西斯分子呢，看来其实不需要草料，他想。

他们有的是，他们不缺草料和粮食。他想。但是明天早晨我们弄死你们。我们要给"聋子"报仇。他们真是野蛮人！早晨公路上可要热闹啦。

他要赶快把信送到，完成这次送信任务，赶回去参加早晨袭击哨所的行动。不过他是真的想回去吗？还只是假装想回去而已？英国人通知他去送信时，他能体会到自己立即产生了一种暂时得到解救的感觉。他要平静地看待早晨就要发生的事。这就是他该做的事呀，他同意并且愿意这样做。"聋子"的死使他十分伤心。然而那毕竟是"聋子"，不是他们。他们要干他们必须得干的事。

但是当英国人把送信的任务交给他的时候，他心里产生了他小时候常有的感觉，就像他那时在村里过节一样，记得那天早晨醒来，听到在下大雨，他知道场地太湿，广场上的斗牛戏肯定不能举行了。

他小时候很喜欢斗牛，他期待能看到那种壮观的场面，期望自己来到烈日炎炎、尘土飞扬的广场上的时刻。那时大车排成一圈堵住了出口，形成一个封闭的场子，人们把活动牛棚前的栅门提起来，公牛从里面放出来，四只脚使劲踢蹬着地面。他怀着激动万分而又紧张不安的心情期望着这一时刻，在广场上，他可以听到牛角撞击着活动牛棚的木板壁的啪啪声，然后，看它努力用脚抵着地面，狂欢地奔到场子里，仰着脑袋，鼻孔张得老大，耳朵抽搐着，光亮的黑皮上蒙着尘土，肚子上溅满了肮脏的粪便。他看见它双眼间距很大，大眼睛一眨不眨，牛角既光滑又坚实，像被沙子磨光的海滩上悬木，锋利的角尖高高翘起，叫人看了都有点儿胆战心惊。

他整年盼着公牛入场的那一天，那时你望着它亢奋的眼睛，看着它在广场上攻击斗牛士，突然它脑袋低垂，竖起双角，像猫一样迅速飞奔，一开始就让你的心几乎完全停止跳动。他小时候整年都盼望着那一刻，但是被英国人派去送信时所引起的感觉，就像当年醒来时听见雨水落在石头屋顶、石墙和街道上的水池里，知道斗牛肯定要延期的那种暂时解放的感觉。

他在村里那些斗牛的场合总是表现得非常英勇。跟其他村子的斗牛士比较起来也毫不逊色，虽说他从没有参见过外村的斗牛比赛。他说什么也不愿错过每年的斗牛比赛。他能镇定地等待着公牛冲来，到最后一刻才跳开。当公牛把其他斗牛士撞翻时，他在它头边挥动一只麻袋来引开它。有很多次，当公牛把别人撞翻在地时，他抓住了牛角向一边使劲拖拉，在牛脸上连踢带打，直到它撇开那倒地的人。

他曾抓住了牛尾巴，用力拉紧，又拖又绞，把公牛从那栽倒的人身边拖开。有一次，公牛仰起头来攻击他，他就一手抓住牛角，另一手攥住牛尾巴，身体向后迅速倒退着，和公牛一起在场上转圈子，直转到大家握着刀子蜂拥而上，把牛扎死，才罢休。场子上尘土飞扬，你喊我叫，一片炎热中夹着牛、人和酒的气味，在向公牛扑过去的人群中，他每次都是第一个，公牛在他身下摇摇晃晃，猛然弓着背跃起乱跳，他趴在牛肩隆上，一条胳膊紧紧钩住牛角根部，一手抓紧另一只角，紧扣着手指，这时他的身体被拱起来，手指和左臂被牛甩的好像要脱臼似的，而他硬是伏在那热乎乎、灰蒙蒙、毛茸茸的牛背上，牙紧紧咬住一只牛耳，全身挂在那高高的牛肩上，砰砰地连续猛撞牛脖子，接二连三地戳着牛脖子，此时，脖子里的热血喷在他拳头上。那时的感觉他记得多真切啊！

他头一次像这样咬住牛耳朵不放的时候，他的脖子和牙床在颠簸中变得僵硬了，之后大家都开他的玩笑。但是，他们尽管拿这个来取笑他，却都十分敬佩他。此后他每年都大出一次风头。他们称他为维利亚康纳霍斯的斗牛犬，还讽刺他吃生牛肉。可是，他知道村里人人渴望看他斗牛。每年，先是公牛上场，然后是朝人冲撞，时不时地用锋利的角挑围观的人群，然后大家叫喊声乱成一片，有人冲上去试图把牛杀死，他这时就摆开架势，从攻击的人群中冲出去，一跃而上，抓住了牛。直到最后公牛在大家身体的重压下动弹不得，倒毙死去，事情结束后，他就站起身走开去，为咬耳朵的那一幕害臊，但也得意扬扬。然后他穿过大车之间到喷水泉旁去洗手，人们拍拍他的背，递给他皮酒袋，说："你真棒，斗牛犬。愿你妈妈长寿。"

或者他们会说："男子汉就应该有种气概！每年都让我们大开眼界！"

安德烈斯会觉得不好意思，有一种空虚的骄傲油然而生，于是他撇开大家，洗他的双手和右臂，还有刀子，接着拿起一只酒袋漱口，去掉那嘴里的牛耳味，把那酒吐在广场的石板地上，然后高举酒袋，把酒直灌进喉咙里。

他是维利亚康纳霍斯的斗牛犬没错。他无论如何也不愿错过村里每年举行的斗牛比赛。但他知道，什么也没有雨声所产生的感觉美好，因为那时他知道可以不用干了。

可是我必须赶回去，他对自己说。毋庸置疑，我得赶回去袭击哨所、炸桥。我的兄弟埃拉迪奥在那里，他是我的亲兄弟。还有奥古斯丁、费尔南多、普里米蒂伏、安塞尔莫、拉斐尔，尽管拉斐尔很轻浮，还有那两个女人，还有巴勃罗和英国人。虽然这英国人不能算数，因为他是奉命而来的。他们大家都包括在内。我不可能因为这送信任务而逃避这场战争。我现在必须赶快把信送到，然后尽快赶回去袭击哨所。要是由于这点儿小送信任务而不参加这次袭击，我就丢脸了。这是肯定的。他对自己说，战争虽然凶险，但也是有乐趣的，你就适合这种生活。另外，我觉得杀几个法西斯分子来解解心中的闷气，也是好的。自从上次我们杀人以来，时间不短了。明天可以痛痛快快地、真枪实弹地干一场。明天这一天可有意思呢。明天快点来吧，让我也到场吧。

就在这时候，他正在没膝的金雀花丛中向通往共和国占区的陡坡上爬，黑暗中有只鹧鸪从他脚下起飞，猛地响起一阵翅膀快速扑打的呼呼声，他突然吓得透不过气来。这是突如其来的惊吓，他想。它们的翅膀怎么能拍打得那么快？它现在准是在孵蛋。我刚才也许差点踩到它们的蛋上了。要不是急着回去参加这次战争，我要在这矮树上绑一条手绢好等到白天回来找鸟窝，把蛋拿回去放在孵小鸡的母鸡身下，我们的鸡圈里就有小鹧鸪了。我要看它们长大，再拿它们来引诱别的鹧鸪。我不会弄瞎它们的眼睛，这东西会驯服的。说不定它们会飞走？那样我只得把它们的眼睛弄瞎啦。

不过，我饲养的时候，可不愿这么干。我用鹧鸪诱鸟的时候，可以剪掉它们的翅膀，或者系住一只脚。如果不打仗，我要和埃拉迪奥一起到法西斯哨所旁边的小河里去摸小龙虾。有次我们在那小河里一天摸到了四五十只。要是这次炸桥后我们去格雷多斯山区的话，还可以搞到鳟鱼。那儿也有几条水草丰美的小河，他想，但愿我们能活着去格雷多斯山区。我们在夏天和秋天都可以在格雷多斯山区过得很舒适，不过冬天太冷。但是到冬天的时候我们也许已经胜利了。

要是父亲不是共和党的话，现在埃拉迪奥和我也许都会替法西斯卖命呢。要是当了他们的兵，那就没有问题了。生死由命，不必太强求对错。只要做好自己的本职工作，结果怎么样也由不得自己了。在一个政权下过日子要比反抗它容易得多。

但是跟着游击队混，还是要担负一定的责任的。如果你是个容易发愁的人，那么有太多可以发愁的事了。埃拉迪奥想得比我多，爱发愁。我真心信仰这事业，就不发愁。可是过这样的日子责任是很重大的。

我看，我们生在一个特别艰难的年代，比任何别的年代都艰难。我们大家生来就过惯了苦日子，因此也就不觉得苦了。那些意志薄弱的人，就觉得日子苦了。可这是个让人难以决断的时代啊。法西斯分子发动进攻，由不得我们做出决断。我们打仗是为了保命，不过我希望我能在鹧鸪蛋的地方做一个标记，等到天亮的时候去拿蛋，放到母鸡身下，这样我们就可以在自己的院子里有小鹧鸪了。我就喜欢这些毛茸茸的小家伙。

可是你没有家。没有家，哪来的院子呢，他想。你只有一个亲人，就是明天要去打仗的兄弟，除了风、太阳和一个饿扁的肚子，你什么也没有，他又想。现在风不大，更没有太阳了。你衣袋里有四颗手榴弹，但是除了丢出去之外没有别的用处。你背上有一支卡宾枪，可是除了发射子弹之外也没有别的用处。你有一份信件必须送出去，你有一泡屎可以拉在地上，他在黑暗中被自己这个想法逗笑了。你还能在上面撒尿呢。你的每样东西都是准备拿出去的。你是个伟大的哲学家和倒霉蛋，然后又露齿笑了。

尽管刚才脑袋里曾闪过那些崇高的念头，但他心里还是盘旋着那种在乡间清晨醒来，雨声暂时带来的愉悦心情。不知不觉的，他面前的山顶出现了政府军的营地，他知道在那儿将会受到盘问。

第三十五章

罗伯特·乔丹重新躺到了自己的睡袋中，他尽量小心翼翼的，不想吵醒身边的玛丽亚。他侧躺着，身子背对着姑娘，他能感到她颀长的身体贴在他的背上。这一切本来是如此的完美啊，但这时的触碰，瞬时变成了一种嘲弄。你啊，你，你真该给自己一个耳光啊。你第一次见到巴勃罗时，你就知道，当他表示友好的时候，就是要反叛的时候。你这该死的浑蛋，不长记性的东西。现在不是抱怨的时候，说多了无济于事，你必须再好好想一个对策了。

对了，那该死的巴勃罗，他会把偷去的东西藏起来，还是扔掉呢？看来情况不妙啊！即使藏起来了，在这一片广袤的松林中，你上哪儿去找呢，况且还是漆黑的半夜。管他藏起来，还是扔掉呢。嘿，这个卑劣、恶毒、奸诈的家伙。他还拿走了一些炸药，肯定是的，没错。这个卑鄙、下流的废物。他滚蛋就滚蛋，为什么要把引爆器和雷管带走呢？该死，我怎么这么愚蠢，居然把东西交给那个白痴女人看管呢？这个狡诈、奸猾、可恶的狗东西呀，这个卑鄙的王八蛋。

别抱怨了，那也于事无补了，你尽量放宽心点儿吧，他对自己说。听天由命吧，现在也只能这样了。你自己疏忽，被别人背后打了冷枪啊，他想。你还能怨谁呢？你这个彻头彻尾的傻瓜一个啊，从头到尾都被人耍了，你还自以为是呢。你冷静一下，忍了这口气吧，别这样毫无用处地怨天尤人，好像这样能给自己带来安慰似的。东西没啦，你这该死的。嘿，让这卑鄙的畜生见鬼去吧。你可以闯过这道难关的，你必须得这样，你知道，桥非炸不可，如果你要在那儿站稳脚跟并且……也别想这事了。你为什么不问问你的祖父呢？

嘿，我的祖父，这个奸诈的国家，以及每个西班牙人都通通见鬼去，你们会永世不得翻身。拉尔戈、阿森西奥、普列托、米亚哈、罗霍，每一个人全都给我见鬼去，都见鬼去吧！什么利己主义和自私心理，什么自负和奸诈，永远见鬼去吧。在我们为他们赴死之前，先让他们见鬼去吧。要是为他们送死了，更让他们见鬼去。上帝啊，让巴勃罗去死吧。巴勃罗就是一个十足的恶棍。上帝垂怜西班牙人民吧！他们的任何领袖都将会使他们倒霉。两千年中只出了一个好人巴勃罗·伊格莱西亚斯①，别的人都使他们倒霉。我们怎么能知道他在这次战争中会怎样坚持下去呢？记得当初我还觉得拉尔戈②不错呢。杜鲁蒂是个好人，但却被自己人在法国人的桥上枪杀了他，原因是他命令他们前进开火。他们觉得无纪律才是光荣的，于是枪杀了他。这群胆小的杂种。嘿，让这些该死的通通见鬼去吧。还有那个偷走我的引爆器和雷管的巴勃罗。嘿，把他打进十八层地狱吧！可是，不光他坑了我们。从梅嫩德斯、德阿维拉、科尔特斯一直到米亚哈都坑了我们。看看米亚哈是怎么对待克莱伯的。这个高傲自大的秃顶杂种。这个愚蠢的自以为是的杂种。滚他妈的，那些个疯狂、自私、奸诈、一直统治着西班牙的畜生。除了百姓，所有人都见鬼

---

① 巴勃罗·伊格莱西亚斯（1850—1925）为西班牙社会主义的先驱，于1885年创办《社会主义者报》，进而筹组工人同盟，1910年被选入议会，成为第一个进入议会的社会党人，人们爱戴地称他为"老爷爷"。

② 拉尔戈（1869—1946）为矿工出身的社会党人，1931年推翻君主制后，他任劳动部部长，内战爆发后，他担任总理，他曾领导"工人部队"在瓜达拉马山区作战。

去，而且千万要注意这帮人，一旦这帮人掌了权，可是得仔细点儿，保不准他们会变得更加丑恶。

他越骂越过火，骂的人也越来越多，越来越不公平，甚至连他自己都不相信了。他的怒火开始平息了。如果你说的是事实，那你在这里干什么？你知道那不是事实，看看那些好人吧，还有瞧瞧那些优秀人物吧。他没法忍受不公正地待人，他憎恨不公正，就像他憎恨残暴一样。他躺着毫无理智地大发脾气，直到这阵怒火渐渐平息，那不分青红皂白、不可遏止、杀气腾腾的怒火完全消失，他的心情才恢复平静、空虚、冷眼旁观的态度，那感觉就好像一个人和他不爱的女人发生性关系之后的感觉一样。

"你这可怜的小兔子，"他转过身来，对玛丽亚说，她在睡梦中微笑着，下意识地向他挨近，靠在他身上。"如果刚才你开口说了话，我会动手打你的。人在发脾气的时候多像畜生啊！"

他这时依偎在姑娘身旁，两臂搂着她，下巴贴着她的肩，躺在那里，认真地计划着他要干些什么，该怎样干。

他认为情况也许并不如想象的那么糟。事实上一点儿也不糟。我不知道别人以前是否也这样干过。但是今后，碰到类似的困境，总会有人去做的。如果人们听说了我们干过这样的事，他们就会奇怪我们是怎样成功地干了它。如果人们偏偏不想知道我们是怎样做成的呢。我要用我们现有的人力物力来炸桥。我们人手不够，不过为此而发愁是没用的。上帝啊，我从愤怒中恢复过来真是太好啦。人发了怒，就像在暴风雨中似的，会透不过气来。发怒也是你不该有的奢望。

"都安排好了，小美人儿，"他依在玛丽亚的肩上温柔地说，"你一点儿也不知情。你不必为这些事烦恼。我们要死了，但是我们会炸掉桥后再死。你不必为这事发愁。你现在要做的就是好好睡一夜吧。你把美好的睡眠作为指环戴在手指上呢，睡吧，小美人儿。亲爱的，好好睡吧。我不弄醒你。我现在能替你做的仅此而已，这可谈不上是什么结婚礼物，然而俗话不是说一夜安眠无比可贵吗？”

　　他躺在睡袋里，脑子里却异常清醒，他一边注视着自己的手表，一边柔和地抱着她，他能感觉着她的呼吸，她的心跳，这是世间多么美好的事啊，就这样拥着她死去也好啊！

第三十六章

在政府军阵地前，安德烈斯正经受着盘问。他伏在三重铁丝网下陡峭如刀削的地方，抬头朝石块和土坯垒成的胸墙大声喊了一声口令。这里没有延绵不断的防线，只有这么一个岗哨在这边，但他此时肩负着任务，他不想绕弯子进入政府军地区，虽然那样也根本不会撞见盘问的岗哨，但是为了保险起见，他还是想通过这一关卡，他觉得这样显得更安全简单。

"你们好！"他喊道，"民兵们，你们好！"

他说完这句话，就听见枪栓往后扳的咔嗒声。他刚想说什么，就听见胸墙后稍远一点儿的地方，有人朝这边放了一枪。安德烈斯听到枪声，马上卧倒，头顶重重地抵住地面。这时，黑暗中突然出现了一道向下的黄色光束。

"同志们，别开枪，"安德烈斯喊道，"我只是一个送情报的。别开枪！我有证件呢！"

胸墙后有人喊话："你们几个人？"

"我，就一个。"

"你是谁？"

"巴勃罗队里的。维利亚康纳霍斯人安德烈斯·洛佩斯，带着封信件。"

"你有没有带着步枪和武器？"

"带着，兄弟。"

"我们这里的规定，带步枪和武器的人不能进来，"那声音说，"也不能超过三人。"

"我就一个，"安德烈斯大叫道，"有要紧事，让我过去吧。"

他听到他们在胸墙后面嘀咕了一会儿，但不知道在说什么。接着那声音又喊起来："你们是几个人？"

"我，就一个。看在上帝的分儿上，你已经问了两遍了。"

他们又在胸墙后头说话了，然后那声音说："法西斯，听着。"

"我是巴勃罗队里的游击队员。"安德烈斯喊道，"我不是法西斯，我来送信给总参谋部。"

"他疯了，"他听到有人说，"扔给他个手雷，他就老实了。"

"听着，"安德烈斯说，"我就一个，光棍儿一个。他妈的就是一个人，别神神叨叨了，让我过去吧。"

"他说话像个基督徒。"他听到有人笑着说。

接着有别人说："最好还是往下给他扔个手雷。"

"别，"安德烈斯喊道，"那会出人命的，放我过去吧，我真的是有急事啊！"

他一直不喜欢出入火线就是因为这样。情况总是很糟糕，只有偶尔一次还好。

"就你一个吗？"那声音又朝下面喊道。

"他娘的，"安德烈斯嘶喊着，"要我跟你们讲多少遍啊？我就一个人。"

"那就把枪举过头站起来。"

安德烈斯双手握着卡宾枪站起来，举过了头。

"现在过铁丝网吧。我们的机枪对着你哪。"那声音大声说。

安德烈斯进入第一道之字形铁丝网。"我得用手拨开铁丝网啊！"他喊道。

"别把手放下。"那声音命令。

"我被铁丝网钩住啦。"安德烈斯大声说。

"还是简单点儿吧，给他丢个手雷。"有声音说。

"叫他背上枪。"另一个声音说，"他举起双手是无法过铁丝网的。要讲点儿理嘛！"

"法西斯分子都是一路货色，"另一个声音说，"他们得寸进尺。"

"听着，"安德烈斯喊道，"我不是法西斯，是巴勃罗游击队里的队员。我们杀掉的法西斯比害斑疹伤寒死的人还多。"

"我从没听说巴勃罗的游击队，"这个据点的指挥长官说，"也没听过什么保罗、彼得还有其他的门徒或圣徒。① 也没听说过他们有游击队。把枪背上肩，用手帮忙钻过铁丝网吧。"

"快，别等我们给你扫上几枪。"另一个喊道。

"你们真不够兄弟！"安德烈斯说。

他费力地钻着铁丝网。

"你想什么呢，"有人朝他大叫，"我们在打仗啊，伙计。"

"现在就像打仗了。"安德烈斯说。

"他讲什么？"

安德烈斯又听到拉枪栓时的咔嗒声。

"没什么，"他喊道，"我没讲什么。别开枪，让我从这个他妈的铁丝网里钻进去。"

"不许骂我们的铁丝网，"有人喊道，"不然，我们给你扔个手雷了。"

"我是想说，多好的铁丝网啊！"安德烈斯叫道，"好比上帝掉进厕所啦。多好的铁丝网啊！我快越过你们了，弟兄们。"

"对他扔个手雷，"他又听到那个声音说，"我敢说，这是对

① 彼得是耶稣十二门徒之一，保罗原名扫罗，公元1世纪，曾迫害早期的基督徒。保罗这名字在西班牙语中为巴勃罗，此处那长官因听到巴勃罗的名字而开玩笑地提起彼得等其他圣徒及门徒。

付这一套把戏最痛快干脆的方法。"

"弟兄们,"安德烈斯浑身是汗地说,知道这个总嚷嚷着扔手雷的人随时有可能扔出来。"我就是个小人物。"

"我相信。"建议扔手雷的人说。

"你说对了。"安德烈斯说。他正小心谨慎地钻第三道铁丝网,离胸墙很近了。"我是个小人物。但我要去办的这事很要紧。非常、非常要紧。"

"没有比自由更紧迫的事了,"建议扔手雷的人喊,"你觉得有什么事比自由更重要吗?"他找碴儿地问。

"不,兄弟,"安德烈斯松了口气说。他晓得现在正面对着一帮那种佩戴黑红围巾的狂热分子。"自由万岁!"

"全国劳工联合会万岁,伊比利亚无政府主义者联合会万岁,"他们站在胸墙上向他大声回应,"无政府-工团主义万岁,自由万岁。"

"我们大家万岁!"安德烈斯高喊。

"他是跟我们一伙的,"建议扔手雷的人说,"幸亏我没用这个叫他去见上帝。"

他看看手里的手榴弹,看见安德烈斯翻过胸墙,深受感动。这个建议扔手雷的人搂住他,一手还握着手榴弹,因此在他拥抱安德烈斯的时候,手榴弹卡在安德烈斯的肩胛上,他亲吻着安德烈斯的双颊。

"还好你没出事,兄弟,"他说,"还好还好。"

"你们的长官在哪里?"安德烈斯问。

"我指挥这里,"有一个人说,"让我看看你的证件。"

他拿证件进了掩体,借着烛光看。那是一小块叠起来的绸布,中间印着共和国国旗,还盖有军事情报部的公章。另有一张是罗伯特·乔丹用笔记本上的纸写的有他的姓名、身高、年龄、出生地和本次任务的安全通行证，上面盖着军事情报部的橡皮图章，还有给戈尔茨的一份急件，用一根绳子扎好四张折好的纸，又用火漆封好，火漆上用军事情报部橡皮图章木柄顶端上的钢印加盖。

"我见过这个，"这据点的指挥长官说着，把那块绸子还给了他。"你们大家都有这个，我晓得。不过有它还不说明什么问题，还需要有这个。"他拿起通行证，又看了一遍。"你是什么地方人？"

"维利亚康纳霍斯。"安德烈斯说。

"那儿种着什么庄稼？"

"甜瓜，"安德烈斯说，"那是闻名世界的。"

"你认识那儿的什么人？"

"怎么？你是那儿的人吗？"

"不，我是阿兰胡埃斯①人。不过我到过那儿。"

"问我谁都行。"

"谈谈何塞·林贡的长相吧。"

"开酒店的那个吗？"

"当然啦。"

"光头，拖着个大肚子，单边眼有点儿斜视。"

"这就足够了，"那人说着，交还他证件，"可你在那里做什么？"

"我父亲革命前定居在维利亚卡斯丁，"安德烈斯说，"在山脉另一面的平原上。就是在那里我们突如其来地遇上了这场革命。打那以后，我就跟着巴勃罗的游击队作战。不过我很急呢，兄弟，要送那份急件。"

"法西斯占区的状况怎样？"那指挥官问。他一点儿也不着急。"我们今天很热闹，"安德烈斯自豪地说，"今天公路上一整

---

① 阿兰胡埃斯在马德里正南，位于肥沃平原上，盛产水果蔬菜，供应马德里市场。

天都很繁忙。他们把'聋子'的游击队干掉了。"

"谁是'聋子'?"对方轻视地问。

"山里一支了不起的游击队的头目。"

"你们大家都应当到共和国来战斗,"那长官说,"这种无用的游击队活动搞得太过火啦。你们大家都该到这儿来,服从我们自由主义的纪律。这样的话,我们想派出游击队的时候,就能根据需要来调配。"

安德烈斯向来耐心好,说实在的好到了极点。他心平气和地对付这次过铁丝网的事。这样的盘问一点儿也没吓着他。这个人不理解他们,也不理解他们正在干什么,他觉得这是完全应该的,而且这人说这样无知的话也是意料之内的。慢条斯理的作风也是在意料之中的,但是这时他渴望马上离开。

"听着,好兄弟,"他说,"你的话也许很有道理。可是我奉命要给三十五师的将军送这份急件,天亮时要在这一带山里发动进攻,现在已是深夜了,我必须走啦。"

"什么进攻啊?你知道什么关于进攻的消息?"

"不,我什么都不知道。但我必须马上去纳瓦塞拉达,再从那边上路。拜托带我到你的指挥官那里,让他派交通工具送我去,行吗?马上派个人和我一起去向他报告,不要耽搁啦。"

"我对这一切特别怀疑,"他说,"刚才趁你走近铁丝网的时候毙了你就好了。"

"你看过我的证件了,同志,我也解释了我的任务。"安德烈斯耐心地对他说。

"证件可以伪造的,"那长官说,"所有法西斯分子都能编派一个这样的任务。我要亲自带你去见指挥官。"

"好,"安德烈斯说,"你去就行。不过我们得快点。"

"桑切斯，你代我指挥，"那长官说，"你跟我一样清楚你的责任。我带这位所谓的同志见指挥官去。"

他们俩顺着山脊背后的浅战壕一直向下走，安德烈斯在黑暗中嗅到屎尿的臭味，心想，防守山顶的这些士兵肯定在山坡羊齿植物的附近到处拉屎撒尿。他不喜欢这些不安分的大小孩儿。他们不干净，讨人厌，不受约束，但亲切，可爱，蠢笨而无知，然而却有武器，因此也是很危险的。他，安德烈斯，除了拥护共和国之外，没有自己的政见。他多次听过这些人说话，认为他们所说的总是听来很美很漂亮，可他不喜欢他们。不掩埋屎尿，不能说就是自由，他想。没有比猫更自由的动物啦，猫还会掩埋自己拉的屎尿。猫是最好的无政府主义者。除非他们跟猫一样埋屎，不然我是不会尊敬他们。

那长官突然在他前面站住了。

"你拿着卡宾枪?"他说。

"对，"安德烈斯说，"不行吗?"

"把它给我，"长官说，"我还是不信任你，万一你从背后枪毙了我，也没法预料啊!"

"为什么?"安德烈斯不解，"我为什么要从背后把你干掉?我又不是杀人狂。"

"这说不准啊!"长官说，"这年头，对谁都不能信任，给我卡宾枪。"

安德烈斯很不情愿地摘下枪，递给他。

"你乐意拿枪就拿着吧，我无所谓啊!"他说。

"这样好些，你别多心，"长官说，"这样我们都安全些。"

就这样，他们在黑暗中继续朝山下走去，其间他们再也没说什么。

第三十七章

　　这时罗伯特·乔丹紧紧搂着姑娘，凝视着时间从他手腕上流逝。那是只小表，他看不清秒针，但他知道时间缓慢地、几乎难以察觉地溜走了。他有几次为了看得真切，集中注意力盯着分针的变化，但几乎能看到它在走动，可又不是。姑娘的短短的头发紧贴在他的脸上，他没办法，只能扭过头来看表，这短发柔软而有力，顺溜地起伏，你一抚它们，它们就如同貂光滑的皮毛，抚平以后又翘了起来。他的脸颊一挨近玛丽亚的头发，喉咙就哽咽起来。他双臂搂紧她，喉头有一股干涩的紧致感涌上来，他只好咽了一口唾沫。他低下头来，眼睛死死地盯着那指针的矛状物，似乎这样时间就会停滞似的。他还是清楚地看到它不断地移动着，他搂紧了玛丽亚，真想拉住时光，不让它流逝。他不想弄醒她，可在这最后的夜晚，他又忍不住去碰触她。他把嘴唇凑近她耳后，沿着她的脖子向上一路吻去，舌尖刷着她滑溜的肌肤和上面柔软的汗毛。指针还在走动着，他心里焦躁极了，于是任由自己的舌尖继续探索她的美好，他吻着她的脸颊、耳垂，再沿着那曲线柔美的耳郭吻到那可爱而饱满的耳尖上，他的舌头一直颤抖着。他感到这一阵颤抖击穿了自己的急躁，他似乎平静下来了，但看到表上的分针还在朝上移，和时针成了一个小锐角，快到时间了。他又变得焦躁起来，眼见她此刻还没醒来，他不能等了，他必须弄醒她，于是就转过她的头，亲吻她的双唇。他的唇覆在她的嘴唇上，只轻轻地吻着睡梦中她的丰满的唇，温柔地在上面来回辗转，感受嘴唇跟嘴唇之间轻轻地摩擦。他侧身向着她，感到她那修长、可爱而轻盈的身体在颤抖，然后她在睡梦中吸了口气，接着依然还在睡梦中也搂住了他，接着她醒来了，双唇使劲而热切地回应着他，于是他说："你会觉得痛的。"

她却说："不，不痛了。"

"小兔子。"

"不，不要说话。"

"我的小兔子。"

"不要说话，不要说话。"

他们终于合为一体了，进入的刹那，两人都满足地发出一声叹息。尽管表上的指针还在移动，但是已经没人管这个了，他们很明白，一个人此时感受的美好另一个人也会同样感受得到。就是这种心心相印的感觉，这就是永恒。过去、现在和将来，这种感觉会一直存在。他们正在享受的是他们将来无法再享受的事。他们现在享有的，过去享有过，一直会享有，但主要是现在，现在，现在。啊，现在，现在，现在，这唯一的现在，最要紧的现在，只有你的现在，没有其他的现在，而现在是你的先圣①。现在，永远是现在。来吧，现在，因为除了现在，什么都不存在。对，现在。现在，请吧，现在，而我在这儿，你也在这儿，所有也就在这儿，而且没有原因，永远没有原因，只有现在。一直下去，希望永远都是现在，来吧，永远，永远是现在，因为永远只有一个现在，唯一的一个，除了一个现在没有其他的。现在已经在继续，在飞腾，在飘浮，在离去，在盘旋，在翱翔，在消失，一直在消失，不断地消失。一个加一个还是等于一个，一个，一

---

　　① 作者在这里套用了伊斯兰教创始人穆罕默德的名言："除了客拉没有别神，而穆罕默德是他的告知。"

个，一个，还是一个，还是一个。温柔地，渴望地，亲切地，幸福地，善良地，宠爱地在一起，一起一伏在地面上，胳膊肘支在砍下来当床睡的松枝上，有阵阵松枝和夜的气息飘散着。终于，现在回到了大地上，早晨就要到了。这时他说："啊，玛丽亚，我爱你，我感谢你。"而其他想法都只在他头脑里，一点儿也讲不出来。

玛丽亚说："不要说话，我们还是别说话了。"

"我必须告诉你，因为这实在太美了。"

"不。"

"小兔子……"

但是她把他搂得紧紧的，把头扭了过去，他就温柔地问："小兔子，痛吗?"

"不，"她说，"我又到达了那种神妙的境界，我也十分感激。"

后来，他俩静静地一起躺着，肩膀、臀部、大腿和脚踝都靠在一块儿，罗伯特·乔丹又看得到表了。这时玛丽亚说："我们真是走运。"

"是呀，"他说，"我们的运气实在是太好了。"

"没时间睡觉了?"

"对，"他说，"进攻马上要开始了。"

"如果非要起来，我们去弄些吃的吧。"

"好的。"

"你呀。你没有犯愁吧?"

"没有。"

"真的?"

"是的。现在不愁了。"

"可刚才你在发愁?"

"只有一阵子。"

"我能帮上什么忙吗？"

"不，"他说，"你帮的忙已经太多了。"

"是指那个吗？那也是为了我自己呀。"

"那是为了咱俩，"他说，"那不是一个人的事。小兔子，来，我们把衣服穿上吧。"

但是他的心，一直以来他最好的伴侣，正在回味那神奇的境界。她说过是神妙的境界。这跟英语中的光荣和法语里面的光荣完全不同①。这是西班牙民歌和唱经②里的东西。这种境界也在画家格列柯和诗人圣胡安·德拉克鲁斯还有其他作家的作品中被提到过。我不是神秘主义者，但如果不承认它的存在，就像否认地球绕太阳旋转或者不承认电话或者不知道宇宙间有别的行星一样傻。

对于该知道的东西我们知道的太少了。但愿我能活得很长，而不是今天就死去，因为在这四天中我对人生有了新的认识，也许超越了以往所有的认识。我愿做个具有真知灼见的老人。我不知道人能否不断地学下去，或者每个人都只能理解一定数量的问题。我以为自己知道的东西很多，现在却发现一无所知。我希望有更充裕的时间。

"你告诉了我很多东西，小美人儿。"他用英语说。

"你说什么呢？"

"你教了我很多东西。"

"说什么呢，"她说，"你才是受过教育的人。"

教育，他想。我受的教育才刚刚开始呢，仅仅开了个头。如

---

① 这个词在英语和法语中跟西班牙语中一样，都源出同样的拉丁语 gloria，因此也可以作"神妙的境界"的解释。

② 文为 Sactas，安达卢西亚地区，复活节前一周中宗教行列路过时，信徒们诵吟的祷文。

果我今天死去，那就等于是白来世上走一遭，因为我现在明白了一些事理。不知是不是由于时间短暂，使我现在变得如此敏感，才明白了这些事理？但是并不是因为这个原因。你应该懂得这一点。我到这儿以后，一直生活在这一带的山区。安塞尔莫是我最要好的朋友。我认识查尔斯、盖伊、查布、迈克，这些人我都熟，但我和安塞尔莫却感觉彼此交心。满嘴脏话的奥古斯丁是我弟弟，而我原本没有弟弟。玛丽亚是我真心爱的女人，我的妻子。我以前从没有真心爱过女人，也没有妻子。同时她也是我的妹妹，而我原本没有妹妹。她还是我的女儿，而我永远不可能有女儿啦。我不想离开这神妙的境界。他系好了绳底鞋。

"我发现生活很美好呢。"他对玛丽亚说。她在睡袋里坐着，身子紧紧挨在他身边，两手环着脚踝。有人掀开山洞口的毯子，他们俩都看到了灯光。这时还没有天亮的意思，仍是黑夜，但他抬头穿过松林看去，星星已低垂了。在这个月份里，天会亮得很早。

"罗伯特。"玛丽亚说。

"嗯，小美人儿，什么事？"

"今天行动的时候，我们能在一起，是吗？"

"刚开始必须我自己做，我必须全神贯注才行。干完这些，我就去找你。"

"刚开始的时候不可以吗？"

"不行。你要守住那些马。"

"我真的不能和你一起干吗？"

"不能。我的工作只能我自己干，你在身边的话，我会分神的。"

"结束了，你就会很快回来吧？"

"是啊，"他说着，在黑暗中咧嘴笑了，"小美人儿，走，我们吃饭吧。"

"你的睡袋怎么办？"

"你乐意的话，就帮我卷起来吧。"

"我很乐意。"她说。

"我来帮你。"

"不，我一个人就行。"

她跪下把睡袋摊开，把它卷起来，可又改变了主意，站起身抖抖上面的霜雪，弄得啪啪作响。干完这些之后，她又跪下，铺平了再卷起来。罗伯特·乔丹感动极了，她做这一切的时候，是多么认真啊！他小心地拿着那两只背包，以免包里的东西从裂缝中掉出来。毕竟那两条口子不小呢！他穿过松林来到洞口，洞里已经升起来火了，因为挂着毯子的洞口都往外冒烟呢。他用肘部推开毯子，钻进了山洞，此时，他表上的指针正指向 3 点 50 分。

第三十八章

　　他们都起来了，也整理好了行装。山洞里压抑气氛很浓，男的站在炉灶前，玛丽亚在扇火。比拉尔已经煮好了一壶咖啡，招呼大家喝着。其实，她叫醒罗伯特·乔丹以后回去压根儿没睡，这时她坐在凳子上，给乔丹缝一个背包上的裂口，山洞里烟雾腾腾的，她丝毫也不在意。另一个已经缝好了，现在正放在桌子上，她的脸被炉火照亮了，她的动作是那么的娴熟。

　　"再来点儿炖肉吧，"她对费尔南多说，"你吃饱了，就无所谓了。即使被牛角挑了，也没医生做手术啊！"

　　"比拉尔，别这么说，"奥古斯丁说，"你真是个乌鸦嘴。"

　　他把身子支在自动步枪上，枪脚架已经折起来了，就贴在有网状散热孔的枪筒上。他的几个口袋里鼓鼓囊囊的，显然都填满了手榴弹，只见他的两肩也不闲着，一肩背着一条满满的子弹带，一肩背着一袋子弹盘。他正在狠命抽烟，接着他端起咖啡杯，在上面吐了一个烟圈，那样子，就像一个二流子。

　　"你把自己整的这副怪样子了，活脱脱一个会走路的五金店，"比拉尔对他说，"要是你带上所有的这些东西，连一百码也走不了。"

　　"比拉尔，什么话，"奥古斯丁说，"一路都是下坡嘛。"

　　"也不是啊，"费尔南多说，"到哨所那边有一段上坡呢。"

　　"不怕的，我可以像山羊一样爬上去。"奥古斯丁说。

　　"你的兄弟呢？"他问埃拉迪奥，"你那了不起的兄弟开溜了？"

埃拉迪奥靠墙站着。

"闭嘴。"他说。

他很紧张，知道大家都明白这一点。每次临战前，他总是神经紧张而焦虑不安。他从墙边走向桌边，伸手从一只盖着布的驮篮里拿出手榴弹装进自己衣袋里。这些驮篮，靠着桌子的另一只腿。罗伯特·乔丹靠着驮篮蹲在他身旁。他伸手到篮里拿了四颗手榴弹。其中有三枚是椭圆形的、有棋盘状凹纹的米尔斯型手雷①，一根用开尾销扣住的弹簧杆跟拉环，位于厚重的铁壳上端。

"这些东西是打哪儿来的?"他问埃拉迪奥。

"这些吗? 是老头子从共和国搞来的。"

"东西好使吗?"

"虽然分量重，但挺管用，"埃拉迪奥说，"每枚都不错。"

"是我带来的，"安塞尔莫说，"六十枚一袋，有九十磅重呢，英国人。"

"你们用过吗?"罗伯特·乔丹问比拉尔。

"我们怎么可能没有用过?"妇人说，"巴勃罗就是用这种手榴弹搞掉了奥特罗的哨兵。"

她一讲到巴勃罗，奥古斯丁就暴跳如雷。罗伯特·乔丹在炉灶的火光中看着比拉尔脸上的表情。

"别说这个了，"她对奥古斯丁严厉地说，"现在说什么也晚了。"

"手榴弹每次都能炸响吗?"罗伯特·乔丹抓着一个漆成灰色的手榴弹，用大拇指按了一下开尾销看是否结实。

"准能，"埃拉迪奥说，"我们用过的那批里没有哑的。"

---

① 因发明者英国人威廉·米尔斯爵士而得名，1915 年由协约国家队在第一次世界大战中首次使用。

"爆炸速度快吗?"

"扔到多远,就在那里炸响,够快啊!"

"那这些呢?"

他举起一枚食品罐头形的手榴弹,用一条带子绑着拉环。

"这是些废物,"埃拉迪奥对他说,"会炸。不错。但是只有火,没有弹片,一堆废物。"

"每次都会炸响吗?"

"每次都炸响是不可能的,"比拉尔说,"谁的军火也没有绝对保险的。"

"但你刚才说的那种性能不是稳定吗?"

"我可没说过,"比拉尔对他说,"你问的不是我。我没见过有哪种货色是十拿九稳的。"

"那些全都炸响过,"埃拉迪奥坚持说,"别隐瞒,比拉尔。"

"你怎么知道全都能炸?"比拉尔问他,"用这些手榴弹的是巴勃罗。难道你在奥特罗没杀过人?"

"那狗娘养的。"奥古斯丁开口就骂。

"别提了,"比拉尔厉声说。然后她继续说,"这些手榴弹都差不多,英国人。但有纹槽的那些用起来更简单。"

我还是从每一组里各拿一颗吧,罗伯特·乔丹想。但那有凹纹的用起来更容易、稳当些。

"英国人,你打算用手榴弹吗?"奥古斯丁问。

"为什么不?"罗伯特·乔丹说。

但是,他蹲在那儿捡手榴弹,却想着,这不行啊,我不明白我怎么能够在这事情上自欺欺人呢。我们对敌人攻打"聋子"感到沮丧,就像"聋子"雪一停时感到沮丧一样。这就是你不肯承认的。你必须做下去,制订下一个自己都晓得无法完成的计划。

你订了个计划，而你明白这个计划是没用的。唉，在当下这个早晨真是走投无路的感觉啊！你可以用现有的力量攻占两个哨所中的任何一个，这绝对没有问题。可是你无法同时攻占两个。我的意思是，你对此毫无把握。别骗自己了。黎明快来了，别骗自己了。

想把那两个哨所都攻占下来是完全行不通的。巴勃罗一直都明白这一点。我觉得他是一直在打算开溜的，但当"聋子"遭到攻击的时候，他晓得我们没希望了。你不能把行动计划建立在可能出现奇迹的假想上。你如果没有比现在更好的条件，你会把他们全部杀死的，甚至连那桥都炸不掉。你会让比拉尔、奥古斯丁、安塞尔莫、普里米蒂伏、那个神经质的埃拉迪奥、没用的吉卜赛人和老费尔南多全都丧命，而你还是炸不掉桥。难道你以为会出现奇迹吗？戈尔茨会收到安德烈斯的信件然后停止进攻吗？要是不出现奇迹的话，你会由于这些命令而让他们全都送命。玛丽亚也包括在内。这些命令也会叫她送命。你连她也保不住吗？见鬼的巴勃罗，去死吧，他想。

不！发脾气也没用。发脾气就像吓破胆一样糟糕。不过，你本不该和你的情人缠绵，而应当和那妇人一起骑马连夜到这山区去物色人手来进行这计划。他想，是啊，如果我这次遭遇不测，就别想炸桥了。是啊，这就是问题。这就是你为什么不去别处。你不能冒损失人手的危险，所以你也不能派别人出去，再少一个人就不行了。你必须保有现有的力量，并据此来制订行动计划。

但我可以肯定，你的计划糟透了。这是夜里订的计划，而现在已经是早上了。夜里制订的计划在早晨完全没用。你晚上的想法不能用在早晨。现在你明白这是没有用的了吗？

约翰·莫斯比曾侥幸成功过，他也是遇到了跟自己现在一样的困境，但那又怎么样呢？他当然成功了，要困难得多呢。记住，不要低估突然袭击的威力，记住这一点。要是你能把袭击坚持到底，那还可以。可是不应该存有侥幸的想法。你应该确定它可行才做。可是瞧瞧情况都已到了什么地步吧！唉，这事从开头就错了，而这种情况把灾难的程度加重了，就像在湿雪地上滚雪球一样。

他蹲在桌边，抬头望见了玛丽亚，她正在对他笑。他也对她笑了，但这不是发自内心的微笑。他又捡了四个手榴弹，放进口袋。我扭下手榴弹上的雷管来引爆就好了，他想。手榴弹壳爆裂不会引起什么糟糕的后果。一旦引爆炸药，弹壳立刻就会爆裂，不会让炸药包飞散，至少我认为是这样的。可恨的巴勃罗啊，因为引爆器、雷管和火帽等物都被巴勃罗偷走了，乔丹只能考虑把手榴弹与炸药包捆在一起，然后安放在桥的关键部位上，然后用一大卷电线的一端系在手榴弹的拉环上，从桥面上朝桥墩走，一路撒好电线，到相对安全的地点，到时候只稍一拉，就能使手榴弹引爆炸药包，但他又怕弹壳炸裂时，把炸药包一起炸飞了，掉在河里，不能把桥炸成两段。他自言自语，要有信心。你啊，昨晚还在想你和你祖父多么伟大，而你父亲却是个胆小鬼。现在拿出一点儿自信来吧！

他又对玛丽亚笑了笑，但仅仅是绷紧了颧骨和嘴边的皮肤，这笑仍然只是皮笑肉不笑的。

她觉得你很伟大呢，他想。我看你糟透了。还有那美妙的境界什么的，全都是扯淡啊！你有了不起的想法，对吗？你了解全世界，是吧？让这一切都去死吧！

别发怒，他对自己说。别发火。发脾气也是无济于事啊。出路总是有的。你现在必须想办法解决这个棘手的问题。没必要因为你可能要失去现有的一切而否定其他的一切。别像条断了脊骨的该死的蛇那样噬啮自己。再说，你是条猎狗，你的脊骨也没有断。等你受伤了再哀号吧。等战斗打响了再发怒吧。战斗中有很多可以发怒的时间。而且这在战斗中倒是对你有点儿用处。

比拉尔拿着那个背包走到他面前。

"现在就结实了，"她说，"英国人，那些手榴弹非常好。它们值得你相信。"

"你觉得怎样，比拉尔？"

她望着他，摇头笑笑。他不晓得她这微笑有多深。不过看来其中隐含着非常复杂的情绪。

"好，"她说，"还凑合。"

接着她蹲在他身边，说，"现在真要动手了，你觉得怎么样？"

"我们的人手不够。"罗伯特·乔丹马上对她说。

"我也这样认为，"她说，"太少了。"

这时她仍只对他一人说："玛丽亚能一个人看着马。不用我管了。我们可以把马脚捆住。这些是骑兵队的马，听到枪声不会惊怕。我去对付下头的那个哨所，担起巴勃罗的任务。那样我们就多出一个人了。"

"好，"他说，"我早就想到你可能会这样打算的。"

"对啦，英国人，"比拉尔紧盯着他说，"不要发愁。一切都会顺顺利利的。相信我，他们不会想到会碰上这种事的。"

"是的。"罗伯特·乔丹同意说。

"还有一件事，英国人，"比拉尔说，她那低哑的嗓音柔和得没法再柔和地轻声说，"至于手的事……"

"什么手的事？"他着恼地说。

"不，听着。不要生气，小伙计。关于那手相的事。那全是他妈的胡扯，为的是显得我了不起。其实什么事也没有的。"

"不要讲这个了。"他冷冷地说。

"不，"她哑着声音温柔地说，"这只是我编造出来骗骗人的谎话。我不想让你在作战的时候犯愁。"

"我不愁。"罗伯特·乔丹说。

"不对，"她说，"你很愁，这不是没道理的。不过英国人，一切都会顺利的。我们天生就是做这个的啊！"

"我不需要政治委员。"罗伯特·乔丹告诉她。

她又对他笑笑，那丑陋的嘴唇和张开的大嘴显出了一个好看而真诚的笑容，她说："我很喜欢你，英国人。"

"我现在不需要这个，"他说，"不需要你的手相，也不需要上帝。"

"要的，"比拉尔用沙哑的声音低声说，"我明白。我只不过和你说说罢了。别犯愁了。我们一切都会十分顺利的。"

"怎么会不顺利？"罗伯特·乔丹淡然一笑，"我们当然会成功。一切都会顺利的。"

"我们何时出发？"比拉尔问。

罗伯特·乔丹看了看时间。

"随时都行。"他说。

接着，他递给安塞尔莫一个背包。

"老头子，你准备得怎样了？"他问。

老头子依照罗伯特·乔丹给他的样板，做了一堆木楔，最后一根也快削好了。我多削了一些木楔，以防不够用。

"特别棒，"老头子点点头说，"到现在为止都不错。"他伸出一只手，"瞧。"他说着笑了笑。那手一点儿也不抖。

"好，不过那又怎样？"罗伯特·乔丹对他说，"我也能做到整个手不抖。你伸出一个指头看看。"

安塞尔莫伸出一个指头，指头抖个不停。他看着罗伯特·乔丹，摇摇头。

"我每次也是这样，"罗伯特·乔丹做给他看，"这是正常的反应。"

"我可不是这样。"费尔南多说。他伸出右手的食指给他们看，然后又伸出左手食指。

"你能吐出唾沫来吗？"奥古斯丁问他，并对罗伯特·乔丹挤眉弄眼。

费尔南多咳了一声，骄傲地向山洞的地上啐了一口，然后把泥地上的唾沫蹭掉。

"你这头脏驴，"比拉尔对他说，"你想要自夸英雄的话，就向炉火里吐嘛。"

"比拉尔，我们反正就要离开了这儿了，不然我也不会吐在地上了。"费尔南多正儿八经地说。

"记住你今天吐唾沫的地方，"比拉尔对他说，"说不定你就离不开这地方了。"

"你这人讲话不吉利。"奥古斯丁说。他故意用玩笑话来掩饰紧张，这正是他们大家共有的心情。

"我是开玩笑的。"比拉尔说。

"我也是，"奥古斯丁说，"可他娘的，要等到动手了，我才觉得安心。"

"吉卜赛人在哪里？"罗伯特·乔丹问埃拉迪奥。

"在马那里，"埃拉迪奥说，"你从洞口可以看到他。"

"他怎样了？"

埃拉迪奥咧嘴笑笑。"害怕得要死，"他说，"要是别人也害怕，他才觉得安心。"

"英国人，听……"比拉尔开口说。罗伯特·乔丹朝她望去，发现她张开了嘴，脸上显出诧异的神色，就一面伸手去拔手枪，一面一转身对着洞口。那儿立着一个人，他一手掀开毯子，肩胛上露着短自动步枪的锥形枪口。他又矮又胖，满脸胡子，一双眼睑发红的小眼睛无视众人，他正是巴勃罗。

"你……"比拉尔惊异地对他说，"你？"

"是我。"巴勃罗平静地说。他走进山洞。

"喂，英国人，"他说，"我把埃利亚斯和亚历杭德罗两队里的五个伙计和他们的马带到了山上。"

"那么引爆器、雷管和别的材料呢？"罗伯特·乔丹说。

"我丢到峡谷下面的河里去了，"巴勃罗说，还是谁也不看，"不过我想到了用手榴弹引爆的办法。"

"我也想到了。"罗伯特·乔丹说。

"你有酒吗？"巴勃罗疲惫地问。

罗伯特·乔丹递给他那只扁瓶酒，他急急地喝着，接着用手背擦擦嘴。

"你是怎么搞的？"比拉尔问。

"没什么。"巴勃罗说，又擦了一下嘴，"没什么，我回来了。"

"可到底是怎么搞的？"

"没什么。我一时犯傻，逃走了，不过现在我回来啦。"

他转身对着罗伯特·乔丹说："其实，我不是个胆小鬼。"

可你不只是个胆小鬼，而是个浑蛋，罗伯特·乔丹想。可是，你这狗娘养的，我很高兴见到你回来。

"从埃利亚斯和亚历杭德罗那边我只能搞到五个人，"巴勃罗说，"当时我离开了这里，一直骑着马狂奔。你们九个人是绝对做不到的，昨晚英国人讲的时候我就知道绝对不行。下头的哨所里有一个班长和七个士兵。如果他们有警报器，或者他们奋力反抗呢？”

他这时打量着罗伯特·乔丹。“我走的时候以为，你会明白这是没有可能的，就会放手不干了。后来我丢了你的爆炸装置后，对这件事倒有另一种想法了。”

“我很高兴见到你。”罗伯特·乔丹走到他身边说，“有手榴弹我们就没问题。现在别的东西不重要了。”

“不，”巴勃罗说，“我什么也不想帮着你做。你是个扫帚星。最近这儿的不好事情全是因你而起，‘聋子’送命也是因为你。可我扔掉你的器材后，觉得自己真的是太孤单了。”

“你他妈的……”比拉尔说。

“所以我骑了马去找人，想提高这次袭击成功的可能性。我把能找到的最好的人带来了。我把他们留在山头那边，这样我可以先来和你谈谈。他们以为我是头儿呢！”

“如果你想当的话，你还能当头儿。”比拉尔说。巴勃罗看着她，什么也没说。他接着坦率而平静地说：“我在‘聋子’出事以后想了很多。我看啊，如果我们一定要送命的话，就一起完蛋吧。可是，你啊，英国人，我恨你给我们带来的厄运。”

“可是，巴勃罗……”费尔南多张口说，他衣袋里都塞满了手榴弹，肩上背着一满条子弹带，正在用一片面包擦他盘子里的肉汁，“你觉得这一仗肯定会失败吗？但前天晚上你说过你相信一定会胜利的。”

“再给他些炖肉。”比拉尔凶巴巴地对玛丽亚说，然后目光柔和地对着巴勃罗，“这么说，你到底是回来了，嗯？”

“是的，太太。”巴勃罗说。

"好，欢迎你，"比拉尔对他说，"我就知道你还不至于堕落到那种地步。"

"这次出走真让人感到孤单，真叫我难以忍受。"巴勃罗悄悄地对她说。

"叫你难以忍受，"她学着他的腔调讥笑他，"十五分钟就让你受不了啦。"

"别取笑我，太太。我回来了。"

"欢迎你，"她说，"刚才我不是已经说了吗？我们喝了咖啡就走吧。我讨厌这种做作的把戏。"

巴勃罗问："那是咖啡吗？"

"当然。"费尔南多说。

"玛丽亚，给我倒一点儿，你好吗？"巴勃罗说，但是没看她一眼。

"好，"玛丽亚对他讲，拿给他一碗咖啡，"要炖肉吗？"巴勃罗摇摇头。

"一个人真不是滋味啊！"巴勃罗继续旁若无人地跟比拉尔解释，"我不喜欢孤孤单单的一个人。明白吗？昨天一整天我为大家的利益忙碌，就不觉得孤单。可是昨天晚上。上帝啊！真是好难受啊！"

"你那个臭名昭著的老祖宗，也就是加略人犹大，最后是上吊来结果自己的①。"比拉尔说。

"别这样和我说话，太太，"巴勃罗说，"难道你没见到吗？我回来了。别说什么犹大了。我回来了。"

————————

① 耶稣十二门徒之一，犹大为了三十块银洋，把耶稣出卖了，等耶稣被定了死罪，犹大后悔了，他把那三十块银洋，拿回来给祭司长和长老说，我卖了无辜之人的血，是有罪了，他们说，那与我们有什么相干，你自己承担吧，犹大就把那银洋丢在殿里，出去吊死了。(见《圣经·马太福音》第二十七章第三节到第五节)

"你把什么人给带回来了啊，顶用吗？"比拉尔问他。

"都是好汉。"巴勃罗说。他趁机直勾勾地对她望了一眼，接着又望向别人。

"虽说是好汉，但是大脑简单吧，准备去死的那类人了。正合你的口味。你就喜欢这种人。"

巴勃罗盯着她的眼睛，就那么直勾勾地盯着。他那双眼睑通红的小猪眼直勾勾地盯着她。

"你呀，"她说，低哑的嗓音又变得亲切了，"我看要是男人有点儿骨气的话，怎么也不会被吓破胆的。"

"准备好了，"巴勃罗说，并且直盯着她，"不管今天会发生什么，我都做好准备啦！"

"我相信你回心转意了，"比拉尔对他说，"我相信了。不过你这家伙，离开的时间不短啊！"

"让我再喝口你瓶里的酒，"巴勃罗对罗伯特·乔丹说，"然后我们出发吧！"

第三十九章

他们出发了，可前进并不顺利，因为他们全都背着沉重的装备，爬坡还是要费一番工夫的，马鞍上也驮着沉重的东西，显然不能帮他们什么忙了。他们就这样摸黑穿过树林，最终爬上山坡，来到山顶的一条羊肠小道上。

"必要的时候，我们可以抛弃沉重的家伙，"比拉尔说，"不过，如果能保存下来，我们可以用来再扎个营地。"

"那些弹药在哪里？"他们用绳子捆扎包裹的时候，罗伯特·乔丹问。

"在那些马褡裢里。"

罗伯特·乔丹感到身上的背包沉甸甸的，感觉上衣口袋里那些手榴弹，把他的脖子勒得很疼，感到手枪的重量紧紧贴着他的大腿，感到装着手提机枪子弹夹的裤袋也鼓囊囊的。他嘴里还残留着咖啡的香味儿，右手提着手提机枪，他伸出左手，把上衣领子拉起，来松一松背包带子的牵拉。

"英国人，"巴勃罗对他说，在黑暗中他紧靠在罗伯特身边儿走着。

"什么事，伙计？"

"这些人以为这次准能成功，因为我把他们带来了。"巴勃罗说，"别说什么丧气话，以免丧失他们的斗志。"

"好，"罗伯特·乔丹说，"我们尽力把这事干得漂亮点儿。"

"他们有五匹马，知道吗？"巴勃罗谨慎地说。

"好，"罗伯特·乔丹说，"我们该把所有的马都集中在一起。"

"好。"巴勃罗应了一声，不再说什么了。

老巴勃罗啊，看来你不像在去塔尔苏斯路上的圣保罗那样彻底的回心转意吧①，罗伯特·乔丹想。不。你能回来就是一个奇迹了。看来把你奉为圣徒是没有什么问题的。

"我带那五个人去对付下面的哨所。他们能做的像'聋子'那样好，"巴勃罗说，"我去割断电线，再回头向桥头靠拢，照我们协议的办法干。"

这问题在十分钟之前我们全部讨论过了，罗伯特·乔丹想。不知道为什么现在……

"我们是有可能转移到格雷多斯山区去的，"巴勃罗说，"说真的，我考虑这事很久了。"

我看你脑子里在这最后几分钟内又闪出了什么念头，罗伯特·乔丹对自己说。你又看到启示了②。但是你别指望让我完全相信你。不，巴勃罗，别指望我对你有太多的信任。

巴勃罗带来了五个人，罗伯特·乔丹的情绪也变得越来越好。

巴勃罗的再次出现，给这次任务带来了曙光，至少打破了任务不得不搁浅的悲剧的气氛。而打从巴勃罗回来后，罗伯特·乔丹并不以为自己的运气变好了，因为他从不相信运气。不过他感到整个局面的确好转了，桥肯定是炸的成了。他不再感到肯定会失败，而是渐渐鼓起了信心。就像气泵使车胎慢慢地开始胀满一样，气泵开始打气时，橡皮轮胎的表面有点儿颤动，起先并没有多大的改变，但至少出现了良好的开端。现在这信心像上涨的潮

---

① 塔尔苏斯在今土耳其南部，位于东地中海的沿岸，为保罗的诞生地，他在去大马士革的路上被耶稣显灵所感化，此处显系作者笔误。

② 乔丹这时又在把巴勃罗比作圣保罗。

水或树身内升起的汁液般不断翻涌，直到他消除了忧虑的意识，这种心情通常会变成临战时不可抑制的激情。

蔑视而不是忽视可能出现的坏结局，这是他所具有的最大天赋，这种天赋让他适应战争，如果对别人怀有过多的责任感，或者必须执行不太有把握的任务，这种能力就会受到压抑。因为在这些事情上一旦失败，后果是不堪设想的。其结果，首先会危及自己的性命，但这也是无关紧要的。他觉得在战争的年代，已经把生死置之度外了。他的确已经认识到了这一点，就像他知道别的事情一样。在这最后的几天里，他明白了他自己和另一个人在一起就可能是全世界。那种共赴天堂的美妙感觉，我们体验过了，他想。就这方面来说，我是一个幸运的人。可能就是因为我从未争取过吧，所以我被赐予了这一切。这是没法夺走，也不会丢失的。可在今天早晨，这一切都过去了，结束了，现在马上要面对的是完成这次任务。

他对自己说，你啊，我很高兴你重新得到了一度丢失的东西。可是你①居然怀疑过成功的可能性，我真为你而羞愧啊。不过我就是你啊，我没有资格来评判你。我俩的处境都是一样的糟糕啊。你和我，我们俩是一体的。算啦，别像双重性格的人一样瞎想了。现在一个个地考虑问题吧。你又正常了。可是，你决不能再成天惦记着那姑娘了。你现在除了保护好她，不让她卷入战斗以外，没有其他选择了，而你现在正在为这个目标努力着。如果你相信现在的情况属实的话，显然会有很多马需要看管。你能替她做得最好的事，就是干脆利落地完成这次任务，立马撤离出去，而此时挂念着她只会妨碍你的工作，所以别再想了。

---

① 这里的"你"和下面几句中的"你"都指乔丹自己，这是他在内心中和另一个自我的对话。

总结出了这个理论，他就等着玛丽亚、比拉尔和拉斐尔牵着马一起过来。

"嘿，小美人儿，"他在夜色中对她说，"你好吗？"

"我很好，罗伯特。"她说。

"别发愁。"他对她说，左手拿过机枪，右手伸出搭着她的肩。"我不发愁。"她说。

"一切都会顺利地按计划进行的，"他对她说，"拉斐尔会和你一起看着马儿的。"

"我想跟你在一块儿。"

"不行。现在最需要你做的事是看管马。"

"好吧，"她说，"我马上去。"

正在这时，有匹马嘶叫了一声，下面空地上有匹马应了一声，叫声穿过岩石的缺口传过来，尖厉而悠长，就像是哀鸣。

罗伯特·乔丹在黑暗中看到前面黑黢黢的一群马。他赶忙走上前去，和巴勃罗一起来到马群边。那些人正站在他们的坐骑旁。

"你们好。"罗伯特·乔丹说。

"你好。"他们在黑暗中回答，他无法看清他们的相貌。

"这就是那个英国人，"巴勃罗说，"爆破手。"

谁也没出声，兴许他们在黑暗中点头吧。

"我们出发吧，巴勃罗，"有一个人说，"天就快亮了，会暴露我们的。"

"你们带来的手榴弹多吗？"另一个人问。

"多得很，"巴勃罗说，"等我们放好马儿，你自己随便拿吧。"

"那我们走吧，"另一个人说，"我们已经在这里等好久了。"

"喂，比拉尔。"那妇人走过来的时候，另一个人说。

　　"哎呀，那不是佩贝吗？"比拉尔声音沙哑地说，"放羊的，你还好吗？"

　　"凑合吧，"那人说，"就那么混日子呗。"

　　"你骑的是什么马？"比拉尔问他。

　　"巴勃罗的灰马，"那人说，"这马儿真棒啊。"

　　"好啦，"另一个人说，"我们走吧。别在这儿胡扯，浪费宝贵的时间了。"

　　"你好吗，埃利西奥？"比拉尔对这个正要上马的人说。

　　"我能好到哪里去？"他不耐烦地说，"走吧，拉比尔，我们没时间了。"巴勃罗骑上了那匹大栗色马。

　　"你们闭上嘴吧，跟着我走，"他说，"我带你们到该下马步行的地方去。"

第四十章

安德烈斯这趟进程可不顺利，这事情说起来也不能怪他，只能说共和国规矩太多了。罗伯特·乔丹睡着了，又醒了，还盘算着炸桥，或者和玛丽亚在一起。这么久的时间里，安德烈斯没有什么进展。他体格强壮又对地形很熟悉，他充分发挥自己在黑夜赶路的最快速度，穿过田野，越过法西斯防线，最后来到共和国的边防。不过，一旦进入那里，进程就很慢了。

一般来说，他只要出示罗伯特·乔丹给他的盖着军事情报部公章的通行证和盖有同样公章的急件，然后获准用最快速度向目的地前进就行了。但是一开头他就在前沿阵地碰到了那个猫头鹰般多疑的连长，把他拦在前线上。

他跟着这位连长来到所属的营部，营长听了他的任务后热情高涨。这位名叫戈麦斯的营长大骂连长愚蠢，拍着安德烈斯的背，请他喝了杯低档的白兰地，还告诉他自己以前是理发师，一直想当游击队员。接着，他叫醒了他的副官，移交了营里的工作，并派勤务兵去喊醒他的摩托车司机，让他把车开来。戈麦斯并没有让摩托车司机送安德烈斯到旅部，而是决意亲自带他去那里赶快了结这件事。于是他们在那布满炮弹坑、两边栽着大树的山路上奔驰着，安德烈斯紧紧抓住了车前面的坐垫，他们一路颠簸着，轰隆隆地前行，摩托车的前灯照亮了刷白的树身，沿途的树木在革命开始以来被许多弹片和子弹刮得伤痕累累，树皮也裂开了。他们拐进一个被炸坏屋顶的山区疗养院，旅部就设在那儿，戈麦斯像个赛车手那样停下了摩托车，把它停靠在墙边，有个瞌睡的门岗向他行了个礼，戈麦斯把他推开，快步走进一个四壁挂着地图的大房间，有个睡意正浓的军官戴着一顶绿色护眼鸭舌帽坐在写字台边，台上有盏台灯、两部电话机和一份《世界工人报》。

这个军官抬头看看戈麦斯，说："你来这儿干什么啊？没听说过有电话这东西吗？"

"我必须见中校。"戈麦斯说。

"他在休息，"军官说，"我在一英里外就看见你亮着车灯在路上乱跑。你想招来炮弹吗？"

"去叫中校吧，"戈麦斯说，"有件要紧的事。"

"我跟你说过了，他在睡觉，"军官说，"跟你在一起的土匪是谁啊？"他向安德烈斯点点头。

"他是火线那边来的游击队员，带着一份极其重要的急件，要给指挥黎明时在纳瓦塞拉达那边发动进攻的戈尔茨将军，"戈麦斯激动而焦虑地说，"看在上帝的分儿上，叫醒中校吧。"

军官望着他，眼睑松垂，眼睛无神，还罩着绿色的赛璐珞帽舌。"你们都疯了，"他说，"我不晓得什么进攻，什么戈尔茨将军。把这个土匪带回你营部去。"

"我说，快点叫醒中校。"戈麦斯说，安德烈斯看见他的嘴在抽动。

"滚你妈的蛋。"军官懒洋洋地对他说着，扭过头去。

戈麦斯从枪套里抽出他那笨重的口径为九毫米的星牌手枪，突然抵在军官肩上。

"叫醒他，你这法西斯内鬼，"他说，"叫醒他，否则我毙了你。"

"冷静一点儿，"军官说，"你们这些剃头的，只会动不动就发火。"

安德烈斯在台灯光中看到戈麦斯的脸气得变了样。但是，他只是说了句："叫醒他。"

"勤务兵。"军官用随意的声音喊了一声。

一个士兵来到门口，敬了个礼，就走出去了。

"他和他的未婚妻在一起，"军官说着又看起报来，"他一定会很高兴见你的。"

"就是有你这种东西，耽误了革命的胜利。"戈麦斯对这个参谋说。

军官不理会他。他一边看报，一边好像在自言自语，"这份刊物真是古怪！"

"你怎么不看《辩论报》呢？那才是你们的报纸。"戈麦斯对他说，他指的是革命前出版在马德里的那份天主教保守党的机关报刊。

"不要忘了我是你的上级，要是我打个告你的报告，你会吃不了兜着走的，"军官说头也不抬地说，"我从来不看《辩论报》。别胡说八道。"

"对。你看的是《阿贝赛报》①，"戈麦斯说，"军队还是因为有你这样的败类而腐败不堪。但是这样的情况快要结束了。我们夹在愚昧无知的和袖手旁观的这两种人中间。不过，我们要教育前一种人，打击后一种人。"

"你想用的词儿该是'清洗'吧，"军官说，仍旧头也不抬。"这上头报道说，你的伟大的俄国人又被清洗了一批。如今这年头，他们清洗得比泻盐还凶啊！"

"不管用什么词，"戈麦斯激动地说，"不管用什么词，只要

---

① 《阿贝赛报》（"A·B·C."）为西班牙报，创刊于1904年，是保守的保皇的言论。

把你这号人消灭干净了就行。"

"消灭干净,"军官高傲而好像自言自语地说,"又是一个不地道的西班牙语新词。"

"那就说'枪毙'吧,"戈麦斯说,"这是地道的西班牙语了,这回你懂了吗?"

"懂,兄弟,可是不要这样声张啊!这会儿在这个旅参谋部睡觉的,除了中校还有别人呢,而且你的情绪让我觉得讨厌。我一向讨厌跟理发师说话。正是由于这个原因,我总是自己刮脸。"

戈麦斯看了看安德烈斯,摇摇头。他眼睛里闪着由于暴怒和憎恶而激起的泪光。但是他摇摇头,什么也没说,同时忍住了即将溢出的眼泪,留到将来的某个时刻用。在他升任为那一山区的营长的这一年半期间里,他咽了多少眼泪啊!这时一身睡衣打扮的中校进到屋里,他马上立正敬礼。

米兰达中校是个脸色灰白的矮个子,一生都从戎,在摩洛哥害胃病的时候,与在马德里的妻子出现了感情危机。他加入共产党是因为发现自己无法与妻子离婚,于是以中校身份参加了内战。他只有一个愿望,就是战争结束时保持同样的军衔。他在守卫山区这方面很拿手,他希望将来能留在那儿保护山区的安全。大概是因为被迫减少吃肉的原因,他在战争中觉得健康多了,他储存了很多小苏打,晚上喝威士忌。那些去年7月开始成为民兵的女兵一个个怀孕了,他那个二十三岁的小情妇也不例外。这时他来到房间里,点头回应戈麦斯的敬礼,并伸出手来。

"戈麦斯,什么风把你吹来了?"他问,然后对写字台边的他的作战科长说,"请给我支烟,佩贝。"

戈麦斯把安德烈斯的证件和那份急件给他看。中校对通行证草草地看了一眼,就看着安德烈斯点头笑笑,然后急不可待地看急件。他用食指摸摸印鉴检验了一下，然后把通行证和急件一起归还给安德烈斯。

"山区生活非常艰苦吗？"他问。

"没有，我的中校。"安德烈斯说。

"他们告诉了你在什么地方能最可能找到戈尔茨将军的参谋部吗？"

"报告中校，纳瓦塞拉达，"安德烈斯说，"英国人说这地方在火线后，接近纳瓦塞拉达的西南面。"

"什么英国人？"中校平静地问。

"和我们在一起的英国人，是个爆破手。"

中校点点头，这又是一次战争中罕见的意外事件，"和我们在一起的英国人，是个爆破手。"

"戈麦斯，你还是用摩托车送他去吧，"中校说，"给他们签一张去戈尔茨将军参谋部的可靠的通行证，我来签字。"他对那戴着绿色鸭舌帽的军官说，"用打字机打，佩贝。他的详细情况在这里，"他让安德烈斯把通行证给他，"盖两个章。"他转身对戈麦斯，"你今晚需要些管用的证件，这是理所当然的。在计划发动进攻的时候，我们必须谨慎。我要尽我所能给你最管用的证件。"接着他十分可亲地对安德烈斯说，"想来点儿什么，吃的，或者喝的？"

"不了，我的中校，"安德烈斯说，"我不饿。在最后那个指挥所，他们给了我白兰地，再喝我就要头晕了。"

"你一路过来，有没有发现我的防线对面有什么军事活动？"中校很有礼貌地问安德烈斯。

"还是一样，我的中校。没有动静。没有一点儿动静。"

"大概三个月前，我是不是在塞尔赛迪利亚见过你？"中校问。"是的，我的中校。"

"我说呢，"中校拍拍他的肩膀，"那时你和安塞尔莫老头子在一起。他好吗？"

"他好，我的中校。"安德烈斯对他说。

"好！这真叫人高兴啊！"中校说。他看了一遍那军官打好的证件，签了名。"你们必须现在马上就出发，"他对戈麦斯和安德烈斯说。"开车要小心，"他对戈麦斯说，"要把车灯打亮。单独一辆摩托车不会引起什么麻烦，但你们一定要多加小心。替我向戈尔茨将军问好。在佩格里诺斯战役后我们碰过面。"他跟他们两人都握了手。"把证件压在衬衣里头，"他说，"开摩托车是会顶着大风的。"

他们出去后，他来到食柜边，拿出酒具，倒了些威士忌，又从一个靠墙的瓦壶里倒了点清水掺在酒里。接着，他举着酒杯非常缓慢地吮着，对着挂在墙上的那张大地图站着，思索着在纳瓦塞拉达以北地区有可能发动进攻的地点。

"幸亏是戈尔茨去对付，不是我。"他最后对坐在桌子边的军官说。军官没搭话，中校把目光离开地图，看了看军官，只见他的脑袋枕在手臂上，已经睡着了。中校来到桌边，把两架电话机推到一起，在那军官的脑袋两旁各放一架，紧挨着他的脑袋。接着他走到食柜边，又倒了些威士忌，在里面加了水，再回到地图前。

戈麦斯叉开双臂驾着摩托车，安德烈斯紧紧抓住座位，低头逆着风，跟着摩托车一起噗噗噗地行进在乡间公路上。车光劈开了黑夜，两排高大的白杨指引着他们前进，只是在穿过小河边的迷雾时，显得昏黄而模糊，但他们也这么摸索着过来了。随着路面的升高，视线就又清晰起来了。开到前面的十字路口，车灯照亮了一行灰扑扑的从山上开来的空卡车上。

第四十一章

巴勃罗在黑暗中停下来，跨下马背，那窸窸窣窣的声音，已经告知了罗伯特一切。接着，罗伯特·乔丹听见黑暗中响起了吱呀吱呀的声音、沉重的呼吸声和马甩头时马勒上发出的叮当声，他知道他们大伙儿下马了。他嗅到马身上的气味儿，新来的人由于没水洗浴而发出的酸臭味，还有待在山洞里那些人身上隔夜的烟火味。巴勃罗就站在旁边，罗伯特·乔丹闻到他身上散发的铜臭的酒酸味，就像是嘴里含着铜钱。他用手握成杯形，拥着火光点了烟，深吸了一口，听见巴勃罗用很低的声音说，"我们去拴马，比拉尔，你把装手榴弹的袋子卸下来。"

"奥古斯丁，"罗伯特·乔丹小声说，"现在你和安塞尔莫跟我去桥头。装机枪子弹盘的袋子在你那里吗？"

"在，"奥古斯丁说，"怎么会不在呢？"

罗伯特·乔丹朝比拉尔走去，普里米蒂伏正在帮她把东西从一匹马上卸下来。

"拉比尔，听着，"他低声说。

"什么事？"她低哑地说，不忘把马腹下的肚带钩解掉。

"等听到炮弹落地的爆炸声，你才能袭击哨所，知道了吗？"

"你想跟我讲多少遍啊？"比拉尔说，"英国人，你越来越婆婆妈妈啦！"

"只是想确定一下而已，"罗伯特·乔丹说，"干掉了哨所，你就返回来向桥头靠拢，从上面配合我的左翼用火力封锁公路。"

"第一次向我交代的时候，我就记住了，再和我讲也是一样，"比拉尔对他低声说，"干你自己的事去吧。"

"在听到炮声之前，谁也不许动，不许发枪，也不许扔手雷。"罗伯特·乔丹低声说。

"不要烦我啦，"比拉尔恼怒地小声说，"从我们去'聋子'那里的时候，我就记得了。"

罗伯特·乔丹走到巴勃罗拴马的地方。"我只拴住那些容易受惊的马，"巴勃罗说，"要这样拴，等解开的时候，只要一拉绳子，就能立马松开它们，知道了吗？"

"行。"

"我来告诉姑娘和吉卜赛人怎样看管马。"巴勃罗说。他那帮新来的兄弟正聚众站着，身边挂着卡宾枪。

"大伙儿都明白了？"罗伯特·乔丹问。

"明白了，"巴勃罗说，"端掉哨所，切断电线，靠拢桥头，封锁桥面，等你炸桥。"

"开始轰炸之前不许有任何行动。"

"都晓得。"

"那就好，祝你成功。"

巴勃罗嘀咕了一声，接着说："我们往桥靠拢的时候，你会用机枪好好掩护我们的吧，英国人？"

"那是当然的，"罗伯特·乔丹说，"拼尽全力。"

"既然这样，"巴勃罗说，"那就没什么问题了。不过你到时候一定要非常小心啊，英国人。掩护的事可不简单，你一定要非常小心才行。"

"我会亲自控制机枪的。"罗伯特·乔丹对他说。

"你是老手吗？我可不乐意让奥古斯丁毙了我，尽管他心眼儿不坏。"

"没错，我很有经验。要是奥古斯丁控制另外那挺机枪的话，我会提醒他注意越过你的头射击，以免发生意外。"

"那就没问题了，"巴勃罗说，接着他老老实实地小声说，"马还是太少呢。"

这婊子养的，罗伯特·乔丹想，难道他以为我不懂他的话外之音吗？

"我走路，"他说，"马分给谁你说了算。"

"不，有一匹马给你的，英国人，"巴勃罗低声说，"大家都会有马骑的。"

"你说了算，"罗伯特·乔丹说，"你不用把我计算在内。你那架新机枪的弹药够吗？"

"够，"巴勃罗说，"那个骑兵身上的弹药都在。昨天在高山间的时候，我只用了四发试枪。"

"我们走吧，"罗伯特·乔丹说，"我们一定得一早就赶到那儿，找个稳妥的地方隐蔽起来。"

"马上，"巴勃罗说，"祝你成功，英国人。"

我想知道这见鬼的现在在盘算什么，罗伯特·乔丹想，但是我十分肯定我摸准了。得了，这是他的事，和我无关。感谢上帝，我不认识这些帮手。

他伸出手，说："巴勃罗，祝你顺利。"黑暗中，他们紧紧地握着两只手。

罗伯特·乔丹伸出手来的时候，并不期待有什么好的感觉，说不准会像爬虫什么的，或者好像触摸到麻风病人者的皮肤。但是，在黑暗中，巴勃罗坦率地紧紧握住了他的手，他也报以同样的紧握。巴勃罗的手非常有力度，握着它让罗伯特·乔丹产生了异样的感觉，同时也坚定了一个信念，那就是他和巴勃罗之间必须成为盟友，他想，盟友间总是握手言欢的。很高兴盟友间不用假惺惺地做贴面礼，像授勋时所做的那样。实际上他们始终憎恨彼此的。巴勃罗可是一个狠角色啊！

"祝你成功，巴勃罗。"他说着，握紧了这只陌生而果敢的手，"我会尽力掩护你的。不要担心。"

"实在抱歉，我扔了你的爆破器材，"巴勃罗说，"那全是我的错啊！"

"可是你带来了我们急需的人手。"

"我并不是反对你炸桥，英国人，"巴勃罗说，"我认为这次任务一定能成功的。"

"你们两个在做什么？搞同性恋？"黑暗中，比拉尔突然站在他们身边说，"你就差同性恋这一口了，"她对巴勃罗说，"别没完没了地道别了，再跟他道声再见下去，说不准他又要把你剩下的炸药给拿走了。"

"你不理解我，太太，"巴勃罗说，"英国人和我已相互理解。"

"没人理解你，连上帝和你妈妈都不理解你，"比拉尔说，"我也是。英国人，走吧。和你那短毛姑娘说声再见就走吧。你爷爷的，不过我开始想，公牛就快放出来，你害怕了。"

"你他妈的。"罗伯特·乔丹说。

"你没妈，"比拉尔兴奋地小声说，"快走吧，因为我急不可待想马上就开始动手了，好尽快把事情了结。跟你的那伙人一起走吧。"她对巴勃罗说，"谁知道他们所谓的信心能持续多久？其中有两三个，我看不可靠。我可不想用你跟他们交换呢，赶紧带他们出发吧。"

罗伯特·乔丹背上背包，走到马那边去找玛丽亚。

"小美人儿，再见，"他说，"我会很快的，你等着我。"

这时，他对这一次离别又产生了幻觉，好像这些话很久之前他就说过，又好像有一列火车正要开来，而他正站在月台上与自己的女人告别。

"罗伯特，再见，"她说，"多加小心。"

"当然。"他说。他低下头去吻她，背上的包顺势向前撞在他后脑勺儿上，因而使他的前额重重地碰在她的前额上。这时候，他觉得起这情形从前也发生过。

"别哭。"他难过地说，他不是说碰撞引起的疼痛这事。

"我不哭，"她说，"可你一定快回来啊！"

"听到枪声的时候不要担心。今天必定会有枪战的。"

"不担心。可是你一定要回来啊！"

"再见，小美人儿。"他别扭地讲。

"再见，罗伯特。"

这种孩子一样的感伤情绪以前只出现过一次，那次他第一次离家，从红棚屋城坐火车到比林斯，再从那儿转车去上学。当初他怕离家，却不愿让任何人知道自己的软弱，在车站月台上，就在列车员搬起踏脚箱好让他可以踏上通往车厢的踏板时，他父亲与他吻别，并说："在我们分居两地的时候，愿主保佑我俩。"他爸爸是个虔诚的基督徒，这句话说得真诚而坦率。可他的胡子湿湿的，激动得眼眶都红了。因此那低落而诚挚的祝祷声，还有分别的吻，都让罗伯特·乔丹非常窘迫，甚至突然间觉得自己比爸爸成熟多了，并为爸爸感到难过，因为他居然无法忍受这种别离的痛苦。

火车启动后，他站在车厢的平台上，看着越变越小的车站和水塔，在持续的咔嗒声中，他被越送越远，只见中间横着一根根枕木的铁轨变得狭窄了，最后在远方会成了一点，而车站和水塔也变得小巧精致，就如画上的那样。

列车员说："看来你爸爸为你离家而感觉难受呢，鲍勃。"

"是的。"他说，一根根电线杆之间从眼前快速掠过，他看见电线杆的中间长着密密的艾草，艾草长得旺盛极了，一直蜿蜒到泥路边。他张望着那片艾草丛，希望从中看到大松鸡出没。

"离开家，独自去求学，你不伤心吗？"

"无所谓。"他说，这是老实话。

在当时那次离家，他一直认为自己是不伤心的。可在这一刻，与玛丽亚离别的这一刻，使他又想起以前那次火车开动前小孩子的不舍。他这时感到非常孩子气，别扭极了，他不自在地道别，就像学生时代在门口和年轻的女同学道别一样，但不知道是吻她好，还是不吻好，难受得要命。然而他明白这时让他别扭的不是与玛丽亚的道别，而是马上要到来的危险。他对这次战斗感到不安，分别的别扭感只是这种感受的一部分投射而已。

你又来这一套，他对自己说。但是我觉得，不管什么人，都会认为自己的阅历不够，应付不了这件事。他不想说这是怎样的一种心情。行了，他对自己说。行了。你的第二童年①不会马上来的，还早着呢！

"再见，小美人儿，"他说，"再见，我的小兔子。"

"再见，我的罗伯特。"她说。

接着他走向安塞尔莫和奥古斯丁，说："我们出发吧。"

安塞尔莫把笨重的背包背上。奥古斯丁离开山洞时全身都背满了东西，这时身子倚在一棵树上，自动步枪露在背包顶上。

"行，"他说，"我们出发。"

---

① 指人老了，智力衰退而行动幼稚的阶段，那时的人好像回到童年一样。

他们三人便起程下山。

"祝你顺利，堂·罗伯特。"当他们三人成一列在树林中行走，路过费尔南多身边时，听到费尔南多说。他蹲在离他们不远的地方，说话的口气十分严肃。

"也祝你顺利，费尔南多。"罗伯特·乔丹说。

"祝你一切顺利。"奥古斯丁说。

"谢谢你，堂·罗伯特。"费尔南多不顾奥古斯丁插嘴说。

"他真古怪，英国人。"奥古斯丁轻声说。

"你说得对，"罗伯特·乔丹说，"要我帮你拿点儿什么吗？你背着这么多东西，都像匹马了。"

"老兄，我能行，"奥古斯丁说，"我对即将到来的战斗，很拭目以待。"

"小声点儿，"安塞尔莫说，"从现在开始，要少说话，即使要说，也得压低点儿声音。"

安塞尔莫在前面带路，他们一个跟着一个谨慎地向山下走去，走在最后面的是奥古斯丁。

罗伯特·乔丹小心翼翼地一步步试探性地走着，他怕一旦滑跌，可就麻烦了，身上背的可是炸药和手榴弹的组合啊！威力大着呢。他绳底鞋踩在枯萎的松针上，松树根把他的脚绊了一下，手往前一伸，摸到了自动步枪枪管上冰冷的枪筒和折叠起来的三脚枪架。沿着"之"字形往山下走，他脚上的鞋打着滑，在林地上留下一道道凹痕。他伸出左手，摸着了一根粗糙的树干，挺起身来时，感到手掌根上黏糊糊的一片，原来他摸了一手树脂。他们从树木茂密的陡坡上一路下来，来到桥上方。这里是罗伯特·乔丹和安塞尔莫第一天曾经侦察过的地点。

这时，安塞尔莫在黑暗中被一棵松树拦住了去路，就拉住了罗伯特·乔丹的手腕，小声说："看，那家伙的火盆里还有火呢。"声音低得罗伯特·乔丹几乎没法听到。

罗伯特·乔丹知道这一点儿火光的所在，就是下面那公路与桥相接之处。

"我们上次就是在这里侦察的。"安塞尔莫说。他往下按罗伯特·乔丹的手，让他去摸一根树干下端新切去了一小块树皮的地方。"这个是你侦察时我做的记号。右边那里，就是你计划架机枪的地方。"

"我们就把它架在那里吧。"

"行。"

他们把背包搁在几棵松树背后的地上，安塞尔莫领着二人向一块长着几棵小松树的平地走去。

"这里，"安塞尔莫说，"就是这里。"

"天亮了以后，从这儿看去，"蹲在小树丛后的罗伯特·乔丹对奥古斯丁低声说，"你就能看到这边的一小段公路和桥墩。还可以看到另一面一小段公路和桥身，再过去，公路就被岩石遮住了。"

奥古斯丁不吱声。

"我们准备炸桥时，你得伏在这儿，要是发现有敌人来，你就射击。"

"那火光是从哪里发出的？"奥古斯丁问。

"岗亭里面的。"罗伯特·乔丹低声说。

"谁对付那些哨兵？"

"老头子和我，我跟你说过的。可是，如果我们来不及对付他们，你就得向岗亭里射击，看到人就打。"

"是。这个你跟我讲过了。"

"爆炸之后，巴勃罗一伙会从那边拐角上过来，如果你发现有人追着他们，你就要越过他们的头，射击那些敌人。他们一露面，你就干掉他们，无论怎样不能让敌人追来，明白吗？"

"怎么会不明白？你昨天晚上就讲过。"

"有问题吗？"

"没有问题，我带了两个麻袋。我能够在上头隐蔽的地方装满两袋泥土，搬到这里来当沙袋。"

"可不要在这里挖土。你一定要像我们上次在山顶上那样，好好隐藏起来。"

"没事。我一定会摸黑把泥土袋搬过来。你等着瞧吧。我会弄妥的，不会露馅儿。"

"你距离太近了。明白吗？天一亮，从下面往上边看，就能清晰地看到这簇小树。"

"别担心，英国人。你去哪里呢？"

"我带着小机枪到这下面去。老头子会马上穿过峡谷，准备去对付另一边的岗亭。那岗亭在与我们反方向的地方。"

"这就行了，"奥古斯丁说，"愿你顺利，英国人。你还有烟吗？"

"你不可以抽烟。这里离敌人太近了。"

"不抽，只叼着，等以后再抽。"

罗伯特·乔丹递给他烟盒，奥古斯丁拿了三支，插在他那平顶牧人帽的前帽檐里。他拉开机枪的三脚架，把枪架在矮松树丛中，开始摸索着解开他的背包，把武器装备放在可以伸手够得着的地方。

"行了，没别的事了。"他说。

罗伯特·乔丹和安塞尔莫走了，回到留着背包的地方，把奥古斯丁留在那儿。

"我们把它们放在哪里好呢？"罗伯特·乔丹低声说。

"我看就这儿吧。但是你确定能用手提机枪从这里干掉那个哨兵吗？"

"这儿确实是那天我们看过的地方吗？"

"就是那棵树，"安塞尔莫说，声音低到罗伯特·乔丹几乎听不到，罗伯特·乔丹知道那家伙就像第一天那样，说话时嘴唇都不动。"我用刀子刻了个记号。"

罗伯特·乔丹又觉得这一切好像以前都发生过似的，但是这次他可以肯定，是他自己重复提问和安塞尔莫的反复回答而产生的。刚才奥古斯丁也是这样，他问了一个关于哨兵的问题，回答却是自己早就预料到的。

"够近啦。实在是太近了，"他低声说，"不过天亮后我们会背着阳光。我们在这里没问题。"

"那现在我就到峡谷那头去做准备了。"安塞尔莫说，他接着说，"请你把细节再说一遍，英国人。免得我傻了眼，出什么差错。"

"什么？"罗伯特·乔丹把嗓门儿放得很低，小声说。

"就再解释一遍吧，我好照做不误啊！"

"等我一开枪，你就跟着开枪。干掉你的敌人，过桥到我这里来会合。我会把背包带过去的，你要按我说的那样安放炸药。该做什么，到时候我都会告诉你的。如果我遇到了什么不测，就根据我教你的方法，你自己干下去。不要慌张，好好做，木楔都要塞牢，手榴弹要捆结实。"

"我都明白了，"安塞尔莫说，"都记住了。我马上出发。英国人，天亮的时候你注意隐蔽啊！"

"开枪的时候，"罗伯特·乔丹说，"一定把枪架牢固了，要打得沉稳点儿。别把他们当人看，只当他们是枪靶子，记住了吗？不要对整个人开枪，要瞄准一点。要是他脸朝着你的话，就瞄准肚子正中央打。如果他脸朝向别处，就对着他脊背中央打。老头子，听着，我开枪打坐着的人时，总是乘他站起来还没开始奔跑或蹲下的时候打。如果他依然坐着，就在这个时候开枪。别等，但要瞄准。要在五十码之内射击。你是猎人，肯定没问题。"

"我一定按你的命令干。"安塞尔莫说。

"对。我的命令传达完了。"罗伯特·乔丹说。

还好，我把杀人这事作为命令看待，罗伯特想，这会帮助他减少心里负担的。这样可以多少打消点儿他内心的负罪感，正如我希望的那样。我记不得第一天他跟我探讨的关于杀人的问题了。

"这个就是我的命令，"他说，"现在出发吧。"

"我这就行动，"安塞尔莫说，"回头见了，英国人。"

"回头见，老头子。"罗伯特·乔丹说。

他记起了他父亲在车站上的模样和那次离别时的眼泪，他没有说平安、再会或顺利之类的祝福。

"枪筒里的油擦过了吗，老头子？"他低声说，"这样不容易打飞子弹。"

"我在山洞里，就用通枪绳擦过了。"安塞尔莫说。

"那么回见吧，"罗伯特·乔丹说，老头子就矫健地迈开大步穿行在树林里了，绳底鞋踩在地上悄无声息。

罗伯特·乔丹伏在树林的松针地上，倾听着黎明到来时，晨风吹拂树梢的嚓嚓声。他把枪的弹夹抽出来，前后推动了一下枪机。在黑暗中，他摸索着把枪头掉过头来，拉开枪机，用嘴从枪口向枪筒里吹气，舌头触及枪筒边时，滑腻的金属的油味弥漫在舌尖上。他把枪横架在一条前臂上，枪身朝上，避免松针或其他东西落在里头，接着用大拇指把所有的子弹从子弹夹中取出来，放在一块摊在面前的手帕上。然后他在黑暗中摸弄着每颗子弹，在手指间转拨一圈，再把它们一颗颗按住了推进子弹夹。这时，他又感到手里的子弹夹变得沉甸甸的了，他把子弹夹再装进手提机枪，"咔嗒"一声推进了弹膛。他把机枪横搁在他左前臂上，匍匐在一棵松树的后面，盯着下面的那点火光。这火光忽明忽暗，他知道这是因为岗亭里的哨兵在火盆面前走动的原因。罗伯特·乔丹伏在那里等待天明。

天气还是很冷，阵阵微风拂来，松枝相互碰撞着，不时发出吱吱嘎嘎的声音，罗伯特·乔丹静静地伏在那里，内心平静而祥和。这就是暴风雨前的宁静吧！他对自己说，并且咧嘴笑了笑。风雨前的宁静，是的，他想，在每次战斗前你总会有这样的一段宁静，有一种对未来无法掌控的无助感。你感到无助吗？他问自己，是的，有那么一点儿，当一个人在生死关头而他又不知死活时都会有这种感觉。也许大家都有，战争中大家都有，无论是共和国还是法西斯。

第四十二章

　　安德烈斯正向着戈尔茨的司令部急行。他们来到通向纳瓦塞拉达的公路干线，有不少卡车正打山上一路开下来。这时巴勃罗骑马从山区回山洞，那一队人马也在山间等着了。可是这一切，安德烈斯并不知道。当戈麦斯向关卡哨兵出示米兰达中校签发的通行证时，哨兵用手电照了一下通行证，给他身边的另一个哨兵过目，然后还了他的证件，行了个礼。

　　"往前走，"他说，"但是不要开灯。"

　　摩托车又"噗噗噗"发动了，安德烈斯紧紧抓住前座，戈麦斯顺着公路在来往的车辆中小心地往前行驶。所有的卡车都没开灯，长长一列车队在路上迎面开来。公路上还有满载物资的卡车向山区开去，每一辆都掀起了滚滚的尘土，在那种黑暗中安德烈斯看不见，只觉得尘土像烟雾似的扑在脸上，弄得牙缝间都是泥土味。

　　他们紧跟着一辆卡车的后面。摩托车噗噗作响，然后戈麦斯一加速，超过这辆卡车，接着又超过一辆又一辆，很快很多卡车被远远甩在后面。而对面开来的卡车在他们左侧隆隆地驶过去。这时他们后面来了一辆汽车，不停地按着喇叭，喇叭声、卡车的噪声和飞扬的尘土混在一起。接着它突然亮起了车灯，在尘土中形成一根黄色的光柱，在尖厉的换挡声中，汽车咄咄逼人地按住刺耳的喇叭，呼啸着从他们身边驶过。

　　接着，他看见前面的汽车都停了下来，他们继续插着空当在汽车之间灵敏地穿行，越过了几辆救护车、几辆参谋部的车和一辆装甲车之后，接着又是一辆车，接着是第三辆车，它们一辆接一辆全停在那里，停在在那尚未落地的尘土中，好像一只只笨重的、身上配着枪炮的金属乌龟。原来在前面的关卡有两辆车发生了追尾事故，有一辆卡车突然停了一下，后头的一辆没有发觉，就追尾了，撞坏了前车的尾部，几箱轻武器弹药散落在路上。有一箱落地时摔碎了。戈麦斯和安德烈斯被迫停下了车，下车推着车行进，前面却出现了一道关卡，他们出示了通行证，安德烈斯踩到了散落在路面灰尘中的不计其数的子弹铜壳上。第二辆卡车的散热器全被撞毁了。后头还有一辆顶着它的后挡板。还有一百多辆车子排列在后面，一个穿靴子的军官在路上来回跑着，大声喝令司机们赶紧打倒车，好把那辆被撞毁的卡车从公路上拖走。

后面有源源不断的卡车开来，堵在路上的卡车根本没法倒车，除非军官能跑到长长的车队后面阻止那些卡车开来。安德烈斯看着他开了手电，跌跌撞撞地跑着，又喊又骂，但卡车还是在黑暗中不断地开过来。

在关卡上面的哨兵不知为什么不肯归还通行证。两个哨兵，背着步枪，手里拿了手电，他们也在叫骂。手拿通行证的那个跨过公路，向一辆从山上开下来的卡车司机吩咐，向前开到下一个关卡时告诉他们截住那儿所有的卡车，直到交通畅通为止。卡车司机听完就接着朝前开。这时，哨兵手里仍拿着通行证，嘴里大声叫嚷着，走到那个车上东西被撞落在地上的司机身边。

"别管它了，看在上帝的分儿上，往前开吧，让我们疏通道路！"他向司机叫喊着。

"我车上的传动器被撞坏了。"司机说道，他在卡车的后边俯下身子。

"去你的传动器。向前开，听见没有。"

"差速齿轮也撞烂了，开不了了。"司机对他说，又俯下身去。

"那就叫谁拖走你的车，往前走，好让我们把他妈的另一辆车从路上弄走。"

那关卡人员用手电照着这卡车被撞毁的车尾，司机阴郁地看着他。

"向前开，向前开。"他手里仍拿着通行证，大声呵斥。

"我的证件呢，"戈麦斯对他说，"我的通行证。我们必须赶路。"

"见鬼的通行证。"那人说着，还了他证件，就横越过公路，跑去拦一辆下行的车辆。

"在十字路口拐弯，倒过来拖走这辆破车。"他对司机说。

"我奉的命令是……"

"去你的命令。我说什么你就做什么。"

司机拉上排挡，顺着公路笔直朝前开去，消失在尘土里。

戈麦斯发动了摩托车，越过那辆被撞坏的破卡车，这时公路右侧没有车辆行驶了。安德烈斯又抓紧前座，看见关卡上的这个哨兵又拦住了一辆卡车，那司机从驾驶室里探出头来听他指挥。

他们这时候一路狂奔，颠簸着沿着盘山道一路往山上开去。上行的车辆都被挡在关卡上，只有下行的卡车在左边不断地开过。摩托车马不停蹄地狂奔着，很快就赶上了早在关卡追尾之前，就开过去的上山车辆。

他们没开灯，超过了四辆笨重的装甲车，接着超过了一长队运载士兵的卡车。黑暗中士兵们坐在卡车里，默不作声。起初安德烈斯经过时只觉得在四周尘土飞扬，这时他才发现卡车上方有些模模糊糊的人形。接着，他们后头又驶来了一辆参谋部的用车，喇叭不停地叫，车灯一明一灭，每次亮灯的时候，安德烈斯就看见这些头戴钢盔的士兵，直握着步枪，机关枪直指黑黝黝的天空，在暗夜中尤其显得轮廓分明，等灯光一灭，所有的一切又隐藏在了黑夜中。有一次，一辆车的灯光照着前面一辆满载着士兵的卡车上，他在这突如其来的闪光中，看见了他们悲伤而又死板的脸庞。他们头戴钢盔，坐在卡车里，在黑暗中开向他们的目的地，他们知道那里要发动一次攻击。他们耷拉着脸，个个都表现的心事重重，灯光泄露了他们的心思。在白天，他们不敢把自己害怕的心事表现在脸上，同伴会笑话他们胆小的，要是等到轰炸和攻击开始的时候，那时就谁也顾不上自己的表情了。

这时安德烈斯和戈麦斯的摩托车超过一辆又一辆载满士兵的卡车，戈麦斯依然顺当地把摩托车赶在那辆参谋部用车的前面，一点儿也没有注意到士兵们的脸色。他只是在想："多伟大的军队啊！多伟大的装备啊！多伟大的机械化啊。看啊！看这些人，这就是我们共和国的军队。看这一辆辆的卡车，统一的制服。头上统一戴着钢盔。瞧卡车上架着的准备对付敌机的机枪，是准备送那些法西斯分子上西天的。看我们已经拥有了自己强悍的军队！"

这些高大的灰色卡车载满了士兵，车上有方形驾驶室和别扭的方形散热器。摩托车超过它们，在尘土中顺着公路向山上前进，紧随其后的参谋部汽车不时闪着车灯，安德烈斯在闪光的空隙看到了车身上的红星标志。这时他们不停地朝山上行驶，空气更冷了，那条公路开始呈"之"字形拐弯，卡车艰难地嘎吱嘎吱地往前爬行，在车灯的闪光中可以看见有的卡车的水箱冒着气雾。摩托车这时也举步维艰，安德烈斯紧紧抓着前座，感到这次乘摩托车的时间太长了。他以前从没坐过摩托车，现在他们俩为了即将进行的部队调动爬山，当他们向上行驶的时候，他晓得，现在要赶回去袭击哨所是压根儿不可能的了。在这种混乱的上下级换通行证中，他能在第二天晚上赶回去就算不错了。他以前一次也没见过进攻前的准备工作，当他们在公路上行驶的时候，共和国所建立的这支军队的数量和实力，使他无比诧异。

这时候他们开上了斜穿山坡的一段陡斜的山路，接近山顶的时候，坡度更大了，戈麦斯不得不叫安德烈斯下车，两人一同把摩托车推上这最后一段陡坡。越过山顶，只见左边有一条可以让汽车掉头的回车道，一幢又宽又黑的巨大的石头建筑物出现在眼前，门前还闪烁着灯光。

"我们到那里去问问司令部在哪儿吧。"戈麦斯对安德烈斯说。

他们就推着摩托车向那石头大厦走去，只见关闭的大门前站着两个哨兵。戈麦斯把车子斜倚在墙上，这时大门开了，一个穿皮衣的摩托车司机从透出的灯光中走来，他肩背着公文包，腰际别着一支木壳毛瑟枪走出来。就在灯光隐去的时候，黑暗中他在门口找到了自己的摩托车，把它一直推到引擎突突地发动起来，接着就驶上了公路。

戈麦斯在门口和那两个警卫中的一个说话。"我是第六十五旅的戈麦斯上尉，"他说，"请问，哪里能找到指挥第三十五师的戈尔茨将军的司令部？"

"不是这里。"警卫说。

"这里是什么地方？"

"指挥部啊！"

"什么指挥部？"

"哎，就是指挥部嘛！"

"是什么指挥部啊?"

"你是谁,凭什么问这问那的?"警卫在黑暗中对戈麦斯讲。在这山口最高处的上空,星星也出来了,夜空很晴朗,这时尘雾已经散去,安德烈斯在黑暗中能看得非常清楚了。他们下面的公路右转弯处,他能清晰地看到卡车和汽车行驶时被晨曦衬托出来的轮廓。

"我是第六十五旅第一营的罗赫略·戈麦斯上尉,希望知道戈尔茨将军的司令部在哪里。"戈麦斯说。

那警卫稍稍推开一点儿大门。"叫警卫班长。"他向里面喊了声。

就在这时,一辆参谋部的大汽车在公路拐角处一个大转弯,向这石头大厦开来,安德烈斯和戈麦斯正在门口站着,等着警卫班长出来。车子开向他们,在大门外停下。

后座上下来了一个年老体胖的大个子还有两个身穿国际纵队制服的人,他头戴着一顶不太合体的卡其贝雷帽,就像是法国军队里轻步兵戴的那种一样。他身穿着军用大衣,拎着一只地图包,一支手枪系在大衣的腰带上。

他用法语对司机讲话,命令他把车子从大门口开到车库里去,这些话安德烈斯可听不懂,戈麦斯当过理发师,能听懂几句。

他和其他两个军官进门的时候,戈麦斯借着灯光清晰地看到他的脸,一眼就认出了他。他曾在几次政治会议上见过他,并且时常在《世界工人报》上看到从法文翻译过来的他的文章。他认出他那浓浓的眉毛、湿润的灰眼睛,以及重叠的双下巴,知道他是当代法国最了不起的革命者之一,曾领导过黑海的法国海军起义。戈麦斯知道这个人在国际纵队的重要的政治地位,晓得他一定知道戈尔茨的司令部在哪里，并能够指引他过去。他不知道因为时光的流逝、失落、政治和家庭两方面的打击使他磨灭了斗志，他不再如往昔那般意气风发。他也不知道向他询问是危险的事情，他一点儿也不知道这情况，就径直朝这个人走去，紧握拳头行了个礼，说："马蒂①同志，我们有一份给戈尔茨将军的急件。你能引导我们到他司令部去吗？这件事情很紧急。"

这个高胖的老人探出了头望着戈麦斯，那一双亮亮的眼睛仔细地打量着他。就算在前线这里，在这没有灯罩的灯泡的光下，也能看出他极其疲倦，眼睛干巴巴的无神，也许是他刚坐着敞篷汽车从这微冷的夜晚回来的缘故。但是又不是这样，他的脸让你觉得他就像是一头苍老的狮子爪下的丢弃品。

"你带着什么，同志？"他问戈麦斯，西班牙语中透着浓重的加泰隆语②口音。他向安德烈斯斜瞥了一眼，随即又回头看着戈麦斯。

"到戈尔茨将军的司令部那里，给他送一份急件，马蒂同志。"

"哪儿来的急件，同志？"

"从法西斯阵线后方来的。"戈麦斯说。

安德烈·马蒂伸手去拿了急件还有别的证件。他瞥了它们一眼，就放进衣袋里。

"把他们两个全抓起来，"他对警卫班长说，"搜查一下他们身上，等我命令，再带他们过来。"

---

①　法国共产党领导人安德烈·马蒂生于1886年，1919年他领导法国水兵在黑海起义，失败后被捕，在1923年才释放，1924年和1936年，他曾两度当选为法国国民议员，他是国际纵队的主要领导人之一，但革命意志逐渐衰退下去，于1953年被正式开除出党。
②　这是西班牙东北部北泰罗尼亚地区的语言，法国南部沿地中海与西班牙接壤的利牛斯省居民也讲这种语言，而马蒂的家乡正是该省省城佩皮尼昂。

他衣袋里装着急件，大踏步走进这幢石头大厦。

戈麦斯和安德烈斯在外头警卫室里被一个警卫搜身。

"这个人怎么啦？"戈麦斯问其中的一个警卫。

"精神病。"那警卫说。

"不，他是政界要人，"戈麦斯说，"他是国际纵队的第一政委。"

"即使这样，他还是疯子嘛，"警卫班长说，"你们在法西斯阵线后方是干什么的？"

"这位同志是那里的游击队员。"戈麦斯对这时正在搜他身的那警卫说，"他带来一份急件给戈尔茨将军。不能丢了我的证件啊，这些钱和这颗串在带子上的子弹可别给我弄丢了。这是我在瓜达拉马首次挂彩时从伤口中取出来的。"

"放心，"那班长说，"所有的东西都放在这只抽屉里。你怎么不问我戈尔茨在哪儿？"

"本来我们想问的。我已经问了警卫，他本来也叫我们在外面等着你。"

"可是接着来了这个疯子，而你去问他了。你不该问他的。他是个疯子。你要找的戈尔茨在右边树林的山石间，从这公路过去只有三公里的路程。"

"你现在不能通融一下，让我们到他那里去吗？"

"不行，这可是掉脑袋的事啊！我只能带你们到疯子那边去。再说，你的急件也在他手里。"

"你不能跟别人说一说吗？"

"可以，"班长说，"我一看到负责的领导就跟他说。谁都知道他疯了。"

"我一直觉得他是个大人物呢，"戈麦斯说，"以为他是值得法国夸耀的人物之一。"

"也许吧，"班长说着，按着安德烈斯的肩，"但是他极度疯狂了。他现在已经成了杀人狂了。"

"真的枪毙人吗？"

"一点儿没错，"班长说，"这老家伙杀的人比鼠疫还多。但是，他不是跟我们那样地杀法西斯。我并非在开玩笑，他杀不寻常的家伙，比如像异己分子、托洛茨基分子以及形形色色不平常的怪人。"

这些话安德烈斯完全理解不了。

"在艾斯科里亚尔的时候，我们不知道为他杀了多少人，"班长说，"我们老是派出行刑队。国际纵队队员，尤其是法国人不乐意枪毙自己人。由我们来执法就能避免麻烦。我们枪毙过法国人、比利时人和其他各种国籍的人，反正各种各样的人，我们都杀过。政治的原因使他成了枪毙狂，他疯了。他清洗得比杀毒剂还凶。"

"你不能把急件这事跟谁说一说吗？"

"可以，伙计，当然。这两旅人我都认识。所有人都要打这儿经过。甚至连俄国人我都认得。即使只有少数人会说西班牙语，我也得试试啊，我们可不能让这疯子把西班牙人给枪毙了。"

"可那份急件呢。"

"急件也一样。不过，别担心，同志。我们知道怎样对付这个疯子。只有他的部下遇到他才危险。现在我们了解这老东西了。"

"带两个俘虏进来。"安德烈·马蒂喊道。

班长问："要喝口酒吗？"

"为什么不呢？"

班长从食橱里拿出一瓶茴香酒，戈麦斯和安德烈斯还有班长都喝了。他用手抹抹嘴。

"我们走吧。"他说。

他们咽下了火辣辣的茴香酒，顿时肚子里、嘴里和心窝里都热乎乎的，出了警卫室顺着过道走去，来到马蒂的房间。只见他坐在一条长桌子后头，手里握着一支红蓝铅笔面对着一张地图，摆出一副将军的气派。对安德烈斯来说，仅仅是又多了个麻烦而已，而今天晚上的麻烦已经够多了。麻烦事总是很多，你要镇定，只要你的证件完备，心脏没毛病，你就不会遇到危险。他们终究会放你过关，让你走的。不过英国人说过要抓紧时间。他现在晓得自己绝不可能回去炸桥了，不过他们的这份急件还是得送到，而桌边的这个老家伙却把它装在衣兜里。

"站在那儿。"马蒂爱搭不理地说。

"马蒂同志，听着，"戈麦斯发火了，茴香酒让他的愤怒抑制不住，"今晚我们被无政府主义者的无知阻拦了一次。接着又被一名法西斯官僚的怠慢所阻挠了一次。现在又由于你这个共产党员的过分怀疑而无法前进。"

"闭嘴，"马蒂头也不抬地说，"现在不是开会。"

"马蒂同志，这是件十分紧急的事。"戈麦斯说，"头等重要的大事啊！"

尽管押他们来的班长和士兵已多次看过这种戏码上演，但他们对此仍兴致勃勃，毕竟戏中的高潮才是最能吸引人的。

"所有事情都很要紧，"马蒂说，"所有事情都重要。"他手握铅笔，这时第一次抬起头来看着他们。"你怎么知道戈尔茨在这里？进攻前单独来找一位将军，这有多严重，你知道吗？你怎么知道有这么一位将军在这儿呢？"

"你对他说吧。"戈麦斯对安德烈斯说。

"将军同志，"安德烈斯开口说，他弄错了安德烈·马蒂的头衔，而安德烈·马蒂也没有纠正他，"我是在火线另一边接到这个任务的……"

"在火线另一边？"马蒂说，"对了，我听说，你是穿越法西斯阵线来的。"

"将军同志，给我信件的人，是个英国人，叫罗伯特，他到我们那儿去炸桥，担当爆破手的任务。明白了吗？"

"把你的故事讲下去。"马蒂对安德烈斯说。他用了"故事"这个词，就好像你是在撒谎、瞎诌或编造这些鬼话一样。

"行，将军同志，英国人叫我尽快把信送给戈尔茨将军。就是今天，他将要在这一带山区发动一场攻势，现在我们的要求只是尽快把信件送给他，只要将军同志你同意的话。"

马蒂又摇摇头。他正望着安德烈斯，但是视而不见。

戈尔茨啊，马蒂想，心里又惊又喜，仿佛一个人听到自己事业上的对手惨遇车祸丧命，或某一个你所憎恶却又绝对正直的人却因挪用了公款而犯了罪时所感到的一样。原来戈尔茨也是这样的一个人。他认识了差不多有二十年的戈尔茨竟和法西斯分子这样明目张胆地勾勾搭搭。那年冬天还曾和卢卡茨一起在西伯利亚拦劫运黄金的火车。这个曾和高尔察克在波兰作过战、在高加索、中国作战过的戈尔茨。自从去年 10 月以来，开始在这儿作战。不过，他曾接近图哈切夫斯基，对，也接近伏罗希洛夫。但主要是接近图哈切夫斯基。此外还有谁呢？在这里当然与卡可夫套近乎，还有卢卡茨。然而匈牙利人一向都是邪恶的阴谋家。他以前恨高尔，戈尔茨也恨高尔。记住这一点。把这个记下来，戈尔茨一向恨高尔。可是他喜欢普茨，记住这一点，杜瓦尔是他的参谋长。看看现在结果如何？你听他说过，考匹克是一个笨蛋。

那的确毫无疑问，那是事实。然而现在这份急件从法西斯阵线那边来的。只有剪除这腐朽的树枝，树木才能保持健康且成长起来。必须让枯枝烂叶清晰地暴露，才能一举消灭掉它们。可是为什么竟会是戈尔茨呢？戈尔茨怎么会反叛呢？他明白了，谁也不能信任。一个也没有，永远不行。永远不要信任除你以外的任何人，即使是你妻子和你兄弟，即使是和你最亲密的同志。

"把他们带走，"他命令警卫们说，"小心看管着。"班长看看那士兵。感觉诧异，就马蒂的一贯作风来说，这一次实在是算温和的了。

"马蒂同志，"戈麦斯说，"别发疯。听我说，我是个忠心耿耿的同志。这份急件非送到不可。这位同志穿越了法西斯阵线带来这份急件，要交送给戈尔茨将军同志。"

"把他们带走。"这时马蒂亲切地对那警卫说。出于人道，他可怜这些不得不面临灭顶之灾的人，但是戈尔茨的悲剧使他感到压抑。居然是戈尔茨，他想。他要立即将这个法西斯的情报向伐洛夫报告。不，还不如把这急件交给戈尔茨本人，看他收到时的反应。他打算就这么做。假如戈尔茨是法西斯的一分子，他又怎能信任伐洛夫呢？不行。这件事必须小心谨慎才行。

安德烈斯转身问戈麦斯："你是说他不打算送急件吗？"他问，简直无法相信会有这种事。

"难道你没看到吗？"戈麦斯说。

"狗娘养的！"安德烈斯说，"真是个疯子。"

"对，"戈麦斯说，"他疯了。你疯了！听到没！"他对拿着红蓝铅笔、俯身在看地图的马蒂嚷道，"你这个发疯的凶手，听到了吗？"

"带走他们，"马蒂对那警卫说，"他们犯了大错，失去理智了。"

班长很熟悉这句话，他以前经常听到他这样说。

"你这发疯的刽子手！"戈麦斯叫道。

"狗娘养的，"安德烈斯对他说，"你真是发了疯了。"

这个人的愚蠢把他给激怒了。如果他是个疯子，就该把他当疯子撵走。该把急件从他口袋里掏出来。让这该死的疯子死去吧。他一贯冷静、好脾气，但他那西班牙人的火暴性子这时上来了。不消一会儿，不一会儿就会使他理智全无。

当警卫们把戈麦斯和安德烈斯带出去时，马蒂望着地图，悲伤地摇摇头。这两个警卫很高兴，他被骂得如此厉害，但总的来说，这场演出令人失望。他们见过比这更精彩的场面。安德烈·马蒂不在乎那两人骂他。说到头来，骂过他的人可真不少啊！作为人，他的心肠总是很软，他总是这样告诉自己。他心中残留的真实想法已经不多了，这大概就是其中之一了。

他坐在那儿，胡子和眼睛的焦点都集中在面前的地图上，集中在这张他从来也没真正看明白的地图上，集中在那些精心绘制的像蜘蛛网般展开的棕色等高线上。他能根据等高线看到高地和山谷，但始终完全不懂为什么选中这个高地，或者那个山谷。但是由于有了政治委员制度，他可以凭借国际纵队政治领导的身份进入总参谋部，可以对着地图上编着号码的、围有棕色细线的地方指指点点，那儿四周有一片绿色代表着树林，上头画着一条条和那始终向同一方向蜿蜒曲折的河流平行的道路。他可以假装说："这里，这儿是防线的弱点。"

高尔和考匹克是对政治有野心的人，他们会同意。而结果呢，那些从没看到过这张地图的士兵，仅仅凭着山地的编号，就跑到指定的地点去挖掘壕沟，然后按照命令爬上山坡，这无疑是去送命。他们可能被橄榄树丛中的机枪射死，压根儿就没上去。也许在别的阵地上，他们可以轻易地爬上山头，可处境并不会比先前好到哪里去。但是，当马蒂在戈尔茨的总部里指点着地图的时候，这个头上有伤疤的白脸将军会咬牙切齿，心想："安德烈·马蒂，你最好不要拿你那灰色的烂手指，指在我的等高线地图上，否则我就先毙了你。你干预那些你一无所知的事情，害惨了多少人，为了所有死去的人，你见鬼去吧。当初人家用你的名字给拖拉机厂、生产合作社和村庄命名，我就动不了你了，真是活见鬼。你到别的地方去怀疑、干涉、告诫、屠杀、指责吧，别管我的总部。"

然而戈尔茨没敢把这些话说出口，他只是朝后靠在椅背上，不去搭理这弯着腰的胖子，远远离开那指指点点的手指、那水汪汪的灰眼睛、灰白的八字胡和臭不可闻的嘴，说："是，马蒂同志，我知道你的意思了。但我不同意，因为这个计划根本不切实际。要是你乐意的话，你可以试着说服我。对。你可以像你所说的那样，把它看作党内问题来处理。但是我不同意。"

就这样，此时安德烈·马蒂坐在一张空桌子边研究他的地图，电灯泡没有灯罩，那刺眼的光线照在他的头上，过于宽大的贝雷帽搭到额头上，遮住眼睛，他正参照着那份油印的进攻命令，在地图上仔细地、慢慢地、费劲地比画着，就像参谋学院的一个在解题的青年军官。他正在心里指挥军队，他有权干预，他相信这时他也有权指挥。所以他就坐在那儿，口袋里装着罗伯特·乔丹给戈尔茨的急件，而戈麦斯和安德烈斯正待在警卫室，罗伯特·乔丹正埋伏在桥那里高处的树林里。

要是安德烈斯和戈麦斯不受马蒂的干扰而能够继续前进的话，安德烈斯的使命的结果会不会有所不同呢，也说不准。在前线，谁也没有足够的权威能把这次进攻取消。就像机器开动得太久了，现在无法突然停下来。所有的军事行动都有很强的惯性，不管其规模大小，都是一个样。可是，一旦克服了惯性，开始了行动，再要停下它，差不多就像让它开始一样困难。

但是这天晚上这个把贝雷帽拉到前额上的老头子仍坐在桌边看地图，这时，门开了，俄国记者卡可夫带着另外两个身着便服和皮外套、头戴便帽的俄国人走进来。警卫班长在他们身后不情不愿地关上了门。卡可夫是警卫班长好歹能联系上的第一个负责人。"马蒂同志。"卡可夫用他那礼貌却高傲的声音说，脸上堆满笑，露出了一口烂牙。

马蒂站起来。尽管他很讨厌卡可夫，但毕竟卡可夫是《真理报》的主笔，和斯大林保持着紧密的联系，是西班牙当时的三大要人之一。

"卡可夫同志。"他说。

"你在计划进攻吗？"卡可夫傲慢地说，朝他不屑地点点头。

"我正在筹划这次进攻呢。"马蒂回答。

"你领导的进攻，还是戈尔茨？"卡可夫世故地说。

"我不过是个政委罢了，你知道的。"马蒂对他说。

"不，"卡可夫说，"你太谦虚啦，实际上你是位将军，你有地图和军用望远镜。另外，你不是曾经还做过海军上将吗，马蒂同志？"

"我是二炮手。"马蒂说。这是一个谎言，在起义的时候，他其实是文书军士，但现在他总是记得自己曾是二炮手。

"啊！我还以为你是一等文书军士呢，"卡可夫说，"我总是把一些事情搞混了，记者都是这样，你就理解一下吧。"

那两个俄国人没有参与谈话。他们正从马蒂的肩膀后面望着地图，不时用俄国话彼此讲上一句。马蒂和卡可夫在开头寒暄过后，就开始用法语交谈。"最好别在《真理报》上乱说话。"马蒂粗声粗气地说，让自己再度鼓起勇气来。卡可夫总是让他很泄气。马蒂一直被他弄得心烦意乱，有时不得不避开他。卡可夫一说话，安德烈·马蒂就忘了他是来自法国共产党中央委员会的要员，也很难记住自己是个狠角色的。卡可夫似乎总是要无聊地稍微讽刺他一下子。这时他说："我向《真理报》发稿前，通常要认真核实事实。我在《真理报》上的报道非常准确。请问，马蒂同志，你是否听说我们有一支在塞哥维亚那边开展活动的游击队给戈尔茨带来了急件？那里有一位姓乔丹的美国同志，我们该得到他的消息了。听说法西斯阵线后方发生了战斗，他应该已经派人给戈尔茨送份情报来了。"

"一个美国人？"马蒂问。安德烈斯讲的是英国人，原来如此。也许他搞错了，这两个白痴到底为什么找他说呀？

"对，"卡可夫轻蔑地望着他，"一个年轻的美国人，政治觉悟一般，可是很善于和西班牙人打交道，还有过一段不错的游击经历，马蒂同志。把那件急件给我吧，已经耽误得很久啦。"

"什么急件？"马蒂问。他心里知道这话说得很蠢。他不能立刻就承认自己犯了错误，反正这样问也就是为了掩饰一下自己尴尬。

"你口袋里那份乔丹同志写给戈尔茨的急件。"卡可夫说，声音从烂牙齿缝中蹦出来。

安德烈·马蒂把手伸进口袋，掏出急件搁在桌上。他直接地盯着卡可夫的眼睛。好吧，他错了，眼下对这事无计可施，但是他不想受辱。"还有那通行证。"卡可夫小声说。

马蒂把通行证也放在急件旁边。

"班长同志。"卡可夫用西班牙语叫了一声。

班长开门进来。他马上望向安德烈·马蒂，马蒂像头被猎狗包围的老野猪那样愣愣地看了他一眼。马蒂脸上没有害怕，也没有羞耻。他只是感到气愤，知道这只是暂时陷入窘境而已，我觉得不能臣服于这些狗的脚下的。

"把这个交给警卫室里的两位同志，指引他们到戈尔茨将军的司令部去。"卡可夫说，"已经耽误太多时间了。"

马蒂目送班长走了出去，然后回望着卡可夫。

"马蒂同志，"卡可夫说，"我倒想看看你是如何的碰不得。"

马蒂直勾勾地盯着他，一语不发。

"也别打算找那班长的麻烦，"卡可夫接着说，"这与班长无关。我在警卫室看到了那两个人，他们跟我说了。"他撒了一个谎，他不想给那个尽职尽责的班长找麻烦，"我希望大家都常来找我倾诉。"这倒是真话，尽管那时先开口的是班长。然而卡可夫一向认为自己平易近人会给他带来好处，好心管别人的闲事能让人觉得他富有人情味，这件事他当然不会冷嘲热讽。

"你知道，我在苏联时，阿塞拜疆有个城里发生了不公正的行为的时候，人们就给《真理报》的我写信。这个你知道吗？他们说：'卡可夫会帮助我们。'"

安德烈·马蒂看着他，脸上只有气愤和厌恶的表情。此时，他心中只有一个念头，那就是卡可夫让他丢尽了脸。好吧，卡可夫，不管你权力有多大，咱们走着瞧吧。

"这另当别论，"卡可夫接着说，"但是我知道原则是一样的。我倒想看看你有多么了不起，马蒂同志。我很想知道，那家拖拉机厂的名称是否无法更改。"

安德烈·马蒂的目光从他身上移开，没理他继续低头看地图。

"那年轻的乔丹写了些什么?"卡可夫问他。

"我没看,"安德烈·马蒂说,"现在不要打扰我了,卡可夫同志。"

"行,"卡可夫说,"不打扰你的军事部署了。"

他走出房间,朝警卫室走去。安德烈斯和戈麦斯已经离开了,他就在门口望了公路那边一会儿,目光转到在灰色黎明中的群峰上。我们必须赶到山上去,他想。没时间了。

安德烈斯和戈麦斯的摩托车又驶上了公路,这时天已经亮了。安德烈斯仍旧抓住他面前的座位后部,摩托车往山口最高处曲曲折折地驶上山去,一路上他们都被灰色薄雾笼罩着,他感到车在加速度,然后车子慢了下来,最终停下了。他们就站在一段漫长的下坡路上的车旁,左边树林里有几辆覆着松枝的坦克。这一带树林里到处都是部队的营地。安德烈斯看到有的人扛着长担架在里面走着。公路右面树下停着三辆参谋部用车,车身两边被树枝遮住,车顶上盖着松枝。

戈麦斯把摩托车推向其中的一辆。他把车靠在一棵松树上,接着坐在汽车旁和背靠在树干的司机说话。

"我带你到他那儿去,"司机说,"把你们的摩托车隐蔽起来,用这些树枝盖住。"他指指砍下的一堆树枝。

阳光刚开始照到高大的松树林里,戈麦斯和安德烈斯跟着这个名叫维森特的司机越过公路,登上松林中的山坡,朝一个地下掩体入口处走去,一些电话线从掩体顶上通向树木丛生的山坡上面。司机到里头去了,他们俩站在外面,安德烈斯很欣赏这掩体的构造,它在山坡上只显出一个洞口,四周没有乱七八糟的泥土,但是他能从这入口处看出,它非常深,人在里边行动自如,不必低着头，而且木顶极结实。

司机维森特一会儿就出来了。

"他在山上，他们正在部署进攻，"他说，"我把急件交给了他的参谋长。他签了字。给你。"

他把签收过的信封交给戈麦斯。戈麦斯给了安德烈斯，安德烈斯看了它一眼，就放进了衬衣里面。

"签收的人叫什么名儿?"他问。

"杜瓦尔。"维森特说。

"行，"安德烈斯说。"急件的收件人有三个，他是其中之一。"

"我们要等回信吗?"戈麦斯问安德烈斯。

"最好这样。不过，炸完了桥，天知道我该去哪儿找英国人他们一伙。"

"跟我一起等吧，"维森特说，"等将军回来。我给你们端杯咖啡来。你们一定饿了。"

"这些坦克啊……"戈麦斯对他说。

他们经过一辆辆由树枝遮掩的、伪装成土色的坦克，这些坦克都在撒满松针的地上留下了两行深深的车辙印，显示着它们是从公路上某个地方拐弯倒车过来的。坦克上四十五毫米口径的炮筒从树枝下横向戳了出来。身穿皮外套，头戴有棱头盔的驾驶员和炮手们背靠树干坐着或躺在地上休息。

"这是后备军，"维森特说，"那些打头阵的部队在上头。"

"人挺多啊!"安德烈斯说。

"是呀，"维森特说，"整整有一个师呢。"

掩体部里，杜瓦尔左手拿着罗伯特·乔丹的急件，从信纸展开的程度看，他显然是已经看过其中的内容了。他望望手上的手表，这是他第四次读这份急件，每次都觉得腋下渗出汗水，沿着两肋朝下淌,他对着话筒说:"给我接塞哥维亚阵地。他走了吗?那就给我接阿维拉阵地。①"

他不停地拨着电话,他和两个旅部都通了话,没有一点儿用处。戈尔茨到山上视察了战斗部署后,正在前往一个观察哨的路上。他给观察哨打电话,可他不在那儿。

"给我接第一机队。"杜瓦尔突然决定负起全部责任。他要负责来阻止这次进攻,还是不要进攻得好。敌人已经做好了准备,你不该让他们去做这次突袭。你不能这么做,这几乎是谋杀他们啊!你千万不能这样做,无论如何也不可以。他现在要直接打电话给飞机场,制止轰炸,哪怕他们会把他给枪毙了。可是,如果这不过是一次牵制攻势呢?或者是要我们撤离所有这些装备和部队呢?如果就是出于这样的动机怎么办?当你执行的时候,他们是决不会告诉你这是牵制攻势的。

"别接第一机队了,"他对接线员说,"给我接第六十九旅观察哨。"

他还在那边打电话,第一阵飞机的隆隆声已经传来了。

恰好在这时,他接通了观察哨。

"是的。"戈尔茨冷静地说。

他背靠在沙袋坐着,两脚抵在一块岩石上,下嘴唇上叼着一支烟,他一边接电话,一边侧着头仰望。他打量着那些越来越大的三三阵形的楔形机群,在天空中闪烁银光,呼啸着发出巨响,正从远处阳光乍泻的山脊上空飞来。他望着那些飞机,阳光照在那急速转动的螺旋桨上,形成两面亮晃晃的光盘,在阳光中耀眼而美丽。

"是的。"他对着话筒说,说的是法语,因为打电话来的是杜

---

① 这里指两个不同的出击点,以瓜达拉马山脉后的两大敌战省会塞哥维亚和阿维拉为目标。

瓦尔，"我们完蛋了，对，就像以前那样，是的。太遗憾了。对，情报到得太迟了，真糟糕。"

他望着飞来的飞机，眼神非常自豪。这时他看到了机翼上的红星，凝视着它们轰隆隆地朝前飞。按照计划是可以成功的，这些是我们的飞机，它们装了箱，用船只送出黑海穿过马尔马拉海峡、达达尼尔海峡还有地中海，最终才运到这里，在阿利坎特①小心谨慎地卸下，认真地装配，经过试飞，证明性能完美。它们编成紧凑而清楚的 V 字队形，在可爱的有规律的震荡声中，在晨曦中银光闪闪。它们在晨曦中高高飞来，去轰炸对面的那些山峰，把它们炸得山崩地裂，让我们可以通过。戈尔茨知道，一旦飞机在上空飞过去了，炸弹就会像翻腾的海豚那样从空中落下来。然后，山脊会隆隆地迸裂，在一大片爆炸尘土飞扬的烟雾中消失。接着坦克会在铿锵声中爬上那两面山坡，后面跟着他的两个旅。如果是出其不意的突袭，他们可以在坦克的帮助下继续不断向前推进，停下来清除残敌，依靠坦克的往返行驶，掩护我们大干一场。同时由其他坦克把进攻部队掩护上来，顺利地不断地向前推进，越过山脊朝下冲。只要没有人变节投敌，每个人都尽自己的本分，情形就一定会是这样。

那两道山脊，有坦克打头阵，有他的两个强大的旅整装待发，恰好这时，飞机飞来了。这是多么完美的一次计划啊！

可是，当他看见快飞到他头顶上的飞机时，他觉得胃部阵阵反胃，因为乔丹的急件已经通过电话告诉了他，他知道那两道山脊上不会有人了。他们不是在下头狭窄的壕沟里躲避弹片，就是躲闪到树林里，待轰炸机一过，他们就带着机枪、自动兵器以及反坦克炮回到山脊上，于是后果又将是一次大失败。可这时飞机按照计划发

---

① 阿利坎特（Alicante）为西班牙东南部濒地中海的一个港口，在瓦伦西亚南。

着巨响地飞来了，戈尔茨抬头瞭望着，对着话筒用法语说："不，无计可施了，毫无办法，不能考虑了，只有这样了。"

戈尔茨用他那严肃而骄傲的目光注视着飞机，他知道事情将按原计划进行。他对原来应该发生的情况感到自豪，他相信那计划本该是完美的，即使实际失败了，他也没有办法。他用法语对着电话说："好，不管怎样我们尽力而为吧。"然后就挂断了电话。但是杜瓦尔没听到他的话。他在桌边拿着话筒坐着，只能听到飞机的隆隆声，这时他想，听这些轰炸机的声音，也许这一次能把他们全都炸光，我们说不准能取得突破，也许他想要的后备军这次可以实现了，也许这是机会，也许这次能成功。继续干吧，来吧，继续干吧！隆隆声大得使他听不到自己正在想的话了。

第四十三章

　　罗伯特·乔丹伏在公路和桥上方的山坡上，借着一棵松树的掩护，盯着下面的情况，这时天亮了起来。他总是最喜欢一天中的这个时刻，现在看着天色，顿时觉得心里也亮堂多了，仿佛自己就是黎明前的那段黑暗时刻，随着太阳的升起自己也变得明亮起来。白天来到了，物体的轮廓也渐渐清晰起来，空间也变得明朗起来，在夜里照明的灯光也变成了黄色，接着在太阳的光亮中消失了。在他下面的松树这时显得明确而清晰，树干坚实，呈黄褐色，公路上蒙着一层薄雾，泛着白光。他身上被露水打湿，林中地面柔软，他感到掉在地上的褐色松针因为胳膊肘的压力往下陷。他透过溪床上升起的轻雾，看到下面那钢铁桥梁笔直而坚挺地架在峡谷上，两端都有一座木制岗亭。但在他看来，笼罩在小河上的迷雾把那座桥的结构弄得像蜘蛛网那样细巧。

　　这时，他看到哨兵正在岗亭里站着，接着他弯下腰来，双手在用打了洞的火油桶做成的火盆上取暖，背对着外面，露出了披着毯子式披风的背部，头上戴着钢盔。罗伯特·乔丹听到下面深深的山岩间有潺潺的流水声，他看到岗亭里一缕淡淡的轻烟升起。

　　他望望手表，心想，不知道安德烈斯是否越过防线到了戈尔茨那儿？如果我们打算炸桥，我要把呼吸放慢，让时间过得慢些，好好体味这个关键的时刻。你认为呢，安德烈斯，送到了吗？如果他送到了，他们会取消进攻吗？他们来得及取消吗？这是什么话。别发愁啦。他们取不取消都有可能啊！再没有别的选择了，你很快就会知晓的。让进攻成功吧，戈尔茨都说能了，还有什么不可能的事。把我们的坦克顺着那条公路开去，部队从右翼突破，从下山直冲过拉格兰哈，山上的整个左翼转入进攻。你为什么不想想如何能把仗打赢呢？你处于防御地位太久，所以想不到这个了。没错，那个时机已经错过了，法西斯已经做好了部署，他们的那些武器装备已经开了进来，飞机也已经模拟好了备战路线，别那么天真啦。可是要记住这一点，只要我们能把他们牵制在这里，就能把这些法西斯困住。在他们了结和我们之间的战争之前，不可能去进攻别的地方，而他们永远也不能了结了和我们之间的战争。如果法国人肯帮点儿忙，要是他们不封锁国境，要是我们能得到美国飞机的帮忙，他们就永远不能了结和我们之间的战争。要是我们能得到一点儿支援的话，就永远不能。如果这些人好好地武装起来，战斗将会永远持续下去。

不，你在这里千万别指望打胜仗，或许在几年之内都别指望。这不过是一次牵制性进攻。你现在不能对此抱有任何幻想。要是今天我们能突破敌人的防线呢？这是我们的第一次大规模攻势，我们可能在力量上相差悬殊。不过，我们打赢了呢？别激动，他自言道。别忘了公路上运过的那么多武器装备。关于这个情报，你已尽了全力。然而我们应该有手提式短波通信设备，到时候我们都会有的，但是我们现在还没有。现在你只能注意观察，做你应该做的事情。

今天只不过是从现在到将来所有日子中的一天。但是在未来所有的日子中，好坏完全取决于今天这一仗。今年开始以来，一直都是这样。这个样子已经不知道有多少次了。这次战争开始以来一直是这样。你在这清晨变得多浮夸啊，他对自己说。瞧，有人来了。

他看见两个身穿毯子式披风、头戴钢盔的哨兵在公路上拐了个弯，接着朝桥头走来，肩上挎着步枪。一个在桥的那一端停下来，走进岗亭不见了。另一个踏着沉重缓慢的步子跨过桥来。他在桥面上停了停，向河谷里唾了一口唾沫，接着慢吞吞地走到桥的这一端，这边的哨兵跟他交谈了几句，就返身从桥上走回去。这个下岗的哨兵走得很急促，因为他要去喝咖啡，罗伯特·乔丹想，可是他也唾了一口唾沫到河谷里。

我不清楚这是不是一种迷信行为？罗伯特·乔丹想。我也得朝河谷里唾一口。要是等会儿我唾不出口水的话。不，别把这当成灵丹妙药，这不起作用的。趁我没走上桥面之前，要找机会证明这玩意儿起不了什么作用。

刚上岗的哨兵走进岗亭坐下来，他的上了刺刀的步枪斜靠在墙上。罗伯特·乔丹从衬衣口袋里掏出望远镜，调整目镜焦距，直到看清楚桥这一端的轮廓，看清了漆成灰色的铁桥，他接着把望远镜对准了岗亭。

哨兵背靠墙坐着，他的脸庞清晰可见，头盔挂在墙上的木钉上。罗伯特·乔丹认出这个人就是前两天下午他来察看时那个值班的哨兵。他依然戴着那顶圆锥形绒帽，而且他还没有修过脸。他颧骨凸出，两颊凹陷，长着很浓的眉毛，眉宇连在一起。他显得很疲倦，罗伯特·乔丹观察着他，看到他在打哈欠。接着他掏出一盒卷烟纸和烟荷包，并卷了一支。他用打火机打了几下，可是没打着，于是他把它放回衣袋，然后走到火盆边，把腰弯下，伸手将火盆里的一块木炭取出，在一只手中挥挥，朝上面吹着气，接着就着火点燃了烟卷，然后把炭扔回火盆。

罗伯特·乔丹透过蔡斯八倍望远镜打量这个人，他悠闲地倚靠在岗亭墙上吸着烟。接着他把望远镜放下，合拢在一块儿，放进衣袋。

我别再看他了，他对自己说。

他在那儿伏着，看着公路，试图什么也不去考虑。在他下面一棵松树上一只松鼠吱吱地叫得欢，罗伯特·乔丹盯着它顺着树干慢慢往下爬。它在树干的半腰上停了一下，扭头看了一眼那注视着它的人。他看到那只松鼠的眼睛又小又亮，并注意到它因为激动而抖动着的尾巴。接着这只松鼠用它那小小的爪子和硕大的尾巴一跳一跳地上了另外一棵树。它在树干上转回头看了看罗伯特·乔丹，然后沿着树干上绕了一圈后，就消失了踪影。罗伯特·乔丹马上就听到这只松鼠站在松树的一根高枝上吱吱地叫，看到它平伏在那里的树枝上，尾巴抖动着。

罗伯特·乔丹透过松树的缝隙又向下面的岗亭远远望去。他很想把这只松鼠捉住藏在衣袋里。他很想有一样东西可以让他触摸。他试着用胳膊肘蹭了蹭松针地，但那不是一样的感觉。没有人知道你在干这种事时会多孤独。这种无边无际的孤独，只有你自己知道。但愿我的小兔子可以顺利摆脱这个处境，不过现在别想这些了。对，当然。但是我现在可以怀有这个希望，实际上我也这样希望。希望我能顺利地炸掉桥，希望她顺利脱身。嗯，当然。但愿如此吧，这是我唯一的请求。

他伏在那里，并没有看着公路与岗亭，转而望着对面的远山。你什么都别想啦，他劝诫自己。他静静地伏在那里，等待着黎明来临。这是个天空晴朗的初夏早晨，如今已是5月底，黎明会很快到来的。有一个身穿皮外衣、戴皮头盔的摩托车司机，左腿皮靴的枪套里插着一支自动步枪，开着摩托车驶过他眼前的那座桥，顺着公路驶走了。过了一会儿，有辆救护车过了桥，从他眼皮底下经过，顺着公路驶走了。这是所有的动静了，他又闻到了松树散发的香味，听到水流的哗哗声响，这时晨曦中的桥显得轮廓清晰极了。他悄悄地伏在一棵松树后面，手中的手提机枪横放在他的左前臂上。他已不再对那岗亭进行瞭望了，看来这次攻势绝对不会发生了，在这么一个令人欣慰的 5 月底的早晨里不可能有什么事情发生。然而过了很久，他听到突如其来的炸弹的砰砰声。罗伯特·乔丹一听到炸弹声，不等山间响起隆隆的回声，就深吸了口气，迅速提起手提机枪。他的手臂由于受到机枪的重压而感到僵硬，手指麻木得不听使唤了。

岗亭里的哨兵听到炸弹声就马上站了起来。罗伯特·乔丹看见他伸手去拿步枪，从岗亭里走出来探察情况。他站在公路上，阳光倾泻在他身上。他头上斜戴着绒线帽，仰起头朝天空中飞过的飞机正在投弹的位置望去，阳光照射在他那没刮过的脸上。

公路上面没有雾，罗伯特·乔丹很清晰地看到那人在公路上抬头仰望着天空。阳光穿过树林明亮地打在他身上。

罗伯特·乔丹觉得自己呼吸急促，仿佛他的胸脯被一圈铁丝捆住了，使得他喘不过气来。他稳住了胳膊肘，感觉到有槽纹的枪把严紧地顶着他的手指，并把长方形准星瞄准那哨兵的胸膛中心，轻轻地扣动了扳机。

他感到肩头被枪托重重回撞了一下，公路上的哨兵诧异而痛苦地倒下了，前额贴向路面。他的步枪落在他身旁，他就躺在那里，一只扭曲着的手指还钩着扳机护圈，手腕向前曲着，步枪上的刺刀指向公路前方。罗伯特·乔丹将目光从这躺在公路上的哨兵身上移到了桥的另一端的岗亭。他没有看见另一个哨兵，就望向右下方的山坡，知道奥古斯丁埋伏在那里。接着他听到安塞尔莫的枪声，枪声砰的一响，在寂静的河谷里荡起回声。接着他听到安塞尔莫又开了一枪。

随着第二声枪响，从桥下另一端公路的拐角处传来砰砰的手榴弹爆炸声。然后，这边公路的左方远处也传来手榴弹爆炸声。接着他又听到这边公路上传来的步枪声，而下边公路上则传来巴勃罗拿着的那支骑兵用的自动步枪发出的枪声，"嗒嗒嗒嗒"地混杂在手榴弹的阵阵爆炸声中。他看到安塞尔莫沿着陡峭的山路爬下，朝桥的一端冲了过去。于是他就把手提机枪挎上肩膀，用双手提起松树树干后面的那两只沉重的背包，一手提一个，背包可真沉啊，使他觉得肩膀上的肌腱都要被拉出来了。他顺着陡峭的山坡蹒跚地奔上公路。

他一边跑，一边听见奥古斯丁在冲他叫喊："漂亮，英国人。干得好！"然而他想："干得好，亏你说得出口啊！"这时，他听到安塞尔莫在桥的另一端打了一枪，枪声当当地回响在钢梁之间。他越过死了的哨兵，背着包摇摇晃晃地奔上了桥。

老头子一手提着卡宾枪，朝他跑来。"一切正常，"他喊道，"没出错。我不得不再补一枪，确保他真死了。"

罗伯特·乔丹跪在桥中央，把背包打开，拿出他的爆炸器材。他看到泪水顺着安塞尔莫的脸颊一直流到花白胡子上。

"我不也杀了一个嘛！"他安慰安塞尔莫，朝弓身趴倒在桥这头公路上的哨兵甩了一下头。

"是啊，老弟，是啊，"安塞尔莫颤抖地说，"我不得不把他们杀了，所以我们就杀了。"

罗伯特·乔丹爬进桥面下的水泥柱架之间。钢梁上沾有露水，他一握上就感觉又湿又冷。他小心地爬着，感受到阳光照在他的背上，暖洋洋的。他在一根桥桁上慢慢稳住了身子，听到身体下方河水哗哗地流。这时听到来自公路上段的哨所那边的枪声已经很密集了。虽然桥下很阴凉，但是他大汗淋漓。他一条臂上捆着一圈电线，手腕上绕着一根皮带，皮带上挂着一把钳子。

"把炸药包往下一个个地递给我，老头子，"他冲待在上面的安塞尔莫大声喊道。老头子在桥边朝外面探出半个身子，试着往下递长方形的炸药包。罗伯特·乔丹伸手稳稳地接住，用力塞到他要安放的地方，并一包包紧紧地排好，用钢丝把它们扎紧。"楔子，老头子！给我楔子！"他把楔子一只只地轻轻敲进去，使炸药包能够牢固地嵌在梁柱之间，这时一股新鲜的木楔清香扑面而来。

他忙着安放炸药，塞紧，敲楔，再用铜丝绑牢，一心专注着这件事，迅速而又熟练地干着，好像他此时正在做外科手术一般。这时候他听到下段公路上传来一阵嗒嗒的枪声。然后传来一枚手榴弹的爆炸声。紧接着又是一枚，在湍急的流水发出的声响中发出轰的一响，接着那个方向重新归到寂静了。

该死的，他想。他们不知道受到了什么打击。

仍有枪声从公路上段的哨所那边传来。该死，枪打得很密集。他把两枚手榴弹并排扎在刚塞紧的炸药包上，接着把铜丝绕到手榴弹上的凹纹上面，这样就可以让铜丝把它们又紧又牢地固定在炸药包上。最后他用老虎钳把铜丝用力拧紧。他伸手摸摸这整整一捆东西。为了让它更牢固，他在这些手榴弹的缝隙里轻轻敲进一个木楔，使整个炸药包抵紧在钢梁上。

"现在到另一边去，老头子。"他冲安塞尔莫大声喊完之后，就穿过桥架攀爬到桥的另一边。我好像泰山①在钢铁打铸的树林子里了，他想。随后，他从桥下的阴影里慢慢探出身子，下面是

---

①　美国作家埃德加·赖斯·伯勒斯（1875—1950）的《人猿泰山》系列小说中的主人公，从小被非洲丛林中的人猿收养，成人后成为百兽之王。

滚滚的河水。他伸手去接炸药包，并不经意地抬起头一望，看见了安塞尔莫的脸。多善良的脸啊，他想。现在没有哭，多好啊！桥的一边的炸药已经安放好了，现在把这一边也搞好我们就完成任务了。这样能把桥炸掉了。得了，别激动，继续干吧。像那边一样干得干净利落，别毛手毛脚的，慢慢来。别贪图快，现在你可不能失败了。现在谁也无法阻挡你把桥的一边炸掉啦。你干得就像你应该干的那样。这个阴凉的地方啊，阴凉得像个地窖，而且干净得很。平时在石桥下面安放炸药时，总会发现下面很脏，有很多垃圾。这是一座多么完美的桥啊。桥面上的老头子处境很危险，别勉强地干得太快。但愿公路上段的枪声马上就结束了。"给我递些木楔，老头子。"我还是感到他们那枪声有异常啊！比拉尔肯定在那里碰到麻烦了。刚刚哨所那边肯定有不少人待在锯木厂周围，可能在哨所后面，或者在锯木厂后面吧。他们依旧在枪战着，这就说明，锯木厂里一定有什么人，那些该死的锯屑，那大堆的锯屑，时间一长锯屑就结成了块，倒是样好掩体，我们可以躲在后面打枪。他们一定还有好几个人，我们当时没侦察清楚。公路下段的巴勃罗倒没什么动静。真不清楚第二回打枪是怎么一回事。应该是开来了辆汽车或摩托车吧。上帝保佑，别是装甲车或坦克开来啊！我得继续干啊！尽快把这炸药安上，插紧木楔，仔细地绑紧。你在发抖啊，像个该死的娘儿们。你到底怎么啦？你想匆忙了事。我敢打赌，在公路上段的那个女人还没有发抖。不，那个比拉尔，或许她也在惧怕地发抖。听那枪声，她似乎是遇到了大麻烦。如果顶不住，她也会发抖。该死的，每个人都一样啊！

他从桥下把身子探到桥外，举起一只手去接安塞尔莫传递过来的东西。他的头现在离下泻的流水的声音稍微地远了一点儿，公路上段的枪声突然急剧变响了，然后又传来手榴弹的爆炸声，接着又是一阵阵的爆炸声。

"这样看来，他们是袭击了锯木厂。"

多亏我们拿到的炸药是一块块包扎的，他想。还好我的炸药不是条状的。但是那又怎么样呢。只不过更加匀整些罢了。不过，满满一帆布袋的块状炸药威力会更大一些。两袋? 不，这样的话一袋就够了。再说了，要是我们有雷管和那旧的引爆器该多完美啊，那狗娘养的把我的引爆器扔到河里了。那个旧盒子曾跟着我到过多少地方啊。他就那么直接把它扔在这条河里了。巴勃罗这狗杂种，他刚刚还在下边猛烈地打击敌人呢。"把那东西再给我一些，老头子。"

老头子干得很漂亮。但是，他在上面的处境可并不好。他很不愿意枪击那个哨兵。其实我也不想，但我那时别无选择。现在我也不考虑这么多了，你只能那样干。只是当时安塞尔莫先是把一个哨兵打残了，我知道被打残的人，后果是很惨的。我认为用自动武器杀人比较干脆些。当然。我是指对于开枪的人来说，那可是完全不一样，你只需扣动手中的扳机，事情就解决了。人是枪杀死的，而不是你杀死的。现在先把这个问题保留到别的时候再去想吧。你和你的脑袋啊，你有一颗很能思考的大脑，老乔丹啊。冲啊，乔丹，冲啊![1] 以前打橄榄球，你抱着球飞奔的时候，他们总是这么大声叫喊。你知道吗，那条约旦河其实并不比下面的那条小河大多少。你是说约旦河的源头吧，所有事物的起源都是如此。在这桥下面可能有块小地方，是属于你的。算了吧，乔

---

[1] 此处原文为 Roll, Jordan, Roll! ——是一支黑人灵歌的名字，意为"奔流啊，约旦，奔流啊!"乔丹的姓和约旦河在英语中为同一个词，所以别人借用这歌名来为他助威。美国南部的黑奴，一代代受到基督教的影响，在他们抒发心中的悲愤时，往往采用《圣经》中的典故，由于上帝许给犹太人的福地就在约旦河边，故灵歌中常引用它来象征苦难中的男人向往自由的土地。

丹，你振作起来吧。这是一件严肃的事情啊，乔丹。你不明白吗？这是一件非常严肃的事。从来就未曾这样严肃过。你看看河对面吧。你在干吗呀？现在不管这桥怎么样，我都无所谓了。缅因州一旦完了，那么国家也就跟着完了[①]。约旦河完了，那么该死的以色列人也会跟着玩完的。我是指桥啊。因此乔丹完了，而这该死的桥也就完了，其实应该把它倒过来说才对呢。

"把那东西再递给我一些，老伙计，"他说，老头子蔚然点点头。"快弄完了。"罗伯特·乔丹说，老头子又点点头。

当他在桥下面快要扎好手榴弹的时候，公路上段的枪声停止了。他继续干着，忽然只有小河的流水声了。他低头向下面望去，看见了河水流过漂石缝隙后，激起的白色湍流，随后泻入布满小石子水底，变为了一泓清水，他之前掉落的一个木楔现在就在这水流中不停地打转。他继续看着，有条鳟鱼轻轻浮上水面，捉着一只小虫子，绕着木楔打转的地方缓缓地游了一圈。他用钳子使劲绞紧扎住那两枚手榴弹的铜丝的时候，他从铁桥钢梁之间看到有一缕阳光洒在那绿茵茵的山坡上。那里三天之前还是褐色的啊，他想。

他把身子从桥下阴凉的暗处探到明亮的阳光中，冲着安塞尔莫低着的脸说："把那一大卷电线递给我。"

老头子费劲地把它递了下去。

看在上帝的面子上，这卷电线可千万不要乱啊，得靠这捆电线拉响手雷啊，电线只要穿上手雷的环扣就没问题了。还好，有铜丝呢，这就不怕了。罗伯特·乔丹一边伸手摸着手榴弹上的拉环，一边这样想着。他仔细看看绑在侧面的那两枚手榴弹边是否

[①] 这是1888年左右美国政界流行的一句箴言，意为在总统竞选时缅因州居于举足轻重的地位。

留有足够的空隙，以便在他拉出手榴弹开尾销的时候弹簧杆可以弹起来（绑手榴弹的铜丝是从弹簧杆下面一直绕过去的），接着他把一段铜丝的一端紧紧地系在一只拉环上，把另一端系在电线上。他从大卷上把一段电线拉出，把这大卷电线绕过一根钢桥桁，往上递给安塞尔莫。"小心点儿拿着。"他说。

他又爬回桥面，从老头子的手里接过电线卷，身子微微探出在桥的一侧，很快地放着线，尽快向那哨兵倒下的地方倒退着走。线卷随后扯出了很长的一段出来。

"把背包拿过来。"他倒退着，对安塞尔莫说。他一路上俯身把手提机枪拾起，重新将它挎在肩上。

在放线的时候，他抬了一下头，远远地见到有好几个人从高处的哨所那儿出来了，正在沿公路往回走。

他看到他们四个一起，然后他不得不盯住了电线，免得桥边上的钢架钩住了电线，它一点儿也不能让电线被缠住。他看到埃拉迪奥并没有跟他们一起回来。

罗伯特·乔丹放着线走过桥头，在最后一根桥柱上绕了一整圈，接着沿路奔到一块石路标的旁边才停下。他把电线割断，将一端递给安塞尔莫。

"好好握住了，老头子，"他说，"你快跟我一起走回桥上去。边走边把它带上桥。不，还是我来带吧。"

一到桥上，他就把电线从绕住桥柱的地方用力拉了出来，这样它就能够沿着桥边一直通到手榴弹的拉环上面，不会被别的什么东西钩住。然后他把电线的一端交给安塞尔莫，这电线沿着桥边通去。

"你拿着这个，快回到那刚才路标旁边去，"他说，"你要轻轻拿住它，不过要抓紧，千万别使劲。只要一使劲，桥就会被炸毁的。明白吗？"

"明白。"

"手里用力要小，也别让电线荡下桥，以免它被缠住。轻巧地拿稳了，不到时候千万别拉。明白吗？"

"明白了。"

"等你要拉的时候就实实在在地拉，一点儿也别抖啊！"

罗伯特·乔丹一边和老头子说话，一边看到比拉尔一伙里剩下的人这时正沿公路上段往这边走来。他们这时已经离得比较近了，他看到普里米蒂伏和拉斐尔正搀扶着费尔南多。看来他的腹股沟被子弹打中了，因为此时他双手正按在那上面，那汉子和小伙子一边一个地架着他。他们扶着他走，他的右腿拖在地上，一边的鞋帮在路面上不停地拖拉着。比拉尔拿着三支步枪，正在一步步地爬上山坡，进入了路边的树林。罗伯特·乔丹没看到她的脸，但她正把头高高抬着，尽快地向上爬去。

"情况如何？"普里米蒂伏大声问。

"很好，我们马上完成了。"罗伯特·乔丹大声回答。

没有必要问他们的情况。他扭头向别处望去，那三人到了公路边，试图把费尔南多扶上山坡来，可是他摇摇头。

"这儿，把一支步枪给我。"罗伯特·乔丹听到他的哽塞的声音说。

"不，伙计。我们要把你扶到马那儿去。"

"我要马做什么？"费尔南多说，"我在这儿很好嘛。"

罗伯特·乔丹没听到其他的话，因为他正在和安塞尔莫说话。

"等坦克来了我们就炸桥，"他说，"但要等它们开到桥面上才炸。装甲车来了也炸桥。也要等它们全都开到桥面上。如果有别的人马和车辆的话，巴勃罗会阻止的。"

"你在桥下的时候我不会炸的。"

"别管我。如果有必要炸，你就炸。我把另一条电线缚好就回来。那时我们就可以一起炸桥了。"

他抬腿朝桥的中部奔去。

安塞尔莫看见罗伯特·乔丹再度奔上桥面。他的手臂上挽着电线卷，在一只手腕上挂着钳子，背上挎着手提机枪。他看见他从桥栏杆边翻身爬下去，然后就不见了。安塞尔莫的右手握着电线，一个人蹲伏在石路标后面，沿着公路的方向朝桥望去，一眼望到桥对面。在他和桥之间的半路上刚好躺着那个哨兵，这时候哨兵的身体更紧密地和公路贴在一起了，阳光此时强劲地照射在他的背上，似乎把这尸体更紧贴地压在平滑的路面上了。他的步枪倒在公路上，插在枪上的刺刀刚好指着安塞尔莫。老头子的目光越过哨兵，顺着那覆盖在桥栏杆的条条阴影里面的桥面，一直望到公路上。公路沿着大河向左拐弯，然后便消失在岩壁后面了。他看到阳光照在那一端的岗亭上。然后他又想到自己手里的电线，回过头来，望着费尔南多跟普里米蒂伏和吉卜赛人正在争论着什么。

"把我留在这儿吧，"费尔南多说，"伤口十分痛的，而且里面在大出血。我一动就感觉到里面汩汩地流着鲜血。"

"让我们俩把你抬上山去，"普里米蒂伏说，"你只要把两臂挽住我们的肩，我们抱住你的腿，就可以了。"

"那也没有用，"费尔南多说，"你们先把我扶到一块岩石后面去休息一会儿吧。我在这儿跟在上面一样都能干。"

"但是我们走了之后呢。"普里米蒂伏说。

"那不如让我留在这儿吧，"费尔南多说，"都已伤成这样了，我根本没可能和你们一起上路了。但是这样刚好可以余出一匹马来。我在这儿很不错。我觉得敌人马上就来了。"

"我们完全能把你带上山去，"吉卜赛人说，"这十分容易。"

他当然迫不及待地想马上离去，普里米蒂伏也是如此。只是他们已经把他一路扶到了这儿。

"没事的，"费尔南多说，"我在这儿非常好。埃拉迪奥那边怎么样了？"

吉卜赛人用一根手指朝脑袋指了指，表示头上中了弹。

"打在这儿，"他说，"刚刚好就在你挂彩之后，就在我们冲锋的时候。"

"你们别管我啦。"费尔南多不耐烦地说。安塞尔莫看得出他十分痛苦。他这时用两手按着小肚子，脑袋往后自然地靠在山坡上，两腿笔直地伸在身前。他脸色灰白，正在冒着汗。

"就当是帮我个忙吧，现在请不要管我啦，"他说。疼痛使他闭上了眼睛，嘴唇四周在不停地抽搐。"我真的觉得在这儿很不错。"

"步枪和子弹在这儿，"普里米蒂伏说。

"是我的吗？"费尔南多眯着眼睛问。

"不，你的东西被比拉尔拿着，"普里米蒂伏说，"这些都是我的。"

"我宁愿用自己的，"费尔南多说，"自己的使起来顺手些。"

"我去把它拿来，"吉卜赛人哄他说，"在我们拿来之前你先用这支，好吧。"

"我这儿的位置很好，"费尔南多说，"不论是从公路上还是从桥上来的敌人，我都能对付得了。"他试着睁开眼睛，转过头望着桥的对面，然而马上感到一阵疼痛，接着痛得又闭上了眼睛。

吉卜赛人拍拍他的头，并用大拇指向普里米蒂伏打了个手势，示意他们可以离开了。

"我们待会儿再下来接你。"普里米蒂伏边说，边跟在吉卜赛人的后面开始一同爬坡。吉卜赛人正迅速往上爬。

费尔南多整个人仰靠在山坡上。他面前是一块刷白的公路边缘的界石。他的头笼罩在阴影中，但是阳光却直照在他那包扎好的伤口上，也照在他捂在伤口的手上。他的腿和脚也都在沐浴在阳光下。那支步枪现在就横躺在他身边，枪边有三个子弹夹在阳光的照耀下闪闪发亮。有只苍蝇爬在他的一只手上，但是剧烈的疼痛使他并没感觉到这微微的瘙痒。

"费尔南多！"安塞尔莫的手里握着电线，从自己蹲着的地方冲他大声喊了一声。他把电线末端绕了一个圈，并且扭紧了，这样就可以握在手心里了。

"费尔南多！"他又大声喊了一声。

费尔南多努力睁开眼睛，看着他。

"你还好吗？"费尔南多问。

"还不错，"安塞尔莫说，"一会儿我们就要炸桥了。"

"我真高兴。有用得着我的地方，尽管叫我啊！"费尔南多说着再次闭上了眼睛。他感到疼痛感在身子里的剧烈地挣扎着。

安塞尔莫没有看他了，转身朝桥面上望去。

他等待着看到英国人把电线卷递上桥面，再从桥边费力撑着身子爬上来的景象，他那晒黑的脸和脑袋也会接着出现。就在这时，他还特别留意着桥对面的公路拐弯处有没有什么动静。这时的他，一点儿也不觉得害怕，而且一整天也都没有怎么害怕过。情况变化得是那么快，却又那么正常，他想。我一点儿都不想枪杀那个哨兵，这让我觉得很难受，但是现在已经没什么了。只是英国人怎么能说枪杀一个人和枪杀野兽的感觉差不多呢？在打猎的时候，我从来都是兴高采烈的，并不觉得有什么不妥帖的地方。但是开枪杀人却使我觉得愧疚，那感觉就像在我们长大成人之后开枪打死自己的兄弟。而且为了杀死他，我还得补上几枪呢。算了吧，别想这个了。这实在叫人太过难受啦，刚才你从桥上奔过来时像个娘儿们一样哭哭啼啼。

现在这件事已经过去了，他劝自己，你以后可以找机会把这次欠下的罪孽偿还了，就像杀死其他人而赎罪一样。但是现在的进展已经和昨晚翻山回来时所希望的吻合了。你正在参与战斗，不该对什么都感到内疚的。哪怕今天早晨我就这样死去，也无所谓。接着他又转头望着靠山坡仰躺着的费尔南多。只看到他将两手弯曲着，捂在腹股沟上，嘴唇发青，两眼紧闭，呼吸既沉重又缓慢。安塞尔莫想，如果我要是死了的话，但愿死得痛快一些。不，我说过的，要是今天我能拿到我所想要的东西，我就别无所求了。所以我也就不提其他任何要求了。懂了吗？我什么都不想要。什么都不要求。只要满足了我以前提出过的要求，其他的事情我就都任其自然了。

他边听着远处山口传来的阵阵的枪响声，边对自己说，今天当真是个很了不起的日子啊！我想我应该认识到，应该了解今天是个怎样的日子。

但是他心头并没有振奋或激动。这种感觉已完全消失，心里只有一片宁静。这时，他蹲在那石头路标后边，把电线末端握在手上绕成一个小圈，手腕上也绕着一圈，双膝贴着路边的沙砾，他并不感到孤寂，一点儿也没有感到孤单。他和他手里的电线融为一体了，和桥融为一体了，也和英国人安置的炸药包融为一体了。他和那个仍旧奋斗在桥下的英国人融为一体了，跟整个战斗以及共和国融为一体了。

但是他并不感到激动。四周一片寂静，他在那里蹲着，太阳直晒在他的脖子和肩膀上，他抬眼看去，看到高远的晴空和河对面隆起的山坡，他不感到愉快，然而他也不孤单，也不恐惧。

比拉尔伏在山坡上的一棵树后面，注视着通过山口的公路。她身旁放着三支上了膛的步枪，普里米蒂伏趴到她身边，她递给他一支枪。

"在那棵树后头蹲着吧，"她说，"吉卜赛人，你到那儿去，"她指了指下面另一棵树说，"他死了吗？"

"没，还没有。"普里米蒂伏说。

"真倒霉，"比拉尔说，"要是我们多两个人，就出不了这种事了。他应该爬绕到锯屑堆后头去才是。现在他待的地方可以吗？"

普里米蒂伏摇摇头。

"在英国人炸桥的时候，碎片能飞得这么远吗？"吉卜赛人从他那棵树后头问。

"不知道啊，"比拉尔说，"不过控制机枪的奥古斯丁比你离得更近。如果靠得太近的话，英国人是不会安排他在那里的。"

"但是在我的记忆中，炸火车的时候，火车的头灯从我头上飞过去，碎铁片像鸟一样到处乱飞。"

"你的回忆可真浪漫啊！"比拉尔说，"像鸟儿？去你的！像乱飞的洗衣房锅炉吧。吉卜赛人，听着，你今天表现不错。现在不要让恐惧吓破你的胆。"

"唉，我只不过是问问会不会炸得这么远，我能够在树干后好好躲起来。"吉卜赛人说。

"就这么躲着吧。"比拉尔对他说，"我们杀了几个人呢？"

"我们杀了五个。这儿干掉了两个。你没看远远那头有一个吗？向桥那边看看。看到岗亭了吗？瞧！看到了吗？"他指了指，"还有，巴勃罗在下面对付那八个。我帮英国人在那个哨所放过风。"

比拉尔哼了一声，接着她破口大骂："这英国人怎么回事？他在桥下干什么破事啊？那么慢吞吞的！他是在建桥还是炸桥啊！"

她伸出脑袋，向蹲在石路标后面的安塞尔莫看去。

"嘿，老头子！"她喊道，"你那他妈的英国人在搞什么鬼名堂？"

"别着急，婆娘，"安塞尔莫对着上头大声喊，轻巧而沉稳地握着电线，"他就快完成了。"

"他花了那么长时间，这狗娘养的到底在搞什么？"

"这是技术活！"安塞尔莫大声说，"这中间是有学问的。"

"他娘的学问，"比拉尔对吉卜赛人大发雷霆说，"让这个脏脸小子赶紧把桥炸了算啦，玛丽亚！"她拉开了低哑的嗓子朝山上大叫，"你的英国佬……"她想着乔丹在桥下的行为无休无止地骂了一堆脏话。

"安静一下吧，婆娘，"安塞尔莫从公路那儿大声说，"他干的活儿可不简单。他就要完成啦！"

"真是活见鬼啊，"比拉尔大发脾气说，"能不能快点啊！别像个娘儿们似的。"

就在这时候，他们听到公路另一头响起了枪声，巴勃罗正在那边固守着已攻占的哨所。比拉尔停止了喊叫，仔细聆听着。"哟，"她说，"啊哟哟！真的来啦！"

　　罗伯特·乔丹用一只手将电线卷甩上桥面时也听见了枪声，随即撑起身体爬上来。他双膝抵在铁桥的边缘上时，听到下头拐弯处响起了机枪轰鸣声。这跟巴勃罗的自动步枪的声响不一样。他站起来，把身子探了出去将电线卷完全绕好，接着开始侧着身子一边沿桥倒退着走，一边放线。

　　他边走边觉得枪声直插进他的心窝子里，就好像在自己的横膈膜上回响着。他走着走着，发觉枪声也越来越近了，他回头看了一眼公路拐弯的地方。但是依然看不到任何坦克、汽车或人。他向桥头前进到半路，仍旧没有动静。他完成了四分之三的路程，放电线进行得很顺利，没有缠到什么东西，但路上还是没有动静。他把拉着电线的手伸出桥外，不让铁桥架钩住它，爬着绕过岗亭的后面，仍然不见动静。等他走上公路时，公路下段仍旧没有动静，接着他沿着公路外侧被山洪冲成的小沟快速地倒退着走，好像棒球外野手倒退着接高飞球一样。他始终紧绷着电线，快步走到了安塞尔莫所躲着的石路标对面，但是桥对面依然不见动静。然后，他听到公路上段开来一辆卡车，它刚爬上桥面长长的坡，罗伯特见时机一到，就把电线挽了一圈在手腕上，对安塞尔莫大喝一声："炸桥！"他立稳脚跟，使劲后仰身体，猛地把绕在手腕上的电线绷紧，这时候后面传来卡车开动的声音，前面是横着哨兵尸体的公路、长长的桥和对岸那段始终空荡荡的公路。接着轰隆一响，桥的中段蓦地腾上空中，就像浪花飞溅一样石破天惊，他猛然扑倒在满是鹅卵石的小沟里，双手紧紧抱着头，感觉爆炸的气浪朝他快速冲来。炸飞的桥段落下来，掉在原来的地方。他的脸紧贴着地面，一片熟悉的刺鼻的黄色烟雾朝着他滚滚而来，钢铁碎片开始如雨点一样落下来。

　　钢铁碎片落完之后，他还没死，就抬起头来望对面的桥。桥的中段没有了。桥面上布满边缘尖锐不平的钢铁碎片，新炸裂开的断面在阳光下银光闪闪的，公路上也撒满了碎片。那辆卡车停在距桥一百码左右的公路上。司机和同车的两个人正慌不择路地往一个涵洞跑去。

费尔南多依然背靠山坡躺着，他还有呼吸。他的两臂直挺挺地垂在两侧，两手也松开了。

安塞尔莫脸朝下伏倒在白色的石路标后面。他的左臂在脑袋下面曲着，右臂朝前直伸着。那圈电线依然绕在他紧握的右手上。罗伯特·乔丹站起来跨过公路，跪在他身旁，知道他已经死了。他没有翻过尸体来察看铁片打中了什么地方。他死了，没什么可想了。

他死了，他看起来个子真小啊，罗伯特·乔丹想。他个子真小啊！以前从没有发觉他是这么的矮小，他的头发也变得灰白，罗伯特·乔丹忍不住想，要是他的个子这么矮小，真不知道他怎能背得动那么大的背包。安塞尔莫身上还是穿着紧身灰色牧羊裤，脚上的绳底鞋的鞋底也已经破了，真是可怜啊，他现在已经死了。他没在这里多做停留，他捡起安塞尔莫的卡宾枪，顺便把那两只背包捡了起来，又走过去捡起落在费尔南多身旁的步枪。他一脚踢开路面上的一块碎片钢铁，步伐坚定地往前走着。他把两支枪甩上肩头，往森林里走去。他没有回头，甚至也没有望一望桥对面的公路。桥下拐弯处枪声还是很激烈，但是他这时完全不理会这个了。

他自己被那两包 TNT 炸药的烟雾呛得一直咳着，他觉得全身都还处在麻木的状态。

他来到比拉尔的身边，把一支步枪放在了那里。她看了看，发现有三支步枪了。

"你待的这个位置不好，太高了，"他说，"公路那边来一辆卡车，你就看不到。你还是在低一些的地方躲着吧，他们不会怀疑的，还以为那些坑是飞机炸的呢。我要和奥古斯丁下去帮巴勃罗作掩护了。"

"老头子呢？"她盯着他的脸问。

"牺牲了。"

他又剧烈地咳起来，向地上唾了一口，显然安塞尔莫的死对他打击很大。

"英国人，桥炸了，"比拉尔看着他说，"不管怎样，这个事最重要啊！"

"炸掉了，你放心吧，"他说，"你说话的声音太大了，"他告诉比拉尔，"我都感觉耳膜在震。你现在可以大声告诉上头的玛丽亚一声我没事。"

"锯木厂一战，我们牺牲了两个。"比拉尔说，想让他明白现在的事态是多么的可怕啊，不要为了安塞尔莫的死而悲伤。

"这我知道了，"罗伯特·乔丹说，"你不要做蠢事，就好。"

"去死吧，英国人，"比拉尔说，"费尔南多和埃拉迪奥也都是英雄啊！"

"你上去吧，好好看护那些马，"罗伯特·乔丹说，"我在这儿掩护都比你强。"

"你需要去掩护巴勃罗啊！"

"让巴勃罗见鬼去吧，让他死一百个也不足惜！"

"不，英国人。你不能这么对待他，他现在已经回心转意了。他此时正在下面奋力地战斗着，为了我们的共和国，他努力地奋斗着，你没注意听吗？他的情况很糟糕，你难道不能去支援一下吗？"

"我为什么要去掩护他。但你和巴勃罗，你们都是浑蛋，我恨不得你们都去死。"

"英国人。"比拉尔说，"你冷静些，不要说气话。在炸桥这件事上，我一直很支持你。巴勃罗虽然干了对不起你的事，但是他现在后悔了，回来帮助我们了。"

"是啊，他回心转意了。如果有引爆器的话，老头子就不会死。那个位置本来是我引爆的。"

"总是如果，如果……"比拉尔说。

当爆炸发生之后，他从卧倒的地方抬起头来，看到安塞尔莫趴在那里一动不动了，他心里顿时充满了空虚、愤怒和憎恨，这是炸桥之后内心紧张之后的释放，此时这些感情依然笼罩着他。他心里涌起一股悲伤的情绪，接着这种悲伤转化为一种失望的憎恨，这是军人为了可以继续作战，化悲痛为力量。现在大功告成了，他没有感到轻松，反而感到孤单、寂寞极了，他此时对他所见到的每个人都憎恨。

"假如当初不下雪的话……"比拉尔说。这时，他现在憎恨一切的情绪，不是一朝一夕造就的，而是这几天来的郁闷的集中爆发。无疑是这场雪毁了好多人的性命，都是雪惹的祸啊！你以前见到过因为雪死去了好多战友，但昨天你再次遇见了这种情况，可你一度见死不救。在战争中总是把自己置之度外，战争中不可以有自己，在战争中只能遗忘自己，这是战争中的纪律，你一直奉为神圣的准则。但此时，在这种忘我之中，听见比拉尔说："'聋子'……"

"什么?"他说。

"'聋子'……"

"你说得对啊，"罗伯特·乔丹说。他对她勉强地挤出一个笑容，那是一个无比生硬的苦笑。"别提他了。对不起，比拉尔。我错了，我们大伙儿一起来好好干吧。桥已经炸掉了，你说得对，我不应该胡思乱想，也不应该怨天尤人。"

"你这样想，就对了，你要设身处地地为他们着想。"

"那我现在到奥古斯丁那里去。你叫吉卜赛人守在远远的下坡，这样公路上段的情况了就可以一览无余了。你把这几支枪给普里米蒂伏，你留着这机枪，我来教你怎么使用它。"

"机枪你留着吧，"比拉尔说，"我们随时都有可能离开这儿。巴勃罗现在差不多该来了，我们就要撤离啦！"

"拉斐尔，"罗伯特·乔丹说，"到这边来。就是这儿，好。你要时刻注意那些从涵洞里出来的人。那边卡车的上方，你看得到吗？他们向卡车跑来了，赶紧给我把他打死。坐下，别慌，枪端稳了。"

吉卜赛人坐下来，仔细瞄准，开了一枪。罗伯特·乔丹说，"打高了。你只击中了上面的岩石。你看，那边飞起了几块碎石，你要再低一点儿瞄准，对，低下两英尺。对，小心，现在可以仔细瞄准了。他们在跑，你继续射击。"

"打死了一个。"吉卜赛人说。只见那人扑倒在从涵洞到卡车的半路上，一动不动了。另外两个人还是没命地跑，并没有停下来拉走他。他们已经离涵洞近在咫尺了，没机会了，他们已经弯腰躲了进去。

"别朝人开枪，"罗伯特·乔丹说，"你要打在卡车前轮胎的上方靠里一点儿的位置。这样，即使打不中轮胎，也可以打在引擎上。好。"他用望远镜看着，"再稍低点儿。好。你的枪法很准。棒极了！棒极了！快打散热器。只要是散热器，随便打到哪个部位，都可以使它瘫痪。你是一流的枪手。瞧，谁也甭想从那儿过去。明白吗?"

"我把卡车上的挡风玻璃打碎,你看那儿。"吉卜赛人兴冲冲地说。

"不用打了,车子已经报废啦,"罗伯特·乔丹说,"留着点儿子弹,别的车辆开来了就射击。你记住,要等他开到涵洞前再打,要想法击中司机。现在我们的目标就是司机。"他回身看了一眼比拉尔,她已经下到山坡更远一点儿地方了,于是他对她说:"你这儿的位置很好了。那边的峭壁掩护了你的侧面,你选了一个极佳的射击位置。"

"你别废话了,你和奥古斯丁赶紧忙自己的正事去吧,"比拉尔说,"别在这儿逗能了,我也不是傻瓜,我也是见过世面的人。"

"普里米蒂伏你再过去一些,去上面守着才合适呢,"罗伯特·乔丹说,"就那儿,明白了吗,伙计?山坡陡的这边的位置才是最好的。"

"别管我了,"比拉尔说,"走吧,英国人。和你的谨慎小心见鬼去吧。这儿没问题的。"

就在这时候,他们听到了飞机的轰鸣声。

玛丽亚和那几匹马待在一起,虽然树林子里很隐蔽,但她仍放心不下。如果马因为飞机发了狂,她也没办法让马平静下来。她在树林里待着的地方看不到公路,更看不到桥。当枪声响起,她一手搂住了那匹白脸栗色大种马的脖子,示意它安静下来。那几匹马对她很熟悉,也很听她的话,因为以前她常去马栏那边喂养它们。可是,她一听到枪声和手雷的炸响就紧张不安起来,这种情绪感染了这匹大种马,所以它显得很焦躁,不时甩着头,张大了鼻孔。玛丽亚的焦躁情绪很难平复下来,就在树林子里来回走动着,轻拍着马,叫它们听话,可这还是让它们更加紧张不安。

她在脑海中努力设想着，这次战争并不可怕，这只是炸桥而已。巴勃罗和那些新来的人在杀掉那些岗哨的士兵，比拉尔和其他几个人在上面掩护，自己用不着担心，也没必要惊慌失措，必须相信罗伯特的能力。但是即使这样想，她还是做不到，桥那边的枪声，以及像远处的暴风雨声那样从偏远的山口传来的厮杀声，中间的手榴弹的爆炸声，这些都让她紧张得喘不过气来。

她正沉醉在自己的思绪中，比拉尔从山坡的那端大嗓门儿地喊了几句，似乎是脏话呢，她听不懂，就想，唉，上帝啊，不要这样啊！他正处在危急关头，不要这样骂他呀。战争都这么残酷了，我们最好不要自己人折磨自己人了，要是为此造成不必要的风险，该是多么的不值啊！别惹恼任何人呀！

她内心担心罗伯特的安危，静心祷告起来，就像她在学校里做的那样，只见她用左手记着数，两段祷文反复地念了几十遍，才罢休。后来，一声轰鸣，有一匹马受惊了，马身子直立起来，脑袋猛地一甩，缰绳啪的一声被扯断了，转身跑进了树林。玛丽亚一路追赶过去，费了九牛二虎之力才从树林里把它拉回来。这匹马显然是被吓傻了，它战栗地抖动着身子，胸脯被汗水浸湿了，马鞍也耷拉了下来。她方才从树林拉马回来的时候，听见桥边的枪声密集了，就想，我自己闷在这里，无法及时了解外面的真实情况，我快要疯了，我喘不过气来，嘴里顿时口干舌燥。我害怕极了，但我束手无策，还把马惊了，我真是无用啊，只能待在这儿，一点儿忙都帮不上呢。其实，我也够幸运的了，这一匹马在树上撞掉了鞍子，又被马镫钩住了脚，我才侥幸地抓住了它，现在我装上鞍子，唉，上帝啊，我还能做什么，我一点儿也不知道那边的情形如何了。

这种焦躁的情绪，使我快要承受不了啦。我别无所求，只想他平安无事地归来。共和国是大事，但我们的胜利也是大事，只要人活着，共和国的事业一定会完成的。但是，敬爱的圣母啊，只要您能让他从桥上平安地回到我身边，您叫我做什么都可以，哪怕是做牛做马我也心甘情愿。他死了，我也不能活，我的心和他同在。我是为了他而生的，他死了，我活着还有什么意义呢？我的心生死都和他在一起。求求您为了我保佑他，这样我才能存在。今后我将侍奉您一生，而他只要活着就好了，我无所谓。这样做也并没有违背共和国。啊，请宽恕我吧，因为现在我心乱如麻，一点儿头绪也没有。这次如果您保佑他，让他活下来，我以后一定多多行善，报答您的恩德。他吩咐我做什么，您吩咐我做什么，我都照着办。有了你们两位，我的人生就全了，我什么都愿意为你们做。可我受不了现在这样不明真相的情形，我实在受不了。

她祈祷了半天，又重新回到马那边，她为马装上马鞍，抚平马毯。她正在收紧马肚带的时候，就听见下面树林里传来低哑的喊声："玛丽亚！玛丽亚！你的英国人平安无事。听到没？平安无事，平安无事！"

玛丽亚听完拉比尔的喊话，双手抓紧马鞍，不禁哭了起来，她实在是太感动了，她的短发抵在马腹上，双肩因为激动抖动着。她听到那低沉的嗓音又叫了一声，于是，迅速回身，哽咽着叫道："听到了！谢谢你！太感谢你了！"接着又哽咽着说，"谢谢你！太感谢你了！"

飞机一飞来，大家都抬眼看往天空中观望，飞机是正从塞哥维亚方向飞来的，它是多么的威武啊！在高空中银光闪闪，轰鸣声压过了世间的一切。

"又来了一批飞机啊！"比拉尔说，"真是雪上加霜，我们怎么应付的了啊！"

罗伯特·乔丹盯着飞机，端详了一会儿，然后伸出一条胳膊抚在比拉尔的背上说："不，比拉尔，你放心，"他说，"这些飞机不是来炸我们的。它们没时间来对付我们，它们现在忙极了，你放心吧。"

"我恨这些飞机。"

"我也是，但我现在必须走了，要到奥古斯丁那里去了。"

他越过山坡上的松林，一路东躲西藏地走着，头顶上的飞机震天响，断桥对面的公路拐弯处仍然传来一挺重机枪的突突声。

罗伯特·乔丹终于到了奥古斯丁身边，他此时正隐蔽在一丛小松树中，自动步枪架在前面，飞机还在源源不断地飞来。

"下面情况怎样？"奥古斯丁说，"巴勃罗在做什么？难道他还不知道桥已经被炸掉了吗？"

"他目前无法脱身，只能继续打下去了。"

"那我们撤走吧，让他见鬼去吧。"

"他能过来的话，现在就应该来了，"罗伯特·乔丹说，"按理说，他应该来了啊！"

"我一直没见他的人影呢，"奥古斯丁说，"已经有五分钟没听见枪响了。不。在那里！听！他就在那儿，就是他。"

这时，一阵"啪啪啪"的声音响起，那是骑兵的自动步枪的声音，一阵接着一阵。

"是的，就是那个老杂种。"罗伯特·乔丹说。

他盯着万里无云的天空，飞机还是源源不断地飞来，他转头看了看奥古斯丁，奥古斯丁此时也仰望着飞机，一动不动。他顿时觉得内心空虚极了，他低头望着断桥那边的公路，大脑一片空白。他咳了一声，唾了一口，倾听着那重机枪又响了起来。听起来枪声还在原来的地方，一定是巴勃罗还没有脱身呢。

"这是什么枪?"奥古斯丁问，"这枪声，我怎么从来没有听过?"

"这枪声确实诡异呢，在我没炸桥时，它就一直在响着。"罗伯特·乔丹说。他低着头，看着断桥下的流水，水流潺潺，断桥落在河床中，扭曲着身子，像条废弃的钢制围裙。他听到飞过去的第一批敌机，此时正在山口上空投弹，更多的飞机还在继续飞来。飞机的马达震天响，敌方一架非常小的驱逐机在其他飞机的上面，盘旋着，打着旋。

"我觉得前天早晨那些飞机并没有穿越火线，"普里米蒂伏说，"它们一定是拐向西然后就飞回来的。如果当时他们看见了这些飞机，就不会发动进攻了。"

"你看飞机多新啊，我看大部分都是新的。"罗伯特·乔丹说。他这时感觉事情很不妙了，情况开始是正常的，后来却发生了不可思议的变化，你无法预料的变化。就如你不经意间丢了块石子在水里，水面上激起了一片涟漪。你开始以为就是这样了，事情却没你想象的简单。这涟漪海浪般吼着，排山倒海地向你猛扑过来。也像你大吼一声，你希望听见对面山峦的回音，不想却引来雷鸣般声音，震耳欲聋。又如同你打死了一个人，他躺在了你脚下，可不一会儿，你看见漫山遍野的人全副武装地站起来了。情况确实很糟糕啊，但此时他没有和戈尔茨一起，在山口那儿挨着枪子，心里还是很痛快呢。

他伏在奥古斯丁的身边，目光注视着上空飞机，倾听周围的枪声。他此时的注意力都用在了公路上，他明白公路那里肯定会出现一些情况，可是现在一时半会儿还无法预料到底会出现什么事。桥那边的枪声还是没有停歇，那边岗哨就那么几个人，怎么打到这会儿还没结束啊，难道自己的情报出了纰漏不成。他原来认为自己必然会被炸死，所以现在看到的一切都显得那么虚幻。

既然自己没死，就不要有这样的想法了，他对自己说。别想这么多了。今天要做的事情还很多，脑袋一定要保持清醒啊！然而这种想法还是一直纠缠着他，所以他清楚地感知这一切变得有如梦境。

"你吸进的硝烟太多了。"他安慰自己说。可是他知道，自己的这种幻觉，绝对不是硝烟的原因。他目前的处境，出了自己的预料范围，此时看起来是多么的不真实啊！因此，他想用现实的场景刺激一下自己的神经，使自己从这种梦幻中清醒过来，于是他低头望望那座断桥，那公路上躺着的哨兵，那死去的安塞尔莫，那靠着山坡长眠的费尔南多，那平坦的褐色公路，那已经没法开动的卡车，但是，这一切依然还是显得虚无缥缈。

"你清醒过来吧，"他对自己说，"你是徒有外表的公鸡，谁也看不出你已受了内伤，但外表上虽看不出来，可你知道，你的伤势已经快要杀死你了。"

"别瞎扯了，"他对自己说，"你只是有点儿头晕罢了，你的任务完成了，你就把劲儿松了。你不会有事的，不要太过忧虑了。"

这时，奥古斯丁突然拉了一下他的手臂，用手指着河谷的方向让他看，他迅速望过去，看到了巴勃罗跑过来了。

巴勃罗绕过公路拐角向这边飞奔而来。跑了一会儿，他在那堵遮住公路下段的陡峭石壁边停下，倚着石壁朝身后的公路射击，显然后面还有追赶的人呢！罗伯特·乔丹看到矮胖健壮的巴勃罗，此时很狼狈啊，帽子丢了，也全然不顾，只知道用那支骑兵用的短自动步枪向着来路射击着。从这个角度，他能看到像喷泉一样跳出来的铜弹壳，在阳光下闪耀着弹落在地上。巴勃罗又往前跑了，不一会儿，巴勃罗蹲下来又打了一梭梭子弹，最后这个矮个子的男人玩命般往桥头飞奔而来。

罗伯特·乔丹一把把奥古斯丁推倒一边，拿起自动步枪的枪托抵在肩上瞄准公路的拐角，但他的位置距离拐角太远，自动步枪几乎帮不上什么忙呢！

巴勃罗一路飞奔，往他们这边跑来，罗伯特·乔丹始终瞄准公路的拐角，可是那里没有什么动静。巴勃罗奔到桥头，抽空儿回望了一眼，还往桥头这儿瞥了一下，接着拐向左，消失在河谷里面。罗伯特·乔丹还是密切地注视着拐角处，期望发现一点儿动静。奥古斯丁翻滚到罗伯特的身边来，单腿跪着，望着公路那边。巴勃罗此时像只山羊似的爬下河谷。他们现在也很疑惑，自从他们见到巴勃罗，就没有听到下头有枪响。

"你看到上面山岩上有什么动静吗？"罗伯特·乔丹问。

"没有。"

罗伯特·乔丹还是拿枪瞄着公路的拐角。他知道，那么陡峭的石壁，谁也不可能爬上来的，但峭壁下面有一段是相对平坦的山谷，他们可能会迂回爬上来，我们不能放松警惕啊！

刚才他还为自己的虚幻的思维而恼怒，现在这一切突然变得十分真实了。这就如同反光镜头突然找到了真实的焦距。他在想的时候，发现一辆低矮的坦克的斜面车头出现在那边，就连突出的机枪那绿、灰、棕三色老旧的回转炮塔也出现在了阳光下。他立马向它开火，听着子弹当当地打在钢板上，并没有对它造成什么损伤。但这辆小型轻便坦克还是很谨慎，急忙缩回到岩壁后面。罗伯特·乔丹还是盯着拐角处，看见车头又露出来，然后上面的炮塔枪口转过来，指向了公路。

"他们谨慎的样子，真像老鼠出洞啊！"奥古斯丁说，"看，英国人。"

"这些家伙怕死呢。"罗伯特·乔丹说。

"巴勃罗刚才回身打的是这个甲壳虫似的家伙呢，"奥古斯丁说，"弄死他，英国人。"

"不，我奈何不了它。而且我不想让它发现我们的藏身地点。"

坦克开始漫无目的地朝公路的一头射击，子弹打在路面上，又嗖嗖地弹开去，散弹打在了桥的钢铁栏杆上，噼噼啪啪地响。这就是那挺，他们刚才感觉怪异的机枪声。

"浑球儿！"奥古斯丁说，"这就是他们目空一切的坦克吗，英国人？"

"是的，这只是一个小型的，你可不要小看它呢。"

"去他的。如果我有个装满了汽油的小瓶，我会亲自爬上去，让它尝尝被火烧的滋味。你看，这家伙要做什么，英国人？"

"小心点儿，不要暴露了。这家伙不知道我们的方位，正打算试探我们呢。"

"这东西真是骇人呢，"奥古斯丁说，"看，英国人！他向那些尸体开枪了。"

"他们是在试探我们的位置，因为没有别的目标出现，"罗伯特·乔丹说，"他们并不傻，你可不要大意了。"

你可以嘲笑这个坦克里面的傻瓜呢，你可以嘲笑。这个坦克手开着自己的武器回到了自己的本国，没想到别人的炮火在路上拦阻自己呢。桥都炸了，你肯定怀疑前面有地雷埋伏呢，你当然会这么想。这坦克手干得挺不错呢。他可以乱打机枪，在这里拖延时间，等待援军支援。他正在跟敌人交战，他不知道我们敌人到底有多少，他不能轻举妄动。不过就只有我们几个人罢了，但他不清楚这个状况啊，看这狗东西又开始试探了。

小坦克在拐角上慢慢把头露了出来。

奥古斯丁往河谷那一看，巴勃罗手脚并用地从河谷边爬了上来，胡子拉碴的脸上满是汗水。

"那杂种来了。"他说。

"哪个？"

"巴勃罗。除了他，还有谁呢！"

罗伯特·乔丹这时也看见了巴勃罗，他没说什么，回身就朝坦克上涂着伪装色的炮塔射击，他瞄准的地方是机枪上方的那条隙缝，那是它的弱点所在。小坦克显然很害怕，一下子缩了回去，随后逃得不见踪影。罗伯特·乔丹立马拎起自动步枪，收起三脚架，并把枪筒收紧，扛在了肩上，尽管枪口还是很烫，他还是坚持往前走了。枪口烫得他的肩膀痛极了，但他只是用手举起枪托，使发热的位置尽量远离自己的肩膀。

"拿上那袋子弹盘和我的那挺枪，"他大声说，"跑步跟上我的步伐。"

罗伯特·乔丹快步穿过松林，朝山上奔去，奥古斯丁和巴勃罗紧随其后。

"比拉尔！"罗伯特·乔丹向山坡对面喊，"快点，跟上来啊！"

他们三人手脚并用地拼命往上爬。因为山坡太陡峭了，他们无法跑得太快。巴勃罗身上只有一支骑兵用的手提机枪，虽然年老了，可也能紧紧跟着他们两人。

"你那帮人呢？"奥古斯丁嘴唇发干，呻吟沙哑地问巴勃罗。

"都死了。"巴勃罗说，他此时快喘不过气来了。奥古斯丁转过头，望着他，没说什么。

"那么我们现在不用担心马少的问题了，英国人。"巴勃罗气喘吁吁地说。

"好。"罗伯特·乔丹说。你这狡猾的老公猪，这杀人狂啊，他想，"你究竟遇到什么了？"

"该遇的，不该遇的，都遇上了。"巴勃罗说，他呼呼地喘着气，"比拉尔怎么样？"

"她很好，可惜再也无法见到费尔南多和两兄弟中的一个了。"

"他叫埃拉迪奥。"奥古斯丁说。

"你怎么样？"巴勃罗问。

"我与安塞尔莫永别了，事情已经够糟糕的了。"

"马有多余了，"巴勃罗说，"连驮行李的都够了。"

奥古斯丁咬着嘴唇，望着罗伯特·乔丹，摇摇头，示意他不要太相信巴勃罗。这时下面树林中又传来机枪扫射的声音了，一定是那辆坦克又回来了。

罗伯特·乔丹猛地一甩头，"怎么回事？"他问巴勃罗。他现在很厌烦巴勃罗，甚至不想见到他或听到他的声音，但是他此时很需要巴勃罗给自己一个答复。

"那辆坦克在那里，我没法脱身，"巴勃罗说，"我们在下头哨所的拐角上被围住了。最后这辆坦克回去补给了，我才抓住机会跑回来。"

"当时你在拐角上对谁开枪呀？"奥古斯丁毫不掩饰地问。

巴勃罗望着他，嘴唇裂了裂，似乎想笑出来，但发现时机不对，硬是憋了回去。

"你把他们都杀死了？"奥古斯丁问。罗伯特·乔丹再也不想听他回答了。你不要再问了，他们死了，跟你一点儿关系也没有。你所期望的事，他们都完成了，而且还干得不错。巴勃罗杀了那几个人，这是帮派内斗争。你不要用道德的观点判断，在战争年代，还有什么道德可言啊！对于一个凶手，你还能指望他什么呢？你正在跟一名刽子手合作啊，你一开始就知道他的身份，你不要说话，也不要对他再苛求什么了。你已经很了解他了。他杀死自己人，这又不是什么新鲜事。可是我就是看不惯他的这种作风啊，你这狗东西啊，他想。你这卑鄙无耻的东西，你还是人吗？

他的肺部开始疼痛起来，这是老毛病了，只要一爬山或奔跑之后，它仿佛要裂开似的，就在这时，他看见了前面的马。

"说呀，"奥古斯丁还在说，"你怎么不夸耀你杀死了他们？"

"嚷什么，"巴勃罗说，"今天我干了场大的，已经立了大功了。你还嚷什么，有本事，你去啊，问英国人吧。"

"现在，任务完成了，你赶紧带领我们撤退吧，"罗伯特·乔丹说，"撤退路线，都是你想出来的。"

"我有个好主意，"巴勃罗说，"如果运气足够好，我们就能脱险了。"

他开始可以正常呼吸了，他现在那张老脸显得神采奕奕的。

"你不打算杀人了，对吧？"奥古斯丁说，"我们之中的这几个人安全了，对吧？你要是再敢打什么歪主意，我现在就弄死你。"

"闭嘴，"巴勃罗说，"我现在需要顾及你和我们大家的利益。因为这是战争，一个人不能随心所欲。"

"浑蛋，"奥古斯丁说，"你就会说，这个战争的功劳全成你的了。"

"你必须告诉我，你在下面见到了什么。"罗伯特·乔丹对巴勃罗说。

"我刚才说过了，什么事都遇到了，很惊险啊！"巴勃罗重复着刚才的话。他虽然还是喘得厉害，但此时已经好多了，能从容不迫地回答了。他浑身汗津津的，这时正用自己的小眼睛看着罗伯特·乔丹，他想知道罗伯特是否对自己有什么恶意，然后张口笑笑。"什么都遇到了，"他再次说，"我们先占领了哨所，刚想松口气的时候，来了个摩托兵，后面还跟着一个。不一会儿来了一辆救护车、军用卡车和那辆坦克。你炸桥之前，那辆坦克伤不了我们，但是它控制了公路，火药也密集，我们根本无法脱身啊！后来它开走了，我就回来了。"

"那么你的那帮人呢？"奥古斯丁插嘴说，还是没有好气。

"闭嘴，"巴勃罗盯着他，脸上的神情傲慢又无礼，就像一个常胜将军似的，"他们不是我们的同伴嘛！"

他们走到了那些马的中间，阳光透过松树的枝头照在它们身上，它们不时摇头踢脚，驱赶着那些扰人的马蝇。罗伯特·乔丹看到了玛丽亚，紧紧地把她抱在了怀里，他的自动步枪甩在了身后，锥形枪口顶着他的肋骨生疼，只听玛丽亚在说："真的是你啊，罗伯特。真的是你啊，我不是做梦吧！"

"是我，亲爱的。真的是我，我们现在就走吧。"

"你真的回到了我身边吗？"

"对，是的，真的。我真的在这里了！"

他绝没有想到，后方有个女人在焦急地等待着你，牵挂着你的安慰。你绝没想到，你身体的任何部分居然都体会到了这些，并对此做出了反应。你绝没有想到，女子小而圆的乳房，隔着衬衣抵在你的胸膛中，在战场中，你感受到了这些，真是不可思议啊！可这是事实，他觉得高兴极了，这是我原来绝没想到的事情啊！于是他使劲搂了她一下，但并不看她，并使劲拍了一下她的屁股，这是他从没拍过的地方。说，"上马，跨上马鞍吧，亲爱的。"

他们解开马缰绳，罗伯特·乔丹把自动步枪递奥古斯丁，并把自己的手提机枪斜挎在肩上。他感觉衣袋里沉重的手榴弹还在，于是把它们掏出来，装进马褡子里面。他还把两只背包卷成一团，绑在他的马鞍后面。这时比拉尔过来了，那庞大的身躯让她爬坡真是难为了她，只见她喘不上气来，话都没法说，只给了大家一个手势。

巴勃罗把手中的绳索放进马褡子里，那是三根拴马脚的绳子，之后，他直起腰来说，"怎么样，太太？"她只点了点头，大家都跨上了马。

罗伯特·乔丹的坐骑是前一日雪地里打死骑兵的那匹大灰马，这匹马很带劲儿，他一夹腿，双手一按，试了一下身手。这时他穿的是绳底鞋，马镫的皮带有点儿短，但别的都还好。他肩上背着手提机枪，衣袋里满是子弹夹，他坐在马上，给子弹夹装子弹。他弄完这一切，回身一看比拉尔跨上那匹马，但她坐在了马鞍上的行李包上，那个行李包好像是一个奇形怪状的坐垫。"主啊，把那东西解下吧，"普里米蒂伏说，"你会掉下来的，马也受不了这个啊！"

"闭嘴，"比拉尔说，"我不能丢弃这个，我们还要用它来过日子呢。"

"这样能骑马吗，太太？"巴勃罗坐在栗色大种马背上，他坐下配的是民防军马鞍。

"大不了，就像一个沿街叫卖牛奶的妇人，"比拉尔对他说，"你看怎么走，老头子？"

"一直从这里下山，越过公路，翻过那边的山坡，从一个狭窄的地方进树林。"

"我们要越过公路?"奥古斯丁惊讶地问，他用帆布鞋踢了踢那匹马的马肚子，只感觉那里硬邦邦的，并没有一丝反应。他坐的这匹马，是巴勃罗前晚偷来的，并不听使唤。

"没错，老弟。只有这一条路，"巴勃罗说，递给他一根牵马绳。其余的让普里米蒂伏和吉卜赛人拿着。

"我觉得，你可以殿后，英国人，"巴勃罗说，"我们从地势高的地方越过公路，那样机枪就不会扫射到我们。为了保险起见，我们大家必须分头行动，然后在坡上较狭窄的地方会合。"

"没问题。"罗伯特·乔丹说。

他们从树林中疾驰下坡，向公路的边沿进发。罗伯特·乔丹就跟在玛丽亚身后，这样的密林中，他没法与她并肩而行。他用大腿轻柔地摩擦着马腹，然后稳住马头，奋力往前狂奔着。他们一路悄悄地穿过松林下山，他不时用大腿给马一个暗示，就像平地上用马刺般。

"记住，"他对玛丽亚说，"过公路的时候你第二个走。第一个走会有危险的，那不是好位置。第二个走更安全。一般敌人总是会密切注视着后面的人。"

"可是你……"

"我会趁机冲过去的。不会有事的，在队伍中间的位置最危险，你要注意了。"

他望着巴勃罗离开了，只见他毛茸茸的圆脑袋按在肩膀上，肩上背着自动步枪。他又看着比拉尔，她此时并没有戴帽子，虎背熊腰的，双脚钩住了行李，双膝大举，高过了大腿还不自知。她看见他看她，于是回望了他一眼，然后摇摇头。

"你不要轻举妄动，等你赶上比拉尔再过公路。"罗伯特·乔丹对玛丽亚说。

这时他举目望着前面，他们离公路已经很近了，透过越来越疏的林子，他能看到下面乌黑的柏油路以及路对面山上的一片绿坡地。他明白，他们此时正在涵洞的上方，也就是刚好在公路的高地上，再往下就是陡的朝下拐的地方了，公路本来很直，可是从这边一下子的朝下拐，急拐了一个弯直通桥头。我们现在的位置，位于桥的上方八百码左右。如果那小坦克开到了桥头，我们还是很危险的，此时正处于它的菲亚特机枪射程之内。

"玛丽亚，"他说，"他们在跨越公路的时候，一定要赶在比拉尔的前面。"

她回头看着他，但没出声。他看了她一眼，内心只希望她能明白自己的意思。

他问她："你明白了吗?"

她点点头。

"一定要按照我说的去做。"他说。

她不愿意去，还在那边慢吞吞地骑行着。

"快赶到前面去！听话！"

"不，"她转身摇摇头，对他说，"我要按照规定的次序赶路。"

这时，巴勃罗往后一扯自己的双脚，用两只马刺扎了一下那匹栗色的大马，刺激着它往山坡上冲去。大家一起越过公路，马蹄铁响着火星四射。罗伯特·乔丹眼看着他们越过了公路，爬上那绿油油的山坡，也听见了桥那边机枪的射击声。突然，前面传来一声刺耳的巨响，回声震天响，山坡上溅起泥土的碎屑，伴随一股灰色的烟雾。嘘——轰隆——砰！又是一声，就像发射火箭的声音，然后山坡上又掀起了一股泥土和烟雾，但这次显然比较远。吉卜赛人没能过去公路，他被挡在了公路边上，他立马回转马身，隐蔽在了一片树林中。他望望前面的山坡，无奈地回头看了看罗伯特·乔丹。

"向前冲呀，拉斐尔，"罗伯特·乔丹说，"伙计，快跑！"

吉卜赛人使劲拉住拴马绳，那匹马被勒的前身上扬。

"放开缰绳，赶紧！"罗伯特·乔丹说。

吉卜赛人没听他的，反而把牵马绳越扯越紧。他看起来紧张极了，但不一会儿，他似乎拿定了主意，脚跟向他坐骑肚子上一扎，那马疯了似的，冲进了下面的公路，但他手上牵着的驮马却挣脱开去，但他很机灵没管这些，顺势就越过了公路。而罗伯特·乔丹在这边只能用膝盖顶着那匹返身撞向他的受惊的马，眼看着吉卜赛人穿过公路，还听到他爬上山坡时，那有力的马蹄声。

嗖嗖嗖——轰隆！炮弹又飞来了，吉卜赛人在这炮火中前行着，一个炸弹在他面前炸了，吉卜赛人像野猪般左右躲闪着，那身体灵活极了。他看着吉卜赛人疯了似的，拍马奔驰，最终登上了那绿色的山坡，炮弹落在他身前身后，但他还是幸运地躲到了一块大岩石后面，和其他人会合了。

我是最后一个了，他们肯定盯着我呢，我没法带上这匹该死的驮马，罗伯特·乔丹想。天啊，无论如何我都要把它带到那边的山坡。我必须把这狗东西搁在我的右边。我要让它作为我的掩护，那门四十七毫米口径的小炮和我之间，就有了一个屏障。但重要的是，我要把这匹驮马牵过去。

他纵马跑到那匹驮马跟前，一把抓住马绳，拉着缰绳让驮马在他身后一路小跑，他骑行了大约十五码，就来到了树林边，他顺着公路望向卡车后面的桥。他看到敌人已经出现在了桥上，看来，桥一炸掉，公路就无法顺利通过了。罗伯特·乔丹四下张望，终于发现了一块可用的东西，于是抬手从松树上折下一根枯枝。他松开马缰绳，将驮马慢慢地赶到朝公路下斜的山坡上，这时他用这树枝狠抽马屁股。"跑呀，你这杂种。"打完之后，他把树枝扔向了越过公路、拔脚上坡的驮马身上。树枝很巧就打中了驮马，本来它就跑着，这时候更加快了速度。

罗伯特·乔丹感觉往前的山坡太陡了，于是又向公路上段跑了三十码。那门炮正在射击，四周的泥土正在四溅。"跑呀，你这法西斯杂种。"罗伯特·乔丹冲自己的马高喊，这匹马蹄底打着滑冲到了公路上，马蹄踏在坚硬的路面上，震动得他脖子、牙齿都生疼，他骑着马踩上了那片绿色的山坡，踩踏、叩击、舒展、腾跃、飞奔，一系列的动作是那么的漂亮。他隔着山坡不忘俯视那座桥，从这个角度，它呈现出一幅他从未见过的情景。

桥的侧影横斜着，在这里看是那么的短小，中央那个断口，更显得这座桥的完美。公路上并排立着一辆小坦克和一辆大坦克，坦克上的炮身在阳光下金光灿烂，刺耳的炮声划破了天空，那感觉就是打在自己的马头上。山坡上飞起一股泥土，他转过神来，看见驮马远远地跑在右面，速度已经慢了下来。罗伯特·乔丹拍马飞奔，视线还是盯着那座桥上，看到那辆卡车，就是被挡在拐角后面的那辆，发出一道刺眼的黄光，这是轰鸣的信号弹，炮弹冲自己而来，但没有打到他，弹片就飞溅在自己身旁的泥土中。

他看着前面的树林子，大伙正在紧张地注视着他，于是他说："马，快跑呀！"这时他感觉到马的胸脯已经累得上下抖动起来，灰脖子和灰耳朵都直直地伸出来，他知道马已经累了，于是伸手拍拍那汗水淋漓的马脖子，然后回过头来望着那边的桥上，他只看见了公路上的那辆坦克又倏地闪出一道亮亮的光，这次不是嗖嗖地从耳边飞过，在身边炸响，而是像锅炉爆炸一般在眼前开花了，随后自己就倒了下去，马儿随之压在了自己身上，他呢，竭力想从重压下脱出身来。

对啊，不要着急，要保持冷静。他可以动弹，也可以向右边挪动。他努力尝试着左右移动自己的身体，试图从马身子底下挣脱出来，可左腿却死死地给压在马身下无法动弹。仿佛左腿上多了一个关节，不是股关节那种直顺的，而是一个横向的铰索似的东西插进了马腹。他这才明白是怎么回事，自己骨折了，但就在这时，那灰马挣扎着用膝盖支撑住地面想站立起来了，罗伯特·乔丹趁势把右腿一甩，踢掉了马镫，挣脱了那匹马，滚到了地上。他立马伸出双手去摸自己的左腿，他摸到了那尖锐的折骨和紧贴在上面的皮肉，他知道，最不好的事情还是发生了。

他此时整个人都躺在了马腹底下，他甚至能够看到马肋骨在急促的起伏。他所躺着的草地绿油油的，开遍了野花，他远远望着山坡下和对面的公路、桥和河谷，他此时内心十分清楚了，等待那辆坦克另一道闪光的袭来。闪光很快就到了，这次也没有听到嗖嗖声，只见炸药白光一闪，土块四溅，钢铁弹片到处乱飞。待这一切过去之后，那匹大灰马无声无息地死了，就像是马戏团表演的马一样乖顺的没声息了。他再望望那匹驮马，听见它在垂死呻吟。

他之后就不省人事了，再之后，普里米蒂伏和奥古斯丁架着他的胳膊，把他拖上最后一段山坡，那条断了骨头的腿随着坡地的起伏而无力地上下摆动。这期间，一枚炮弹又飞了过来，他们扔下他，卧倒在地，泥土铺天盖地地撒在他们身上，弹片飞溅，他们就又扶起他，把他拖上山坡，最终他们到了隐蔽的一条密林的长沟里，玛丽亚、比拉尔，甚至巴勃罗都围在他身边，一脸阴沉地看着他。

玛丽亚跪在他身边，哭成了个泪人，焦急地问："罗伯特，你怎么啦？"

他汗淋淋地说："小美人儿，不用担心，我就是左腿断了。"

"我们会替你包扎好的，"比拉尔说，"你可以骑那匹马。"她指指一匹驮着行李的马，"把行李卸下来吧。"

罗伯特·乔丹看见巴勃罗在摇头，便对他点点头。

"你们走吧，我不行了，"他说，"巴勃罗，你过来，我必须给你交代几句。"

巴勃罗弯腰把脸凑过来，顿时这张汗水淋漓的、胡子拉碴的大脸立在了面前，罗伯特·乔丹闻到了他身上的臭气，但这时并没有觉得难受。

"我想和他单独谈谈。"他对比拉尔和玛丽亚说，"你们回避一下好吗？"

"很痛吗？"巴勃罗问。他说着弯下腰来凑近罗伯特·乔丹的那条折了的左腿查看。

"不。一点儿也不痛，我知道那里的神经已经断了。别管这个了，你听我说，你们走吧，我不行了，懂吗？我要和姑娘聊聊。我说让她走的时候，你一定带她离开，否则，她死也不愿意走的，我只想跟她谈一小会儿。"

"时间确实不多了。"巴勃罗说。

"好的，就一会儿。"

"我觉得，你还是去共和国吧，在那里你可能发挥很大的作用。"罗伯特·乔丹说。

"不。我打算到格雷多斯山区去。"

"我只是建议，你好好考虑一下吧。"

"现在你赶快和她谈谈吧，"巴勃罗说，"时间剩的不多了。我替你很惋惜，你受了伤，英国人。"

"既然已经受伤……"罗伯特·乔丹说，"我们就不要说这个没用的了。可你得认真考虑我的建议。你是聪明人，多想想吧。"

"我会考虑的，你放心吧，"巴勃罗说，"趁现在快谈吧，英国人。没有多少时间了。"

巴勃罗说完，走到树林前面的一棵树下，盯着下面的情况。巴勃罗现在很惋惜啊，只见他痛心疾首地望着山坡上那匹大灰马。罗伯特·乔丹背靠树干坐着，比拉尔和玛丽亚都过来了。

"割开裤腿好吗？"他对比拉尔说。玛丽亚蹲在他身边，始终默不作声。阳光照在她头发上，她的脸扭曲着，抽搐着，像孩子快要哭了的样子，但是她没哭，她要表现得很坚强。

比拉尔此时掏出刀来，把罗伯特的裤腿划开了，从左袋一直划到底部。罗伯特·乔丹扯着自己的裤腿，观察那一截大腿的情况。情况很糟糕啊，跟自己想象的一样，在股关节下十英寸处，那里肿起来一个紫色的包，这个包并不圆润，而是像一只顶起的小帐篷。他用手指摸了摸那里的皮肉，感觉里面有一截骨刺，他知道自己肯定是骨折了。而且他的腿弯成一个不可思议的角度，但并不疼。他抬头看了看比拉尔，她的表情也很凝重。

"你离开一会儿，好吗？"他对她说。

比拉尔一言不发，垂头丧气地走了，再也没有回头，但罗伯特·乔丹能感觉到她的肩膀在颤抖，她肯定伤心极了。

"亲爱的，"他握住了玛丽亚的双手说，"我想告诉你，我们不到马德里去了……"

她这时忍不住了，放声哭了起来。

"不，亲爱的，不要哭，"他说，"你知道的，我们虽然不能去马德里了，但是无论你到哪里，我都跟你在一起。你明白吗？"

她一言不发，伸出双臂搂住他，头始终贴在他的脸颊上，好像抱着一个珍宝似的，不想松开。

"认真听我说，亲爱的。"他说。他知道时间紧迫，自己的时限也不多了，他此时已经大汗淋漓，可能忍不了多久了，然而有些话，他必须对她交代清楚。"亲爱的，你现在必须要走了。不要以为我自己留在了这里，其实并不是这样，我会永远和你在一起的。只要我们俩活着一个，在心里就是我们都活着了。你懂吗？"

"不，我要跟你一起留下来。"

"不，亲爱的。我必须干一些事，那些事必须由我一个人完成。有你在身边，我反而分神，做不好了。你走了，我的灵魂就随着你而去了，留在这里的只是躯壳罢了。这道理你还不明白吗？不管我们中间谁活着，就等于我们两个都活着了。"

"我和你一起留下来。"

"亲爱的，不行，听着。这件事必须一个人干。如果你走了，我也随着你走了。现在你肯走，就是肯带着我一起走了，你是个善良的人，一定要带着我俩一起走。"

"可是我还是觉得我留在你身边的好，"她说，"我内心希望这样。"

"没错。你想的也对。你现在就当帮我一个大忙，走吧。为了我走吧，这是你现在唯一能为我做的事了。"

"可你不了解，罗伯特。我怎么能走呢？我走了我会后悔一辈子的。"

"当然，"他说，"这肯定会使你难过，可是现在你将心比心，你不走我也会难过啊！"

她不出声了，默默地注视着他。

他看着她，努力保持的很镇定，但是此时他已经很虚弱了，他此时必须保持一万分的清醒，因为他此时必须做出一个艰难的选择。

"你必须走，就算为了我俩，"他说，"你不能自私，亲爱的。你必须尽自己的责任。"

她摇摇头，还是沉默着。

"你现在就是我啊，"他说，"当然你一定能感觉我们是一体的，亲爱的。"

"听着，亲爱的，"他又说，"不错，这样就相当于我也离开了。我向你发誓，你很快就能知道了。"

她还是不说话。

"你明白我的意思了，对不对？"他说，"你是个明白事理的姑娘对吧。你现在就要走了，我真的也走了，你说过你会为我走的。"

她仍旧不说什么话。

"你赶紧走得远远的，不要让我看见你，我会很感激你的。你就安心地走吧，不管走到哪里，我们俩都在一起。现在低下头来，把手伸出来。不，把头也低下，这就对了。我现在把我的手放在这里，好，我们手掌抵着手掌了。不要再想了，你必须完成我俩的使命，带着我们离开。你现在不是听我的，而是听我们俩的命令。听从你心中的我的愿望，你现在离开就是为了我们俩。你走，就是我们俩一起离开。我向你保证。你只要愿意带着我俩走了，我们就永远在一起了，你这么善良，一定不会辜负我俩的愿望的。"

他说完，向巴勃罗招了一下手，示意巴勃罗可以走了。巴勃罗正在树旁不时地望他，就走上前来，他用大拇指向比拉尔示意。

"你先走吧，我下次带你去马德里，亲爱的，"他说，"不骗你。快点站起来走吧，我们这样就一起走了。站起来，听话。懂了吗？"

"不，我不走。"她倔强地说着，还是用胳膊使劲地搂着他的脖子。

这时他已经没有多少力气了，但还是平静地给她讲着道理，但是口气已经变得强硬起来。

"站起来，"他说，"现在你也就是我。你是我未来的一切。站起来。"

她低头嘤嘤地哭着，慢慢地直起身子，刚站稳，她又突然扑倒在他身旁，但他又努力催促她站起来，赶紧走，于是她又缓缓地站起身来，神情显得疲惫极了。

比拉尔使劲攥住了她的手臂，迫使她站在那里。

"我们必须走了，"比拉尔说，"你还需要什么，英国人？"她看着他，摇摇头。

"什么都不要。"他说，随后转头继续跟玛丽亚说话。

"别说再见，亲爱的，因为我们并没有分开。格雷多斯山区是一个不错的藏身之地，快走吧。"比拉尔拽着玛丽亚离开，这时他依然冷静地给玛丽亚说着自己的大道理。"不要回头，把脚踏上马镫。对，扶她上马吧，"他对比拉尔说，"帮她跨上马，快点跨上去吧。"

他浑身冒着汗，转头俯视山坡，他知道，敌人快要来了。他回头看着那姑娘坐在马鞍上，比拉尔紧挨在她的身边，巴勃罗也紧随其后。"快走吧，"他说，"赶紧出发吧。"

玛丽亚又要回过头来看，他不能让她回头，他坐在这里凄凉的景象，她会受不了的。"别回头，"罗伯特·乔丹命令地说，"走吧。"于是巴勃罗用绑马腿的皮带使劲地抽了下马屁股，玛丽亚还是不想走，她似乎想从马鞍上溜下来，可比拉尔抓住了她，三匹马顺着山沟跑远了。

"罗伯特，"玛丽亚转身喊道，"让我留下！让我下马！"

"放心走吧，我一直都会跟你在一起，"罗伯特·乔丹大声说，"我现在就在你的心里。我们在一起了，快点走吧！"只见他们在山沟里拐了弯，消失不见了，唯有马蹄声，还见证他们还在。他此时全身都被汗水湿透了，眼睛也失了焦距，眼前一片白花花的模糊。

奥古斯丁还站在他身边，他还没有走。

"要我杀了你吗，英国人？"他俯身靠近了问，"需要吗？我没有关系。"

"不用，"罗伯特·乔丹说，"你也走吧，我一个在这儿待着，就很好。"

"他娘的！"奥古斯丁说。他大声骂着，眼泪流了下来模糊了视线，甚至连罗伯特·乔丹的影子也看不清晰了"保重了，英国人。"

"兄弟，保重了。"罗伯特·乔丹说。这时他看着山坡下面，似乎那些敌人已经来了。"好好照顾我的姑娘，行吗？"

"没问题，"奥古斯丁说，"你需要的东西都齐了吗？"

"这架机枪的子弹不多了，你就留给我吧，"罗伯特·乔丹说，"反正你弄不到子弹了，拿着也是白费了。"他知道，巴勃罗的那挺和另外一挺，还能弄到子弹。

"我清理了枪筒，"奥古斯丁说，"你跌倒的时候，枪口插进了好多泥巴。"

"那匹驮马呢？"

"吉卜赛人把它抓住了。"

奥古斯丁上了马，可还是不忍离开。他在马上朝罗伯特·乔丹低低地弯腰下来，算是告别了。

"赶快走吧，兄弟，"罗伯特·乔丹对他说，"不要替我难过，战争中死个人是很稀松平常的事。"

"战争就是个烂婊子，我恨死她了。"奥古斯丁说。

"是呀，伙计，你说的很对。可你走吧，时间不多了。"

"英国人，保重了。"奥古斯丁右拳紧握着说，显得很庄重。

"保重了，"罗伯特·乔丹说，"快点走吧，伙计。"

奥古斯丁掉转马头，做了一个向下一挥右拳的手势，仿佛再次向战争表示厌恶，然后就策马奔腾起来，这时，林子里静悄悄的了，其他的人早已经不见了踪影。奥古斯丁在这林间山沟的拐角处，回头向战友挥挥拳头致意。罗伯特·乔丹也同样挥了挥手，然后奥古斯丁也不见了。……罗伯特·乔丹就坐在那里，背靠在一棵树下，从这片绿油油的山坡上朝下望着公路和桥。我这样也不算坏，他想。他既没有俯卧着，也不用使伤口紧贴地面，而且这个角度，视野也开阔。

他此时感到寂寞、空虚极了，吵吵嚷嚷的几天的磨难，就这么过去了，最终曲终人散，留下自己孤零零地待在这里。他顿时感到嘴里又苦又涩，难受极了。但转念一想，算了，事情终于要结束啦，再也没有什么烦心事了。不管以往如何，不管未来怎样，对他来说，再也不能困扰自己了。

如今大家都已经走远了，他独自一人倚着一棵树下，眼前是那绿油油的山坡，那匹灰马直挺挺地横在地上，再顺着山坡往前，那是公路和路对面绿茵覆盖的田野。他望着这一切的同时，那座桥和桥对面的公路上的情况，吸引了他的注意。这时他看到那些卡车都已经开到了下段的公路上。树林中隐约现出了灰色的车身。他想，那从小山上延伸下来的上段公路上，很快就会出现敌人的身影了吧。

你不用挂念太多了，就等待着那一刻到来吧，比拉尔会照顾好你的小美人儿，你还顾虑什么呢。巴勃罗虽然人不好，但他很聪明。他必然会有切实可行的撤退方案，否则他也不会冒险穿过公路了，你也不必替他们担心。你已经告诉了她你的大道理，你也要坚信这个道理不动摇，不要再顾念她了，现在对你没好处。你让她安全离开了，带着你们的爱离开了，这才是最佳方案。那么谁能说，你们不是一起离开了，你的心显然被她带走了。你不要自欺欺人，你又想说，这一切都是自己的幻梦罢了，其实根本没有发生。还是相信你现在的信念吧，别再疑神疑鬼的了。这套马戏你已经用过很多次了。时间太仓促了，你没来得及细细告别，但你刚才送她走，这是一个对的选择。每个人都拼尽了全力，你不能看到未来了，但也许你还能替别人的未来出点儿力。嗯，这四天我真幸运。还不到四天，我当初到这里的时候是下午，但是今天大概挨不到下午了。我看中午都很难过得去呢，一共还不到三天三夜。要确切，他想。你必须把时间算得相当确切。

我看你不要像个二流子似的，大摇大摆地坐在这儿，他想。现在是战争啊，你好歹也占据了一个有利的位置，你还是卧倒好了。你的运气已经够好了，不要抱怨什么，比这种事更倒霉的多着呢。这是所有人迟早都要经历的路，你不过提前经历了而已。一旦你明白了这一点，你就没有什么可害怕的了，对不对？是的，他想，一点儿也没错。然而运气还算不错，神经被压断了。你不用忍受痛苦，你甚至都感知不到你的腿下半截，他摸摸腿的下半截，那里没有一丝知觉，仿佛它不是自己身体的一部分似的。

他仍然看着下面的山坡，思绪又开始飘忽起来，他想，他唯一遗憾的是自己快死了，我真不愿意离开这个世界啊，还有好多事我没有经历过呢，但愿我在临死之前，不会后悔，我在世上做过了一些好事。我曾竭尽所能地努力过去做好事。你是觉得足够尽力了。不错，你已经尽力而为了，没有什么遗憾了。

你没有什么后悔的事了，你为了自己信仰的事业，奋斗了整整一年了。如果我们这次在这里打了胜仗，那么攻下别的地方就没有什么困难了。世界是那么美好，值得为之奋斗，可是我多么留念这世界啊！可你已经很幸运了，他告诉自己，你度过了多么美好的一生啊，这是别人从来没经历过的。你的人生和你祖父的人生一样美好，尽管时间不如他长，但在这最后的几天里，你度过的一生比谁的都不差。你不用抱怨，因为你是如此幸运。然而，你这一生虽然精彩，但愿能让我把它传给其他的人啊。上帝啊，我在人生的最后学到了那么多的宝贵财富。我此时很想和别人交流一下，要是卡可夫在这里，该是多好啊！我知道，他此时在马德里，就在层层叠叠的山坡后面，在山坡下的平原对面。你现在从这里走下去，从灰色的山石间一直走下去，穿越石南、松林和金雀花丛，越过高高的山坡，你能看到死亡就在前面向你招手。这一切都那么的真实，就像比拉尔说的那些在屠场饮血的老太婆一样。现在一切都变得明朗起来，我不再做梦，那些飞机，都是真实的，你看哪，它们的模样都是美丽的，不管是敌人的还是我们的，都是那么的美丽。美丽，你居然用这个词，真是活见鬼，他想。

你就放松一下自己吧，不要再纠结什么了，他想。趁你现在还活着，赶快翻身吧。慢着，还有一件事。你记得吗？比拉尔看你手相的事，你相信这种荒诞的事吗？不，他想，不管我信与不信。一切都应验了？对，不要老是揪着这件事，不放，我不信这一套。早晨开始炸桥之前，她是出于好心怕我可能会相信那些话，极力安慰着我。可她想错了，虽然她相信这一套，可我不相信。她认为自己可以预见未来，或者能预感到一些不好的事情，就像捉鸟的猎狗似的。鼻子灵敏极了。这种先知先觉你到底怎么看？她粗话满嘴，粗俗不堪，你怎么认为？他想。她刚才甚至都没有跟你说一声再见，他想她肯定预见到了，自己说了再见，玛丽亚就必然不肯走了。这个比拉尔呀，真是捉摸不透你啊。你翻个身吧，乔丹。但是他现在就是不想这么做，就让他这么坐着吧。

他记起了后裤袋里早上走的时候塞了一个小酒瓶，他现在就好好喝一口烈酒吧，这辈子可能再也没有这样的机会了，然后再尝试翻身，想抽出那瓶酒。可他伸手一摸，却发现没有酒瓶。他突然觉得倍加凄凉，他要死了，甚至连酒也喝不到了。喝酒还能给自己临行之前壮壮胆，可是现在一点儿机会也没有了。

是不是巴勃罗拿走了它？别胡思乱想了，你一定是炸桥的时候，弄丢了。"乔丹，算了吧，"他想，"赶快翻身吧。"

他开始行动了，他终于想翻一个身了，于是他用双手抓住左腿，用力把它和另一条腿靠在一起，然后把自己的上半身侧卧，一点一点平躺下。他使劲按住那条断腿，以防自己的断骨翘起来，戳穿大腿的皮肉，那样痛起来，就得不偿失了。他用屁股做支点，艰难地转身，直到脸朝向山下。接着他双手握住那只断腿，把全身的重量都移到自己健康的右腿上，大汗淋漓地翻过身来，这才让脸和胸膛着地。他用胳膊肘使劲支撑着上半身，右脚朝一边使劲地推，使左腿朝后直伸，这一系列的动作，疼得他冷汗直冒，不过事情总算完成了。他用手指摸摸断腿，情况还很好呢。断骨并没有戳穿皮肉，而是深深地嵌在肌肉里，看来是被固定住了。

他想，腿上真的一点儿知觉也没有。那匹该死的马倒下的时候，那条大神经就被压断了，他一直没觉得痛，但刚才挪动翻身时才有点儿知觉。那可能是肌肉痛吧，肯定是折骨挤压到了旁边的肌肉。你明白了吗？他说，运气好的人，根本不需要烈酒。

他开始准备自己的战斗了，他伸手拿起手提机枪，拉出空子弹夹，然后从口袋中找出一些子弹夹，推到枪膛里，然后观察了一下枪筒里面，没有什么问题，于是他就握着枪，远望着山坡下。那里还是没有什么异常，可能还要等半小时吧，他想。你现在什么都料理好了，只要等待着就好了。

他睁大眼睛，看着前面的山坡和松林打发时间，努力克制自己不要思绪万千。

他望着那条小河，想起了炸桥那会儿，自己躲在桥下凉飕飕的阴影里的情景。但愿敌人马上就来吧，他想。我现在体力已经不支了，我可不想在自己昏昏沉沉的时候，被他们杀死，那样也太窝囊了。

你现在这种情况，你认为什么样的人才能从容面对？有宗教信仰的人，还是能够直面现实的人？宗教可以给人的心灵带来慰藉，这样可以减轻世间的疾苦，然而我们知道，世间其实也没有什么可怕的，真正可怕的是缺少信念罢了。死亡并不可怕，可怕的是你长期处在死亡的恐惧中，那种恐惧无时无刻不困扰着你。等你被折磨得发疯的时候，你才死去。你是很幸运的，明白吗？你既不会拖得太久，也不会感到痛苦，这是多么美好的死法啊！

他们已经撤离了，现在已经跑得很远了，真是太好了。你现在已经没有什么可担心的了。我想说说撤退的事，真是一件了不起的大事呢，撤退，也是一件明智的选择呢。想想看，如果那时他们炸弹来了，他们还在我的那匹灰马的周围，岂不是必死无疑了。或者我们都被困在这山上等着敌人出现，我们的下场也很惨啊。不。他们离开了，他们转移到别处去了，没有什么假设，你不用担心了。再退一步讲，要是这次攻势成功了该有多好。到时候，给你庆功的时候，你想要什么呢？什么都要。我什么都要，给我什么我都接受。如果这次进攻失败，那么我们还会发动进攻的，只要我们的信念还在，我们就能胜利的。飞机什么时候飞回来的，我可能想得太投入了，一时没有发现。上帝呀，我真是太幸运了，我让她离开了，否则此时的我，是多么的心焦啊！

我很想跟祖父聊聊这次经历。我确定他自己就能干得很好，他肯定不需要到敌人后方去游说游击队干这事。你怎么知道呢？也许他已经做过五十次了，也不一定呢。不，他想。不要自欺欺人了，这样的事谁会干五十次，连五次都是很多了。也许像这样的事谁都没有干过一次，也就是我做过这么一次。什么话，有人一定做过的，只是你不知道罢了。

我的腿开始隐隐发痛了，我想这是肿块的关系。希望敌人马上就来吧，我不想等下去了。

事情本来很顺利，可你却在这个地方遭受了重创，他想。但是，多亏我在桥下的时候坦克没过来。要是那会儿坦克来了，我可什么也干不成了。只要一个环节上出了纰漏就必然引起连锁反应。在别人给戈尔茨发布号令的时候，你却遭了殃。事情到底是怎么样，其实很明朗了，也许比拉尔早就看出了这一点。不过今后我要是有机会再干一次，我一定事先好好部署。手提式短波发报器，这是我们必须配备的武器。是啊，我们理所当然地应该具备很多东西的，这样才能把事情办好啊！对了，我还应该带一条备用的腿过来，以防不测呢！

他跟自己开了一个玩笑，但不久，他就不禁苦笑起来。这时候了，何必还拿自己取笑呢。他此时大汗淋漓了，腿现在也痛得厉害，他知道自己快撑不住了。快，敌人快来吧，他想。我不愿意和父亲一样自杀，那样实在太窝囊啊。虽然我现在的情况，完全可以有理由这样做，但是我不愿意这样。别再想这个事了，你现在要做的，就是什么都不要想了。只希望这群杂种马上就来吧，他想。我多么渴望他们马上就来啊！

他的腿疼痛更加剧烈了。他翻身之后，可能刺激到了肿胀的部位，疼痛就突然开始了，于是他想，我应该立马就自杀的，真不想忍受那些无谓的疼痛。反正要死了，我何必还要忍呢？要是我现在这么做，你不会不原谅我的，对吗？你在和谁说话呢？肯定是自言自语了，他觉得。这里还有什么人呢，我猜想是和祖父说话吧。不，没人。啊，去死吧，希望他们立刻就来吧。

或许自杀是我唯一的选择呢，一旦我失去意识，就只能任人宰割了。他们会把我带回去，用冷水泼我苏醒过来，严刑拷问我，让我说出好多秘密来，他们一定会这样做的，那些禽兽什么事做不出来啊，一遍遍地问我问题，酷刑，拷打，那样我就显得被动了。一定不能落到他们手里。那么为什么不可以立刻就动手，结束这一切呢？因为，哦，你听，没错，你听，让他们马上来吧。

　　乔丹，他想，你不能那么做啊！千万不要那么做。那么我该怎么做呢？我不知道，我现在对自杀真的不在乎了。但是，即使自杀，你也不在行啊！这你说对的，你根本就不行。啊，你完全不行。我想现在一定可以这么做了吧？你说是不是？

　　不，你一定要振作起来，你不是一个懦弱的人，你还是可以有所作为的。只要你明白了此时自己的奋斗目标，那么就一定要坚守下去。只要你没忘记自己的信念，就必须等待着。来吧。让他们过来吧。让他们出现吧。让他们出来吧！

　　他想，你不要老想着自杀的事了，你想想那些走掉的人吧，他们此时正穿越树林，蹚过小溪，穿过石南丛，登上山坡。他们今夜将会平安无事。日夜兼程，到了明天他们会把自己隐藏起来。想想他们吧，想想他们的未来。真见鬼，想想他们吧。我实在太疲惫了，我能够想到的也只有这些了，你不要怪我啊，他想。

　　想想你的家乡蒙大拿吧，那里有你美好的童年，可我没法想。想想热闹的马德里吧，你的朋友都在那里，可我也没法想。要是现在能喝一口清凉的泉水，该是多好啊，这回倒是没想那些不切实际的。你在骗自己啦，什么凉水啊。你此时已经没有了知觉了，对周围的一切你也不会再感知到了，就这样吧。那么就动手吧，立刻动手吧，马上动手吧。杀了自己，出手吧。不，你必须等待。等待是你的任务，你的责任？你很清楚，你不能死，你必须等待下去。

　　我就要晕过去了，我实在等不了了，我必须要做了。不要欺骗自己了，我知道的，你是好样的。我已经有三次觉得要失去知觉了，但我还不是挺过来了。我确实熬住了，我还是很坚强的，就这么坚持着等下去吧，可是我再也没有把握以后会发生的状况了。我的身体快要不受我自己支配了，我想出现这种情况的唯一可能就是，我的大腿骨折断的地方，已经开始流血了，但血并没有流出了，而是在肿胀处越积越多，现在已经压迫肌肉的神经了。尤其是刚刚翻转身体，已经让伤处肿起来了，这个肿块越来越大，也越来越热，它使你疲乏、晕眩。现在的确可以动手啦。真的，我告诉你，可以动手啦。

假如你等到了他们，双方一交火，哪怕只是拖延他们那么一秒钟的时间，或者只是杀死一个军官，那样的话，事情就更完美了，你的使命也就完成了。一件事做好了，会让……

想象自己在死之前，能再做一件力所能及的事情，是多么的美好啊，好吧，他想。他必须坚持下去，等着敌人的到来。于是他非常安静地躺着，竭力忍耐着眩晕和疼痛，同时他似乎感觉到了生命已到尽头，死神就在不远处。你此时感觉到了生命的脆弱，就如同山坡的积雪随风消融一般，此刻他平静地想，我要坚持地挺到他们到来吧。

罗伯特·乔丹的运气一直就不错，就在他快要倒下去的时候，他看到骑兵队纵马跑出了对面的树林，越过了公路，直奔自己这边来了。他此时清醒了不少，机警地注视着他们攀登前面的山坡。他看见有个骑兵停在那匹灰马旁边，对朝他骑来的军官呼喊。显然他认出了那匹灰马。他们俩就低头研究那匹灰马，自打前天清晨以来，这匹马和它的主人就消失了，但此时出现了，他们显然明白了，那个骑兵发生了什么。

罗伯特·乔丹就这么全神贯注地盯着面前的一切，他看到骑兵散落在前面的山坡上，坡下的公路和桥对面已经涌来了很多敌人的部队。他知道，自己命不久矣，于是抬头看着天空，想再看一眼这美好的蓝天，只见大块大块的白云飘在天上，真是一个美好的天气啊！他不禁伸手摸了摸身边的松针和面前那棵松树的树皮，觉得这一切都是那么的美好，可惜自己再也看不到了。

然后，他觉得自己累极了，于是把肘部支在松针地上，手提机枪的枪口靠在松树树干上，这样自己就能够躺得舒服一点儿。

这时那散落在山坡上的骑兵，聚集起来。那军官循着游击队留下的马蹄印策马往这边奔来，他知道，是自己开枪的时候了，因为他们必定要经过那边的低洼处，那里离罗伯特·乔丹埋伏的地方也只有二十码。在这距离开枪，一打一个准呢。这军官正是贝伦多中尉，他早上一接到哨所遭到袭击的消息，就奉命从拉格兰哈火速赶来。他们马不停蹄地行进，可到了桥那边，又不得不掉回头去，越过河谷，绕着树林，好不容易才绕了过来。他们骑的马被汗水湿透了，气喘得厉害，他们为了赶路，也只能够逼着马小跑。

贝伦多中尉率先策马而来，死死盯着那道马蹄印，清瘦的脸显得很严肃。手提机枪就横搁在马鞍上。罗伯特·乔丹伏着的地方，有一棵树作为掩体，很不容易暴露，他小心翼翼地控制着自己的双手，免得两手发抖，瞄不准目标。他等待着那军官靠近自己的射程，那里就是绿意遍野的山坡和松林会合的地方，那儿阳光普照，表面上一片祥和之气。他感到自己的心脏急速地跳动着，那一定是自己被压在树林里的松针地上太久了的缘故，也可能是由于伤痛，也可能是由于紧张，此时，谁说得清呢？

松树林中传出来了一声清脆的枪响声，然后是骑兵队慌乱的叫喊声，马嘶声和射击声响成了一片。不久之后，树林重新归于宁静，那里宁静的就跟刚才没发生什么似的，几只不知名字的鸟儿飞向澄澈的天空，徘徊了很长一段时间之后，又重新落在树枝上，叽叽喳喳地叫个不停，松鼠在树梢间攒动着，互相打闹嬉戏，午后的阳光真是温暖极了。啊，西班牙午后的丛林风光，是这样的美丽，又是这样的凄凉，一如他现在所经历的。

当夜晚来临的时候，万籁俱寂，月亮悄悄地升起来了，大地上的一切都在酣睡着，那无头青年的尸体静静地躺在林中，他再也没有痛苦了，也再也没有思想纠葛了。他虽然死去了，但他的信念还在。相信那些撤走的同伴，会继承他的遗志，继续在这广袤的松林中战斗着。